허클베리 핀의 모험

허클베리 핀의 모험
The Adventures of Huckleberry Finn

마크 트웨인 장편소설　윤교찬 옮김

THE ADVENTURES OF HUCKLEBERRY FINN
by MARK TWAIN (1884)

이 책은 실로 꿰매어 제본하는 정통적인 사철 방식으로 만들어졌습니다.
사철 방식으로 제본된 책은 오랫동안 보관해도 손상되지 않습니다.

경고문

 이 이야기에서 동기가 무엇인지 알려고 드는 자는 처형될 것이며, 도덕적 교훈은 무엇인지 찾으려는 자는 추방될 것이며, 작품의 플롯은 있는지 찾으려 하는 자는 총살당할 것이다.

지은이의 명령에 따라
군수부장 G. G.

작가의 설명

 이 책에서 나는 미주리 주 흑인 사투리, 남서부 오지의 심한 사투리, 미시시피 주 〈파이크 카운티〉 사투리와 이것의 네 가지 다른 유형 등 다양한 사투리를 사용하였다. 내 맘대로 추측해 사투리에 색깔을 입혀 사용하지 않았으며, 개인적으로 알게 된 다양한 사투리들을 믿을 만한 사람의 지도를 받아 꼼꼼하게 다루었다.
 이렇게까지 밝히는 이유는 많은 독자들이 작품의 등장인물들이 비슷한 어투를 쓰려다가 실패했다고 생각할까 봐 걱정되기 때문이다.

경고문

작가의 설명

제1장	헉 교양인 만들기 / 왓슨 아줌마 / 헉을 기다리는 톰 소여	17
제2장	짐을 피해 나가다 / 톰 소여의 갱단 / 주도면밀한 계획	22
제3장	호된 꾸중 / 훌륭한 은총 / 〈톰이 지어낸 거짓말 가운데 하나〉	29
제4장	헉과 판사 / 미신	34
제5장	헉의 아빠 / 자식에게 무른 부모 / 회개	38
제6장	대처 판사에게 간 헉 / 떠날 준비를 하는 헉 / 정치경제학 / 난장판	43
제7장	헉을 기다린 아빠 / 오두막에 갇히다 / 시체 가라앉은 척하기 / 휴식	51
제8장	숲 속에서의 잠 / 시신 떠올리기 / 섬 탐색 /	

	짐과의 조우 / 짐의 탈출 / 징후 / 〈발룸〉	58
제9장	동굴 / 강물에 떠내려온 집	72
제10장	발견한 돈 / 행크 벙커 영감 / 변장	76
제11장	헉과 마을 여자 / 탐색 / 둘러대기 / 고센으로 가기	81
제12장	느린 순항 / 물건 슬쩍 빌리기 / 난파선에 올라타기 / 음모자들 / 배 찾아내기	90
제13장	난파선에서 탈출하기 / 감시인 / 가라앉는 난파선	99
제14장	그저 좋은 시간 / 후궁 / 프랑스인	106
제15장	뗏목을 잃어버린 헉 / 안개 속에서 / 뗏목을 다시 찾은 헉 / 쓰레기더미	112
제16장	〈우리에게 휴식을〉 / 시체 제조인이 소리치다 / 〈재난의 왕자〉 / 둘 다 시들해지다 / 덩치 작은 데이비가 개입하다 / 싸움 이후 / 에드의 모험 / 이상한 일 / 귀신들린 통 이야기 / 폭풍을 몰아오다 / 쫓아오는 통 /	

	번갯불에 맞아 죽다 / 올브라이트의 속죄 /	
	성난 에드 / 뱀인가 혁인가 / 〈잡아당겨〉 /	
	혁의 그럴싸한 거짓말 / 뗏목에서 내린 혁 /	
	짐의 기대감 / 빨간 거짓말 /	
	격렬하게 움직인 강물 / 카이로를 지나치다 /	
	강둑으로 기어올라 간 혁	120
제17장	저녁 방문 / 아카소 주의 한 농장 / 내부 장식 /	
	고(故) 스티븐 다울링 보츠에게 바치는 시 /	
	넘치는 시적 감정	147
제18장	그랜저포드 대령 / 귀족 집안 / 가문간의 반목 /	
	성경책 / 뗏목을 되찾다 / 나무더미 /	
	돼지고기와 양배추를 먹다	158
제19장	낮에는 뗏목을 묶어 놓다 / 점성술 이론 /	
	금주 부흥회를 갖다 / 빌즈워터 공작 /	
	왕족들의 수난 이야기	173
제20장	혁의 설명 / 새로운 공작 꾸미기 /	

	야외 집회에서의 작업 /	
	야외 집회에 나타난 해적 / 인쇄업자가 된 공작	183
제21장	검술 연습 / 햄릿 독백 /	
	마을을 빈둥대며 돌아다니다 / 게으른 마을 /	
	보그스 영감 / 죽음	194
제22장	서번 대령 / 서커스 관람 /	
	술 취한 기수 / 스릴 넘치는 비극	207
제23장	〈표 매진〉/ 왕족들을 비교하다 /	
	향수병에 걸린 짐	213
제24장	리어 왕 복장의 짐 / 한 손님 태워 주기 /	
	정보 입수 / 한 가문의 슬픔	221
제25장	〈이자들이 맞는가?〉/ 〈송영 찬가〉 부르기 /	
	정당한 계산 / 장례식장에서의 난리 /	
	딸들의 잘못된 투자	228
제26장	경건한 영국 왕 / 설교단 위의 왕 /	
	메리 제인이 용서를 빌다 / 방 안에 숨기 /	

	헉이 돈을 빼내다	**238**
제27장	장례식 / 호기심 만족시키기 / 왕이 헉을 의심하다 / 재빠른 재산 처분과 박리다매	**248**
제28장	영국으로 돌아가기 /〈짐승 같은 놈들〉/ 집을 떠나기로 한 메리 제인 / 메리 제인과 헤어지는 헉 / 볼거리 / 반대파들	**257**
제29장	친족 관계가 의심받다 / 왕이 돈이 없어진 것에 대해 설명하다 / 필적에 대한 조사 / 시체 다시 파헤치기 / 헉의 도주	**269**
제30장	왕이 헉을 공격하다 / 왕족들의 소동 / 다시 친한 사이가 되다	**282**
제31장	불길한 음모 / 짐의 소식 / 지난 시절의 추억 / 양 이야기 / 소중한 정보	**287**
제32장	조용한 일요일 / 헉을 톰으로 오해하다 / 제대로 걸려든 헉 / 딜레마에 빠진 헉	**298**

제33장	검둥이를 훔친 도둑 / 남부인의 후한 손님 대접 / 긴 식사 기도 / 타르칠을 한 채 깃털로 덮인 그들	306
제34장	재 받는 통 옆의 통나무집 / 이해할 수 없는 톰 / 피뢰침 타고 올라가기 / 마녀에게 홀린 검둥이	316
제35장	제대로 도주하기 / 검은 음모 / 훔치기의 여러 차원 / 오두막 아래 구멍 파기	324
제36장	피뢰침 / 최고 수준 / 후손에게 물려줄 일 / 천만금이라고 해도	332
제37장	마지막 셔츠 / 정신 나간 아저씨 / 아줌마의 출항 명령서 / 파이 만들기	339
제38장	문장 / 탁월한 감독 / 너무 괴로운 영광 / 눈물로 키우기	347
제39장	쥐새끼들 / 기운 넘치는 침대 친구들 / 짚 인형	356
제40장	낚시 / 불침번 모임 / 멋진 도주 /	

	의사에게 부탁하는 짐	**363**
제41장	의사 / 사일러스 아저씨 / 호치키스 부인 /	
	슬픈 샐리 아줌마	**370**
제42장	상처 입은 톰 소여 / 의사의 이야기 /	
	톰이 모든 것을 고백하다 /	
	폴리 아줌마의 도착 / 〈편지나 내놔!〉	**379**
마지막 장	해방된 짐 / 수고한 짐에게 돈을 지불하다 /	
	헉 편의 마지막 인사	**390**

역자 해설 헉 편, 미국 문학이 탄생시킨 가장 매력적인 인물   **393**
마크 트웨인 연보   **403**

1

　『톰 소여의 모험』이라는 책을 읽어 보지 않은 사람이라면 내 이름을 모를 수도 있겠으나, 그건 별로 중요하지 않다. 그 책은 마크 트웨인이라는 분이 썼고, 대체로 진실만 이야기했다. 과장한 부분이 있긴 하지만 대부분 사실이었다. 하지만 어쨌든 그건 별로 중요치 않다. 그건 폴리 아줌마나, 과부 아줌마 아니면 톰의 사촌 누이인 메리를 빼고는 거짓말 안 하는 사람을 본 적이 없기 때문이다. 톰의 숙모인 폴리 아줌마, 메리 그리고 과부댁인 더글러스 부인은 이미 그 책에 나왔던 사람들이다. 그 책은, 아까도 말했듯이, 약간 과장한 건 있지만 대부분 사실을 말했다.

　그 책 내용은 대충 이렇다. 톰과 내가 강도들이 동굴 속에 감춰 놓은 돈을 발견했고, 덕분에 우린 부자가 되었다. 우리는 각각 금화 6천 달러를 나눠 가졌다. 한데, 금화가 쌓여 있는 모습은 정말 장관이었다. 대처 판사가 이 돈에 이자를 붙여 우리에게 일 년 내내 매일 1달러씩 주었는데, 이 돈은 우리가 무엇을 해야 할지도 모를 큰 금액이었다. 더글러스 아줌마는 나를 양자로 택했고, 교양 있는 아이로 키우겠다고 했다. 하지만 나는 항상 집 안에서 지내야 하는 이런 생활을 견디기가 쉽지 않았다. 아줌마는 끔찍할 정도로 매사에 꼼꼼했고 격식을 갖추는 통에, 결국 더 이상 견디지 못할 즈음에 나는 집에서 도망쳐 나왔다. 헌 옷을 걸치고 큰 설탕 통 안에 들어가 있으면 모든 게 자유롭고 편했다. 하지만 톰이 나를 찾아내고는 아줌마에게 돌아가 얌전하게 굴면, 자기가 만들려는 갱단의 일원으로 받아 주겠다고 하는 바람에 다시 집으로 돌아가고 말았다.

더글러스 아줌마는 나를 보곤 마구 우시면서 길 잃은 가엾은 양 한 마리라고 했다가 또 뭔가 이상한 이름으로 부르곤 했지만 별다른 나쁜 의미가 있는 것 같지는 않았다. 또한 나에게 새 옷을 갈아입혔지만, 땀만 나고 갑갑하다는 느낌이 들었다. 어쨌든 예전의 일상이 다시 반복되었다. 저녁 종이 울리면 나는 정시에 식탁으로 와야 했고, 식탁에서도 곧바로 식사하는 것이 아니라 음식에 아무런 문제가 없는데도 불구하고 아줌마가 음식에 대고 고개 숙인 채 음식과 아무 상관 없는 말을 몇 마디 중얼거린 후에야 식사를 할 수 있었다. 내 말은 음식이 따로따로 나온다는 것 빼고는 문제가 없다는 뜻이다. 통에 넣고 이것저것을 섞어 버리면 전혀 다른 음식이 되는데, 모든 게 섞이고 국물도 뒤섞이기 때문에 더 맛있는 음식이 되는데 말이다.

저녁식사 후 아줌마는 성경책을 꺼내 모세라는 사람과 갈대바구니에 대한 이야기를 들려주었다. 내가 집요하게 그 사람에 대해 묻자, 결국 아줌마는 모세는 이미 먼 옛날에 죽은 사람이라고 말해 버렸다. 죽은 사람과 내가 뭔 상관이 있나 싶어, 나는 더 이상 그 사람에 대한 관심을 갖지 않기로 했다.

이내 담배가 피우고 싶어 아줌마에게 한 대만 피우게 해달라고 부탁했지만, 아줌마는 안 된다고 했다. 담배 피우는 게 천박한 습관인 데다가 불결하기까지 하니 더 이상 피우면 안 된다는 것이다. 하지만 나는 이게 바로 일부 사람들이 하는 상투적인 태도라는 것을 알고 있었다. 이런 사람은 아무것도 모르면서 무작정 이러쿵저러쿵한다. 아줌마 역시, 자기 친인척도 아닌 데다 이젠 죽어서 아무 도움도 안 되는 모세에 대해서는 이러쿵저러쿵 떠들다가도 정작 내게 소용이 되는 일에 대해선 뭐라고 헐뜯고 난리였다. 코담배 피우는 것만 해도 그렇다. 그건 자기가 하는 일이니까 무조건 괜찮은 것이라고 했다.

그 무렵 더글러스 아줌마의 동생인 왓슨 아줌마가 우리와 같이 살게 되었다. 그녀는 호리호리한 체구에 안경을 낀 노처녀였는데, 철사밥 책을 가지고 항상 나를 들볶았다. 그녀는 한 시간 동안 계속 나를 힘들게 하면서 내 인내심을 시험했다. 그러다가 더글러스 아줌마가 좀 쉬었다 하라면서 끼어들게 되면 다음 한 시간은 지겹고 짜증이 날 정도로 지루해진다. 「허클베리, 발 내려라.」 「허클베리, 웅크리지 말고 똑바로 해라.」 그녀는 계속 잔소리를 해댔고, 〈그렇게 하품을 하고 기지개를 펴면 안 돼. 제발 바르게 행동해〉라고 쏘아붙이기도 했다. 말을 안 들으면 지옥에 떨어진다고 말하곤 하기에, 나는 차라리 그곳에 가버리겠다고 말해 버렸다. 이 말을 들은 왓슨 아줌마는 정말 화를 냈다. 하지만 나는 나쁜 뜻으로 이 말을 한 것은 아니었다. 단지 어디론가 가고 싶어서 한 말이었고, 어디라도 좋았고 그저 뭔가 바뀌었으면 하는 마음뿐이었다.

왓슨 아줌마는 그런 나쁜 말을 하면 안 된다고 하면서, 자기는 절대 그런 나쁜 말을 하지 않을 뿐더러 꼭 천국에 갈 수 있을 거라고 말했다. 왓슨 아줌마가 말한 그곳도 별 재미가 없을 것 같아 나는 그런 곳에 가지 않겠다고 마음먹었다. 하지만 내놓고 그 말을 한 것은 아니다. 그런 말을 하면 보나마 나 성가신 일이 생길 것이고 내게 아무 이득도 없을 걸 알기 때문이다.

한번 말문이 트인 왓슨 아줌마는 천국이 이렇다느니 저렇 다느니 하면서 계속 떠들어 댔다. 천국 사람들은 하루 종일 하프를 켜면서 함께 노래 부르고, 영원히 죽지 않고 즐긴다 고 했다. 내겐 아무런 재미도 없어 보였지만 그렇다고 말하 진 않았다. 대신 톰 소여가 그곳에 갈 수 있냐고 물었더니, 아 줌마는 그건 거의 가능성이 없는 일이라고 잘라 말했다. 늘 톰과 같이 지내고 싶은 마음 때문인지 이 말을 듣고 나는 오 히려 기쁜 마음이 들었다.

왓슨 아줌마는 계속 나를 쪼아 댔고, 나는 서서히 지겹다 는 생각이 들기 시작하더니, 외롭다는 생각까지 들 정도가 되 었다. 마침 그녀가 검둥이들을 모두 모아 놓고는 기도를 시 키고, 이내 잠자리에 들게 하는 일을 하는 바람에, 나는 양초 한 토막을 집어 들고 내 방으로 올라가 책상 위에 초를 올려 놓았다. 그러곤 창문 옆에 있는 의자에 앉아서 뭔가 재미있 는 상상을 하려고 노력했다. 하지만 잘 되지 않았다. 너무 외 롭다는 생각이 들어 심지어 확 죽었으면 하고 느낄 정도였 다. 별은 밝게 빛나고 있었고 숲 속에서는 나뭇잎이 바람에 살랑거리는 소리가 슬프게 들려왔다. 마치 죽은 사람을 애도 하는 듯, 부엉이가 구슬프게 우는 소리도 들렸다. 또 어디선 가 임종을 맞는 사람이 있는지 쏙독새 우는 소리가 들렸고, 개 짖는 소리도 들렸다. 바람이 뭐라고 내 귀에 대고 속삭이 는 것 같기는 했지만 도무지 알아들을 수 없었다. 오히려 찬 기운 때문에 사시나무 떨듯이 덜덜 떨었다. 숲 속 저 멀리서 여기저기 떠돌아다니는 귀신의 곡소리가 들린 것 같기도 했 다. 이놈의 귀신들은 자기 속마음을 털어놓고 싶은 마음에 무덤 속에 머물지 못하고 매일 밤 울며 돌아다닌다는 것이다. 너무 기가 죽고 겁도 먹은 나머지 누구라도 나와 같이 있었으면 하고 원할 정도였다.

조금 있으려니까 어디선가 거미 한 마리가 내려와 내 어깨를 타고 기어올라 왔다. 손끝으로 툭 튕겼더니 재수 없게도 촛불 위로 떨어져 순식간에 타 죽고 말았다. 정말 안 좋은 조짐이라는 생각이 들었고 꼭 뭔가 불운한 일이 벌어질 것 같은 생각이 들었다. 겁이 난 나머지 옷이 흘러내릴 정도로 몸이 떨렸다. 나는 벌떡 일어나 세 번 원을 돌면서 성호를 그어 댔다. 그리고 마귀를 쫓기 위해 머리타래 몇 가닥을 잡아 실로 묶었다. 그래도 마음이 놓이지 않았다. 말편자를 주웠을 때 문 위에다 못으로 박아 두지 않고 있다가 그만 잃어버렸을 경우 이런 방법을 쓴다는 말을 들었다. 과연 이 방법이 거미를 죽였을 때 나에게 닥칠 액운을 막는 데도 효과가 있을진 전혀 아는 바가 없었다.

나는 벌벌 떨면서 자리에 앉았다. 그러고는 담배나 피울까 해서 파이프를 꺼냈다. 집안이 쥐 죽은 듯 조용해 더글러스 아줌마에게 걸릴 일이 없다고 생각했기 때문이다. 시간이 지나면서 나는 멀리 마을에서 들려오는 자정을 알리는 시계 소리를 들었다. 사방은 다시 전보다 더 무서울 정도로 고요해졌다. 그때 나무 사이 어두컴컴한 곳에서 나뭇가지가 딱 하고 부러지는 소리가 들렸다. 그러곤 무언가 꿈틀대는 모습이 보였다. 나는 가만히 앉아 귀를 기울였다. 곧이어 〈야옹! 야옹!〉 하는 고양이 우는 소리가 들려왔다. 이제 됐구나 싶어, 나도 작은 목소리로 〈야옹! 야옹!〉 하며 대답했다. 그러고는 불을 끄고 창문을 타고 넘어 헛간 지붕을 타고 기어내려 왔다. 땅으로 내려와서 나무들 사이로 서서히 걸어가자 톰 소여가 나를 기다리고 있었다.

2

우리는 나무들 사이로 난 길을 따라 밖으로 나왔다. 혹 머리가 나뭇가지에 닿을까 봐, 고개를 숙인 채 화단 끝까지 발끝으로 살금살금 걸었다. 부엌 옆을 지나다가 내가 그만 나무뿌리에 걸려 넘어지는 바람에 나도 모르게 소리를 지르고 말았다. 우리는 즉시 웅크리고 앉아 움직이지 않고 얼마간 조용히 있었다. 짐이라는, 왓슨 아줌마의 덩치 큰 검둥이 하인이 부엌 문 앞에 앉아 있었는데, 불을 등지고 앉아 있어서 그의 모습이 훤히 보였다. 그는 내가 넘어지는 소리에 놀라서 벌떡 일어나 일 분여 동안 고개를 들고 귀를 쫑긋 세우더니, 〈거기 뉘요?〉 하고 외쳤다.

짐은 얼마간 귀를 기울이다가, 발끝으로 조심스럽게 걸어와 우리 둘 사이까지 오더니 딱 멈춰 섰다. 거의 손에 닿을 수 있을 정도의 거리였다. 우리 셋은 몇 분 동안 그렇게 아무 소리도 내지 않고 숨죽인 듯 가까이 붙어 서 있었다. 발목 부분이 간지러웠지만 긁을 수가 없었다. 다음엔 귀가 가렵기 시작했고 이어서 어깻죽지 가운데가 가렵기 시작했다. 나중엔 온몸이 가려워 죽을 지경이었다. 나는 이런 경우를 여러 번 겪어 봤는데, 대개 웃어른들과 같이 있다거나, 장례식에 참석했다거나, 억지로 잠을 자려고 할 때, 어쨌든 긁어서는 안 되는 곳에 있을 때, 온몸 전체가 가려워지곤 했다. 곧이어 다시 짐이 소리쳤다. 「이봐! 거 누구여? 뉘냐니까? 분명 소리가 났는디. 좋아, 두고 봐. 소리 날 때까지 내가 여기 앉아 있을껴.」

그는 나와 톰 가운데 땅바닥에 주저앉더니, 나무에 기댄 채 두 다리를 쭉 폈다. 하마터면 그의 다리가 내 몸에 닿을 뻔했다. 코까지 근질근질해서 눈물이 날 지경이었지만 꾹 참았다. 조금 더 있자 이젠 뱃속까지 간지럽기 시작하더니 엉덩이까지 간지러워져서 도저히 참을 수가 없었다. 이런 비참한 상황이 육칠 분 계속되었지만 이보다 훨씬 오래된 것 같았다. 이제 열한 군데나 간지럽기 시작했고 더 이상 일 분도 참지 못할 것 같았다. 이를 악물다가 막 긁으려는 찰나, 짐의 숨소리가 거칠어지더니 이내 코를 골기 시작했다. 마침내 우리는 평온한 상태를 되찾게 되었다.

톰은 입으로 소리를 내 나에게 신호를 보냈고 우리는 살금살금 기어서 그곳을 빠져나왔다. 10피트쯤 갔을 때 톰이 재미 삼아 짐을 나무에 묶자고 내게 속삭였지만, 나는 싫다고 했다. 만약 짐이 깨어나 소란을 피우면 내가 나갔다는 사실이 발각될 수 있기 때문이었다. 톰은 초가 부족하다면서 부엌에서 몇 개 꺼내 오셨냐고 말했다. 나는 그러다 짐이 깰까 봐 걱정돼 부엌에 안 갔으면 했지만, 톰은 가야 한다고 우겼다. 우리는 몰래 부엌으로 들어가 양초 세 개를 꺼내 왔고, 톰은 양초 값으로 테이블 위에 5센트를 놓고 나왔다. 나는 빨리 이곳에서 벗어나고 싶었지만, 톰은 장난을 치지 않곤 배길 수 없었던지, 기어이 짐이 있는 곳으로 기어갔다. 하는 수 없이 나는 톰을 기다렸다. 한참이 지난 것 같았고, 사방은 조용하고 적막했다.

톰이 돌아오자 우리는 길을 따라가다 정원 울타리를 돌아, 집 뒤에 있는 가파른 언덕배기에 도착했다. 톰은 짐의 모자를 몰래 벗겨 머리 위 나뭇가지에 걸어 놓았다고 했고, 짐이 약간 꿈틀대긴 했지만 깨지는 않았다고 했다. 나중에 짐은 이 사건을 두고 마녀들이 그를 홀려 정신을 잃게 한 후 말에 태우곤 미주리 곳곳을 다니다가 다시 나무 아래에 내려놓고는 자기들의 소행이라는 표시로 가지에 모자를 걸어 놓았다고 사람들에게 말하고 다녔다. 그다음엔 뉴올리언스라고 했고, 매번 이 지역 저 지역으로 넓혀 가더니 결국 전 세계를 끌고 다녔고, 덕분에 엉덩이가 온통 안장에 긁혔다고 했다. 짐은 이 사건 이후 너무 잘난 척을 하는 통에 다른 검둥이 하인들을 거의 무시하곤 했다. 다른 검둥이들이 이 이야기를 들으려 멀리에서 찾아오는 등, 짐은 이 지역에서 그 누구보다 존경받는 사람이 되고 말았다. 짐을 처음 본 검둥이들은 마치 기적을 본 것처럼 넋 놓고 그를 훑어보았다. 이들은 어둑어둑할 때 부엌문 옆에 앉아 마녀에 대해 이야기하곤 했는데, 이 사건에 대해 아는 척하는 검둥이가 있기만 하면, 짐은 「네가 마녀에 대해 뭘 알아!」 하며 핀잔을 주었고 떠들던 검둥이는 말 한마디 못 하고 뒷전으로 물러났다. 짐은 5센트짜리 동전을 줄에 달아 목에 걸고는 악마에게서 직접 받은 것인데 이것으로 모든 병을 고칠 수 있을 뿐 아니라 주문만 외면 언제든지 마녀들이 다시 온다고 약속했다고 떠벌리고 다녔다. 하지만 그는 동전에 대고 무슨 주문을 외우는지는 결코 말하지 않았다. 인근 지역 검둥이들이 그 5센트짜리 동전을 보기 위해 모여들었다. 하지만 이들은 악마의 손때가 탈까 봐 두려워 동전에 손을 대지는 않았다. 짐은 악마를 직접 보았을 뿐 아니라 마녀들이 자신을 태우고 돌아다녔다고 하면서 거드름을 피웠고, 이로 인해 하인으로서는 쓸모가 없을 지경까지 되었다.

언덕배기에 도착하자 톰과 나는 저 아래로 마을을 내려다볼 수 있었는데, 아픈 사람이 있는지 아직도 불빛이 반짝이고 있는 곳이 서너 군데 있었다. 머리 위로는 별빛이 밝게 빛나고 있었고, 마을 옆으로는 폭이 1마일 정도 되는 매우 잔잔하고 웅장한 강이 흐르고 있었다. 언덕을 넘어가자 우리는 오래된 무두질 공장터에 숨어 있던 하퍼와 벤 로저스, 그리고 두세 명의 친구들을 만났다. 우리는 작은 배를 풀어 2마일 반쯤 강을 따라 내려가다가 언덕에 있는 큰 절벽에 도착해 배에서 내렸다.

숲 덤불 속으로 들어가자 톰은 모두에게 비밀을 지키는 맹세를 하라고 했다. 그리고 우리에게 가장 우거진 숲 안에 있는 동굴을 보여 주었다. 우리는 촛불을 밝히고 동굴 속으로 기어들어 갔다. 2백 야드쯤 들어가자 넓은 터가 나타났다. 톰은 여러 갈래 길을 살펴보다가 이내 눈에 잘 안 뜨이는 구멍이 있는 동굴 벽 아래로 기어들어 갔다. 좁은 통로를 따라가다가 우리는 다시 넓은 터를 만났다. 이곳은 습하고 축축한 데다가 춥기까지 하였다. 그곳에 멈춰 서자, 마침내 톰이 말을 꺼냈다.

「이제부터 우리는 갱단을 조직한다. 그 이름은 톰 소여의 갱단으로 한다. 갱단에 입단하려는 자는 우선 맹세부터 한 후에, 혈서로 자기 이름을 써야 한다.」

모두 기꺼이 그를 따랐고, 이어서 톰은 서약서를 꺼내 읽기 시작했다. 모든 단원은 갱단에서 탈퇴할 수 없으며, 그 누구에게도 우리의 비밀을 밝혀서는 안 된다. 단원에게 나쁜 짓을 한 사람과 그의 가족 전체를 살해하도록 명령받은 단원은 임무를 완수해야 한다. 이들을 살해할 때까지는 먹지도 자지도 말아야 하며, 죽은 자의 가슴에는 갱 단원을 알리는 십자가 표시를 해야 한다. 갱단에 속하지 않은 자는 그 누구도 십자가 표시를 쓸 수 없으며, 이를 어긴 자는 처벌받을 것이며, 다시 어길 경우 죽임을 당할 것이다. 단원 중 누구라도 비밀을 발설할 경우 목이 잘릴 것이며, 그 시신은 화장되어 사방에 재로 뿌려질 것이다. 그의 이름은 갱단에서 피로 지워질 것이며, 두 번 다시 그 이름이 언급되지 않을 것이다. 그는 저주를 받아 우리의 기억에서 영원히 사라지게 될 것이다.

우리 모두는 정말로 훌륭한 서약문이라고 하면서 톰에게

직접 만들었냐고 물었다. 톰은 일부는 자신이 만들었지만, 나머지는 해적이나 강도 관련 책에서 보았다고 말하며 그럴싸한 갱단들은 모두 이런 서약문이 있다고 설명했다.

우리들 중 몇이 비밀을 발설한 자의 가족도 모두 죽이면 더 멋질 것이라고 말하자 톰은 그거 좋다고 하면서 연필을 집어 서약문에 기록했다. 그때 벤 로저스가 말했다.

「헉은 가족이 없는데 어떻게 하지?」

〈아버지는 있잖아〉라고 톰이 답했다.

「맞아, 아버지가 있지. 하지만 요즈음 안 보이잖아. 무두질 공장 마당에서 술에 취해 돼지들과 뒹굴곤 했는데, 일 년 이상 안 나타났어.」

단원들은 이 문제를 논의하다가 나를 단원에서 빼려고 했다. 모든 단원은 가족이 있어야 하거나 최소한 죽일 수 있는 누군가가 있어야 하고 그렇지 않으면 공평치 않기 때문이라는 것이다. 모두들 해결점을 찾지 못해 말없이 있는 가운데, 나는 울고 싶은 심정이었다. 그때 번뜩 한 가지 방법이 떠올랐다. 나는 왓슨 아줌마 얘기를 꺼내면서 아줌마를 죽일 수 있다고 말했다. 그러자 모두들 이를 받아들였다.

「그러면 됐네. 이제 잘 됐으니 헉도 단원이 될 수 있어.」 모두들 핀으로 손가락을 찔러 피로 서약에 사인했고, 나 역시 사인했다. 이어서 벤 로저스가 말했다.

「이제 우리 갱단이 무슨 일을 하지?」

「강도와 살인이지.」 톰이 간단히 답했다.

「그러면 무엇을 훔치는 거야? 집이야 아니면 가축이야, 아니면…….」

「헛소리 말아. 소와 말 같은 가축을 훔치는 것은 강도질이 아니야. 그건 멋이 없어. 우리는 노상강도야. 복면을 쓴 채 지나가는 역마차나 객차를 세운 뒤, 사람들을 죽이고 시계나 돈을 터는 거야.」

「사람을 꼭 죽여야 해?」

「물론이지. 그게 제일 중요해. 어떤 갱단들은 다르게 생각하기도 하지만 사람을 살해하는 것이 최고라고 봐. 물론 이 동굴로 잡아 와서 몸값을 받을 때까지 살려 줄 때를 제외하고 말이지.」

「몸값을 받는 게 무슨 뜻이야?」

「나도 잘은 모르지만, 그렇게 하라고 쓰여 있어. 책에서 봤는데, 우리가 해야 할 일이 분명해.」

「뭔지도 모르면서 어떻게 한단 말이야?」

「구시렁대지 마. 어쨌든 우리가 해야 할 일이야. 책에 쓰여 있다고 했잖아. 책 내용과 다른 일을 해서 일을 그르칠 작정이니?」

「말은 쉽지만, 어떻게 하는 건지도 모르면서 사람들 몸값을 받아 낸다고? 나는 그게 알고 싶어. 톰, 네 생각은 뭐야?」

「글쎄, 나도 잘 모르지만, 몸값을 받을 때까지 잡아 둔다는 것은 아마 죽을 때까지 잡아 둔다는 뜻일 거야.」

「그렇구나. 이제 알았네. 미리 말하지 그랬어? 그러니까 그들이 죽어서 몸값을 치를 때까지 잡아 둔다는 거구나. 그런데 음식이나 먹어 치우고 도망갈 기회만 노리고 있으면 꽤나 귀찮을 것 같은데.」

「벤, 그게 말이 돼? 보초가 지키는데 어떻게 도망을 가? 묶어 놓은 말뚝이 조금만 움직여도 쏠 준비가 되어 있는데.」

「보초라고, 재미있는걸. 누군가 밤새 잠 안 자고 그들을 지켜야 하는 거야. 그건 멍청한 짓이지. 몽둥이를 들고 잡혀 오자마자 몸값을 받아 내면 안 될까?」

「그건 책에 없는 거야. 그러면 안 돼. 벤, 너 그냥 할래, 아니면 관둘래? 책 만든 사람들이 제대로 하는 법을 모른다고 생각하니? 네가 그들을 가르칠 수 있다고 생각해? 절대 안 되지. 그냥 제대로 해서 몸값을 받으면 되는 거야.」

「좋아, 알겠어. 하지만 어쨌든 바보 같은 짓이야. 그럼 여자도 죽여야 하는 거야?」

「벤, 만약 내가 너처럼 무식하다면, 난 차라리 가만히나 있겠어. 여자를 죽이는 게 말이 되니. 그런 건 책에도 없어. 그냥 동굴로 끌고 와 공손하게 대해 줘야지. 그러면 서서히 너랑 사랑에 빠지게 될 거고 집에 돌아갈 생각을 잊게 되는 거지.」

「좋아, 정말 그렇다면 네 말을 따르지. 하지만 별로 믿고 싶진 않아. 머지않아 동굴이 여자와 몸값을 내려고 기다리는 자들로 꽉 찰 거고 그러면 우리들이 있을 곳도 없어지게 될 거야. 하지만 알았어. 더 이상 말 안 할게.」

이내 잠이 들어 버린 어린 토미 반스를 깨우자, 겁을 먹고 울면서 엄마에게 가겠다고 했고, 갱단도 되기 싫다고 울어 댔다.

울보라고 놀려 대자, 토미는 화를 내더니 집에 가자마자 모든 비밀을 일러바치겠다고 했다. 톰이 5센트를 주자 다시 조용해졌다. 톰은 오늘은 다들 돌아가고 다음 주에 만나서 사람들 돈을 털고 죽일 계획을 세우자고 했다. 벤 로저스는 일요일을 빼곤 나가기 힘들다고 하면서, 자신은 다음 주 일요일부터 참가하고 싶다고 했다. 하지만 나머지 단원들이 일요일에 그런 일을 하면 안 된다고 하는 바람에 모든 계획이 끝나 버리고 말았다. 조만간 다시 만나 날짜를 잡기로 하고는, 톰을 두목으로, 조 하퍼를 부두목으로 뽑았다.

동이 트기 전, 나는 오두막 지붕을 타고 올라가 창문을 통해 내 방으로 들어갔다. 새 옷이 촛농과 진흙투성이였고, 온몸이 이미 녹초가 되어 있었다.

3

아침부터 옷 때문에 왓슨 아줌마에게 호되게 야단을 맞았다. 더글러스 아줌마는 꾸짖는 대신 촛농과 진흙을 닦아 주었지만, 보기에 너무 안쓰럽고 미안한 생각이 들어 당분간 올바르게 행동해야겠다고 마음먹었다. 왓슨 아줌마가 나를 다락방으로 데려가 기도해 주었지만 별다른 효과도 없었다. 매일 하느님께 기도하면 원하는 것을 주신다 해서 열심히 해봤지만 아무런 변화가 없었다. 한번은 낚싯줄은 있지만 낚싯바늘이 없어서 바늘을 구해 달라고 서너 번 기도한 적이 있지만 아무런 응답이 없었다. 그러다가 마침내 어느 날 왓슨 아줌마에게 대신 기도해 달라고 부탁했는데, 아줌마는 내게 그저 〈이 바보야!〉라고 말하는 거였다. 왜 바보라고 했는지 이유를 말해 주지 않는 바람에 나는 대체 왜인지 알 수 없었다.

한번은 숲 속 깊숙한 곳에 앉아 오랫동안 이 문제를 골똘히 생각해 본 적도 있었다. 기도하면 뭐든지 원하는 것을 얻을 수 있다면 왜 원 집사님께서는 돼지고기 때문에 잃어버린 돈을 되찾지 못하는 건지, 그리고 더글러스 아줌마는 도난당한 은제 코담배 박스를 왜 돌려받지 못하는 건지, 그리고 왓슨 아줌마는 왜 살이 안 붙는 건지 등등에 대해 생각해 보았다. 결국 나는 기도는 아무 효력이 없는 것이라 결론지었다. 더글러스 아줌마에게 이 사실을 말하자, 아줌마는 기도에 대한 응답은 〈영적인 선물〉이라고 말했다. 나에겐 벅찬 대답이었지만 아줌마는 그것이 내가 남들을 돕고, 남을 위해 일하고, 항상 나보다 남을 보살펴 주는 것이라고 설명해 주었다. 왓슨 아줌마도 혹 자기가 말한 남들 가운데 포함된 것이 아닌가 하는 생각이 들었다. 다시 숲 속에서 오랫동안 생각했지만 결국 남들을 위해 하는 것 이외에는 내게 별 도움이 되지 않는다는 생각만 들었다. 나는 결국 더 이상 신경 쓰지 말고 내버려 두자고 다짐했다. 더글러스 아줌마는 가끔 나를 한구석으로 데려가서는 신의 섭리에 대해 말씀해 주셨는데, 제법 혹하는 내용이었다. 하지만, 이것도 다음 날이면 왓슨 아줌마가 다 엉망진창을 만들어 버리곤 했다. 결국 나는 두 종류의 섭리가 있다고 결론지으면서, 더글러스 아줌마의 섭리라면 불쌍한 사람들도 잘해 나갈 수 있겠지만, 왓슨 아줌마의 섭리에 사로잡히게 되면 아무런 혜택도 못 받을 것이라고 보았다. 생각 끝에 나는 더글러스 아줌마의 섭리를 따르겠다고 결심했다. 물론 나를 받아 주신다면 말이다. 하지만 내가 무식하고 변변치 못한지라 더글러스 아줌마의 하느님 편에 선다고 해도 그 덕에 하느님이 무슨 혜택을 보실 수 있을지 도무지 알 수 없었다.

아빠는 일 년 이상 나타나지 않았다. 실상은 아빠가 보기 싫었고, 그래서 나름대로 편안하게 보낼 수 있었다. 맨정신일 때 아빠는 나를 잡아서 때리거나 손찌검을 하곤 해서, 아빠가 주위에 있을 때 나는 숲 속으로 도망가곤 했다. 이즈음 사람들이 말하기를, 마을에서 12마일 상류 지역 강가에서 아빠 익사체가 발견되었다고 했다. 마을 사람들이 분명 아빠라고 한 이유는, 몸 크기가 아빠와 비슷했고, 누더기를 걸쳤고, 특히 아빠처럼 머리가 유난히 길었기 때문이었다. 얼굴로 확인할 수는 없었는데 그건 물에 오래 잠겨 있어서 얼굴 모양이 확인이 안 될 정도로 부패했기 때문이었다. 그런데 사람들 말에 따르면 시신이 반듯하게 누운 채 강물에 떠 있었다는 것이다. 동네 사람들은 그를 건져 강가에 묻어 주었지만 그 후에도 내 마음이 편치 않았던 것은 무언가 머릿속에 떠올랐던 생각 때문이다. 익사한 남자 시신은 누워서 물에 떠 있지 않고 엎어져 떠 있다는 사실을 알고 있었기에, 그건 아빠 시신이 아니라 남장을 한 여자의 시신일 수 있는 것이었다. 나는 마음이 다시 불안해졌고 내가 원치 않아도 조만간 아빠가 다시 나타날 것 같다는 생각이 들었다.

우리는 약 한 달 동안 이따금씩 강도 놀이를 했는데, 그러다가 내가 그만두자, 이어 나머지 단원들도 모두 그만두었다. 우리는 실제 강도짓을 한 것도 아니고, 누구를 죽이지도 않았고 단지 그런 척했을 뿐이다. 숲 속에서 뛰어나와 돼지 몰이꾼들을 뒤쫓거나 장터로 야채 팔러 가는 여자들을 쫓아가긴 했지만 아무것도 훔친 적은 없었다. 톰 소여는 돼지를 일컬어 〈금괴〉라고 불렀고 순무나 야채를 〈보석〉이라고 불렀다. 그리고 동굴로 돌아가서는 우리가 한 일을 축하하는 인디언식 의식을 했고, 우리가 몇 명을 죽였는지 그리고 가슴에 표시를 해두었는지를 이야기했다. 하지만 이런 짓이 무슨 도움이 되는지 알 수 없었다. 언젠가는 톰이 한 아이를 시켜 햇불 막대를 들고 마을을 뛰어다니게 한 적도 있었다. 그는 그 햇불이 단원들이 모이라는 신호라고 했다. 그러고는 자신의 정보원으로부터 한 떼의 스페인 상인들과 돈 많은 아랍인들이 코끼리 이백 마리와 낙타 육백 마리, 그리고 천 마리 이상 되는 〈짐 부리는〉 노새들과 함께 할로우 동굴에서 야영을 한다는 비밀을 전해 들었다고도 했다. 모두 다이아몬드를 운반하고 있는데 호위병이 사백 명밖에 안 되기 때문에 매복해 있다가 그들을 살해하고 물건을 약탈하자고 했고, 총과 칼을 닦아 놓고 준비하자고 했다. 총칼을 닦아 놓지 않고서는 야채 실은 마차도 습격할 수 없다고 톰이 말했지만 총과 칼이라는 것도 윗가지와 빗자루에 지나지 않아 죽도록 닦아 보았자 조금도 나아질 것이 없었다. 나는 우리가 스페인 사람들과 아랍 사람들을 제압할 수 있다고 믿지 않았지만 낙타와 코끼리는 보고 싶었다. 그래서 다음 날인 토요일에는 나도 매복팀의 일원이 되었다. 신호가 오자 우리는 숲 속에서 뛰쳐나와 언덕 아래로 달려갔다. 하지만 스페인 사람과 아랍 사람은커녕 낙타와 코끼리도 없었다. 고작해야 주일학교의 야유회 모임이었으며 그것도 1학년 모임이었다. 우리는 그 야유회를 급습해서 동굴 공터로 아이들을 몰았다. 얻은 것이라고는 도넛 몇 개와 잼이 다였고 벤 로저스가 헝겊으로 만든 인형을, 조 하퍼가 찬송가와 기도책자를 얻었을 뿐이다. 그러나 주일학교 선생님이 우리를 쫓아오는 바람에 다 팽개치고 도망쳐 나왔다. 다이아몬드가 어디 있냐고 톰에게 물었지만, 그는 산더미처럼 쌓여 있다고 했고, 심지어 아랍 사람들과 코끼리도 있었다고 했다. 그런데 왜 볼 수 없었냐고 다그치자, 그는 내가 『돈키호테』를 읽기만 했어도 이런 식의 질문은 하지 않았을 것이라고 되려 내게 역정을 냈다. 분명히 수백 명의 군인과 코끼리와 보석이 있었지만 마법사라 불리는 적들이 있어 이들이 심술을 부려 모든 적을 주일학교 아이들로 변신시켰다는 것이다. 그럼 좋아, 우리가 먼저 마법사를 쫓아 버리면 되지 않겠냐고 내가 추궁하자 그는 오히려 내가 멍청하다면서 이렇게 말했다.

「마법사는 도깨비를 떼로 불러올 수 있을 뿐 아니라 순식간에 널 뭉개 버릴 수도 있어. 키는 나무만하고 몸은 교회 건물만큼 크단 말이야.」

「그럼 우리를 도와주는 도깨비는 없어? 그러면 상대편을 꺾을 수 있잖아?」 하고 내가 되물었다.

「어떻게 네 편 도깨비들을 불러올 건데?」

「몰라. 하지만 넌 어떻게 불러오는데?」

「그 사람들은 헌 양철 램프나 쇠고리를 문지르거든. 그러면 천둥, 번개 소리와 함께 연기가 피어오르면서 도깨비들이 나타나서는 주문받은 일들을 해낸단 말이야. 도깨비는 아무거리낌도 없이 총알 제조탑을 뿌리째 들어내 그것으로 교장 선생님, 아니 누구의 머리라도 후려칠 수 있어.」

「누가 그놈의 도깨비들을 날뛰게 만드는 거지?」

「누구긴, 램프나 고리를 비비는 사람들이지. 도깨비들 주인은 바로 이자들이야. 그래서 이 사람들 말에 복종하게 되어 있어. 40마일이나 긴 다이아몬드 궁전을 세우고 껌이든 뭐든 자기들이 원하는 거로 채우라고 해도 그대로 하고, 중국 황제의 딸을 신붓감으로 데려오라고 해도 그대로 따른다니까. 그것도 다음 날 동트기 전에 일을 해치워 버리거든. 게다가 그 궁전을 이 땅 어느 곳으로 옮기라고 해도 즉시 갖다 놓는다고. 이제 알겠어?」

「내 생각에는 그런 궁전을 지키지 않고 그저 장난만 치고 돌아다니는 그 녀석들이 멍청이 같은데. 내가 만약 도깨비라면 그깟 램프 좀 비볐다고 해서 내 할 일 관두고 주인에게 달려가는 멍청한 짓은 하지 않을 거야.」

「그게 무슨 소리야! 주인님이 램프를 비비면 좋든 싫든 넌 무조건 달려가야 하는 건데.」

「아니, 키가 나무만하고 덩치가 교회 건물만한데도 그래야 한단 말이야? 좋아. 나도 달려가기는 할 거야. 하지만 주인이라는 자를 미국에서 가장 높은 나무 꼭대기에 갖다 놓을 거야.」

「이 바보야, 네게 말해 봤자 뭔 소용이 있겠냐. 너는 아는 게 없어 탈이야. 정말 돌대가리야.」

나는 이 문제에 대해 이삼일간 곰곰이 생각해 보면서, 과연 그런지 알아보기로 했다. 낡은 양철 램프와 쇠고리를 가지고 숲으로 들어가 비벼 보았다. 인디언처럼 얼굴이 벌겋게 될 정도로 땀 뻘뻘 흘리면서 계속 비벼 보았다. 궁전을 지으면 다시 팔아 치울 생각도 해보았다. 하지만 아무 일도 일어나지 않았고 도깨비도 나타나지 않았다. 그래서 나는 이 모든 이야기가 톰이 지어낸 거짓말 가운데 하나가 틀림없다고 생각했다. 내가 보기에 톰은 아랍 사람들과 코끼리 이야기가 사실이라고 믿었던 모양이지만, 내 생각은 달랐다. 이런 이야기에는 주일학교 냄새가 많이 나기 때문이다.

4

 서너 달이 지나자 이제 겨울이 되었다. 거의 매일 학교에 간 덕에 철자법도 익혔고 글을 읽을 줄도 알았으며 제법 쓸 줄도 알았다. 또한 구구단도 〈육 칠은 삼십오〉 하고 답할 수 있었다. 하지만 그 이상은 아무리 해도 무리라는 생각이 들었다. 어쨌든 왠지 수학은 흥미가 생기지 않는다.
 학교 가는 것도 처음에는 싫었지만 시간이 가면서 그럭저럭 지낼 만했다. 유난히 피곤한 날은 꾀병을 부려 가지 않았다. 다음 날 매를 맞으면 오히려 기분이 홀가분해졌다. 학교생활은 갈수록 더 편해졌고, 이제는 더글러스 아줌마의 방식에도 익숙해져서 짜증스러운 느낌이 들지 않았다. 집 안에 살면서 침대생활 하는 것이 답답하기는 했지만 날씨가 추워지기 전까지는 밖으로 빠져나가 가끔 숲 속에서 잠을 자는 것이 내게는 위안이 되었다. 예전 방식이 역시 좋긴 했지만 새로운 삶의 방식에도 조금씩 익숙해진 것이다. 더글러스 아줌마는 내가 서서히나마 만족스러우리만치 잘 하고 있다고 했고, 더 이상 나를 부끄럽게 생각하지도 않는다고 했다.
 어느 날 아침식사 도중에 소금 그릇을 엎어뜨리고 말았다. 나는 액운을 피해야만 한다는 생각에서 소금을 조금 집어 내 어깨 뒤로 뿌리려고 했다. 하지만 왓슨 아줌마가 앞에서 이를 가로막았다. 「그 손 치우지 못하겠니. 넌 항상 말썽만 피우는구나.」 더글러스 아줌마가 날 두둔해 주었지만 그래도 불행한 일이 생길 것 같다는 생각이 들었다. 식사 후 불안한 생각에 마음 졸이면서 밖으로 나왔다. 무슨 일이 내게 닥칠 것만 같았고, 내가 어떻게 될지 불안했다. 개중에는 막을 수 있는 비책이 있는 액운이 있긴 하지만 이번 것은 그런 액운이 아니었다. 하는 수 없이 그저 겁먹은 상태에서 주위만 살필 수밖에 없었다.

앞뜰을 지나 높은 울타리 담을 넘을 수 있도록 만들어 놓은 계단을 넘어 밖으로 나갔다. 밖에는 1인치쯤 높이로 눈이 쌓여 있었다. 그런데 눈 위에 누군가의 발자국이 나 있는 것을 보았다. 발자국은 채석장 방향에서 내려와 계단 근처에 잠시 멈춰 있더니 울타리를 따라 나 있었다. 머뭇거린 자국은 있었지만 이상하게 안으로 들어오지는 않았다. 처음에는 무언지 몰랐지만, 발자국을 따라가다 보니 이내 그 의미를 알게 되었다. 액운을 쫓기 위해서 왼쪽 구두 뒤축에 새겨 놓은 긴 못으로 만든 십자가 자국이 보였기 때문이다.

나는 벌떡 일어나 언덕을 따라 내려갔다. 어깨 너머로 힐끔힐끔 쳐다봤지만 아무도 보이지 않았다. 나는 가급적 빨리 대처 판사의 집까지 내달렸다.

「숨넘어가겠다. 이자 받으러 온 거니?」 판사가 말했다.

「그건 아니지만, 이자가 들어온 게 있나요?」

「지난밤에 반년분이 들어왔지. 150달러나 된단다. 네게는 큰돈이지. 네가 받으면 써버릴 테니까 내가 원금 6천 달러와 함께 딴 곳에 투자하는 게 낫겠지.」

「아니, 써버리기도 싫고, 6천 달러를 원하지도 않아요. 판사님 드릴 테니 모두 다 가지세요.」

판사님은 도무지 이해가 안 가는지 놀란 모습이었다.
「도대체 무슨 소리를 하는 거니?」
「제발 아무것도 묻지 마시고, 그냥 받으세요.」
「대체 무슨 말인지. 무슨 문제라도 있니?」
「제발 아무 말 마시고 그냥 받으세요. 그럼 전 거짓말을 안 해도 되니까요.」
 판사님은 한참 생각에 잠기시더니, 이렇게 말씀하셨다.
「아! 알겠다. 네가 전 재산을 나에게 팔고 싶다는 거구나. 주는 게 아니고. 그것도 좋은 생각이지.」
 그러고는 종이에 뭐라고 쓰시더니 나에게 읽어 주셨다.
「자, 이 증서에 〈그 대가로〉라고 썼다. 그건 내가 너에게서 이걸 사고 대신 돈을 지불했다는 뜻이다. 내가 1달러를 줄 테니 여기에 사인해라.」
 사인을 한 후, 나는 그곳에서 나왔다.

 왓슨 아줌마의 노예인 짐은 주먹 정도만한 털 공을 갖고 있었다. 그건 소의 네 번째 위에서 얻은 것인데 짐은 이것으로 마법을 쓰곤 했다. 그 안에 모든 것을 알고 있는 혼이 숨어 있다는 것이다. 그날 밤 짐에게 가서 눈 위의 발자국을 보니 틀림없이 아빠가 올 것이라고 말하고는, 과연 아빠가 무슨 일을 하려고 하는지, 그리고 언제까지 머물 작정인지를 알고 싶다고 했다. 짐은 털 공을 꺼내 뭔가 주문을 외운 뒤 바닥에 던졌다. 털 공은 통하고 떨어지더니 1인치가량 굴러갔다. 짐이 바닥에다 다시 한 번 던지고, 또다시 한 번 던졌지만 마찬가지로 굴렀다. 짐은 무릎을 꿇더니 털 공에다 귀를 갖다 대었다. 하지만, 아무런 소용이 없는지, 공이 아무 반응도 없다고 내게 말했다. 가끔 돈을 안 주면 아무 말도 하지 않는다는 것이다. 나는 오래된, 윤이 나는 가짜 25센트짜리 동전이 있는데, 은이 벗겨지고 놋쇠마저 보일 정도라 별 쓸모는 없는 돈이라고 말해 주면서 설사 놋쇠가 안 보인다고 해도 너무 닳아 반질반질하기 때문에 쓸 수는 없다고 말했다. (판사에게 받은 1달러에 대해선 차라리 말하지 않는 게 좋을 것 같다고 생각했다.) 나는 이 동전이 별로 좋지는 않지만 털 공이 구별하지 못할 테니까 받을 것이라고 했다. 짐은 털 공이 그것을 쓸 수 있는 동전으로 믿게끔 만들겠다고 하면서 냄새도 맡아 보고 이로 물고 비비기도 했다. 짐은 아일랜드 생감자를 반쯤 자른 다음 동전을 밤새도록 그 사이에 놓아 두면 다음 날 놋쇠가 보이지 않는다고도 했다. 그러면 더 이상 반들거리지도 않고 털 공뿐 아니라 마을 사람들도 즉시 돈으로 받아 주리라는 것이다. 감자가 그런 작용을 한다는 것을 알기는 했지만, 난 그 사실을 잊고 있었다.

짐은 털 공 밑에 25센트짜리 동전을 놓고 다시 무릎을 꿇고 귀를 기울이더니, 이제야 털 공이 괜찮다고 했다면서 원하면 내 운세를 다 말해 줄 것이라고 했다. 계속 하라고 하자 짐은 털 공이 말한 내용을 나에게 전해 주었다.

「니 아빠는 아적 뭘 할지 모르고 있어. 어떨 적엔 어딜 가야겠다고 했다가, 또 어떨 적엔 그냥 있겠다고 했다가 왔다 갔다하고 있어. 그러니께, 최고는 말여, 니 아빠가 그냥 선택하게 냅두는 거여. 천사가 두 명 있는디, 늘상 니 아빠 주위를 맴돌고 있는겨. 한 명은 하얗게 빛이 나는 모양이고 다른 한 명은 깜장색이여. 얼매 동안은 하얀 천사가 좋은 길로 데리구 가지만 깜장 천사가 훼방 놀끼여. 이짝에서 데려갈지 저짝에서 데려갈진 아무도 몰러. 하지만 넌 문제없어. 살면서 문제도 많을 거지만 기쁜 일도 많을겨. 다치거나 아프거나 할 때도 있겠지만 매번 다시 일어날 거여. 니 인생에는 두 명의 여자가 있는디 한 명은 백인이고 다른 한 명은 흑인이여.

한 명은 부자고 한 명은 가난뱅이여. 너는 먼저 가난뱅이랑 결혼했다가 다시 부자와 결혼하게 될겨. 그냥 물에는 가지 말고 딴 짓은 허지 마. 잘못하면 목매달아 죽을 수 있다고 사주에 써 있으니께.」

 그날 밤 촛불을 들고 내 방에 들어가자, 아빠가 앉아 있었다.

5

 문을 닫고 뒤를 돌아본 순간, 거기에 아빠가 계셨다. 나는 항상 아빠를 무서워했는데, 그건 많이 맞았기 때문이다. 지금도 덜컥 겁이 났지만, 곧 그 생각이 잘못이라는 것을 깨달았다. 예기치 않게 아빠를 만나면서 숨이 꽉 막혔던 첫 순간이 지나자, 이내 겁날 정도는 아니라는 것을 알게 되었다.

 아빠는 거의 쉰이 다 되었고 또 그렇게 보였다. 머리는 길고 엉켜 있는 데다가 기름기마저 흘렀다. (마치 포도 넝쿨 사이로 보는 것처럼) 흘러내린 머리카락 사이로 그의 눈이 빛나고 있었다. 머리색은 하나도 세지 않았는지 까만색이었다. 서로 엉킨 긴 구레나룻도 까맸다. 얼굴 부분만 하얀색을 드러냈다. 보통 하얀 피부라기보다는 사람의 속을 메스껍게 만드는, 아니 몸에 소름이 돋게 만드는 식의 하얀 피부, 청개구리나 물고기 배때기에서 보이는 그런 하얀색이었다. 걸친 것은 옷이 아니라 누더기 그 자체였다. 한쪽 발목을 무릎 위에 걸치고 앉아 있었는데, 신발이 헤져서 발가락 두 개가 삐져나와 있었고, 이따금씩 꼼지락대고 있었다. 모자는 바닥에 놓여 있었는데 낡아 빠져서 모자 윗부분이 마치 푹 꺼진 것처럼 들어가 있었다.

　나는 선 채로 아빠를 쳐다보았다. 아빠도 조금 뒤로 젖혀진 의자에 앉아 나를 마주 보았다. 창문이 열려 있는 것을 보니 오두막을 타고 올라와 내 방으로 들어온 것이 틀림없었다. 아빠는 계속 나를 쳐다보더니, 이윽고 말을 꺼냈다.

「풀 먹인 빳빳한 옷을 입었네. 제법 뭐라도 된 것 같은가 보지.」

「그럴 수도, 아닐 수도 있어요.」

「건방지게 대꾸하지 마라. 내가 없는 동안에 바람이 든 모양이구나. 우선 네놈 콧대부터 꺾어 놔야겠구나. 교육도 받았다며. 책도 읽고 쓸 줄도 안다고. 아빠가 글을 모른다고 나보다 낫다고 생각하는 모양인데, 내가 정신 차리게 해줄 테다. 누가 너더러 그런 터무니없는 짓을 하라고 하든? 누가 너더러 글을 배울 수 있다고 한 거야?」

「더글러스 아줌마가 그랬어요.」

「아줌마라고? 누가 그 여자더러 자기 일도 아닌 일에 감히 참견하라고 시킨 거냐?」

「누가 시켜서 한 게 아니에요.」

「좋아, 그럼 내가 그 여편네에게 참견하는 법을 제대로 가르쳐 줘야겠군. 그리고 너는 당장 학교 때려치워. 아비 앞에서 잘난 척하고 뭐라도 되는 척하는 자식으로 키워 놨다니. 학교 주변 어슬렁대다가 나한테 잡히기만 해봐라. 네 엄마도 죽을 때까지 글을 읽지도 쓰지도 못했고, 우리 가족 모두가 그랬다. 나도 못하는데 감히 이렇게 잘난 척을 해. 난 이런 걸 참는 사람이 아냐. 그래 너 읽는 것 한번 들어나 보자.」

　나는 책을 집어 들고는 워싱턴 장군과 독립전쟁에 대한 부분을 읽기 시작했다. 삼십 초 정도 지나자 아빠는 내 책을 휙 빼앗더니 저쪽으로 집어던졌다.

「그래, 할 수 있다 이거지. 그래도 설마 했는데. 이제부터는 잘난 척하면 내가 가만 안 놔둔다. 잘난 체하는 놈! 앞으로 내가 감시할 줄 알아. 학교 주변에서 잡히기만 해라. 교회에도 다닌다고. 내 아들이 그러는 걸 내버려 둘 수 없지.」

그러고는 파란색과 노란색으로 소 몇 마리와 소년의 모습을 그린 조그마한 그림 한 장을 집어 들었다.

「이건 뭐야?」

「공부 잘 했다고 받은 거예요.」

아빠는 그 그림을 휙 찢어 버렸다.

「내가 더 좋은 것을 주겠다. 채찍질을 주겠단 말이다.」

아빠는 분에 못 이겨 계속 씩씩대더니만, 다시 투덜대기 시작했다.

「그나저나 너 이제 제법 멋쟁이가 됐구나? 아비는 무두질 공장간에서 돼지들과 자는 처진데, 자식은 멋쟁이라니. 하여튼 우선 네놈 바람기부터 빼놔야겠구나. 네놈 거만한 것은 끝도 없구나. 너 돈도 많다면서? 어찌된 일이야?」

「그건 거짓말이에요. 정말이에요.」

「말하는 것 보지. 내가 지금 참고 있는 것 안 보이느냐. 건방지게 말대꾸를 해. 마을에 이틀 머물면서 네가 부자 됐다는 소리밖에 들은 게 없어. 저기 강 아래 지방에도 들리던데, 내가 왜 왔는지 알겠지. 내일 당장 돈 가져와. 필요하단 말이야.」

「저 돈 없어요.」

「거짓말하지 마, 대처 판사가 갖고 있잖아. 필요하니까 당장 가지고 와.」

「돈 없어요. 판사님에게 물어보세요. 똑같은 말씀 하실 거예요.」

「좋아, 내가 직접 물어볼 테다. 돈을 토해 내게 만들 거야.

안 되면 그 이유라도 듣고야 말겠다. 너 주머니에 얼마 있어? 당장 내놔.」

「1달러밖에 없어요. 그 돈으로……」

「그 돈으로 뭐하든 간에, 당장 내놔.」

그는 돈을 빼앗더니 진짜인지 확인하려고 이빨로 깨물어 보았다. 그러고는 하루 종일 술 한 방울도 축이지 못했다면서, 마을로 가서 위스키를 사야겠다고 말했다. 그는 아래로 내려가다 말고 다시 고개를 들이밀더니, 내가 건방진 데다가 아빠보다 잘난 척까지 한다고 욕을 해댔다. 이제는 갔나 했더니 다시금 머리를 들이밀고 감시할 테니까 학교를 관두라고 하면서, 다니다가 걸리면 경을 치겠다고 떠들어 댔다.

이튿날 아빠는 술에 취한 채 대처 판사님 댁을 찾아갔다. 판사님을 위협하고 돈을 포기하게 하려 했지만 잘 되지 않자 법으로 강제집행 하겠다고 으름장을 놓았다.

대처 판사님과 더글러스 아줌마는 아빠의 접근을 막고 둘 가운데 한 명이 나의 법적 보호자가 되게 해달라고 법원에 호소했다. 하지만 새로 부임한 판사는 아빠에 대해 알지 못했기 때문에 법원이 가족 일에 간섭하거나 가족을 떼어 놓을 수 없다고 말했다. 결국 판사님과 아줌마는 이 일에서 손을 뗄 수밖에 없었다.

아빠는 기뻐 날뛸 정도로 좋아했다. 만약 돈을 마련하지 못하면 나를 시퍼렇게 멍이 들 정도로 채찍으로 패겠다고 위협하기에, 하는 수 없이 판사님에게 3달러를 빌려서 아빠에게 주었다. 아빠는 그 돈으로 술을 먹고 대취하여 한밤중까지 허튼소리를 하며 욕하고 고함지르고 다니면서 양은 냄비를 마구 두드려 댔다. 그래서 결국 유치장에 끌려가게 되었고, 이튿날 재판을 받고 일주일 구류를 살았다. 하지만 그는 그래도 만족스럽다고 하면서, 헉의 아버지 자격으로 그 녀석을 혼쭐내 주겠다고 떠들어 댔다.

새로 부임한 판사는 아빠가 감옥에서 나오자마자 새사람으로 만들어 보겠다고 하면서, 아빠를 자기 집으로 데려갔다. 그는 우선 아빠에게 멋지고 깔끔한 옷을 갈아입힌 후 세 끼 식사를 가족들과 같이 하게 하면서 아빠를 따뜻하게 대해 주었다. 저녁식사가 끝난 다음 판사는 금주 등에 관해 아빠에게 이런저런 이야기를 해주었고, 아빠는 눈물을 흘리면서 자기가 바보처럼 인생을 낭비하고 살았지만 이제는 인생의 새 장을 열고 누가 봐도 떳떳한 사람이 되겠다고 약속까지 했다. 아빠는 판사에게 도와달라고 하면서 자신을 비천한 사람으로 여기지 말아 달라고 애원도 했다. 그 말에 감동받은 판사는 아빠를 포옹하면서 부인과 함께 눈물을 흘렸고, 아빠도 같이 눈물을 흘렸다. 아빠는 자기가 평생 남들에게 오해만 받아 오며 살았다고 했고 판사는 그 말을 모두 받아들였다. 아빠가 절망에 빠진 자에게는 동정심이 필요하다고 말하자, 모두들 다시 울음을 터뜨렸다. 잘 시간이 되자 아빠는 일어나 모두에게 손을 내밀면서 이렇게 말했다.

「여러분, 제 손을 잡아 주세요. 제 손은 한때 더러운 돼지와 함께 지냈던 손이었지만, 이제는 인생을 새롭게 출발하는 자의 손입니다. 이젠 죽어도 예전으로 돌아가지 않을 겁니다. 제가 한 말을 꼭 기억해 주세요. 이제 깨끗한 손입니다. 두려워 마시고 와서 제 손을 잡아 주세요.」

이 말을 듣고는 모두 손을 잡고 함께 눈물까지 흘렸다. 판사 부인은 아빠의 손에 입맞춤까지 했고, 아빠는 서약서를 쓴 다음 사인까지 했다. 판사는 이 순간이야말로 평생 가장 귀중한 시간이라는 등의 말을 했다. 그러고는 아빠를 손님용 침실로 안내했다. 몇 시경인가 한밤중에 아빠는 술이 고팠는지 현관 지붕으로 기어 나와 기둥을 타고 나가서는, 새 윗도리를 독한 양주 한 병과 맞바꾼 후 방으로 돌아와 한참을 마셔 댔고, 동이 틀 무렵 술이 떡이 되어, 다시 기어 나가다가 베란다에서 떨어져 왼쪽 팔이 두 군데나 부러졌다. 해가 뜬 후 누군가 아빠를 발견했을 때에는 거의 얼어 죽을 지경이었다고 한다. 게다가 아빠가 자던 손님용 방에 가본 사람들은 방이 온통 지저분해서 발도 들여놓기가 어려울 정도라고 말을 전했다.

판사는 화가 머리끝까지 치밀어 올랐고, 아빠를 회개시킬 수 있는 방법은 총 말고는 다른 아무런 방법이 없다고 말했다고 한다.

6

아빠는 이내 자리에서 일어나 돌아다녔고, 다시 법원에 호소해 대처 판사님으로 하여금 돈을 포기하게 만들려고 했다. 나에게는 학교를 포기하라고 했다. 두어 번 붙잡혀 매를 맞았지만 나는 여전히 학교를 포기하지 않았고, 아빠를 피해 다니거나 도망쳐 다녔다. 나도 이전에는 학교 다니기가 싫었지만, 이제는 아빠에게 복수하기 위해서라도 학교에 다니고 싶었다. 재판 과정은 워낙 느려서 제대로 시작조차 못 할 것 같았다. 겨울 내내 나는 이따금씩 아빠에게 붙잡혔고, 매 맞지 않으려고 판사님한테서 2~3달러를 빌려 아빠에게 주었다. 받은 돈으로 술을 먹은 아빠는 대취해서 마을을 돌며 난리를 피웠고 매번 감옥에 갇혔다. 하지만 이런 일들이 아빠의 성미에 맞는지 오히려 즐거워했다.

아빠가 더글러스 아줌마 집 주위를 너무 기웃댔기 때문에 아줌마는 계속 그런 짓을 하면 그냥 놔두지 않겠다고 으름장을 놓았다. 하지만 아빠는 멀쩡한 태도로 과연 누가 헉 핀의 보스인지 보여 주겠다고 대꾸했다. 그러더니 어느 봄날 지키고 서 있다가 나를 붙잡아 나룻배에 태우고는 강 상류 쪽으로 약 3마일 올라가 숲이 우거진 일리노이 주로 건너갔다. 그 곳에는 집 한 채 없고 다만 낡은 통나무집 한 채만 있었는데, 나무가 너무 우거져 어디가 어디인지 분간도 할 수 없는 곳이었다.

나를 항상 옆에 두었기 때문에 달아날 기회도 없었다. 우리는 그 통나무집에 살았는데, 아빠는 항상 문을 잠가 두었고 밤에는 자기 베개 밑에 열쇠를 두고 잠을 잤다. 어디에서 훔쳐 왔는지 아빠는 총 한 자루를 갖고 있었다. 우리는 낚시하고 사냥하는 식으로 해서 먹고 지냈다. 3마일쯤 떨어진 선착장에 있는 가게에 나갈 때면 나를 가두어 놓고 갔으며, 잡은 고기와 사냥감은 술과 교환해 가지고 왔다. 그러고는 술에 취해 있다가 나를 패곤 했다. 더글러스 아줌마가 마침내 내가 있는 곳을 알아내고는 사람을 보내 나를 데려오려 했지만 아빠는 그를 총으로 위협해 쫓아 버렸다. 그러다가 시간이 지나면서 그곳 생활에 익숙해지자 매 맞는 것 말고는 그곳 생활이 그다지 싫지는 않았다.

하루 종일 놀고 지내면서, 담배도 피우고 낚시도 하는 그런대로 편하고 즐거운 생활이었다. 물론 책을 보거나 공부할 필요가 없었다. 두 달 이상 지내면서 내 옷은 누더기가 되었다. 접시에다 식사하면서, 항상 머리를 빗고, 제때에 자고 일어나는 식의 더글러스 아줌마 댁에서의 생활을 내가 어떻게 좋아하게 되었는지조차 이해가 안 될 정도가 되었다. 매일 책을 보라는 왓슨 아줌마의 귀찮은 추궁을 받으면서 어떻게 지내 왔는지가 신기할 따름이었다. 더 이상 집에 돌아가고픈 마음도 없었다. 더글러스 아줌마가 그렇게 싫어했던 욕지거리를 다시 입에 담기 시작했는데, 아빠는 이에 전혀 개의치 않았다. 여러 모로 보아 숲 속 생활은 상당히 즐거웠다.

하지만 아빠가 점점 더 히코리로 만든 회초리를 마구 휘두르는 통에 더 이상 이 생활을 참을 수 없었다. 온몸이 회초리로 맞은 자국이었다. 외출할 때마다 나를 가두어 두는 경우도 많았다. 한번은 사흘씩이나 날 가둬 두고 나가는 바람에 끔찍이 외로운 적도 있었다. 나는 아빠가 밖에 나갔다가 익사한 줄 알았고 영원히 이곳에 갇혀 있게 되는 줄 알았다. 덜컥 겁이 났고 이곳에서 벗어나기 위해 무언가 해야겠다고 마음먹었다. 여러 번 탈출을 시도했지만 별반 소용이 없었다. 개가 비집고 나갈 크기 정도의 창문도 없는 데다, 굴뚝도 너무 좁았고, 문은 두껍고 단단한 참나무 판이었다. 아빠는 외출할 때 절대 칼 같은 것을 안에 놓고 나가는 법이 없었다. 백 번 이상 집을 뒤져 봤다. 아니 달리 할 일이 없어서 하루 종일 뒤져 보았다. 그러다가 마침내 무언가를 찾아냈다. 그것은 자루가 빠진 오래된 녹슨 나무 톱이었는데 지붕 서까래와 판자 틈에 끼어 있었다. 나는 톱에 기름칠을 하고는 이내 작업을 시작했다. 틈새로 들어오는 바람에 촛불이 꺼질까 봐, 식탁 뒤 맨 구석 벽에 낡은 말안장용 담요를 걸어 놓았고, 식탁 밑으로 들어가 담요를 들고는 내가 통과할 만한 크기 정도로 맨 밑 나무판자를 자르기 시작했다. 꽤 긴 시간이 걸리는 일이었다. 숲 속에서 아빠의 총소리가 들릴 무렵에야 일을 끝낼 수 있었다. 흔적을 없애기 위해 담요를 다시 내리고 톱을 감추자마자, 아빠가 들어왔다.

아빠는 보통 때처럼 저기압 상태였다. 마을에 가보니 모든 게 이상하게 돌아가고 있었던 모양이었다. 재판만 시작되면 소송도 이기고 돈도 찾을 수 있다고 아빠의 변호인이 말했지만, 소송을 연기할 방법이 여럿 있고 대처 판사님이 이 방법을 알고 있다는 것이다. 게다가 사람들이 말하기를 자기에게서 나를 떼어 놓고 더글러스 아줌마가 후견인이 되도록 만드는 또 다른 소송이 진행되고 있으며, 이번에는 그들이 이길 것이라고 했다는 것이다.

나는 이 소식을 듣고 심하게 동요했다. 이제는 더 이상 더글러스 아줌마 집에 돌아가 답답한 생활을 하면서 소위 교양인이 되는 생활을 하기가 싫었기 때문이다. 아빠는 욕을 해대기 시작하더니 아무거나 아무 사람이나 떠오르는 대로 악담을 해댔다. 그러고는 누구 빠진 사람이 있는 것을 확인이라도 하듯이, 다시 한 번 악담을 해댔다. 계속해서 자신이 모르는 사람들까지 무슨 놈 해가면서 저주하다가, 마치 마무리라도 하듯이 모두를 싸잡아 가지고 욕을 해댔다.

아빠는 더글러스 아줌마가 나를 갖게 될지 두고 보라고 말했다. 잘 감시하고 있다가 그들이 그런 일을 벌일 기미가 보이면 나를 6~7마일쯤 떨어진 곳에 가두어 버리겠다고 협박했다. 그러면서 그곳은 그들이 수색 작업을 하려 해도 결국 포기해야 할 장소라고 했다. 나는 다시 마음이 불안해졌지만 그건 잠시뿐이었다. 하지만 아빠가 그런 일을 벌일 때까지 가만있으면 안 되겠다고 마음먹었다.

아빠는 나에게 나가서 나룻배에 실린 물건들을 옮기라고 시켰다. 50파운드짜리 옥수수 포대, 돼지 베이컨 살, 탄약, 4갤런짜리 위스키 통, 총구에서 화약을 분리시키는 데 쓰는 깔개용 서적과 신문지 두 장, 그리고 예인용 밧줄이 있었다. 나는 짐을 옮기고는 나룻배 있는 곳으로 가서 뱃전에 앉아 쉬고 있었다. 그러고는 이런저런 궁리 끝에 총 한 자루와 낚싯대 몇 대를 갖고 숲 속으로 도망칠 생각을 했다. 한 곳에 머물지 않고 밤 시간에 이 지역을 가로질러 가면서 사냥과 낚시로 살아갈 작정이었다. 그리고 아빠뿐 아니라 더글러스 아줌마도 찾을 수 없는 먼 곳으로 떠날 계획을 짰다. 나는 그날 밤 아빠가 분명 술에 취할 것이고, 술에 취하면 톱으로 만든 구멍을 통해 탈출하겠다고 생각했다. 이런 생각에 빠지는 바람에 얼마나 오래 머물러 있었는지도 몰랐다. 그러다가 마침내 〈잠을 처자는 거냐 아니면 물에 빠져 죽은 거냐?〉 하는 아빠의 고함 소리를 듣게 되었다.

모든 짐을 통나무집으로 옮겨 놓자 날이 어두워졌다. 저녁 준비를 하는 동안 아빠는 술을 한두 잔 들이켜더니, 이내 취해 다시 막말을 해대기 시작했다. 한번은 마을에서 술에 대취해 밤새 도랑에 누워 있던 적도 있었는데 그 모습이 정말 가관이었다. 진흙투성이가 된 그를 보고 사람들이 막 빚어낸 아담 같다고 농담했을 정도였다. 술이 오르기만 하면 아빠는 항상 정부를 공격했다.

「이것도 정부라고 할 수 있어! 자, 보란 말이야. 세상에 키운 자식을 빼앗기게 놔두는 그런 법이 있다니. 돈 들여 키우느라 걱정하고 고생한 아버지는 뭐냐고! 아들을 키워서 이제 일을 해 아비를 쉬게 해주려는 마당에 이놈의 법이 다 뭐야. 이게 정부가 할 짓이야! 그게 다가 아냐. 그 늙은 대처 판사를 도와 내 재산을 빼앗으려 하고 있어. 이게 법이 하는 짓이야. 6천 달러 이상 값어치가 나가는 사람을 이런 낡은 통나무집에 가둬 놓고 돼지도 입지 않을 누더기 옷을 입고 다니게 하는 게 정부야! 이런 정부에서는 자기 권리도 행사를 못 하게 되어 있지. 언젠가 이곳을 영원히 떠나고 말 거야. 분명히 말했다고. 늙은 대처에게도 면전에다가 말했어. 모두들 들으라고 말했어. 내 말 알아들었을 거야. 2센트만 있어도 이놈의 나라를 영원히 떠나 버릴걸. 내 모자 꼴 좀 보라고. 이게 모자냐고. 뚜껑은 올라가 있고 내 머리는 턱밑까지 내려오는 게 모자냐고. 마치 난로연통 갈라진 곳으로 머리가 튀어나온 것 같은 모양이지. 세상에, 이놈의 권리를 찾기만 하면 이 마을에서 가장 부자가 될 내가 이런 모자를 쓰고 있다니 말이야.」

「참 멋진 정부지. 이것 봐, 글쎄 오하이오 주에서 온 해방된 검둥이가 있는데 말이야, 글쎄 이놈이 백인 피가 섞인 거의 백인처럼 하얀 놈이란 말이지. 하얀 셔츠에다가 멋진 모자까지 걸쳤는데, 이 동네에도 그놈처럼 멋진 옷을 입은 사람이 없었어. 금줄 달린 금시계에다 은 손잡이가 있는 지팡이를 들었는데 이 나라에서 끔찍하게 돈 많은 부자라나. 게다가 대학 교수래요. 모르는 게 없고 여러 나라 말도 한다네. 더 끔찍한 것은 자기 마을에서 투표도 할 수 있다는 사실이야. 난 투표 안 한다. 대체 이 나라가 어디로 가는 거야. 선거날 술만 안 취했으면 가서 하려고 했는데, 검둥이들도 투표한다고 해서 난 기권했어. 다시는 투표 안 한다. 다들 들었어? 절대 투표 안 한다는 말을. 이 나라가 썩어 문드러져도 난 투표 안 해. 그놈 길에서 폼 잡는 꼴을 보라고. 내가 확 밀지 않았으면 그놈 비키지도 않았을 거야. 왜 노예 경매에서 이놈을 팔아 버리지 않는지 알고 싶다고 사람들에게 소리쳤어. 그랬더니 고작 한다는 소리가 여기서 여섯 달 이상 머물지 않았으면 팔수가 없다데. 그놈이 아직 여섯 달이 안 되었다는 거야. 대체 뭔놈의 정부가 여섯 달 전에는 자유노예를 못 팔게 하는 거냐고. 그러고도 정부라네! 정부라고 생각하면서 거리를 배회하면서, 도둑질이나 하는 끔찍한 하얀 셔츠 꼴의 검둥이를 잡지도 못한 채 여섯 달이나 그냥 두는 게 말이 되느냐고……」

아빠는 계속 떠들면서 힘없는 다리로 휘청대며 돌아다녔다. 그러다가 절인 돼지고기 통에 걸려 넘어지면서 양쪽 정강이가 깨지고 말았다. 그때부터 더욱 열 받은 듯한 말투로 이리저리 움직이면서 검둥이, 정부, 심지어 돼지고기 통에다가도 소리를 질러 댔다. 한참을 이발저발로 뛰어다니더니 별안간 왼발로 돼지고기 통을 냅다 걷어찼는데, 그게 바로 실수였다. 그쪽은 해진 구두 틈으로 발가락 두 개가 삐죽이 나와 있었기 때문이었다. 아빠는 소름이 끼칠 정도로 고함을 지르더니 발가락을 잡고는 땅바닥에 자빠져 구르기 시작하면서, 이미 해댔던 욕보다 더한 욕을 해댔다. 아빠 스스로도 나중에 그렇게 말했다. 젊은 시절 소베리 헤이건 영감이 욕하는 걸 들은 적이 있는데 자기가 내뱉는 욕설이 더할 거라고. 하지만 내 생각에 그건 허풍으로 들렸다.

저녁식사 후 아빠는 술통을 들고서는 입버릇처럼 아직 두 번 흠씬 취하고 한 번 완전히 갈 정도의 독주가 있다고 떠벌렸다. 나는 아빠가 한 시간 정도면 왼진히 취할 것이고 그러면 열쇠를 훔치든가 아니면 톱으로 썰든가 해서 어떻게든 도망칠 생각을 했다. 계속 술을 마셔 대던 아빠는 결국 담요 위에 쓰러지고 말았다. 하지만 아직 행운은 나를 찾아오지 않았다. 아빠는 깊게 잠들지 못하고 뒤척였고, 끙끙대다가 신음 소리를 내기도 하면서 오랜 시간을 이리저리 뒤척거렸다. 나도 졸음이 와 더 이상 두 눈을 뜨고 있을 수가 없었고, 결국 촛불을 켜놓은 채로 잠에 빠져들고 말았다.

얼마간 잠을 잤는지 모르겠지만 별안간 끔찍한 고함 소리에 놀라 벌떡 일어났다. 아빠가 미친 듯이 뱀이라고 고함치면서 여기저기 뛰어다니고 있었다. 뱀이 다리 위로 기어올라온다고 하면서 펄쩍 뛰며 고함치다가 다시 얼굴을 물렸다고 고함쳐 댔다. 아무리 봐도 뱀은 보이지 않았다. 그는 미친 듯이 집 안을 뛰어다니면서, 「내 목을 물고 있어, 떼어 줘! 떼어 줘!」라고 외쳐 댔다. 나는 그렇게 사납게 쳐다보는 눈빛은 평생 처음 봤다. 그러다가 이내 기진맥진해 고꾸라지더니, 숨을 헐떡이며 걸리는 것마다 마구 발로 차면서 이리저리 굴러다녔고, 공중에다 손을 휘두르고 뭘 잡는 모양을 하더니 귀신한테 잡혔다고 비명을 질러 대기도 했다. 결국 탈진해 신음 소리만 내더니, 이윽고 잠잠해졌다. 숲 속 멀리서 올빼미와 늑대 울음소리가 들려올 뿐 무서울 정도로 주위가 고요했다. 아빠는 통나무집 맨 구석에 누워 있었다. 그러더니 다시 반쯤 몸을 일으켜, 고개를 한쪽으로 돌리고는 무언가 열심히 듣는 듯한 모습으로 작게 말했다.

「쿵 쿵 쿵, 죽음의 사자가 오고 있다. 쿵, 쿵, 쿵, 날 쫓아오잖아. 가기 싫어! 어, 이제 다 왔네! 날 건드리지 마! 손 치워! 차가운 손 좀 저리 치워. 제발 날 좀 내버려 둬!」

그러고는 기어다니면서 자기를 내버려 둬달라고 애원했다. 담요로 몸을 감싸고는 낡은 소나무 탁자 밑에서 버둥대며 계속 빌면서 울어 댔는데, 담요 밖으로 그 소리가 다 들릴 정도였다.

얼마 후 담요를 젖히고 벌떡 일어서더니 미친 듯이 나를 보면서 다가왔다. 그러더니 주머니칼을 들고는 나를 죽음의 사신이라고 부르면서 다시금 다가오지 못하게 한다고 죽일 듯이 달려들었다. 내가 헉이라고 하면서 빌어도, 아빠는 이상하게 웃고, 악쓰고, 저주하면서 계속 나를 쫓아왔다. 나는 갑자기 방향을 틀어 아빠의 팔 아래로 빠져나가려고 하다가 그만 윗옷 등짝을 잡히고 말았는데, 정말 〈이제 죽었구나〉 하고 싶을 정도였다. 하지만 다행히 재빨리 옷을 벗어 버린 채 도망칠 수 있었다. 아빠는 지쳤는지 이내 주저앉아 문짝에 기대앉았다. 잠깐 쉬고 나더니, 다시 나를 죽이겠다고 소리쳤다. 그러다가 칼을 내려놓고서는, 한숨 자고 난 후에 내 정체를 다시 확인하겠다고 떠벌려 댔다.

아빠는 이내 잠이 들었다. 나는 낡은 막대의자를 가져다 그 위에 올라가 소리 내지 않게 조심하면서 총을 집어 내렸다. 총이 장전되었는지 확인하기 위해 쇠막대로 총구를 찔러 본 다음, 아버지 쪽을 겨눠 순무 통 위에 올려놓고는 그 뒤에 앉아 아빠가 깨어나기를 기다렸다. 정말 시간이 한없이 느리게 흘러갔다.

7

「일어나! 뭐하고 있는 거야!」

나는 눈은 떴지만 여기가 어디인지 몰라 주위를 살폈다. 오랜 시간 편안하게 잠을 잤는지, 이미 해가 떠 있었다. 아빠는 언짢고 기분 나쁜 표정으로 내 앞에 서 있었다.

「이 총으로 무슨 짓을 한 거야?」

그는 어제 자신이 무슨 짓을 했는지 전혀 모르고 있었다.

「누군가 침입하려고 하기에, 지키고 있었어요.」

「왜 날 안 깨웠어?」

「깨우려 했지만, 꿈쩍도 안 하셔서 어쩔 수 없었어요.」

「알았으니까, 그 뒤에서 종알대지 말고, 나가서 낚싯줄에 아침에 먹을 고기가 걸렸는지 보고 와. 나도 곧 따라갈 테니.」

아빠가 자물쇠를 풀고 문을 열자 나는 서둘러 강둑으로 나갔다. 나뭇가지 몇 개와 나무껍질 등이 떠내려오고 있는 것으로 보아 강물이 불기 시작했음을 알았다. 지금쯤 마을에 있었다면 재미 좀 보았을 텐데. 유월에 강물이 불어나는 것은 나에게는 행운의 신호였기 때문이다. 물이 불기 시작하면, 장작더미나 뗏목 일부가 떠내려왔고, 어떤 때는 목재가 묶음째 떠내려오기 때문에, 건져서 목재상이나 제재소에 팔

수 있었다.

나는 한쪽 눈으로는 아빠를 살피고 다른 눈으로는 무엇이 떠내려오는지 살피면서 둑을 따라 올라갔다. 그런데 별안간 13, 4피트 정도 되는 멋진 카누가 오리처럼 떠내려오고 있는 것을 발견했다. 옷을 입은 채 개구리처럼 펄쩍 뛰어 카누를 향해 갔다. 사람들을 놀래 줄 때 종종 그렇듯이 누군가 안에 누워 있을 것 같았다. 사람들이 카누를 끌어내면 벌떡 일어나 그들을 비웃곤 했기 때문이다. 하지만 이 카누에는 아무도 타고 있지 않았다. 그저 표류하는 카누였다. 나는 기어올라 가서 강기슭으로 저어 갔다. 이 정도면 10달러쯤의 가치는 될 듯해서 아빠가 보면 좋아할 것 같았다. 하지만 강기슭에 이르자 아빠가 보이지 않았다. 나는 포도 넝쿨과 버드나무로 덮여 있는, 마치 도랑 같은 조그만 개울로 카누를 끌고 가서는, 이곳에 카누를 숨겨야겠다고 생각했다. 도망칠 때 숲 속으로 가는 대신 이 카누로 강을 따라 50마일쯤 내려가 그곳에서 오랜 시간 야영하면 되겠다고 생각했다. 굳이 걸으면서 고생할 필요가 없기 때문이다.

그곳은 통나무집과 가까운 곳이어서 마치 줄곧 아빠가 다가오는 소리가 들리는 것 같았다. 카누를 숨기고는 올라가 버드나무 주위를 둘러보았다. 아빠는 멀리 떨어진 길 아래서 새를 잡으려고 총을 겨누고 있었고, 아무것도 보지 못했다.

아빠가 도착할 무렵, 나는 열심히 주낙 낚싯줄을 당기고 있었다. 아빠는 내가 너무 느리다고 야단을 쳤고, 나는 물에 빠지는 바람에 일이 늦어졌다고 꾸며 댔다. 옷이 젖어서 분명 그 이유를 물어보리라 예상한 게 맞아떨어진 것이다. 우리는 낚싯줄에 걸린 메기 다섯 마리를 가지고 집으로 돌아왔다.

아침식사 후, 피곤해서 한숨 자려고 누워 있는 동안, 나는 어떡하면 아빠와 더글러스 아줌마에게서 떨어질 수 있을지 그 방법에 대해 곰곰이 생각해 보았다. 그들이 나를 다시 찾기 전에 멀리 사라져 버리는 쪽이 단지 운에 맡기는 것보다 더 확실한 방법이라는 생각이 들었다. 운에 맡기다 보면 무슨 일이 생길지 알 수 없기 때문이다. 나는 얼마간 뾰족한 방법을 찾지 못한 채 누워 있었다. 아빠는 이내 깨어나 물 한 통을 마시면서 내게 이렇게 주의를 줬다.

「다음에 또 어떤 놈이 다가오면 날 꼭 깨워라, 알겠니? 어제 온 놈도 불순한 생각으로 왔을 거다. 쏴 죽였어야 하는 건데. 다음엔 날 꼭 깨워, 알겠지?」

그러고는 다시 쓰러져 잠을 잤다. 하지만 나는 아빠가 한 말에서 내가 원하던 방법을 찾을 수 있었다. 맞아, 묘책을 강구해 아무도 날 찾지 못하게 해야지 하고 생각했다.

열두 시경 우리는 밖으로 나가 강둑으로 걸어갔다. 강물이 제법 빠르게 흐르고 있었고 불어난 물에 많은 목재가 떠내려가고 있었다. 얼마 후 통나무 뗏목 일부가 떠내려왔는데, 통나무 아홉 개가 묶여 있었다. 이런 날은 누구라도 더 많은 목재를 건지기 위해 그곳에서 하루 종일 지키고 있었을 테지만, 그건 아버지의 방식이 아니었다. 한 번에 통나무 아홉 개면 충분했고, 그것을 마을로 가지고 가 팔아 해치워야 하는 게 아빠의 방식이었다. 아빠는 나를 가둬 놓고는 세 시 반경 나룻배로 뗏목을 끌면서 떠났다. 오늘 밤 안에 돌아오지 않을 것은 뻔했다. 나는 아빠가 떠나기를 기다렸다가 톱을 꺼내 나무판자를 자르기 시작했다. 아빠가 강 건너편으로 건너가기도 전에 나는 구멍을 통해 밖으로 빠져나올 수 있었다. 아빠의 배가 저 멀리 조그맣게 보였다.

나는 옥수수 포대를 들어 카누가 숨겨져 있는 곳으로 옮겼다. 포도 넝쿨과 가지들을 들치고는 그것을 카누 위에 놓았다. 돼지 베이컨 살과 위스키 통도 옮겨 놓았고, 커피와 설탕,

탄약과 충전물, 그리고 양동이와 바가지, 국자와 양철 컵, 낡은 톱, 담요 두 장, 프라이팬과 커피 주전자를 챙겼다. 그 외 낚싯줄, 성냥 등 값어치가 나가는 것은 모두 챙겼다. 그곳을 완전히 털어 버린 셈이다. 도끼가 필요했지만 통나무집 바깥 장작더미 앞에 하나만 있기에, 그냥 놔두기로 했다. 그건 그대로 놔둘 이유가 있었다. 마지막으로 총을 꺼냄으로써 모든 작업이 끝났다.

그 많은 것들을 구멍에서 끌어내 끌고 다니느라 땅바닥이 움푹 패어 있었다. 그래서 흙을 뿌려 매끈한 곳을 덮고 톱밥 떨어진 자국도 지워 버렸다. 그리고 나무판자를 원래 위치에 놓고는 돌 두 개를 바닥에 놓아 지탱시켰고 한 개는 판자에 기대 놓았다. 나무판자가 휘어 땅에 닿지 않았기 때문이다. 약 4, 5피트 뒤에서 봐도 톱질한 것을 알아차리지 못할 정도면 아무도 눈치 챌 수 없을 것 같았다. 게다가 통나무집 뒤편이라 사람들이 어슬렁거릴 지역도 아니었다.

카누 근처는 온통 풀로 덮여 있어서 자국이 남지 않았다. 나는 주위를 살피기 위해 강둑에 서서 강 너머를 바라보았다. 아무런 이상이 없기에, 다음은 총을 들고 새를 잡으러 숲 속으로 들어갔다. 그때 별안간 들멧돼지를 발견했다. 농장에서 도망쳐 나온 들멧돼지는 강 저지대에 살면서 이내 야생의 거친 성격으로 돌변해 버리곤 한다. 나는 들멧돼지를 총으로 잡은 다음, 집으로 가져왔다.

집에 온 후, 나는 도끼로 통나무집 문을 부쉈다. 오랫동안 때려 대고 찍어 내렸다. 그러고는 들멧돼지를 안으로 끌고 들어가 식탁으로 옮긴 후, 도끼로 목을 쳐서 바닥에 피가 흐르게 했다. 말 그대로 바닥 판자가 없는 다져진 땅바닥이었다. 다음에는 낡은 포대를 가져다가 내가 끌 수 있을 만큼 큰 돌을 끌어다 담았다. 그것을 들멧돼지가 있는 곳에서부터 끌어다 문을 지나 강가의 숲까지 끌고 간 후, 강에다 던졌다. 포대는 강 속으로 사라졌다. 무언가 끌려간 표시가 나게 한 것이다. 톰 소여가 같이 있었으면 얼마나 좋았을까 하고 생각했는데, 톰이라면 이런 일이 재미있어 상상력까지 더했을 것이기 때문이다. 또 톰 소여만큼 잘해 낼 수 있는 사람도 드물었다.

이제 마지막으로 도끼에 피를 잘 바른 후 내 머리칼을 조금 뽑아 도끼 뒷날에 갖다 붙이곤 집구석에 던져 놓았다. 돼지는 재킷으로 감싸 안아 피가 안 떨어지게 한 후, 집 아래쪽으로 웬만큼 내려가선 강에 던져 버렸다. 그러고는 또 다른 생각이 떠올라 카누에서 옥수수 포대와 톱을 꺼내 집으로 가져갔다. 원래 위치에 옥수수 포대를 둔 다음 톱으로 구멍을 냈다. 집 안에는 포크나 칼이 없었기 때문이다. 아빠는 요리도 주머니칼로 했다. 그러고는 포대를 들고 집 동편에 있는 풀밭과 버드나무를 지나 백 야드쯤 가다가, 폭이 5마일쯤 되고 이따금 오리가 날아드는 그리 깊지 않은 호수로 끌고 갔다. 건너편에는 이 호수에서 시작된 늪인지 개울인지가 수 마일 이어져 있어서 어느 쪽으로 가는지는 모르지만 미시시피 강 쪽으로 가지 않는 것은 분명했다. 옥수수가 새어 나와 연못까지 가는 길에 계속 흔적이 남게 해놓았다. 그러고는 그곳에다 아빠의 숫돌도 내려놓아, 마치 사고 때문에 생긴 것처럼 위장했다. 옥수수 포대는 터진 곳을 묶어서 톱과 함께 다시 카누로 옮겨 왔다.

이제 날이 어두워졌다. 나는 강둑 아래로 늘어져 있는 버드나무 밑에 카누를 내려놓고 달이 뜨기를 기다렸다. 카누를 버드나무에 묶어 놓고는 먹을 것을 한입 물었다. 그리고 카누에 누워서 담배를 물고는 혼잣말로 앞으로 일어날 일에 대해 중얼댔다. 아마도 사람들은 돌을 채운 포대 흔적을 따라 강변으로 와서 내 시신을 찾으려 할 것이고, 호수로 나 있는 옥수수 흔적을 따라가 그곳에서 흐르는 도랑을 뒤져 나를 죽이고 물건들을 훔쳐 간 강도를 찾게 될 거야. 시신을 찾으려고 강을 수색하다가 지치게 되고, 그러면 결국 수색 작업을 포기하게 되겠지. 좋았어, 그렇다면 나는 카누를 타고 가다가 내가 원하는 곳에서 내리면 되는 거야. 잭슨 섬이 좋을 것 같다고 나는 생각했다. 그 섬을 잘 알 뿐 아니라, 아무도 오지 않는 섬이었다. 밤에는 카누를 저어 마을로 가 숨어 돌아다니다가 원하는 것을 집어 오기만 하면 되기 때문이다. 잭슨 섬은 정말 안성맞춤이었다.

너무 지친 나머지 나는 이내 잠에 빠져들었다. 깨어났을 때 잠시 여기가 어딘지 몰라 어리둥절했다. 일어나서는 겁을 먹고 사방을 살피다가, 이내 기억이 되살아났다. 강은 한없이 넓어 보였다. 달이 너무 밝아 멀리 검고 조용히 떠다니는 통나무를 셀 수 있을 정도였다. 쥐 죽은 듯이 조용하고 시간도 꽤 된 것 같았다. 아니 늦은 것 같은 냄새가 났다. 냄새가 났다는 말이 무슨 말인지 모르겠지만, 다른 말이 잘 안 떠올랐다.

하품을 하고 기지개를 켠 다음, 카누를 풀어 출발하려고 하는데 강 건너에서 어떤 소리가 들렸다. 가만히 들어 보니 사방이 조용한 밤에 노가 노걸이를 스칠 때 나는 규칙적이고 나직한 소리였다. 버드나무 사이로 살펴보니 강 건너에 배 한 척이 눈에 띄었다. 몇 사람이 타고 있는지 알 수 없었지만 계속 내 쪽으로 오고 있었다. 옆에 왔을 때 한 명밖에 없다는 것을 알았다. 절대 기대하진 않았지만 혹시 아빠일까도 생각해 봤다. 그 배는 물살 때문에 내가 있는 곳에서 아래로 내려갔지만 물살이 약한 곳에 이르자 다시 거슬러 올라갔다. 너무 가까이 지나가는 바람에 총을 내밀면 닿을 수 있을 정도였다. 분명 아빠였다. 노 젓는 모습을 보니 술에 취하지도 않았다.

나는 지체 없이 어스름한 강기슭을 따라 소리 없이 그리고 쏜살같이 흘러내려 갔다. 2마일 반쯤 내려가다가 강 가운데로 방향을 바꿔 다시 약 4분의 1마일을 노를 저어 갔다. 왜냐하면 머지않아 선착장을 지나가게 될 것이고, 그럴 경우 나를 본 사람들이 혹 내 이름을 부를지도 모를 일이기 때문이다. 떠내려가는 나무들 사이에서 벗어나게 되자, 카누를 흘러가게 내버려 두고 바닥에 누워 담배를 피우며 쉬었다. 하늘에는 구름 한 점 없었다. 달밤에 누워 바라보는 하늘은 이전에 알던 것보다 꽤 높아 보였다. 이런 밤에는 저 멀리서 오는 소리도 들려오고, 저 멀리 선착장에서 떠드는 소리도 분명하게 들려왔다. 어떤 사람이 낮이 점점 길어지고 밤이 짧아진다고 말하자, 다른 사람이 왜 오늘 밤은 짧지 않으냐고 대꾸했다. 이어서 이들이 깔깔대는 소리가 들렸다. 두 번째 사람이 이 말을 되풀이하자 이들은 다시 웃어젖혔다. 이들은 다른 한 사람을 깨워 이 말을 하고는 다시 웃음을 터뜨렸다. 하지만 세 번째 사람은 웃지 않았다. 대신 욕을 해대면서 자기를 건드리지 말라고 쏘아붙였다. 첫 번째 남자는 이 이야기를 자기 마누라에게 해주겠다고 하면서 아마 자기 마누라도 재미있다고 생각할 것이라고 말했다. 그는 그래도 이건 자기 전성기 때 했던 멋진 말에 비하면 아무것도 아니라고 했다. 또 한 사람이 이제 새벽 세 시쯤 됐지 하면서, 동이 트려면 아직 일주일 정도 더 남은 것 같다고 말하는 소리가 들렸다. 다음 말은 잘 들리지 않았고 다만 이따금 웃음소리와 함께 무어라 중얼대는 소리가 들렸는데, 그것도 아주 멀리서 들려오는 듯했다.

이제 선착장에서도 멀리 떠내려왔다. 일어나 보니 2마일

반 정도 아래로 잭슨 섬이 눈에 들어왔다. 숲이 제법 울창했고 강 가운데 위치하고 있었다. 거대하고 견고한 어두운 모습이 마치 불 꺼진 유람선 같아 보였다. 섬 머리 부분에는 모래가 보이지 않았는데, 아마도 지금 시간에는 물에 잠겨 있는 모양이었다.

얼마 안 돼서 섬에 도착했다. 물살이 센 섬 머리를 빨리 지나, 잔잔한 곳으로 카누를 몰아 일리노이 주 쪽 섬 기슭에 내렸다. 이전부터 알고 있던 기슭의 움푹 들어간 곳에 카누를 정박시켰다. 버드나무 가지를 헤치고 카누를 집어넣은 후, 밖에서 안 보이게 배를 붙들어 맸다.

뭍에 내려서는 섬 꼭대기에 올라가 통나무 위에 걸터앉았다. 멀리 거대한 강과 시커먼 유목들이 보였고, 3마일쯤 멀리 마을이 보였다. 마을에는 불빛 서너 개가 빛나고 있었다. 약 1마일 상류 쪽에서 큰 뗏목배가 내려오고 있었고 뗏목 가운데 등불이 보였다. 뗏목이 서서히 내려와 내 옆을 지나갈 즈음 한 사람이, 〈이봐, 뒤 노를 저어! 뱃머리를 우현으로 저어!〉 하고 외치는 소리가 들렸다. 마치 바로 옆에서 외치는 것 같았다.

이제 하늘이 옅은 회색빛을 띠기 시작했다. 나는 숲 속으로 들어가 아침식사 전까지 한숨 자려고 드러누웠다.

8

일어나 보니 이미 해가 높이 떠 있어서 여덟 시가 지났을 거라고 생각했다. 나는 시원하게 그늘이 진 풀밭에 앉아 편하고 만족스럽게 쉬면서 이런저런 생각을 했다. 하나 둘 뚫려 있는 틈새로 햇빛이 들어오긴 했지만 대부분 큰 나무들이어서 주위가 어두운 편이었다. 나뭇잎 사이로 비친 햇빛 때문에 땅 위가 얼룩졌고 옅은 바람이 부는지 얼룩진 부분이 오락가락했다. 다람쥐 두 마리가 나뭇가지에 앉아 나를 바라보면서 매우 정답게 재잘대고 있었다.

나는 할 수 있는 한 게으름을 피우면서 편안함을 즐겼다. 일어나고 싶지도 아침을 준비하고 싶지도 않았다. 다시 졸음에 겨워 꾸벅대고 있을 때, 별안간 강 상류 지역에서 「꽝!」하는 소리가 들려왔다. 반쯤 일어나 앉아 턱을 괴고는 귀를 기울였더니, 다시 〈꽝!〉하는 소리가 들렸다. 이제 벌떡 일어나 나뭇잎 틈새로 밖을 쳐다보았더니 상류 쪽에서 여기저기 연기가 피어오르는 모습이 눈에 들어왔다. 선착장 정도 위치였다. 그리고 사람들로 가득 찬 나룻배 한 척이 하류 쪽으로 내려오고 있었다. 나는 사태를 금세 알아차렸다. 배 옆으로 흰 연기가 솟구쳐 오르는 모습을 보니, 강바닥에 가라앉은 내 시신을 수면 위로 떠오르게 하기 위해 강에다 대포를 쏘는 모양이었다.

나는 무척 배가 고팠지만 사람들에게 들킬 것 같아 불을 지필 수는 없었다. 그래서 가만히 앉아, 대포에서 나는 연기를 보면서 〈꽝!〉하는 소리를 듣고 있었다. 강폭은 1마일 정도 되었고 특히 여름날 아침에는 항상 아름다운 모습이었다. 먹을 것만 좀 있었다면, 내 시신을 찾고 있는 모습을 보고 있는 것도 즐거운 시간이 되었을 것이다. 그러다가 시신을 찾기 위해 사람들이 빵 속에 수은을 넣어 강물에 띄워 보내는 방법을 쓴다는 사실이 불쑥 떠올랐다. 그러면 그 빵이 시신이 있는 곳으로 다가가 가라앉는다고 믿었기 때문이었다. 나는 망을 보고 있다가 빵 덩어리가 내 주위로 흘러온다면 뭔가 보여 주겠다고 마음먹었다. 우선 일리노이 주 쪽 섬 기슭으로 옮겨 가 기다려 보기로 했다. 기대에 부응하기라도 하듯이 큼직한 빵 덩어리 두 개가 떠내려왔고, 나는 긴 나무막대로 두 개를 모두 집으려 하다가 그만 발이 미끄러져 놓치고 말았다. 물살이 가장 기슭 가까이 흐르는 곳에 자리를 잡고 있어야 한다는 정도는 이미 알고 있었다. 이윽고 빵 한 덩어리가 다시 흘러왔고 이번에는 잡는 데 성공했다. 나는 마개를 벗기고 그 속의 수은을 꺼낸 후 한입 베어 물었는데, 놀랍게도 그건 질이 나쁜 옥수수 빵이 아니라 고급 빵인 〈제과점 빵〉이었다.

나는 나뭇잎으로 가려진 쾌적한 지점을 골라 나무 위에 걸터앉아 편안한 마음으로 나룻배를 내려다보았다. 그러다가 문득, 과부 아줌마나 목사님 같은 사람들이 이 빵으로 하여금 나를 찾게 해달라고 기도를 했고 결국 기도의 응답으로 나를 찾아냈다는 생각이 들었다. 과부 아줌마나 목사님이 기도를 하면 효험이 있고 내가 하면 없다는 사실을 깨달은 것이다. 결국 나는 기도란 게 참된 사람에게만 효험이 있는 것이구나 하고 생각했다.

파이프에 불을 붙여 오랫동안 담배를 피우면서 계속 아래를 내려다보고 있었다. 나룻배가 빵이 흘러오는 방향을 따라, 물살을 타고 내 근처로 다가오고 있기에 나는 배 위에 누가 타고 있나 궁금했다. 배가 내 쪽으로 다가오자 나는 파이프를 내려놓고 빵을 건진 곳으로 가서는, 기슭의 좁은 공터에 있는 통나무 뒤에 엎드려 통나무가 갈라진 틈새를 통해 쳐다보았다.

이윽고 배가 도착했고, 판자를 내리면 뛰어내릴 수 있을 정도로 섬 기슭에 가깝게 다가왔다. 배 위에는 아빠, 대처 판사, 베키 대처, 조 하퍼, 톰 소여와 폴리 아줌마, 시드와 메리 누이 등 많은 사람이 보였다. 모두들 살인 사건에 대해 이야기하고 있었다. 그때 선장이 끼어들어 한마디 했다.

「잘 보세요. 여기가 물살이 가장 가까운 곳입니다. 혹시 그 애가 기슭으로 떠내려와 강가에 있는 덤불에 걸렸을 수도 있으니까요. 어쨌든 그러기만 바랄 뿐입니다.」

그건 내가 바라는 바는 아니었다. 사람들이 몰려와 배 난간에 기대었다. 바로 내 눈앞에서 모두 조용히 앞을 살피고 있었다. 그들은 나를 볼 수 없겠지만 나는 그들을 똑똑히 볼 수 있었다. 그러다가 선장이 소리를 질렀다.

「자, 비키세요!」 곧이어 내 바로 앞에서 굉음과 함께 대포 한 방이 터졌다. 고막이 터지는 줄 알았고, 연기 때문에 앞도 볼 수 없었으며, 이제 죽는구나 싶을 정도였다. 만약 총알을 넣고 쏘아 댔다면 시신을 찾을 수도 있었겠구나 싶었다. 어쨌든 나는 상처 하나 없이 무사했다. 배는 계속 흘러가 섬 기슭을 돌아 시야에서 사라졌다. 이따금 멀리서 「꽝!」 하는 소리가 들리다가 한 시간가량 지나자 더 이상 아무 소리도 들리지 않았다. 섬은 3마일 정도 길이였다. 나는 사람들이 섬 끝에 이르면 그만 포기하겠지 하고 생각했지만, 이들은 섬 끝자락을 돌아 이따금 대포를 쏘아 대면서 다시 미주리 쪽을 따라 거슬러 올라갔다. 섬 끝에 도착했을 때 이들은 이제 대포 쏘기를 포기하고 미주리 쪽 기슭에 내려 마을로 돌아갔다.

이제는 안심이 되었다. 더 이상 나를 쫓는 사람도 없었다. 이제 카누에서 짐을 풀어 울창한 숲 속에 나름대로 멋진 캠프를 치기 시작했다. 나는 담요로 텐트 같은 것을 만들어 짐들이 비에 젖지 않게 했다. 메기 한 마리를 잡아 톱으로 대충 배를 가른 후, 해가 질 무렵 불을 지펴 구워 먹었다. 그러고는 다시 아침식사용 고기를 낚기 위해 낚싯줄을 쳐놓았다.

어두워지자 불 옆에 앉아 담배를 피우면서 유유자적하게 시간을 보냈다. 하지만 시간이 흘러갈수록 혼자 심심해져서 강가로 나가 강물 흐르는 소리를 듣기도 하고, 밤하늘의 별을 세기도 하고, 흘러가는 유목과 뗏목이 몇 개나 되나 헤아리기도 하다가 결국 잠이 들고 말았다. 외로울 때는 잠자는 게 최고인 것 같았다. 외롭다가 결국 잊어버리게 되기 때문이다.

사흘 밤낮을 아무런 변화 없이 똑같이 생활하며 보냈다. 그러고는 다음 날 섬을 탐색해 보려고 하류 쪽으로 내려갔다. 내가 섬의 주인인 셈이고 섬의 모든 것을 소유한 셈이라 모든 것을 알고 싶기도 했지만, 무엇보다도 먼저 무료한 시간부터 달래고 싶었기 때문이었다. 잘 익어 한창인 딸기가 많았고, 청포도와 자줏빛 나무딸기가 지천에 깔려 있었다. 검은 나무딸기는 막 모습을 드러내기 시작했다. 조금 있으면 모두 다 따먹을 수 있으리라 생각했다.

나는 섬의 끝자락 근처까지 울창한 숲을 따라 내려갔다. 총을 들고 있었지만 호신용으로 가져왔을 뿐이었다. 텐트 근처에 짐승이 나타나면 쏠 작정이었다. 바로 그때 하마터면 뱀을 밟을 뻔했다. 나는 총으로 잡으려고 뒤를 쫓아갔지만, 뱀은 어느새 꽃과 풀숲으로 사라져 버렸다. 뒤를 쫓다가 별안간 나는 아직 연기가 가시지 않은 모닥불 재를 밟고 말았다.

순간 가슴이 울렁거리고 심장이 벌렁거렸다. 나는 즉시 총의 안전핀을 풀고는 발끝으로 재빨리 뒤로 물러섰다. 이따금 제자리에 잠시 멈춰 서서 울창한 나뭇잎 사이로 귀를 기울이기도 했지만 들리는 것은 내 심장 소리뿐이었다. 이러기를 계속하면서 가다가 서다가, 귀를 기울이다가를 반복했다. 나무 그루터기가 사람 모습으로 보이기도 했다. 잘못해서 나뭇가지를 밟아 부러지기만 해도 심장이 두 쪽으로 쪼개질 만큼 놀라, 마치 내 심장이 반만, 그것도 작은 것 반쪽만 남은 느낌이 들 정도였다.

캠프로 돌아왔을 때도 기분이 개운치 않았다. 힘도 빠졌지만 더 이상 시간을 낭비할 수 없었다. 물건들을 모두 치워 카누에 옮겨 싣고는 모닥불도 끄고, 모래를 뿌려 마치 지난해 피웠던 모닥불처럼 보이게 만들었다. 그런 후에 나무 위로 기어올라 갔다.

두 시간가량 나무 위에 있었던 것 같았다. 하지만 아무것도 볼 수 없었고 아무 소리도 듣지 못했다. 그저 무언가 엄청 들리고 본 것만 같은 생각이 들었다. 더 이상 나무 위에 있을 수 없어서 다시 내려와 우거진 숲 속에 머물며 계속 사방을 주시했다. 먹을 거라고는 딸기 조금과 아침에 먹다 남은 음식뿐이었다.

밤이 되자 허기가 찾아왔다. 사방이 깜깜해지자 나는 달이 뜨기 전에 카누를 몰아 일리노이 주 쪽으로 4분의 1마일 정도 간 후에, 숲 속으로 들어가 저녁 준비를 했다. 그러고는 오늘 밤은 여기서 머물러야겠다고 마음먹었다. 이때 저벅저벅 하는 말발굽 소리가 들려왔고, 이어서 사람들 소리가 들렸다. 나는 급히 짐을 챙겨 다시 카누에 싣고는, 숲으로 돌아와 무슨 일인가 살피려는데, 그리 멀리 가기도 전에 사람들 말소리가 들렸다.

「좋은 곳을 찾으면 캠프를 치자고. 말들이 너무 지쳤어. 그리고 이곳이나 우선 돌아보자고.」

나는 더 이상 지체하지 않고 카누를 몰아 재빨리 그곳을 빠져나왔다. 다시 예전 장소에 카누를 정박시킨 후, 그 안에서 잠을 자기로 했다.

잠을 설친 것 같았다. 뭔가 생각하느라 잠이 오지 않았다. 누군가 내 목덜미를 잡는다고 생각할 때마다 벌떡 일어났다. 잠을 잔 것 같지도 않았다. 더 이상 이렇게 지낼 수 없다고 생각하곤 이 섬에 누가 더 있는지 알아보기로 했다. 무슨 일이 있어도 알아내겠다고 마음먹자, 금세 기분이 나아졌다.

나는 노를 집어 들고 카누를 기슭에서 한두 걸음 정도 떨어지게 한 후, 어두운 곳을 이용해 아래로 내려갔다. 달빛이 밝아 어두운 곳에서 벗어나면 훤히 다 보였다. 모든 것이 바위처럼 말없이 고요한 가운데 나는 한 시간 정도 섬을 따라 뒤지고 다녔다. 섬의 끝자락까지 갔을 무렵 살랑대는 바람이 불기 시작했고, 밤도 거의 끝나가고 있었다. 노를 이용해 카누의 방향을 틀어 기슭에 댄 다음, 총을 꺼내 들고는 숲 가장자리로 들어갔다. 그러고는 통나무에 걸터앉아 나뭇잎 사이로 밖을 쳐다보았다. 달이 사라지자 강이 어두움에 쌓였다. 얼마 후, 나무 위로 옅은 빛이 보이면서 날이 새기 시작하자, 나는 다시 총을 들고 낮에 마주쳤던 모닥불이 있던 곳으로 조심스럽게 다가갔다. 일이 분마다 걸음을 멈추고는 귀를 기울였다. 하지만 운이 없는지 그곳을 쉽게 찾을 수 없었다. 그러다가 마침내 멀리 나무들 사이로 비치는 불빛을 발견하게 되었다. 천천히 조심스럽게 잘 보일 만큼 가까이 다가갔더니 놀랍게도 한 사내가 누워 있는 모습이 눈에 들어왔다. 그는 담요로 머리를 감싼 채 머리를 불 가까이 두고 있었다. 나는 6피트 정도 뒤 덤불에 숨어 그를 유심히 살폈다. 이제 어슴푸레 날이 밝아 오고 있었다. 이윽고 그는 하품을 하더니 기지개를 켰다. 그러곤 담요를 걷어 냈는데, 알고 보니 다름 아닌 왓슨 아줌마의 노예인 짐이었다! 반가운 나머지 나는 〈어이, 짐!〉 하고 부르면서 뛰어나갔다.

그는 벌떡 일어나더니 얼빠진 사람처럼 나를 쳐다보다가, 이내 털썩 주저앉아 두 손을 모으고 내게 빌기 시작했다.

「살려주시유, 제발! 전 귀신에게 해코지 한 적도 없시유. 죽은 사람들을 언제나 좋아했고 할 만큼 해줬시유. 그냥 있던 강물로 다시 들어가시고, 늘상 친구였던 이 늙은 짐에게 해코지 하지 마유.」

나는 이내 내가 죽지 않았다는 사실을 짐에게 이해시켰다. 사실 그를 만나 외롭지 않게 된 것이 여간 기쁘지 않았다. 설마 짐이 사람들에게 내가 있는 곳을 일러바치기야 하겠냐고 계속 떠들어 댔지만 짐은 그저 앉아서 나를 쳐다볼 뿐 입도 뻥끗하지 않았다. 그래서 내가 이렇게 말했다.

「날이 밝았네. 짐, 아침식사나 하자고. 불이나 잘 지펴 봐.」
「딸기 같은 거 먹는데 불이 무신! 근디, 너 총이 있는가비네? 그럼 딸기보다 나은 걸 잡을 수 있겠네.」
「딸기 같은 것들이라고?」 나는 짐에게 「그런 것으로 먹고 살았단 말이야?」 하고 물었다.
「다른 게 뭐 있당가.」
「짐, 대체 이 섬에 얼마간 있었던 기야?」
「바로 니가 죽었다는 그날 밤에 왔어.」
「그럼 그날부터 계속 있었어?」
「그려.」
「그런데 먹을 것이 그런 것밖에 없었던 거야?」
「없고말고여.」
「그럼 너 정말 굶어 죽을 뻔했구나.」
「지금은 말 한 마리를 통째로 먹을 수 있을 정도여. 진짜여. 넌 이 섬에 얼마나 있었어?」
「내가 죽었다고 한 그날부터 계속이지.」
「기여? 그럼 넌 뭘 먹고 살은겨? 허긴 넌 총이 있구나. 그려, 총만 있으면 괜찮여. 그럼 니가 나가서 먹을 것 좀 잡아 와. 난 불이나 지필 테니께.」

우리는 함께 카누가 있는 곳으로 갔다. 나무 사이 풀밭 공터에서 짐이 불을 피우는 동안 나는 옥수숫가루와 베이컨, 커피, 그리고 커피 주전자와 프라이팬, 설탕과 양은컵을 가져왔다. 짐은 이게 무슨 마법의 조화냐는 듯 적잖이 놀란 모습이었다. 나는 큰 메기를 잡아 왔다. 짐은 그걸 칼로 손질한 후 기름에 튀겼다.

아침식사가 준비되자 우리는 풀 위에 엎드려 뜨거운 김이 나는 음식을 먹었다. 굶어 죽을 뻔했던 짐은 허겁지겁 먹어 댔다. 어느 정도 배가 부르자 우리는 느긋하게 풀 위에 누워 여유를 만끽했다.

이윽고 짐이 입을 열었다.

「근디 헉, 그 오두막에서 죽은 사람이 너 아니면 대체 뉘여?」

내가 짐에게 일의 자초지종을 말해 주자, 그는 기막히다고 말하면서 아마 톰도 그렇게는 하지 못했을 거라고 떠들어 댔다. 이번에는 내가 짐에게 물었다.

「그런데 짐, 너는 이곳에 어떻게 오게 된 거야? 어떻게 도착하게 된 거냐고?」

그는 꽤 불안한 모습을 보이면서, 잠시 아무 말 않다가 이렇게 대답했다.

「말 안 하는 게 좋을겨.」

「무슨 이유인데?」

「이유가 있다니께. 헉, 근디 내가 말해도 날 안 이를 거여?」

「당연하지, 짐.」

「좋아, 너니까 말할게. 사실 나 도망쳐 나왔어.」

「뭐!」

「헉, 너 안 이른다고 했잖이여. 그랬잖여?」

「그래, 그랬지. 안 한다고 했지. 약속할게. 맹세코 안 한다고. 사람들이 나를 비열한 노예폐지론자라고 비웃어도, 아니면 말 안 했다고 비난해도 괜찮아. 절대 말 안 할게. 그리고 난 그곳으로 다시 돌아가지도 않을 거야. 그러니 자초지종이나 알자고.」

「이렇게 된 거여. 그 늙은 노처녀 왓슨 아줌마 있잖여. 늘상 날 들볶고 구박하던 그 아줌마가 만날 날 올리언스에 팔아 치운다고 말했거든. 근디 요즘 노예장사꾼들이 우리 마을에 자주 나타나면서 내가 정말 불안했었어. 한 날 밤늦게 현관문 앞을 지나는디 문틈 새로 노처녀 아줌마가 더글러스 아줌마에게 나를 올리언스로 팔아 버리겠다고 하는 야그를 들었어. 8백 달러라는 거금을 주면 자기도 어쩔 수 없다는 거여. 더글러스 아줌마가 그러지 말라고 허는 것 같았는디, 나머진 못 들었어. 그리고 나서 내가 잽싸게 도망쳐 나온 거여.」

「밖으로 나와서 냅다 언덕 아래로 달려갔어. 마을 위 강가에서 배를 훔치려고 했는디 사람들이 많데. 그래서 강기슭에 있는 허름한 통 가게에 숨어서 사람들이 사라지기만 기다린 거여. 밤새 그렇게 있었어. 늦도록 나다니는 사람들이 있으니께. 아침 여섯 시경 보트가 지나다니데. 그리고 여덟 시나 아홉 시쯤 되니께 지나가던 보트에 탄 사람들이 니 아버지가 마을에 내려와서는 니가 죽었다고 떠들고 댕긴다는 이야기를 들었어. 뒤에 온 보트에는 사고 난 곳에 댕겨온다고 동네 아줌마들과 아저씨들이 많았어. 잠깐 기슭에 배를 대고 쉬다가 다시 강을 건너가곤 하던디 그때 살인 사건 이야기를 다 들었어. 헉, 니가 죽었다 그려서 내가 얼매나 슬퍼했는디. 허지만 지금은 괜찮어.」

「난 톱밥 밑에 하루 온종일 누워 있었어. 배가 고팠지만 무섭진 않았어. 왓슨 아줌마와 더글러스 아줌마가 아침 먹고는 온종일 야외모임에 가 있거든. 게다가 아침마다 내가 소 몰고 들판으로 나가는 걸 알기 땜에 내가 안 보여도 의심도 안 하고 어두워질 때까정 찾지 않는다니께. 다른 머슴들도 아줌마만 나가면 나가서 놀기 때문에 내가 없어진 걸 몰러.」

「어두워진 담에 거길 빠져나와서 강변길을 따라 2마일 이상 걷다가 집이 없는 곳에 도착했어. 그러곤 뭘 할 것인지 결정했어. 걸어서 도망가면 개들이 쫓아올 거고, 보트를 훔쳐 강을 건너면 보트가 없어진 걸 알고, 이놈이 건너편 어디에 내리겠지, 하곤 날 따라올 거니께. 그래서 뗏목을 생각했어. 아무 흔적도 안 남으니께.」

「불빛 하나가 보이기에, 물로 들어가 앞에 떠 있는 통나무 하나를 붙잡고 헤엄쳐 갔어. 떠댕기는 나무 사이에 머리를 숨겼지. 그러곤 뗏목이 오기만 기다렸어. 그러다가 내려오는 뗏목의 끄트머리께로 가서 그걸 붙잡은겨. 구름 땜에 잠시 어두워지길래 얼렁 기어올라 가서 위에 누웠어. 사람들이 불빛이 있는 뗏목 가운데에 모여 있는 거여. 강물이 불어서 빠르게 흘러가더라니께. 새벽 네 시경이면 한 25마일 정도 내려가겠지 하고 생각한 거여. 해 뜨기 전에 뗏목에서 떨어져 헤엄쳐 가다가 일리노이 쪽 숲 속으로 나갈 생각이었어.」

「허지만 운이 지지리도 없었어. 잭슨 섬 가까이 왔는디, 웬 사람이 랜턴을 들고 다가오는 거여. 머뭇거릴 틈이 있어야지. 냅다 뗏목에서 떨어져 섬 쪽으로 헤엄쳐 간 거여. 섬 아무 데라도 올라갈 수 있을 줄 생각한 거여. 근디 강기슭이 너무 가팔라서 섬 머리 근처까지 걸어갔다니께. 해가 뜰 적에야 겨우 숨을 곳을 찾아 숲 속으로 들어갈 수 있었던 거여. 사람들이 랜턴을 들고 저렇게 돌아다닐 때는 다시는 뗏목을 타지 말아야지 생각했다니께. 담배 파이프와 연초 한 덩어리, 그리고 성냥꺼정 그나마 모자 속에 넣는 바람에 물에 안 젖은 게 천만다행이여.」

「그러면 아직까지 고기 한 덩어리, 빵 한 덩어리도 못 먹었단 말이야? 강 거북이라도 잡아먹지 그랬어?」

「잡을 수가 없잖이여. 몰래 다가가 잡을 수도 없고, 돌로 때려서 잡을 수 있겠지만 밤중에 어떻게 하겠어? 낮에는 강둑에 모습이 보이면 안 되니께.」

「그렇구나. 숲 속에 숨어 있어야 맞겠구나. 그런데 대포 소리 들었니?」

「그럼, 사람들이 너를 찾고 있는 거여. 사람들이 여기 지나가는 것도 봤다니께. 숲 속을 뒤지더라고.」

새끼 새 몇 마리가 날아와서는 한두 야드쯤 날다가 내려앉았다. 이것을 보고 짐은 비가 올 징조라고 했다. 병아리들이 이런 식으로 날아다닐 때 비가 올 징조라고 하는데, 새끼 새의 경우도 마찬가지라는 것이다. 몇 마리 잡으려고 했지만 짐이 그런 짓을 하면 내가 죽을 수도 있다고 하면서 말렸다. 짐은 자기 아버지가 정말 아팠을 때 몇 사람이 새를 잡은 적이 있다고 했다. 할머니께서 그러면 아버지가 죽는다고 말했는데 정말 아버지가 죽었다는 것이다.

그는 저녁 요리로 쓸 것이 몇 개인지 헤아려도 안 된다고 하면서, 그러면 액운이 온다고 했다. 해진 후에 밥상보를 털어도 안 되고, 벌통 가진 사람이 죽으면 다음 날 해 뜨기 전에 벌에게도 이런 사실을 알려 주어야 한다고 했다. 아니면 벌들이 힘을 잃고 일도 못한 채 죽고 만다는 것이다. 그는 벌이 바보는 쏘지 않는다고 했는데, 그것은 믿을 수 없었다. 왜냐하면 나도 직접 여러 번 시도해 봤는데, 벌이 나를 쏘려고 하지 않았기 때문이다.

나도 이전에 이런 이야기를 들은 적이 있었지만 이 모든 이야기를 듣는 것은 처음이었다. 짐은 모든 종류의 징조에 대해 알고 있었고, 실제로 자기가 모든 것을 다 알고 있다고 말했다. 하지만 대개 액운에 대한 것이어서 나는 행운에 대한 것은 없느냐고 물었다.

「거의 없어. 또 그런 건 별 도움도 안 되니께. 행운이 온다고 해도 미리 알 필요가 없잖이여. 미리 알고 막을 건 아니니께? 팔이랑 가슴에 털이 많으면 나중에 부자가 될 행운이 있다고 하는디 이런 경우는 쓸모 있는 경우여. 앞으로 벌어질 일이기 때문이여. 오랫동안 가난하게 살다가, 이렇게 부자가 될 것을 모르면 슬퍼서 그만 죽어 버릴 수 있기 때문이여.」

「짐, 너 혹시 팔과 가슴에 털이 많은 건 아니야?」

「그건 왜 묻는디? 보다시피 털이 많잖이여.」

「그럼 부자게?」

「아니, 한때 부자인 적이 있었어. 다시 돈이 들어올 거여. 14달러나 가진 적이 있었어. 투기로 다 날렸지만 말이여.」

「무슨 투기에 손댔는데?」

「처음에는 주식에 손댔어.」

「어떤 주식인데?」

「살아 있는 주식이여. 소에다 손댔어. 10달러 주고 소를 샀었어. 허지만 더 이상 가축에는 손대지 않을 거여. 그놈의 소가 죽고 말았다니께.」

「그래서 10달러를 잃었구나.」

「아니, 다 잃지는 않았어. 그중에 9달러만 잃었어. 소가죽과 기름 값으로 1달러 10센트 받았으니께.」

「그럼 1달러 10센트 남은 셈이네. 더 이상 투기 안 해?」

「브래디쉬 아저씨 집에 있는 외발이 검둥이 알자니여? 그 녀석이 은행을 세워 1달러 집어넣으면 그해 말에 4달러 준다고 했어. 검둥이들이 몰려가긴 했지만 돈이 있어야지. 돈 가진 건 나뿐이었어. 그래서 나는 4달러보다 더 달라고 했어. 그것보다 적으면 내가 직접 은행을 세우겠다고 했어. 그 녀석은 내가 그런 일을 시작하는 것을 바라지 않는 걸 내가 아니께. 그 녀석이 은행 두 개 세울 정도로 장사가 되는 게 아니라고 하는 거여. 그리고 대신 5달러 내면 연말에 35달러를 주겠다는 거여.」

「그래서 투자했다니께. 35달러를 받으면 그걸 다시 투자해서 키우려고 했어. 밥이라는 검둥이가 있었는데, 목재를 나르는 평평한 배를 갖고 있었어. 주인도 모르는 거여. 내가 연말에 35달러를 주겠다고 허고 그 배를 샀어. 헌디 그날 밤 그 배를 도둑맞았다니께. 이튿날엔 외발이 검둥이 녀석이 와서는 은행이 파산했다고 하는 거여. 결국 일전도 못 건지고 만 거여.」

「그럼 나머지 10센트는 어떻게 했어?」

「그것도 써볼까 했는데, 꿈속에서 그 돈을 발룸이라는 검둥이에게 주라는 소리를 들었어. 〈바보 발룸〉이라고 부르는 그 멍청한 녀석 말이여. 헌디 사람들이 그 녀석이 운이 따른다는 거여. 난 운이 안 따르거든. 꿈속에서 발룸에게 돈을 투자하면 나에게 돈을 벌어 줄 거라고 허데. 발룸이 교회에 갔다가 가난한 사람에게 돈을 주면 주님께 빌려 주는 것이고 백배로 보상받는다는 목사님의 설교를 들었다는 거여. 그래서 10센트를 가난한 사람들에게 주고는 어떻게 되나 기다려 봤다는 거여.」

「그래서 어떻게 됐는데?」

「아무 일도 없었어. 그 돈을 돌려받을 수도 없고 발룸도 돌려줄 수도 없고. 목사님은 백배로 돌려받을 수 있다고 하셨지만, 난 앞으로 담보 없인 절대 돈을 안 빌려 줄 거여. 더두 말고 10센트만 다시 돌려받으면 좋겠는디.」

「짐, 그래도 언젠가 넌 다시 부자가 될 수 있으니까, 그 정도도 괜찮은 거야.」

「그려, 생각해 보면 나도 부자여. 내 몸은 내 건디 8백 달러나 된다잖여. 그 돈만 있으면 얼마나 좋을 거여. 그러면 더 바랄 것도 없을 틴디.」

9

 나는 섬을 둘러보다가 발견했던 섬 한복판에 있던 장소를 찾고 싶었다. 위아래로 거리가 3마일, 좌우 폭이 4분의 1마일밖에 안 되는 섬이라, 출발한 지 얼마 안 되서 그곳에 도착했다.

 40피트 정도 높이에 가파른 언덕이나 산마루가 길게 뻗은 모습이었다. 옆면이 가파르고 나무가 울창했기 때문에 그 위에 올라서는 게 쉽지 않았다. 걷다가 기어오르다 하다가 이윽고 바위 정상에 있는 큰 동굴을 발견했다. 일리노이 쪽에 위치하고 있는 그 동굴은 마치 방 두세 개를 합친 정도로 넓었고 짐이 서 있을 수 있을 정도로 내부가 높고 시원했다. 짐은 즉시 짐을 풀자고 했지만 나는 마냥 오르락내리락해야 하는 것이 싫다고 말했다.

 짐은 카누를 안전한 곳에 숨기고 물건을 동굴 속에 감추기만 하면, 누가 섬에 온다고 해도 이곳에 숨을 수 있고, 개가 있다면 몰라도 그 누구라도 우리를 찾지 못할 것이라고 했다. 게다가 새들이 곧 비가 온다고 알려 줬는데도, 그저 물건이 젖기만 바랄 거냐고 나를 다그쳤다.

 그래서 우리는 다시 돌아가 카누를 저어 동굴 가까운 곳에 정박시키고 짐들을 동굴로 끌어왔다. 그러고는 주위 울창한 버드나무 숲 속에 카누 숨길 곳을 찾았다. 낚싯줄에 걸린 물고기를 건지고 나서 다시 낚을 준비를 한 다음, 식사 준비를 했다.

 동굴 입구는 큰 통을 굴려 넣을 수 있을 정도로 컸고 입구 한쪽은 바닥이 평편하게 나 있어서 불을 지피기에 안성맞춤이었다. 우리는 불을 피운 후, 요리를 시작했다.

 담요로 바닥을 깔고는 그 위에서 식사를 했다. 짐들은 쓰기 편하게 동굴 뒤편에 모아 두었다. 이윽고 천둥과 번개가 치기 시작했다. 새들 말이 맞은 셈이다. 곧이어 비가 내리기 시작하더니 이내 폭우처럼 쏟아졌다. 늘 부는 여름 폭풍우였지만 그렇게 세게 부는 건 처음 보았다. 바깥이 어두워지면서 짙은 남색으로 변했지만 그런대로 아름다웠다. 비가 너무 세차게 내려서 앞에 있는 나무도 거미줄처럼 희미하게 보였다. 폭풍으로 나무가 바닥으로 휘어져 나뭇잎 뒷면의 옅은 빛이 드러났다. 연이어 부는 광풍에 나뭇가지들이 흔들려 마치 미친 듯이 양팔을 흔드는 것처럼 보였다. 온통 깜깜해져 짙은 남색이 되었을 때, 〈슉!〉 하고 빛이 번쩍이더니 눈으로 볼 수 없었던 저 멀리 있는 나무까지 보였고 나무 윗부분이 아래로 곤두박질치는 모습이 보였다. 다시 순식간에 어두워지더니 이제 〈꽝!〉 하고 천둥소리가 났고, 우당탕 소리와 함께 하늘이 땅 저쪽으로 무너져 내리는 듯했다. 마치 긴 계단 아래로 빈 통이 데굴데굴 구르면서 내는 소리처럼 들렸다.

「멋지다. 짐, 다른 곳에 가고 싶은 마음이 없어, 내게 고기 한 토막하고 옥수수 빵 좀 넘겨줘.」

「내가 없었으면 너도 이곳에 못 왔을 거여, 헉. 식사도 못 하고 숲 속에 숨어 있다가 물에 빠져 죽었을지도 몰러. 병아리들이 비 올 적을 아는 것처럼, 새들도 그때를 알고 있다니께.」

열흘 또는 열이틀 동안 계속 쏟아진 비로 물이 불어 강둑 위로 물이 넘쳤다. 일리노이 주 쪽 낮은 곳은 바닥이 3, 4피트나 물에 잠겼다. 그쪽 강폭은 몇 마일 될 정도로 넓었지만, 미주리 주 쪽은 전처럼 1마일 반밖에 되지 않았다. 미주리 쪽 강가는 높은 절벽이기 때문이었다.

낮 시간에 우리는 카누를 타고 섬 일대를 돌아다녔다. 바깥에는 햇볕이 강하게 내리쬐지만 숲 속에 있으면 그늘이 져서 아주 시원했다. 우리는 나무들 사이로 들락날락하며 다니다가, 숲이 너무 울창할 때는 돌아서 다른 길로 가곤 했다. 자빠져 있는 고목 속에는 영락없이 토끼, 뱀 등이 눈에 띄었다. 하루 이틀 비로 인해 범람해 있을 때에는 허기져서 그런지 순해 보였고, 원하기만 하면 바로 옆까지 배를 저어 가 손을 댈 수 있을 정도였다. 하지만 뱀과 거북이는 이내 물속으로 사라졌다. 동굴이 위치한 산마루에는 이런 동물들이 많았다. 원하기만 하면 충분히 애완동물로 키울 수 있을 것 같았다.

어느 날 밤 우리는 소나무판으로 된 통나무 뗏목 일부를 건졌다. 폭이 12피트가량 되고 길이가 15~6피트나 되는 크기였다. 윗부분이 6~7인치 정도 물 위에 떠 있는 단단하고 편편한 송판으로 된 뗏목이었다. 낮에는 이따금 제재용 통나무가 흘러가는 것이 눈에 띄었지만 꺼내다가 남에게 들킬까 봐 그냥 흘러가게 내버려 두었다.

또 어느 날 밤에는 동이 트기 직전 섬 머리 부분에 있다가 서쪽 방향으로 흘러가는 목조건물을 보았다. 이층 구조물인데 상당히 기울어져 있었다. 노를 저어 다가가, 위층 창문으로 올라가 봤지만, 너무 어두워 아무것도 볼 수 없었다. 하는 수 없이 카누를 매놓고 그 안에 앉아 해가 뜨기만을 기다렸다.

섬 끄트머리에 닿기 전에 날이 밝았고 우리는 창문을 통해 안을 들여다봤는데, 침대와 탁상, 오래된 의자 두 개, 그리고 바닥에 흩어진 물건들이 보였고, 벽에는 옷이 걸려 있었다. 바닥 구석에는 꼭 사람처럼 보이는 무언가가 놓여 있었다.

그래서 나는 〈여보세요!〉 하고 소리쳤다.

하지만 꿈쩍도 하지 않았다. 다시 소리쳐 부르려는데, 짐이 이렇게 말했다.

「자고 있는 게 아니여. 죽었어. 넌 여기 있어. 내가 가보고 올 테니께.」

짐이 다가가서 내려다보더니 나에게 말했다.

「시체가 맞구먼. 홀딱 벗고 죽었어. 등에 총상을 입은기여. 죽은 지 이삼일은 됐겄네. 헉, 들어와. 하지만 끔찍하니께 절대로 보면 안 뒤여.」

나는 시신을 쳐다보지 않았다. 짐은 시신을 낡은 천으로 덮었다. 하지만 그렇게 하지 않아도 될 뻔했다. 어차피 난 보고 싶은 마음도 없었다. 바닥에는 기름때가 묻은 낡은 카드 뭉치들이 여기저기 흩어져 있었고, 오래된 위스키 병과 검은 천으로 만든 마스크 두 개도 있었다. 벽에는 온통 숯으로 쓴 무식한 투의 말과 그림이 그려져 있었다. 캘리코 천으로 만든 오래된 옷 두 벌과 해가리개용 모자, 벽에 걸려 있는 여자 속옷, 그리고 남자 옷이 널브러져 있었다. 우리는 나중에 필요할지 몰라 이것들을 카누에 옮겨 실었다. 나는 바닥에 있던 얼룩덜룩한 사내아이용 밀짚모자도 집었다. 우유가 담긴 병은 아기가 빨 수 있도록 꼭지도 붙어 있었는데, 병만 가져오려 했지만 보니까 깨져 있었다. 허름한 낡은 장롱과 경첩이 망가진 오래된 모피 트렁크도 있었다. 트렁크는 이미 열려 있었는데 안에는 별다른 것이 들어 있지 않았다. 방 안이 흐트러진 것으로 보아, 경황없이 배를 떠나느라 물건을 옮길 시간도 없었던 모양이었다.

우리는 헌 양철 랜턴과 손잡이가 없는 식칼, 그리고 가게에서 사면 25센트는 주어야 살 수 있는 새로 나온 큰 주머니칼, 수지 양초 한 묶음, 양철 촛대, 바가지, 양철 컵, 침대에서 벗겨 낸 낡은 침대보, 바늘, 핀, 밀랍, 단추와 실 등이 담겨 있는 주머니, 손도끼와 못 몇 개, 엄청 큰 바늘이 달린 새끼손가락 굵기의 낚싯줄, 사슴가죽 한 묶음, 가죽으로 된 개목걸이, 말편자, 아무런 표시가 붙지 않은 약병 몇 개 등을 발견했다, 그리고 막 나가려는 참에 꽤 쓸 만한 말빗을 발견했고, 짐도 낡은 바이올린 활과 의족 한 짝을 찾았다. 가죽끈 끊어진 것만 빼놓고는 괜찮은 의족이었다. 내게는 좀 길었고 짐에겐 약간 작은 크기였다. 주위를 다 살펴봤지만 다른 한 짝은 찾을 수 없었다.

하여튼 다 합쳐 보니까 꽤나 많은 양이었다. 목조건물을 떠날 즈음에는 이미 섬에서 4분의 1마일이나 하류로 내려가고 있었고 벌써 날이 훤히 밝았다. 나는 짐에게 카누에 그냥 앉아 있으면 저 멀리서도 검둥이라는 걸 알아차릴 수 있으니까, 바닥에 엎드려 침대보를 쓰고 있으라고 했다. 일리노이주 쪽으로 카누를 저어 갔지만 어느새 반마일 정도 강물에 흘러내려 오고 말았다. 나는 강기슭의 물살이 없는 곳을 타고 다시 올라갔다. 아무런 사고도, 누구 만난 사람도 없었다. 우리는 무사히 동굴로 되돌아왔다.

10

아침식사 후 나는 목조건물 안의 죽은 사람이 누구인지, 그리고 왜 죽었을지 알아내고 싶었지만 짐은 얘기하지 않으려 했다. 짐은 그런 얘기를 하면 불행한 일이 생길 수 있을 뿐 아니라, 그것이 우리에게 돌아와 해를 끼칠 수 있다고 했다. 제대로 매장이 안 된 사람들은 편안하게 땅에 묻힌 사람들과 달리 이 세상을 떠나지 않고 돌아다닌다는 것이다. 짐의 말이 맞는 것 같아 더 이상 말을 꺼내지 않았다. 하지만 누가 그 사람을 죽였는지 그리고 왜 그랬는지 정말 궁금했다.

우리는 가져온 옷을 뒤져, 헌 담요로 만든 외투 안쪽 라이닝에 은화 8달러를 숨겨 놓은 것을 찾아냈다. 짐은 목조건물에 있던 사람들이 아마도 이 외투를 훔쳐 입었을 것이라고 했다. 돈이 거기에 있다는 것을 알았다면 그냥 놔둘 리가 없다는 것이다. 그 사람들이 돈뿐 아니라 사람도 해쳤을 거라고 내가 말했지만 짐은 더 이상 그 얘기는 하고 싶지 않다고 했다. 그래서 짐에게 이렇게 말했다.

「짐, 넌 액운이 따를 수 있다고 말했지. 내가 그제 산등성에서 발견한 뱀가죽을 가져왔을 때도 뭐라 그랬니? 뱀가죽을 손으로 만지는 것처럼 재수 없는 일도 없다고 했지. 자 이게 바로 그 재수 없는 일이야! 오늘 이 모든 물건과 8달러를 긁어모았잖아. 짐, 차라리 난 이런 재수 없는 날이 매일 계속됐으면 좋겠어.」

「기다려 봐. 기다려 보라니께. 너무 좋아하면 안 뒈여. 분명히 액운이 온다고. 명심혀, 분명히 온다니께.」

결국 불운이 닥쳤다. 이런 얘기를 나눈 것이 화요일이었다. 금요일 저녁식사 후 산등성 위쪽 풀밭에 누워 있다가 나는 담배를 가지러 동굴로 내려왔다. 동굴에 들어갔다가 거기서 방울뱀을 발견한 것이다. 나는 그것을 죽여 짐의 담요 끝자락에다 마치 자연스럽게 똬리를 튼 모습으로 놔두었다. 짐이 보고 놀라는 모습이 재미있을 거라고 생각했기 때문이다. 그러다가 밤이 되자 나는 이 사실을 아예 잊어먹고 말았다. 내가 불을 지필 동안에 짐이 담요에 벌렁 누웠는데, 그때 죽은 뱀의 짝이 그곳에 와 있다가 짐을 물고 만 것이다.

짐은 펄쩍 뛰면서 크게 고함을 질렀고, 불빛이 비치자 맨먼저 눈에 띈 것은 그놈의 독사가 똬리를 틀고는 다시 덤빌 준비를 하는 모습이었다. 나는 즉시 막대기로 그놈을 때려잡았다. 짐은 아빠의 위스키 병을 잡고는 벌컥벌컥 들이마셨다.

뱀은 맨발이던 짐의 발뒤꿈치를 물었다. 나는 어리석게도 죽은 뱀을 놔두면 영락없이 그 짝이 찾아와 시체 주위에 도

사리고 있다는 사실을 까맣게 잊고 있었던 것이다. 짐은 뱀의 대가리를 잘라다가 갖다 버리고, 껍질을 벗겨 뱀의 몸통 일부를 구워 달라고 내게 부탁했다. 짐은 그것을 먹더니 이제 좀 나아질 것이라고 했다. 또한 뱀에서 소리가 나는 부분을 잘라다가 자기 손목에 감아 달라고 했다. 그게 도움이 된다는 것이다. 나는 이게 모두 내 잘못이라는 것을 짐이 몰랐으면 하는 생각에서, 조용히 밖으로 나가 죽은 뱀들을 모두 숲에 내다 버렸다.

짐은 술통을 입에 대고 계속 마시다가, 가끔 미친 사람처럼 뛰면서 고함을 지르곤 했다. 그러다가 정신이 들면 다시 술을 마셔 댔다. 그의 발은 금세 부어올랐고 다리도 마찬가지였다. 이윽고 술기운이 올라오기 시작하는 것 같았고, 나는 이제 짐이 좀 나아지겠거니 하고 판단했다. 나는 아빠 위스키에 취하느니 차라리 뱀에 물리는 편이 더 낫겠다고 생각했다.

짐은 사흘 밤낮을 누워 지낸 다음에야 발에서 붓기가 빠지고 다시 일어날 수 있었다. 이번에 벌어진 일을 보고 나는 결코 다시는 뱀가죽에 손을 대지 않겠다고 마음먹었다. 짐은 앞으로는 자기 말을 믿으라고 하면서, 뱀가죽을 만지는 것이 워낙 액운이 따르는 일인지라 앞으로도 더한 일이 생길 수 있다고 했다. 그리고 뱀가죽을 만질 바에야 차라리 왼쪽 어깨 너머로 초승달을 천 번 이상 바라보겠다고 말했다. 초승달을 어깨 너머로 쳐다보는 짓은 사람이 할 수 있는 가장 멍청하고 어리석은 짓이라고 여겨 왔던 나지만 이젠 나도 짐처럼 생각하게 되었다. 행크 벙커 영감이 한번 이런 짓을 하고는 자랑 삼아 떠들어 댄 적이 있는데, 그 후 이 년도 안 돼서 술에 취한 채 탑에서 떨어져 바닥에 납작하게 퍼져 죽는 일이 있었다. 겨우 헛간 문 사이로 시신을 꺼내 관에 옮겨 매장했던 사건이었다. 직접 본 건 아니지만 아빠에게 들은 일이다. 어쨌든 바보같이 왼쪽 어깨 너머로 초승달을 쳐다보았기 때문에 생긴 일임에 틀림없었다.

하루하루 지나면서 양쪽 둑 사이로 강물은 줄어들기 시작했다. 우리가 맨 먼저 한 일 가운데 하나는 껍질 벗긴 토끼를 미끼로 삼아 낚싯바늘에 끼워 놓았다가, 6피트 2인치나 되고 무게가 무려 2백 파운드가 넘는 사람만한 크기의 메기를 낚은 것이었다. 잡아 올리기가 쉽지 않았음은 물론이다. 낚아 올리다가 하마터면 일리노이 쪽 강둑으로 내동댕이쳐질 뻔했다. 우리는 그저 가만히 선 채 메기가 날뛰는 걸 보면서 죽기만 기다렸다. 메기 뱃속에서 우리는 놋쇠 단추 하나와 둥근 공, 그리고 기타 잡동사니를 발견했다. 도끼로 둥근 공을 쪼갰더니 그 속에 실타래가 있었다. 짐은 그것이 뱃속에 오래 있다가 무엇인가 겹겹이 쌓여 공이 된 거라고 했다. 이 정도면 미시시피 강에서 잡힌 고기 가운데 가장 큰 놈 중의 하나가 될 성싶었다. 짐도 이만한 고기는 본 적이 없다는 것이다. 마을에 가서 내다 팔면 꽤 돈이 될 수 있을 것 같았다. 시장에서는 파운드 크기로 잘라 파는데 사람들이 조금씩 사가곤 했다. 고기가 눈처럼 하얀 빛이라 튀겨 먹으면 맛있을 것 같았다.

다음 날 아침 나는 시간도 안 가고 지루하기도 해서 어쨌든 뭔가 아무거라도 하고 싶었다. 강을 몰래 건너가 마을에 무슨 일이 있는지 알아보고 싶다고 했더니, 짐은 좋은 생각이지만 어두워진 후에 건너가야 하고 조심해야 한다고 말했다. 그리고 잠시 생각에 잠기더니, 낡은 옷을 입고 여자애처럼 꾸미는 것이 어떠냐고 내게 말했다. 좋은 생각 같아서, 우리는 캘리코 천으로 된 가운 하나를 내게 맞게 줄였고 바지는 무릎까지 올려 입게 만들었다. 짐이 낚싯바늘로 뒤를 찍어매서 그런대로 몸에 맞았다. 나는 해가리개용 모자를 쓰고 턱 끈으로 잡아맸다. 이제 모자 안으로 내 얼굴을 들여다보려면 마치 난로 굴뚝 속을 들여다봐야 할 정도가 되었다. 짐은 이 정도면 대낮에도 아무도 날 못 알아볼 거라고 했다. 여자 옷 다루는 법을 하루 종일 연습하다 보니 이제 웬만큼 잘 입고 다닐 수 있을 정도가 되었지만 짐은 아직 걸음걸이가 여자 같지 않은 것이 흠이라고 하면서, 바지 주머니를 만지려고 치마를 들어 올리는 짓은 절대 하지 말라고 내게 일러 주었다. 신경을 쓰다 보니 좀 나아지기는 했다.

해가 진 후 나는 카누를 타고 일리노이 주 쪽 강변으로 향했다.

선착장 조금 아래에서 마을로 들어가려 했지만 물살 때문에 마을 아래쪽으로 밀려내려 갔다. 카누를 묶어 놓은 후 강둑을 따라 마을로 향했다. 오랫동안 사람이 살지 않았던 조그만 오두막집에 불이 비치고 있기에 누가 그곳에 터를 잡았을까 궁금하기도 해서, 몰래 다가가 창문으로 들여다봤다. 마흔 살가량 되어 보이는 한 아주머니가 소나무 탁자에 놓인 촛불 앞에 앉아서 뜨개질을 하고 있었다. 얼굴이 낯선 것으로 보아 타지 사람인 것 같았다. 이 마을에는 내가 얼굴을 모르는 사람이 없기 때문이다. 마을 사람들이 내 목소리를 알고 나를 알아볼까 봐 가슴이 두근거리고 겁도 난 마당에 그나마 운이 좋은 편이었다. 조그만 마을이라 이 아주머니가 여기에 이틀만 살았어도, 마을에 대해 내가 알고자 하는 모든 것을 말해 줄 수 있으리라 생각했기 때문이었다. 내가 여자애라는 사실을 절대 잊지 말자고 내심 다짐하면서, 나는 문을 두드렸다.

11

「들어와라.」 여자의 목소리를 듣고 나는 안으로 들어갔다.
「거기 앉아라.」

내가 자리에 앉자, 그 여자는 반짝거리는 조그만 눈으로 나를 훑어보면서 묻기 시작했다.

「이름이 뭐니?」

「사라 윌리엄스예요.」

「어디에 살아? 이 근처에서 왔어?」

「아니요, 후커빌에서 왔어요, 7마일 정도 아래에 있는 마을이에요. 걸어오다가 너무 지쳤어요.」

「그럼 배도 고프겠네. 내가 먹을 걸 찾아보마.」

「괜찮아요. 배고프지는 않아요. 오다가 너무 배가 고파 2마일 정도 아래에 있는 한 농가에 들렀어요. 그래서 이젠 괜찮습니다. 그러다가 이렇게 시간이 늦었어요. 엄마가 아파 누우시고, 돈도 떨어지고 모든 게 바닥나서, 애브너 무어 삼촌에게 알리러 가는 길이에요. 엄마가 마을 위쪽에 사신다고 하셨는데, 이곳은 처음이거든요. 아주머니, 혹시 그런 분 알고 계세요?」

「아니, 나는 이곳에 산 지가 이 주일밖에 안 돼서 사람들을 잘 몰라. 윗마을까지는 꽤 먼 거리인데, 오늘 밤은 자고 가거라. 애, 모자는 벗지 그러니.」

「아니에요, 잠깐 쉬었다가, 다시 갈 겁니다. 저는 어두워도 겁 안 나요.」

그 아주머니는 나 혼자 보낼 수는 없다고 말씀하시면서 남편이 한 시간 반 정도면 돌아오는데 나를 데리고 가게 하겠다고 했다. 그러고는 남편에 대한 이야기와 강 위쪽과 아래쪽에 사는 친척들 이야기, 한때 잘살던 이야기, 그리고 괜히 뭔지도 모르고 이 마을로 잘못 들어왔다는 이야기 등 한참을 늘어놓았다. 마을 소식을 들으려고 이 아주머니에게 온 것이 큰 실수가 아니었나 하는 생각이 들 정도였다. 하지만 아주머니가 아빠와 나의 살인 사건에 대해 건드리기 시작하자, 나는 아주머니가 제대로 수다를 떨게끔 그냥 놔두었다. 톰 소여와 내가 6천 달러를 발견했다는 이야기(그녀는 만 달러로 알고 있었다)와 아빠에 대한 이야기, 그리고 아빠가 정말 불행한 운명을 타고났다든가 내가 불행한 운명을 타고났다든가 하는 이야기를 하다가 마침내 살해당한 이야기까지 거론했다.

「누가 죽였대요? 후커빌에도 이번 사건에 대해 이런저런 말이 많지만, 누가 진짜로 헉 핀을 죽였는지는 아무도 몰라요.」

「여기도 마찬가지로 누가 헉을 죽였는지 알고 싶어 하는 사람들이 많단다. 아버지가 헉을 죽였다고 말하는 사람들도 있어.」

「설마 그런 말까지 해요?」

「처음에는 거의 모두가 그렇게 생각했어. 그 사람은 자기가 거의 폭행당할 뻔했다는 사실을 모를 거야. 하지만 날이 어두워지면서 사람들 생각이 바뀌었고 마침내 도망친 노예인 짐을 범인으로 판단했단다.」

「아니, 왜 짐을?」

이 순간 나는 차라리 말을 멈추는 게 좋겠다고 생각했다. 그녀는 계속 떠들어 대느라 내가 중간에 말을 끊는 것도 신경 쓰지 않았다.

「헉이 살해되던 날 검둥이 한 명이 도망을 쳤단다. 이제 현상금으로 3백 달러가 붙었어. 헉의 아버지에게도 2백 달러 현상금이 붙었고. 그자는 살인 사건이 있던 다음 날 아침 마을에 와서 자기 자식이 죽었다고 떠들어 댔고, 나룻배를 타고 수색작업도 같이 했단다. 그러다가 다시 강 위쪽으로 떠나 버렸지. 바로 그날 밤이 오기 전에 마을 사람들이 아버지라는 사람을 폭행하려고 갔지만 이미 떠난 뒤였어. 다음 날 검둥이도 도망쳤다는 사실을 알게 됐지. 살인 사건이 있던 날 밤 열 시 이후로는 전혀 눈에 띄지 않았다는 거야. 그래서 모든 혐의가 검둥이에게 쏟아졌지. 그런데 그다음 날 헉의 아버지가 다시 나타나서는 엉엉 울면서 일리노이 주를 다 뒤져서라도 그 검둥이 놈을 잡아야 한다며 대처 판사에게 돈을 달라고 독촉했다는 거야. 판사님이 어느 정도 돈을 주었지만, 그날 밤 인상이 험악한 낯선 사람 두 명과 자정까지 술에 취해 돌아다니다가 그들과 함께 사라지고 말았어. 그러곤 아직까지 안 돌아왔지. 사람들은 이 사건이 조금 잠잠해질 때까지 그자가 안 돌아올 거라고 생각하지. 사람들은 그자가 자기 아들을 죽이고는 강도들이 그런 것으로 위장했다고 생각해, 그게 바로 소송으로 시간 끌지 않고 아들의 돈을 갈취할 수 있는 방법이라는 거지. 충분히 그럴 수 있는 교활한 사람이야. 일 년 동안 돌아오지만 않으면 모든 것이 끝난다는 거지. 혐의라는 것도 밝히지 못하면 결국 잠잠해지는 거란다. 그러면 손쉽게 아들의 돈을 챙길 수 있게 되는 거야.」

「정말 그렇겠네요, 아무런 방해도 없이 그냥 다 챙길 수 있겠네요. 그럼 검둥이가 헉을 죽였다고 생각하는 사람은 없겠네요?」

「아냐, 모든 사람이 그런 것은 아니야. 아직도 그놈이 했다고 생각하는 사람들이 많이 있어. 조만간 그놈을 붙잡아 혼을 내주고 다 불게 할 수 있을지 몰라.」

「아직도 검둥이를 쫓고 있단 말이네요?」

「넌 아무것도 모르는구나. 사람들이 현상금 3백 달러라는 일확천금을 그냥 놔둘 것 같니? 검둥이가 아직 멀리 가지 않앉을 거라고 생각하는 사람들도 있어. 나도 그중의 하나지만 남들에게 떠들어 대진 않았어. 며칠 전 통나무 오두막집에 사는 이웃 노부부와 얘기를 나누다가, 우연찮게 강 너머에 있는 잭슨 섬에는 아직 사람들이 가지 않는다는 얘기를 들었어. 거기에 아무도 살고 있지 않느냐고 내가 물었더니 그렇다는 거야. 더 이상 내가 말은 안 했지만 딴 생각이 들었어. 분명 그쪽에서 연기가 나는 것을 내가 봤거든. 하룬가 이틀 전에 섬 머리 근처께서 연기가 나더라고. 그래서 난 아마도 검둥이가 그곳으로 숨어들었을 거라고 생각했지. 수색해 보면 알게 되겠지. 그 후로는 연기가 안 보이데. 만약 그놈이었다면, 이제 사라진 모양이야. 하지만 우리 남편이 다른 사람 한 명을 데리고 그곳에 갈 거야. 강 상류에 있다가 오늘 돌아왔어. 두 시간 전에 왔는데 오자마자 내가 남편에게 이 이야기를 해주었지.」

나는 너무 불안해서 가만히 앉아 있을 수가 없었다. 무언가를 해야 할 것 같아서 손으로 탁자 위에 있던 바늘을 들고 실을 꿰어 보려 했다. 하지만 손이 너무 떨린 나머지 제대로 할 수가 없었다. 아주머니가 이야기를 멈추기에 고개를 들고 쳐다보기는 했지만 이제 오히려 아주머니가 나를 이상한 표정으로 내려다보면서 빙그레 미소를 지었다. 나는 슬며시 바늘과 실을 놓고는 아주머니의 이야기에 관심을 보이는 척했다. 아니 실은 내게도 재미있는 이야기였다.

「3백 달러면 엄청난 돈이에요. 우리 엄마가 그 돈을 가졌으면 얼마나 좋으셨을까. 그런데 아저씨가 오늘 밤에 섬으로 가신대요?」

「그래. 내가 말했던 그 사람하고 같이 배 한 척 구하고, 총한 자루를 빌릴 수 있는지 알아보려고 마을로 내려갔단다. 자정이 지나면 출발할 수 있을 거야.」

「내일 낮까지 기다리면 더 잘 볼 수 있을 텐데요?」

「맞지만, 그러면 검둥이 녀석도 잘 볼 것 아니니. 자정이 지나면 잠을 자겠지. 그러면 숲으로 몰래 숨어들어 갈 수 있고, 여기저기 뒤지는 사이 그놈이 만약 장작불을 피웠다면 어두울 때 더 잘 보일 게다.」

「제가 그 생각을 못 했군요.」

아주머니가 계속 나에게 수상쩍은 눈초리를 보내 왔기에 나는 마음이 전혀 편치 않았다. 그러더니 아주머니는 다시 내 이름을 물었다.

「얘야, 네 이름이 무어라고 했지?」

「메, 메리 윌리엄스예요.」

아까는 메리라고 말한 것 같지 않은 생각이 들어, 이젠 고개를 들 용기도 나지 않았다. 사라라고 날했던 것 같은 생각이 들어 어쩔 줄 모르고 있다가, 혹시 얼굴에 표정이 드러날까 두려워 마음이 조마조마했다. 나는 아주머니가 뭐라고 더 떠들어 주기만을 바랐다. 조용히 있으면 있을수록 내 마음은 더 불안해졌다.

「얘야, 너 처음에 왔을 때는 사라라고 하지 않았니!」

「예, 아주머니. 사라 메리 윌리엄스가 제 이름이에요. 사라는 세례명이고요, 어떤 친구들은 사라라고 부르기도 하고, 또 어떤 친구들은 메리라고 부르기도 해요.」

「응, 그런 거야?」

「네, 아주머니.」

마음이 조금 편해졌지만, 무엇보다 당장 그곳에서 벗어나고 싶은 마음뿐이었고, 아직도 고개를 들 수가 없었다. 아주머니는 요즈음 살기가 더욱 힘들다는 둥, 살림이 더 궁핍해졌다는 둥, 그리고 쥐새끼들이 마치 제 집인 양 들락거린다는 둥의 얘기를 계속 해댔다. 그 덕에 마음은 한결 편안해졌다.

쥐새끼 얘기는 정말이었는지, 쥐 한 마리가 집구석에 있는 구멍에서 매번 코빼기를 내밀곤 했다. 집에 혼자 있을 때는 무언가 쥐새끼에게 집어던질 것을 갖고 있지 않으면 잠시도 편안할 틈이 없다고 아주머니는 말했다. 그러고는 내게 납으로 만든 막대를 보여 주더니 구부려 매듭을 만들었다. 평상시 이것으로 쥐를 때려잡는다는 것이다. 하지만 하루 이틀 전인가 팔을 삐는 바람에 잘 던질 수 있을지 모르겠다고 했다. 기회를 엿보던 아주머니는 이내 쥐에게 집어던졌지만 크게 빗나가 버리고, 팔이 많이 아팠던지 〈어이쿠!〉 하는 비명만 질러 댔다. 그러고는 다음 쥐는 나더러 잡아 보라고 했다. 아저씨가 집에 도착하기 전에 이곳을 떠나고 싶은 마음이 굴뚝같았지만 내색은 할 수 없었다. 나는 납덩어리를 집고는 코빼기를 내미는 첫 번째 쥐에게 이것을 집어던졌다. 도망치지 않고 그 자리에 그대로 있었다면 즉시 뻗어 버렸을 정도로 세게 던졌다.

아주머니는 최고라고 하면서 다음번에는 제대로 맞출 것이라고 했다. 그러고는 일어나서 납덩이 한 뭉치와 함께 실한 타래를 가지고 오더니 내게 도움을 청했다. 내가 두 손을 내밀자 그녀는 그 위에 실을 걸더니, 이내 자기와 남편 이야기를 해대기 시작했다. 그러다가 불쑥 이렇게 말했다.

「쥐를 잘 쳐다보고 있어야 한다. 납덩이는 혹시 모르니까 무릎 위에 올려놓는 게 좋을 거다.」

그리고 그 순간 납덩이를 내 무릎 위에 던져 주는 바람에 나는 순간적으로 무릎을 모으고 그것을 받았다. 그녀는 다시 수다를 떨기 시작하더니, 이내 손에서 실타래를 내려놓고는 내 얼굴을 들여다보면서, 즐거운 듯 나에게 말했다.

「뭐라 그랬지, 네 진짜 이름이 뭐라고 했지?」

「뭐라고요, 네?」

「진짜 이름이 뭐냐고? 빌이냐 톰이냐 아니면 밥이냐? 대체 뭐라 그랬어?」

나는 몸이 사시나무처럼 떨리고 있다는 느낌을 받았다. 어찌할 바를 몰랐지만, 그래도 다시 아주머니에게 말했다.

「저처럼 불쌍한 여자애를 제발 놀리지 마세요, 아주머니. 제가 방해가 된다면, 차라리……」

「아니다, 애야. 그냥 앉아 있어라. 너를 혼내거나, 남에게 일러바치지도 않을 테니까. 그저 왜인지 나를 믿고 비밀을 털어놔 봐. 그러면 내가 도와줄 테다. 네가 원하면 우리 남편도 도와줄 거야. 그저 도망쳐 나온 도제생일 텐데 뭘 그러니. 잘못된 것도 없어, 심하게 혹사당하다가 도망쳐 나온 거겠지. 애야, 내가 일러바치지 않을 테니, 내게 다 말하렴. 넌 착한 애니까.」

나는 더 이상 연극은 해보았자 아무 소용도 없을 것이라고 아주머니께 말한 후, 속 시원하게 모든 것을 고백할 테니 아주머니도 약속을 지켜 달라고 부탁했다. 그러고는 이렇게 말했다. 아버지와 어머니가 돌아가신 후 강에서 30마일 떨어진 곳에 있는 한 시골 농부에게 떠넘겨졌는데, 하도 심하게 혹사시키는 통에 참을 수 없을 정도였다. 그래서 농부가 이틀간 멀리 떠나 있는 사이에 기회를 잡고는 농부 딸의 낡은 옷가지를 훔쳐서 도망쳐 나왔다. 삼 일 동안 30마일을 걸어오면서, 밤에는 걸어 도망치고 낮에는 숨어 잠을 잤다고 꾸며 댔다. 도망칠 때 갖고 온 빵과 고기 주머니 덕에 견딜 수 있었고, 아직도 많이 남아 있다고 했다. 그러고는 애브너 무어 삼촌이 나를 보살펴 줄 것으로 믿고 바로 여기 고쉔 마을로 왔노라고 말했다.

「고쉔이라고? 애야, 여기는 고쉔이 아니야. 여긴 세인트피터즈버그야. 고쉔은 강 따라 9마일 더 가야 해. 여기가 고쉔이라고 누가 그러더냐?」

「아침 해 뜰 무렵에 숨어서 잠 좀 자려고 숲 속으로 들어가다가 어떤 사람을 만났는데요, 그분이 그렇게 말해 주었어요. 가다가 두 갈래 길에서 오른쪽으로 5마일 정도 가면 고쉔이라고 했어요.」

「술 취한 사람인가 보다. 정 반대로 가르쳐 주었구나.」

「글쎄, 술 취해 보이긴 했어요. 하지만 이제 문제가 안 돼요. 전 계속 걸어갈 거예요. 해 뜨기 전에는 고쉔에 도착하겠지요.」

「잠깐만, 얘야. 내가 먹을 것을 챙겨 줄게. 아마도 필요할 게다.」

그러곤 아주머니는 내게 먹을 것을 챙겨 주었다.

「소가 누워 있을 때, 어느 쪽 다리부터 일어날 것 같니? 생각하지 말고 빨리 답해 보아라. 어느 다리로 먼저 일어나겠니?」

「뒷다리요.」

「그러면, 말은 어떨 것 같아?」

「앞다리요.」

「나무는 어느 방향에 이끼가 더 끼는 줄 아니?」

「북쪽이요.」

「언덕배기에서 소 열다섯 마리가 풀을 뜯고 있다고 하자. 그중 몇 마리가 같은 방향으로 머리를 두고 풀을 뜯겠니?」

「열다섯 마리 전부요.」

「그래, 네가 시골에서 자란 건 맞는 모양이구나. 난 네가 나를 또 속이는 줄 알았다. 그럼 진짜 이름이 뭐니?」

「조지 피터스예요, 아주머니.」

「조지, 이번엔 잘 기억해야 한다. 또 잊어먹고는 떠나기 전에 내게 일렉산더라고 말하면 안 된다. 그리고 그런 캘리코 천으로 된 옷을 입고 여자 흉내 내면 안 된다. 여자 흉내가 형편없어. 혹 남자는 속일 수 있을지 몰라도. 그리고 애야, 바늘에 실을 꿸 때 실을 잡고 바늘을 갖다 대지 말고, 바늘을 잡고 실을 꿰어야 한다. 여자들은 대개 그렇게 하거든. 남자들은 반대로 하지. 쥐든지 뭐든지 간에 뭘 집어던질 때에는 발끝으로 서서 머리 위로 손을 들고는, 그것도 아주 서툴게 6~7피트 이상 빗나가게 던져야 한다. 여자애가 던지듯이, 팔을 편 채로 어깨가 회전축이나 되는 것처럼 던져야 한다. 사내애들처럼 팔을 한쪽으로 펴고는 손목이나 팔꿈치를 써서 던지면 안 된다. 그리고 여자애가 무릎으로 물건을 받을 때는 무릎을 벌리고 받는단다. 네가 납덩이를 받는 것처럼 무릎을 모으고 받지 않는단다. 네가 바늘을 꿸 때 사내아이인 줄 알았지. 단지 확인하려고 다른 일을 시켜 본 거야. 자, 이제 아저씨 댁으로 가보려무나, 시라 메리 윌리엄스 조지 일렉산더 피터스야. 그리고 무슨 일이라도 생기면 주디스 로프터스 부인에게 알려 다오. 그게 내 이름이다. 할 수 있는 데까지 도와줄 테니까. 그리고 계속 강변길을 따라가거라. 그리고 다음에 여행할 때는 꼭 신발과 양말을 챙겨야 한다. 강변길은 바윗길이 많아서 고쉔에 도착할 때쯤 되면 네 발이 엉망이 될 테니까 말이다.」

나는 둑을 따라 50야드쯤 걸어 올라가다가 달리기 시작했다. 그러다가 다시 돌아와서는, 집 아래쪽으로 얼마 떨어지지 않은 곳에 있는 카누가 숨겨져 있는 곳으로 몰래 되돌아왔다. 급히 카누를 몰고, 섬 머리가 보이는 곳까지 물살을 거슬러 올라가서는 강을 가로질러 갔다. 이제 더 이상 나를 숨길 필요가 없기에 해가리개 모자를 벗어 버렸다.

강 중간쯤 건너갔을 때 시계 종 치는 소리가 들려왔다. 강 건너 울려오는 소리가 분명히 열한 시였다. 섬 머리에 도착했을 때, 숨이 차올랐지만 숨을 고르기도 전에 예전에 캠프가 있었던 숲 속으로 들어가서는 터가 높고 습기가 없는 곳에다가 모닥불을 지폈다.

다시 카누에 뛰어들어서 될 수 있는 한 빨리 1마일 반 정도 아래에 있는 대피소로 향했다. 카누에서 내려서는 숲 속을 지나 산기슭을 타고 올라 동굴로 뛰어들어 갔다. 짐은 땅 위에 누운 채 자고 있었다. 짐을 깨우면서 말했다.

「일어나, 짐, 서둘러! 시간이 없어. 사람들이 쫓아온다고.」

짐은 아무것도 묻지 않고 한마디 말도 하지 않았지만, 다음 삼십 분간 그가 움직이는 모습을 볼 때 그가 얼마나 겁을 먹었는지 알 수 있을 정도였다. 이제 모든 소유물이 뗏목 위에 실렸고, 버드나무로 가려져 있었던 후미진 곳에서 나와 떠날 만반의 준비를 갖추었다. 우선 동굴 속의 모닥불부터 끈 다음, 촛불 빛이 밖으로 새어 나오지 않게 했다.

강가에서 조금 떨어진 곳으로 카누를 끌고 나와 주위를 살폈지만 별빛만 갖고는 어두워서 배가 주위에 있었다고 해도 알 수가 없을 정도였다. 이제 뗏목을 끌고 나와서는 어두운 곳을 따라 섬을 빠져나왔다. 우리는 한마디 말도 없이 쥐 죽은 듯 조용한 섬 끝자락을 지나쳐 내려갔다.

12

거의 한 시경 마침내 우리는 섬을 빠져나올 수 있었다. 뗏목은 아주 서서히 흘러가는 듯했다. 배가 따라올 것 같으면 우리는 카누를 타고 일리노이 주 쪽 강변으로 갈 작정이었다. 하지만 배가 오지 않아 다행이었다. 왜냐하면 총이나 낚싯대, 또는 먹을 것을 카누에 실을 생각도 못 했고 이것저것

할 겨를도 없었기 때문이다. 뗏목에 모든 것을 다 싣는 건 좋은 생각은 아니다.

만약 통나무집 아저씨 일행이 섬에 갔다면, 내가 지핀 모닥불을 발견하고 밤새도록 짐이 돌아오기만 기다렸을 것이다. 어쨌든 이제 그들은 우리와 멀리 떨어져 있고, 내가 만든 모닥불에 속지 않았다 한들 내 실수라고 할 수도 없다. 나는 단지 할 수 있는 한 가장 치사한 방법으로 그들을 속이려 했을 뿐이다.

아침 햇살이 밝아 오자, 우리는 일리노이 주 쪽 강가의 물살이 돌아가는 지점에 있는 모래톱에 뗏목을 정박시켰다. 그러곤 도끼로 양버들나무의 가지를 쳐서 뗏목을 덮어 놓았더니 강둑 일부가 무너져 내린 것처럼 보였다. 모래톱에는 마치 써레의 이빨처럼 촘촘하고 두껍게 양버들나무가 우거져 있었다.

미주리 주 쪽 강가에는 산들이 있었고 일리노이 주 쪽 강가에는 울창한 숲이 있었다. 그쪽 강물길이 미주리 주 쪽으로 흘렀기에 사람들을 만날 염려는 없었다. 우리는 하루 종일 빈둥대면서 미주리 강가로 뗏목과 증기선이 내려가는 것을 보았고, 상류로 향하는 증기선들이 강 중앙에서 물살을 가로질러 올라가는 모습을 보았다. 나는 짐에게 오두막의 아주머니와 나누었던 이야기를 다 들려주었다. 짐은 그 아주머니의 머리가 비상하다고 하면서 만약 그녀가 직접 우리를 쫓았다면 가만히 앉아 모닥불을 지키고 있진 않았을 것이고, 분명 개를 끌고 왔을 거라고 말했다. 남편에게 개를 가져가라고 말했을 수 있다고 하자, 아마 남편이 떠날 준비를 마칠 즈음에 그 생각이 났었을 것이라고 짐이 말했다. 그래서 아저씨가 개를 구하러 마을로 들어갔을 것이고 결국 그러다 시간이 지체되었을 것이라고 했다. 아니면 지금 우리가 이렇게 마을에서 16~7마일 정도 아래에 있는 모래톱에 있지도 못했을 것이고 아마도 다시 마을로 끌려갔을 수도 있었다는 것이다. 나는 그들이 우리를 잡지 못한 이상, 그들이 우리를 왜 못 잡는지를 가지고 왈가불가 얘기하는 데에 전혀 관심이 없다고 짐에게 말했다.

날이 어두워지기 시작하자 우리는 양버들나무 숲에서 머리를 내밀고는 상류와 하류 그리고, 강 건너에 무어라도 있나 해서 살펴보았다. 짐은 뗏목의 윗널판 몇 개를 뜯어내 해가 뜨겁거나 비가 오는 날씨에 안으로 들어갈 수 있고 빨래도 말릴 수 있는 천막식 움막을 만들었다. 바닥부터 만들어 뗏목 바닥보다 약 1피트 높게 고정시켰다. 덕분에 담요나 기타 물건들이 증기선이 만들어 내는 물살에 젖지 않게 되었다. 움막 한가운데에는 5~6인치가량 두께로 진흙을 쌓고 나무틀로 둘러 고정시켰는데, 비가 오거나 추운 날에 불을 피울 수 있는 자리였다. 불을 지펴도 움막 때문에 밖에서 보이지 않게 되었다. 뜻하지 않게 무엇인가에 부딪혀 노가 부러질 것에 대비해 여분의 노도 만들어 놓았다. 랜턴을 걸어 놓기 위해 끝이 갈라진 작은 막대도 준비했다. 증기선이 다가올 때마다 우리를 타고 넘어가지 않도록 하기 위해 랜턴을 켜놓아야만 했기 때문이다. 하지만 상류로 올라가는 증기선의 경우 우리가 소위 〈횡단수로〉라고 불리는 곳에 있지 않는 한 불을 밝힐 필요가 없었다. 왜냐하면 강물 수위가 높아 아주 낮은 강둑들이 아직 물속에 잠겨 있어서 올라가는 증기선이 항상 수로를 탈 필요 없이 보다 쉬운 물길을 따라 운항했기 때문이다.

이튿날 밤에는 시속 4마일이 넘는 물살을 타고 일고여덟 시간을 떠내려갔다. 고기도 잡고 이야기도 나누었고, 졸음을 깨기 위해 이따금 수영도 했다. 물살이 잔잔한 거대한 강을 타고 내려가면서 뗏목에 누워 별을 바라보고 있자면 일종의 엄숙한 기분까지 들었다. 큰 소리로 떠들면 안 될 성싶었고, 크게 웃고 싶은 마음도 안 들었다. 기껏해야 혼자 나직이 미소 지을 정도였다. 날씨는 대체적으로 정말 좋았고, 특별한 일도 일어나지 않았다. 그날도 그랬고, 다음 날이나 그다음 날도 마찬가지였다.

매일 밤 마을들을 지나갔는데 어떤 마을은 저 멀리 검은 언덕배기에서 반짝이는 불빛으로만 보였고 집이라고는 한 채도 눈에 띄지 않았다. 닷새째 되는 날 밤 세인트루이스를 지나갔는데, 온 세계에 불이 켜진 느낌이었다. 세인트피터즈버그 사람들은 이 도시에 2~3만 명이 산다고 말하곤 했는데, 그 조용한 밤 새벽 두 시에 황홀할 정도로 번쩍이는 불빛을 보고서야 그 말을 믿을 수 있었다. 아무 소리도 들려오지 않았고, 사람들도 이미 다 잠자리에 든 시간이었다.

매일 밤 열 시쯤 나는 작은 마을에 몰래 들어가 10 내지 15센트씩 내고 식량이나 고기, 그 밖에 먹을 것을 샀다. 가끔은 닭장에서 횃대에 앉아 편히 쉬지 못하는 닭들을 잡아다 가져오기도 했다. 아빠는 늘 말씀하시길, 할 수만 있다면 닭은 훔쳐야 한다고 하셨다. 정작 내가 원하지 않으면 남들이 훔쳐 가기 때문이라는 것이다. 착한 일은 쉽게 잊히지도 않는 법이라고 했다. 아빠가 닭을 원하지 않은 적을 난 본 적이 없다. 그러나 어쨌든 아빠는 항상 그렇게 말씀하셨다.

아침에는 해가 뜨기 전에 옥수수 밭으로 몰래 들어가 수박이나 머스크멜론, 그리고 호박이나 새로 딴 옥수수 등을 슬쩍 빌렸다. 아빠는 언젠가 갚기만 한다면 빌리는 것은 괜찮다고 하셨다. 어쨌든 나중에 돌려주면 되는 거니까 말이다. 하지만 더글러스 아줌마는 그건 결국 훔치는 것과 마찬가지이기 때문에 점잖은 사람이 할 짓이 아니라고 말씀하셨다.

짐은 아줌마나 아빠나 모두 일부분 맞는 말이라고 하면서, 우리가 할 수 있는 최상의 방법은 명단을 만들어 그중 두세 개를 집어서 이것들은 절대 빌리지 않는 것으로 정해 놓고, 나머지 것들은 빌리면 괜찮을 것이라고 말했다. 강을 따라 내려가면서 우리는 밤새 이 문제, 즉 수박을 뺄 것인지 캔털룹을 뺄 것인지, 아니면 머스크멜론을 뺄 것인지를 논의했다. 아침 해가 뜰 무렵 우리는 능금과 감을 빌리지 않기로 결정함으로써 만족스러운 해결책을 찾았다. 그럼으로써 이전의 불편했던 감정이 해소되면서 기분이 홀가분해졌다. 이 결정을 좋아한 이유는 능금은 맛이 없었고, 감은 익으려면 아직 두세 달이 지나야 했기 때문이다.

때로는 너무 일찍 일어났거나 저녁 때 일찍 자러 들어가지 않는 물새들을 사냥했다. 대체적으로 볼 때 우리 생활은 그런대로 괜찮았다.

세인트루이스를 지나 닷새째 되는 밤, 자정이 지난 시간에 우리는 폭풍우를 만났다. 천둥과 번개를 동반하면서 비가 억수같이 퍼부었다. 우리는 움막 안에 있으면서 뗏목이 그냥 흘러가게 내버려 두었다. 번개가 칠 때는 죽 뻗은 거대한 강과 강 양쪽의 절벽 모습이 눈에 들어왔다. 얼마 후 나는 〈헤이 짐, 저쪽을 좀 봐!〉 하고 말했다. 암초에 좌초된 증기선이 앞에 있었고, 뗏목이 그 증기선 쪽을 향해 흘러가고 있었기 때문이다. 번개 때문에 그 모습이 선명하게 보였는데, 배의 윗갑판이 물 위로 나온 채 기울어져 있었다. 증기선의 작은 굴뚝 고정 밧줄이 선명하게 보였고, 큼지막한 종 옆에 있는 의자와 그 위에 걸려 있는 앞창이 긴 소프트 모자도 보였다.

밤은 깊고 폭풍우가 몰아치는데, 신비로운 분위기 때문인지 강 한복판에 처량하게 외로이 떠 있는 난파선을 보았을 때 사내애라면 누구라도 느꼈을 법한 그런 느낌을 받았다.

그건 난파선에 몰래 올라가 이곳저곳 살펴보면서 무엇이 있나 알아보고픈 느낌이었다.

「짐, 한번 올라가 보자.」

짐은 처음에는 완강하게 반대했다.

「난파선에 올라가 어슬렁거리고 싶지 않어. 지금 잘 나가고 있는데, 그냥 잘 가게 내버려 두는 게 좋아. 성경책에도 그렇게 써 있잖이여. 게다가 저 난파선에는 감시인이 있을지도 모르는 거여.」

「감시인이라고? 선원실과 조타실 말고 무슨 감시를 한다고. 그리고 오늘 같은 밤에 어떤 미친놈이 그런 데 앉아서 감시를 하겠냐고? 가뜩이나 순식간에 쪼개져 강바닥으로 쓸려내려 갈 판에 말이야.」

짐은 할 말이 없는지 아무런 대꾸도 하지 않았다.

「게다가 잘 하면 선장실에서 값 좀 나가는 것을 빌릴 수 있을지도 몰라. 하나에 현금 5센트 하는 시가 같은 거 말이야. 증기선 선장들은 늘 부자야. 매달 60달러를 번다는데, 자기들이 원하는 것이 있으면 얼마 나가는지 신경도 안 쓴다고. 주머니에 양초나 하나 집어넣고 가자고. 샅샅이 뒤져 보고 싶은 마음이 굴뚝같아. 톰 소여라면 이걸 그냥 놔두겠어? 말도 안 되지. 톰은 이걸 모험이라고 불러. 모험이고말고. 그 앤 이게 일생 마지막 일이 된다고 해도 이 배에 오르고 말 거야. 그리고 멋지게 해낼 거야. 폼 잡으면서 말이야. 마치 천국을 발견한 크리스토퍼 콜럼버스처럼 해낼 거야. 톰이 여기 있어야 하는 건데.」

짐은 잠시 구시렁대더니 이내 내 말을 들었다. 짐은 될 수 있는 대로 절대 큰 소리 내지 말고 아주 작은 소리로 말해야 한다고 주의를 주었다. 곧이어 번개가 치면서 난파선이 다시 보였고 우리는 우현에 있는 기중기 기둥을 잡고는 뗏목을 고정시켰다.

갑판이 물 위로 높게 나와 있었기에 우리는 어두운 가운데 조타실을 향해 살금살금 내려갔다. 서서히 발로 더듬어 나가면서 손을 뻗쳐 굴뚝 고정 밧줄을 피해 나갔다. 너무 어두워서 밧줄이 보이지 않았기 때문이다. 곧이어 우리는 조타실 지붕 앞쪽 끝을 만났고 그 위로 올라섰다. 다음은 선장실 문 앞에 다다랐는데, 문이 열려 있었고 놀랍게도 조타실 아래쪽으로 빛이 보였다! 그 순간 저쪽에서 무슨 소리가 들려오는 것 같았다.

정말 오싹한 기분이 든다고 짐이 내게 속삭이며 말했고 나 보고 자기를 따라오라고 했다. 알겠다고 하면서 뗏목으로 다시 돌아가려는 그 순간, 안에서 누군가 울부짖는 소리가 들려왔다.

「제발 그러지 마, 절대 말하지 않을게!」

또 다른 큰 목소리가 들렸다.

「거짓말 마. 짐 터너, 넌 이전에도 그랬어. 항상 제 몫보다 더 바랐고, 더 처먹었잖아. 그리고 안 그러면 불겠다고 떠벌리고. 하지만 이번에는 안 속지. 너야말로 정말 이 땅에서 가장 천하고 비열한 놈이야.」

짐은 이미 뗏목으로 돌아가 버렸다. 하지만 나는 호기심에 불타, 톰이라면 뒤로 물러서지 않을 거야, 나도 마찬가지야, 라고 스스로에게 말했다. 무슨 일인지 꼭 보고 말 거야, 나는 어두운 가운데 좁은 통로를 통해 고물 쪽으로 네 발로 기어가 조타실의 횡단 복도 앞 특별실까지 접근했다. 내려다보니 그곳에는 손과 발이 묶인 채 바닥에 누워 있는 사람이 있었고, 그 옆에 다른 두 사람이 버티고 서 있었다. 한 사람은 빛이 흐린 랜턴을 들고 있었고, 또 다른 사람은 총을 들고 서 있었는데 바닥에 누워 있는 사람의 머리에 그 총을 겨누고 있었다.

「널 죽이고 싶어! 콰 죽일 거야, 이 비열한 놈아!」
바닥에 누운 자는 눈물을 훌쩍이면서 이렇게 애원했다.
「제발 살려 줘, 빌. 절대 불지 않을게.」
바닥에 누운 사람이 이 말을 할 때마다 랜턴을 든 사람이 비웃으며 말했다.
「불지 않겠지? 이번엔 네놈이 진실을 말하는구나.」
그러고는 다시 말했다.
「비는 꼴 좀 보라지! 우리가 널 잡아 묶지 않았으면 네놈이 우리를 죽였을 거야. 왠지 알아? 아무 이유 없지. 단지 우리들이 권리를 주장했다는 것 때문이지. 하지만, 짐 터너, 너 이제부터는 남들 협박하지 않을 거지? 빌, 그 총은 치우게.」
「난 안 되겠어, 제이크 패커드. 난 이놈을 죽일 테야. 이놈이 햇필드 노인을 죽였듯이, 나도 죽일 기야. 이놈은 죽어도 싸.」
「하지만 죽이는 건 원치 않아. 그럴 만한 이유가 있네.」
바닥에 누운 사람이 훌쩍거리면서 말했다.
「제이크 패커드, 그렇게 말해 줘서 고맙네. 평생 이 은혜 안 잊을 거야.」
패커드는 이런 말에 아랑곳하지 않고 랜턴을 못에 걸었다. 그러고는 빌에게 내가 있는 어두운 곳으로 오라고 불렀다. 나는 재빨리 2야드 정도 뒤로 물러섰으나, 워낙 기선이 기운 상태라 빨리 움직일 수가 없었다. 하는 수 없이 잡히지 않으려고 위쪽 특별실로 숨어들었다. 어두움 속에서 두 사람이 더듬어 가며 내 쪽으로 왔다. 특별실로 들어온 패커드가 말을 꺼냈다.
「이리로 오게나.」
빌이 패커드를 따라 들어왔다. 이자들이 들어오기 전에 나는 이곳에 들어온 것을 후회하면서 꼼짝 못 하고 이층 침대에 숨어 있었다. 이들은 손을 침대 선반에 올리더니 이야기를 하기 시작했다.

 그들이 보이지는 않았지만 어디에 있는지는 알 수 있었다. 이들이 마신 위스키 냄새 때문에 아주 가까이 있다는 것을 느낄 수 있었다. 내가 위스키를 마시지 않은 게 천만다행이라고 생각했다. 하지만 마셨다고 해도 별 차이는 없을 것 같았다. 숨도 안 쉬고 있었기 때문에 냄새로 나를 추적할 수는 없을 것이기 때문이다. 나는 정말 겁이 났다. 게다가 숨을 안 쉬면서 그런 이야기를 들어야 했다. 이들은 작은 목소리로 진지하게 이야기했다. 빌은 터너를 죽이고 싶다고 했다.

「그놈은 분다고 했어, 분명히 그럴 거야, 우리 몫을 그놈에게 다 준다고 해도 바뀌는 것은 없다고. 이렇게 싸우고 묶어 놓고 했으니 말이야. 놈이 우리에게 불리한 증언을 할 게 뻔해. 내 말 잘 들어. 난 저놈을 죽여 버릴 거야.」

「나도 같은 의견이야.」

패커드는 낮은 목소리로 말했다.

「제길, 나는 네가 다른 생각을 갖고 있는 줄 알았어. 자, 그렇다면 들어가서 해치워 버리자고.」

「잠깐, 아직 말 다 안 끝났어. 내 말 들어 봐, 죽이는 것은 괜찮지만 일이 잘 되려면 조용한 방법도 있어. 내 생각은 이래. 만약 위험 부담이 안 따르고 확실한 방법이 있다면, 굳이 교수형에 처해질 일을 하지 않는 편이 좋을 거야, 안 그래?」

「그야 물론이지. 하지만 어떻게 할 건데?」

「내 생각은 우선 특별객실을 재빨리 뒤져서 빠뜨린 것들을 죄다 끌어모아 강가로 옮겨서 숨겨 놓는 거야. 그리고 기다리는 거지. 아마 두 시간도 안 되어, 이 난파선이 산산조각 나면서 강물에 휩쓸려 갈 거야. 그놈은 익사할 거고. 그러면 누구의 책임도 아니잖아. 그게 그놈을 죽이는 것보다 훨씬 좋은 방법이야. 나는 피할 수 있기만 하다면 죽이지 않는 쪽이 좋다고 봐. 사람을 죽이는 건 현명한 짓도 아니고 양심에도 꺼리는 짓이야, 안 그래?」

「그래, 네 말이 맞기는 해. 하지만 저놈의 배가 쓸려 가지 않으면 어떡해?」

「어쨌든 두 시간만 지켜보자고. 그러면 되지 않겠어?」

「좋아, 그러자고.」

그들은 그렇게 다시 그곳을 떠났고, 나도 온몸이 식은땀에 젖은 채 그곳을 도망쳐 나와 앞으로 기어갔다.

칠흑같이 어두운 가운데, 나는 숨찬 목소리로 〈짐!〉 하고 나지막하게 불렀다. 짐이 내 바로 옆에서 신음 소리 같은 목소리로 대답했다. 나는 그에게 말했다.

「서둘러, 짐. 여기서 신음 소리 내며 노닥거릴 시간이 없어. 저 살인자 놈들 말이야, 우리가 저놈들의 보트를 찾아서 강에 떠내려 보내면, 저놈들이 난파선에서 빠져나올 수 없게 돼. 안 그러면 그중 한 사람이 곤경에 처하게 된다고. 저놈들 보트를 찾기만 하면 모두 곤경에 빠뜨릴 수도 있어. 저놈들 모두 보안관에게 붙잡히게 될 거야. 빨리! 난 좌현 쪽을 살필 테니, 넌 우현 쪽을 살펴봐. 자, 뗏목이 있는 데부터 시작해 봐.」

「하느님 맙소사, 뗏목이, 뗏목이 없어졌어. 세상에, 밧줄이 풀려서 떠내려갔어!」

13

순간 숨이 멎고 기절할 뻔했다. 저런 살인자들과 함께 난파선에 갇히게 되다니! 하지만 이제는 이런 감상에 젖은 생각을 할 겨를도 없었다. 이제는 저들의 배를 빨리 찾아내 우리가 가져야만 했다. 그래서 우리는 벌벌 떨며 우현 쪽을 통해 배 뒷전으로 내려갔다. 아주 서서히 내려갔으며, 너무 느려서 마치 일주일 정도 걸리는 느낌이었다. 배는 보이지 않았다. 짐은 너무 겁이 나 아무 힘도 없다면서 더 이상 못 갈 것 같다고 했다. 나는 이 난파선에 남게 되면 분명히 더 큰 위험이 있을 것이라고 하며 짐을 달랬다. 다시 배 주위를 살폈고, 조타실 뒤쪽을 찾아 가서는 손으로 더듬어 나가면서 채광창 위로 나아갔다. 채광창의 끝부분이 물에 잠겨 있었기에 우리는 창살을 잡고 이동했다. 횡단 복도 가까이 왔을 때, 드디어 배 한 척을 겨우 발견할 수 있었다. 고맙기가 그지없었다. 다음 순간 배에 옮겨 타려고 하는데 이들이 있는 곳의 문이 확 열렸다. 일당 중 한 명이 나에게서 2피트 정도 떨어진 곳에서 고개를 내밀었다. 순간 나는 이제 끝났구나 싶었다. 하지만 그 사람이 고개를 다시 넣으면서 이렇게 말했다.

「빌, 그 랜턴은 눈에 안 보이게 치워 버려.」

그는 무언가 담긴 가방을 배 안에 던지고는 배에 올라타 앉았다. 제이크 패커드였다. 다음에는 빌이 나와서 배에 올랐다. 패커드가 나직한 소리로 말했다.

「됐네, 배를 밀게나.」

나는 더 이상 창살을 잡고 있을 수 없을 정도로 힘이 빠졌다. 그때 빌이 말했다.

「잠깐, 자네 그 녀석 수색해 봤나?」

「아니, 자네는 했나?」

「나도 안 했어. 그럼 아직 자기 몫의 돈을 갖고 있을지 몰라.」

「그렇다면 따라오게. 이것저것 챙기고 돈만 두고 가면 뭐해.」

「그 녀석이 우리가 무슨 일을 꾸미는지 의심하지 않을까?」

「아마 그렇지 않을 거야. 하지만 우리는 어쨌든 돈은 챙겨야 하네. 자, 가자고.」

그들은 다시 난파선으로 들어갔다.

기울어진 쪽에 있던 문이 꽝 하고 닫혔다. 나는 재빨리 배로 옮겨 탔다. 짐도 따라서 올라탔으며 나는 즉시 칼을 꺼내 밧줄을 잘랐다. 드디어 배가 움직였다!

처음에는 노를 건드리지도 않았다. 우리는 속삭이지도 않았고, 심지어 숨도 쉬지 않았다. 물살을 따라 고요하게 배가 미끄러지면서 난파선의 외륜 덮개를 지나 고물을 지나갔다. 순식간에 난파선에서 백 야드 정도 흘러내려 갔고 어둠 속으로 사라지게 되었다. 아무것도 안 보이게 되자 우리는 마음이 놓였고 이제야 안도의 한숨을 쉬었다.

3~4백 야드 하류로 내려가자 조타실 문에서 랜턴 빛이 잠깐 반짝하는 것을 보게 되었다. 이제 악당들도 자기들의 배가 없어진 사실을 알아차리고는 짐 터니만큼이나 자기들도 곤경에 처했음을 알게 되었을 것이다.

짐은 노를 꺼내 저으며 우리 뗏목을 찾기 시작했다. 그때 나는 비로소 난파선에 남은 사람들이 걱정되기 시작했다. 이전에는 그런 데 신경 쓸 경황이 없었다. 비록 사람을 죽인 자들이라 하더라도 난파선에 갇히게 되는 상황에 처하면 얼마나 공포감에 떨까 하는 생각이 들었다. 나라고 해서 살인자가 되지 말라는 법도 없지 않은가. 과연 내가 저런 곤경에 처한다면 나는 이를 어떻게 받아들일 수 있을지 혼자 곰곰이 생각해 보았다. 그래서 짐에게 이렇게 말했다.

「첫 번째 빛이 보이면 약 1백 야드 상류나 하류에 배와 함께 짐이 숨을 곳을 찾아 우선 정박해야겠어. 그런 다음에 적당하게 둘러대서 누군가 그 악당들을 찾아 구해 내게 하겠어. 그래야 나중에 때가 되면 그자들이 교수형이라도 당할 거 아냐.」

하지만 이 생각도 실패로 끝나고 말았다. 이내 폭풍우가 시작되더니 비가 이전보다 더 세차게 몰아쳤다. 억수 같은 빗속에서 아무런 불빛도 보이지 않았다. 모두들 아직 잠자리에 있는 모양이었다. 우리는 불빛을 찾으면서, 그리고 우리 뗏목도 찾으면서 물살을 따라 쏜살같이 하류로 내려갔다. 오랜 시간이 지난 후, 비가 멎었다. 아직 구름이 안 걷혔고 번개가 약하게 내리쳤다. 번쩍하는 불빛 아래서 우리 앞에 떠다니는 시꺼먼 물체를 발견하고는 우리는 즉시 그곳으로 노를 저었다.

우리 뗏목이었다. 다시 뗏목을 타게 되어 한없이 기뻤다. 드디어 오른쪽 강가에서 불빛을 발견하고는 나는 그곳으로 가보겠다고 말했다. 배는 악당들이 난파선에서 훔쳐 낸 물건들로 반 이상 가득 차 있었다. 그것을 뗏목으로 옮겨 쌓고는, 짐에게 먼저 강을 따라 내려가다가 2마일쯤 가서 불을 켠 다음, 내가 돌아올 때까지 밝혀 놓고 기다리라고 당부했다. 그러고서 나는 배를 타고 노를 저어 불빛이 있는 곳으로 향했다. 가까이 다가가자 언덕배기에 서너 개 불빛이 더 보였다. 다행히도 그곳은 마을이었다.

나는 기슭에서 보았던 불빛이 있던 곳보다 상류로 배를 저어 간 다음 노 젓기를 멈추고 물살을 타고 아래로 내려갔다. 지나가면서 보니, 두 척의 배를 연결시킨 큰 나룻배의 뱃머리 깃대에 걸려 있는 랜턴에서 나온 불빛이었다. 아무 인기척도 없었고 쥐 죽은 듯 조용했다. 나룻배의 고물 쪽으로 다가가 배를 고정시킨 후, 위로 올라섰다. 감시인이 있나 살펴보면서 어디서 잠을 자고 있는지도 둘러보았다. 얼마 후 나는 머리를 무릎 사이에 파묻고 갑판 위 닻 기둥에 걸터앉아 자고 있는 감시인을 발견했다. 나는 그의 어깨를 두세 번 흔든 다음, 즉시 울기 시작했다.

그는 깜짝 놀라 몸을 움찔하며 잠에서 깨어났다. 나 혼자인 것을 보고는 하품을 하고 기지개를 켜면서 내게 물었다.
「얘야, 무슨 일이니? 울지 말고. 뭐가 문제야?」
「아빠, 엄마, 그리고 누나, 그리고······.」
그리고 나는 울음을 터뜨렸다.
「얘야, 울지 말고. 문제가 없는 사람이 어디 있어. 다 잘 될 거야. 무슨 일인지 말해 보렴.」
「있잖아요······. 그런데 아저씨가 이 배 감시인이에요?」
「그래.」
그는 만족스러운 표정을 지으면서 말했다.
「선장이자, 선주, 항해사이자, 수로 안내인이자, 감시인, 일등 하역 작업인이기도 해. 어떤 때는 내가 화물이자 승객이기도 하지. 짐 혼백 노인처럼 부자는 아니라 톰이니 딕이니 해리니 등등 모두에게 선심을 쓸 입장도 안 되지만 말이다. 하지만 그 노인하고 자리를 바꾸고 싶은 마음은 없다고 누누이 말한 적이 있지. 선원 생활이 내 천직인데, 노인처럼 마을에서 2마일 이상 떨어진 곳에서 아무 할 일 없이 산다면 뭐하겠니. 그 노인의 재산을 다, 아니 두 배 이상 준다고 해도 절대 살지 않을 거다.」
나는 그의 말에 끼어들며 말했다.
「곤경에 빠진 사람들이 있어요.」
「누가?」
「아니, 아빠와 엄마, 누나 그리고 후커 아저씨예요. 아저씨가 배를 타고 그곳으로 올라가시면······.」
「위쪽 어디? 어디 있는데?」
「난파선 안에 있어요.」
「무슨 난파선?」
「난파선 한 척이 있어요.」
「〈월터 스콧 호〉를 말하니?」

「예.」

「세상에! 거기서 뭐하고 있었던 거야?」

「일부러 간 것은 아니에요.」

「그렇겠지. 근데 서둘러 배에서 벗어나지 않으면 못 살 텐데. 그런데 어쩌다 그런 곤경에 빠지게 된 거야?」

「간단해요. 후커 아가씨가 윗마을에 방문하러 가는 중이었어요.」

「그래, 부스 랜딩이구나. 그래서?」

「후커 아가씨가 부스 랜딩에 누군가를 방문하러 갔는데요. 저녁 무렵에 미스 뭐라고 하더라, 하여튼 그 친구 집에서 하루 묵으려고 검둥이 하녀를 데리고 말을 싣고는 나룻배를 타고 강을 건너기 시작했어요. 그런데 키잡이 노를 잃어버리는 바람에 배가 빙빙 돌다가 뱃고물이 앞으로 돈 채 2마일이나 흘러내려 갔어요. 그러다가 난파선에 부딪혀 엎어지는 바람에 뱃사공과 검둥이 하녀, 그리고 말도 다 사라지고 후커 아가씨만 무언가 붙잡고 난파선에 올라탔대요. 우리도 해가 진 다음 한 시간 후에 장삿배를 타고 내려오고 있었는데 어두운 나머지 그만 난파선에 올라타고 말았어요. 다행히 모두 구조되었지만 빌 휘플만…… 정말 좋은 친구였는데. 전 차라리 내가 죽었으면 했어요.」

「세상에, 이런 낭패가 있나, 그래서 너희는 어떻게 했니?」

「우리들은 고래고래 소리 지르고 했지만, 강폭이 워낙 넓어 아무도 듣지 못했어요. 저만 수영할 줄 알기에 물속에 뛰어들었어요. 아빠가 누구라도 한 사람이 강가로 가서 도움을 청하라고 했고, 헤엄 칠 줄 아는 사람이 저밖에 없어서 우선 제가 달려온 거예요. 후커 아가씨는 만약 내가 구조해 줄 사람을 빨리 구하지 못하면 이곳에 와서 삼촌을 찾으라고 했어요. 삼촌이 도와주실 수 있을 거라 했거든요. 전 1마일 정도 아래에 내려서는 도와주실 수 있는 분을 찾느라고 시간을 보냈어요. 그런데 사람들이, 〈이런 밤에, 급물살인데, 다 미친 짓이야. 가서 증기로 가는 나룻배나 찾아봐라〉 하시는 거예요. 이제 아저씨가 가신다면, 저도······.」

「그래, 가주고말고, 가자꾸나. 그런데 누가 이 모든 비용을 대는 거냐? 네 아버지가······?」

「혼백 삼촌이 낼 거라고······.」

「세상에! 그 노인이 후커 양의 삼촌이었어? 좋아, 그럼 넌 저기 보이는 불빛을 보고 곧장 가거라. 도착 후 서쪽으로 방향을 돌려 4분의 1마일쯤 가면 선술집이 나올 거다. 거기 사람들에게 짐 혼백 댁으로 데려가 달라고 하고, 혼백 씨가 돈을 낸다고 말해라. 혼백 씨에게 즉시 알려야 할 소식이니 지체하지 말고 가거라. 혼백 씨께는 마을로 오시기 전에 내가 먼저 가서 조카를 안전하게 구할 거라고 전하고. 서둘러라. 나는 모퉁이 너머 기관사를 깨우러 갈 테니까.」

나는 불빛을 향해 가다가, 그가 모퉁이를 돌아가자 다시 돌아왔다. 배를 타고는 물을 퍼낸 후에 강가의 물살 없는 곳을 6백 야드쯤 저어 올라간 후 목선들 사이로 숨어들었다. 그 나룻배가 출발하는 것을 봐야 마음이 편해질 것 같았기 때문이다. 하지만 아무튼 그 악당들을 위해 내가 이런 힘든 일을 했다는 것 때문에 기분이 좋아졌다. 이런 일을 아무나 할 수 있는 게 아니기 때문이다. 더글러스 아줌마가 이런 사실을 알면 좋을 텐데, 라고 생각했다. 아줌마는 내가 악당들을 처리하는 데 도와주었다는 사실을 알면 자랑스럽게 여길 것이기 때문이다. 과부나 선한 사람들이 가장 마음을 쓰는 사람들이 다름 아닌, 악당이나 건달들이기 때문이다.

그런데, 이내 어둡고 희미한 가운데 난파선이 흘러내려 오는 모습이 내 눈에 들어왔다! 난 온몸에 오싹한 기분이 들기 시작했다. 이미 많이 가라앉아서 그 안에 살아남은 사람이 없을 것 같은 생각이 들었다. 난파선 주위를 돌면서 이따금 소리쳐 봤지만 아무런 대답이 없이 쥐 죽은 듯 고요했다. 악당들을 생각하니 마음이 무거웠지만 아주 대단한 정도는 아니었다. 악당들도 자기 동료의 죽음을 견딜 수 있다고 생각하니까, 나도 견뎌 낼 수 있다는 생각이 들었기 때문이다.

이어서 나룻배가 오는 모습이 보였다. 그래서 나는 옆으로 흐르는 물살을 타고 곧장 하류로 내려갔다. 시야에서 벗어나게 되자 나는 노 젓기를 멈췄다. 돌아보니 후커 양의 유품을 찾느라고 나룻배가 움직이는 모습이 보였다. 나룻배 선장이, 혼백 영감이 그 유품을 원할 것이라는 걸 알기 때문이었다. 하지만 곧 수색을 포기하고 다시 강가로 돌아갔다. 나는 다시 노를 저어 급히 아래로 내려갔다.

짐이 켜놓은 불빛을 찾는 데 꽤나 긴 시간이 걸린 것 같았다. 처음 불빛이 보였을 때 마치 천 마일이나 멀리 있는 것처럼 보였다. 뗏목에 도착하니 이미 동녘 하늘이 희미하게 회색빛을 띠기 시작했다. 우리는 섬을 찾아 뗏목을 숨기고는 악당들의 배를 물속에 가라앉혔다. 그러고는 섬으로 들어가 마치 죽은 듯이 깊은 잠에 빠져들었다.

14

아침에 일어나 악당들이 난파선에서 훔쳐 놓은 물건들을 뒤져 보니 구두, 담요, 옷가지 등과 수많은 책들, 소형 망원경 하나, 시가 담배 세 상자가 있었다. 우리 둘 다 평생 이렇게 부자가 되어 본 적이 없었다. 시가 담배는 최상품이었다. 우리는 오후 내내 숲 속에서 잡담하고 뒹굴기도 하면서 쉬었고, 나는 책을 읽으면서 재미있는 시간을 보냈다. 나는 짐에게 난파선에서 있었던 일과 큰 나룻배에서 있었던 일을 이야기해 주었고, 이 모두가 모험이었다고 말해 주었다. 하지만 짐은 더 이상 모험을 원하지 않는다고 말했다. 짐은 내가 조타실로 들어가고 자기는 뗏목으로 돌아갔을 때, 뗏목이 사라진 것을 보고 기절초풍했다는 것이다. 어떻게든 문제가 해결되어도 자기는 이미 끝장났다고 보았다는 것이다. 구조되지 못하면 강에 빠져 죽는 것이고, 누군가 자기를 구조한다면 포상금을 받기 위해 자기를 집으로 끌고 갈 터이며, 그러면 왓슨 아줌마가 자기를 남부로 팔아 버릴 게 뻔하다는 것이다. 짐의 말이 옳았다. 짐은 항상 옳은 말을 했다. 나는 짐이 검둥이 치고는 비상한 머리를 가지고 있다고 느꼈다.

나는 짐에게 왕이나, 공작, 백작 등에 대해, 그리고 그들이 얼마나 화려하고 멋지게 옷을 입는지, 서로를 부를 때 〈씨〉라는 호칭 대신 〈폐하〉, 〈각하〉, 〈경〉 등의 호칭으로 부른다는 이야기를 들려주었다. 짐은 눈을 휘둥그레 뜨고 신기해했다.

「그런 사람들이 그렇게 많은 줄 몰랐어. 트럼프에 나오는 왕을 빼면 난 아직 솔로몬 왕 말고는 그런 사람들 이야기를 들어 본 적도 없다니께. 근데 왕들은 돈을 얼마나 버는기여?」

「버냐고? 원하면 한 달에 천 달러도 가질 수 있어. 하여튼 원하는 만큼 가질 수 있어. 모든 것이 자기들 거니까.」

「야, 대단하네. 헌디, 헉, 그 사람들은 뭔 일을 하는 거여?」

「아무 일도 안 해! 넌 전혀 모르는구나. 그 사람들은 그냥 앉아 있을 뿐이야.」

「그려, 그게 정말이여?」

「물론이지. 그냥 가만히 있어. 전쟁이 있을 땐 전쟁터에 가야 하겠지만 다른 때는 그저 빈둥대다가, 매 사냥을 가거나 아니면……. 쉬, 무슨 소리 안 들려?」

우리는 급히 나가 살펴보았지만, 상류 지역의 돌출 지점을 돌아서 내려오는 증기선의 외륜이 돌아가는 소리만 들리기에 다시 돌아왔다.

「그렇다니까. 그리고 심심해지면 의회와 싸움을 벌인다고. 그러곤 말을 안 들으면 모두 목을 쳐버려. 하지만 대부분의 시간은 후궁을 돌아다니지.」

「어디를 돌아다닌다는겨?」

「후궁.」

「후궁이 뭐여?」

「자기 부인들을 모아 두는 곳이야. 넌 후궁도 몰라? 솔로몬 왕도 후궁이 있었어. 부인이 백만 명이나 되는데.」

「그려? 그랬구먼. 난, 난 생각이 안 나. 아마 후궁이 기숙사 같은가비여. 아이들 방은 엄청 시끄럽겠구먼. 부인네들은 마냥 싸울 거고 그럼 더 시끄러워질 게 뻔하고. 솔로몬 왕이 가장 현명한 왕이라고 하던디, 그 말 믿으면 안 되겠네. 현명한 사람이 그런 난리법석 치는데 왜 살라 하겠어? 아니여, 절대 아닐 거여. 머리가 똑똑허면 차라리 보일러 공장을 세웠을 거여. 그래야 자기가 쉬고 싶을 때 공장을 닫아 버리면 되어 버리니께.」

「하지만 어쨌든 솔로몬 왕은 가장 현명한 왕이었어. 과부 아줌마가 내게 직접 그렇게 말씀하셨단 말이야.」

「과부댁이 뭐라고 하든, 상관없고. 어쨌든 솔로몬은 현명한 사람이 아니여. 너, 그 사람이 여태 가장 못된 끔찍한 짓을 한 걸 알고나 있는 거여? 그 양반이 애기를 둘로 쪼개려고 했던 사건에 대해 알기는 하는 거여?」

「응, 과부 아줌마가 얘기해 주었는걸.」

「그렇다면 됐구먼! 세상에 그것보다 더 말도 안 되는 생각이 어디 있는기여? 일 분 동안만 가만히 생각해 보라니께. 저기 있는 나무 그루터기를 여자로 치고, 너를 다른 여자라고 하고, 나는 솔로몬 왕이라고 쳐. 그리고 이 1달러 지폐가 아이라고 하자고. 너희 둘이 이 애가 자기애라고 주장한다면, 내가 어떻게 하겠어? 나라면 이웃 사람들에게 다니면서 이 지폐가 누구 것인지 확인하고는 주인에게 줄 거여. 상식이 있으면 아마 다 그렇게 할 거여. 헌디 내가 그 지폐를 반으로 찢어서 반쪽은 너에게 그리고 다른 반쪽은 다른 여자에게 주었다고 혀. 솔로몬 왕은 애를 가지고 그런 식으로 했다니께. 내가 묻겄는디, 넌 그 반쪽 지폐로 뭘 할 수 있었어? 아무것도 사지 못할 거여. 그럼 반쪽짜리 애기는 어떻게 하라는기여? 그런 게 백만 개 있으면 뭐할겨?」

「잠깐만, 짐. 그런데 넌 중요힌 짐을 놓졌어. 넌 논점에서 너무 멀리 갔어.」

「내가? 그럼 니가 얘기혀. 넌 니 주장만을 너무 얘기한다니께. 나는 분별력을 갖고 일을 하곤 혀. 솔로몬이 한 짓은 전혀 분별력이 없는 짓이여. 논쟁의 핵심은 애 전체라니께, 반쪽짜리 애가 아녀. 애 문제를 반쪽자리 애로 해결하려는 사람은 언제 비를 피해야 하는지도 모르는 자여. 나한테 솔로몬 왕에 대해 말하지 말어. 난 그 사람의 모든 것을 꿰뚫고 있으니께.」

「하지만 넌 논점을 놓치고 있어.」

「논점은 뭔 논점. 난 내가 뭘 아는지는 알어. 중요한 건 말여 그 밑에 있다니께. 저 아래 말이여. 그건 솔로몬 왕이 어떻게 컸는지 보면 알어. 애가 하나, 둘만 있는 사람이 애들을 이렇게 막 다루겄어? 아녀, 그럴 수는 없어. 그런 사람은 애 소중힌지를 안다니께. 근디 집에 애들이 우글거리는 사람을 보자 이거여. 전혀 다른 얘기가 되는 거여. 이런 사람은 마치 고양이 새끼 하나 죽이듯 애를 반으로 자르게 되는 거여. 아직도 많이 있으니께. 솔로몬 왕에게 애 한둘은 별로 중요하지가 않어. 그래서 나쁜 사람인 거여.」

나는 이런 검둥이를 본 적이 없다. 한번 머릿속으로 어떤 생각을 하면, 절대 그냥 관두는 법이 없다. 이렇게 솔로몬 왕을 물고 늘어지는 검둥이는 본 적이 없다. 그래서 솔로몬 왕 이야기는 그만두고, 다른 왕들에 대해 이야기해 주었다. 오래전 프랑스에서 목이 잘려 죽은 루이 16세와 왕이 될 뻔하다가 감옥에 갇혀 그만 거기서 죽었다고 전해지는 돌핀이라는 그의 아들 이야기를 해주었다.

「불쌍한 아이여.」
「그런데 그 애가 탈옥해서 미국으로 건너왔다고 말하는 사람도 있어.」
「멋지네. 그런데 상당히 외로웠겠네. 이 나라엔 왕이 없으니께?」
「없지.」
「그러면 일자리도 못 얻을 틴디. 그래서 여기서 뭐하고 지냈다는디?」
「나도 모르지만, 경찰이 된 사람도 있고 프랑스 말을 가르치는 사람도 있어.」
「그러면, 프랑스 사람들은 우리랑 다른 말을 쓰는 거여?」
「물론 다르지. 넌 그 사람들 말을 못 알아들을 거야. 단 한 마디도.」
「참, 골 때리겠네. 왜 그런 거여?」
「나도 몰라, 그냥 그렇대. 책에서 그 사람들 말을 조금 배웠긴 하지만 말야. 어떤 사람이 너에게 와서 〈풀리 부 프랭지〉 하고 물으면 넌 어떡할래?」
「아무 생각도 안 나겠지. 그냥 잡아다가 머리통을 갈겨 버릴 거여. 백인 애만 아니라면 말여. 난 검둥이 애들이 나한테 그렇게 말하게 놔두진 않을 거여.」

「세상에, 너를 가지고 뭐라고 부른 게 아냐. 단지 네가 프랑스 말을 할 수 있느냐고 물은 것뿐이야.」

「근디 왜 그렇게 묻지 않는 거여?」

「그렇게 묻는 거라니까. 그게 프랑스 사람들이 말하는 방식이야.」

「참 웃기는 방식이네. 이런 이야기는 그만둬. 도무지 말도 안 되는 거여.」

「잠깐만, 짐. 고양이가 우리처럼 말하는 것 봤어?」

「아니, 고양이는 못 허지.」

「그럼, 소는?」

「소도 못 혀.」

「그럼 고양이가 소처럼 말하니, 아니면 소가 고양이처럼 말하니?」

「그건 안 되지.」

「그래, 서로 다른 식으로 말하는 건 당연한 거야. 그렇잖아?」

「그려.」

「그럼 고양이랑 소가 우리와 다른 식으로 말한다는 것도 당연하지?」

「그럼, 당연하제.」

「그럼, 프랑스 사람이 우리와 다르게 말하는 것도 당연하잖아. 그래, 안 그래? 대답해 봐.」

「헉, 그런데 고양이는 사람이 아니잖여?」

「그래서?」

「그니까 고양이가 사람처럼 말하는 건 이치에 안 맞는 거여. 소가 사람이여? 그리고 소가 고양이냐고?」

「아니, 둘 다 아니지.」

「그렇다면, 고양이가 사람이나 소처럼 말할 이유가 없는 거여. 그런데 프랑스인은 사람이여 아녀?」

「사람이지.」

「그렇다면, 그 사람들이 왜 사람처럼 말하지 않는 거여. 이 거나 한번 대답해 보라니께.」

나는 더 이상 말 가지고 씨름하는 게 소용없다는 것을 알았다. 검둥이에게 논쟁하는 법을 가르쳐 줄 수는 없기에, 나는 여기서 접기로 했다.

15

우리는 사흘 안에 일리노이 주의 맨 아래인 카이로에 도착할 수 있다고 보았다. 오하이오 강이 유입되는 이 지역이 바로 우리가 목표로 한 곳이었다. 거기서 뗏목을 팔아 그 돈으로 증기선을 타고 자유주 가운데 하나인 오하이오 주로 올라가 이 어려운 상황에서 벗어날 작정이었다.

둘째 날 밤에는 안개가 끼기 시작했다. 안개 속에서는 뗏목을 몰기가 쉽지 않아서 우리는 가다가 강 위로 돌출된 모래톱에다 뗏목을 묶어 매기로 했다. 뗏목을 잡아매기 위해 내가 먼저 카누를 타고 앞으로 갔지만, 조그만 어린 나무만 있는 통에 뗏목을 붙들어 묶을 곳을 찾기가 여의치 않았다. 나는 가파른 기슭의 한 모서리에 있는 나무에 뗏목을 붙들어 맸다. 하지만 강한 물살 때문에 뗏목이 계속 아래로 움직이다가 결국 나무를 뿌리째 뽑은 채 떠내려가고 말았다. 안개가 더욱 몰려오는 바람에 너무 겁이 나고 무서워 약 삼십 분 동안 꼼짝도 못 하고 있었다. 조금 후 이미 뗏목은 사라졌고 시야는 20야드 앞도 잘 보이지 않았다. 나는 카누에 뛰어들어 뒤쪽으로 가서 노를 잡고 뒤로 저었지만 카누가 전혀 움직이지 않았다. 너무 경황이 없던 나머지 밧줄을 풀지 않았던 것이다. 일어서서 줄을 풀려 했지만, 너무 흥분해 손이 떨리는 바람에 아무 일도 할 수 없었다.

카누가 움직이자마자 나는 모래톱을 따라가면서 뗏목을 뒤쫓았다. 모든 것이 순조로웠지만 모래톱이 60야드밖에 되지 않아서 모래톱에서 벗어나는 순간, 다시 짙은 안개 속으로 빠져들었다. 이제 어디를 향해 가는지 도무지 알 길이 없었다.

노를 저어도 아무 소용이 없었다. 기껏해야 둑이나 다른 모래톱에 부딪힐 것 같았다. 가만히 떠내려가는 수밖에 없었다. 이런 시간에 손끝 하나 움직이지 않고 있다는 것은 꽤나 짜증나는 일이었다. 그래서 나는 고함을 지르며 귀를 기울여 보았다. 저 아래 어디서인가 작은 소리가 들려왔고 덕분에 나는 정신이 번쩍 들었다. 그 방향으로 가면서 다시 귀를 기울였다. 다음에 다시 소리가 들렸을 때 나는 그쪽을 향해 가는 것이 아니라 오른쪽으로 멀어지고 있다는 것을 알았다. 다음에는 다시 왼쪽으로 멀어지면서 도저히 가까이 갈 수가 없었다. 내가 좌우로 움직이고 있을 때 뗏목은 곧장 아래로 떠내려가고 있었기 때문이다.

나는 혹시 짐이 양철 냄비를 두드리지 않을까 생각하며 기다려 봤지만 바보처럼 두드리지 않았다. 나를 혼동시킨 것은 소리가 들린 후 다음에 다시 소리가 들릴 때까지의 정지된 공간이었다. 열심히 노를 저었지만, 이번에는 소리가 뒤에서 들렸다. 이제는 앞뒤가 어딘지 모를 정도로 혼란스러웠다. 다른 사람의 소리였는지도 분간이 안 갔고, 혹시 배 방향이 거꾸로 돌아갔는지도 모를 일이었다.

나는 차라리 노를 내려놓았다. 그때 다시 무슨 소리가 들렸는데 내 뒤였지만 아까와는 다른 위치였다. 들려오는 소리에 맞춰 나도 소리를 질러 댔다. 마침내 앞에서 소리가 들리기에 나는 카누의 머리가 다시 하류 쪽으로 제대로 돌아왔다고 여겨 괜찮다고 생각했고, 이 소리가 다른 사람이 아닌 짐의 목소리이기를 바랐다. 하지만 안개 속에서 목소리를 분간하기가 어려웠고 무엇 하나 제대로 보이거나, 제대로 들리지도 않았다.

소리는 계속 들려 왔다. 약 일 분 후 나는 큰 나무들이 유령처럼 서 있는 가파른 기슭 쪽으로 무섭게 내려가다가, 왼쪽으로 방향이 꺾여 흘러내려 갔다. 물살이 하도 빨라 물속에 잠긴 나무 그루터기를 지날 때는 요란한 소리가 날 정도였다.

일이 초가 지나자 다시금 주위가 조용한 가운데 모든 게 뿌옇게 변했다. 나는 심장 박동 소리에만 귀를 기울이면서 가만히 있었고, 심장이 백 번 이상 뛸 때까지 숨 한번 쉬지 않았다.

그 순간 나는 사태를 파악하고는, 모든 걸 포기했다. 가파른 기슭은 다름 아닌 섬이었다. 짐은 섬의 반대쪽으로 흘러내려 간 것이다. 이곳은 단지 십 분이면 지나칠 수 있는 모래톱이 아니었다. 거대한 숲이 있고, 5~6마일 정도의 길이에 반마일 이상 되는 폭을 가진 큰 섬이었다.

나는 약 십오 분 동안 귀를 기울인 채 숨을 죽이고 있었다. 시속 약 4~5마일 속도로 카누가 흘러가고 있는 듯했다. 아니, 실은 마치 잔잔한 강물 위에 누워 있는 느낌이었다. 빠르게 흘러가다가 물에 잠긴 나무뿌리를 보면 내가 지금 빠르게 흘러내려 가고 있다는 느낌이 들지 않았다. 오히려 내가 지금 나무뿌리가 저돌적으로 급히 흘러내려 가고 있는 모습을 숨죽이고 쳐다보고 있다고 생각할 정도였다. 안개 자욱한 밤에 혼자 있다는 것이 얼마나 무섭고 쓸쓸한지 그 사실을 부인하는 사람이 있다면, 한번 직접 겪어 보면 분명 이를 알게 될 것이다.

다음 삼십여 분 동안 나는 이따금 소리를 질러 댔는데, 이윽고 저 멀리서 이에 대응하는 소리가 들려왔다. 나는 그 소리 나는 쪽으로 쫓아가려 했지만 일이 제대로 되지 않았다. 카누가 모래톱 사이로 들어오게 되었다는 사실을 그때 깨닫게 되었다. 양옆으로 모래톱들이 희미하게 보였고 이따금 그 사이로 좁은 물길이 보이기도 했고, 어떤 것들은 보이진 않아도 기슭에 있는 오래된 죽은 나뭇가지나 쓰레기 더미 사이로 물살이 스쳐 지나가는 소리가 나는 것으로 보아 물길이 있다는 것을 알 수 있었다. 곧이어 외치는 소리마저 모래톱 속에 갇혀 들리지 않게 되었고 딘지 얼마간 더 소리를 쫓으려고 노력했을 뿐이다. 왜냐하면 소리를 쫓는 일이 도깨비불을 쫓는 것만큼이나 힘든 일이었기 때문이다. 소리가 그렇게 재빨리 비껴 나가고 이리저리 위치를 바꾸는지 처음 알게 되었다.

나는 이러한 것들에 부딪히지 않으려고 네댓 번 기슭에서 카누를 밀쳐 냈다. 뗏목도 이따금씩 기슭에 부딪혔을 것 같았다. 아니면 지금쯤 멀리 흘러내려 가서 들리지도 않는 데까지 이를 수도 있었다. 카누보다는 더 빨리 흘러내려 간 것 같았다.

고생 끝에 드디어 넓은 강으로 다시 나오게 된 것 같았지만, 더 이상 고함 소리가 들리지 않았다. 짐이 혹시 물에 잠긴 나무뿌리에 걸려 끝장난 것은 아닌가 하는 불안한 생각이 들기도 했다. 이젠 몸이 떡이 된 것처럼 피곤했다. 나는 카누에 누워 더 이상 아무 생각도 하지 말자고 마음먹었다. 잠을 자고 싶은 마음은 없었지만 밀려오는 잠을 도저히 어쩔 수가 없었다. 하는 수 없이 잠시 눈을 붙이자고 마음먹었다.

 잠시 눈을 붙인 것이 아니었는지, 눈을 뜨니 하늘에는 별이 보였고 안개는 이미 다 사라져 버렸다. 카누는 머리를 뒤로 한 채 커다란 만곡부를 따라 급하게 흘러가고 있었다. 나는 꿈을 꾼 듯했고 여기가 어디인지도 알 수 없었다. 이제 주위가 서서히 눈에 들어오면서 모든 일들이 마치 지난주에 있었던 일처럼 어렴풋이 떠오르기 시작했다.

 어딘지는 모르겠지만 강물이 엄청나게 많은 곳이었고, 양쪽 기슭도 큼직한 나무들이 울창한 숲으로 덮여 있었다. 별빛 아래에서 보니 마치 단단한 담벼락처럼 보였다. 그러다가 하류 쪽을 쳐다보니, 저 멀리 강물 위에 무언가 떠 있는 게 보였다. 쫓아가 보니 통나무 두 개가 묶여서 흘러가고 있었다. 저 멀리 또 다른 게 보여서 다시 쫓아갔다. 이번에는 내 예상이 적중했다. 뗏목을 발견한 것이다. 다가가서 보니 오른팔을 키잡이 노에 걸친 채 머리를 무릎 사이에 묻고는 잠에 빠져 있는 짐의 모습이 보였다. 다른 노는 부러지고 없었다. 뗏목 위에는 나뭇잎, 가지, 흙 등이 널브러져 있었다. 뗏목 역시도 거친 물살 가운데서 고생깨나 한 모습이었다.

 나는 카누를 뗏목에 고정시키고는 짐 바로 앞에 드러누웠다. 그러곤 하품을 하는 척하면서 내 주먹이 짐의 몸에 닿도록 기지개를 켜며 말했다.

「에이, 짐. 나도 잠들었었나 봐? 왜 날 안 깨운 거야?」

「세상에 헉, 너 맞는겨? 살아 있었나 보네, 익사한 줄 알았는디 살아 돌아온겨. 이게 꿈이여 생시여. 다시 한 번 봐. 한 번 만져나 보자니께. 진짜네. 헉이 예전의 헉맹코롬 멀쩡하게 돌아온기여. 하느님 아부지, 정말 감사합니다!」

「짐, 무슨 일인데, 너 술 마셨니?」

「술을 마셨냐구. 술 마실 시간이 어디 있어?」

「그런데, 왜 정신 나간 사람처럼 말해?」

「내가 정신 나간 사람처럼 말한다는겨?」

「그래. 너 마치 내가 어디 갔다 온 것처럼 말하잖아. 내가 돌아왔다는 둥 하고 떠들고 있잖아?」

「헉, 너 나 똑바로 봐봐. 너 정말 여기 있었단 얘기여?」

「나갔다 오긴! 대체 뭔 얘기야? 아무 데도 안 갔어. 갈 데가 어디 있어?」

「자, 이것 보라니께. 뭔가가 잘못된겨. 정말 내가 잘못된겨? 이게 대체 뭔일이냐니께? 내가 여기 있던 거 맞는겨? 그게 아님, 대체 뭐여? 궁금해 죽겠네.」

「네가 여기 있던 것은 확실하지! 한데, 정신이 약간 나간 거지, 헉.」

「내가 정신이 나갔나구? 너 분명히 말혀. 너 모래톱에 뗏목을 붙들어 맨다구 카누 타고 나갔잖여?」

「아니, 나가지 않았어. 대체 웬 모래톱? 모래톱은 본 적도 없는데.」

「모래톱을 못 봤다구. 이것 봐! 밧줄이 풀리는 통에 뗏목이 하류로 끌려간 거 아녀. 그리고 넌 안개 속에서 카누에 남게 된 게 맞잖여?」

「무슨 안개?」

「무슨 안개라니. 밤새 끼었던 안개 말여. 그리고 우리가 서로 꽥꽥대고 소리 질러 댔잖여. 우리 서로 모래톱 가운데서 길을 잃고 너도 헤매고, 나도 헤맸잖여? 그리고 난 여러 번 모래톱에 부딪혀서 빠져 죽을 뻔했다니께. 안 그려? 말 좀 해보라니께.」

「짐, 사연이 너무 많아. 대체 뭔 소린지 모르겠어. 난 안개나 사주를 본 적도 없어. 무슨 문제가 있었는지 모르겠어. 난 네가 십 분 전 잠들 때까지 이곳에 앉아 계속 얘기한 것밖에 없다고. 그러다가 잠들어 버린 거고. 네가 그새 술에 취했을 리도 없는데. 넌 꿈을 꾼 게 틀림없어.」

「말도 안 돼. 어떻게 내가 십 분 동안 이 많은 꿈을 꿀 수 있단 말여?」

「어쨌든, 넌 꿈을 꾼 게 맞아. 그동안 아무 일도 없었으니까.」

「하지만, 너무나 생생한 일들인디······.」

「분명해도 어쩔 수 없어. 아무 일도 없었다고. 난 줄곧 여기에 있었으니까.」

짐은 약 오 분 동안 아무런 말도 하지 않았다. 그러면서 한참 생각에 골몰하더니 별안간 이렇게 말했다.

「좋아, 꿈이었다고 혀. 헌디 이렇게 실감 나는 꿈은 내 평생 처음이여. 이렇게 나를 힘 빠지게 한 꿈은 평생 처음이라니께.」

「다 그렇지 뭐. 꿈도 사람의 진을 다 빼버릴 수 있다고. 그런데 이번 꿈은 정말 네 혼까지 나가게 한 모양이지? 말해 봐, 짐!」

결국 짐은 어젯밤 일에 대해 이야기하기 시작했다. 가끔 과장하긴 했지만, 벌어졌던 일을 하나하나 내게 늘어놓았다. 그러고는 이 꿈이 일종의 경고 신호이기 때문에 〈해석〉을 해야만 한다고 했다. 그는 첫 번째 모래톱은 우리에게 도움을 주는 일을 하는 사람을 의미하고, 물살은 그런 사람에게서 우리를 떼어 놓으려는 또 다른 사람을 의미한다고 했다. 고함 소리는 이따금 우리에게 다가오는 계시인데 만약 우리가 그 뜻을 알려고 노력하지 않으면 우리를 액운에서 보호해 주는 대신에 오히려 우리에게 액운을 가져온다고 했다. 많은 모래톱들은 앞으로 우리가 만나게 될 골치 아픈 사람들이나 모든 비열한 사람들이라는 것이다. 우리가 우리 일만 하고 그들에게 대꾸하지 않고 그들의 기분을 안 건드리면 여기를 잘 통과해 안개에서 벗어나 거대한 맑은 강으로 나갈 수 있다는 것이다. 그게 바로 다름 아닌 자유주라는 것이고 그곳에는 아무 걱정이 없다고 했다.

내가 뗏목에 다시 올라왔을 때는 구름에 덮여 사방이 어두웠지만, 이제는 서서히 날씨가 맑아지기 시작했다.

「짐, 아직까지는 꿈 해몽 그대로네.」 그렇게 말한 후, 다시 물었다. 「한데, 이 쓰레기들은 무슨 의미가 있는 거야?」

나는 뗏목 위에 널브러져 있는 나뭇잎과 쓰레기 더미, 그리고 부러진 노를 가리켰다. 이제 그것들도 눈에 들어올 정도로 날씨가 맑아졌다.

짐은 쓰레기를 한번 보고, 다시 나를 보더니, 다시 쓰레기 더미를 보았다. 이미 머릿속에 꿈에 대한 생각이 확실하게 틀어박혀서, 그 생각에서 벗어나 다시 현실로 돌아오는 일이 쉽지 않은 듯이 보였다. 하지만 드디어 지난 일들이 제대로 기억이 났는지 웃지도 않은 채 나를 뚫어져라 쳐다보면서 이렇게 말했다.

「이것들이 무슨 뜻이냐고? 내가 다 말해 줄겨. 내가 목이 터져라 널 부르고, 뗏목을 지키느라 힘이 다 빠져 갖고 결국 잠이 들었는디, 난 니가 없어졌다는 것 때문에 가슴이 찢어지게 아팠어. 그리고 앞으로 나와 뗏목이 어떻게 될 건지도 전혀 알 수 없었어. 깨어 보니 니가 옆에 무사히 있는 걸 보고 눈물이 막 쏟아졌어. 너무도 고마워서 무릎 꿇고 니 발에 입맞춤꺼정 할 수 있을 정도였어. 헌디 니가 생각한 것은 거짓말로 어떻게 이 늙은 짐을 골탕 먹이나 하는 거였어. 저기 쌓인 건 분명 쓰레기여. 쓰레기란 친구의 머리에다가 먼지를 덮어 씌워 그 사람을 창피스럽게 만든다는 뜻을 갖고 있는 거여.」

그러고는 천천히 일어나 아무런 말도 없이 움막 안으로 들어가 버렸다. 그것으로 충분했다. 나는 나의 비열한 짓거리가 너무 창피했고, 짐이 방금 내게 한 말을 접게 만들 수만 있다면 이번엔 내가 기꺼이 짐의 발에 입을 맞추겠다고 생각할 정도였다.

내가 짐에게 다가가 사과하기까지는 십오 분이 걸렸다. 그에게 진심으로 사과했고 그 후에도 사과한 것을 후회하지 않았다. 나는 더 이상 그에게 비열한 장난은 치지 않았다. 이런 장난질이 이 정도로 짐을 비참하게 만들 줄 알았더라면, 나도 결코 이런 짓을 하지 않았을 것이다.

16

우리는 온종일 잠을 잤다. 밤이 되자 우리는 긴 행렬처럼 떠내려가는 엄청나게 긴 뗏목을 앞에 두고 거리를 두면서 뒤를 따라갔다. 그 뗏목에는 각 모서리마다 긴 노가 있었는데, 약 서른 명을 태울 수 있을 정도로 엄청 큰 뗏목이었다. 다섯 개의 큰 움막이 서로 떨어져 있었고 가운데에는 모닥불이 타고 있었다. 모서리마다 긴 깃발이 걸려 있었고, 뭔가 멋져 보이는 느낌이 들 정도였다. 이런 정도의 뗏목을 타는 사람들은 뭔가 특별할 것이라는 생각도 들었다.

우리는 큰 물줄기를 타고 커다란 만곡부 쪽으로 내려가고 있었다. 밤하늘에 구름이 끼더니 날씨가 무더워지기 시작했다. 강은 엄청 넓었고 양쪽 기슭은 우거진 숲으로 덮여 있었다. 너무 울창해서 틈도 안 보였고 불빛도 전혀 안 보였다. 우리는 카이로에 대해 이야기하면서 과연 그곳에 도착한다 해도 우리가 그 사실을 알 수 있을지 걱정했다. 나는 그곳에 겨우 열두 가구밖에 살지 않기 때문에 쉽지 않을 것 같다고 말했다. 게다가 불을 켜놓지 않을 경우 어떻게 우리가 지나가는 것을 알 수 있겠냐고 말했다. 짐은 두 강이 합쳐지는 곳이라면 우리가 충분히 알 수 있을 것이라고 했다. 나는 섬 아랫자락을 지나가다가 다시 본류로 합치는 것으로 여길 수도 있다고 말했다. 짐과 마찬가지로 나도 당혹스러웠다. 이제 과연 어떡해야 할 것인지가 문제였다. 나는 우선 불빛이 처음 나타나는 곳으로 뗏목을 저어 가서는, 아빠가 뒤에서 장삿배를 몰고 따라오신다고 핑계를 대면서, 워낙 장사에 익숙하지 않아서 카이로까지 얼마나 가야 하는지도 모르신다고 둘러대자고 했다. 결국 담배를 한 대 물고는 우선 불빛을 기다리기로 했다.

무언가 찾으려고 조바심이 날 때 젊은 사람들은 보통 잘 끈기 있게 기다리지 못하는 법이다. 다시 같이 얘기를 나누다가, 짐이 깜깜한 밤이니까 앞에 있는 큰 뗏목으로 몰래 헤엄쳐 올라가서 엿들어 보는 게 어떠냐고 말했다. 뗏목에 있는 사람들이 카이로에서 놀기 위해 내릴 생각으로 카이로에 대해 떠들거나, 아니면 위스키나 고기 등을 사기 위해 조그만 배를 강가로 보낼지 모른다는 것이다. 짐은 검둥이치고는 놀랄 정도로 머리가 좋았다. 그는 원하기만 하면 언제라도 좋은 안을 제시할 줄 알았다.

나는 일어서서 낡은 옷을 벗어 버린 채 강으로 뛰어든 후, 뗏목의 불빛이 보이는 곳으로 헤엄쳐 갔다. 가깝게 가서는 조심스럽게 서서히 접근했다. 다행히 노를 잡은 사람도 없었고 모든 것이 괜찮았다. 긴 뗏목을 따라 내려가면서 가운데 모닥불이 있는 곳에 이를 때까지 헤엄쳐 갔다. 뗏목 위로 올라간 다음 앞으로 다가갔고, 모닥불의 바람막이 쪽에 있던 다발로 묶은 지붕용 판자 더미 속에 즉시 몸을 숨겼다. 열세 명이 눈에 보였고 망 서는 사람도 보였는데, 대부분 상당히 거칠어 보이는 사람들이었다. 그들은 술 단지와 양철 컵을 들고는 계속 단지를 돌리며 술을 따라 마시고 있었다. 그중 한 사람이 노래를 부르고 있었다. 아니, 차라리 소리를 지르고 있다고 말하는 게 나을 정도였다. 저급한 내용이라 거실에서 부를 노래도 아니었다. 그는 주로 콧소리를 내며 소리 질렀고 구절마다 마지막 말을 길게 끌면서 노래 불렀다. 그가 노래를 마치자 모두들 인디언 함성 같은 소리로 고함을 질러 댔고, 연이어 다음 노래가 시작되었다.

우리 마을에 한 여인이 있었다네.
우리 마을에서 살고 있었다네.
그녀는 자기 남편을 정말 사랑했었지만,
다른 남자는 그 배 이상 좋아했다네.

노래도 좋아했다네, 릴로, 릴로, 릴로,
리 투, 리로, 리레……
그녀는 자기 남편을 정말 사랑했었지만,
다른 남자는 그 배 이상 좋아했다네.

그는 열네 소절이나 계속 불러 댔다. 잘 부르지도 못하면서 다시 다음 노래를 부르려고 하자 마침내 한 사람이 나서서 암소가 다 웃다 죽을 곡조라고 비웃어 댔고, 또 다른 사람은 〈우리를 그만 놔두게〉 하고 소리쳐 댔다. 또 한 사람이 일어나 저리 가서 좀 쉬고 오라고 핀잔까지 주었다. 사람들이 계속 놀려대자 마침내 그가 화를 내며 펄쩍 뛰더니, 사람들에게 마구 욕을 해댔다. 개중에 아무 놈이라도 패주겠다면서 말이다.

사람들이 그를 향해 뛰쳐나가려는 순간, 덩치가 엄청 큰 사람이 앞으로 나가면서 이렇게 외쳤다.

「여보게들, 내버려 두게나. 나에게 맡겨 둬. 저놈은 내 밥이니까.」

그는 공중에서 세 번 돌면서 매번 발뒤꿈치를 부딪쳤다. 그러고는 술이 많이 달린 사슴가죽 코트를 벗어던진 채 이렇게 외쳤다. 「내가 해치울 동안 다들 가만히 있으소.」 리본 달린 모자까지도 벗어던지면서 다시 떠들어 댔다. 「저놈의 고통이 끝날 때까지 내버려 두소.」

다시 공중으로 뛰어 발뒤꿈치를 부딪치더니, 또다시 장황하게 너스레를 떨었다.

「얼쑤! 나로 말하자면 무쇠 같은 턱에, 놋쇠같이 튼튼한 다리, 구릿빛처럼 탄탄한 배를 가진 아칸소 벌판 출신 시체 제조인이오. 남들은 나를 보고 〈급살〉이라고 부르기도 하고, 〈청소부〉라고 부르기도 하지. 날 키운 게 태풍이고 날 낳은 게 지진이여. 콜레라의 이복형제이자 수두는 엄마 쪽 친척이기도 하지! 자, 보라고! 나는 몸이 좋을 때는 악어 열아홉 마리와 위스키 한 배럴을 먹어 치우고, 안 좋을 때는 방울뱀 한 부셸과 시체 하나를 먹어 치운다네! 단단한 바위는 한 번 쳐다만 봐도 쪼개져 버리고 내가 소리칠 때는 천둥소리조차 안 들린다네! 얼쑤! 다들 물러서게나. 자 내가 힘을 써볼 테니 뒤로들 물러나시게! 내게는 피가 음료수고, 죽는 자의 신음 소리가 음악 소리니까! 자, 드디어 나갑니다. 다들 숨죽이고 구경들이나 하시게나!」

이렇게 너스레를 떨면서 그는 계속 머리를 흔들고 거친 표정으로 조그맣게 원을 따라 빙빙 돌았다. 손목을 접어 올리고는 이따금 가슴을 치면서 몸을 바로 세우기도 하면서, 〈자, 다들 보시게!〉 하고 외쳐 댔다. 말을 끝내자마자 다시 뛰어 오르더니 세 번 발뒤꿈치를 부딪치면서 이렇게 떠들었다.

「얼쑤! 나는야 굶주린 살쾡이의 후손이다!」

이번에는 처음 이 소동을 불러온 장본인이 챙이 늘어진 낡은 모자를 오른 눈가 위로 푹 눌러쓰고는 몸을 구부리며 앞으로 나왔다. 등은 구부린 채 주먹을 연신 내뻗으면서 원을 세 바퀴 돌았다. 그는 거친 숨을 몰아쉬면서 의기양양하게 등장했다. 그러곤 몸을 죽 펴며 펄쩍 뛰더니, 발뒤꿈치를 세 번 부딪치고 땅에 내렸다. 사람들의 환호 소리와 함께 그는 이렇게 말했다.

「얼쑤! 슬픔의 왕국이 등장하신다! 다들 고개 깔고 흩어져라. 자, 힘이 솟구친다, 나를 꽉 붙잡아 다오! 야호! 나는 죄의 자식이니 날 건드리지 마라! 여기 뿌연 유리를 줄 테니 다들 맨눈으로 날 쳐다볼 생각은 아예 접어라! 나는 경도 자오선과 위도 평행선을 후릿그물로 삼아 대서양의 고래를 낚는 사람이다! 번갯불로 머릴 긁고 천둥소리와 함께 잠을 자는 사람이다! 추워지면 멕시코 만을 데워 목욕하고 더울 때는 춘추분의 폭풍으로 나를 식히느니라! 목이 타면 하늘의 구름을 스펀지처럼 빨아 마시고, 내가 배고파 헤매는 곳에는 기근이 뒤따르게 된다! 얼쑤! 다들 고개 깔고 흩어져라! 내가 손으로 태양을 가리면 이 땅에는 어둠이 오고, 내가 달의 한 귀퉁이를 먹어 치우면 계절이 바뀐다. 내가 몸을 털면 산들이 무너져 내리느니라! 눈에 가죽을 대고 날 바라보아라. 절대 맨눈으로 보면 안 된다! 내 심장은 돌심장이요, 내장은 쇠보일러이다! 한가할 때는 여기저기 마을을 초토화시키는 것으로 소일하지만, 나라를 통째로 파괴하는 게 내 주 임무니라! 끝없이 넓은 미대륙 사막지역이 내 영토고 그곳에다 내가 죽인 자들을 매장시키노라!」

그가 다시 펄쩍 뛰어 세 번 발뒤꿈치를 부딪치자 모두 환호성을 질렀다. 「야호! 다들 고개 깔고 흩어져라, 재난의 왕자가 나가신다!」

그러자 이번에는 다른 한 사나이, 바로 밥이라 불리는 사나이가 우쭐대며 걸어 나와 소리쳤고, 다시 재난의 왕자가 더 큰 소리로 끼어들자, 둘은 한꺼번에 앞으로 나와 우쭐대고, 마치 인디언처럼 괴성을 지르는 꼴이 되었다. 밥이 재난의 왕자에게 욕지거리를 해댔고, 재난의 왕자도 밥에게 욕지거리를 해댔다. 다시 밥이 더 심한 욕을 해대자 재난의 왕자도 최고로 심한 욕을 해댔다. 다시 밥이 재난의 왕자의 모자를 떨어뜨리자 모자를 집어 들고는 이번에는 밥의 리본 달린 모자를 발로 차 2야드 정도 날려 버렸다. 밥은 자기 모자를 집어 들더니, 흥, 상관없어 이제부터 시작이야, 라고 말했다. 지기는 잇는 법도 없고 용서해 주는 법도 없는 사람이니, 재난의 왕자더러 때가 올지 모르니 조심하라고 했다. 살아 있는 한, 네놈 피로 대가를 치러야 할지 모른다고 떠벌렸다. 재난의 왕자도 그때가 오기를 그 누구보다도 간절히 바란다고 하면서 다시는 자기 앞길을 가로막지 말라고 엄중히 경고했다. 가족이 있다면 이번만큼은 가족 때문에 용서해 주겠지만 네놈의 피바다 속에서 돌아다니기 전에는 결코 안식을 취하지 않는 게 자기 성격이라고 떠들어 댔다.

이제 둘은 으르렁대며 머리를 흔들면서 계속 앞으로 두고 보자고 하면서도 서로 반대 방향으로 조금씩 멀어지고 있었다. 그때 덩치가 작고 까만 구레나룻을 한 사람이 뛰어들면서 이렇게 외쳤다.

「너희 둘, 간이 콩알만한 겁쟁이들, 모두 이리 오너라. 내가 너희 둘을 박살을 내리라!」

그 말과 함께 그는 정말 둘을 박살 내고 말았다. 둘을 잡고 이리저리 낚아채더니 계속 발로 차면서 일어서지도 못하게 자빠뜨렸다. 이 분도 못 돼 둘은 살려달라고 두 손을 빌었고,

나머지 사람들은 환호성을 지르고, 웃고 박수치면서 이렇게 외쳤다.「시체 제조인, 덤벼 봐!」,「야, 재난의 왕자, 다시 덤벼 보란 말야!」,「꼬마 데이비가 최고다!」

잠시였지만 이건 정말 정신없는 인디언들의 모임 같았다. 밥과 재난의 왕자는 어느새 코피가 터졌고 눈은 시퍼렇게 멍이 들었다. 덩치 작은 데이비는 이들에게 자신들이 얼마나 비열하고 비겁한 놈들인지, 그리고 개나 검둥이랑 먹고 마실 정도도 안 되는 놈들인지 자백하게 만들었고, 결국 둘은 무겁게 악수를 하면서 자기들이 서로를 존경해 왔으며 앞으로 지나간 일은 잊겠노라고 말했다. 그리고 둘은 강물에다 얼굴을 씻었다. 그때 횡단수로 건널 준비를 하라는 명령이 떨어져서 몇 명은 앞으로 가고 나머지는 뗏목 후미로 이동해 노 저을 준비를 했다.

나는 가만히 앉아 십오 분쯤 기다리다가 누군가 놔둔 파이프를 물고 담배를 피웠다. 횡단수로를 건너자 사람들은 다시 몰려들어 술을 마시고 수다 떨고 노래 부르기 시작했다.

다음에는 낡은 깽깽이를 꺼내 누군가 이를 연주했고 또 한 사람은 주바 춤을 추었다. 나머지 사람들도 나룻배 사람들이 즐기는 구식 브레이크다운 춤가락에 몸을 맡겼다. 이들은 숨이 찬지, 오래가지 못해 다시 술병 주위로 몰려들었다.

이들은 함께 〈즐겁네, 뗏목생활은 내게 즐겁네〉라는 곡을 힘차게 불러 댔다. 그러고는 돼지가 종자가 어떻고, 다들 습관이 어떻게 다르고 하며 얘기하다가, 다시 여자들이 어떻다느니 각자 생활방식이 어떻게 다르다느니 떠들었고, 집에 불이 났을 때 어떻게 하는지, 그리고 인디언을 어떻게 다루어야 하는지, 왕은 무엇을 하며 돈이 얼마나 많은지, 고양이는 어떻게 싸우는지, 사람이 발작을 일으킬 땐 어떻게 하는지, 그리고 맑은 강물과 진흙 강물은 어떻게 다른지에 대해 계속 수다를 떨었다. 에드라는 이름을 가진 사람은 미시시피 강의 진흙 강물이 오하이오 강의 맑은 강물보다 건강에 좋다고 했다. 그는 노란 미시시피 강물 한 파인트를 가만히 놔두면 삼십 분 정도 후, 강물에 따라 다르긴 하지만 바닥에 대략 2분의 1에서 4분의 1 두께의 진흙이 가라앉고 마는데, 이렇게 되면 오하이오 강물보다 나을 게 없다고 했다. 이럴 때는 계속 물을 흔들어 주면 된다고 했고, 강물이 낮을 때는 손을 넣어 흔들어서 강물을 뿌옇게 만들어야 한다고 말했다.

재난의 왕자도 이에 동의하면서 진흙에는 영양분이 많아 미시시피 강물을 마시면 뱃속에서 옥수수도 자랄 수 있을 정도라고 했다.

「묘지를 보면 알 수 있지. 신시내티 묘지에는 나무들이 크지 않는데, 세인트루이스 묘지의 나무들은 8백 피트까지 자라거든. 이건 다 죽기 전까지 사람들이 마신 물 때문이지. 신시내티 시신들은 토양을 기름지게 하지 못하거든.」

이들은 오하이오 강물이 왜 미시시피 강물과 섞이지 않는지에 대해서도 이야기했다. 에드는 오하이오 강 수위가 낮고 미시시피 강 수위가 높을 때, 백 마일 정도 미시시피 강 동쪽을 따라 맑은 물이 넓은 띠를 이룬다고 했다. 강가에서 4분의 1마일 정도 나가 이 띠를 넘어가면 나머지는 온통 탁하고 누렇다고 했다.

다음에는 어떻게 하면 담배에 곰팡이가 안 끼게 하나 얘기하더니 이내 귀신 얘기로 넘어갔다. 모두들 남들이 봤다고 하는 귀신 얘기에 대해서만 떠들어 대는데, 돌연 에드가 이렇게 말했다.

「한번 자기가 직접 겪은 귀신 얘기를 해보지 그래? 내가 할 얘기가 있다고. 오 년 전인가 바로 이 지역에서 아마 이 정도로 큰 뗏목을 탄 적이 있었어. 자정이 넘어 달이 밝게 빛나는 밤이었는데, 내가 보초를 서고 있었고 앞부분 오른쪽 노를 맡고 있을 때였지. 딕 올브라이트라는 자가 내 파트너였는데, 그자가 내가 있는 쪽으로 와서는 하품을 하고 기지개를 켜는 거야. 그러더니 뗏목 가장자리로 가서 강물에 세수를 하곤 내 옆에 와 앉아 파이프 담배를 피웠지. 파이프를 다 채우더니 돌연 위쪽을 쳐다보면서 이렇게 묻는 거야. 〈저기 봐. 만곡부 너머 저기가 벅 밀러네 아닌가?〉 내가, 〈맞네, 그런데?〉 하고 물었지. 딕이 파이프를 내려놓고 손에 턱을 괴면서 이렇게 말하는 거야. 〈난 더 내려온 줄 알았어.〉 나도 〈내가 비번일 때도 그렇게 생각했는데〉 하고 대꾸했지. 우리는 여섯 시간 교대로 보초를 섰거든. 〈사람들도 뗏목이 한 시간 정도 전혀 움직이지 않는 것 같다고 했어. 이젠 잘 흘러가고 있지만 말이야〉 하고 내가 다시 말했지. 그러자 딕이 신음 소리 같은 것을 내면서 이렇게 말하는 거야. 〈저번에도 이곳에서 뗏목이 이러는 걸 본 적이 있어. 지난 이 년간 만곡부 위쪽 물살이 멈춰 버린 것 같아.〉

그러면서 한두 번 더 일어나 멀리 강물 주위를 쳐다보더군. 나도 같이 쳐다봤지. 사람이란 왜인지 몰라도 늘 다른 사람이 하는 걸 따라하곤 하거든. 그런데 조금 지나자 저 멀리 뗏목 오른편 부근에 무언가 검은 물체가 우리 뒤를 계속 따라 떠내려오는 게 보이지 않겠어. 딕도 보고 있다는 걸 알았지. 그래서 내가 〈저게 뭐지?〉 하고 물으니까, 왠지 화가 난 것처럼, 〈뭐긴, 빈 통이지〉 하는 거야. 내가 다시, 〈빈 통이라고! 네 눈엔 망원경도 소용없구나. 어디 그게 통으로 보인다는 거야?〉 하고 물으니까, 딕이 〈나도 잘 모르겠어. 통인 줄 알았는데 통이 아닌가 보네〉라고 말하는 거야. 그래서 나도 〈그래, 그럴 수도 있겠다. 딴 걸 수도 있고. 이 정도 거리에선 뭔지 아무도 알기 어려워〉 하고 대꾸했지.

우린 달리 할 일도 없고 해서 계속 망만 보고 있었어. 그러다가 내가 〈저기 봐, 딕 올브라이트. 저게 점점 더 다가오는 것 같아〉 하고 말했는데, 딕이 아무 말도 없더라고. 점점 가까이 다가오기에 난 혹시 물속에서 헤엄치다 지친 개가 아닌가 싶었지. 횡단수로 가까이 오니까, 그 물체가 밝은 달빛 아래서 유유히 떠내려오는 게 보이는 거야. 보니까 진짜 통이었어.

〈헤이, 딕, 넌 반마일 밖에서 어떻게 저게 통인 줄 알았어?〉 하고 내가 물었더니, 〈나도 몰라〉 그러는 거야. 그래서 내가 〈말해 봐, 딕〉 하고 추궁하니까 〈난 통인 줄 알았어. 예전에도 봤거든. 그리고 사람들도 많이 봤어. 귀신들린 통이라고 하던데〉라고 답했어. 나는 망보던 사람들을 불렀고 사람들이 모두 와서 쳐다봤지. 딕에게 들은 말을 전해 주기도 했어. 이제는 뗏목 옆을 따라 떠다니는 것 같으면서도 더 이상 붙진 않았어. 20피트 정도 가까이 왔을 때 누군가 위로 올리자고 했지만 사람들이 원치 않았어. 딕이 그랬지. 저걸 가지고 논 뗏목들은 죄다 불운이 따랐다고. 선장은 자긴 그런 거 안 믿는다며 아마도 저쪽 물살이 좀 더 센 것 같다고 하면서 조금 있으면 지나쳐 버릴 것이라고 했지.

그리고 우리는 다른 이야기를 하다가 노래도 부르고 브레이크다운 춤을 추기도 했어. 다음에는 보초 반장이 다른 노래를 요청했지. 그런데 구름이 몰려오기 시작하고 통은 아직 그 자리에 있었지. 그러니 노래가 분위기를 띄울 수도 없었지. 노래도 중간에 흐지부지되고 박수갈채도 없고, 싱거워진 거지. 그러곤 아무도 말이 없었어. 그러다가 한순간 동시에 말을 꺼내곤 했어. 한 사람이 농담을 했지만 아무 소용도 없었어. 아무도 웃지 않았으니까. 농담을 한 친구조차 웃지 않았으니 이상한 일이지. 다들 그저 뚱하니 앉아서 통을 쳐다보다가 기분만 우울하고 편치 않게 되었지. 그런데 별안간 깜깜해지더니 정적이 흐르는 거야. 그러더니 바람이 신음 소리를 내기 시작했고, 이내 번갯불이 번쩍하고 천둥소리가 들렸어. 그러곤 어느새 폭풍우가 불기 시작했고 그 와중에 뗏목 뒤편으로 가던 사람이 자빠져 넘어지면서 심하게 발을 접질리고 말았어. 별수 없이 누워 있을 수밖에 없었어. 결국 사람들은 머리를 흔들기 시작했고, 번개가 칠 때마다, 주위에 푸른빛이 번쩍이는 가운데 통은 그 자리에 있었고, 우리는 계속 통을 주시했지. 그런데 동틀 무렵 통이 사라진 거야. 낮 시간에는 통이 보이지가 않았어. 하지만 그걸 아쉬워하는 사람은 아무도 없었지.

하지만 다음 날 밤 아홉 시 반경 다시 노래를 부르면서 한창 놀고 있는데, 통이 다시 나타난 거지. 다시 뗏목 오른쪽에 자리를 잡은 거야. 흥이 다 깨진 건 당연하고 사람들이 다시 심각해지면서 아무도 말을 않는 거야. 뭔지 모르게 우울한 기분에 통만 바라보고 있는 거지. 다시 구름이 끼기 시작하더군. 보초 임무가 끝나도 안으로 들어가지 않고 바깥에 남아 구경하고 있는 거야. 밤새껏 우르릉대며 폭풍우가 몰아치는데, 그 와중에 다시 한 명이 자빠져서 발목을 삐고 말았어. 동틀 무렵만 되면 이놈의 통은 언제 사라지는지도 모르게 사라지는 거고.

다들 시무룩하고 하루 종일 말도 하지 않고 지냈지. 내 말은 술은 건드리지 않아서 하루 종일 차분했다는 게 아니라, 보통 때보다 더 마셔 댔지만 그랬다는 것이고, 게다가 모여서 마신 것이 아니라 다들 슬그머니 사라져 혼자 마셔 댄 거야.

비번 보초도 안으로 들어가지 않고 노래 부르는 사람도 없고, 말하는 사람도 없었지. 그렇다고 다들 흩어져 있는 것도 아니었고 뗏목 앞전에 다들 모여 앉아 두 시간 동안 푹푹 한

숨만 쉬어가면서, 시선은 모두 한쪽에 둔 채 말없이 있는 거였어. 그러면 통이 다시 등장하는 거지. 다시 그 자리에 떠 있고, 자정이 지나면 폭풍우가 불고 그러는 거야. 지독하게 깜깜한 밤인데 비는 몰아치고, 게다가 우박까지 떨어지면서 천둥소리가 우르릉 꽝꽝대며 울리는 거야. 바람이 태풍으로 변하고 번갯불이 팍하고 퍼지면 마치 대낮처럼 뗏목 위가 환히 보이고 바다도 저 멀리까지 우윳빛 같은 파도가 세차게 몰아치는 모습이 보였지. 통은 여전히 그 자리에 떠 있는 거야. 선장이 보초에게 후미에 있는 노를 저어 횡단수로를 건널 차비를 하라고 명령해도 아무도 움직이지 않는 거야. 발목을 빼고 싶지 않다는 거였지. 아무도 뗏목 뒤쪽으로 움직이려 하지 않았어. 그때 갑자기 하늘이 열리는 듯싶더니 번쩍하며 벼락이 떨어지는 거야. 비번 두 명이 낮아 즉사했고 두 명을 절름발이로 만들었어. 어떻게 절름발이가 됐냐고? 물론, 또 발목을 접질린 거지!

번갯불이 번쩍번쩍하는 와중에 동틀 무렵 통은 다시 사라졌어. 그날 아침 식사는 한 술도 뜨는 사람이 없었지. 그저 두셋씩 모여 다니며 수군댈 뿐이었어. 그런데 아무도 딕 올브라이트와는 같이 있으려 하지 않는 거야. 다들 등을 돌렸어. 딕이 나타나기만 하면 모여 있던 사람들도 일어나 이리저리 흩어지는 거야. 딕과는 아무도 노를 저으려고 하지 않았지. 선장은 작은 배들을 모두 뗏목 위로 끌어올려 가운데 움막 옆에 놔두라고 하면서 죽은 사람들을 절대 강둑에 묻지 말라고 했어. 자기는 강둑에 오른 사람이 다시 돌아온다는 말을 믿지 않는다는 거였지. 선장 말이 옳았어.

밤이 되자 다들 통이 나타나면 다시 사고가 생긴다고 불안해했어. 다들 구시렁대고 있었는데, 개중에는 딕 올브라이트를 죽이자는 사람도 있었어. 딕이 예전 항해에서도 통을 보앉다는 것 때문이었어. 그게 영 기분이 좋지 않다는 거지. 어떤 사람은 딕을 둑으로 보내자고 했고, 또 어떤 사람은 통이 나타나면 모두 둑으로 올라가자고 말하기도 했어.

모두 이런 이야기를 수군대는 중에 뱃전에서 망을 보던 사람들이, 통이 다시 왔다고 소리치는 거였어. 천천히 흔들리지도 않고 흘러오더니 예전 그 자리에 멈추는 거야. 모두 쥐 죽은 듯 조용했지. 그러자 선장이 나타나, 〈자, 다들 애들처럼 어리석게 굴지 말라고. 이 통이 우리를 따라 뉴올리언스까지 오는 걸 바라진 않는다면, 어떻게 하는 게 좋겠어? 건져서 불태워 버리는 게 어때. 자, 내가 건져 올릴 테니, 보라고〉 하고 말했지. 그러곤 누가 말 한마디도 하기 전에 강물에 뛰어들었어.

선장이 통이 있는 곳으로 헤엄쳐 가더니 뗏목 뒷전으로 통을 밀고 왔고, 이어서 사람들이 우르르 한쪽으로 몰려왔어. 통을 끌어올린 선장은 즉시 통을 깨뜨렸어. 글쎄 그 안에 아기가 들어 있는 거야! 세상에 옷도 입지 않은 아기가 말이야. 바로 딕 올브라이트의 아기였어. 딕이 고백하면서 그렇게 말했지. 〈예, 죽은 불쌍한 제 아기가 맞아요. 불쌍하게도 세상을 떠난 찰스 윌리엄 올브라이트예요〉 하고 말하더군. 딕은 마음만 먹으면 혀를 굴려 근사한 말들을 내뱉을 수 있고, 조금도 주저 없이 그 말을 아무 데고 붙일 수 있는 사람이었어. 그런데, 그가 이렇게 말하는 거야. 자기는 이 강 만곡부 윗지점에 살고 있었는데 어느 날 밤 애가 너무 우는 바람에 그만 실수로 애를 목 졸라 죽였다는 거야. 거짓말일 수도 있어. 하지만 그 후에 너무 무서운 나머지 마누라가 오기 전에 애를 통에 묻어 버리고는 집을 나왔다는 거지. 그리고 북쪽으로 줄행랑을 치다가 뗏목을 타게 되었다는 거였어. 통이 자기를 따라다닌 게 올해로 벌써 세 번째라네. 액운이 늘 점차 줄어드는 데다 이번에 네 명을 해치웠으니 이제는 다시 오지 않을 거라고 했어. 딕은 하루만 더 기다려 볼 수 없겠냐고 했지만 사람들은 이미 당할 만큼 당한 터라, 딕을 배에 태워 둑으로 데려가 폭행을 가하려고 했었지. 그때 갑자기 딕이 아기를 가슴에 안고는 눈물을 흘리면서 강물로 뛰어든 거야. 그게 마지막이었어. 우리는 다시는 딕과 그 불쌍한 찰스 윌리엄을 볼 수 없었어.」

「누가 눈물을 흘렸다고?」 밥이 물었다. 「올브라이트야, 아님 아기야?」

「당연히, 올브라이트지. 아기는 죽었다고 내가 얘기 안 했어? 이미 죽은 지 삼 년이 됐는데 어떻게 눈물을 흘리니?」

「좋아, 어떻게 우는지는 괜찮다고 치자고. 그런데 그동안 어떻게 통 속에 있을 수 있었지?」 네이비가 물었다. 「그것만 대답해 봐.」

「나도 어떻게 그런 건지는 몰라.」 에드가 대답했다. 「하여튼 그랬다고. 그게 다야.」

「그리고 통은 어떻게 했대?」 재난의 왕자가 다시 물었다.

「강물로 던져 버렸는데, 납덩이처럼 물속으로 가라앉고 말았어.」

「에드워드, 정말 아기가 목 졸라 죽은 모습으로 보이데?」 누군가 물었다.

「머리는 가르마가 타 있었냐고?」 또 누군가 물었다.

「에디, 통에 붙은 상표는 어디 거였어?」 빌이라는 사람이 비아냥댔다.

「에드먼드, 제대로 사실을 보여 줄 서류는 있니?」 지미가 또다시 건드렸다.

「에드윈, 혹시 벼락에 맞아 죽은 게 너 아냐?」 이번에는 데이비가 놀려댔다.

「흠? 아니지. 맞아 죽은 둘이 다 에드일 거야.」밥이 이렇게 끼어들자, 모두들 어이없어 했다.

「에드워드, 너 약 좀 먹어야 할 것 같다. 안 좋아 보이는데. 핏기가 없어 보이는데.」재난의 왕자가 또 비아냥댔다.

「자, 에디.」지미가 끼어들었다. 「네 얘기를 증명할 수 있는 게 있을 거 아냐? 통 마개라도 보여 줘봐. 그러면 우리가 믿을 수 있잖아.」

「자, 친구들.」이번에 빌이 다시 말했다. 「우리 이렇게 나누자고. 총 열세 명이니까, 나는 이야기의 13분의 1만 믿을 테니, 나머지는 자네들이 나눠서 알아서 하라고.」

화가 치민 에드는 모두 꺼지라고 하면서 심한 욕을 내뱉었고 중얼대면서 뒷전으로 사라졌다. 사람들은 소리치며 놀려댔고, 그 소리가 저 멀리까지 들릴 정도로 크게 웃고 떠들어 댔다.

「자, 이제 우리 수박 한 덩어리라도 쪼개자고.」재난의 왕자가 이렇게 말하면서, 깜깜한 가운데 내가 숨어 있는 곳으로 오더니 손을 쑥 들이밀었다. 그의 손이 따뜻한 벗은 내 몸에 닿자, 그는 〈아이쿠!〉하는 소리와 함께 뒤로 자빠졌다.

「여기 랜턴이나 불 좀 가져와 봐. 여기에 소만큼 큰 뱀 한 마리가 숨어 있는가 보네.」

사람들이 랜턴을 들고 달려와, 다들 모여 숨어 있는 나를 내려다봤다.

「이놈의 거렁뱅이 같은 자식. 냉큼 나오지 못해!」

「넌 누구냐?」누군가 물었다.

「너 여기서 뭐하는 거야? 당장 말 안 하면 저 강물로 내던져 버릴 테다.」

「잡아당겨. 발목을 잡아 끌어내라고.」

나는 두 손 모아 빌기 시작했고, 벌벌 떨면서 사람들 가운데로 나왔다. 사람들은 궁금했던지 나를 두루 살펴보았다. 이윽고 재난의 왕자가 이렇게 물었다.

「이 빌어먹을 도둑놈 같으니! 날 도와주게나. 이놈을 들어다 던져 버리게!」

「아니지.」 덩치가 큰 밥이 끼어들며 말했다. 「페인트 통을 꺼내다가 이놈을 머리부터 발끝까지 파랗게 칠한 다음에 던져 버리자고!」

「좋아! 그거야. 지미, 가서 페인트 좀 가져와.」

페인트 통을 가져오자, 밥이 브러시를 들고는 페인트칠을 하려고 했다. 나머지는 깔깔대고 웃고, 손을 비비면서 앉아 있었고, 나는 겁이 난 나머지 울음을 터뜨리고 말았다. 이게 효과가 있었는지 데이비가 사람들을 말리면서 이렇게 말했다.

「잠깐만! 애 갖고 왜들 그러는 거야. 이 애한테 손대는 녀석은 내가 대신 페인트칠을 해주고 말 테다.」

「자, 여기 불 옆으로 와봐라. 무슨 일인지나 들어 보자꾸나.」 하고 데이비가 말했다.

「자, 여기 앉아 네 얘기를 해봐. 뗏목에는 얼마나 숨어 있었던 거냐?」

「십오 초도 안 돼요.」 내가 대답했다.

「그런데 벌써 옷이 다 마른 거야?」

「저도 모르겠어요. 전 항상 그러거든요.」

「오, 그렇구나? 이름은 뭔데?」

나는 내 이름을 대고 싶지 않았고, 뭐라고 해야 할지 몰라 그냥 이렇게 말했다.

「찰스 윌리엄 올브라이트요.」

사람들이 웃어댔다. 모두들 크게 웃자 나는 그렇게 답하길 잘 했다고 생각했다. 웃다 보면 분위기가 훨씬 더 좋아질 것이기 때문이었다. 웃음이 끝나자 데이비가 다시 물었다.

「그럴 리가 없지. 찰스 윌리엄, 오 년 만에 이렇게 클 수는 없어. 통에서 나올 때 아기였고, 게다가 죽었었잖니. 자 이제 제대로 말해 보거라. 잘못한 게 없으면 널 누가 해치겠니. 자 이름이 뭐야?」
「알렉 홉킨스요. 알렉 제임스 홉킨스예요.」
「좋아, 알렉. 너 어디서 온 거니?」
「장사 나룻배에서 왔어요. 저쪽 만곡부 너머 있어요. 전 배에서 태어났어요. 아빠가 이 강을 오가며 평생 장사를 하셨어요. 저보고 헤엄쳐서 뗏목에 가보라고 했어요. 혹 뗏목에 있는 사람들 중 누군가 카이로에 사는 조나스 터너 씨한테 말 좀 전해 줄 사람이 있는지 알아보라고 했거든요.」
「이 녀석아!」
「아저씨, 정말이에요. 아빠가……..」
「네 할머니가 그랬겠지!」
모두들 웃음을 터뜨렸고, 내가 다시 말하려 하자 사람들이 끼어들어 내 말을 막았다.
「자, 여기 봐라.」 데이비가 말했다. 「너 겁을 먹어서 정신이 없구나. 솔직히 말해 봐. 너 나룻배에 사는 게 맞아, 아님 거짓말이냐?」
「예, 장사 나룻배에 살아요. 만곡부 머리께 있다니까요. 하지만 태어난 건 아니에요. 실은 첫 여행이에요.」
「이제야 제 말을 하는구나! 근데 여기에는 왜 탔어? 뭐 훔치려고 했니?」
「아니요, 절대 아니에요. 그저 뗏목에 한번 타보고 싶었어요. 애들은 다 그렇잖아요.」
「알겠다. 그럼 왜 숨어 있었던 거냐?」
「가끔 애들을 쫓아내잖아요.」
「그렇긴 하지. 훔칠지 모르기 때문이지. 여기 봐라, 이번에 풀어 줄 테니 앞으로는 이런 소동을 피우면 절대 안 된다?」

「절대 안 그럴게요, 아저씨. 절 믿어 주세요.」

「그러면 좋아, 둑까지 멀지 않으니 여기서 뛰어내려라. 다시는 이런 식으로 바보짓 하지 않기다. 또 한 번 그러면, 그때는 사공 아저씨들이 널 잡아다 시퍼렇게 패줄 거다.」

나는 잘 가라는 키스를 기다릴 것도 없이 즉시 강물로 뛰어들어 둑으로 헤엄쳐 갔다. 짐이 왔을 즈음에는 뗏목은 이미 저 멀리 포인트를 돌아 시야에서 사라지고 없었다. 나는 헤엄쳐 나와 뗏목 위로 올라탔고, 마치 그리운 집에 돌아온 것처럼 기분이 좋았다.

나는 카이로까지 얼마나 가야 하는지 알아내지 못했다고 짐에게 말할 수밖에 없었고, 짐은 이를 상당히 애석해했다. 이제는 단지 마을이 있나 잘 보면서 우리도 모르게 지나치지 않도록 잘 살펴보는 수밖에 없었다. 짐은 마을을 찾는 순간 노예 신분을 벗어날 것이라고 확신하고 있었다. 왜냐하면 모르고 지나치게 되면 다시 노예주로 끌려가 이제 다시는 영원히 자유의 몸이 될 수 없기 때문이라고 했다. 짐은 매번 벌떡 일어나 외쳐 댔다.

「저기 있다!」

하지만 마을이 아니었고, 단지 도깨비불이나 개똥벌레였다. 짐은 다시 주저앉아 이전처럼 사방을 주시했다. 짐은 자유의 땅이 가까워지니까 가슴이 떨리고 몸에서 열이 날 정도로 흥분된다고 했다. 그의 말을 듣자니 나 역시 가슴이 떨리고 화끈거렸다. 짐이 거의 자유의 몸이 되었다는 사실을 생각하고 있자니 과연 그게 누구의 책임일까 하는 것이 떠올랐기 때문이다. 이렇게 하든 저렇게 하든 결국 내 책임이라는 생각을 떨쳐 낼 수 없었다. 너무 걱정이 된 나머지 편히 쉴 수도 없었고, 한군데 가만히 있지도 못할 지경이었다. 아직까지는 과연 지금 내가 무슨 일을 하고 있는지에 대해 별 생각이 없었다. 하지만 이제는 달랐다. 양심의 가책이 떠나지 않고 계속 나를 괴롭혔다. 내가 짐을 원래 주인에게서 도망치게 한 것이 아니므로 내 책임이 아니라고 생각해 보았지만, 별 소용이 없었다. 그때마다 내 양심이 매번 머리를 쳐들고는 〈넌 그가 자유를 찾아 도주한 사실을 알고 있잖아. 그러면 강가로 가서 사람들에게 알렸어야지〉 하고 말했다. 이 생각은 피할 방도도 없이 계속 나를 괴롭혔다. 마음속 양심은 〈불쌍한 왓슨 아줌마가 너에게 해준 것을 생각해 봐라. 바로 네 눈앞에서 그녀의 검둥이 노예가 도망치고 있는데 넌 한마디도 안 하고 있잖니〉라고 나를 몰았다. 〈왓슨 아줌마가 네게 무엇을 했기에 네가 아줌마를 이처럼 비열하게 대하니? 너에게 책읽기를 가르쳐 주고, 예의범절도 가르쳐 주고, 온갖 방법으로 네게 잘해 주려 했고, 실제 잘해 주었는데〉 하고 계속 나를 추궁했다.

너무 비참하고 슬픈 나머지 차라리 죽어 버렸으면 하는 생각이 들 정도였다. 모두 내 탓이라는 생각으로 안절부절못하면서 뗏목 위를 서성댔고, 짐 역시 초조해하면서 내 옆을 왔다갔다했다. 우리 두 사람 다 가만히 있질 못했다. 〈카이로다!〉 하고 매번 짐이 소리치며 좋아할 때마다 나는 마치 총알에 맞은 느낌이 들 정도였다. 그리고 만약 진짜 카이로라면 비참해서 죽을 것 같은 심정이었다.

나 혼자 중얼거리는 동안 짐은 계속 큰 소리로 떠들어 댔다. 그는 자유주에 가게 되면 우선 첫째 돈을 일 푼도 안 쓰고 모으겠다고 했다. 돈이 모이면 왓슨 아줌마 댁에서 가까운 농장에 있는 자기 처부터 다시 사고, 그런 후 둘이 열심히 일해서 두 아이들도 찾겠다고 떠들어 댔다. 만약 주인이 팔지 않겠다고 거부하면 노예제 폐지론자를 데리고 가서 훔쳐 오겠노라고 호언장담하기도 했다.

 그런 이야기를 듣고 있자니 온몸이 얼어붙는 느낌이 들었다. 아직 한 번도 그런 이야기를 해본 적이 없는 짐이었다. 이제 자유의 몸이 된다고 판단한 순간 짐에게서 보이는 변화는 대단했다. 〈하나를 주면 열을 바란다〉는 옛말이 하나도 틀리지 않았다. 나는 이 모든 것이 나의 부족한 생각 때문이야, 내가 탈출을 도운 검둥이 노예가 이젠 단호하게 애까지 훔치겠다는 거지, 그것도 내가 전혀 알지 못하고 나에게 아무런 잘못도 하지 않은 주인에게서 말이야, 라고 혼자 생각했다.

 짐의 말을 듣고 있자니 괜히 섭섭한 마음이 들었다. 또한 짐이 저질 인간이라는 생각까지 들었다. 나는 점차 양심의 가책 때문에 가슴이 뜨거워지면서, 〈이제 그만 하자. 아직 늦지 않았으니, 첫 불빛을 보면 가서 말해 버리자〉고 나 자신에게 말했다. 순간 마음이 편안해지고 행복한 감정이 느껴지면서, 마치 깃털처럼 홀가분한 기분이 들었다. 모든 걱정도 이내 다 사라졌다. 나는 불빛을 주시하면서 혼자 노래를 흥얼거렸다. 마침내 첫 불빛이 보이자, 짐이 떠들기 시작했다.

「헉, 이제 우린 살은 거여. 일어나 같이 춤이나 추자고. 저건 분명 카이로여. 난 알어!」

「짐, 내가 카누를 타고 가서 보고 올게. 아닐지도 모르잖아.」

 짐은 얼른 카누를 대기시키고는 자기의 낡은 외투를 깔아 내가 그 위에 앉을 수 있게 하고선 노를 건네주었다. 막 떠나려는데, 짐이 내게 말했다.

「이제 난 너무 좋아서 만세 하고 소리치게 될 거여. 그러곤 이 모두가 헉, 니 덕분이라고 말할 거여. 네가 없었다면 난 절대로 해방되지 않았을 거니께. 헉 덕분이여. 짐은 헉을 절대 못 잊어. 넌 내 최고의 친구고, 이 늙은 짐의 유일한 친구여.」

 짐을 신고해야겠다는 생각으로 땀을 흘려 가며 노를 저어

나갔지만, 이런 말을 듣게 되자 어쩐지 몸에서 기운이 다 빠져나가는 느낌이 들었다. 나는 서서히 카누를 저어 가면서 내가 이렇게 뗏목을 떠나는 것이 좋은 일인지 아니면 그렇지 않은지 확실한 느낌이 들지 않았다. 50야드쯤 가자, 짐이 다시 내게 말했다.

「자, 우리 진실한 헉이 가는구먼. 이 늙은 짐에게 모든 약속을 지켰던 유일한 백인 신사가 간다니께.」

나는 속이 울렁거리기 시작했지만, 그래도 이 일을 해야 한다고 다짐했다. 안 하면 안 된다고 느꼈다. 마침 그때 작은 배가 다가왔고, 그 안에는 총을 든 두 사람이 타고 있었다. 그들은 멈춰 섰고, 나도 이내 카누를 멈췄다.

「저기 있는 건 뭐냐?」

「뗏목이에요.」

「너희 뗏목이야?」

「네.」

「누가 타고 있어?」

「한 명 있습니다.」

「오늘 밤에 저기 물이 굽이쳐 흐르는 곳 너머로 검둥이 다섯 놈이 도망갔다. 타고 있는 자가 백인이냐, 아니면 흑인이냐?」

나는 즉시 대답을 하지 못했다. 하려고 했지만 말이 나오지를 않았다. 잠시 힘을 내어 말하려 했지만, 토끼만큼의 용기도 없었다. 점점 마음이 흔들리는 것을 느꼈다. 결국 모든 것을 포기하고는 이렇게 말했다.

「백인인데요.」

「우리가 가서 확인해 볼 테다.」

「그렇게 하세요, 아빠가 계신데, 가서서 뗏목을 강가로 대는 것 좀 도와주세요. 아빠는 몸이 안 좋으세요. 엄마랑 메리 앤도 다 안 좋아요.」

「이런, 근데 우린 바쁜데, 그래도 보곤 가야겠다. 자, 노를 젓고, 가보자.」

나는 노를 젓기 시작했고, 그 사람들도 노를 저었다. 한두 번 노를 저은 후에 나는 이야기하기 시작했다.

「아빠가 많이 고마워하실 거예요. 강가에 대게 도와달라고 하면 다들 내빼고 말았거든요. 나 혼자는 할 수가 없어요.」

「이런, 그런 비겁한 짓들을 하다니. 하지만 이상하네. 대체 네 아빠에겐 무슨 일이 있는데 그러니?」

「네, 그거요……. 별거 아니에요.」

그들은 별안간 노 젓는 것을 중단했다. 이제 뗏목까지는 얼마 남지 않았다. 그중 한 사람이 말하기 시작했다.

「너 거짓말이지? 너희 아빠가 어떠신지 말해 봐. 정직하게 이야기해 봐. 그게 너를 위해서도 좋으니까 말이다.」

「네, 솔직하게 말씀 드릴게요. 그러니 제발 같이 있어 주세요. 사실은…… 아저씨, 그냥 아저씨들이 앞에서 끌기만 해주세요. 제가 밧줄을 던져 드릴게요. 뗏목 가까이 안 오셔도 되요……. 제발 그렇게 해주세요.」

「애야, 저리 가렴. 좀 뒤로 물러서.」 그 사람들은 뒤로 물러서면서 말했다. 「우리에게서 떨어져. 바람 부는 쪽으로 가. 제길, 바람이 우리한테 옮기면 안 되는데. 네 아빠가 천연두에 걸린 것을 알면서도 그랬구나. 왜 그렇다고 솔직히 말 못하니? 모두 퍼뜨릴 셈이냐?」

「사람들에게 말했었는데요, 모두 우리를 버리고 떠나 버렸어요.」 나는 울먹이며 말했다.

「이런, 하지만 이유가 있겠지. 우리도 미안하구나. 하지만 우리도 천연두는 싫어. 잘 들어라. 절대 너 혼자 뭍에 내리지 마라. 그러면 모든 게 다 망하는 거다. 20마일가량 내려가다가 강 왼쪽으로 마을이 나타날 기다. 해가 뜬 지 제법 시간이 흐른 뒤일 거고, 네가 도움을 청할 때, 너희 일행이 한기가 있고 열이 있다고 꼭 얘기해야 한다. 바보짓해서 사람들에게 들키면 안 된다. 여기서 20마일 내려가거라. 저기 빛이 보이는 곳에는 내려 봐야 별거 없어. 그곳은 목재창고일 뿐이다. 아빠 상태가 안 좋은가 보구나. 운이 나쁜 거야. 여기 판자 위에 20달러짜리 금화를 놓아 둘 테니 이쪽으로 가다가 집어 가기 바란다. 너를 놓고 가는 게 나쁜 짓인 걸 알겠지만, 그렇다고 마마랑 씨름하는 건 더 바보짓이지. 그렇지 않니?」

「파커, 잠깐만, 내 몫으로 여기에 20달러 놓았다. 애야, 잘 가거라. 파커 씨가 시키는 대로 하면 별일 없을 거야.」

「그래, 애야. 잘 가거라. 혹 도망친 검둥이 보면 도움을 청해 잡도록 해라. 그러면 돈 좀 생길 수 있을 게다.」

「안녕히 가세요, 아저씨. 될 수 있는 한 도망친 검둥이를 잡아 볼게요.」

그들이 떠난 후 나는 내가 일을 그르쳤다는 것을 알고는 우울한 기분으로 다시 뗏목에 올라왔다. 일을 제대로 한다는 것이 나에게 쉽지 않다는 것을 알았다. 특히 어릴 때부터 제대로 일하는 법을 못 배운 애들은 커도 뭔가 보여 줄 수가 없었다. 위기가 다가와도 자기를 지탱하면서 일에 전념하도록 도와주는 것이 없기에 결국 굴복하게 되는 것이다. 하지만, 잠시 생각해 보니, 만약 내가 짐을 고발하고 바른 일을 했다고 해도 지금보다 기분이 나아질 것 같지는 않았다. 아마 지금처럼 기분이 안 좋았을 것이다. 그렇다면 올바른 일을 하는 게 힘이 들고 나쁜 일 하는 것이 쉽고, 그 대가는 똑같다면 대체 좋은 일 하려고 노력하는 게 무슨 소용이 있는가 하고 생각해 보았다. 생각이 꼭 막히고 대답도 안 떠올랐다. 결국 더 이상 신경 쓰지 않기로 하고 앞으로는 때에 따라 편하게 생각하기로 마음먹었다.

뗏목 위의 움막으로 들어가 보았지만, 짐이 보이지 않았다. 주위를 둘러봐도 없었다.

「짐.」

「여기야, 헉. 그 사람들 사라졌니? 목소리 낮춰.」

짐은 뗏목 뒷전에 있는 노 밑으로 들어가 물속에 코만 내놓고 숨어 있었다. 나는 그들이 갔으니까 뗏목 위로 올라오라고 했다.

「말하는 것 다 듣고 있었어. 물속에 숨어 있다가, 그 사람들이 이리 오면 기슭으로 헤엄쳐 가려고 했어. 근디 너 그자들을 감쪽같이 속이던데. 정말 멋지게 둘러쳤어. 덕분에 이 불쌍한 짐이 살았어. 절대 안 잊을 거여.」

우리는 그들이 준 돈에 대해 이야기했다. 각 20달러씩이면 큰 액수였다. 짐은 이 정도년 승기선의 갑판석을 살 수 있을 것이고 우리가 자유주로 가기만 하면 먹고 지낼 수 있다고 했다. 이제 뗏목으로 20마일 정도 가면 될 것이고 빨리 갔으면 좋겠다고 말했다.

동이 틀 무렵 우리는 짐을 꾸렸다. 짐은 뗏목을 숨길 장소를 찾느라고 상당히 조심스러웠다. 하루 종일 짐을 꾸렸고 뗏목을 버릴 준비를 했다.

밤 열 시경 하류 쪽 물이 굽이쳐 흐르는 곳에서 마을의 불빛이 보였다.

나는 위치를 묻기 위해 카누를 타고 갔다. 머지않아 작은 배를 타고 주낙 낚시를 하고 있던 한 남자를 발견하고는 카누를 옆으로 대고 물어보았다.

「아저씨, 여기가 카이로예요?」

「카이로냐고, 너 정신이 있니?」

「그럼 어떤 마을이에요?」

「알고 싶으면, 가서 직접 물어봐라. 내 옆에서 삼십 초 이상 날 방해했다간 혼이 날 줄 알아라.」

나는 뗏목으로 돌아왔고, 짐은 무척 실망했다. 하지만 나는 짐을 달래면서 아마 다음이 카이로일 것이라고 말해 주었다.

동이 트기 전에 또 한 마을을 지났고, 나는 다시 다가갈 준비를 했다. 하지만 이 마을은 고지대에 위치해서 가지 않았다. 카이로 근처에는 높은 지역이 없다고 짐이 말해 주었기 때문이다. 우리는 낮 시간 동안 왼쪽 둑 가까이 있는 모래톱에서 지내기로 했다. 이제 혹 카이로를 잘못 지나친 것이 아닌가 하는 의구심이 들기 시작했다. 짐도 마찬가지였다.

「그날 밤 안개 속에서 카이로를 지나친 것 아냐?」

「그 이야기는 하지 말어. 불쌍한 검둥이가 무슨 행운이 있겄어. 그놈의 방울뱀 가죽이 아직 내게 액운을 주고 있는 거여.」

「짐, 내가 그놈의 뱀가죽을 보지 않았어야 하는 건데. 절대 보지 말았어야 하는 건데.」

「헉, 니 잘못이 아녀. 넌 몰러. 그러니께 스스로 책망하덜 말어.」

낮 시간에 보니 분명히 강기슭에 오하이오 강의 맑은 물이 보였다. 그 바깥쪽은 여전히 탁한 강물이 흐르고 있었다. 카이로를 지나친 것이 분명했다.

우리는 계속 이 문제에 대해 이야기했다. 강기슭으로 가도 별 도움이 되지 않았다. 뗏목을 타고 상류로 올라갈 수는 없었다. 결국 밤이 되기를 기다리다가 카누를 타고 거슬러 올라가 기회를 엿보는 것이다. 우리는 밤에 힘을 쓰기 위해 양버들 나무 수풀에 숨어 하루 종일 잠을 잤다. 어두워진 후에 뗏목으로 돌아갔는데, 아뿔싸, 카누가 사라지고 없었다. 우리는 한동안 말을 잃고 가만히 있었다. 우리는 아직도 방울뱀 가죽의 액운이 조화를 부린다고 생각했다. 그러니 말해도 소용이 없다는 것을 알고 있었다. 괜스레 서로 탓만 하다가는 더 심한 액운이 올 것이 뻔했다. 우리가 더 이상 말을 안 할 때까지 액운이 계속될 것임을 우리는 알았다.

이제 우리는 어떻게 대처할지를 논의했다. 이제는 뗏목을 타고 내려가다가 카누를 살 기회를 엿볼 수밖에 없었다. 주위에 아무도 없어서 아빠가 하는 식으로 빌릴 수도 없었다. 어쨌든 그랬다가는 우리가 사람들에게 쫓길 것이 뻔했다.

어두워진 후에야 우리는 다시 뗏목을 타고 출발했다. 방울뱀 가죽을 만지는 것이 얼마나 멍청한 짓인가 하는 것, 이 모든 액운을 보면서도 믿지 않는 사람들은 앞으로 우리에게 다가올 일들을 보면 반드시 믿게 될 것이다.

카누는 강가에 늘어서 있는 뗏목에서 살 수 있었다. 하지만 내려가면서 약 세 시간 동안 강가의 뗏목이 전혀 눈에 띄지 않았다. 이제 밤이 뿌옇게 흐려지면서 깊어지기 시작했는데, 이것은 안개 이상으로 좋지 않은 상황이었다. 강의 모습도 안 보이고, 거리도 가늠할 수가 없게 되기 때문이다. 강이 깊어지고 주위가 고요해질 때 강을 따라오는 증기선을 발견했다. 우리는 랜턴을 밝히고, 기선이 우리를 발견해 주기를 기다렸다. 상류로 올라가는 배들은 보통 우리 옆을 지나가지 않고 모래톱을 따라가면서 암초 아래의 잔잔한 곳을 지나가지만, 오늘 같은 밤에는 강을 거슬러 수로를 따라 곧장 올라가기도 한다.

증기선이 엔진 소리를 내면서 오는 소리가 들렸지만, 바로 옆에 올 때까지 눈에 뜨이지 않았다. 증기선은 우리에게 돌진했다. 가끔 돌진하기는 하지만 서로 충돌하지 않고 어느 정도 가깝게 운항할 수 있는지 시험하려고 한 적은 있다. 기선의 외륜바퀴가 노를 치고 가기도 한다. 그럴 때면 선장이 고개를 내밀고는 얼마나 잘 운항하는지 보라며 씩 웃곤 했다. 어쨌든 증기선은 우리에게 다가왔고 우리는 아마도 우리 옆을 스치고 지나가는 것으로 생각했지만, 전혀 피하려는 기색을 볼 수 없었다. 거대한 증기선이었고 빛을 내는 개똥벌레들이 주위를 감싼 먹장구름처럼 점점 가까이 우리에게 몰려왔다. 그러다가 별안간 벌건 이를 드러낸 채, 입을 벌린 용광로 문이 대열을 지은 듯한 모습의 거대하고 겁나는 몸집이 보이면서 괴물 같은 뱃머리하고 장비들이 우리를 덮쳤다. 우리에게 고함치는 소리, 엔진을 멈추라는 타종 소리, 욕하는 고함소리, 그리고 증기 뿜는 소리가 들렸고, 짐과 내가 양쪽으로 제각기 물로 뛰어드는 순간 정확하게 뗏목에 충돌했다.

물속에 뛰어든 후, 30피트나 되는 외륜바퀴가 내 머리 위를 지나가게 하기 위해 강바닥으로 내려갔다. 나는 보통 물속에서 일 분 정도 견딜 수 있었는데, 이번에는 일 분 삼십 초를 견딘 것 같았다. 가슴이 터질 것 같아 급하게 물 위로 솟구쳤다. 겨드랑이까지 물 밖으로 나오자 코로 물을 내뿜으면서 숨을 토해 냈다. 이곳 물살이 거센 것은 물론이고, 거기다 증기선은 엔진을 멈춘 뒤 십 초 후에 다시 엔진을 작동하기 시작했다. 이들은 뗏목에 있던 사람들은 안중에도 없었다. 증기선은 시야에서 사라지면서 엔진 소리만 남긴 채 짙은 어두움 속으로 강을 따라 올라갔다.

나는 열 번이 넘게 짐을 불렀지만, 아무 소리도 들리지 않았다. 결국 서서 헤엄을 치다가 손에 잡힌 판자를 앞으로 밀며 기슭으로 헤엄쳐 나갔다. 하지만 물살 방향이 왼쪽 기슭을 향하고 있고 내가 그것을 옆으로 가로질러 가고 있다는 사실을 알고는 방향을 바꾸어 헤엄쳐 나갔다.

이곳은 약 2마일 이상 물살이 비스듬히 흐르는 곳이어서, 횡단하는 데에 시간이 걸렸다. 나는 무사히 기슭에 도착해서 둑을 기어올라 갔다. 멀리까지 보이지 않았기에 약 4분의 1마일 이상을 거친 땅을 더듬다시피 하며 걸어갔다. 그러다가 통나무집 두 채가 이어진 모습의 옛날식 저택과 마주치게 되었다. 그냥 급히 지나치려고 했지만 어느새 여러 마리 개 떼가 뛰어나와 무섭게 짖고 으르렁거리는 바람에, 꼼짝 못 하고 그 자리에 있을 수밖에 없었다. 이럴 때는 움직이지 않는 게 최선이라는 것을 난 알고 있었다.

17

 삼십 초가량 지나자, 누군가 머리도 내밀지 않은 채 창문을 통해 말했다.
「그만 짖어라, 이놈들아. 거기 누구야?」
「전데요.」
「저가 누구야?」
「조지 잭슨이요.」
「원하는 게 뭐냐?」
「아무것도 없어요. 그냥 지나가려는데 개들이 안 놔줘요.」
「이 야심한 밤에 무엇 때문에 어슬렁대는 거야?」
「어슬렁거리는 게 아니에요. 저는 증기선에서 강으로 떨어졌어요.」
「정말이니? 여기 불 좀 켜라. 너 이름이 뭐라고 했지?」
「조지 잭슨이요. 머슴애예요.」
「사실이라면 두려워할 것 없다. 널 해치지 않을 테니. 한데 절대 자리에서 움직이지 마. 거기 누구 밥과 톰 좀 깨워라. 그리고 총도 가져오너라. 조지 잭슨, 너 누구 같이 있는 사람 있니?」
「아니요, 없습니다.」

집에서 사람 인기척이 들리더니, 불빛이 보였다. 그 사람이 다시 누군가에게 소리쳤다.

「베시, 이 멍청아, 그 불을 저쪽으로 가져가야지. 정신이 있니? 현관문 뒤 바닥에 놓아라. 밥, 너하고 톰은 준비됐으면 제자리에 위치해라.」

「준비됐습니다.」

「자, 조지 잭슨, 너 셰퍼드슨 가문을 알고 있니?」

「아니요, 금시초문인데요.」

「그래, 그럴 수도 있겠지. 아닐 수도 있고. 모두 준비됐지, 자, 앞으로 오너라. 서두르지 말고 천천히. 누군가 같이 있으면 뒤에 두고 와. 눈에 띄면 총에 맞는다. 자, 천천히 네가 들어올 수 있을 정도만 문을 열어라.」

나는 서두르지 않았다. 그럴 수도 없었다. 한 걸음씩 천천히 걸어갔다. 워낙 조용해서 내 심장 소리만 들릴 정도였다. 개들도 가만히 내 뒤를 따라왔다. 통나무로 된 삼단 층계 앞에 오자 안에서 자물쇠를 풀고 빗장을 빼는 소리가 들렸다. 문에 손을 대고는 조금씩 밀어서 열고 있는데 누군가 〈자, 됐다. 머리를 내밀어라〉 하고 말했다. 시키는 대로 했지만, 누군가 내 머리를 잡아챌 것 같은 기분이 들어 내심 불안했다.

바닥에는 촛불이 켜져 있었고, 사람들이 안에 모여 있었다. 우리는 십오 초 정도 서로를 쳐다보았다. 내게 총부리를 겨누고 있는 덩치 큰 세 명 때문에 몸이 움츠러들었다. 나이가 가장 많은 분은 예순 정도 되어 보였고 두 사람은 삼십 정도 되어 보였다. 모두 멋있고 훤칠한 외모를 갖추고 있었다. 그리고 머리가 희끗희끗한 품위 있는 귀부인과, 그 뒤에는 잘 보이지는 않지만 젊은 여자 둘이 있었다.

「자, 괜찮을 것 같구나. 안으로 들어오너라.」 안으로 들어가자마자 나이 많은 남자가 말했다. 그는 문을 잠그고 빗장을 채우더니 젊은 두 사람에게 총을 들고 안으로 들어오라고 말했다. 두 젊은이들은 바닥에 새 융단이 깔린 커다란 거실로 들어와서는 앞 창문에서 보이지 않는 거실 구석에 모여 섰다. 옆면에는 창문이 없는 집이었다. 그들은 촛불을 들고 나를 꼼꼼히 살피더니,「셰퍼드슨 가문 애가 아닙니다. 셰퍼드슨 냄새가 전혀 안 납니다.」그러자 나이 든 사람이 혹시 무기 같은 것이 있나 해서 몸을 수색할 테니 나쁘게 생각하지 말라고 하면서, 단지 확실하게 하기 위해서라고 했다. 내 주머니 속까지 뒤진 것은 아니고 다만 손으로 대충 바깥만 만졌다. 그러고는 괜찮다고 말했다. 나이 든 분은 나에게 편하게 있으라고 하면서, 내 신상 얘기를 하라고 주문했다. 그때 귀부인이 끼어들었다.

「아니, 사울. 애가 물에 빠진 생쥐 꼴이에요. 게다가 먹지도 못한 것 같구려.」

「당신 말이 맞아요, 레이첼. 내가 깜박 했소.」

그러자 그 귀부인이 말했다.

「베시(검둥이 여자의 이름이었다), 빨리 가서 이 불쌍한 애에게 먹을 것 좀 갖다 주려무나. 그리고 거기 아가씨들, 둘 중 한 명이 가서 벅을 깨워라. 어, 벅이 깨서 내려왔구나. 벅, 넌 이 낯선 친구를 데려가서 젖은 옷을 벗게 하고 네 옷을 입히도록 해라.」

벅은 내 나이 또래로 열셋이나 열넷 정도로 보였다. 덩치는 나보다 조금 더 컸다. 셔츠만 입고 서 있었는데, 머리는 다 헝클어져 있었다. 하품을 하면서 한쪽 주먹으로 눈을 비비고 있었고, 다른 한 손에는 총을 들고 있었다.

「셰퍼드슨 놈들이 왔어요?」

〈아니야, 그게 아니었어〉라고 말하자 그는 〈몇 명 왔으면 내가 한 명은 잡을 수 있을 건데〉 하고 말했다.

이 말에 사람들이 웃었고, 밥은 벅에게 이렇게 대답했다.
「네가 너무 늦게 나오는 바람에, 우리 모두 그놈들한테 머리가죽이 벗어질 뻔했잖아.」
「아무도 날 깨우지 않아서 그래요. 이건 불공평해요. 항상 나만 빼놓잖아요. 저에게도 기회를 주세요.」
「알았다, 벅. 너도 조만간 네 솜씨를 보여 줄 수 있을 거다. 조바심 내지 마라. 자, 가서 엄마가 시키는 대로 하렴.」

벅은 위층 자기 방으로 올라가더니, 나에게 올이 성긴 천으로 된 셔츠와 짧은 웃옷, 그리고 바지를 주었다. 내가 그것을 입자, 벅이 내 이름을 물어보았다. 벅은 내 답을 듣지도 않고 이어서 자기가 그저께 숲 속에서 잡은 어치새와 새끼 토끼에 대해 이야기하기 시작했다. 그러고는 뜬금지같이 촛불이 꺼졌을 때 모세가 어디에 있었는지 아느냐고 내게 물었다. 나는 모른다고 했다. 들어 보지도 못한 말이었다.

「한번 맞혀 봐.」
「들어 보지도 못한 것을 어떻게 맞혀?」
「한번 생각해 봐. 아주 쉬운 문제야.」
「무슨 촛불인데?」
「무슨 촛불이래도 상관없어.」
「어디 있는 촛불? 촛불이 어디 있는데?」
「그야 당연히 어둠 속에 있겠지. 모세는 어두움 속에 있었던 거야.」
「답을 알면서, 왜 내게 묻는 거니?」
「이런, 수수께끼라니까. 근데 넌 얼마 동안 여기 있을 거니? 계속 있어야 돼. 여긴 재미있는 일이 많아. 그리고 학교도 없고. 넌 혹시 개 갖고 있니? 난 한 마리 있는데. 그 녀석은 내가 나뭇조각을 강에 던지면 가서 물어오거든. 너 일요일만 되면 머리를 빗는 것 좋아하니? 그건 멍청한 짓 아니니? 난 정말 싫은데 엄마가 시키는 거야. 이 낡은 바지는 다 뭐야. 내가 입어야 한다고 하지만, 너무 덥잖아. 다 입었니? 그럼 나를 따라와라.」

찰옥수수 빵, 식은 콘비프와 버터와 우유가 다였지만 내가 여태껏 맛본 것 중 최고였다. 일 보러 간 검둥이 하녀와 두 딸을 제외하고는 벅과 아주머니, 그리고 식구들이 옥수수 대 파이프로 만든 담배를 피우면서 잡담을 나누고 있었다. 나도 식사를 하면서 대답을 했다. 젊은 여자들은 누빈 이불로 몸을 감싼 채 머리는 뒤로 늘어뜨리고 있었다. 그들은 내게 이것저것 물어보았고, 나는 아빠와 나 그리고 모든 식구들이 아칸소 맨 남부 지역의 조그만 농장에 살고 있었다고 했고, 메리 앤 누나가 집을 나가 결혼했다는 이야기와 빌이 잡으러 갔지만 빌도 소식이 끊어졌다는 이야기, 톰과 모트가 죽었다는 이야기, 그리고 엄마마저 돌아가시고 결국 아빠와 나만 남게 된 사연을 말했다. 아빠도 이런저런 고생을 하다가 결국 아무 가진 것 없이 돌아가셨고, 농장도 남의 손에 넘어가는 바람에 빈틸터리가 되었다고 했다. 그래서 할 수 없이 그나마 남은 것을 챙겨가지고 기선 갑판석에 탔다가, 그만 강에 떨어지게 된 것이라고 말해 주었다. 내 사연을 듣고는 모두들 여기 머물면서 편하게 있으라고 내게 말해 주었다. 이럭저럭 동이 틀 무렵이 되자, 모두들 다시 자러 갔고 나도 벅과 함께 올라가 잠자리에 들었다. 아침에 눈을 떴는데, 아뿔싸, 내 이름이 떠오르지 않았다. 한 시간 정도 어떻게 하나 생각하다가, 결국 벅이 깨었을 때 이렇게 물었다.

「벅, 너 글 쓸 줄 아니?」

「응.」

「내 이름은 쓸 수 없을걸?」

「너 나랑 내기할래?」

「좋아, 한번 써봐.」

「G-e-o-r-g-e J-a-x-o-n. 자, 이제 됐지.」

「제법인데, 난 못 할 줄 알았는데. 공부 안 한 사람은 즉시 쓰기 어려운 이름이거든.」

나는 몰래 이름을 적어 두었다. 혹 누구라도 이름을 써보라고 하면 준비하고 있다가 아주 익숙한 것처럼 줄줄 쓰기 위해서였다.

이 집은 사람들도 훌륭했고, 집 모양도 근사했다. 내가 본 시골집 중 가장 멋있었다. 앞문에도 쇠문걸이나 사슴가죽 끈을 매단 나무 문고리가 아니라 도시의 집들처럼 놋쇠 문고리가 달려 있었다. 도심지의 거실에는 침대를 놔둔 집이 많았는데 이 집 거실에는 침대가 없었다. 아예 있었던 흔적도 없었다. 바닥에 벽돌이 깔린 큰 난로가 있었는데, 벽돌은 그 위에 물을 붓고 다른 벽돌로 문질러 닦아서 그런지 빨간색이었고 아주 깨끗했다. 가끔 도심지 사람들이 하는 것처럼, 벽돌 위에 소위 스페인 다갈색이라고 부르는 빨간 물페인트를 칠하기도 했다. 톱질용 통나무를 올려놓을 수 있는 커다란 놋쇠 장식 선반도 있었다. 난로 선반 중간쯤에 있는 시계에는 전면 유리 아랫부분에 도시 그림이 그려져 있었고, 가운데 둥근 부분은 해 모양을 했다. 시계추가 그 뒤에서 왔다갔다 움직이고 있었는데, 똑딱대는 시계 소리는 듣기가 좋았다. 이따금 행상인 같은 사람이 들러서 시계를 손질해 제대로 닦아 놓으면 태엽이 풀릴 때까지 백오십 번이나 계속 울려 대는 수도 있었다. 식구들은 아무리 돈을 준다고 해도 이 시계는 팔지 않으려 했다.

시계 양쪽에는 백묵 같은 것으로 만든, 화려하게 색칠한 이국적인 모습의 앵무새가 놓여 있었고, 앵무새 한 마리 옆에는 도자기로 만든 고양이가 있고, 또 다른 앵무새 옆에는 도

자기로 만든 개가 놓여 있었다. 둘 다 꾹 누르면 끽끽 소리를 내곤 했다. 하지만 입도 안 벌리고 변화 없이 무표정이었다. 소리는 아래쪽에서 들렸다. 그 뒤에는 야생 칠면조 깃털로 만든 큰 부채 두 개가 활짝 펴진 채 놓여 있었다. 거실 가운데 있는 탁자 위에는 예쁜 도자기 바구니가 있었고, 그 안에는 실물보다 더 빨갛고 더 노란 색깔을 한 사과, 오렌지, 복숭아, 포도 등이 포개져 있었다. 어떤 것은 껍질이 떨어져 나가 백묵처럼 하얀 색깔이 드러나 있기도 했다.

탁자는 예쁜 기름천으로 덮여 있었는데, 그 위에는 빨간색과 푸른색 날개를 활짝 편 독수리가 그려져 있었고 그 둘레에도 예쁜 그림이 그려져 있었는데, 필라델피아에서 가져온 것이라고 했다. 탁자 구석마다 차곡차곡 쌓여 있는 책들이 놓여 있었는데, 그중 하나는 삽화가 그려진 큰 가족 성경이었고, 또 하나는 『천로역정』이라는 책인데 집을 나간 어떤 사람의 이야기였고 나도 이따금 꽤 읽긴 했지만 그 사람이 왜 집을 나갔는지가 쓰여 있지 않았던 것 같다. 재미있긴 했지만 어려웠다. 또 다른 책은 『우정의 선물』로 아름다운 글귀와 시가 많이 담겨 있었는데, 난 시는 읽지 않았다. 헨리 크레이의 연설문도 있었고, 건 박사가 쓴 가정의학서도 있었는데, 집에 사람이 아프거나 죽었을 때 대처하는 방법이 쓰여 있었다. 찬송가도 있었고 기타 여러 책이 놓여 있었다. 그리고 튼튼한 등의자 몇 개가 있었는데, 헌 바구니처럼 가운데가 축 처지거나 갈라지지 않은 아주 멋진 모습이었다.

벽에는 그림이 걸려 있었는데, 주로 워싱턴 장군과 라파예트 장군 그림들과 전쟁 그림, 하이랜드 메리의 그림, 그리고 「독립선언서에 서명하며」라는 이름의 그림이 있었다. 크레용으로 그렸다는 그림도 몇 개 있었는데, 죽은 이 집 딸이 불과 열다섯 살 때 그린 자화상이라고 했다. 이 그림들은 내가 지금껏 보았던 그림과는 달리 유난히 까만색이 많이 칠해져 있었다. 그중 하나는 양쪽 겨드랑이 아래에 벨트를 한 검은 복장의 날씬한 여자 모습이었는데, 소매 가운데가 양배추마냥 부풀어 있었고, 검은 베일이 덮인 까만색의 삽 모양을 한 모자를 쓰고 있었다. 가느다란 하얀 발목에는 까만 끈이 십자 모양으로 매어져 있었고, 끌같이 생긴 까만 작은 덧신을 신었다. 그녀는 생각에 잠긴 모습으로 수양버들 아래에 서서, 오른 팔꿈치는 묘비석에 대고 다른 손은 하얀 손수건과 손가방을 든 채 늘어뜨리고 있었다. 그림 밑에는 〈슬프도다, 내 그대를 다시 볼 수 없으니〉라는 문구가 쓰여 있었다. 다른 그림은 머리를 위로 빗어 올린 채 의자 등받이처럼 생긴 빗을 꽂고서 매듭을 튼 젊은 귀부인 그림인데, 다리를 하늘로 쳐든 채 죽어 있는 새 한 마리를 한쪽 손에 들고 있었고 울고 있는 모습이었다. 그림 밑에는 〈슬프도다, 내 이제 그대의 아름다운 소리를 듣지 못하니〉라고 적혀 있었다. 젊은 귀부인이 창가에 앉아 달을 쳐다보는 그림도 있었다. 양 볼에는 눈물이 흐르고 있었고 한 손에는 한쪽 구석의 검은 밀랍봉인이 보이는 편지를 들고 있고, 사진이 담긴 갑이 달린 목걸이를 입에 물고 있었다. 그 그림 밑에는 「슬프도다, 그대는 떠났는가, 아아, 그대는 떠났도다」라고 쓰여 있었다. 모두 훌륭해 보이는 그림이긴 했지만, 왠지 마음에 끌리지는 않았다. 기분이 안 좋을 때 이런 그림을 보고 있으면 괜스레 더 불안해지기 때문이다. 이 소녀는 이런 그림들을 더 그리려고 준비하다가 죽었기 때문에 모두들 그녀의 죽음을 슬퍼했다. 그녀의 그림만 보더라도 이 가족들이 느끼는 상실의 아픔을 느낄 수 있을 정도였다. 하지만 나는 그녀의 성향으로 볼 때 아마도 무덤 속에서 더 편안한 삶을 갖지 않을까 하고 생각했다. 몸이 아프기 시작했을 때, 그녀는 소위 그녀의 희대의 걸작을 작업하고 있었다고 한다. 그녀는 매일 밤낮 이 그림을 완성할 때까지 살게 해달라고 기도했지만 결국 기회가 주어지지 않았다고 했다. 그 그림에서는 하얀 가운을 입은 젊은 귀부인이 다리 난간에서 금방이라도 아래로 뛰어내릴 듯한 자세로 서 있었고, 머리는 등 뒤로 내린 채 달을 바라보며 눈물 흘리고 있었다. 두 팔을 가슴에 모은 그림, 앞으로 펼치고 있는 그림, 달을 향해 뻗는 모습이 그려져 있었는데, 그 가운데 가장 좋은 것을 고르고 나머지를 지워 버릴 생각이었다는 것이다. 그런데 이미 말했듯이 결정을 내리기 전에 그녀가 세상을 떴다는 것이다. 가족들은 이 그림을 딸의 방 침대머리에 걸어 놓고는 그녀의 생일 때마다 그 위에 꽃을 달아 놓았다. 보통 때에는 조그만 커튼으로 가려 놓았다. 사진 속의 여자는 예쁘고 상냥한 얼굴을 하고 있지만, 팔 모양을 너무 많이 그려 놓아 마치 거미팔처럼 보였다.

그녀는 생전에 스크랩북을 갖고 있었는데 「장로교회 신문」에서 사망 기사, 사고 기사, 병중에 있는 환자에 대한 기사를 붙여 놓곤 했다. 그러고는 하나하나마다 자기가 쓴 시를 적어 놓았는데, 내가 보기엔 모두 다 훌륭한 시였다. 우물에 빠져 익사한 스티븐 다울링 보츠라는 이름의 사내아이에 관한 시도 있었다.

고(故) 스티븐 다울링 보츠에게 바치는 시

어린 스티븐이 앓다가
세상을 떠났는가?
애달픈 심정, 더 깊어지고
조문객들이 애도했는가?

그렇지 않다네, 어린 스티븐 다울링 보츠의 운명은
그런 것이 아니었다네.
애달픈 심정이 더욱 깊어 가긴 했으나
그것은 병 때문이 아니라네.

백일해가 그의 몸을 침범한 것도 아니고
끔찍한 홍역이 남긴 종기 때문도 아니라네.
이러한 것들이 스티븐 다울링 보츠의 거룩한 이름을
더럽힌 것이 아니라네.

실연의 아픔이 그의 고수머리를
내려친 것도 아니고,
위병이 어린 스티븐 다울링 보츠를
쓰러뜨린 것도 아니라네.

그의 운명을 내가 말하노니
눈물 어린 마음으로 들을지어다.
우물에 빠져 죽은 그의 영혼은
이 차가운 세상과 이별했다네.

우물에서 건져 내 물을 토해 냈지만
슬프게도, 너무 늦고 말았다네.
그의 영혼은 저 하늘 높이 떠나갔다네.
저 높고 안락한 천국의 세계로 갔다네.

에믈린 그랜저포드가 열네 살도 되기 전에 이런 시를 썼다면, 죽지 않고 시를 썼다면 과연 어느 정도 쓸 수 있었을까 하는 생각도 해보았다. 벅은 그녀가 시를 줄줄 써내려 갔다고 전해 주었다. 생각이 막힌 적도 없었고, 한 행을 쓰고 나서, 운이 맞는 문구가 떠오르지 않으면 즉시 지워 버리고 다시 써내려 갔다는 것이다. 시를 쓰는 데도 별로 까다롭지가 않아서 어떤 내용이라도 써달라고 부탁하면 들어주었다고 한다. 남자가 죽거나, 어떤 여자가 세상을 뜨거나, 아니면 어린아이가 죽음을 당했다고 해도 시신이 식기도 전에 어느새 〈헌시〉를 써냈다는 것이다. 그녀는 그 시를 〈헌시〉라고 불렀다고 한다. 마을 사람들은 누가 죽으면 의사가 가장 먼저고, 다음이 바로 에믈린이고, 그다음이 장의사 순이라고 했다. 장의사가 에믈린보다 먼저 간 적이 딱 한 번 있었다고 했다. 죽은 사람의 이름이 휘슬러였는데 그 이름에 운을 맞추느라고 지체했다는 것이다. 그 후로는 이전 같지 않았다고 하는데, 직접 불평한 적은 없지만, 시름시름 앓다가 세상을 뜨고 말았다고 한다. 불쌍한 생각이 들어 여러 번 그녀가 쓰던 조그만 방에 올라가서는 그녀의 스크랩북을 읽곤 했다. 특히 그녀의 그림이 나를 우울하게 만들어 그녀에게서도 내 마음이 멀어진다고 느낄 때 그 방에 올라가곤 했다. 아는 이 집안 사람들을, 죽은 사람까지 포함해서, 다들 좋아하게 되었고, 더욱 더 허물없게 지내고 싶었다. 가엾은 에믈린, 살아 있었을 때는 죽은 사람들을 위해 헌시를 써주었는데, 막상 자신이 죽었을 때는 아무도 헌시를 써주지 않았다는 것이 불공평하게 느껴졌다. 내가 직접 쓰려고 땀 흘리면서 한두 행 써보았지만 잘 되지 않았다. 이 집안 사람들은 에믈린의 방을 생존 당시에 에믈린이 꾸며 놨던 것처럼 말끔하고 깨끗하게 정리해 놓고 아무도 그 방에서 자지 않았다. 검둥이 하인들이 많았지만 이 방은 항상 노부인이 직접 관리했다. 노부인은 거의 이 방에서 바느질도 하고 성경책도 읽었다.

  거실에 대해 앞서 말했듯이, 거실 창문에는 예쁜 커튼이 처져 있었다. 흰색 커튼에는 성채가 그려져 있었는데 온통 벽이 덩굴로 뒤덮여 있었고 소가 여유롭게 물을 먹고 있는 그림이 그려져 있었다. 오래된 조그만 피아노도 있었는데 안에 양철통이 들어가 있는 피아노같이 보였다. 젊은 아가씨들이 「마지막 고리가 끊겼네」를 부르고 「프라하의 전투」를 연주할 때, 이보다 더 아름다운 소리는 들어 본 적이 없을 정도였다. 각 방 벽마다 회칠이 칠해져 있었고 바닥에는 융단이 깔려 있었다. 집 외부는 모두 하얀색으로 칠해져 있었다.

이 집은 두 채가 붙어 있는 모양이었는데 가운데 노출된 공간에는 바닥을 깔고 지붕을 덮었다. 한낮에는 가끔 탁자를 갖다 놓았는데 시원하고, 편안해 이보다 더 좋은 공간이 없다는 느낌이 들 정도였다. 음식도 맛있었고, 무엇보다 양이 많았다!

18

모두 알다시피 그랜저포드 대령은 신사였다. 어느 모로 보나 신사였다. 그건 이 집 식구들 모두 마찬가지였다. 대령은 흔히 말하듯, 좋은 가문 출신이었다. 사람이나 말이나 태생 자체가 좋아야 한다고 더글러스 아줌마가 말했었다. 그리고 우리 마을에서 더글러스 아줌마가 최고가는 귀족출신이라는 사실은 다 알고 있다. 출신 자체가 진흙탕에 사는 메기보다 나을 게 없는 위인임에도 불구하고 아빠조차 항상 그렇게 말했었다. 대령은 큰 키에 호리호리한 체격이지만, 얼굴색은 핏기 없이 어둡고 창백했다. 마른 얼굴에 아침마다 말끔하게 면도를 했다. 입술이 정말 얇았고 코는 뾰족한 데다 콧구멍은 그다지 크지 않았다. 짙은 눈썹에 푹 들어간 새까만 눈은 마치 깊은 동굴 속에서 남을 쳐다보는 듯이 보였다. 이마는 높고, 새까만 머리는 어깨까지 곧게 흘러내렸다. 손가락은 가늘고 길었으며, 평생 말끔한 셔츠를 입었고 발끝에서 머리까지 하얀 아마포로 만든 정장 차림이어서 바라보고 있으면 눈이 부실 정도였다. 일요일에는 놋쇠 단추가 달린 연미복을 입었다. 대령은 은 손잡이가 달린 마호가니 지팡이를 짚고 다녔고, 경박한 모습은 전혀 찾아볼 수 없었으며 큰 소리를 내는 법이 없었다. 남들이 피부로 느낄 만큼 친절하게 대해주었고, 그러기에 남한테 신뢰감을 주기에 충분했다. 미소 짓는 모습은 언제 봐도 보기가 좋았다. 하지만 마치 국기 게양대처럼 빳빳하게 서 있을 때는 눈 아래로 번갯불이 번쩍이는 것 같아서 그 연유를 따지기에 앞서 나무 위로 꽁무니를 빼고 싶을 정도였다. 대령은 남들에게 예의범절을 지키라고 말할 필요가 없었는데, 대령과 같이 있으면 모두 깍듯하게 예의를 지켰기 때문이다. 모두들 대령과 같이 있는 것을 즐거워했다. 마치 햇살이 같이하는 것처럼 날씨가 환해지는 듯한 느낌이었다. 대령의 안색이 구름이 낀 것처럼 어두워지면 삼십 초간은 무서울 만치 어두웠다. 하지만 그거로 족했다. 그리고 그 후 일주일 동안 모든 일이 잘 돌아갔다.

대령과 귀부인이 거실로 내려오면 모든 식구들이 자리에서 일어나 아침 안부를 물었고, 대령 내외가 자리에 앉을 때까지 서서 기다렸다. 톰과 밥은 술병이 놓인 찬장으로 가서 독한 약술을 타다가 대령께 드렸고, 대령은 톰과 밥의 술잔이 준비될 때까지 술잔을 들고 기다렸다가, 이들이 〈어머님, 아버님, 건강하십시오〉라고 문안인사를 하면 짧게 고맙다고 답하면서 다 같이 술을 들었다. 그런 후 밥과 톰은 소량의 위스키나 애플 브랜디가 담겨 있는 컵에 설탕물을 넣은 후, 그것을 나와 벅에게 주었다. 우리는 대령과 귀부인의 건강을 빌면서 함께 마셨다.

밥이 맏형이었고 그다음이 톰이었다. 어깨가 쫙 벌어지고 키가 큰 이들은 구릿빛 얼굴에 긴 검은 머리와 까만 눈을 지닌 멋진 청년들이었다. 이들도 대령처럼 머리끝에서 발끝까지 하얀 아마포로 만든 옷을 입고 있었으며, 챙이 넓은 파나마모자를 쓰고 있었다.

스물다섯 살인 샬롯 아가씨는 키가 크고 우아하며 자부심이 강한 모습이었다. 그녀는 보통 때는 남에게 정말 잘 대해주었지만, 대령을 닮아 흥분했을 때는 상대방이 꿈쩍도 못하게 만들 정도로 무서운 표정을 지었다. 하지만 그래도 아름다운 용모를 지닌 아가씨였다.

여동생 소피아 아가씨는 언니와 닮았으면서도 다른 점이 있었다. 그녀는 마치 비둘기처럼 온화하고 부드러운 성품의 소유자였으며 이제 겨우 스무 살이었다.

벅을 포함해, 식구들 모두 시중드는 검둥이 하인들이 있었다. 나에게도 하인이 있었지만 내가 아직 사람을 부릴 줄 모르는 터라 내 하인은 정말 편안하게 지내고 있었다. 반면에 벅의 검둥이 하인은 하루 종일 분주하게 뛰어다녀야 했다.

전 가족 구성원은 이 정도인데, 이외에도 고인이 된 에믈린과 총에 맞아 죽은 아들 셋이 더 있었다.

대령은 농장이 많았으며 백 명이나 되는 검둥이 노예를 소유하고 있었다. 이따금 근방 10 내지 15마일에서 말을 타고 한 무리의 사람들이 와서는 오륙일씩 묵으면서 근처 강가에서 축제를 벌이곤 했다. 이들은 낮에는 숲 속으로 야유회를 갔다가 밤이 되면 집에서 무도회를 열었다. 이들은 대부분 일가친척들이었다. 남자들은 모두 총을 갖고 왔는데, 모두들 멋진 상류층 사람들이다.

이 마을에는 또 다른 귀족 일가가 있었는데, 대여섯 가구로 모두 셰퍼드슨 가문 사람들이었다. 이들도 그랜저포드 가문 못지않게 좋은 가문에다 위엄 있고 부유한 사람들이었다. 이 두 가문은 이 집에서 약 2마일 위쪽에 있는 증기선 선착장을 같이 쓰고 있었는데, 어쩌다 이곳 식구들과 함께 그곳에 갈 때면 멋진 말을 탄 셰퍼드슨 가문 사람들을 많이 보곤 했다.

어느 날 나는 벅과 같이 사냥을 하러 숲에 들어갔다가, 저쪽에서 말 한 마리가 달려오는 소리를 듣게 되었다. 길을 건너고 있을 때였는데, 별안간 벅이 소리쳤다.

「서둘러! 숲 속으로 뛰어!」

숲으로 숨은 우리는 나뭇잎 사이로 밖을 내다보았다. 그때 멋진 젊은이가 밀을 달리면서 길 쪽으로 달려오고 있었다. 편한 자세로 말을 탄 모습이 군인처럼 보였다. 그는 총을 말 안장머리에 걸치고 있었는데, 가만히 보니 전에 한 번 본 적이 있는 젊은 하니 셰퍼드슨이었다. 그때 벅의 총구에서 불을 뿜는 소리가 내 귀를 스쳐 지나갔고 이어 하니의 모자가 땅에 떨어졌다. 그는 총을 잡더니 우리가 숨어 있는 곳으로 내달렸다. 우리는 지체하지 않고 숲으로 도망쳤다. 나무가 울창한 숲이 아니기에 나는 총알을 피하기 위해 어깨 너머로 그를 쳐다봤는데, 하니가 총으로 벅을 겨누는 모습을 두 번씩이나 목격했다. 그는 결국 다시 온 길로 되돌아갔다. 보지는 못했지만 아마 모자를 다시 집어 들고 간 것 같았다. 우리는 집에 도착할 때까지 죽도록 내달렸다. 우리 이야기를 들은 대령의 눈에서 순간 불이 뿜었는데, 나는 잠시 좋아서 그랬겠구나 하고 생각했다. 그러다가 그는 다시금 표정이 수그러들면서 부드럽게 말했다.

「숲에 숨어서 총을 쏘는 건 좋은 건 아니지. 길로 나서지 그랬니?」

「셰퍼드슨 가문 사람들도 안 그래요. 그자들은 항상 기회만 엿보거든요.」

벽이 이야기를 하는 동안 샬롯 아가씨는 여왕처럼 우아하게 고개를 들고는 콧구멍을 벌름거리면서 눈을 번뜩였다. 젊은 두 아들은 어두운 표정을 지었지만 아무런 말도 하지 않았다. 소피아도 처음엔 안색이 창백했지만 아무도 다치지 않았다는 소식에 다시 안색이 돌아왔다.

조금 후 나는 나무 밑 옥수수 저장고로 벽을 데리고 가서 그에게 물었다.

「너 정말 그를 죽일 셈이었니?」

「당연하지.」

「그자가 네게 뭔 짓을 했는데?」

「그놈? 무슨 일을 하긴.」

「근데, 왜 죽이려고 했어?」

「그저 원한 때문이야.」

「원한이 뭔데?」

「넌 대체 어디서 온 애니? 정말 원한이 뭔지 모른단 말이야?」

「응, 원한이란 건 말이야, 어떤 사람이 다른 사람과 싸우다가 그를 죽이게 되면 그 사람 형이 다시 그를 죽이게 되고, 그러면 양쪽 형제 모두가 서로 죽이게 되는 거야. 그러다가 사촌들이 끼어들게 되고, 마침내 모두 죽게 되면 원한이 사라지는 거야. 근데 빨리 끝나는 건 아냐. 시간이 꽤 걸려.」

「그럼 이번 원한은 오래된 거니?」

「응. 그런 것 같아. 삼십 년 전쯤에 시작됐다는데, 무슨 문제가 있었다나 봐. 그러다가 소송이 붙었대. 한쪽이 지게 되자, 이긴 쪽 사람을 총으로 쏴 죽였다네. 그건 당연한 거잖아. 누구라도 그랬을 거야.」

「무슨 문제 때문이었대? 땅 문제인가?」

「글쎄, 난 잘 몰라.」

「누가 먼저 총을 쐈니? 그랜저포드 사람이야, 아님 셰퍼드슨 사람이야?」

「제길, 내가 어떻게 아니. 그건 옛날이야기야.」

「아는 사람 없어?」

「아빠는 아시겠지. 그리고 나이 드신 분들 정도. 하지만 그 분들도 이젠 처음에 무엇 때문에 시작됐는지 몰라.」

「총 맞아 죽은 사람이 많니?」

「그럼. 장례식이 정말 많았어. 근데 항상 죽는 건 아냐. 아빠도 몸에 산탄이 박혀 있어. 하지만 신경 안 쓰셔. 아빠는 몸이 빠르시거든. 밥도 칼로 여러 번 찔렸고 톰도 한두 번 다쳤어.」

「올해도 죽은 사람이 있어?」

「응. 우리 쪽 한 명, 그쪽 한 명. 약 석 달 전 열네 살 된 버드 사촌이 강 건너 숲 속에서 무기도 없이 말을 타다가, 그건 정말 바보짓이었어, 아무도 없는 곳에서 뒤에서 쫓아오는 말발굽 소리를 들었다는 거야. 그래서 쳐다봤더니 볼디 셰퍼드슨 영감이 총을 들고는 흰 머리를 휘날리며 달려오고 있었던 거야. 버드는 숲 속으로 뛰어 숨지 않고 대신 더 빨리 도망치려고 5마일 이상을 쫓고 쫓기며 달렸지. 한데 이 영감이 계속 따라붙어서 결국 버드가 더 이상 소용이 없다는 것을 알고 말을 멈추고 마주 보았다는 거야. 결국 그 영감이 버드를 쏴 죽였지. 근데 그 영감도 오래 못 갔어. 일주일도 못 돼 우리 가문 사람들이 그 영감을 죽였으니까.」

「비겁한 영감이었네.」

「그건 아냐. 절대 아냐. 셰퍼드슨 가문엔 비겁한 사람이 없어. 그건 그랜저포드 가문도 마찬가지야. 그 영감이 한번은 그랜저포드 사람 세 명과 삼십 분 동안 싸운 적이 있는데, 이긴 적도 있어. 모두 말을 타고 있었는데 그 영감은 말에서 내려서 장작더미 뒤에 몸을 숨기고 말을 앞에 세워 두고 총알 세례를 피해 냈어. 그랜저포드 사람들은 말에 올라 탄 채로 영감 주위를 돌며 총을 쏴댄 거지. 영감도 같이 총을 쏴댔는데, 결국에는 영감과 그 말이 상처 입은 채 절뚝거리면서 집으로 돌아간 반면, 그랜저포드 사람들은 집에 실려 오는 신세가 되고 말았어. 한 사람은 죽었고 또 한 사람은 그 이튿날 죽었어. 비겁한 놈들을 찾고자 한다면 셰퍼드슨 사람 가운데서 서성대면 안 돼. 그놈들은 애당초 그런 종자가 아니거든.」

다음 주일에 우리 모두는 말을 타고 약 3마일 떨어진 교회에 갔다. 벅을 포함해 모든 남자들은 총을 가져가서, 무릎 사이에 놓거나 교회 벽에 세워 놓았다. 셰퍼드슨 사람들도 마찬가지였다. 설교 내용은 형제간의 사랑 같은 진부하고 흔한 내용이었지만 모두들 훌륭한 설교라고 하면서 집에 가는 중에도 계속 설교 이야기를 해댔다. 이들은 모두 믿음이니 선행이니 은총이니 예정조화니 도대체 내가 모르는 말들을 떠들어 댔는데, 하여튼 그렇게 힘들었던 일요일은 평생 처음 겪어 본 것 같았다.

저녁식사 뒤 한 시간 후면 의자에 앉거나 혹은 자기 방에 들어가 쉬곤 했는데, 내겐 무척이나 지루한 시간이었다. 벅은 개 한 마리와 같이 해가 내리쬐는 잔디밭에 누워 자고 있었다. 나도 잠이나 좀 자두려고 방에 올라가고 있었다. 그때 바로 옆방에 있던 소피아 양이 방문 앞에 서 있다가 자기 방으로 나를 데리고 들어갔다. 그녀는 슬며시 문을 닫더니 남에게 비밀로 하라면서 자기 부탁을 들어 달라고 내게 말했다. 그러겠다고 약속하자, 그녀는 자기 성경책을 교회 의자 위에 있는 다른 두 책 사이에 놓고 왔다며 내가 몰래 가서 가져왔으면 한다고 부탁했다. 대신 누구에게도 말해서는 안 된다고 재삼 당부했다. 나는 몰래 집을 빠져나가서는 교회로 향했다. 교회는 문도 잠겨 있지 않았고 안에는 돼지 한두 마리만 있을 뿐 사람은 아무도 없었다. 돼지들은 뜨거운 여름에는 시원한 교회 나무 바닥을 좋아했는데, 바닥이 시원했기 때문이다. 알다시피, 사람들은 대개 꼭 가야 할 때만 교회에 가곤 했지만, 돼지들은 그렇지 않았다.

나는 뭔가 이상하다는 느낌이 들었다. 젊은 아가씨가 성경책 때문에 조바심을 내는 건 자연스러운 일이 아니기 때문이었다. 성경책을 흔들어 보았더니, 〈두 시 반〉이라고 연필 글씨가 적힌 조그만 쪽지 하나가 떨어졌다. 다시 꼼꼼히 살펴보았지만 더 이상 아무것도 찾을 수 없었다. 하는 수 없이 쪽지를 성경책 속에 넣고는 집으로 향했다. 소피아 양은 이층 방에서 나를 기다리고 있다가, 나를 안으로 잡아채고는 문을 닫았다. 성경책을 받고 쪽지를 꺼내 읽던 그녀는 기쁜 표정으로 나를 와락 잡아당기며 껴안아 주었다. 그러고는 내가 세상에서 가장 착하다고 하면서 이 일은 우리만 알아야 한다고 다시 한 번 내게 당부했다. 그녀는 잠시 얼굴이 상기되고 눈빛이 밝아졌는데, 그 모습이 더욱 아름다웠다. 나도 무척이나 놀란 나머지 숨을 고른 후 대체 무슨 내용이냐고 물었다. 하지만 그녀는 내게 내용을 봤냐고 되물었고 내가 안 보았다고 말하자, 이번에는 글을 읽을 줄 아느냐고 물었다. 인쇄체만 읽을 줄 안다고 답하자 그녀는 그 쪽지가 쪽수를 표시하는 서표일 뿐이라면서 수고했으니 나가서 놀아도 된다고 내게 말했다.

나는 그게 무얼까 궁금해 하면서 강가로 향했다. 조금 후 나는 검둥이 하인이 나를 따라오고 있음을 알아챘다. 집이 시야에서 사라지게 되자 그 검둥이는 잠시 집 쪽을 돌아보더니 이내 내게 다가오면서 말했다.

「조지 도련님, 저쪽 늪지대로 가면 제가 떼로 있는 물뱀을 보여 드릴 수 있당께요.」

어제도 이 말을 했던 생각이 나서 나는 왜 이 검둥이 하인이 내게 이 말을 하는지 의아해 했다. 사람들이 물뱀을 사냥하러 다닐 정도로 좋아하지는 않는다는 사실 정도는 알 텐데 왜 그러는지 이유가 더 궁금해졌다.

「그래. 그럼 네가 앞장서 봐.」

한 반마일쯤 가다 보니 늪지대가 나왔고, 다시 발목 정도 차는 물을 따라 반마일을 걸었다. 그러자 나무가 울창하고 덤불과 넝쿨로 덮여 있는 조그만 마른 평지에 도착했다.

「저 안으로 몇 발짝만 더 들어가 보시면, 거기 있당께요. 전 이전에도 봐서 안 봐도 돼요.」

검둥이 녀석은 그렇게 말해 놓고 길을 따라가더니 이내 나무 사이로 사라져 버렸다. 안을 살펴보던 나는 덩굴로 덮여 있긴 하지만 침대 크기 정도로 트인 공간을 만났고, 이내 그 안에서 잠자고 있는 한 사람을 보았다. 세상에, 그건 다름 아닌 짐이었다!

나는 짐을 깨웠고, 내심 짐이 나를 보고는 얼마나 놀랄까 생각했다. 하지만 짐은 전혀 놀란 표정이 아니었다. 그는 너무 기뻐 소리는 질렀지만 놀란 모습은 아니었다. 짐은 그날 밤 나를 따라 헤엄쳐 왔다고 하면서 내가 찾는 걸 알면서도 소리 내 대답하지 못했다고 했다. 소리치면 누군가 자기를 잡아 노예주로 데려갈까 봐 두려웠다는 것이다.

「그때 부상을 입는 바람에 빨리 헤엄치지 못하고 뒤처지고 말았어. 네가 강가에 도착했을 때 소리쳐 부르려다가 따라잡을 수 있을 것 같아 그만둔겨. 근디 그 집을 딱 보고선 천천히 걷기로 한 거여. 너무 멀리 있어서 그 사람들이 네게 무슨 말을 하는지는 들을 수 없었고, 개들이 무서워서 다가갈 수가 없었다니께. 다시 조용해지니께 니가 어느새 집 안으로 들어간겨. 그래서 기다리려고 숲으로 들어간 거였어. 아침 일찍 일 나가는 검둥이들을 만났는디, 그 사람들이 날 여기로 데려다 주었어. 여긴 물 때문에 개들이 따라오지 못혀. 그리고 매일 밤 먹을 것을 날라 주면서 니 소식을 알려 주었다니께.」

「그런데 왜 잭을 시켜서 날 빨리 부르지 않았어?」

「우리가 뭔가 할 수 있기 전에는 널 불러서 뭐하겄어. 헌디 이젠 괜찮다. 틈날 때마다 나가서 솥과 프라이팬, 그리고 먹을 것을 사놨다니께. 밤에는 뗏목을 수리했고……」

「짐, 무슨 뗏목 말이야?」

「우리 뗏목 말여.」

「우리 뗏목, 산산조각 나지 않았어?」

「아녀. 그렇지 않아. 한 귀퉁이가 부서지긴 했지만, 큰 피해는 입지 않았어. 다만 우리 짐들이 싹 다 쓸려 나가고 말았어. 그날 밤 우리가 물속에 깊이 뛰어들지 않고, 날씨가 쬐께 덜 어두웠으면 뗏목을 찾았을겨. 우리가 너무 겁나서 바보처럼만 안 굴었어도 그날 밤 뗏목을 찾았을 거여. 헌디 이젠 그날 밤 못 찾았다고 해도 아무 문제가 없어. 이젠 새것처럼 다 고쳤고 쓸려 나간 물건 대신 다른 물건 다 챙겨 놓았으니께.」

「그런데 짐, 뗏목을 어떻게 찾았어? 네가 직접 찾은 거야?」

「숲 속에 있는 내가 어떻게 뗏목을 찾았겄어? 검둥이 몇이서 강물이 휘는 곳에서 나무뿌리에 걸려 있는 뗏목을 건져 내곤, 개울가 버드나무 우거진 곳에다 숨겨 놓은기여. 그러곤 서로 제 꺼라고 떠들어 댔다는디, 내가 그걸 들은겨. 내가 가서는 그 사람들에게 말했당께. 뗏목이 당신들 것이 아니라 나랑 백인 주인님 거라고 그랬어. 손만 대기만 허면 채찍으로 맞을 거라고 했제. 그러고는 각자에게 10센트씩 주었어.

모두들 좋아들 하면서 뗏목이 더 떠내려와서 돈 좀 더 벌었으면 좋겠다는 거여. 그러곤 내게 너무 잘해 주었어. 뭐든지 한번 해달라고 부탁하면 즉시 들어주었당께. 특히 잭은 좋은 친구여. 머리도 똑똑하고.」

「맞아. 네가 여기 있다는 말을 절대 하지 않았어. 이리로 오면 물뱀이 많다고 하고 날 데려왔어. 그럼 뭔 일이 생겨도 잭은 관계없는 거지. 잭은 오늘 우리가 함께 있는 모습을 보지 않은 것으로 하면 돼. 그게 사실이고.」

다음 날 벌어진 일은 별로 말하고 싶지가 않다. 그냥 짧게 몇 자 적어 보겠다. 동틀 무렵에 일어났다가 사방이 조용한 가운데 일어난 사람도 없는 걸 보고 잠을 더 자려고 다시 누웠다. 이런 적이 없어서 이상하기는 했다. 그러고 보니까 벅이 이미 일어나 사라진 것이었다. 얼른 일어나 아래층으로 내려갔는데, 집에 아무도 없고 사방이 쥐 죽은 듯 조용했다. 밖에도 마찬가지라 더욱 궁금해졌다. 마침 장작더미 옆에서 잭을 만나 물었다.

「무슨 일이야?」

「조지 도련님은 모르시오?」

「아니. 뭔데?」

「글쎄, 소피아 아가씨가 집을 나갔는디요. 밤중에 몰래 도망가뿌렀어요. 근디 은제 그랬는지 아무도 모른당께요. 그하니 셰퍼드슨인가 하는 자랑 결혼할라구 한 게 아닌가 싶데요. 한 삼십 분 전에 알았는디, 머뭇거릴 시간이 없어서, 죄다 급하게 총을 들고 말 타고 나가부렀어요. 아가씨들은 친척들에게 알리러 가부렀고, 대령님과 도련님들은 총 들고 강쪽 길로 냅다 달려가부렀어요. 그 총각이 소피아 아가씨랑 강을 건너기 전에 쏴 죽일라 그런다네요. 큰 일이 벌어질 게 뻔하당게요.」

「벅이 날 깨우지도 않고 나가 버렸어.」

「그랬을 거구만요. 조지 도련님을 끼어들게 하고 싶지 않았을 거랑께요. 벅 도련님은 총알을 장전하곤, 가서 셰퍼드슨 놈을 때려잡는다고 하고 나가부렀어요. 셰퍼드슨 사람들이 많을 틴디 운 좋으면 한 명쯤 잡아올 수 있을지 모르겠어요.」

나는 허겁지겁 강쪽 길로 향했다. 마침내 저 멀리에서 총성이 들렸다. 증기선 선착장 부근의 통나무 저장고와 재목더미가 눈에 들어오자, 안전한 장소를 찾기 위해 나무와 잡풀 아래로 숨어들었다. 나는 양버들 나무의 가지를 타고 올라가 총알이 안 미치는 곳에서 아래를 내려다보았다. 우선, 나무에서 조금 떨어져 있는 곳에 있는 4피트가 넘는 재목더미 뒤로 숨을 작정이었다. 하지만 그러지 않은 게 천만다행이었다.

통나무 저장고 앞 공터에는 네댓 명이 욕을 하고 고함도 질러 대면서 말을 타고 뛰어다니고 있었다. 이들은 선착장과 나란히 있는 재목더미 뒤에 숨어 있는 젊은이 두 명을 공격하고 있었지만, 제대로 다가가지 못하고 있었다. 매번 이들이 강쪽 재목더미로 나갈 때마다 총알이 날아왔다. 재목더미 뒤에 서로 등을 대고 웅크리고 있는 두 소년이 양쪽을 다 감시하고 있었기 때문이었다.

마침내 말을 타고 달리던 사람들이 고함을 멈추더니 통나무 저장고 쪽으로 다가가기 시작했다. 두 소년 중 한 명이 일어서더니 그들 중 한 명을 총으로 쏘아 안장에서 떨어뜨렸다. 이들 모두는 말에서 내리더니 총상 입은 사람을 도와 저장고로 끌고 갔다. 그때 두 소년이 달아나기 시작했다. 이들이 내가 숨어 있는 나무까지 반쯤 뛰었을 때, 사람들이 이를 알아차리곤 말 타고 두 소년을 쫓기 시작했다. 이들을 쫓긴 했지만, 두 소년이 워낙 빨리 나무 앞 재목더미로 뛰어가 그 뒤로 숨었기 때문에 별 소용이 없었다. 두 소년은 다시금 유리한 위치에 있게 되었는데, 보니까 한 명은 벅이었고 또 한 명은 열아홉 살 정도 되어 보이는 호리호리한 친구였다.

쫓던 자들은 한동안 고래고래 고함지르다가 결국 말을 타고 사라졌다. 이들이 시야에서 사라지자 나는 벅을 불렀다. 벅은 처음에는 나무 위에서 들리는 내 목소리에 어리둥절해하면서 놀라는 모습이었다. 나를 보고선, 위에서 망을 보다가 놈들이 다시 나타나면 알려 달라고 내게 외쳤다. 이자들이 뭔가 수를 써서 분명히 다시 올 거라는 것이다. 나는 나무에서 내려가고 싶었지만 그럴 수가 없었다. 그런 중에 벅이 막 울기 시작하더니, 같이 있던 젊은이인 사촌 조와 자기가 필히 복수할 거라고 울부짖었다. 벅은 대령과 형들이 총에 맞아 살해당했고, 상대방도 두세 명이 죽었다고 했다. 셰퍼드슨 사람들이 매복하고 기다리고 있다가 이들을 살해했다는 것이다. 셰퍼드슨 사람들이 너무 많아서 아버지와 형들이 친척들 오기를 기다렸어야 했다고 벅이 안타깝게 외쳤다. 벅에게 하니 셰퍼드슨과 소피아 아가씨는 어찌되었는지 물었더니, 벅이 그들은 무사히 강을 건너갔다고 말해 주었다. 그 소식을 듣고 나는 기뻤지만, 벅은 숲에서 하니를 쏘던 날 그를 죽이지 못한 게 천추의 한이라고 울부짖었다. 나는 벅이 이렇게 말하는 걸 들어 본 적이 없었다.

별안간 탕, 탕, 탕 하면서 서너 발의 총소리가 들렸다. 셰퍼드슨 사람들이 숲을 돌아 몰래 숨어들어 온 것이다. 둘은 총상을 입은 채 강으로 뛰어들었다. 강가를 달리던 셰퍼드슨 사람들은 물살을 따라 헤엄쳐 내려가는 두 사람을 향해 〈죽여라, 죽여!〉 하면서 계속 총을 쏘아 댔다. 난 너무 가엾어 하다가 하마터면 나무에서 떨어질 뻔했다. 다음에 무슨 일이 벌어졌는지에 대해선 더 이상 말하고 싶지 않다. 그 얘기를 다시 하면 또다시 슬픔이 솟구쳐 올라올 것 같았다. 그날 밤 나는 이런 결말을 볼 줄 알았으면, 차라리 그날 뭍으로 올라오지 않았어야 했다고 후회했다. 이 일을 평생 내 기억에서 지우지 못할 거라고 난 생각했다. 그 후에도 나는 여러 번 꿈속에서 이 사건을 보았다.

나는 어두워질 때까지 내려오기가 무서워 나무에서 내려오지 않았다. 이따금 숲 속에서 총성이 들렸고, 한 무리의 사람들이 총을 들고 통나무 저장고를 지나가는 모습을 두 번이나 목격했다. 아직도 싸움이 안 끝난 모양이었다. 나는 너무 상심한 나머지 다시는 셰퍼드슨 집 가까이 가지 않겠다고 결심했다. 나도 일말의 책임이 있다고 느꼈기 때문이다. 그 쪽지가 다름 아닌 소피아 아가씨가 2시 반에 하니 셰퍼드슨을 만나 함께 노주하기로 한 약속을 전달하는 것이라고 생각했다. 내가 그 쪽지와 소피아 아가씨의 이상한 행동에 대해 대령님께 말씀 드렸다면 아마도 그녀를 가두어 두었을 것이고 그러면 이런 일도 일어나지 않았을 텐데 하고 생각했다.

나무에서 내려와 몰래 강둑을 따라 하류 쪽으로 내려가다가 강가에 시체 두 구가 놓여 있는 것을 보았다. 기슭으로 끌어내 무언가로 얼굴을 덮어 주고는 그곳에서 서둘러 도망쳐 나왔다. 벽의 얼굴을 덮어 줄 때에는 나에게 잘해 주던 모습이 떠올라 눈물이 솟구쳤다.

이제 날이 어두워졌다. 나는 집 근처에도 가지 않은 채, 그냥 숲으로 들어가 늪지대로 내달렸다. 짐이 그곳에 없기에 나는 서둘러 개울 쪽으로 가면서 버드나무 사이를 헤치며 나갔다. 이 끔찍한 곳에서 어서 빨리 도망치고 싶은 마음밖에 없었다. 그런데 가서 보니 뗏목이 사라지고 없는 것이었다. 나는 겁이 덜컥 나, 얼마간 숨도 제대로 쉬지 못했다. 할 수 없이 큰 소리로 짐을 불러 보았다. 그러자 25피트쯤 바깥에서 소리가 들려왔다.

「세상에, 누구여? 헉이여? 소리 지르지 말어!」

짐의 목소리였다. 너무나 반가운 목소리였다. 나는 둑을 조금 달리다가 뗏목으로 올라탔다. 짐은 너무나 반가웠던지 나를 끌어 올리곤 와락 껴안았다.

「하느님 맙소사! 난 니가 총에 맞아 죽은 줄 알았어. 잭이 와서는 너도 안 돌아온 거로 봐서 아마 죽었을 거라는 거여. 그래서 서둘러 개울 어귀로 뗏목을 몰고 가서는 잭이 확실한 소식을 가져오길 기둘리고 있던 거여. 니가 죽었다는 게 확실하면 곧장 떠나려고 했었어. 세상에 니가 살아 돌아오다니!」

「자, 모든 게 잘 됐네. 이제 나를 찾지 않을 거야. 내가 총에 맞아 강 하류로 떠내려갔다고 생각할 거야. 사람들이 그렇게 생각할 수밖에 없도록 만드는 게 저 위쪽에 있거든. 짐, 서둘러. 어서 저 큰 강물로 노를 젓자.」

2마일가량 하류로 내려와 미시시피 강 가운데로 나올 때까지 마음이 편치 않았다. 거기서 우리는 다시 랜턴을 걸고는, 이제 자유롭게 풀려나 안전할 것이라고 생각했다. 그러고 보니 나는 어제 이후 먹은 것이 아무것도 없었다. 짐은 옥수수 빵과 탈지유, 돼지고기와 양배추, 야채 등을 꺼내 왔고, 제대로 요리하고 나서 보니 세상에 이처럼 맛있는 음식이 없었다. 저녁을 먹으면서 우리는 수다를 떨며 재미있는 시간을 가질 수 있었다. 나는 바로 그 원한인가 뭔가에서 도망쳐 나왔다는 사실 때문에, 그리고 짐은 그 늪지대에서 빠져나왔다는 사실 때문에, 우리 둘은 여간 기쁘지 않았다. 뗏목 같은 곳은 세상 아무 데도 없었다. 다른 곳은 답답하고 숨이 막힐 것 같은데, 뗏목은 그렇지 않았다. 정말 자유롭고 편하고 안락한 뗏목 생활이었다.

19

 이틀 정도가 지났다. 시간이 마치 헤엄쳐 지나가듯, 조용히 매끄럽게 미끄러지면서 흘러갔다고 말해도 될 듯싶다. 우리는 이런 식으로 시간을 보냈다. 괴물처럼 거대한 강물을 따라 내려가면서 어떤 때는 밤 시간에 1마일 반이나 되는 넓은 강을 따라 흘러갔고, 낮 시간에는 쉬면서 잠을 잤다. 밤 시간이 지나갈 쯤이 되면 뗏목 젓기를 그만두고, 모래톱 아래 물이 잔잔한 곳에 뗏목을 묶어 두었다. 그러고는 양버들나무와 버드나무 가지를 꺾어 뗏목을 덮어 두었다. 낚싯줄을 걸어 놓은 다음에 우리는 강에서 헤엄을 쳤으며, 몸을 식히면서 활기를 되찾았다. 그리고는 무릎 정도 깊이의 모래바닥에 앉아, 해가 뜨는 모습을 지켜보았다. 사방이 조용하고 마치 온 세상이 잠든 것처럼 고요한 가운데 이따금 황소개구리 울음 같은 소리만 들렸다. 물 위를 쳐다보고 있으면 맨 먼저 희미한 선이 시야에 들어오기 시작하는데 그건 건너편에 있는 숲의 모습이었다. 그 외에는 아무것도 안 보이다가 하늘에 옅은 빛이 보이면 이내 점점 더 진해지면서 퍼져 나갔고, 마침내 저 멀리서 강의 모습이 옅게 드러났다. 어두움이 사라지면서 사방이 회색빛으로 변하면, 드디어 여기저기서 장삿배 같은 것들이 멀리 꺼멓게 점으로 보이기 시작한다. 멀리 길게 검은 줄로 보이는 것은 뗏목이었고 이따금 노가 삐걱대는 소리와 사람들이 떠드는 소리가 간간이 뒤섞여 들려왔다. 주위는 여전히 고요하고 저 멀리에서 소리만 들려올 뿐이다. 그러다가 물 위의 줄무늬가 눈에 들어오면 그건 빠른 물살이 모래톱에 부딪히면서 만들어 내는 모양임을 알게 된다. 물안개가 꾸물대면서 수면 위로 피어오르면, 이윽고 동쪽이 밝아오면서 강도 함께 붉은 빛을 띠게 되고 서서히 건너편 강둑 멀리 숲가에 위치한 통나무집들이 눈에 들어온다. 어쩌면 목재를 쌓아 놓는 곳일 수도 있다. 어쨌든 사기꾼들이 장삿속으로 지었는지 엉성하게 세워져 있어서 개가 빠져나올 만한 틈이 여기저기 보였다. 강 건너서 싱그러운 산들바람이 불기 시작하면 숲과 꽃을 스쳐 오면서 향기로운 냄새도 가져다준다. 가끔 주위에 널브러져 있는 죽은 생선이나 담수어 냄새 때문에 꽤나 퀴퀴한 냄새를 풍기기도 한다. 이제 완전히 날이 밝고, 모든 게 환한 모습으로 등장하고 새들도 지저귀기 시작한다.

이렇게 되면 웬만한 연기도 눈에 띄지 않기 때문에 낚싯줄에서 건져 올린 생선을 요리해 따뜻한 식사를 할 수 있다. 그러고는 적막한 강의 모습을 바라보고 있다 보면 몸이 나른해지면서 잠에 빠져들게 된다. 잠에서 깨어 왜 깼을까 하면서 주위를 살피면 강물을 따라가면서 통통 소리를 내는 증기선이 눈에 들어온다. 강 반대쪽 멀리 있기 때문에 외륜바퀴가 옆에 있는지 뒤에 있는지 정도만 눈에 들어온다. 그리고 한 시간 정도 아무 소리도 안 들리고 아무것도 눈에 들어오지 않는다. 적막함만 있을 뿐이다. 다음에는 저 멀리 미끄러져 내려가는 뗏목이 보이고, 언제나 그렇듯이 풋내기가 도끼로 장작을 패는 모습이 눈에 들어온다. 도끼날이 번쩍했다가 다시 내려오는 모습이 보이는데 이때는 소리가 전혀 들리지 않다가 다시 도끼가 풋내기의 머리 위에 들려져 있을 즈음에 〈쩍!〉 하는 소리가 들려온다. 물 건너 소리가 전달되는데 그 정도 시간이 걸리는가 보다. 우리는 이런 식으로 유유자적하게 적막함에 귀를 기울이며 시간을 보내곤 했다. 안개가 짙게 깔린 날이면 지나가는 뗏목들과 배들이 증기선에 충돌하는 것을 피하기 위해 내는 양철 냄비 두드리는 소리가 들려왔다. 바로 옆으로 지나가는 나룻배나 뗏목에서 사공들의 잡담 소리나 욕하고 웃어젖히는 소리가 들려오기도 한다. 하지만 이상하게도 소리만 똑똑히 들리고 사공들의 모습은 전혀 보이지 않는다. 이럴 땐 온몸 오싹하면서 소름이 돋기도 한다. 마치 유령이라도 떠다니는 느낌이다. 이럴 때 짐은 분명 유령이 틀림없다고 내게 말하지만 나는 이렇게 대답하곤 한다.

「아냐, 유령은 절대 〈빌어먹을 놈의 안개〉 하고 떠들지 않아.」

이제 곧 밤이 되자 우리는 뗏목을 저어 강으로 나갔다. 강 가운데로 저어 간 후, 뗏목이 물살을 따라 그냥 흘러가게 내버려 두었다. 그런 다음 담배 파이프를 물고 강물에 발을 담근 채, 이런저런 이야기를 나누었다. 모기가 극성만 부리지 않으면 우리는 밤낮 옷을 벗고 지냈다. 벅의 식구들이 입으라고 내게 준 옷들은 그냥 입기에는 너무 좋은 옷들인 데다가, 어쨌든 내가 옷을 별로 입고 지내지 않았기 때문이다.

어떤 때는 넓은 강에 오랜 시간 우리만 있을 때도 있었다. 강 건너 저편의 강둑이나 섬들에서 통나무집의 촛불로 보이는 불빛이 반짝대기도 했고, 강물 위에도 한두 개 불빛이 반짝거리곤 했다. 대개 나룻배나 뗏목에서 나는 빛이었다. 그러고는 거기로부터 깽깽이 소리나 노랫소리가 들리기도 했다. 뗏목 생활은 환상적이라고 할 정도였다. 하늘에는 별들이 반짝이고 있었고, 우리는 바닥에 누워 저 별들이 그냥 생겨난 것인지 아니면 누가 만들어 낸 것인지에 대해 떠들어 댔다. 짐은 만들어진 것이라 했고 나는 그냥 생겨난 것이라고 했다. 저렇게 많은 별을 만들기에는 시간이 너무 부족하다고 내가 얘기하자 짐은 다시, 그러면 달이 낳은 것이라고 했다. 그런대로 말이 되는 것 같아 나는 반대 의견을 대지 않았다. 왜냐하면 개구리가 수많은 알을 낳는 것을 봤기에 가능성이 있다고 볼 수 있기 때문이다. 길게 꼬리를 끌면서 떨어지는 유성을 보기도 했다. 짐은 그럴 때면, 낳은 알이 상해서 둥지 밖으로 내다 버린 것이라고 해석했다.

밤에는 어두움 속에서 증기선이 미끄러져 가는 모습을 한두 번 보게 된다. 증기선 굴뚝에서는 이따금 엄청난 불꽃이 뿜어져 나왔고 그 불꽃이 마치 빗물 떨어지듯이 강물로 떨어지면서 만들어 내는 장관을 목격했다. 그러다가 배가 모퉁이를 돌아가면 다시금 빛이 사라지면서 축제는 끝나 버린다. 그러면 다시 적막함이 돌아온다. 증기선이 떠나 버려도 남기고 간 큰 파도 때문에 뗏목은 오랫동안 출렁이곤 한다. 그 이후로는 개구리 우는 소리 외에는 아무런 소리도 들리지 않게 된다.

자정이 지나면 강기슭에 사는 사람들도 잠자리에 들고, 이후 두세 시간 동안 강기슭은 암흑에 쌓인다. 통나무집의 모든 불빛도 사라진다. 이 불빛은 우리에겐 시간을 알려주는 시계나 마찬가지다. 첫 불빛이 눈에 들어오면 아침이 온다는 표시가 되고 그러면 우리는 즉시 뗏목을 정박시키고 쉴 곳을 찾는다.

어느 날 동이 틀 무렵, 나는 카누 한 척을 발견하고는 이를 몰고 여울을 건너 강기슭까지 2백 야드 정도를 저어 나갔다. 그러고는 혹시 딸기를 딸 수 있을까 해서 1마일쯤 더 나아가 삼나무 숲에 둘러싸인 개울까지 올라갔다. 소들이 지나가는 길처럼 보이는 것이 개울을 가로지르는 지점에 이르렀을 때, 갑자기 두 사람이 다급하게 이 길로 달려오는 모습이 보였다. 누구라도 쫓아오면 나 아니면 짐을 추적하는 줄 알고 있는 터라, 나는 이제 영락없이 잡혔구나 싶었다. 나 아니면 짐을 잡으러 온 것 같아, 가까이 다가올 때 나도 서둘러 내뺄 참이었다. 한데 두 사람은 내게로 달려오더니 자기들을 살려 달라고 빌며 소리쳤다. 자기들이 잘못도 없는데 쫓기고 있다면서 뒤에 사람들과 개 떼들이 쫓아온다고 다급하게 말했다. 이들이 카누 위로 뛰어들 기세여서 나는 이들을 말렸다.

「그만 하세요. 아직 개나 말의 소리가 들리지도 않아요. 그냥 나무숲으로 빠져나가 개울을 따라 더 가세요. 그러고는 물을 건너 카누에 타세요. 그러면 개들도 냄새 추적을 못 할 거예요.」

이들이 내 말에 따라 조금 후 카누에 올라타자마자, 나는 모래톱을 향해 힘껏 카누를 저었다. 약 오 분 내지 십 분이 지나자 저 멀리서 개 짖는 소리와 사람들이 고함치는 소리가 들려왔다. 개울 쪽으로 오는 소리는 들렸지만 보이지는 않았다. 아마 멈춰 서서는 그 주변에서 서성대는 모양이었다. 점점 거리가 멀어지자 더 이상 소리가 들리지 않았다. 숲에서 1마일쯤 멀어지면서 이윽고 강에 도착하자 주위가 조용해졌다. 우리는 모래톱으로 카누를 저어 가서는 양버들 나무 사이에 안전하게 몸을 숨겼다.

일행 중 한 명은 머리가 벗어지고 구레나룻도 하얗게 센 일흔이 넘은 노인이었다. 그는 챙이 앞으로 늘어진 낡은 모자에, 기름때에 절은 푸른색의 모직 옷과 아랫부분을 장화 속에 꾸겨 넣은 낡아 빠진 푸른색 바지를 입고 있었다. 바지는 집에서 만든 멜빵이 하나만 달려 있었다. 팔에는 윤이 나는 구리 단추가 달린 오래된 연미복 차림의 푸른 진 코트가 들려 있었다. 두 사람 모두 초라하지만 꽤나 통통한 융단 천 가방을 들고 있었다.

두 번째 사람은 서른 살 정도로 역시 초라한 복장이었다. 아침식사 후 우리는 쉬면서 이야기를 나누었다. 먼저 알게 된 것은 이 두 사람이 서로 초면이라는 사실이었다.

「댁은 어쩐 일에 걸려들게 된 거요?」 머리가 벗어진 노인이 옆 사람에게 물었다.

「저는 치석 벗기는 물건을 팔고 있었죠. 그런데 이게 치석과 함께 법랑질까지 몽땅 벗겨 버렸다네요. 그날은 그만 평상시보다 오래 머물다가, 막 빠져나오는데 마을 이쪽 산길에서 당신을 만나게 된 겁니다. 당신도 누군가 오고 있다고 하면서 도와달라고 하데요. 그래서 나도 곤란한 입장이니 함께 튀자고 한 겁니다. 그게 다요. 영감님 사연은 뭐요?」

「나는 그 마을에서 일주일가량 금주 부흥 운동을 하고 있었지. 특히 애나 어른이나 여자들이 날 잘 따랐어. 내가 주정뱅이들을 꼼짝 못 하게 만들었거든. 매일 밤 5~6달러씩 벌어들였어. 두당 10센트고 애랑 검둥이는 공짜였어. 사업이 잘 돼가고 있었는데, 어젯밤에 어쩐 일인지 내가 몰래 술을 들이켜며 지낸다는 얘기가 퍼지게 된 거야. 오늘 아침에 검둥이가 와서 나를 깨우더니 사람들이 말을 타고 개 떼를 몰고 살며시 다가오고 있다고 알려 주데. 삼십 분 정도면 이곳에 올 것이라고 했어. 날 잡으면 타르를 묻히고 닭털을 붙인 후 장대에 달아 끌고 다니겠다고 했다는 거야. 아침이 다 뭐야. 배고플 틈도 없었어.」

「영감님, 우리 한번 같이 일해 보면 어때요? 어떻게 생각해요?」

「나쁘진 않지. 한데 자넨 주로 어떤 일을 하나?」

「직업은 인쇄공이고, 특허약을 조금 취급했고, 연극배우, 주로 비극 역할도 했고, 틈틈이 최면술과 골상학도 하다가 심심하면 노래로 가르치는 지리 수업을 하기도 했죠. 이따금 강연도 하고. 손에 잡히면 대충 이거저거 다 합니다. 영감님은 뭘 하슈?」

「나는 한동안 의술을 했는데, 손대서 고치는 게 내 특기지. 암, 중풍 같은 병 말이야. 옆에서 손님에 대해 알려 주는 사람이 있으면 점도 좀 봐주기도 했어. 설교가 주업이긴 한데, 야외 설교나 전도사업도 했고.」

잠시 모두들 말문이 막혔다. 마침내 젊은 사람이 입을 열었다.

「빌어먹을!」

〈별안간 왜 그러는가?〉 하고 영감이 말했다.

「제가 이런 비천한 생활을 하면서 이런 자들과 섞여 지내게 된 것이 슬퍼서 그럽니다.」 그러면서 더러운 손수건으로 눈가를 훔쳤다.

「이런 빌어먹을! 여기 있는 사람이 뭐가 어째서?」 영감이 거만한 말투로 받아쳤다.

「저에겐 과분하지요. 전 이래도 쌉니다. 그 높은 신분에서 이렇게 떨어진 게 누구 책임인데요. 다 내 탓입니다. 여러분, 난 절대 누굴 탓하지 않아요. 내가 죽일 놈입니다. 차가운 세상이 날 냉대한다고 해도 하나는 분명합니다. 내 죽어 어디엔가는 묻힌다는 사실입니다. 세상이야 흘러가는 거죠. 이놈의 세상은 내가 가졌던 모든 것들, 내가 사랑했던 사람들, 내가 소유했던 것들, 모두를 다 빼앗아 갔습니다. 언젠가 내가 죽게 되면 다 끝나는 겁니다. 그러면 이 상처 입은 가슴도 쉬게 되겠지요.」 그는 계속 눈물을 훔쳐 댔다.

「상처 입은 가슴이라니! 대체 당신의 가슴이 어쨌다고 우리에게 떠들어 대는 거야? 우리가 뭘 어쨌다고?」

「뭘 하다니요? 여러분들에게 뭐라 하는 거 아닙니다. 타락한 것도 다 내 탓이라니까요. 벌받을 놈은 접니다. 맞아요, 전 신음 소리조차 내도 안 되는 놈입니다.」

「타락했다니? 대체 그 전엔 어쨌다는 거야?」

「믿지 않으실 겁니다. 하긴 아무도 안 믿으니까요. 내버려 두세요. 별거 아닙니다. 다만 내 출생의 비밀이······.」

「뭐, 출생의 비밀이라고? 당신 설마……?」

「여러분, 모두 제가 믿을 수 있는 분 같아서, 터놓고 말씀 드리겠습니다. 저는 적법한 공작 신분입니다.」 그는 아주 진지한 어투로 말했다.

이 말을 들은 짐은 눈이 휘둥그레졌고, 나도 마찬가지였던 것 같다. 하지만 머리 벗어진 영감이 말했다.

「뭔 말도 안 되는 소리를!」

「브리지워터 공작의 장남이셨던 제 증조부께서 자유를 만끽하시기 위해 지난 세기 말엽에 이 나라로 도망을 와 여기서 결혼하셨습니다. 그러고는 아들을 남기고 세상을 뜨셨지요. 이즈음 공작도 돌아가셨습니다. 둘째 증조부께서 작위와 영토를 차지하셨고 정작 적통인 어린 공작은 완전히 소외되셨습니다. 제가 바로 그분의 적통 후손입니다. 바로 브리지워터 공작의 적손인 셈이지요. 그런 제가 제 신분에서 떨어져, 차가운 세상의 냉대를 받으며, 누더기 옷에 지친 꼴로 외로이 상처받고 지내고 있습니다. 뗏목 위에서 범죄자들과 같이 지내야 하는 신세가 되어서 말입니다!」

얘기를 들은 짐은 그를 불쌍히 여겼고, 나 역시 그 젊은 사람이 불쌍했다. 위로해 주려 했지만 다 소용없다고 했다. 하지만 우리가 자신을 인정해 주기만 한다면 그것으로도 족하다고 말했다. 어떻게 해주면 되느냐고 우리가 묻자, 그는 이렇게 말했다. 말을 걸 때는 머리를 조아리고, 자기를 부를 때 〈각하〉나 〈경〉 같은 호칭을 붙여 달라는 것이다. 자기를 〈브리지워터〉라고 부르는 건 괜찮다고 했다. 그건 이름이 아니고 호칭과 다름없기 때문이라는 것이다. 식사 때는 우리들 가운데 한 명이 자기 시중을 들면서 자기가 원하는 것을 들어주면 된다고 했다.

어렵지 않은 부탁이기에 우리는 그러겠노라고 했다. 저녁식사 내내 짐이 그를 시중들면서 옆에 서 있었다. 짐은 〈각하, 이것 드시겠습니까, 아니면 저것 드시겠습니까?〉 하고 물었고 그자는 상당히 즐거운 표정이었다.

그러나 이번에는 영감 쪽에서 점점 말수가 적어지더니, 우리가 공작이라는 자를 높여 주는 모습에 대해 별로 좋지 않은 표정을 지었다. 그는 내심 무슨 꿍꿍이가 있는 모습이었다. 오후가 되자 드디어 말문을 열었다.

「잠깐 봅시다, 빌즈워터. 댁이 안된 건 알지만 그런 어려움을 겪은 건 당신만이 아니라는 걸 알아야 하오.」

「네?」

「당신만이 아니란 말이오. 귀한 자리에서 억울하게 떨어진 게 당신 하나만 있는 게 아니오.」

「세상에!」

「출생에 대한 비밀을 가진 사람은 당신 말고도 또 있소.」 그는 이렇게 말하면서 눈물을 흘리기 시작했다.

「잠깐만! 대체 무슨 소리예요?」

「빌즈워터, 내가 당신을 믿을 수 있겠소?」 영감은 훌쩍이면서 이렇게 말했다.

「죽을 때까지 비밀은 지키겠소.」 젊은이는 영감 손을 꼭 잡고는 다시 물었다. 「대체 영감의 비밀은 무어란 말이오?」

「빌즈워터, 내가 바로 이미 죽었다고 알려진 프랑스의 도핑 황태자요.」

이번에는 짐과 내가 서로 뚫어지게 쳐다보았다. 공작이 다시 물었다.

「당신이 누구라고요?」

「친구여, 당신은 지금 이 순간, 사라져 버린 불쌍한 도핑 황태자를 직접 눈으로 보고 있는 거요. 루이 16세와 마리 앙투아네트의 아들인 루이 17세 황태자가 바로 납니다.」

「당신 나이에? 말도 안 돼. 차라리 죽은 샤를대제라고 한다면 최소한 육칠백 세는 돼야 하는데.」

「고생 때문에 이렇게 됐소. 빌즈워터, 고생 때문이라니까. 고생하다 보니 머리가 쇠고 다 빠져 버린 거라우. 여러분, 당신들은 지금 푸른 모직 옷차림에 망명한 채 가난에 찌들어 방랑하면서 짓밟히고 고통받는 적통 프랑스 왕을 보고 있는 거요.」

영감이 하도 울고불고 하기에 짐과 나는 어떻게 해야 할지 모를 지경이었다. 불쌍하기는 했지만 한편 그런 영감이 우리와 함께 있다는 사실이 자랑스럽기도 했다. 그래서 공작에게 했듯이 그를 위로하기 시작했다. 하지만 그 역시 다 소용없다고 하면서 그저 죽어 버리는 게 최고라고 떠들어 댔다. 그러면서도 그는 사람들이 자기를 신분에 맞게 대해 주고 말을 걸 때 무릎을 꿇고 〈폐하〉라고 부르면 조금 기분이 나아지고 마음이 편해진다고 말했다. 식사 때에도 자기부터 시중을 들어 주고, 자기가 허락할 때까지 서 있고 하면 그래도 마음이 편하다는 것이다. 짐과 나는 그를 〈폐하〉라고 불러 주었고 이런저런 일을 시중들었다. 그리고 앉으라고 할 때까지 서 있기도 했다. 그는 마음이 풀렸는지, 그제야 기분도 훨씬 나아 보였고 마음도 편해 보였다. 공작은 황태자를 못마땅하게 쳐다보면서 불쾌한 표정을 지었다. 하지만 황태자는 아주 우호적으로 공작을 대했고, 자기 아버지가 공작의 증조부와 다른 빌즈워터 공작들을 좋게 여겼었고 궁전에도 여러 번 초대한 적이 있었다고 말했다. 하지만 공작은 얼마간 화난 표정을 짓고 있었다.

「빌즈워터, 우리가 어쨌든 이 뗏목 위에서 오랫동안 같이 지내야 할 텐데 서로 인상을 쓰면 뭐하겠소? 내가 공작으로 태어나지 않은 거나 당신이 왕으로 태어나지 않은 게 우리 잘못은 아니지 않소? 그러니 마음 쓰지 맙시다. 만사에 최선을 다하자가 내 신조요. 우리가 여기에 오게 된 일도 그리 나쁘지만은 않은 것 같소. 먹을 것도 많고 편안하고 말이오. 자 우리 손잡고 잘 지냅시다.」

공작은 그 제안을 받아들였고, 짐과 나는 이를 반겼다. 이제 불편한 마음이 다 사라지고 기분이 훨씬 좋아졌다. 뗏목 위에서 서로 적의를 품고 있는 것보다 비참한 일은 없기 때문이다. 뗏목 위에서는 무엇보다도 모두가 만족스럽게 생각하면서 서로에게 잘 대해 주는 것이 가장 중요하다.

이 허풍쟁이들이 왕도 공작도 아니고 단지 비루한 협잡꾼에다가 사기꾼이라는 판단을 내리는 데에는 그다지 오랜 시간이 걸리지 않았다. 하지만 나는 아무런 말도 하지 않았고, 그런 사실을 모르는 척하면서, 속으로 간직하기로 했다. 그게 최선이었고 그래야 싸우지도 않고 곤란한 일도 생기지 않기 때문이다. 뗏목 위에 평화가 유지된다면 공작이나 왕으로 부르는 데에 반대하지도 않았다. 짐에게도 이를 말해 줄 필요는 없기에 그대로 두었다. 아빠한테서 유일하게 배운 교훈이 바로 비슷한 부류 사람들과 잘 지내기 위한 최선책은 그냥 그대로 내버려 두라는 것이었다.

20

이 두 사람은 우리에게 이것저것 물으면서 왜 뗏목을 덮어서 숨겨 두었느냐, 왜 낮 시간에는 움직이지 않고 쉬고 있느냐, 혹 짐이 도망친 노예가 아니냐 등등 계속 물어 댔다.

〈세상에, 남부로 도망치는 노예가 어디 있어요?〉라고 내가 응수하자, 이들도 이를 수긍했다. 나는 이 상황을 어떻게라도 설명해야 할 것 같아 이렇게 말했다.

「저희 식구들은 제가 태어난 미주리 주의 파이크 카운티 출신인데요, 이제 아빠와 나, 남동생 아이크만 남고 모두 돌아가셨어요. 아빠는 파이크 카운티 생활을 정리하시고 벤 삼촌 댁으로 옮기셨어요. 벤 삼촌은 뉴올리언스에서 약 44마일 하류 지역에 조그만 농장을 갖고 계시거든요. 아빠는 돈도 없는 데다가 빚까지 있었어요. 빚을 다 청산하고 나니까 단돈 16달러랑 우리 집 노예인 짐밖에 남지 않았어요. 그 돈으로는 천 4백 마일도 넘는 곳을 갈 갑판 좌석표조차 살 수 없어요. 그런데 물이 불어나는 바람에 이 뗏목을 건지는 행운을 잡으신 거예요. 그래서 이걸 타고 뉴올리언스로 갈 수 있다고 생각했어요. 그런데 그 운이 오래가지 않았어요. 어느 날 밤 증기선이 뗏목 앞부분을 덮치는 바람에 우리 모두 물에 빠졌고 외륜바퀴 밑으로 빨려들어 갔어요. 짐과 나는 다시 물 위로 떠올랐지만 술에 취한 아빠와 네 살배기 아이크는 그만 익사하고 말았어요. 그 후 하루 이틀은 정말 힘들었어요. 사람들이 배로 다가와선 도망친 노예라고 하면서 짐을 빼앗아 가려고 했거든요. 그래서 다시는 낮엔 뗏목을 젓지 않기로 했어요. 밤에는 아무도 건드리는 사람이 없거든요.」

「잠깐만. 내가 원할 땐 낮에도 뗏목을 탈 수 있는 방법을 생각해 볼게. 방안을 마련해 보자고. 오늘은 그만두고. 대낮에 저 마을을 통과해서 가고 싶진 않으니까. 위험할 수도 있어.」

밤이 되면서 어두워지기 시작하더니 비가 내릴 것 같았다. 마른번개가 낮은 하늘을 장식하더니 나뭇잎들이 바람에 흔들리기 시작했다. 이제 곧 험한 날씨가 닥칠 것이 뻔했다. 그러자 공작과 왕은 잠자리를 살펴본다면서 움막 안으로 들어갔다. 짚으로 만든 내 침대는 옥수수 줄기로 만든 짐의 침대

보다 편했다. 옥수수 줄기 침대는 속대가 있어서 살을 찌르기도 하고 상처를 내기도 했다. 돌아누우려고 하면 마치 마른 나뭇잎 위에서 뒹구는 것 같은 소리가 나 잠이 깨곤 했다. 하여튼 공작이 내 자리를 차지한다고 하자, 왕은 그걸 거부했다.

「신분상의 차이로 볼 때 내가 옥수수 줄기 침대에서 잠을 자는 것은 어울리지 않는다고 생각되지 않는가? 경께서 옥수수 줄기 침대를 쓰는 쪽이 맞는 것 같소.」

짐과 나는 혹 둘 사이에 다시 문제가 벌어질까 봐 가슴을 졸였다. 다행히 공작이 이렇게 말하는 바람에 마음이 놓였다.

「압박과 설움 속에서 진흙탕 같은 삶을 살아온 게 내 운명입니다. 한때 고상했던 내 영혼도 이제 불행 앞에서 다 꺾어지고, 이제 모든 것에 굴복하는 것이 내 운명이라오. 어차피 혼자인 몸, 이 모든 고통을 감내하리다.」

날씨가 제법 어두워졌기에 우리는 출발했다. 왕은 강 가운데까지 나가서 마을 아래로 멀리 갈 때까지 불빛을 보이면 안 된다고 했다. 조금 있다가 마을로 보이는 작은 불빛들이 모여 있는 곳을 지나갔다. 반마일 정도 되는 거리였다. 그리고 하류로 4분의 3마일 이상 내려와서는 랜턴에 불을 밝혔다. 밤 열 시가 되자 비가 내리고 바람이 불더니 무섭게 천둥 번개가 치기 시작했다. 왕은 우리에게 날씨가 좋아질 때까지 망을 보고 있으라고 하면서, 자기와 공작은 움막으로 들어가 잠자리에 누워 버렸다. 나는 자정까지는 비번이었지만 잠자리가 있다고 해도 움막 안으로 들어가고 싶지가 않았다. 이런 폭풍우는 매일 볼 수 있는 것이 아니기 때문이다. 바람 소리도 대단했다. 일이 초마다 빛이 번쩍할 때면 반경 반마일 내의 흰 파도들이 모습을 드러냈고, 섬들은 빗속에서 희미하게 보였다. 나무들은 바람 속에서 휘날리고 별안간 우르릉

하는 소리와 함께 꽝, 꽈광 하는 소리가 들려왔다. 천둥소리는 이런 소리를 내면서 멀리 사라져 버렸다. 다시 섬광이 번쩍하면서 결정적인 한 방이 터지곤 했다. 가끔 파도가 나를 치기도 했지만 옷을 벗고 있었기 때문에 아무렇지도 않았다. 나무뿌리에 걸릴 염려도 없었다. 번개가 워낙 번쩍번쩍하면서 사방을 계속 비춰 주기 때문에 충분히 뗏목 머리를 이리저리 움직이며 피할 수 있었다.

내가 망보는 순서는 한밤중 가운데 시간이라 그 시간이 되자 졸음이 몰려왔다. 짐이 전반부는 자기가 대신 망을 서겠다고 해주었다. 짐은 정말 나에게 잘해 주었다. 움막으로 들어가자 왕과 공작이 대자로 누워 자는 바람에 내가 누울 자리가 없었다. 하는 수 없이 밖으로 나왔다. 다행히 빗방울도 더 이상 차갑지 않았고 파도도 그리 높지 않았다. 두 시경이 되어 다시 파도가 높게 일자 짐은 나를 깨우려고 하다가 별 피해를 줄 정도는 아니라고 생각해서 그냥 내버려 두었다. 하지만 그건 실수였다. 별안간 엄청난 파도가 몰려와서 나는 그만 밖으로 쓸려 나가고 말았다. 짐은 뭐가 재미있는지 배를 잡고 웃어 댔다. 하여간 짐은 세상에서 제일 잘 웃는 마음 편한 사람이었다.

내가 망을 서자 짐은 드러눕더니 이내 곯아떨어졌다. 폭풍우는 차츰 잦아들었고 통나무집에 불이 들어오는 것이 보이기 시작했다. 나는 짐을 깨워 낮 시간 동안 뗏목을 숨길 만한 곳으로 뗏목을 몰았다.

아침식사 후 왕은 낡아 빠진 카드를 꺼내더니 공작과 같이 한동안 게임당 5센트씩 걸고 세븐 업 게임을 했다. 그러더니 싫증이 나던지 그들 표현대로 소위 〈운동 설계〉를 하기 시작했다. 공작은 자기 가방을 가져와 다량의 인쇄 전단을 꺼내더니 큰 소리로 읽기 시작했다. 〈파리에서 오신 저명하신 아르망 드 몬탈방 박사〉가 어느 날 어느 장소에서 〈골상학에 대한 강연〉을 한다고 적혀 있었고 〈한 사람당 25센트에 성격 도표를 제공합니다〉라고 적혀 있었다. 공작은 자기가 바로 몬탈방 박사라고 했다. 다른 전단에는 〈전 세계적으로 유명한 셰익스피어 비극 전문 배우인 런던 드루리 래인 극단의 개릭 2세〉라고 적혀 있었다. 다른 많은 전단에도 모두 다른 이름으로 적혀 있었고 〈점치는 막대〉로 수맥과 금맥을 찾았다는 둥 〈마녀의 주술을 막는다〉는 둥 엄청난 일을 한 것으로 적혀 있었다. 그는 마침내 입을 열어, 이렇게 말했다.

「연극이 그중 제일 마음에 듭니다. 폐하께서는 무대에 서 보신 적이 있는지요?」

「없는데.」 왕이 답했다.

「그러면 몰락한 폐하께서는 사흘 내에 무대에 서시게 될 겁니다. 처음 도착하는 마을에서 회관을 빌려 리처드 3세의 결투 장면과 로미오와 줄리엣의 발코니 장면을 무대에 올릴 겁니다. 어떻게 생각하시는지요, 폐하?」

「빌즈워터 경, 돈만 된다면 뭐든지 전력을 다하겠네. 하지만 연기는 전혀 아는 게 없고 본 적도 별로 없어. 아주 어렸을 때 궁에서 아버님이 보여 주신 게 다네. 자네가 날 가르쳐 줄 수 있겠나?」

「식은 죽 먹기죠.」

「좋아. 새로운 일이라면 몸이 근질근질할 정도지. 즉시 해 보세.」

공작은 로미오가 누군지, 그리고 줄리엣이 누군지 설명을 하고 나서 자기는 로미오 전문이니 왕더러 줄리엣 역을 맡으라고 했다.

「그런데, 공작, 줄리엣이 젊은 처녀라면, 이렇게 머리가 벗어지고 구레나룻이 허연 내가 그 역을 맡는 게 이상하게 보이지 않을까?」

「걱정 마세요. 시골 촌놈들은 눈치 채지도 못 합니다. 게다가 의상을 걸치면 전혀 다른 사람이 됩니다. 잠자리에 들기 전 발코니에 나온 줄리엣은 잠옷 차림에 주름이 달린 모자를 쓰게 됩니다. 여기 의상이 있습니다.」

그는 리처드 3세와 상대역을 위한 중세 갑옷이라며 커튼용 캘리코 천으로 만든 의상을 꺼냈고, 긴 무명천으로 만든 잠옷과 이것과 짝을 이루는 주름 달린 모자도 꺼냈다. 왕이 만족스러워하자 공작은 어떻게 하는지 보여 주겠다며 대본을 꺼내 마구 뛰어다니면서 멋지고 과장된 연기를 해댔다. 그러고는 왕에게 대본을 주면서 자기 역할 대사를 외우라고 시켰다.

강의 만곡부에서 하류로 3마일쯤 내려가니 조그만 마을 하나가 나타났다. 식사를 마친 후 공작은 대낮에도 짐이 걸릴 염려 없이 다닐 수 있는 방안을 찾았노라고 하면서, 자기가 마을로 들어가 대책을 마련해 보겠다고 했다. 왕도 무슨 좋은 수가 있는지 보겠다며 자기도 가보고 오겠다고 했다. 짐은 마침 커피가 다 떨어졌으니, 나도 같이 따라가서 조금 얻어 오라고 했다.

마을에 도착했을 때 눈에 띄는 사람이라고는 아무도 없었다. 마치 일요일처럼 거리는 텅 비었고 죽은 듯 조용했다. 우리는 뒤뜰에 누워 일광욕을 하고 있는 어떤 병든 검둥이를 만나 몸이 성한 사람들 모두가 2마일쯤 떨어진 숲 속 야외 집회에 갔다는 사실을 알게 되었다. 왕은 그곳에 가는 길을 묻더니 가서 한탕 해보겠다고 했다. 야외 집회는 돈이 된다고 하면서 나더러 같이 가도 좋다고 했다.

공작은 우선 인쇄소부터 찾아보자고 했고, 우리는 목공소 너머에 있는 조그만 인쇄소를 찾아냈다. 목수와 인쇄업자 모두 집회에 참석했고 문은 다 열려 있었다. 더럽고 지저분한 데다 여기저기 잉크 자국이 묻어 있었고, 벽에는 온통 말과 도망친 검둥이에 대한 그림이 그려진 손 전단이 붙어 있었다. 공작은 옷을 벗더니 이제 됐다고 했다. 그래서 왕과 나는 먼저 야외 집회 장소를 향해 길을 나섰다.

삼십 분 정도 걸려 그 장소에 도착했다. 끔찍하게 더운 날이라 우리는 거의 땀으로 범벅이 되었다. 약 20마일 인근에서 온 천 명 이상의 사람이 모여 있었다. 숲 속은 여기저기 매여 있는 마차들과 말로 붐볐고, 말들은 마차에 달린 여물통에서 여물을 먹고 있었고 파리를 쫓느라 연신 발을 구르고 있었다. 나뭇가지로 지붕을 엮고 긴 막대 나무로 기둥을 세운 오두막에서는 레모네이드와 생강 빵을 팔고 있었고, 수박과 연한 옥수수를 쌓아 놓고 팔고 있었다.

설교는 좀 더 넓은 오두막집에서 진행되고 있었는데, 많은 사람이 들어갈 수 있는 그런 곳이었다. 벤치는 통나무 껍질로 만들었고 둥근 쪽에 구멍을 뚫고 막대를 끼워 다리를 만들었다. 등받이는 없었다. 여자들은 해가리개 모자를 쓴 채, 아마와 모로 짠 드레스 차림과 깅엄 면직 옷차림을 하고 있었다. 사내애 가운데에는 맨발로 다닌 애도 있고, 단지 거친 삼으로 만든 셔츠만 입고 다니는 애들도 있었다. 뜨개질을 하고 있는 나이 든 여자들도 있었고, 남몰래 데이트를 하고 있는 젊은 여자들도 있었다.

첫 번 오두막에서는 목사님이 찬송가를 낭송하고 있었는데, 두 줄씩 낭송하면 사람들이 이를 따라 부르곤 했다. 모두들 아주 힘차게 부르고 있어서 무척이나 듣기가 좋았다. 목사님은 그렇게 두 줄씩 계속 낭송해 나갔다. 분위기가 점점 고조되자 사람들은 더 크게 찬송을 부르다가 결국 신음하는 사람도 생기고 소리치는 사람도 생겨났다. 목사님은 이어 더욱 진지한 어조로 설교하기 시작했고, 손과 몸을 한꺼번에 움직이면서 연단 이쪽저쪽으로 몸을 흔들다가, 앞쪽으로 몸을 내밀기도 하면서 혼신을 다해 목청을 높였다. 그러다가 이따금씩 성경책을 들어 펼치면서 이쪽저쪽으로 흔들어 대며 소리쳤다. 「이것이 바로 광야에서 방황하던 유대민족에게 모세가 보여 주었던 놋뱀입니다. 이것을 보고 살아 나갑시다.」 그러면 사람들은 모두 〈할렐루야, 아-멘!〉 하고 소리쳤다. 목사님은 계속해서 이렇게 소리 질렀고, 사람들은 계속 신음 소리와 함께 울부짖으면서 아멘 하고 외쳤다.

「오, 여기 회개의 자리로 나오시기 바랍니다. 죄지은 자들이여, 아프고 상처받은 자들이여, 모두 나옵시다! 다리를 저는 자들이여, 눈먼 자들이여, 그리고 수치심에 찌든 가난한 자들이여, 모두 나옵시다! 지치고 타락한 자들이여, 고통받는 자들이여, 상처받은 가슴을 부여잡고 앞으로 나옵시다. 죄 속에서 누더기가 된 가슴을 안고 앞으로 나옵시다. 죄를 씻는 이 물은 우리에게 그냥 주어진 것입니다. 천국의 문이 활짝 열려 있습니다. 들어와 안식하기 바랍니다. 아멘! 영광 있으라, 할렐루야!」

대충 이런 식이었다. 이제 고함치고 우는 소리 때문에 더 이상 목사님이 무슨 소리를 하는지 들리지도 않았다. 군중들은 여기저기서 모두 일어나 눈물을 흘리면서 힘을 내 회개석으로 나아갔다. 회개석으로 나간 모든 신도들은 노래 부르고 고함을 질러 댔으며, 마치 미친 사람처럼 밀짚 위로 엎어져 뒹굴었다.

그런데 나도 몰랐지만 어느새 왕이 앞으로 나아가더니 사람들 사이로 고함치는 소리가 들렸다. 다음 순간 그는 목사님의 연단으로 뛰어나갔고, 목사님은 왕에게 신앙고백을 하라고 부탁했다. 왕은 자신이 한때는 해적이었다고 하면서, 인도양에서 삼십 년 동안 해적생활을 하다가 작년 봄 싸움에서 대부분 선원들을 잃고 이제는 고향에 돌아와 다시 선원을 모집하고 있다고 떠들어 댔다. 그러다가 어젯밤에 강도를 만나 일전 한 푼 없이 증기선에서 하선하게 되었는데 그 일이 오히려 평생 가장 큰 축복이라 기뻤다고 고백했다. 이제 자기가 새로운 사람이라고 하면서 평생 처음 행복하다고 말했다. 이제 가난해도 인생을 새롭게 출발하겠고 다시 인도양으로 돌아가 해적들을 회개시켜 좋은 길로 인도하면서 여생을 보내겠다고 회개했다. 자기가 인도양의 모든 해적들을 잘 알고 있기 때문에 누구보다도 이 일을 잘 할 수 있을 거라고 장담했다. 돈이 없어서 짧은 시일에 회개시키는 일을 끝낼 수는 없겠지만, 필히 목적을 달성하겠노라고 맹세했다. 해적들을 만날 때마다, 〈나에게 고맙다고 하지 마세요. 내가 아니라 뽀크빌 야외 집회에서 만났던 은혜로운 사람들 덕분이라고 생각하세요. 그분들은 내게 형제들이며 인류의 은인들입니다. 특히 자애로우셨던 목사님은 해적이 만났던 진정한 친구였습니다〉라고 말하겠다고 했다.

그러곤 회개의 눈물을 흘렸고 모든 사람들이 다 같이 울었다. 그때 누군가 〈저분을 위해 모금을 합시다. 모금해야 합니다〉라고 말했다. 약 여섯 명이 벌떡 일어나 모금을 하자, 누군가 〈저 형제가 직접 모자를 돌리게 합시다〉 하고 소리쳤다. 그러자 모두들 그렇게 외쳤고 목사님도 이에 따랐다.

왕은 눈물을 훔치면서 사람들 사이로 모자를 돌리며 다녔고, 사람들을 축복하고 멀리에서 온 해적에게 이러한 좋은 일을 해주어서 정말 고맙다고 말했다. 가끔 아주 예쁜 여자들이 눈물을 흘리면서 다가와 당신을 기억하고 싶다며 키스해 달라고 했고, 왕은 그렇게 하면서 그중 몇은 포옹도 하고 대여섯 번 키스도 했다. 일주일 동안 자기 집에 머물러 달라고 하는 사람도 있었고 모두들 자기 집에 머물면 그 자체가 영광이라고 말했다. 하지만 왕은 오늘이 야외 집회의 마지막 날이라 할 수 없다면서 당장 인도양으로 돌아가 해적들을 인도해야 한다고 답했다.

끝내고 뗏목으로 돌아와 모금액을 계산해 보니 80달러 75센트나 되었다. 게다가 그는 숲 속을 통해 돌아오다가 마차 아래에서 발견한 3갤런짜리 위스키까지 들고 왔다. 그는 모두 합쳐 자기가 지금까지 선교 사업에서 번 것 중 가장 수입이 좋았다고 하면서, 야외 전도 집회에서는 말할 것도 없이 이교도 전도는 해적 전도에 비하면 아무것도 아니라고 말했다.

왕이 돌아올 때까지 공작은 자기의 오늘 사업이 상당히 잘 마무리되었다고 자부하고 있었다. 하지만 왕이 돌아온 이후 자기가 한 일이 별게 아닌 게 되었다. 그는 인쇄소에서 농부들을 대상으로 작은 전단 두 개를 인쇄해 주고는 4달러를 받았다. 그건 종마를 광고하는 전단이었다. 또한 신문 광고 주문도 받았는데, 선불로 내면 4달러로 해주겠다고 했더니, 들어주었다는 것이다. 또한 연간 신문구독료가 2달러인데, 선불 조건으로 신문 한 부당 반 달러로 세 건의 예약을 받았다고 했다. 사람들이 전에 하던 대로 장작과 양파로 구독료를 지불하겠다고 했지만 공작은 이제 막 이 가게를 인수했으니 최저가 현금으로 받겠다고 말했다는 것이다. 그리고 자작시 한 편을 만들고는, 달콤하면서 애잔한 내용을 담은 삼행시로 제목은 〈그래, 냉정한 세상이여, 이 상처받은 가슴을 때려 다오〉라고 했다. 그 시가 언제든 신문에 인쇄될 수 있게 해놓고 대신 그 대가로 한 푼도 요구하지 않았다는 것이다. 결국 모두 합쳐 9달러 반을 벌었고 자기로서는 괜찮은 벌이였다고 말했다.

그러고는 자신이 인쇄했지만 우리 모두를 위한 것이기에 대가를 요구하지 않은 전단을 보여 주었다. 거기에는 작대기에 달린 봇짐을 짊어진 도망친 노예가 그려져 있었고 그 밑에 〈상금 2백 달러〉라고 인쇄돼 있었다. 글 내용은 모두 짐을 그대로 묘사해 놓은 것이었다. 작년 겨울, 검둥이 노예가 뉴올리언스에서 약 40마일 아래에 있는 세인트자크 농장에서 도망쳐 북쪽으로 갔으며, 검둥이를 체포해 돌려주는 사람에게는 상금과 비용이 주어질 것이라고 적혀 있었다.

〈자, 오늘 밤부터는 원하면 낮 시간에도 뗏목을 달릴 수 있다〉라고 공작이 말했다. 「누군가 다가오는 사람이 있으면 짐의 손발을 밧줄로 묶어 움막에 처넣은 다음 이 전단을 보여 주면 돼. 그리고 강 상류에서 검둥이를 잡았지만 증기선을 탈 돈이 없어 친구에게서 이 뗏목을 빌려 상금을 타러 내러가는 중이라고 말하면 돼. 수갑을 채우고 쇠사슬로 묶으면 더 진짜 같지만 그냥 밧줄로 묶는 것이 돈 없는 우리 모습과 잘 어울릴 거야. 쇠사슬은 오히려 귀중품처럼 보일 수 있으니까 밧줄이 더 적합하지. 마치 연극에서 삼일치 법칙을 지키는 것처럼 말이지.」

우리 모두 공작이 정말 머리가 비상하다고 하면서 이제는 낮에 뗏목을 타도 아무 문제가 없을 것이라고 했다. 그리고 공작이 인쇄소에서 저지른 일 때문에 오늘 밤은 마을에서 난리가 날 것이고, 이를 피하려면 몇 마일 더 도망가야 아무 탈이 없을 것으로 보았다. 그리고 이제는 원하면 아무 때고 뗏목을 몰 수 있게 되었다.

우리는 조용히 누워 있다가 열 시가 되자 뗏목을 띄웠다. 마을에서 멀어져 마을이 완전히 시야에서 벗어날 때까지 랜턴을 켜지 않았다.

아침 네 시경 망을 설 시간에 짐은 나를 깨운 후 물었다.

「헉, 우리 이렇게 가다가 왕을 더 만나는 건 아니겠지?」
「아니, 그렇진 않을 거야.」
「그러면 됐어. 왕은 한두 명이면 족혀. 그 이상은 곤란혀. 이 왕은 정말 고주망태고 저 공작도 나을 게 하나 없어.」

짐은 프랑스 말이 어떤지 들어 보려고 왕에게 프랑스 말을 해보라고 부탁했지만, 그는 워낙 오래전에 이 나라에 와 고생을 하는 바람에 죄다 잊어먹었다고 대답했다.

21

해가 떴지만 이번에는 뗏목을 정박하지 않고 강을 따라 계속 내려갔다. 왕과 공작은 꽤 초췌한 모습으로 움막에서 나왔지만 강물에 뛰어들어 헤엄을 친 후에는 다소 원기가 회복돼 보였다. 아침식사를 끝낸 왕은 뗏목 가장자리에 자리를 잡더니 바짓가랑이를 접어 올리고, 편안한 자세로 두 다리를 강물에 담갔다. 그러곤 파이프에 불을 붙이더니 이내 로미오와 줄리엣의 대사를 외우기 시작했다. 제법 외우게 되자 이제는 왕과 공작이 함께 연습하기 시작했다. 공작은 대사를 어떻게 하는지 알려 주려고 반복해서 왕의 대사를 지적해 주면서 한숨을 짓는 연기나 가슴에 손을 올리는 연기를 지도했다. 한참 시간이 지난 후, 공작은 이제 왕의 연기가 제법 나아졌다고 평가해 주었다. 다만 〈송아지 울듯, 《로우미오!》하면서 큰 소리로 부르면 안 돼요. 부드럽고 연약하게 그리고 기운이 없는 목소리로 《로미오!》라고 외치란 말입니다. 줄리엣이 예쁜 어린 아가씨이니까 당나귀 새끼처럼 울어 대면 안 됩니다〉라고 가르쳐 주었다.

그러고는 공작이 떡갈나무의 윗가지로 만들었다는 긴 칼 두 자루를 꺼내 칼싸움 연습을 했다. 공작은 자기가 리처드 3세라고 했다. 뗏목 위에서 둘이 서로 칼을 겨누며 뛰어다니는 모습은 그런대로 멋져 보였다. 그러다가 왕이 자빠져 강물에 빠지자 이윽고 연습을 멈추고는 휴식을 취했다. 그러고는 강물을 따라 오르내리며 자신들이 겪었던 온갖 모험담에 대해 떠들어 대기 시작했다.

저녁식사 후, 공작이 이렇게 말했다.

「자, 카페 왕, 우리 이걸 한번 일급 무대로 만들어 봅시다. 조금만 더 손대면 될 것 같은데. 앙코르에 답할 무언가가 필요하지 않겠소.」

「빌즈워터 경, 앙코르가 뭐요?」

앙코르가 뭔지 설명한 공작은 이렇게 말했다.

「난 스코틀랜드 하이랜드 프링 춤을 추면 되겠고, 당신은, 가만있자, 옳지, 햄릿의 독백을 하면 되겠네.」

「햄릿의 뭐라고?」

「햄릿의 독백 있지 않소? 셰익스피어 대사 중 가장 유명한 것 말이오. 정말, 굉장한 대사요. 객석을 압도한다니까. 한 권뿐인 내 대본에는 독백 대사가 없지만 내가 기억을 더듬어 보리다. 내 기억의 창고에서 그걸 꺼낼 수 있을지 보겠소.」

그는 뗏목 위를 서성이면서, 가끔 무섭게 찡그리기도 하고, 눈썹을 치켜뜨기도 하고, 그러다간 손을 이마에 붙이고 뒤로 비틀대면서 신음 소리를 내기도 했다. 한숨짓다가 눈물 흘리는 시늉을 해 보이도 했다. 정말 멋진 연기였다. 이윽고 생각이 났는지, 우리에게 자기를 주목하라고 말했다. 그러더니 한 발은 앞으로 죽 뻗고 양팔을 하늘로 벌리면서 머리를 뒤로 젖힌 채 하늘을 쳐다보는 멋진 폼을 취했다. 이내 이를 악물고 뛰어다니면서 대사 내내 소리를 질러 댔다. 두 팔을 벌리고 가슴을 앞으로 내민 모습은 이전에 내가 보았던 어떤 연기보다도 멋있었다. 독백 내용이 별로 어렵지 않아 왕에게 알려 주는 동안에 나도 따라 외울 수 있을 정도였다.

>사느냐, 죽느냐,
>기나긴 삶을 불행하게 만드는 것도
>바로 이 한 자루의 단검이다.
>버넘 숲이 던시내인까지 다가올 때까지
>그 누가 이 무거운 짐을 견뎌 낼 것인가.
>죽음 뒤에 무엇이 올까 하는 두려움이
>대자연의 두 번째 과정인
>죄 없는 잠을 죽이고 말았다.
>그리고 우리로 하여금 알지 못하는 그 무엇으로 가게 하기보다는
>난폭한 운명의 화살을 쏘게 했도다.
>바로 이것이 우리를 망설이게 한다.
>당신의 노크 소리로 던컨 왕을 깨우시오! 그렇게 되면 얼마나 좋겠는가.
>시간이 우리를 채찍질하고 모욕하는 것을 그 누가 견딜 수 있단 말인가,
>폭군의 비행과 잘난 자의 오만함을,
>법의 지루한 집행을,
>한밤중에 교회 무덤이 언제나처럼 엄숙한 검은 옷을 입고
>입을 벌리고 기다리고 있는 가운데, 어찌
>시간의 날카로운 이빨이 가져 올 죽음을 견딜 수 있단 말인가.
>어떤 나그네도 돌아올 수 없는 미지의 나라가
>이 세상에 더러운 기운을 내뿜고 있다.

결연했던 본래의 취지는
마치 속담에 나오는 가련한 고양이처럼
두려움 속에서 시들고,
지붕 위까지 내리깔린 온갖 구름도
이 때문에 길을 잃고
무엇을 할 것인지 헤매고 만다.
진정 절실하게 바라는 것은 죽음이다.
그러나 마음을 풀어라, 어여쁜 오필리아여,
그대의 무거운 대리석 입술을 닫고는
수녀원으로 갈지어다, 어서 갈지어다!

왕은 이 대사가 맘에 들었던지 이내 대사를 외우고는 아주 멋지게 연기해 냈다. 마치 이 역을 위해 태어난 사람처럼 연기했다. 대사를 거의 소화해 내자 더욱 흥이 났는지 이리저리 뛰어다니면서 대사를 토해 냈는데, 그 모습이 정말 볼 만했다.

첫 번 얻은 우연한 기회에 공작은 연극 전단을 인쇄할 수 있었다. 그런 후 이삼일 동안 강을 따라 흘러내려 갔다. 뗏목은 어느새 희한한 공간으로 변해, 공작의 표현대로 하자면 매일 대사 연습과 칼싸움 연습만 벌어지고 있었다. 어느 날 아침 아칸소 주까지 내려왔을 무렵 커다란 만곡부에 위치한 어느 자그만 시골 마을을 발견했다. 우리는 마을 4분의 3마일 정도에 있는 여울 입구에 뗏목을 매어 놓았는데, 여울 입구가 삼나무로 가려져 마치 동굴처럼 보이는 곳이었다. 짐을 제외한 우리들은 혹시 연극 공연을 할 가능성이 있는지 알아보기 위해 마을로 내려갔다.

상당히 운이 좋았는지 그날 오후에 마을에서 서커스 공연이 있을 예정이었다. 마을 사람들은 온갖 모양의 낡은 마차와 말을 타고는 서커스장으로 몰려들고 있었다. 서커스단이 어둡기 전에 이 마을을 떠날 예정이기 때문에 우리에게는 더 없는 좋은 기회가 되는 셈이었다. 공작은 마당이 넓은 집을 빌리고는 이내 전단을 붙이려고 온 마을을 돌아다녔다. 전단 내용은 이러했다.

셰익스피어 재공연!!!
멋진 볼거리
오늘 밤만 공연

세계적으로 유명한 비극배우인
런던 드루리 래인 극장의 데이비드 개릭 2세 및
런던 피커딜리의 푸딩 레인 화이트채플
왕립 헤이마켓 극장, 왕립 대륙 극장의
에드먼드 킨 2세

셰익스피어 연극의 백미라 할 수 있는
로미오와 줄리엣의 발코니 장면 공연

로미오 ………………………………………… 개릭 씨
줄리엣 ………………………………………… 킨 씨

극단 전 단원 조연 연기!
새로운 의상, 새로운 무대, 그리고 새로운 장비!

이 밖에,
리처드 3세의 긴박하고 피비린내 나는 칼싸움 장면 공연

리처드 3세 ……………………………………… 개릭 씨
리치먼드 ………………………………………… 킨 씨

이 밖에,

(특별 요청에 의해)

저명한 킨 씨가 파리에서 300일 동안 장기 공연했던

햄릿의 불멸의 독백!!

유럽 지역 공연 계획으로 인해 오늘 밤 단 하루 공연!

입장료 25센트, 소인 및 하인 10센트

우리는 어슬렁대며 온 마을을 돌아다녔다. 집이나 가게 건물들 대부분이 낡은 마른 판자로 세워졌으며 한 번도 페인트칠을 하지 않은 채 그대로였다. 모든 집들은 강물이 범람했을 때를 대비하기 위해 버팀목으로 3~4피트 이상 높게 세워져 있었다. 집집마다 조그만 뜰이 있지만, 재배하는 것은 거의 없었고 다만 흰꽃독말풀이나 해바라기에다 잿더미, 낡고 뒤틀어진 장화와 신발, 병 조각과 넝마, 그리고 내다 버린 양철 그릇이 눈에 띄었다. 울타리들은 온갖 종류의 판자대기로 만들어져 있었고 못질도 제각각이었다. 모두가 한쪽으로 조금씩 기울어진 상태였고, 문짝들에는 가죽으로 만든 경첩이 덜렁 하나씩만 달려 있었다. 흰색으로 페인트칠을 한 울타리도 있었는데 공작은 아마도 콜럼버스 시절에 칠했을 것이라고 했다. 대개 집 마당에 돼지들이 있었고 사람들이 돼지들을 몰아내고 있었다.

모든 가게들은 한 길을 따라 모여 있었다. 앞면에는 집에서 만든 흰 차양이 쳐져 있었는데 시골 사람들은 차양 기둥에다 말들을 매어 놓았다. 차양 아래로는 빈 포목 상자가 놓여 있었는데, 부랑자들이 큰 나이프로 상자를 자르기도 하고, 씹는 담배를 물고 입 벌리고 하품을 하거나 기지개를 켜기도 하면서 하루 종일 거기 붙어 있었다. 모두 변변치 못

한 자들이었다. 대개 우산만한 크기의 누런 밀짚모자를 쓰고 있었지만 윗저고리나 조끼는 입지 않았다. 그들은 서로를 빌이니, 벅이니, 행크니, 조니, 앤디니 등으로 부르면서 말끝을 길게 빼며 느릿하게 대화하고 있었고, 마구 욕을 해댔다. 모두 바지주머니에 손을 찔러 넣은 채, 차양 기둥마다 한 명씩 기대 앉아 있었다. 담배 한 대 빌리거나 가려운 곳을 긁는 경우를 제외하고는 절대 손을 빼는 일이 없었다. 이자들 가운데 항상 들리는 말이 있었다.

「행크, 담배 한 대만 빠세.」

「안 돼. 한 대밖에 없네. 빌에게 말해 보게나.」

그러면 빌이라는 자는 한 대를 주거나, 아니면 한 대도 없다고 거짓 답변을 하기도 한다. 이들 가운데 어떤 사람은 주머니에 일전 한 푼 아니라 담배 한 대도 없는 자들도 있다. 이들은 담배는 무조건 빌려 피웠고, 동료들에게 매번 이렇게 말을 걸었다. 「한 대만 빌려 주게, 잭. 난 방금 벤 톰슨에게 한 대 주었어.」 이건 매번 하는 거짓말이었다. 여기 속을 사람은 낯선 이방인밖에 없었다. 잭은 이방인이 아닌지라, 이렇게 대답한다.

「네가 한 대 주었다고? 네 여동생이 키우는 고양이 할매가 한 대 주었다고 해라. 레이프 버크너, 우선 네가 꿔간 담배부터 내놔 봐. 그러면 담배를 통째로 빌려 줄게. 그리고 이자 같은 것은 달라고도 않을게.」

「얼마는 갚지 않았는가?」

「그럼, 갚고말고. 여섯 대 정도. 그것도 가게용 담배를 가져가고는 기껏 싸구려 담배를 갚았지.」

가게 담배는 납작하고 검은 꼭지가 있지만 이자들은 대개 담배 잎사귀를 그냥 비틀어 만든 것을 씹고 다녔다. 이들 부랑자들은 담배를 빌리게 되면 칼로 자르는 대신 꼭지를 이빨

사이에 넣고는 질겅질겅 씹어 대다가 손으로 잡아 꼭지를 둘로 쪼갰다. 담배를 다시 건네받은 원래 주인은 이를 안 좋은 모습으로 쳐다보다가, 비꼬는 투로 이렇게 말하곤 한다.

「어이, 씹는 부분은 날 주고, 자네가 꼭지를 갖게나.」

길이나 골목이나 모두 진흙투성이였다. 아니 진흙밖에 없어 보였다. 어떤 곳은 타르처럼 새까만 진흙이 1피트 정도 깊은 곳도 있었다. 대개는 3~4인치 정도였다. 어느 곳을 가도 꿀꿀대며 어슬렁거리는 돼지들이 보였다. 진흙투성이 암퇘지와 새끼들이 길에서 어슬렁대다가 길 가운데 퍼질러 앉는 바람에 사람들이 이를 피해 다니곤 했다. 암퇘지는 새끼들이 젖을 빠는 동안 눈을 감고 자빠져서는 귀를 쫑긋대면서 마치 월급봉투라도 받은 듯 행복한 표정을 짓고 있었다. 그러면 이내 마을의 한 부랑자가, 〈쉬, 쉬, 티지. 가서 물어!〉 하고 개를 모는 소리가 들리고, 이내 개에게 두 귀를 물려 질질 끌려 도망가면서 꽥꽥대며 악쓰는 돼지의 모습이 눈에 들어왔다. 뒤를 이어 어디선가 개 삼사십 마리가 나타나면, 부랑자들 모두 벌떡 일어나 이런 광경이 눈에서 사라질 때까지 깔깔대고 쳐다보면서 이를 즐겼다. 이자들은 다시 할 일 없이 노닥거리다가 개싸움이 시작되면 모두 일어나 이를 반겼다. 주인 없는 개에다 테레빈유를 발라 불에 타죽게 한다거나, 꼬리에 양철냄비를 달아 죽을 때까지 달리게 하는 광경을 구경하는 것 빼고는, 이들에게는 개싸움이 최고로 재미있는 사건이었다.

강 앞쪽으로는 둑 너머로 고개를 내밀고 구부정하게 삐죽 튀어 나와 있어서 언제라도 무너질 것처럼 보이는 집들이 있었는데, 이미 사람들이 다 이사 가고 없었다. 어떤 집은 둑 아래 한구석이 파여서 마치 둑 위에 걸려 있는 듯 보이는 곳도 있었다. 잘못하면 집 크기의 땅이 한꺼번에 무너져 내릴 수 있기 때문에 위태로워 보였다. 한여름에는 4분의 1마일 깊이의 땅이 한꺼번에 무너져 내려 강으로 사라지는 경우도 있었다. 이런 마을은 매번 강물이 침식해 들어오기 때문에 뒤로 뒤로 물러나게 된다.

한낮이 되면서 더 많은 마차와 말이 계속 몰려와 거리를 채웠다. 멀리 시골에서 온 가족들은 점심을 싸가지고 와 마차 안에서 먹기도 했다. 여기저기 모여 위스키를 들이켜 댔고 싸움이 붙은 곳만 해도 세 군데나 있었다. 이때 누군가 소리를 지르며 등장했다.

「저기 보그스 영감이 온다! 오늘도 그놈의 술에 쩌는 월별 행사를 하러 시골에서 내려오신다.」

부랑자 모두가 기쁜 표정으로 보그스 영감을 쳐다보았다. 보그스 영감에게 재미를 붙인 듯한 모습이었다. 그들 중 한 사람이 이렇게 말했다.

「영감이 이번엔 누구를 해치울지 궁금하네. 아마 이십 년간 해치우겠다고 했던 자들을 모두 처리했다면 저 영감도 지금쯤 이름 좀 날렸을 텐데.」

그러자 다른 사람이 끼어들었다. 「이번엔 날 해치우겠다고 하면 좋겠어. 그래야 내가 천 년을 살 수 있을 테니까 말이야.」

말을 타고 달려오던 보그스 영감은 인디언처럼 소리를 지르며 노래를 불러 댔다.

「길 비켜라. 내가 나가신다. 자칫하면 관 값만 올라간다.」

술에 취해 안장 위에서 흔들거리는 보그스 씨는 벌건 안색을 한 쉰 살이 넘은 영감이었다. 모두들 그를 향해 소리치고 비웃고 말대꾸하자, 영감도 말대꾸하면서 모두들 때가 되면 차례로 상대해 주겠지만 오늘은 셔번 대령을 해치울 차례라고 하면서, 자신은 〈고기 먼저 먹고, 숟가락으로 먹는 음식은 그다음〉이라는 원칙으로 산다고 떠들어 댔다.

영감은 나를 보자 내 쪽으로 말을 몰고 오더니, 이렇게 말했다.

「꼬마, 넌 어디에서 왔니? 너도 죽을 준비가 된 건 아니겠지?」

그러곤 다시 말을 몰았지만, 나는 무섭고 겁이 났다. 그러자 어떤 사람이 내게 말했다.

「신경 쓰지 마. 술만 취하면 항상 저 모양이다. 아칸소에서 제일 성격이 착한 바보 같은 노인네란다. 맨정신일 때가 없고 항상 취해 지내지.」

보그스 영감은 마을에서 가장 큰 가게 앞에 말을 세우고는 차양 커튼 아래로 들여다보려고 고개를 쑥 내밀더니, 냅다 소리를 질렀다.

「셔번, 밖으로 나와라. 나와서 네놈이 사기 쳤던 사람을 똑바로 봐라. 넌 나한테 쫓기는 사냥개란 말이다. 이번엔 네 차례다!」

보그스 영감은 할 수 있는 온갖 욕지거리를 해가며 셔번을 불러 댔다. 거리는 구경꾼으로 가득 찼고 모두들 웃고 난리였다. 이윽고 거만해 보이는 쉰다섯쯤 된 사람이 가게에서 걸어 나왔고, 사람들은 그자가 지나갈 수 있도록 양옆으로 길을 터주었다. 그는 침착한 어투로 보그스 영감에게 천천히 말했다.

「이제 이 짓거리도 싫증이 났네. 하지만 오늘 한 시까지 기다려 주겠네. 한 시 이후로 다시 한 번 더 나에 대해 입을 뻥긋했다간 자넨 죽은 목숨이야. 어딜 가더라도 내가 찾아내고 말 거야.」

그리고 그는 다시 가게로 들어가 버렸다. 사람들 모두 숙연해지더니 미동조차 하지 않았고, 웃음소리도 사라지고 말았다. 보그스 영감은 거리를 따라 내려가면서 셔번에게 있는

욕 없는 욕을 해댔고, 이내 다시 돌아와 가게 앞에 서서 다시 욕을 해댔다. 몇몇 사람들이 영감 옆으로 모여들어 그만 떠들게 하려 했지만 그는 말을 듣지 않았다. 이제 십오 분밖에 남지 않았으니 오늘은 그만 당장 집으로 돌아가라고 타일렀지만 막무가내로 고집을 피우면서, 계속 악쓰고 욕을 해댔다. 그러고는 진창 바닥에 모자를 집어던지고 말발굽으로 짓밟더니만 흰머리를 휘날리며 마을 아래쪽으로 내달렸다. 사람들은 기회가 있을 때마다 그를 달래어 말에서 내리게 한 후, 정신 차릴 때까지 가두어 두려고 했지만 아무런 소용이 없었다. 다시 마을로 올라온 영감은 셔번에게 욕을 퍼부었다. 이윽고 누군가 말했다.

「딸을 불러옵시다. 서둘러요, 가끔 딸의 말은 듣기도 해요. 저 영감을 설득할 수 있는 사람은 딸밖에 없어요.」

누군가 딸을 찾으러 뛰기 시작했다. 나는 길을 따라 걷다가 멈춰 섰고, 오 분에서 십 분 정도가 지나자 보그스 영감이 다시 나타났다. 이번에는 말을 타지 않고 모자도 쓰지 않은 채 비틀거리면서 길 건너 내가 있는 쪽으로 다가왔다. 양쪽에서 친구들이 팔을 하나씩 붙잡고 그를 재촉했다. 영감은 말은 없었지만 불안해하는 모습이었다. 하지만 뒤로 물러서지 않고 스스로 서두르고 있었다. 그때 누군가 소리쳤다.

「어이, 보그스.」

쳐다보니 다름 아닌 셔번 대령이었다. 대령은 오른손에 권총을 들고는 길 가운데 아무런 말 없이 서 있었다. 다행히 총신은 보그스가 아니라 하늘을 겨누고 있었다. 그때 어린 여자아이 하나가 두 사람과 함께 달려오는 모습이 보였다. 보그스와 두 사나이는 누군가 부르는 소리에 동시에 뒤를 돌아보았다. 서로 총을 목격한 순간 두 사나이는 옆으로 몸을 휙 젖혔다. 셔번의 총신은 이제 내려와 수평을 조준하고 있었고,

양쪽 공이 모두가 뒤로 젖혀져 있었다. 그 순간 보그스 영감은 두 손을 쳐들고 외쳤다. 「오 하느님, 제발 쏘지는 마!」 〈빵!〉 하고 첫 번째 총성이 울렸고 보그스 영감은 하늘을 향해 손을 움켜쥐면서 비틀거렸다. 다시 두 번째 총성이 울렸다. 영감은 두 손을 하늘을 향해 펼친 채 서서히 뒤로 자빠지고 말았다. 여자 아이는 외마디 소리와 함께 달려와 울부짖으며 아버지 옆으로 몸을 날렸다. 「우리 아빠를 죽였어요. 저자가 우리 아빠를 죽였어요.」 이들이 어깨로 서로 밀치면서 부녀 주위로 모여들기 시작했다. 그러고는 길게 목을 빼 들여다보았다. 바로 주위에 있던 이들이 사람들을 밀치면서 소리쳤다. 「뒤로 물러서요, 뒤로. 바람 좀 통하게 합시다. 바람 좀!」

셔번 대령은 총을 바닥에 버리더니 뒤로 돌아 걸어갔다.

사람들은 보그스 영감을 인근의 조그만 약방으로 데리고 갔다. 사람들은 여전히 서로 밀치면서 일행을 따라다녔다. 나도 급히 달려가 창가 옆 구경하기 좋은 자리를 잡고서 안을 들여다보았다. 사람들은 영감을 바닥에 누이고는 머리 밑에다 큰 성경책을 고이고 다른 성경책을 펼쳐 그의 가슴 위에 올려놓았다. 영감의 셔츠를 찢어 놓았기에 나는 총알이 관통한 곳을 볼 수 있었다. 영감은 열댓 번이나 숨을 헐떡거렸고, 숨을 들이쉴 때는 가슴 위에 놓인 성경이 위로 들썩였고, 내쉴 때에는 성경책이 아래로 내려갔다. 그러더니 이내 모든 것이 멈추면서 숨을 거두었다. 사람들은 옆에서 울고불고하는 딸을 시신에서 떼어 놓았다. 이제 겨우 열여섯 살인 그녀는 상냥하고 예쁜 모습이었지만, 지금은 창백하고 겁을 잔뜩 먹은 표정이었다.

이내 온 마을 사람이 모여들었다. 서로 밀치락달치락하면서 창가에 자리를 잡고 안을 들여다보려고 난리법석을 피웠다. 이미 자리를 잡은 사람은 비켜 주지 않았고 뒷사람들은

⟨어이, 이제 충분히 봤잖아. 그렇게 오래 있으면 안 되잖아. 다른 사람에게도 볼 기회를 줘야지⟩라고 떠들어 댔다.

한참 말다툼이 오가면서 이내 소동이 벌어질 것 같아 나는 그곳을 빠져나왔다. 거리는 사람들로 가득 찼고 모두 흥분된 분위기였다. 사건을 목격한 사람들은 자초지종을 설명하고 있었고, 설명을 듣기 위해 이들 주위로 사람들이 목을 길게 뺀 채 경청하고 있었다. 길게 기른 머리에, 큼직한 흰 실크 모자를 머리 위에 걸치고 끝이 흰 지팡이를 든 어떤 깡마른 사람이 보그스 영감이 서 있던 자리와 셔번 대령이 서 있던 자리에 표시를 했다. 그 사람 주위를 졸졸 따라다니며 모든 일을 지켜보았던 사람들은 마치 무엇을 알았다는 듯이 고개를 끄덕이거나, 지팡이로 땅에 표시하는 것을 보기 위해 허벅지에 두 손을 걸친 채 허리를 굽혀 쳐다보기도 했다. 그 사람은 셔번이 서 있던 자리에 꼿꼿하게 서서 모자챙을 깊게 눌러 내리더니, ⟨보그스!⟩ 하고 소리쳤다. 그러고는 서서히 지팡이를 수평으로 내리면서 ⟨빵!⟩ 하고 소리쳤다. 뒤로 비틀대다가 다시 ⟨빵!⟩ 소리를 내더니 이내 뒤로 자빠졌다. 보그스 영감이 쓰러지는 모습을 본 사람들은 그 사람이 완벽하게 사건을 재현했고 바로 실제 벌어진 상황과 똑같다고 설명했다. 그러자 많은 사람들이 제각기 자기 술병을 꺼내더니 그에게 술을 대접했다.

누군가가 셔번 대령에게 폭행을 가하자는 의견을 제시했다. 약 삼십 초 후, 모두들 그래야 한다고 외쳐 댔다. 그러더니 마치 미친 사람들처럼 소리를 지르면서 빨랫줄을 닥치는 대로 걷어 가지고는 셔번 대령을 목매달아야 한다며 달려 나갔다.

22

 사람들이 셔번 대령의 집 앞으로 모여들었다. 모두들 인디언처럼 괴성을 지르고 길길이 뛰면서, 앞에 무어라도 거치적거리는 것이 있으면 금세 다 밟아 뭉개 버릴 듯이 날뛰었다. 아이들이 폭도들의 앞으로 달려가면서 소리를 지르며 길을 비켜 주었고, 여자들은 길을 따라 열린 모든 창문을 통해 쳐다보고 있었다. 나무 꼭대기마다 검둥이 꼬마들이 올라가 앉아 있었고, 남녀 검둥이들은 울타리 너머로 구경하고 있었다. 이들은 폭도들이 가까이 다가오자 뿔뿔이 흩어져 황급히 사라지고 말았다. 많은 아낙들과 처자들은 혹 죽을까 봐 겁을 먹고는 큰 소리로 울어 댔다.

 사람들은 셔번 대령 집 울타리 말뚝 앞에 구름떼처럼 몰어들어 자리를 꼬박이 채웠다. 서로 워낙 떠드는 통에 자기 소리도 못 들을 지경이었다. 20야드 정도 되는 자그만 뜰이었다. 누군가 소리쳤다. 「울타리를 헐어 버려! 헐어 버리자고!」 이어 부수고 뜯어내고 넘어뜨리는 소리가 들렸고, 울타리는 이내 쓰러졌다. 맨 앞줄 사람들이 파도처럼 안으로 밀고들어 갔다.

 그때 지붕에 난 조그만 현관문 밖으로 셔번 대령이 모습을 나타냈다. 손에는 연발 장총을 들고, 한마디 말없이 침착하고 태연한 모습이었다. 사람들의 소동이 멈추었고 더 이상 밀고들어 오지도 않았다.

 셔번 대령은 한마디 말없이 묵묵히 아래를 내려다보았다. 으스스한 기분이 들 정도로 적막한 가운데 모두들 안절부절 못하고 어쩔 줄 몰라 하는 모습이었다. 셔번 대령이 사람들을 천천히 내려다볼 때, 사람들은 시선이 마주칠 때마다 그를 뚫어지게 쳐다보려고 애썼다. 하지만 이내 시선을 떨어뜨린 채, 흘끔흘끔 바라볼 뿐이었다. 셔번 대령은 이내 희미한 미소를 띠어 보였지만 기분 좋은 웃음이 아니라 마치 빵을 먹다가 모래를 씹었을 때 짓는 그런 웃음이었다.

드디어, 대령이 천천히 그리고 비웃는 듯한 어조로 말을 꺼내기 시작했다.

「너희들이 누구를 린치하겠다는 것이냐! 재미있는 생각이구나. 감히 남에게 린치를 가할 생각을 할 정도로 대담해졌구나. 너희들이 이곳으로 흘러들어 온 외롭고 불쌍한 여자들에게 타르를 바르고 깃털을 꽂는 짓을 했다고 해서 감히 사나이에게도 손을 댈 수 있다고 생각한단 말이지? 이 대명천지에 너희들이 내 앞에 서 있는 한 너희 같은 놈 천 명이 몰려와도 사나이는 불안해하지 않는다.」

「내가 너희를 모를 줄 알고? 나는 너희들 속을 뻔히 알고 있다. 나는 이곳 남부 지역에서 태어나 자랐을 뿐 아니라, 북부에서도 살아 봤기 때문에 웬만한 인간이 어떠한지 다 알고 있다. 웬만한 인간들은 다 비겁한 놈들이다. 북부에서는 자기를 밟는 놈들을 그냥 내버려 둔 채, 집으로 돌아가 참을 인자를 구하는 겸손한 기도를 하는 인간 군상들이 허다하다. 남부에서는 대낮에 혼자서 사람들로 가득 찬 역마차를 습격해 강도질을 일삼는다. 신문에서는 대담한 자들이라고 호들갑을 떨고 너희들도 정말 자신들이 누구보다도 용감하고 대범하다고 생각한다. 허나 실은 너희들도 남들 정도 용감할 뿐 더 용감한 게 아니다. 왜 배심원들이 살인자들을 교수형에 처하지 못하는지 아느냐? 그건 그놈의 친구들이 야밤에 숨어서 뒤에서 총질을 할까 봐 두려워하기 때문이다. 이놈들은 충분히 그런 짓을 할 놈들이다.」

「그래서 언제나 풀려나기 마련이다. 그러면 진짜 사나이가 야밤에 복면을 한 수많은 겁쟁이를 데리고 가 그 악당들에게 린치를 가하는 것이다. 너희들이 범한 실수는 그 사나이를 데리고 오지 않았다는 것이다. 그게 첫째 실수고, 둘째로 범한 실수는 복면으로 얼굴을 가리고 야밤에 몰래 오지 않았다는 것이다. 너희는 기껏해야 절반짜리 사나이인 저기 서 있는 벅 하크니스를 데리고 와서는 〈린치를 가하자!〉고 소리치게 만들었을 뿐이다. 너희들도 뒤로 빼면 비겁한 놈이라는 것이 탄로 날까 두려워 저 반쪽짜리 사나이 외투 뒤에 숨어 큰일을 해보겠다고 소리치고 여기까지 달려온 것이다. 이 세상에서 가장 불쌍한 놈들이 바로 너희 같은 폭도들이다. 군대도 마찬가지다. 타고난 용맹성 때문에 나가 싸우는 게 아니라 군중심리에 기대 용감해지는 것이고 장교들에 기대어 용감해진 것뿐이다. 하지만 선두에 사나이가 나서지 않는 폭도는 더욱 가관이다. 이세 내놈들에게는 꼬리를 내리고 집으로 기어들어 가는 일만 남았다. 진정 린치를 가하려거는 야밤에 찾아와 남부 놈들 방식으로 처리하기 바란다. 그리고 잊지 말고 복면을 챙기고 진짜 사나이를 앞세우고 나타나면 된다. 자, 네놈들의 반쪽 사나이를 데리고 당장 이 자리에서 꺼져라.」 대령은 이 말을 하면서 총을 왼팔에 걸치고는 공이를 뒤로 젖혔다.

사람들이 황급히 뒤로 빠져나갔고 모두 사방으로 갈래갈래 흩어져 버렸다. 벅 하크니스도 꽤나 비겁한 모습으로 이들을 따라 꽁무니를 빼고 말았다. 버터 볼까 싶은 마음이 있으면 나라도 남았겠지만, 나도 이를 원치 않았다.

대신 서커스장으로 가서는 뒤편에서 얼쩡거리며 있다가 경비가 지나가자마자 텐트 밑으로 숨어들어 갔다. 20달러짜리 동전과 다른 돈이 조금 있었지만 여기다 써버리고 싶은 생각은 없었다. 집 떠나서 낯선 사람들과 지내다 보면 언제 필요할지 몰라 그냥 갖고 있기로 했다. 나는 항상 준비성이 있어야 한다고 생각했다. 다른 방법이 없을 때에는 서커스에 돈을 투자하는 데 반대하지는 않지만, 꼭 그렇게 써버리고 싶지는 않았다.

정말로 멋진 공연이었다. 지금까지 본 것 중 가장 훌륭했다. 단원들이 둘씩 입장할 때에는 신사 숙녀가 나란히 말을 타고 들어왔는데, 남자들은 속바지와 내의 차림에, 구두도 안 신고 말안장 양쪽에 걸린 등자도 없이, 손을 허벅지에 올려놓은 자세로 경쾌하게 입장했다. 스무 명쯤 될 듯싶다. 숙녀들은 예쁜 용모에 진짜 여왕들이 모인 것처럼 아름다운 자태를 뽐냈고 다이아몬드가 박혀 있는, 수만 달러가 되어 보이는 의상을 입고 있었다. 정말 인상적이었고 이렇게 아름다운 광경은 처음이었다. 한 사람씩 말 위에서 일어서더니 파도치듯이 우아하게 천천히 원을 돌았다. 남자들은 큰 키에 가벼운 동작으로 말안장 위에 바로 서서는 텐트 천장 아래에서 머리를 들었다 내렸다 하면서 달렸고, 여자들은 장미꽃처럼 하늘거리는 의상을 허리둘레에 가볍게 비단처럼 휘날렸는데 그 모습이 마치 아름다운 양산처럼 보였다.

모두들 춤을 추며 점점 더 빠르게 원을 돌았다. 첫 번째 남자가 한 발을 공중으로 번쩍 들다가 다시 다른 발을 들었고, 말들은 몸을 더욱 숙이며 달렸다. 연기 감독은 원 중앙에 서 있는 장대를 빙빙 돌면서, 「휘이! 휘이!」 소리치며 회초리를 휘둘렀다. 그 뒤에서 어릿광대가 우스갯소리를 하고 있었다. 이윽고 모든 단원들이 말고삐를 놓고, 여자들은 손을 허리에 대고 남자들은 팔짱을 끼었다. 그러자 말들이 허리를 구부려 몸을 세웠고, 한 사람씩 원 안으로 뛰어내리면서 멋지게 고개 숙여 인사했다. 그러고는 안으로 사라지자 사람들이 박수를 치면서 환호성을 질러 댔다.

서커스 내내 모두들 정말 환상적인 연기를 보여 주었다. 특히 어릿광대는 관객들의 배꼽을 잡아 뺐다. 어릿광대는 연기 감독이 한마디 대꾸도 못 할 정도로 마치 속사포처럼 재미있는 말들을 뱉어 냈다. 어찌 그토록 많은 말들을 그렇게 빨리 생각해 낼 수 있는 건지, 그리고 유창하게 지껄일 수 있는 건지 도저히 이해할 수 없을 정도였다. 내가 지어내려면 일 년 이상 걸릴 정도의 분량이었다. 술 취한 사람이 뛰어들어 자기가 누구보다 말을 잘 탈 수 있으니 한번 타보자고 하는 바람에 공연이 중단되고 말았다. 사람들이 모여 그를 쫓아내려고 소리치며 그를 비웃어 대자 그 사람은 화가 난 표정을 짓더니 난리를 피웠다. 흥분한 많은 관객들이 무대로 뛰어들어 원 안으로 모여들기 시작했다. 이들은 〈저놈을 한 방 먹여서 쫓아냅시다!〉하고 외쳐 댔다. 여자들 한두 명이 같이 소리를 질러 댔다. 연기 감독은 별다른 소동이 없으니 걱정 말라고 하면서, 만약 아무런 말썽을 피우지 않겠다고 약속하면 이 사람에게 한 번 정도 탈 기회를 주겠노라고 짧게 연설했다. 사람들은 크게 웃으면서 해보라고 대꾸했고 드디어 술 취한 사람이 말에 올라탔다. 올라타자마자 말이 이리 뛰고 저리 뛰면서 난리를 피웠다. 단원 두 사람이 말을 안정시키려고 말고삐에 매달렸고 술 취한 관객은 말 목에 매달렸다. 말이 뛸 때마다 그 사람의 뒤꿈치도 하늘로 솟구쳤다. 관객들은 모두 일어서서 눈물이 날 정도로 웃어젖혔다. 단원들이 애쓴 보람도 없이 마침내 말이 풀려나 원 주위를 미친 듯이 달렸다. 그 주정뱅이는 말 위에 납작 엎드려 떨어지지 않으려고 말 목에 꼭 매달렸다. 한번은 한 발이 땅에 닿을 정도로 내려왔고 다음에는 다른 발이 땅에 닿을 정도로 내려왔다. 관객들은 그야말로 재미있어서 죽을 지경이었다. 하지만 내게는 전혀 우스워 보이지 않았다. 혹시 말에서 떨어져 다치지 않을까 보기도 겁이 났다. 하지만 조금 있자 술주정뱅이는 가까스로 말 등에 올라타더니 비틀대면서 말고삐를 잡아

했다. 다음 순간 말의 등 위로 벌떡 일어서더니 고삐를 집어던졌다. 말은 여전히 질주하고 있었다. 말 위에 선 그 사람은 언제 술을 마셨냐는 듯이 편한 자세로 유유히 말을 달렸다. 그러곤 옷을 하나씩 벗어던지기 시작했다. 쉴 새 없이 집어던지는 통에 공중이 온통 옷가지들로 들어찬 기분이 들 정도였다. 그는 연이어 열일곱 벌을 벗어던졌다. 그러더니 마침내 호리호리하고 잘생긴 용모에 멋지고 화려한 의상을 걸친 젊은이로 탈바꿈했다. 그는 말에 채찍을 휘둘러 달리게 했고, 마침내 말에서 뛰어내려 관객들에게 큰 절을 하고는 의상실로 뛰어들어 갔다. 관객들 모두 즐겁고 놀란 나머지 환호성을 질러 댔다.

연기 감독은 그제야 자신이 속았다는 사실을 깨달았고, 내게는 지금껏 본 연기 감독 중 가장 불쌍한 감독처럼 보였다. 자기 단원 중 한 사람에게 속았으니 말이다! 그 젊은 단원은 자기 혼자 이런 장난 짓을 생각해 낸 후 누구에게도 말하지 않았던 것이다. 그렇게 속고 보니 나 역시 멍청하다는 기분이 들었고, 천 달러를 준다고 해도 연기 감독 역할을 하고 싶을 것 같지 않았다. 이 서커스보다 더 근사한 서커스가 있을지 모르겠지만 나는 아직껏 이보다 더 근사한 서커스는 본 적이 없었다. 어쨌든 나에게는 정말 재미있는 서커스였고, 언제 다시 보게 되더라도 매번 관객이 될 것 같았다.

그날 밤 우리도 연극을 공연했다. 하지만 열두 명만 보러 오는 바람에 겨우 비용을 메울 정도였다. 관객들이 매번 비웃는 바람에 공작은 화가 났고, 연극이 끝나기도 전에 졸고 있던 애 하나를 제외하고는 모든 관객들이 자리를 뜨고 말았다. 공작은 아칸소 촌놈들이 셰익스피어를 이해하겠느냐며, 이들에게는 저질 희극이나, 아니면 그보다 훨씬 저질이 안성맞춤일 것이라고 보았다. 이 사람들의 취향을 가늠할 수 있겠다고 하면서 다음 날 아침에는 커다란 포장지 몇 장과 검 정색 페인트를 구해 가지고 전단을 만들어 마을 전체에 붙였 다. 전단에는 이런 내용이 씌어 있었다.

대저택 공연!
단 사흘 밤만 공연!

세계적으로 저명한 비극배우 데이비드 개릭 1세 및
런던과 대륙 극장의 에드먼드 킨 2세

스릴이 넘치는 비극
「왕의 기린」 일명 「전대미문의 걸작」

입장료 50센트

맨 아래에는 큰 글자로 다음과 같이 적혀 있었다.

부인과 애들은 입장 불가

공작은 이렇게 말했다. 「자, 이래도 관객이 안 몰린다면 아 칸소는 포기해야지.」

23

공작과 왕은 무대를 꾸미고, 커튼을 달고, 각광에 필요한 촛불을 준비하느라 온종일 바빴다. 그날 밤 공연장은 눈 깜짝할 사이에 남자들로 가득 찼다. 더 이상 관객이 들어설 자리가 없게 되자 공작은 공연장 입구를 떠나 뒷길로 돌아서더니 이내 무대 위로 올라가 커튼 앞에 서서 연극에 대해 짤막한 연설을 했다. 그는 이 연극에 대한 찬사를 아끼지 않았고, 최고로 스릴감이 넘치는 작품이라고 치켜세웠다. 그러고는 작품에 대한 자랑과 함께 연극의 주인공을 맡을 에드먼드 킨 2세에 대한 자랑을 늘어놓았다. 이제 관객들의 기대감이 한 층 부풀어 올랐을 때 그는 커튼을 올렸다. 무대가 열리자마자 찬란한 무지개 색처럼 온몸에 다양한 색의 선과 줄무늬를 칠한 왕이 알몸으로 기어 나오면서 무대에 등장했다. 나머지 의상도 거칠고 정말로 우스꽝스러운 모습이었다. 관객들은 웃다가 자빠질 정도로 크게 웃어젖혔다. 왕이 이렇게 무대 위에서 움직이는 짓을 그만두고 무대 뒤로 도망가려 하자 관객들은 우스워 죽겠다고 우레 같은 박수를 치며 환호성을 질렀다. 왕이 다시 무대에 등장할 때까지 사람들은 소리를 질러 댔다. 사람들의 환호 소리는 결국 왕으로 하여금 다시 한 번 이런 모습으로 무대에 등장하게 만들고 말았다. 그 어리바리한 노인네가 하는 장난 짓을 보자니 정말 어처구니가 없었다.

공작은 이내 무대 커튼을 내리더니 사람들에게 무대 인사를 했다. 그러고는 객석을 향해서 런던 계약이 임박하여 이 공연은 앞으로 이틀만 더 진행될 것이라고 광고했다. 그는 무대 인사와 함께 런던 드루리 래인 극장의 표도 이미 모두 매진됐다고 떠들어 댔다. 그리고 이 무대가 즐겁고 교훈적인 면이 있었다고 느끼셨다면 동료들에게 꼭 전해 주어 많이들 올 수 있게 해주시면 고맙겠다고 당부인사까지 했다.

한 스무 명가량이 웅성대기 시작했다.

「뭐야, 연극이 벌써 끝난 거야? 이게 다야?」

공작이 그렇다고 답하자, 극장은 난장판이 됐다. 모두 미친 듯이 일어나 〈속았다!〉 하고 소리치면서 무대 위로 뛰어올라 가 배우들에게 돌진하려 했다. 그때 큰 덩치에 품위 있어 보이는 사람 하나가 의자 위로 올라서더니 이렇게 외쳤다.

「여러분! 한마디만 합시다.」 이 말에 모두들 자리에 멈춰 섰다. 「우리가 속았습니다. 정말 감쪽같이 속았습니다. 하지만 우리가 마을의 조롱거리가 되어선 안 됩니다. 그리고 죽을 때까지 이 사건이 사람들 입에 오르내려 우리 귀에 들리게 해선 안 됩니다. 우리가 할 일은 조용히 이 자리를 떠서 사람들에게 이 연극을 홍보해 모든 사람들이 표를 사게 만드는 겁니다! 그래야 동병상련이 되는 겁니다. 제 말이 어떻습니까?」 사람들은 〈옳습니다. 판사님 말씀이 맞습니다〉라고 소리쳤고, 판사는 〈좋아요. 그러면 우리가 속은 것은 절대 입 밖에 내지 맙시다. 조용히 집으로 돌아가 사람들에게 이 연극을 보라고 알립시다〉라고 말했다.

다음 날 마을 전체에 이 연극이 정말 훌륭한 연극이었다는 소문이 퍼졌다. 그날 밤 극장은 초만원이었고 우리는 어제와 같이 관객들을 속였다. 공연 후 우리 모두는 뗏목으로 돌아와 저녁식사를 했다. 그리고 자정쯤 되자 왕과 공작은 나와 짐에게 뗏목을 빼다가 강 가운데로 몬 다음 마을에서 2마일 반가량 아래에 숨겨 두라고 일렀다.

사흘째 되는 밤에도 객석은 다시 사람들로 가득 찼다. 하지만 이번에는 새로 온 관객이 아니라 모두들 첫 날과 둘째 날 밤에 왔던 사람들이었다. 나는 입구에서 공작 옆에 서 있다가 사람들의 주머니가 한결같이 불쑥 튀어나와 있고 외투 안에도 무언가를 숨기고 있다는 것을 알게 되었다. 암만 보아도 향수 같은 것은 아니었다. 통째 다 썩은 달걀 냄새와 썩은 양배추 냄새 같은 것들이 진동했다. 만약 죽은 고양이 냄새를 맡을 수 있었다고 한다면 장담컨대 아마 예순 네 마리 정도가 극장 안으로 들어온 것 같은 느낌이었다. 잠깐 안으로 들어가 보았지만 도무지 분간할 수 없는 여러 가지 냄새 때문에 더 이상 참을 수 없을 지경이었다. 객석이 들어차자, 공작은 어떤 사람에게 잠깐 입구를 부탁한다고 말하면서 25전짜리 동전을 건네주었다. 공작이 무대 뒤쪽 문으로 돌아 나갈 때 나도 그를 따랐다. 모퉁이를 돌아 어둠 속으로 가기가 무섭게 공작이 내게 말했다.

「주택가에서 멀리 떨어질 때까지 빨리 걸어라. 다음엔 귀신이 쫓아온다고 생각하고 뗏목으로 즉시 튀어라.」

나는 공작이 시키는 대로 했고 공작 역시 죽어라고 뗏목으로 튀었다. 우리는 거의 동시에 뗏목에 도착해서는 그 즉시 흐르는 강물을 타고 어둡고 조용한 가운데 강 중앙 쪽으로 미끄러져 들어갔다. 모두 한마디 말이 없었다. 나는 불쌍한 왕이 지금쯤 관객들에게 험한 꼴을 당할 것이라고 생각하고 있었는데, 그 순간 움막에서 다름 아닌 왕이 기어 나왔다. 그는 이렇게 말했다.

「어이, 공작, 오늘 밤 작업은 어떻게 됐나?」

그는 아예 마을에 나타나지도 않았던 것이다.

우리는 마을에서 약 10마일 이상 아래로 내려올 때까지 아예 불을 켜지 않았다. 그런 다음 불을 켜고 식사를 했다. 왕과 공작은 자기들이 마을 사람들을 속여 넘긴 일을 두고 배꼽을 잡고 웃어젖혔다. 공작이 이렇게 말했다.

「멍청한 신출내기들! 공연 첫 날 이놈들이 입을 함구하고 마을 사람들을 끌어들일 줄 알았지. 그리고 사흘째 날 밤에는 이제 자기 차례라고 생각하고 우리를 기다릴 줄 알고 있었거든. 암, 자기들 차례가 맞지. 얼마나 준비했을까. 기회를 잡으려고 얼마나 투자했는지 궁금하네. 원하면 야유회로 만들었을 수도 있었을 거야. 먹을 것을 잔뜩 가져왔을 거라고.」

악당들은 사흘 밤 동안 4백 65달러를 벌어들였다. 나는 아직까지 수레에 꽉 찰 정도로 이렇게 많은 돈을 끌어들이는 것을 본 적이 없었다.

마침내 이들이 코를 골며 잠에 곯아떨어지자, 짐이 내게 말했다.

「헉, 너는 저 왕족들이 하는 짓에 놀라지도 않는 거여?」

「아니, 놀랄 게 없지.」

「왜, 놀래지 않는겨?」

「글쎄, 왕족 신분이기 때문이잖아. 왕족들은 다 마찬가지야.」

「헌디, 헉, 여기 이 왕족들은 정말 악당들이여. 정말 나쁜 사람들이란 말여.」

「그게 바로 내 말이야. 내가 아는 한 왕이란 작자들은 모두 악당이야.」

「정말, 그런 거여?」

「그자들 이야기 한번 읽어 봐. 그러면 알게 될걸. 헨리 8세를 보면 이 사람들은 주일학교 선생님 정도에 지나지 않아. 찰스 2세, 에드워드 2세, 리처드 3세, 그 외도 수두룩해. 옛날에 자기 멋대로 세상을 주무른 섹슨족 7왕국의 왕들도 마찬가지고. 짐, 너는 헨리 8세가 한창이던 때를 봤어야 해! 진짜 대단했다니까. 매일 새 여자랑 결혼하고 다음 날 아침에 목을 날려 버리곤 했어. 마치 달걀 주문하듯이 아무렇지도 않게 〈넬 그윈을 데려와라〉 하고 명령한다니까. 신하들이 데리고 오면, 다음 날 아침에는 〈목을 쳐버려라〉 한다고. 그러면 목을 처버리는 거지. 다음 날에는 〈제인 쇼를 데려와라〉 하고, 다음 날 아침엔 〈목을 쳐라〉 하고. 그러면 죽는 거야. 〈페어 로자몬을 대령해라〉 그러면 그녀가 즉시 궁에 나타나고, 다음 날 역시 〈목을 쳐라〉 한다고. 게다가 매일 밤 자기에게 이야기를 하나씩 하게 했어. 그러고는 천 하루 동안 모은 걸 가지고 책으로 만들어 〈최후 심판 이야기〉라고 불렀어. 멋진 이름이긴 해. 온갖 경우를 다 담았지. 짐, 너는 왕에 대해 잘 모르지만, 난 그자들을 잘 알아. 여기 이 늙은 왕과 공작은 역사책에서 내가 만난 왕들에 비하면 가장 깨끗한 편이야. 헨리라는 작자는 이 나라에 무슨 문제를 일으키려는 꿍꿍이를 갖고 있던 자야. 그런데 무슨 통보를 하거나 알려 준 줄 알아? 별안간 보스턴 항에 있던 차들을 몽땅 물에 빠뜨리고 휘저었다니까. 그러고는 독립선언서를 내동댕이치면서 한번 해보자고 했던 사람이야. 그게 그자의 방식이야. 아무런 기회도 주지 않는 거지. 자기 아버지인 웰링턴 공작도 의심했었어. 어떻게 한 줄 알아? 한번 보자고 말한 게 아니고, 그냥 고양이 죽이듯이 맘지 포도주 통에 넣어 죽였다고. 사람들이 돈을 놔두고 가면 어떻게 했느냐? 제 맘대로 다 써버렸지. 그자와 무슨 계약을 하고 돈을 지불하고 나서, 거기 앉아 지켜보지 않으면 늘상 엉뚱한 짓만 했다고. 입만 뻥긋하면 어땠는지 알아? 잠시도 쉬지 않고 냅다 거짓말만 해댔지. 헨리란 놈이 바로 그런 벌레 같은 놈이야. 저 사람 대신 헨리가 이 뗏목에 탔다면 우리가 저 마을에서 사기 쳤던 것보다 훨씬 더 했을 거야. 그렇다고 저자들이 양처럼 순하다는 말은 아냐. 냉정하게 보면 절대 아니지. 하지만 옛날의 그 숫양 같은 자들에 비하면 아무것도 아니지. 어쨌든 왕들은 어쩔 수 없어. 내버려 둘밖에. 죄다 변변치 못하지. 그렇게 자라서 그래.」

「헉, 그래도 이자들에게서 심한 냄새 못 맡는 거여?」

「글쎄, 왕들은 다 마찬가지야, 짐. 원래 그런 걸 어떡하니. 역사책에도 그렇게 씌어 있거든.」

「공작은 좀 나은 것 같기는 헌디.」

「그래, 공작은 좀 다르긴 해. 하지만 별 차이는 없어. 이 사람도 만만한 사람이 아니야. 눈 나쁜 사람이 보면 술 취한 공작의 모습이나 왕의 모습이나 구분하기 힘들 거야.」

「아무튼 난 두 사람 다 별로 좋지 않아. 두 사람에게 손들었다니께.」

「짐, 나도 같은 마음이야. 하지만 우리에게 주어진 짐이잖아. 그리고 이 사람들의 신분이 그렇다는 것을 잘 알고 우리가 잘 참아 주어야 해. 가끔 나도 왕이 없는 나라에 대한 이야기를 듣고 싶을 때가 있어.」

이자들이 진짜가 아니라고 짐에게 말해 보았자 무슨 소용이 있을까 싶었다. 도움도 안 될 이야기가 될 게 뻔했다. 게다가, 내가 말한 대로, 진짜 왕족들과 별반 다르다고 하기도 쉽지 않았다.

나는 곧 잠자리에 들었다. 종종 그랬듯이, 짐은 내 보초 시간이 되어도 나를 깨우지 않았다. 동이 틀 무렵 깨어 보니, 짐이 머리를 무릎 사이에 푹 처박고는 혼자 흐느끼고 있었다. 나는 못 본 척하면서, 차라리 모른 척했다. 왜 그런지 알고 있었기 때문이다. 짐은 멀리 떨어져 있는 자기 아내와 자식 생각을 하고 있었고, 평생 한 번도 집을 떠나 본 적이 없는 짐으로서는 쓸쓸하고 고향 생각이 간절했기 때문이었다. 백인들이 자기 가족을 그리워하듯이 짐도 자기 가족을 그리워하고 있었던 것이다. 이상하다고 생각할 수 있지만 내겐 아주 자연스러워 보였다. 그는 거의 밤마다 내가 잠들었다고 생각될 쯤이 되면 〈우리 불쌍한 엘리자베스! 우리 불쌍한 조니! 어쩌나! 이제 다시는 볼 수 없게 되었구먼!〉 하면서 혼자 흐느끼곤 했다. 짐은 마음이 너무 착한 검둥이였다.

이번에는 내가 아내와 애들에 대해 말을 걸어 보았더니, 이윽고 짐이 입을 열기 시작했다.

「지금 내 가슴이 아픈 이유는 방금 전 바로 저쪽 강둑에서 뭔가 철썩하는 소리가 들렸기 때문이여. 예전에 내가 우리 귀여운 엘리자베스를 심하게 때린 적이 있었는디 이놈의 소리 때문에 그게 생각났어. 그 애가 네 살경이였어, 성홍열에 걸려서 얼마 동안 된통 고생하다가 다행히 살아난 거여. 어느 날 애가 문 앞에 서 있기에, 내가 말했어.

「문 좀 닫어.」

「그런데 애가 말을 안 듣는 거여. 그냥 서서 나를 보고 웃고만 있잖이여. 화가 치밀어 올라서 다시 소리 질렀어.」

「귓구멍이 막혔냐? 문 닫으란 말여!」

「그런데 계속 웃기만 하고 서 있더라고. 분통이 터져서, 말했어.」

「이년아, 내 말을 못 알아듣겠냐!」

「그러곤 주먹으로 귓방맹이를 후려갈겼더니, 그냥 나가자빠지더라고. 근디 옆방에 가서 10분쯤 있다가 다시 돌아왔더니만 문이 열려 있고 애가 그때꺼정 문 앞에 서서 아래만 쳐다보며 눈물을 줄줄 흘리고 있는 거여. 머리끝까지 화가 나서 다시 패려고 가는데 바람이 획 하고 불더니, 열려 있던 문이 바로 애 등 뒤에서 쾅 하고 닫히는 거였어. 근디 애가 꿈쩍도 않는 거여. 갑자기 숨이 턱 막히데. 벌벌 떨리는 기분으로 기어와 문을 살짝 열고는, 애 뒤통수에다가 얼굴을 대고 있는 힘을 다해 〈야!〉 하고 악을 질러 봤어. 그런데도 꿈쩍 않는 거여. 헉, 그 순간 눈물이 왈칵 쏟아지더라고. 애를 껴안고는, 〈하느님 아버지! 세상에 이럴 수가 있슈, 불쌍한 우리 새끼! 주님, 부디 늙고 불쌍한 짐을 용서해 주슈. 전 평생 저 자신을 용서 못 할 거여유!〉 하고 울부짖었어. 글쎄 그 애가 말을 하지도 듣지도 못 하게 돼버린 거여. 헉, 귀머거리에다 벙어리가 된 거라니께. 난 그런 딸내미를 패버린 몹쓸 아빠였단 말여!」

24

다음 날 밤이 될 무렵 우리는 강 중간쯤에 있는 모래톱에 위치한 버드나무에 뗏목을 정박시켰다. 강 양쪽에는 마을이 있었고 왕과 공작은 이 마을들을 대상으로 무엇을 할지 계획을 짜고 있었다. 짐은 공작에게, 이번 일을 몇 시간 내에 끝내달라고 부탁했다. 하루 종일 움막 안에 묶여 있는 것이 여간 힘들지가 않았기 때문이다. 짐을 뗏목에 혼자 둘 때면 묶어 둘 수밖에 없었다. 사람들이 묶이지도 않은 채 혼자 있는 짐을 보게 되면 도망친 검둥이로 여길 것이기 때문이다. 공작 역시 하루 종일 밧줄에 묶여 있는 것이 여간 힘든 일이 아니라고 하면서 다른 방도를 찾아보겠노라고 말했다.

머리가 남달리 비상한 공작은 곧 새로운 방안을 생각해 냈다. 그는 짐을 리어 왕 복장으로 입히자고 하면서, 커튼용 캘리코 천으로 만든 가운을 입히고 말 털로 만든 흰색 가발과 구레나룻 수염을 붙였다. 그러고는 연극 분장용 페인트로 얼굴, 손, 귀, 목 전체를 온통 푸른색으로 칠했는데, 마치 익사한 지 아흐레가 넘은 시체 같은 모습이었다. 짐이 이렇게 끔찍한 모습으로 무섭게 보인 것은 처음이었다. 공작은 판자대기에 뭐라고 쓰더니 나뭇가지에 못으로 박아 두었다. 그는 이렇게 썼다.

아라비아인 정신병자 — 정신이 있을 때는 남을 해치지 않음

그러고는 이 판자대기를 움막 앞에 4, 5피트 정도 높이로 걸어 놓았다. 짐은 만족스러워 했다. 매일 몇 시간씩 묶여 지내며 조그만 소리가 나도 벌벌 떠는 것보다는 차라리 이 모

습으로 있는 편이 낫다는 것이다. 공작은 짐이 편하고 자유롭게 지낼 수 있을 것이라고 말했다. 누구라도 가까이 접근하면 움막에서 뛰쳐나와, 조금 미친 것처럼 행동하면서 사나운 동물처럼 한두 번 우는 소리를 지르면 모두들 짐을 놔둔 채 삼십육계 줄행랑을 칠 것이라고 했다. 그럴싸한 생각이었다. 하지만 보통 사람이라면 짐이 소리도 지르기 전에 사라질 것 같았다. 짐은 죽은 송장처럼 보일 뿐 아니라 그보다 훨씬 더 끔찍한 모습으로 보였다.

이제 악당들은 다시금 새로운 짓을 시도하려고 했다. 돈이 엄청 벌렸기 때문이다. 하지만 지금쯤 사기 행각에 대한 이야기가 강 아래 마을로 전해졌을 것이기에 조금은 위험하리라고 보았다. 적당한 계획이 잘 떠오르지 않자 공작은 아무튼 우선 쉬면서 한두 시간 머리를 짜내 아칸소 마을에서 공연할 수 있는 것을 생각해 보겠다고 했고, 왕은 아무 계획 없이 우선 옆 마을을 찾아가 보겠다고 했다. 하느님께서 돈을 벌게끔 인도해 주실 것으로 믿는다고 이야기했지만, 내가 보기엔 악마의 인도처럼 보였다. 우리 모두는 지난번 마을에서 사두었던 옷을 하나씩 입어 보았다. 자기 옷을 입어 본 후 왕은 나에게도 옷을 입어 보라고 했고, 물론 나도 새 옷으로 갈아입었다. 왕이 입은 옷은 온통 검정색이었는데 덕분에 왕은 멋지고 격조 있게 보였다. 옷이 사람을 이처럼 변하게 할 줄은 꿈에도 몰랐다. 이전의 비천해 보이던 모습은 온데간데없이 사라졌다. 실크 모자를 벗고 웃으면서 인사할 때면 이제 막 노아의 방주에서 걸어 나오는 선량하고 경건한 모습을 한 멋진 노인처럼 보였다. 마치 구약성경에 나오는 레위족 제사장 같은 모습이었다. 짐은 카누를 깨끗이 청소했고 나는 노를 준비했다. 마을 위쪽으로 3마일 되는 곳에 큰 증기선이 짐을 싣는지 두 시간째 머물러 있었다. 왕이 이렇게 말했다.

「내 옷차림을 보면 세인트루이스나 신시내티 같은 대도시에서 온 사람처럼 보이겠지. 헉, 저기 증기선으로 가보자. 저걸 타고 마을에 가보자꾸나.」

가서 증기선을 타는 일이라면야 두 번 다시 명령을 받을 이유가 없었다. 즉시 마을 위로 반마일 정도 카누를 저어 가서는 가파른 강둑을 따라 물살이 잔잔한 곳으로 급히 나아갔다. 우리는 이내 순진하고 잘생겨 보이는 시골 청년을 만나게 되었다. 매우 뜨거운 날씨인지라, 얼굴의 땀을 훔쳐 가면서 통나무 위에 앉아 있었는데, 옆에는 큼직한 여행 가방 두 개가 놓여 있었다.

〈카누를 강가에 대게〉라고 왕이 말했다. 그런 후, 왕은 청년에게 물었다. 「젊은이, 어디로 가시나?」

「승기선으로 갑니다. 뉴올리언스로 가는 길입니다.」

「그럼, 여기 타게나.」 하고 왕이 말했다. 「잠깐만 있게. 내 하인이 가방을 들어 줄 걸세. 아돌퍼스, 가서 저 신사 분을 도와드려라.」 아돌퍼스는 아마도 나를 두고 하는 말 같았다.

나는 그대로 따랐고, 우리 셋은 다시 강을 따라 내려갔다. 젊은 사람은 이런 날씨에 짐을 들고 가기가 여간 힘들지 않았는데, 덕분에 너무 고맙다고 우리에게 말했다. 그는 왕에게 어디 가시는 길이냐고 물었고, 왕은 오늘 아침 강을 따라 내려와 다른 마을에 도착했는데 지금은 몇 마일 올라가다가 그곳 농장에 사는 친구를 만나러 간다고 얼버무렸다. 이어서 젊은 사람이 말했다.

「처음 뵈었을 때, 전 속으로 말했어요. 〈분명 윌크스 씨일 거야. 거의 도착하실 때가 됐거든.〉 그러다가 〈아냐, 다른 분이네. 배를 타고 강을 건너시진 않을 테니까〉 하고 생각했어요. 그런데 윌크스 씨는 아니시죠?」

「아니, 내 이름은 블로젯이오. 알렉산더 블로젯. 블로젯 목사입니다. 주님의 종 가운데 한 명인 셈이지요. 윌크스 씨가 아직 도착을 못 하셨다니 우선 저도 애석한 마음입니다. 그래서 크게 손해 보시는 게 있으면 안 되실 텐데 말씀입니다.」

「아니, 재산상 손해 보시는 건 없을 겁니다. 결국 다 받게 될 테니까요. 하지만 동생분인 피터 씨가 임종하는 걸 못 보시는 게 안타깝지요. 하기야 형님이신 윌크스 씨가 관심이 있을지 누가 알겠습니까만? 하지만 피터 씨는 형제분들을 보기만 하면 더 이상 소원이 없겠다고 말씀하셨어요. 지난 석 주 동안 그 말씀만 하셨어요. 어린 시절 이후로 한 번도 못 봤다고 하데요. 더군다나 동생인 윌리엄은 귀머거리에다가 벙어리라는데 한 번 보지도 못 했답니다. 지금쯤 서른에서 서른다섯쯤 되었을 거라네요. 이쪽으로 같이 나온 건 피터 씨와 조지 씨뿐이고, 조지 씨는 이미 결혼을 한 형제분이신데, 부부가 모두 작년에 돌아가셨어요. 이제는 하비와 윌리엄 두 분 형제만 살아 계시다고 합니다. 그런데 못 오시다니 애석하지요.」

「임종 소식은 알렸습니까?」

「알리고말고요. 피터 씨가 한두 달 전에 쓰러지셨을 때 연락했지요. 그때 피터 씨가 이번에는 다시 일어나지 못할 것 같다고 말씀하셨거든요. 이미 꽤 연세가 많으셨어요. 조지 씨의 두 딸은 아직 너무 어려서 빨간 머리 소녀인 메리 제인 말고는 말동무가 없었어요. 그래서 조지 씨 부부가 돌아가시고 나서 너무 외로워하셨고, 살고 싶은 의욕도 별로 보이지 않으셨어요. 때문에 더욱 하비 형님을 보고 싶어 하셨고, 그건 윌리엄도 마찬가지였지요. 하비 씨가 피터 씨의 유언을 받을 수 있는 분이시거든요. 하비 씨 앞으로 편지를 한 통 남기시면서 자신의 모든 재산목록을 알리시겠다고 했어요. 그래서 조지 씨의 딸들에게도 재산이 잘 분배되길 원한다고 했어요. 조지 씨는 유산이 없었어요. 그 편지도 주위 사람들이 펜을 주어 겨우 쓰게 한 겁니다.」

「대체 하비 씨는 왜 못 오시는 겁니까? 어디 사십니까?」

「네, 영국 셰필드에 거주하십니다. 목회 일을 하신다는데 이 땅에 오신 적도 없으시고 시간도 안 나신답니다. 어쩌면 편지조차 못 받으셨을 수도 있답니다.」

「원, 세상에, 불쌍하기도 해라. 살면서 형제들을 한 번도 못 보시다니. 그런데 뉴올리언스로 가신다고 하시었소?」

「예, 그리고 다음 주 수요일에는 배를 타고 삼촌이 살고 계시는 리우데자네이루로 떠납니다.」

「제법 긴 여행입니다. 하지만 멋있겠네요. 저도 한번 가고 싶습니다. 근데 메리 제인 양이 큰딸입니까? 다른 딸들은 몇 살이나 되었나요?」

「메리가 열아홉 살이고, 수전은 열일곱, 조애나는 열넷입니다. 막내는 언청이인데 자선 일을 맡아 한답니다.」

「딸들이 안됐습니다. 험한 세상에 홀로 남게 되다니 말입니다.」

「그래도 나은 편입니다. 피터 씨가 생전에 친구분이 많으셨어요. 그분들이 딸애들이 다치지 않게 해줄 겁니다. 침례교 목사님이신 홉슨 씨, 롯 호비 집사님, 벤 러커와 애브너 쉐클포드, 그리고 레비 벨 변호사와 로빈슨 박사님과 그분들 사모님들이 계십니다. 그 밖에도 과부댁인 바틀리도 있고 많아요. 모두들 피터 씨와 가깝게 지내시던 분들입니다. 영국에 편지 쓸 때에 이따금씩 이분들 이야기를 하셨어요. 하비 씨가 도착하시면 그분들을 찾으실 겁니다.」

노인네는 젊은이가 모든 걸 다 토해 낼 때까지 하나하나 집요하게 물어 댔다. 이 마을에 사는 모든 사람들과 모든 것에 대해, 그리고 윌크스 가문에 대해, 피터 씨의 직업 등등에 대해 물었다. 그는 무두질장이였고, 조지 씨는 목수였고, 하비 씨는 비국교도 목사였다. 그러다가 젊은이에게 이렇게 물었다.

「그런데 당신은 왜 증기선 있는 데까지 걸어 올라가는 거요?」
「이 배는 큼직한 올리언스행 배거든요. 자칫 그냥 가지 않을까 걱정이 됐어요. 배가 무거울 때는 불러도 서지 않거든요. 신시내티에서 오는 배는 서는데, 이건 세인트루이스 배입니다.」
「근데 윌크스 씨는 돈이 좀 있었나 보지요?」
「그렇고말고요. 꽤나 부자였어요. 집에다 땅에다 재산이 많았어요. 어딘가에 3, 4천 달러를 남겨 놓았다고도 합니다.」
「언제 돌아가셨다고 했지요?」
「아직 말씀 안 드렸지만, 실은 어젯밤 돌아가셨어요.」
「그럼, 장례가 내일이네요.」
「예, 내일 정오에 치른답니다.」
「글쎄, 정말 안됐습니다. 하지만 우리 모두 언젠가는 이 세상을 떠납니다. 우리 모두 이를 준비해야 합니다. 그러면 되는 거지요.」
「선생님 말씀이 옳습니다. 저희 어머니도 항상 그렇게 말씀하셨거든요.」

증기선에 닿고 보니 짐 선적 작업이 거의 다 끝나 가고 있었다. 배는 이내 출발했다. 노인네가 증기선에 올라타는 이야기를 전혀 하지 않는 통에 나도 탈 기회를 놓치고 말았다. 배가 떠나자 왕은 다시 1마일 더 카누를 젓게 하더니 외딴곳에 내리면서 내게 이렇게 말했다.

「즉시 서둘러 가서 공작을 데려오고, 여행 가방 새것을 가져오너라. 강 건너편에 갔어도 가서 데려와야 한다. 그리고 무조건 옷단장을 하라고 일러라. 자, 빨리 움직여라.」

무슨 생각을 품고 있는지 알고는 있었지만, 나는 아무 말도 하지 않았다. 나는 공작을 데리고 와서는 카누를 숨겨 놓았다. 둘은 통나무에 앉았고 왕은 공작에게 젊은 친구가 했던 이야기를 하나도 빼놓지 않고 다시 들려주었다. 그러면서 왕은 계속 영국 사람처럼 말하려고 했는데 초보치고는 제법이었다. 나도 해보려 했지만 잘 안 되기에 그만두었다. 왕은 제법 흉내를 잘 냈다. 이윽고 왕이 이렇게 말했다.

「빌즈워터, 당신은 귀머거리와 벙어리 흉내를 내지 그러나?」

공작은 그건 자기에게 맡기라고 하면서, 무대에서 이미 그 역할을 해본 적이 있다고 했다. 그런 후에 둘은 증기선을 기다렸다.

오후가 반쯤 지나자 조그만 배 두 척이 다가왔다. 하지만 강 상류 쪽에서 멀리 오는 배가 아니었다. 마침내 큰 배가 나타나자 이들은 마구 손을 흔들어 댔다. 위로부터 조그만 보트를 내려 주자 우리는 얼른 올라탔다. 이 배는 신시내티에서 오는 배였는데, 우리가 기껏 4~5마일밖에 타고 가지 않는다는 것을 알게 되자, 미친 듯이 화를 내면서 욕을 해댔고 배에서 내려 주지 않겠노라고 소리쳐 댔다. 하지만 왕이 침착하게 이렇게 물었다.

「보트에 태워 주고 내려 주는 데, 한 사람에 1마일당 1달러씩 내면 태워 줄 수 있겠소?」

그러자 선원들은 이내 기분이 풀렸는지 좋다고들 답했다. 마을에 도착하자 이들은 우리를 배에서 내리게 해주었다. 보트가 다가오는 것을 보자 스무 명가량의 사람들이 모여들었다. 이윽고 왕이 이렇게 말했다.

「여러분들 가운데 피터 윌크스 씨가 사시는 곳을 알려 줄 분이 있습니까?」

사람들이 서로를 쳐다보더니, 〈내가 뭐라 그랬어?〉라고 말하면서 고개를 끄덕여 댔다. 그들 가운데 한 사람이 부드러운 톤으로 이렇게 말했다.

「애석하게도 우리가 해줄 수 있는 최선은 어제 아침까지 사셨던 곳을 말해 주는 것입니다.」

이 말을 듣자마자 이 추잡한 노인네는 순식간에 무너져 내리면서 그 사람에게 몸을 기댔다. 그러곤 그 사람 어깨 위로 턱을 기대고, 등에 대고 눈물을 흘리면서 이렇게 말했다.

「세상에, 이런 일이, 우리 불쌍한 동생이 죽다니! 이젠 영원히 볼 수 없다니 너무너무 가슴이 미어집니다.」

그러곤 훌쩍이면서도 두 손으로 뒤에 있는 공작에게 당장 가방을 내려놓고 따라 통곡해야 한다는 식의 바보짓 같은 수신호를 보냈다. 정말 이 두 사기꾼은 내가 만났던 사람들 중 가장 저질이었다.

사람들이 몰려들기 시작했고 모두들 같이 슬퍼하면서 온갖 말로 이들을 달래기 시작했다. 이들을 위해 언덕 너머까지 여행 가방을 손수 들어 주었고, 자기들에게 기대 실컷 울도록 놔두었고 왕에게는 형제들의 마지막 임종 순간을 자세하게 설명해 주었다. 왕은 다시 이 모든 내용을 공작에게 수신호로 알려 주었다. 이 둘은 마치 열두 사도를 잃기나 한 것처럼 무두질장이의 죽음을 슬퍼했다. 이런 망나니짓을 본 적이 있다면 차라리 내가 검둥이라고 해도 될 정도였다. 사람이 어떻게 이렇게까지 할 수 있는지, 정말 수치스러웠다.

25

이 소식이 마을에 퍼지는 데는 이 분도 안 걸렸다. 여기저기서 사람들이 달려오기 시작했고, 어떤 사람들은 외투를 걸치면서 달려오기도 했다. 우리는 순식간에 군중들에게 에워싸였고 사람들의 발자국 소리가 마치 군인들의 행진 소리만큼이나 크게 들렸다. 창문이나 뜰에도 구경꾼들로 인산인해였고 이들은 울타리 너머로 매번 같은 질문을 해댔다.

「그 사람들이 맞대요?」

그러면 달려오던 사람들 중에서 누군가가 답했다.

「글쎄, 맞는다니까요.」

집에 도착하자 집 앞길에도 사람들이 잔뜩 모여 있었고, 문 앞에는 처녀 세 명이 우리를 기다리고 있었다. 빨간 머리를 한 소녀가 메리 제인이었는데, 머리색에도 불구하고 상당히 예쁜 모습이었다. 그녀는 삼촌들이 왔다는 사실이 너무 기뻤는지 얼굴과 눈에 기쁨의 빛이 완연했다. 왕이 양팔을 벌리자 메리 제인이 뛰어와 그 품에 안겼고, 언청이 입술을 한 막내딸은 공작의 품에 안겼다. 두 사람의 사기 행각이 완전하게 이루어진 셈이었다. 거의 모든 사람들이, 그리고 적어도 여자들은 이들의 상봉 모습과 서로 즐거워하는 모습을 보면서 눈물을 훔쳤다.

조금 후 나는 왕이 남들 몰래 팔꿈치로 공작을 쿡 찌르는 것을 보았다. 주위를 둘러보던 그는 한쪽 구석에, 의자 두 개 위에 놓여 있는 관을 발견했다. 다음 순간 왕과 공작은 서로의 어깨에 손을 얹은 채 엄숙한 표정으로 서서히 그곳으로 다가섰고 사람들은 이들이 다가갈 수 있게 다들 옆으로 비켜섰다. 사람들의 〈쉬! 쉬!〉 하는 소리와 함께, 떠드는 소리와 온갖 소음이 졸지에 잦아들었고, 모두들 모자를 벗고는 머리를 숙였다. 머리핀 떨어지는 소리조차 들릴 정도로 사방이 고요해졌다. 관 앞에 선 이들은 허리를 숙여 관을 내려다보더니, 순간 오열하기 시작했다. 얼마나 크게 오열하던지 뉴올리언스까지 소리가 들릴 정도라 해도 과언이 아니었다. 이들은 손으로 서로의 목을 잡고 서로의 어깨에 턱을 기댄 채 삼사 분 동안 대성통곡을 했다. 이들이 이처럼 통곡하는 모습을 본 것은 나도 처음이었다. 주위에 있던 사람들도 이내 같이 오열하기 시작했다. 이렇게 많은 사람이 함께 울어 대는 모습을 본 것은 내 평생 처음이었다. 한참을 울다가, 왕과 공작은 각각 관의 양쪽으로 다가가 무릎을 꿇더니, 마치 기도하듯 관 위에다 머리를 갖다 댔다. 이 모습이 얼마나 효과가 있었던지 세 처녀와 주위의 모든 사람들도 이내 쓰러지면서 대성통곡하기 시작했다. 동네 여자들은 세 처녀에게 다가가 엄숙한 표정으로 이들의 이마에 위로의 키스를 해주었고, 손을 머리에 댄 채 눈물을 글썽거리며 하늘을 쳐다보았다. 이후 오열하면서 밖으로 뛰쳐나갔고 다음 여자가 그 자리를 이어받았다. 이런 모습을 보면서 나는 점점 더 속이 메스꺼워졌다. 내 평생 이런 기분은 처음인 것 같았다.

이윽고 왕이 자리에서 일어나 앞으로 걸어 나오더니, 울먹이면서 말했다. 그는 눈물범벅이 된 모습으로 불쌍한 동생을 잃은 것이 자기에게 너무 큰 시련이라는 둥, 동생이 다시 살아나는 모습을 보고 싶다는 둥, 4천 마일 이상 달려와 여러분이 보여 주신 동정심과 여러분이 흘리신 고결하신 눈물을 마주하게 되니 크나큰 시련이 이제는 달콤하고 정화된 시련으로 바뀌었다는 둥 허튼 소리를 지껄여 댔다. 그러고는 저희 두 형제는 가슴에서 우러나오는 고마움을 표한다고 말했다. 말이라는 게 너무 약하고 차갑기 때문에 감히 입으로 고마움을 표시하지 못하고, 대신 가슴으로 표한다고도 했다. 이 모든 썩은 냄새 나는 허튼 소리를 듣자니 다시 속이 메스꺼워졌다. 왕은 다시 엉엉 우는 소리로 아주 경건하게 아멘, 아멘 하더니 돌아서서 오열하기 시작했다.

왕이 말을 끝내기 무섭게 사람들 가운데 누군가 송영 찬가를 부르기 시작했다. 그러자 모두 힘차게 따라 불렀는데, 마치 예배를 마치고 교회에서 나올 때의 느낌처럼 나도 기분이 나아졌다. 음악이란 진정 좋은 것인지, 그 많은 사탕발림과 허접스러운 소리를 들었음에도 불구하고 모든 것을 새롭게 해주었고, 더욱 솔직하고 멋지게 보이도록 해주었다.

왕은 또다시 수작을 부리기 시작했고, 이번에 가족의 친한 친구 중 몇 명이라도 오늘 밤 같이 저녁식사를 나누면서 고인의 유해를 모시는 데 같이 지낼 수만 있다면 자기와 자기 조카들에게 큰 기쁨이 될 것이라고 수다를 떨었다. 저기 누워 계신 동생이 이름을 불러 주면 좋겠지만, 동생이 보내 준 편지에서도 종종 언급된 소중한 친구들을 자기도 알고 있다면서 그 이름을 그대로 부르겠다고 떠들어 댔다. 그러곤 홉슨 목사님, 롯 호비 집사님, 벤 러커 씨와 애브너 쉐클쏘느 씨, 레비 벨 씨, 로빈슨 의사 선생, 사모님들, 그리고 과부댁인 바틀리를 호명했다.

홉슨 목사와 로빈슨 의사 선생은 같이 사냥하러 마을 언저리로 나갔다고 했다. 사냥 갔다고 한 것은, 의사는 환자를 저세상으로 떠나보내러 간 것이고 목사는 하늘나라로 보내 주기 위해 갔다는 뜻이었다. 벨 변호사도 일 때문에 루이빌로 올라가고 여기 없었다. 이곳에 있는 나머지 분들은 모두 참석해 왕과 악수를 나누면서 와주어서 고맙다고 인사했다. 그러고는 공작과도 악수를 나누었지만, 대화는 한마디도 나누지 못했다. 공작이 마치 아직 말을 못하는 아기처럼 〈어버버, 어버버〉대면서 이상한 수화 신호를 보내면 이들은 바보 군상들처럼 고개를 흔들기도 하면서 억지로 뜻 모를 웃음만 지었다.

왕은 계속 큰 소리로 지껄여 댔고 모든 사람들 소식과 더불어, 심지어 개들 이름까지 들먹이며 마을에서 일어났던 모든 대소사에 대해 캐묻기 시작했다. 조지와 피터 씨의 가족이야기를 물을 때는 이미 동생이 자기에게 편지로 모든 것을 말해 준 척했다. 그건 새빨간 거짓말이었으며, 이 모두가 우리가 증기선에 데려다 준 그 멍청한 젊은이에게서 얻어 낸 정보였을 뿐이다.

메리가 피터 삼촌이 남기고 간 편지를 가지고 오자, 왕은 울먹이면서 큰 소리로 읽어내려 갔다. 지금 살고 있는 집과 금화 3천 달러는 세 조카딸에게 물려주고, (장사가 잘 되는) 제혁 공장과 7천 달러 상당의 기타 가옥과 토지, 그리고 금화 3천 달러를 하비와 윌리엄에게 남겼다. 그리고 6천 달러를 지하실 어디에 숨겨 놓았는지 적어 놓았다. 이 두 사기꾼은 자기들이 내려가 돈을 가져오겠노라고 하면서, 모든 것을 드러내 놓고 정당하게 처리하자며 나보고 촛불을 들고 지하실로 내려가자고 했다. 지하실에서 돈가방을 찾자마자, 이들은 지하실 문을 닫고는 돈가방을 찢어 돈을 바닥에 쏟았다. 모두 황금빛 금화였는데 그 모습이 정말 장관이었다. 이 모습을 바라보는 왕의 두 눈이 번쩍였다. 왕은 공작의 어깨를 툭 치면서 이렇게 말했다.

「오, 정말 멋진데. 정말 근사하잖아. 그놈의 〈전대미문의 걸작〉 공연인가 하는 것보다 훨씬 낫지 않은가?」

공작은 정말 그렇다고 하면서 그 말에 수긍했다. 두 사람은 금화를 손으로 긁어모으더니 손가락을 펴 손가락 사이로 금화를 떨어뜨리면서 바닥에 떨어지는 〈짤랑!〉 하는 소리를 들었다. 왕이 먼저 말을 꺼냈다.

「암만 떠들어 봤자 다 소용없어. 돈 많은 고인의 형제 역할, 그리고 타국 땅에 살아남은 일순위 유산 상속인의 역할이 우리가 할 역이야. 하느님의 섭리만 믿으면 이런 일이 생긴다니까. 결국에는 이 길밖에 없어. 이것저것 다 해봤지만 뾰족한 수가 없더라니까.」

보통 사람 같았으면 이 금화 뭉치에 흡족해하면서 계산 따위는 하지 않았겠지만 이들은 그렇지 않았다. 둘은 그 자리에서 금화를 세기 시작했다. 그러더니 415달러가 빈다고 했다.

「빌어먹을, 415달러를 어떻게 한 거야?」 하고 왕이 말했다.

한참을 고민하며 주위를 샅샅이 뒤져 보기도 했다. 이번에는 공작이 말했다.

「몸도 안 좋았던 사람이라 아마도 계산 실수를 하지 않았을까요? 아마도 그랬을 겁니다. 그냥 내버려 두는 게 상책입니다. 그쯤 없으면 어떻습니까?」

「제길, 그렇게 하지 뭐. 그 정도 없으면 어때. 그까짓 것 아무것도 아니야. 내가 염두에 두는 것은 유산을 어떻게 배분하는가의 문제야. 정말 드러내 놓고 성냥하게 해야 해. 위층으로 이 돈을 가지고 올라가 사람들 앞에서 직접 세는 거야. 그러면 의심할 일도 없을 테니까. 그런데 죽은 사람이 6천 달러라고 했다면, 괜히 우리가……」

「잠깐.」 공작이 말했다. 「우리가 부족분을 채워 넣읍시다.」 그러더니 주머니에서 금화를 꺼내 놓기 시작했다.

「공작, 그거 굉장히 좋은 생각인데. 자넨 머리가 정말 비상하단 말야. 자네의 전대미문인가 뭔가 하는 게 또 우리를 구해 주는구먼.」 그러고선 왕도 주머니에서 금화를 꺼내 쌓기 시작했다.

이제 두 사람 모두 거의 빈털터리가 되었지만, 정확하게 6천 달러를 만들어 놓았다. 공작은 이렇게 말했다.

「또 한 가지 아이디어가 있소. 위에 올라가서 이 돈을 센 다음에 이걸 모두 세 자매에게 건네줍시다.」

「공작, 그거 좋은 생각이야. 정말 한번 껴안아 주고 싶네! 어쩜 그런 멋진 생각을 해내지. 자네처럼 비상한 머리는 내 평생 처음 보네. 이거면 분명히 더 이상 우리를 의심하지 않을 거야. 의심할 테면 해보라지. 이거 한 방이면 모든 게 해결될 거야.」

다시 위로 올라가 보니 탁자 주위에 사람들이 모여 있었다. 왕은 돈을 세더니 보기 좋게 3백 달러씩 나누어 열두 뭉치로 만들었다. 모두들 입맛을 다시면서 탐욕스러운 표정으로 이 광경을 보고 있었다. 금화를 다시 가방에 쓸어 넣은 후, 왕은 다시 멋진 연설을 하기 위해 한껏 뽐을 내며 말했다.

「친구 여러분, 저기 누워 있는 제 동생은 슬픔에 싸여 있는 저희들에게 아낌없이 주고 떠났습니다. 자기가 사랑하고 보호해 주던 여기 이 어린 양들, 부모를 잃은 이 조카들에게 진정 관대했습니다. 동생을 잘 알고 있는 나는 혹 동생이 윌리엄과 저의 마음에 상처를 줄까 염려하지만 않았다면 조카들에게 더 관대하게 했으리라는 것을 잘 알고 있습니다. 안 그랬겠습니까? 이건 전혀 의심할 여지가 없습니다. 하지만 이럴 때 동생의 뜻을 모르는 형제가 진정 형제라고 할 수 있겠습니까? 동생이 그렇게 사랑했던 이 불쌍하고 어여쁜 양들의 재산을 강탈하는, 사실, 말 그대로 강탈 아닙니까? 그런 삼촌이 세상에 어디 있겠습니까? 제가 아는 윌리엄도…… 적어도 저는 윌리엄을 잘 알고 있다고 생각하고 있습니다. 제가 한번 물어보겠습니다.」 왕은 돌아서서 공작에게 다양한 수화 신호를 보냈다. 공작은 그런 왕을 바보처럼 멍청한 표정으로 쳐다보는 척하더니, 별안간 형의 뜻을 알았다는 듯이 기쁜 표정을 지었다. 그러고는 어버버대면서 왕에게 다가오더니 열다섯 번 이상 그를 껴안았다. 그러자 왕이 이렇게 말했다. 「알겠어. 이 정도면 윌리엄이 어떻게 느끼고 있는지 여러분도 충분히 아실 수 있으리라고 생각합니다. 자, 메리 제인, 수전, 조애나, 이리 와서 이 돈을 받아라. 모두 다 받아.

저기 차가운 시신으로 누워 있지만 즐거운 마음으로 너희를 바라보는 피터 삼촌의 선물이다.」

메리 제인이 왕에게 달려가 안겼고, 수전과 언청이는 공작에게 달려가 안겼다. 그러고는 일찍이 한 번도 본 적이 없을 만큼 껴안고 키스를 해댔다. 모여든 모든 사람들은 눈물을 글썽이면서 이 두 사기꾼의 손을 잡은 채 이렇게 말했다.

「훌륭한 분들이야! 멋집니다! 어쩌면 이렇게 훌륭할 수가 있습니까!」

사람들은 이제 다시 고인에 대해 이야기하면서, 고인이 얼마나 훌륭한 분이었는지 그리고 그의 죽음이 이 마을에 얼마나 큰 손실인지 등에 대해 수다를 떨기 시작했다. 얼마 후 묵직한 턱을 한 덩치 큰 사람 하나가 사람들 안쪽으로 들어왔다. 그는 이 광경을 아무런 말 없이 보고민 있었다. 왕이 수다를 떨고 사람들 모두가 그 말을 듣고 있는지라, 그 사람에게 말을 거는 사람이 아무도 없었다. 왕은 무슨 말인가를 하던 도중 이렇게 말했다.

「……이분들은 특히 고인의 친구분들이기에 오늘 이 자리에 초대받은 것입니다. 하지만 내일은 한 분도 빠짐없이 모두 다 오시기 바랍니다. 동생은 여러분 모두를 존경했고 사랑했습니다. 그러기에 이 장례 잔치는 모든 사람에게 마땅히 공개해야 한다고 봅니다.」

왕은 점점 자기 연설에 도취되어 계속 횡설수설했고, 매번 장례 잔치라는 말을 끌어 썼다. 더 이상 참지 못한 공작이 조그만 메모지에 〈노인 양반, 장례식이라 해야지〉라고 써가지고는 어버버대면서 사람들 머리 위로 접은 메모지를 전달해 주었다. 메모지를 읽은 왕은 주머니에 메모지를 꾸겨 넣더니만 이렇게 말했다.

「불쌍한 우리 윌리엄은 저런 상처를 입었지만 마음은 항상 올곧은 사람이지요. 저에게 장례식에 모든 사람을 불러 달라고 합디다. 한 사람도 빼놓지 말고 모두 환영해 달라는 거지요. 하지만 동생이 걱정할 필요가 있겠습니까. 저도 같은 생각인걸요.」

그리고 나서 왕은 다시 차분한 어조로 말을 계속하면서 이전처럼 이따금씩 장례 잔치라는 표현을 쓰기 시작했다. 그는 이 표현을 세 번째 쓰면서, 이렇게 말했다.

「제가 장례 잔치라고 한 것은 잔치라는 말이 일상적으로 흔히 쓰는 표현이라서 그런 것은 아닙니다. 실은 이렇게 말하지는 않습니다. 장례식이 일상 쓰는 말이지요. 하지만 저는 잔치가 옳다고 봅니다. 영국에서는 더 이상 장례식이란 말은 쓰지 않습니다. 죽은 말인 셈이지요. 이제 잔치, 오르지orgy라고 부르고 있고, 이 말이 더 정확한 뜻을 담고 있다고 생각합니다. 그리스 말 어원인 〈오르고orgo〉는 〈밖에 있다 또는 외지에 나가 있다〉라는 뜻이 있습니다. 히브리어인 〈지숨jeesum〉은 〈심다, 덮다〉는 뜻이 있어서 결국 〈매장하다〉는 의미가 됩니다. 결국 장례 잔치란 말은 남에게 보여 주는 공개된 장례식이란 말이 되는 것이지요.」

정말 내가 본 중 최악이었다. 묵직한 턱을 한 사람은 바로 면전에서 웃음을 터뜨렸다. 놀란 사람들이, 〈의사 선생님이 왜 그러시지?〉 하고 의아해 했고, 애브너 쉐클포드가 의사에게 이렇게 물었다.

「로빈슨, 소식 못 들었나? 이분이 하비 윌크스 씨네.」

왕은 미소를 짓고 한 손을 앞으로 내밀면서 이렇게 말했다.

「이분이 제 동생의 절친한 의사 친구시군요. 에, 저는……」

「손 치우지 못해요!」 의사가 소리쳤다. 「그게 영국 사람처럼 말하고 있다는 거요? 들어 본 것 중 최악입니다. 당신이 피터 윌크스의 형이라 하셨소? 세상에, 당신은 사기꾼이야!

그게 바로 당신이잖아!」

사람들 모두 혼비백산한 모습이었다. 이들은 의사 주위를 감싸더니 그를 진정시키면서 설명하려 들었고, 하비 윌크스 씨가 마흔 가지 방법 이상으로 자신이 하비 윌크스임을 증명했다고 말하려 했다. 개 이름을 포함해, 사람들 이름을 죄다 알고 있었다고 하면서 제발 하비와 세 자매의 감정을 다치게 하지 말아 달라고 부탁했다. 하지만 아무 소용이 없었다. 의사는 호통을 치면서, 영국 사람이라고 자처하는 사람 중에 이렇게 영국 말을 흉내 내지 못하는 사람은 처음 봤다고 하면서 계속 사기꾼이니, 거짓말쟁이니 하며 다그쳤다. 불쌍한 자매들은 왕에게 매달려 울고 짜고 난리를 피웠고, 의사는 갑자기 세 자매에게 고개를 돌리며 이렇게 말했다.

「내가 너희들 아버지의 진구란 설 너희도 잘 알고 있지. 너희들의 친구기도 하고. 이제 솔직한 친구로서 너희를 보호하고 다치지 않게 하려고 하는 거니 내 말을 잘 들어라. 당장 저 사기꾼들을 멀리 하고, 자기 말로 그리스어니 히브리어니 하고 멍청하게 떠들어 대는 저 무식한 자들에게서 손을 떼야 한다. 저자는 속이 빤히 들여다보이는 사기꾼이다. 어디선가 주워들은 온갖 이름과 내용을 가지고 사기 치는데, 너희는 그걸 가지고 진짜 삼촌이 맞는다고 하고, 게다가 여기 이 어수룩한 사람들은 정신을 다 어디 두고 너희들이 당하는 것을 오히려 도와주고 있다. 메리 제인 윌킨스, 넌 나를 친구, 진정 사심이 없는 친구로 알고 있겠지. 자, 내 말 잘 들어라. 당장 이 비루한 악당을 쫓아내라. 꼭 그래야 한다.」

이 말을 들은 메리 제인은 꼿꼿하게 몸을 세우면서 대답했는데, 그 서 있는 모습이 상당히 아름다워 보였다.

「이게 제 답입니다.」 메리 제인은 돈가방을 들더니 왕의 손에 꼭 쥐어 주면서, 「이 6천 달러를 가지고 저와 제 동생들을 위해 원하시는 곳에 투자해 주세요. 영수증은 필요 없어요.」

그런 후, 그녀는 한쪽에서 왕을 껴안았고, 다른 쪽에서는 수전과 언청이가 왕을 껴안았다. 순간 폭풍우가 몰아치는 것처럼 사람들의 박수 소리가 터지면서 발로 바닥을 구르는 쿵쿵 소리가 들렸다. 왕은 머리를 치켜든 채, 자신만만하게 웃음을 지었다.

「좋아, 그럼 내가 이 문제에서 손을 떼마. 하지만 훗날 오늘 일을 생각할 때마다 가슴 쓰리게 느낄 날이 올 테니 내 말을 명심하기 바란다.」 의사는 이런 말을 남긴 채 즉시 자리를 떴다.

왕은 조롱하는 투로 의사를 향해 이렇게 말했다. 「좋아, 의사 양반. 그런 사람 있으면 당신을 찾으러 보낼 거요.」 사람들은 모두들 이를 두고 멋진 유머라고 하면서 한껏 웃어젖혔다.

26

사람들이 모두 돌아간 후, 왕은 손님용 침실이 몇 개나 있는지 메리 제인에게 물었다. 그녀는 하나가 있는데, 윌리엄 삼촌이 쓰면 된다고 했고, 이보다 좀 더 큰 자기 침실은 하비 삼촌이 쓰면 된다고 했다. 자기는 동생들 침실에서 접는 침대를 쓰면 된다는 것이다. 그녀는 다락에도 작은 방이 있는데 짚요가 있다고 했다. 왕은 그 방은 자기 하인이 쓰면 된다고 했는데, 이는 나를 두고 한 말이었다.

메리 제인은 우리를 데리고 가 각자의 방으로 안내했다. 수수한 방이었지만 그런대로 괜찮은 편이었다. 그녀는 혹 하비 삼촌께 방해가 될까 해서 자기의 옷가지와 물건들을 빼내겠다고 했지만, 왕은 괜찮으니 놔두라고 했다. 옷가지는 벽에 걸려 있었는데, 바닥까지 내려오는 캘리코 천으로 만든 커튼으로 가려져 있었다. 한구석에는 낡은 모피 가방이 있었고 다른 구석에는 기타 케이스가 놓여 있었다. 또한 여자들이 보통 집을 꾸미는 데 쓰는 장신구와 번지르르한 물건들이 여기저기 놓여 있었다. 왕은 이런 것들이 더 가정적이고 편안하니 그냥 내버려 두라고 말했다. 공작의 방은 무척 작기는 했지만 그런대로 괜찮은 편이었고 내 방도 마찬가지였다.

그날 저녁은 진수성찬이었고 남녀 모두가 참석했다. 나는 왕과 공작 뒤에 서서 그들의 시중을 들었고, 나머지 사람들은 검둥이 하인들이 시중을 들었다. 식탁머리에 앉은 메리 제인은 수전을 옆에 앉힌 채, 비스킷 맛이 형편없다는 둥, 잼은 왜 맛이 이러느냐는 둥, 그리고 닭요리는 별볼일 없이 질기기만 하다는 둥, 거꾸로 음식 칭찬을 끌어내기 위해 여자들이 늘 하는 투의 수다를 떨어 댔다. 사람들은 음식이 더할 나위 없이 훌륭하다는 것을 알고 있었기에, 〈비스킷이 어쩜 이렇게 잘 구워졌어요?〉, 〈세상에, 이 오이절임은 어떻게 만들었어요?〉 등등 소위 식탁을 앞에 두고 상투적으로 하는 아첨식의 말로 응대했다.

식사가 끝나자, 나는 언청이 아가씨와 같이 부엌에 앉아 남은 음식으로 저녁식사를 했다. 다른 자매들은 검둥이 하인들을 도와 식탁을 치우고 있었다. 그녀는 나를 떠보기 위해서인지 나에게 계속 영국에 대해 물어봤고, 대답하다가 아찔했던 순간들도 종종 있었다.

「너, 왕을 본 적 있니?」

「누구요? 윌리엄 4세요? 당연하지요. 우리 교회에 출석하세요.」 윌리엄 4세가 이미 고인이 된 지 오래지만 모른 체하고 대답했다. 우리 교회에 나온다는 말에, 그녀가 다시 물었다.

「뭐, 항상 나오셔?」

「그렇다니까요. 우리 자리 건너편, 설교단 반대쪽에 앉으세요.」

「런던에 사시는 것 아니니?」

「맞아요. 그럼 어디 사시겠어요!」

「한데 넌 셰필드에 산다고 했지 않니?」

순간 말문이 막혔다. 위기를 모면할 시간을 벌기 위해 나는 닭 뼈가 목에 걸려 말이 막힌 척했다. 그러곤 이렇게 답했다.

「아니, 셰필드에 오시면 항상 우리 교회에 나오신다고요. 여름 동안에 해수욕하러 오실 때 말이에요.」

「뭐라고, 셰필드는 바다에 있지도 않은데.」

「아니, 누가 해변에 있댔어요?」

「네가 방금 그랬잖니.」

「언제요?」

「그랬잖아?」

「그런 말을 한 게 아니에요.」

「그럼 뭐라고 한 거야?」

「해수욕을 하러 오신다니까요. 전 그렇게 말했어요.」

「좋아! 그런데 바닷가도 아닌데 어떻게 해수욕을 하신다는 거니?」

「보세요. 콩그레스 천연수 보신 적 있어요?」

「당연하지.」

「그럼 누나는 그 물 얻으러 직접 콩그레스로 가세요?」

「거길 왜 가니.」

「마찬가지예요. 윌리엄 4세도 해수욕을 하러 꼭 해변에 가시는 건 아니에요.」

「그럼 어떻게 하시는데?」

「여기 사람들이 통으로 콩그레스 천연수 얻는 것과 같은 식이에요. 셰필드 궁에는 물 끓이는 화덕이 있어서 거기에 물을 덥히지요. 바닷가에서는 그 많은 물을 덥힐 수가 없어요. 그런 설비가 없거든요.」

「아, 이제 이해가 되는구나. 먼저 그렇게 말했으면 시간 낭비 안 했지.」

이제야 겨우 수풀 속에서 헤쳐 나온 느낌이 들었다. 마음도 한결 나아졌고 즐거운 기분이 들었다. 그런데, 그녀가 다시 물었다.

「너도 교회에 나가니?」

「예, 정기적으로 가지요.」

「어디 앉는데?」

「우리 식구들 앉는 곳에요.」

「누가 앉는 곳이라고?」

「우리라니까요. 하비 삼촌이 앉는 곳 말예요.」

「삼촌석? 삼촌이 왜 그런 자리를 원하시지?」

「앉을 자리가 필요하지요. 누나는 대체 앉을 자리가 필요하다는 걸 모르세요?」

「아니, 삼촌은 설교단에 앉아 계시는 줄 알았지.」

빌어먹을, 왕이 목사라는 사실을 까맣게 잊고 있었다. 나는 안절부절못하다가, 마음을 굳게 먹고 다시 말을 만들어 냈다.

「에이, 교회에 목사님이 한 분밖에 없으신 줄 알아요?」

「아니, 왜 더 있어야 하는데?」

「아니, 왕 앞에서 설교하는 건데요. 누나 같은 사람 처음 봐요. 최소한 목사님 열일곱 분은 있어야 해요.」

「열일곱이라고! 맙소사! 은혜를 못 입더라도 그렇게 긴 설교는 안 듣겠다. 일주일은 걸릴 것 아니니?」

「한날 모든 목사님이 다 설교하시는 게 아니라니까요. 한 분만 하신단 말이에요.」

「그럼 나머지 분들은 뭐 하시는데?」

「별것 없어요. 그냥 쉬시면서 헌금 통을 돌리거나 하시죠. 대개 아무 일도 안 하세요.」

「그럼 왜 있는 건데?」

「아이 참, 폼 좀 잡는 거지요. 그걸 모르세요?」

「그런 어리석은 짓을 왜 하는지 모르겠다. 그런데 영국에서는 하인이 어떤 대우를 받니? 우리가 검둥이 대하는 것보다 잘 대해 주니?」

「결코, 아니에요. 하인은 아무것도 아니에요. 개만도 못해요.」

「우리처럼, 크리스마스나 설 휴가, 아님 독립기념일 공휴일 같은 것도 안 주니?」

「제 말 좀 들어 보세요! 누나가 영국에 가본 적이 없다는 걸 누구라도 쉽게 알 수 있어요. 아니, 언청……, 아니, 조애나 누님, 일 년 내내 휴가라는 건 아예 볼 수 없어요. 서커스나 연극, 검둥이 극도 못 가고 아무 데도 못 간다니까요.」

「교회도 못 가?」

「교회도 마찬가지예요.」

「넌 늘 교회에 간다면서?」

나는 다시 걸려들고 말았다. 내가 이 영감의 하인이라는 사실을 잊고 있었던 것이다. 다음 순간 나는 시종이 일반 하인과 다르기 때문에 원하든 원하지 않든 법에 따라 가족과 같이 있어야 한다는 식의 설명을 늘어놓았다. 하지만 제대로 된 설명이 아니었기에, 설명을 마치자 그녀의 표정이 만족스러워 보이지 않았다.

「애야, 넌 솔직한 애지. 아직까지 내게 거짓말한 것 아니지?」

「절대 아니에요.」

「모두 다 정말이지?」

「모두 다예요. 거짓말 절대 없어요.」
「이 책 위에다 손을 얹고 다시 말해 보렴.」
다행히 내민 책이 사전이었기에 나는 손을 올려놓고 맹세했다. 그러자 그녀가 좀 더 만족스러운 표정을 지었다.
「좋다. 어느 정도는 믿으마. 하지만 나머지도 다 믿을 수 있었으면 좋겠다.」
그때 메리 제인이 수전을 뒤에 데리고 부엌으로 들어왔다.
「조애나, 대체 네가 못 믿겠다는 게 뭐니? 저 애한테 그렇게 말하면 못쓴다. 낯선 곳에 와 가족들과 멀리 떨어져 있는 애 아니니? 너라면 그렇게 대접받고 기분이 좋겠니?」
「언니는 항상 이런 식이지. 혼나기도 전에 끼어든단 말이야. 애한테 뭘 했다고 그래. 애가 좀 과장해서 말을 하기에 곧이곧대로 믿지 못하겠다고 말한 게 다야. 그 정도는 이 애도 견딜 만한 거야. 그렇지 않아?」
「그 정도든 아니든 난 상관없단다. 애가 우리 집에 있고 낯선 곳에 있는 한 그렇게 말하는 건 좋지 않아. 네가 그 입장이라면 얼마나 수치스럽다고 생각하겠니. 그러니 남을 당황하게 하는 말은 하지 않는 게 좋아.」
「언니, 애가 괜찮다고……。」
「애가 뭐라 하든 상관없어. 그게 문제가 아냐. 중요한 것은 이 애한테 친절하게 대해 주는 것이고, 절대 고향에서 멀리 떨어져 가족들과 헤어져 있다는 사실을 생각나게 하는 말을 해서는 안 된다.」
나는 내심, 〈이런 사람을 가지고 그 늙은 사기꾼이 돈을 낚아채게 놔두었다니!〉 하고 후회했다.
그때 수전이 살짝 끼어들더니, 언청이 동생을 무섭게 혼냈다.
나는 또다시, 이런 처녀를 가지고 그 빌어먹을 영감이 돈을 낚아채게 하다니! 하고 속으로 후회했다.

그러곤 메리 제인이 다시 끼어들더니, 그녀 식의 부드럽고 사랑스러운 어조로 언청이를 꾸짖었다. 그녀의 말이 끝나자 이제 더 이상 뭐라 할 말이 없는 언청이는 결국 울음을 터뜨리고 말았다. 이제 언니들이 그녀에게 말했다.

「자, 그럼 이제 이 애에게 잘못했다고 용서를 빌어라.」

그녀는 내게 용서를 빌었고, 너무 예쁘게 용서를 빌어서 그냥 듣기에도 기분이 좋았다. 앞으로도 수만 번 거짓말을 해서 또다시 그녀의 사과를 받고 싶다고 느낄 정도였다.

이런 여자를 못된 늙은이가 속여 돈을 낚아채게 놔두다니 하고 또다시 내심 후회했다. 그녀가 내게 사과하자 이제는 세 명 모두가 마치 내가 친구 집에 머물듯 편하게 지낼 수 있게 하려고 최선을 다했다. 나는 내심 나 자신이 너무 비루하고 비열했다고 생각했다. 그러곤 이 세 처녀를 위해 돈을 숨기든지 아니면 악당들의 사기 행각을 망쳐 버리겠다고 마음먹었다.

나는 이제 곧 잠을 자겠다며 그곳에서 나와 내 방으로 건너갔다. 혼자 있게 되자, 다시 한 번 그 문제를 생각해 보았다. 차라리 몰래 빠져나가 의사를 만나서 이 모든 사기 행각을 불어 버릴까도 생각했다. 하지만 그건 안 될 일이다. 만약 의사가 누가 일러바쳤는지 밝히게 되면 보나마나 난 궁지에 몰릴 게 뻔하기 때문이었다. 메리 제인에게 몰래 일러바칠까 생각해 보았지만, 그것도 포기했다. 사실을 알게 되면 얼굴에 뻔히 드러날 것이기 때문에, 악당들이 돈을 챙기자마자 슬며시 빠져나가 사라져 버릴 구실을 줄 것이 뻔했다. 그리고 메리 제인이 도움을 청하게 될 경우 모든 일이 끝나기도 전에 내가 복잡하게 이 사건에 연루될 것이므로, 이 계획도 안 되리라고 판단했다. 오직 한 가지 방법밖에 없었다. 돈을 훔쳐 내는 것이다. 내가 그랬다는 것을 전혀 의심하지 못하게끔 돈을 몰래 훔쳐 내는 방법이었다. 이곳에서 대목을 만난 자들이 이 집안과 이 마을에서 돈 되는 것을 죄다 털어 챙기기 전까지는 결코 여기를 뜨지 않을 작정이기 때문에 나에게도 충분한 시간이 있을 것 같았다. 돈을 훔친 후 숨겨 놓으면 되고, 뗏목을 타고 하류로 내려갈 즈음 메리 제인에게 편지를 써서 숨긴 장소를 알려 주면 되는 것이다. 할 수 있다면 오늘 밤 훔치는 게 좋겠다고 판단했다. 왜냐하면 의사가 아까 자기 말로는 여기에서 손을 뗀다고 했지만 그럴 리가 없고, 이 악당들을 겁주어 당장 쫓아 버릴 수도 있다고 보기 때문이다.

나는 우선 가서 이들의 방부터 뒤져 보리라 생각했다. 위층 거실이 어두웠지만 이내 공작의 방을 찾았고 손으로 더듬어 돈 숨긴 곳을 찾아보았다. 하지만 왕이란 작자가 돈을 남에게 맡길 사람이 아닐 것이라는 생각이 떠올라 다시 왕이 머무는 곳으로 가서 샅샅이 뒤져 보았다. 촛불도 없이 돈을 찾기란 여간 힘든 일이 아니었다. 그렇다고 촛불을 밝힐 수도 없는 일이었다. 그래서 다른 방도를 생각해 냈다. 몰래 숨어서 이들의 대화를 엿듣는 것이다. 그러는 사이 이들의 발소리가 들렸고, 나는 침대 쪽으로 숨으려고 손을 뻗어 찾아보았다. 하지만 내가 예상했던 위치에 침대는 있지 않았고 대신 메리 제인의 옷가지를 덮은 커튼이 손에 닿았다. 나는 그 뒤로 급히 숨어들어 가운 뒤에 몸을 감추고 숨을 죽인 채 쥐 죽은 듯 고요히 있었다.

이자들은 방에 들어오더니 이내 문을 닫았다. 공작은 우선 엎드리더니 침대 밑부터 살폈다. 내가 침대를 못 찾았던 것이 오히려 천만다행이었다. 무언가 비밀스러운 일을 할 때는 사람들이 대개 침대 밑에 숨는 것이 당연하다고 생각했다. 두 사람은 자리를 잡더니, 이내 왕부터 말을 꺼냈다.

「대체, 뭐야? 거두절미하고 우리가 여기 있는 동안 저자들이 우리에 대해 말할 기회를 주는 것보다 내려가서 같이 슬퍼하는 척하는 게 낫다니까?」

「내 말 좀 들어 봐요. 불안해 죽겠고 편치가 않아요, 영감님. 그놈의 의사가 께름칙하다니까. 당신 계획 좀 들어 봅시다. 내게도 괜찮은 생각이 있단 말입니다.」

「뭔데?」

「새벽 세 시 전에 여기를 빠져나가서 우리가 훔친 것 갖고 냅다 하류로 내려가는 겁니다. 이렇게 쉽게 우리 수중에 들어왔으니 말입니다. 당신 말대로 우리가 훔쳐 내기도 전에 우리 머리맡에 굴러 떨어지지 않았습니까. 서둘러 챙겨 내뺍시다.」

이 말을 듣고 나니 가슴이 덜컹 내려앉았다. 한두 시간 전만 해도 상황이 이렇지는 않았다. 하지만 지금 상황은 나를 실망시켰다. 그런데 이 말을 들은 왕이 펄쩍 뛰면서 이렇게 말했다.

「뭐라고! 나머지 재산도 처리하지 말자는 거야? 퍼 담을 수 있는 8~9천 달러를 바보처럼 멍청하게 그냥 남겨 두고 나가잔 말이지? 게다가 팔아 버릴 수 있는 것도 모두 두고 떠나자고?」

공작은 금화 한 가방이면 족하다고 구시렁대면서 더 이상 깊이 연루되지 말자고 했다. 이 고아들이 지닌 모든 것을 다 빼앗기는 싫다는 것이었다. 왕이 대꾸했다.

「말하는 것 보게! 우리가 모두 다 빼앗는 게 아니고, 이 돈만 빼앗는 거라니까. 우리 것을 사는 사람들만 고생한다니까. 우리가 사라진 후 팔아치운 것이 우리 것이 아니라는 것이 알려지면 매매가 무효가 되는 거고, 그러면 모두 다 다시 이곳으로 돌아오게 되는 거야. 이 고아들이 다시 집을 찾게 되면 그거로 충분한 거야. 아직 젊고 힘이 있으니까 어렵지 않게 먹고살 수 있을 거라고. 별 고생 하지 않는다니까. 생각해 봐. 이 정도로 유복하지 않은 사람들이 수천수만 명은 된다고. 애들은 불평할 게 없는 셈이야.」

왕은 공작을 무안하게 만들었고, 결국 왕에게 설득당한 공작은 좋다고 답했다. 하지만 의사가 계속 주위에서 서성대고 있는데도 이곳에 더 머무는 것은 어리석은 짓이라고 한마디 했다. 그러자 왕이 한마디 더 했다.

「빌어먹을, 의사 놈! 그깟 놈 신경 쓸 게 뭐 있어. 이 마을 바보들 전부가 우리 편이잖아. 그 정도면 어떤 마을이라고 해도 우리가 대세인 거라고.」

이제 다시 두 사람은 아래로 내려갈 준비를 했다. 그때 공작이 말했다.

「암만해도 금화를 제대로 숨기지 못한 것 같은데.」

그 순간 나는 다시 정신이 번쩍 들었다. 도움이 될 만한 정보를 전혀 얻지 못할 거라고 생각했기 때문이다.

「왜 그러는데?」

「이제부터 메리 제인이 상복을 입을 것이고, 그러면 이 방 청소를 맡은 검둥이가 이 옷가지를 상자에 담아 치울 것이란 말이지. 그러다가 우연히 금화를 보게 되면 얼마 정도 훔칠 게 뻔하다고 생각하지 않아요?」

「당신, 정말 머리가 좋단 말이야.」 이렇게 말하더니 왕은 이내 내가 숨어 있는 곳으로부터 2~3피트쯤 떨어진 지점에서 커튼 아래를 더듬었다. 나는 몸을 벽에 갖다 붙이고는 떨리는 와중에도 꼼짝하지 않고 서 있었다. 그러면서 만약 잡히기라도 하면 뭐라고 답할까 궁리하고 있었다. 하지만 내가 막 답변을 생각하기도 전에 가방을 끄집어냈다. 그는 내가 여기 숨어 있으리라고는 꿈에도 생각지 못했다. 두 사람은 가방을 꺼내더니 깃털 침대 밑에 있는 짚요의 터진 틈새로 1~2피트 정도 깊이 돈을 쑤셔 넣었다. 검둥이 하인이 깃털 이불만 정리하고 일 년에 한두 번만 짚요를 뒤집어서 쓰니까 돈에 손댈 염려가 전혀 없을 것이라고 안심하며 말했다.

하지만 내가 한 수 위였다. 이들이 계단을 절반도 내려가기 전에 돈을 끄집어낸 다음, 손으로 더듬어 가며 다락방으로 올라갔다. 기회를 보다가 집 바깥에 숨기는 것이 좋겠다고 생각했다. 왜냐하면 돈이 없어진 사실을 알게 되면 집 안을 샅샅이 뒤질 것이 뻔하기 때문이다. 그런 다음 옷 입은 채로 침대에 누웠지만 잠이 쉽게 오지 않았다. 일을 마치느라 너무 힘을 뺐기 때문인 것 같았다. 그러다가 왕과 공작이 다시 올라오는 소리가 들렸고, 나는 즉시 짚요에서 일어나 턱을 사다리 끝에 갖다 대고는 무슨 일이 벌어지나 기다려 보았다. 하지만 그날은 아무 일도 일어나지 않았다.

나는 마지막 소리가 잠잠해지고, 아침 일찍 떠드는 소리가 나기 이전까지 기다렸다가 사다리를 타고 아래로 내려갔다.

27

두 사람 침실 문 앞으로 몰래 기어가 귀를 기울였지만 코고는 소리만 들릴 뿐, 모든 게 잠잠했다. 나는 발끝으로 조심조심 걸어서 아래층으로 내려왔다. 사방이 조용했다. 식당 문 틈새로 안을 들여다보았다. 시신을 지키던 사람들도 모두 의자에 앉아 깊게 잠들어 있었다. 문은 시신이 안치되어 있는 거실을 향해 열려 있었고 두 방 모두 촛불이 켜져 있었다. 지나다 보니 거실 문도 열려 있었다. 안에는 피터 씨의 시신만 있을 뿐이었다. 안으로 들어가 보았는데 앞문이 잠겨 있었고 열쇠가 보이지 않았다. 그때 등 뒤로 누군가 계단을 따라 내려오는 소리가 들렸다. 거실로 급히 몸을 숨긴 뒤, 사방을 살펴보았지만 돈가방을 숨길 곳이라고는 관밖에 없었다. 관 뚜껑이 1피트 정도 열려 있었고 그 안으로, 젖은 천으로 얼굴을 덮고 수의를 걸친 시신의 얼굴이 보였다. 나는 관 뚜껑 밑에 있는 시신의 포개진 두 손 바로 아래에 돈을 집어넣었다. 시신의 두 손은 내 몸에 소름을 돋게 할 정도로 차가웠다. 나는 방을 가로질러 나와 문 뒤에 숨었다.

내려온 사람은 메리 제인이었다. 조용히 관으로 다가간 그녀는 무릎을 꿇고 관을 내려다보았다. 손수건을 꺼내는 모습이 소리는 늘리지 않지만 울고 있는 모양이었다. 그곳에서 빠져나온 나는 식당을 지나가다가 혹시 밤샘하는 사람 중 나를 본 사람이 있을까 해서 다시 문틈으로 안을 들여다보았다. 다행히 아무런 미동조차 눈에 띄지 않았다.

이렇게 힘들게 고생하고 위험을 감수했는데도 일이 이런 식으로 진행되고 말아서 그런지 잠자리에 들면서 기분이 다소 우울했다. 하지만 돈이 그 자리에 그대로 있다고 해도 그리 나쁠 것은 없다고 생각했다. 나중에 뗏목이 몇 마일 정도 흘러내려 간 다음, 메리 제인에게 편지로 알려 주면 그만이기 때문이다. 그러면 메리 제인이 무덤을 파헤쳐 돈을 다시 찾게 되리라고 생각했다. 하지만 그런 일은 일어날 성싶지 않았다. 이제 곧 사람들이 관 뚜껑을 나사로 고정시키려 할 텐데 그때 돈이 발각될 것이고, 그러면 왕은 다시 그 돈을 챙기는 수순으로 일이 진행될 것 같았다. 그러면 왕에게서 다시 그 돈을 빼앗을 수 있는 기회란 거의 없다고 볼 수밖에 없었다. 다시 몰래 들어가 관에서 돈가방을 꺼내고 싶은 마음이야 굴뚝같았지만 그렇게 하지는 않았다. 일 분 일 분 아침이 다가오면서 이제 곧 밤샘한 사람들이 깨어날 터인데, 누가 시켜서 한 것도 아닌데 만약 손에 6천 달러를 든 채로 내가 잡히기라도 한다면 큰일이기 때문이다. 나는 내심 이런 일에까지 연루되고 싶지는 않다고 생각했다.

아침에 아래로 내려갔더니 거실 문은 잠겨 있고 밤샘한 사람들은 온데간데없이 사라졌다. 가족과 과부댁 바틀리, 그리고 두 악당만 남아 있었다. 나는 혹 무슨 일이라도 벌어졌을까 해서 이들의 눈치를 살폈지만 아무런 낌새도 보이지 않았다.

정오가 되자 장의사가 인부를 데리고 도착했다. 이들은 의자 몇 개를 놓고 그 위에 관을 올려놓고는 방 가운데로 옮겨 놓은 후, 모든 의자들을 줄 맞춰 정돈했다. 그러고는 이웃에서 의자를 빌려다가 홀과 거실 식당을 채웠다. 관 뚜껑은 이전 그대로 열려 있었지만, 사람들 눈 때문에 안을 들여다볼 용기가 나지 않았다.

이제 사람들이 몰려들기 시작했고, 관 바로 앞 첫 줄에는 악당 둘과 가족들이 자리를 잡고 앉았다. 약 삼십 분 동안 문상객들은 한 줄로 서서 빙 돌며 잠깐씩 고인의 얼굴을 내려다보았다. 조용하고 엄숙한 가운데 일부는 눈물을 흘렸다. 세 조카와 사기꾼들은 손수건을 눈에 갖다 대고 고개를 숙인 채 흐느끼고 있었다. 거실 바닥에 발이 끌리는 소리와 가끔 코푸는 소리만 들릴 뿐 사방이 조용했다. 사람들은 교회 말고는, 유달리 다른 때보다 장례식 때 더 많이들 코를 풀어 대곤 했다.

문상객들이 들어차자, 장의사는 마치 부드럽게 사람들을 위로라도 하듯이 검은 장갑을 끼고는 고양이가 움직이는 것처럼 아무 소리 없이 왔다갔다하면서 장례의 마지막 절차를 챙겼다. 그는 한마디 없이 사람들을 질서정연하게 이끌었고,

나중에 온 사람들은 안으로 밀어 넣기도 했다. 통로를 열 때도 모든 것을 수신호와 고갯짓으로 조용히 지시했다. 그러고는 벽 앞에 있는 자기 자리에 앉았다. 나는 그토록 조용하고 부드럽게, 소리없이 움직이는 사람은 처음 보았다. 얼굴 표정에도 마치 햄 덩어리인 양 아무런 미소도 보이지 않았다.

어디선가 소형 오르간을 빌려 왔는데, 상태가 좋지 않아 준비가 끝나고 어떤 젊은 여자가 앉아 연주를 하자, 끽끽 소리와 함께 신음 소리가 들리는 것 같았다. 사람들은 여기에 맞춰 찬송가를 불렀다. 내 생각에 제대로 된 사람은 고인이 된 피터밖에 없는 듯했다. 이윽고 홉슨 목사가 입을 열고 천천히 그리고 엄숙하게 설교하기 시작했다. 바로 그 순간 지하실에서 엄청난 소리와 함께 소란이 벌어졌다. 개 한 마리가 벌이는 소동이었지만 계속해서 짖어 대고 난리를 펴댔다. 목사님도 별 수 없이 관을 앞에 두고 기다릴 수밖에 없었고, 너무 어색한 상황이라 그런지 사람들도 어떻게 해야 할지 모르고 있었다. 조금 후 사람들은 다리가 긴 그 장의사가 목사에게 〈걱정 말고 저를 믿으십시오〉라는 뜻으로 손으로 사인을 보내는 모습을 보았다. 그러고 나서 장의사는 사람들 어깨 너머로 머리만 보이면서 허리를 숙여 벽을 따라 미끄러지듯이 걸어 나갔다. 그렇게 걸어가는 동안에도 소동은 점점 더 커져만 갔다. 그는 거실 두 면을 돌아 나가더니 이내 지하실로 사라졌다. 일이 초 후 퍽 하고 때리는 소리와 함께 개 비명 소리가 한두 번 크게 들리더니 모든 것이 잠잠해졌다. 목사는 다시 이어서 설교를 해나갔다. 일이 분 후 거실의 세 벽을 따라 다시 미끄러져 들어오는 장의사의 등과 어깨가 보였다. 그는 허리를 펴고는 사람들 머리 너머로 목사님을 향해 고개를 쭉 내밀었다. 그러고는 입에다 손을 대고 쉰 목소리로 〈쥐가 있었어요〉라고 속삭이듯 말했다. 그러더니 다시 허리를 숙이고는 거실의 세 벽을 따라 자기 자리로 돌아갔다. 무슨 일인지 궁금해 하던 사람들은 아주 만족스러운 표정을 지었다. 이런 사소한 일은 비용도 안 드는 데다가 바로 이런 일 때문에 남들로부터 존경을 받거나 호감을 사게 되는 것이다. 그래서인지 이 장의사만큼 이 마을에서 인기 좋은 사람도 없었다.

약간 길고 지루하긴 했지만 장례식 설교는 상당히 좋았다. 다음엔 왕이 끼어들어서 항상 하는 헛소리를 늘어놓았다. 이윽고 장례식은 끝이 났고 장의사는 나사돌리개를 들고는 관을 향해 다가갔다. 나는 진땀을 흘리면서 장의사를 눈여겨 살폈다. 하지만 그는 지체하지 않고 부드럽게 관 뚜껑을 닫았으며 나사못을 견고하게 돌려 박았다. 아, 여기까지 왔는데! 나는 과연 그 돈이 관 속에 있는지조차 알지 못했다. 내심 나는 만일 누구라도 몰래 그 돈을 훔쳐 갔으면 어떻게 하나! 걱정했다. 메리 제인에게는 편지를 써야 하나, 안 써야 하나? 이것도 결정하지 못했다. 만일 무덤을 팠는데 아무것도 나오지 않는다면 그녀가 나를 어떻게 생각할 것인가? 이런 걱정도 했다. 쫓겨 다니다가 결국 감옥행이 되는 것은 아닌지 불안했다. 차라리 납작 엎드려 모른 체하고 편지를 쓰지 않는 것이 나을 수도 있었다. 일이 상당히 복잡해졌고, 일을 좋게 하려다가 오히려 백배나 더 악화시킨 꼴이 되었다. 그냥 놔뒀어야 했나 하는 생각과 함께 제길, 이런 결과가 오다니! 하고 후회도 했다.

관을 묻은 후, 모두들 집으로 돌아왔다. 마음이 편치는 않았지만, 나는 어쩔 수 없이 다시 두 악당의 얼굴을 쳐다볼 수밖에 없었다. 가만히 편한 마음으로 있을 수가 없었다. 하지만 이들의 얼굴에는 아무런 표정 변화도 없었다. 얼굴 가지고는 도저히 아무것도 알 수 없었다.

왕은 저녁 무렵 여기저기 돌아다니면서 사람들에게 입맛에 맞는 이야기를 해대며 친절하게 굴었다. 그러면서 영국에 있는 교회 신도들이 자기를 기다린다며 서둘러 토지 문제를 해결하고 고향으로 돌아가야 한다고 얘기했다. 서두르게 돼 미안하다고 하면, 사람들도 아쉽다고들 하면서, 더 머무르시면 좋겠지만 안 될 줄 안다고들 이야기했다. 물론 왕은 자기와 윌리엄이 조카딸들을 데려가겠다고 했고 사람들은 그러면 세 자매가 일가친척과 함께 지낼 수 있으니 잘 정착할 수 있을 것이라고들 좋아했다. 세 자매 역시 이를 반겼다. 이들은 너무 신이 난 나머지 문제가 있었던 것조차 모두 잊고는 빨리 떠날 준비를 하기 위해 신속히 토지를 팔아 버리라고 말할 정도였다. 이 불쌍한 자매들이 행복해 하고 좋아하는 모습을 보면서 한편으론 이들이 사기를 낭하고 있나는 것을 생각하니 찢어질 정도로 내 가슴이 아팠다. 하지만 내가 개입해서 전반적인 흐름을 바꿀 수 있는 그런 안전한 방법을 찾을 수 없었다.

왕은 그 즉시 집과 검둥이 하인들, 그리고 모든 소유물을 경매에 내놓겠다는 광고전단을 뿌렸다. 장례 후 이틀 뒤에 팔겠다는 것이다. 하지만 미리 원할 경우 누구라도 개인적으로 살 수 있었다.

드디어 장례 후 다음 날 정오 즈음에 세 자매의 즐거운 기대감을 흔드는 일이 발생했다. 노예 장사꾼 두 명이 나타났고 왕이 소위 삼일 어음이라는 것을 받고 검둥이들을 좋은 값에 팔아 치운 것이다. 두 아들은 강 상류 멤피스로, 엄마는 강 하류 뉴올리언스로 팔려 가게 된 것이다. 가엾은 세 자매와 검둥이 하인들은 슬픈 마음에 가슴이 무너져 내렸다. 이들이 같이 울고불고 하는 모습을 보고 있자니 내 가슴이 너무나 아팠다. 세 자매는 이들 가족이 찢어져 헤어지거나 이 마을 밖으로 팔려 가는 것은 꿈에도 상상 못 했다고 말했다. 가엾은 세 자매와 검둥이들이 서로 목을 붙잡고 통곡하는 모습이 내 기억 속에 영원히 남을 것 같았다. 만일 이 매매가 무효가 되어 한두 주 후에 검둥이들이 다시 집으로 돌아오게 된다는 사실을 내가 몰랐었다고 한다면, 나는 아마 참지 못하고 이들을 고발했을 것 같은 느낌이 들 정도였다.

이 사건으로 인해 마을에 큰 소요가 일어났다. 엄청난 수의 사람들이 달려 나와 이런 식으로 애와 엄마를 갈라 놓은 것은 수치스러운 짓이라고 단호하게 말하는 바람에 사기꾼들이 어느 정도 움찔했지만, 이 늙은 고집쟁이는 공작이 뭐라고 해도 그저 밀고 나갔다. 공작은 심히 불안해했다.

경매 당일 아침 해가 환하게 떴을 때, 왕과 공작이 다락방으로 올라와서는 나를 깨웠다. 얼굴 표정을 보고 뭔 일이 터졌구나 직감했다. 왕이 내게 물었다.

「지난번에 네가 내 방에 왔었지?」

「아닙니다, 폐하.」 우리밖에 없을 때 나는 항상 그를 이렇게 불렀다.

「어제 낮이나 밤에 내 방에 왔었잖아?」

「아닙니다, 폐하.」

「정말이지. 거짓말하면 안 된다.」

「그럼요, 폐하. 사실입니다. 메리 제인 양이 폐하와 공작님에게 방을 보여 주고 그곳으로 모시고 간 후에는 한 번도 방 근처에 간 적이 없습니다.」

이번에는 공작이 물었다.

「다른 사람이 들어가는 것을 본 적이 있니?」

「전하, 제 기억으로는 그런 적이 없다고 생각합니다.」

「가만히 생각해 봐.」

나는 잠시 생각하다가, 기회를 잡고는 이렇게 말했다.

「검둥이 하인들이 들어가는 모습을 몇 번 본 적이 있습니다.」

둘 다 짐짓 놀라는 모습이었다. 결코 예기치 못했다는 표정을 짓다가 다시 예상했다는 듯한 표정을 지었다. 공작이 다시 내게 물었다.

「아니, 검둥이들 모두가 말이냐?」

「아니요. 적어도 한꺼번에 들어가지는 않았습니다. 다 함께 나오는 것을 본 것은 딱 한 번입니다.」

「아니, 그게 언제지?」

「장례 당일 아침이었어요. 제가 늦잠을 잤으니까 이른 시간은 아니었는데, 사다리를 타고 내려가다가 그들을 보았습니다.」

「계속해 봐라. 뭐하고 있대? 어떻게들 행동했느냔 말이다.」

「아무 짓도 안 하던데요. 제가 보기엔 아무런 행동도 안 했습니다. 다만 발뒤꿈치를 들고 걸어 나갔습니다. 그래서 저는 아마 폐하가 일어나신 줄 알고, 폐하의 방을 정리하거나 무슨 일을 하러 들어갔다가 아직 주무시고 계신 걸 알고 괜히 깨워서 문제를 일으키지 않으려고 몰래 나오려고 그랬나 보다 생각했습니다.」

「아뿔싸, 이거네.」 왕이 이렇게 말했고, 두 사람 모두 인상을 찌푸리면서 멍한 표정을 지었다. 이들은 잠시 머리를 긁으며 생각에 빠지더니, 드디어 공작이 다소 귀에 거슬리는 웃음을 터뜨리면서 이렇게 말했다.

「우리가 졌네. 검둥이 놈들이 이렇게 일을 처리할 줄이야. 여기서 팔려 나가는 게 서글퍼 보이는 척해서 정말 애석하다고 느꼈었는데. 세상에, 우리 모두가 그렇게 봤는데. 더 이상 검둥이 놈들이 연극 기질이 없다고 말하면 안 되겠네요. 이놈들 연기 좀 봐, 누가 안 속겠나! 내 생각에 놈들은 돈이나 다름없어요. 내게 자본과 극장만 있다면, 이보다 나은 장사가 어디 있겠어요. 그런데 우리가 놈들을 노래 한 곡조에 팔아 치웠단 말입니다. 근데 아직 그깟 노랠 부를 특권도 없고요. 대체 그 노래는 어디 있는 거요? 그 어음 말입니다.」

「돈으로 회수하려고 은행에 있다네. 대체 왜 그러는가?」

「아니, 그러면 그나마 다행이네요.」

나는 겁먹은 표정으로 이렇게 물었다.

「뭐 잘못된 일이라도 있나요?」

왕이 내 쪽으로 휙 몸을 돌리더니 소리쳤다.

「참견하지 마라! 넌 잠자코 네 일이나 하면 돼. 할 일 있을 때나 말이다. 이 마을에 있는 한 절대 이 말을 잊어선 안 된다. 알아듣겠니?」 그러고는 공작에게 말했다. 「그냥 꾹 참고 아무 말 하지 맙시다. 입 막고 있는 게 상책이오.」

막 사다리를 타고 내려가는데, 공작이 다시 킥킥거렸다.

「급히 처분하고 얻은 것은 없고. 참 좋은 거래군요, 네?」

왕이 으르렁대면서 공작에게 한마디 했다.

「최선을 다해 빨리 팔아 치우려고 한 거잖아. 다 비어 남는 게 없고 가져갈 게 없다고 해도 내 책임도 아니고 자네 책임도 아닐세.」

「글쎄, 내 충고를 받아들였다면 그놈들이 아직 이 집에 있었을 것이고, 우리는 여기 없었을 겁니다.」

왕은 말다툼이 더 격화되지 않을 정도로만 공작의 말을 되받아쳤고, 방향을 돌리더니 괜스레 내게 화살을 쏴댔다. 그는 검둥이들이 그렇게 이상한 행동을 하며 자기 방에서 나오는 것을 봤으면서도 왜 말을 안 했느냐고 나를 몰아세우면서 바보가 아닌 한 뭔 일이 벌어졌다는 것을 왜 몰랐냐고 나를 다그쳤다. 그러고는 다시 자신을 탓하면서 이게 다 밤늦게까지 잠자리에 들지 않아 아침에 제대로 쉬지 못했기 때문이라고 떠들어 댔다. 자기가 다시 이런 짓을 하면 인간도 아니라고 주절거렸다. 둘은 서로 입씨름을 하면서 밖으로 나갔다. 나는 모든 것을 검둥이 탓으로 돌렸지만 그들에게 아무런 피해가 가지 않았다는 사실을 알기에 기분이 몹시 좋았다.

28

마침내 잠자리에서 일어날 시간이 되었다. 사다리를 타고 아래층으로 내려와서는, 자매들의 방 앞을 지나가다가 문득 열려 있는 문틈으로 메리 제인의 모습을 보았다. 그녀는 낡은 모피 가방 옆에 앉아 있었는데, 가방이 열려 있는 모양으로 보아 아마도 영국으로 떠나기 위해 짐을 꾸리고 있는 듯했다. 그런데 짐을 싸다 말고는 접은 가운을 무릎에 올려놓은 채 두 손으로 얼굴을 가리고 울고 있는 것이었다. 측은한 마음이 들어 아마 누구라도 그런 기분을 느꼈을 것이다. 나는 방으로 들어가 그녀에게 연유를 물었다.

「메리 제인 아가씨, 아가씨도 힘들어 하는 사람들을 보고만 있지는 않으시지요. 저도 그래요. 늘 그렇답니다. 무슨 일인지 제게 말씀해 보세요.」

내가 예상했던 대로 그녀는 검둥이 하인들 때문이라고 말했다. 멋질 것 같았던 영국행 여행도 망친 기분이고, 애와 엄마가 서로 영원히 다시 보지 못하게 된다는 것을 안 이상 영국 생활도 더 이상 행복할 수 없을 것이라고 한탄했다. 그러다가 큰 소리로 울음을 터뜨리면서 두 손을 들어 올리며 이렇게 말했다.

「세상에, 애와 엄마가 서로 영원히 다시 보지 못한다고 생각해 봐!」

「아니, 다시 볼 수 있을 거예요. 두 주 안에 다시 볼 수 있다는 것을 저는 알아요.」

제길! 생각도 하기 전에 말이 불쑥 튀어나오고 말았다. 그녀는 내가 움찔하기도 전에 두 팔로 내 목을 감싸더니, 다시 말해 보라고, 꼭 다시 말해 보라고 나를 채근했다.

워낙 경황없이 너무 말을 많이 하는 바람에 어떻게 할 수도 없었다. 나는 그녀에게 잠시 생각할 시간을 달라고 했다. 기다리는 동안 메리 제인은 안절부절못하고 흥분한 모습이었지만 그래도 아름다워 보였다. 그녀는 마치 앓던 이가 빠진 것처럼 편안하고 행복한 표정을 지어 보였다. 나는 이런저런 궁리를 하다가 궁지에 몰렸을 때 별안간 사실을 털어놓는 사람은 필히 엄청난 위험을 감수하게 되는 법이라고 스스로에게 말했다. 경험이 없기에 확신할 수 있는 생각은 아니지만 어쨌든 그럴 것 같았다. 하지만 지금은 사실을 밝히는 쪽이 거짓말을 하는 것보다 더 낫고 실제로 더 안전하리라고 보았다. 대체 왜 그런지는 마음속에 품고 있다가 다음번에 다시 생각해 보기로 했다. 어쨌든 이상하고 특별한 경우였다. 이런 경우는 처음이지만, 기회라고 생각하고 사실을 말하기로 했다. 하지만 마치 화약통 위에 앉아 불을 댕기고는 내가 어디로 날아갈지 기다려 보는 느낌이 들긴 했다.

「메리 제인 아가씨, 마을에서 좀 떨어진 곳에 아가씨가 사나흘 가서 지낼 만한 곳이 있습니까?」

「로스롭 씨네가 있기는 한데, 이유가 뭐니?」

「이유 걱정은 마세요. 만일 두 주 내에 검둥이 하인들이 서로들 다시 볼 수 있게만 된다면, 그리고 이걸 어떻게 아는지 증명해 보여 준다면 로스롭 씨네로 가서 나흘을 지낼 수 있겠어요?」

「나흘 동안 말이니? 그럴 수만 있다면 일 년이라도 지내겠다!」

「좋아요. 아가씨의 약속 말씀이면 족해요. 다른 사람들이 성경책에다 키스하고 약속하는 것보다 아가씨 말을 더 믿겠어요.」 그녀는 예쁜 모습으로 얼굴을 붉히면서 미소 지었다. 「괜찮으시다면 제가 문을 닫고 고리를 채우겠어요.」

나는 문을 잠그고는 다시 자리로 돌아와 이야기를 계속했다.

「소리 지르시면 안 되고, 가만히 담대하게 제 이야기를 들으셔야 합니다. 사실을 이야기할 테니 마음을 단단히 잡수셔야 합니다. 들으면 안 좋은 데다가 받아들이기도 힘드시겠지만 어쩔 수가 없습니다. 아가씨 삼촌들이라고 하는 자들은 실은 삼촌이 아니에요. 두 명 다 사기꾼입니다. 정말 저질 사기꾼이에요. 자, 이제 제일 끔찍한 얘기는 끝났으니 나머지 이야기는 견디실 수 있을 거예요.」

메리 제인이 내 말에 흔들리기 시작한 것은 당연했다. 나도 이제 여울은 건넜으니 본격적으로 진도를 나갔다. 나는 그녀에게 모든 것을 다 이야기했고 이야기를 듣는 동안 그녀의 눈빛이 점점 더 이글이글 불타는 듯 보였다. 나는 처음에 증기선을 타려고 올라가던 어수룩한 시골 청년을 만난 이야기부터 메리 제인이 대문 앞에서 왕의 가슴에 몸을 던지곤 예닐곱 번 키스해 준 이야기까지 다 해주었다. 그녀는 얼굴색이 타는 석양처럼 벌게지더니 자리에서 벌떡 일어났다.

「짐승 같은 놈들! 자, 시간 낭비하지 말고 당장 가서 그놈들을 타르를 바르고 깃털을 붙여 강에다 던져 버리자고!」

「당연하지요. 하지만 아가씨가 로스롭 씨 댁으로 가기 전에 하자는 것인지, 아니면······?」

「아 참! 내가 무슨 생각을 하고 있는 거지.」 그러고서 그녀는 다시 자리에 앉았다. 「내가 한 말은 신경 쓰지 마. 미안해.

그렇게 해줄 거지, 그렇지?」 그녀가 비단 같은 손을 내 손 위에 얹으면서 말하는 통에 나는 가슴이 터질 것 같았다. 「내가 이렇게 흥분할 줄은 나도 몰랐단다. 자, 계속해라. 다신 그러지 않을게. 내가 할 일을 말해 줘. 네가 뭐라고 해도 다 따를게.」

「알았어요. 이자들은 보통 사기꾼이 아니에요. 어쩔 수 없이 이자들과 묶이는 바람에 내가 원하든 원하지 않든 얼마간 같이 떠다녀야 합니다. 이유는 묻지 마세요. 아가씨가 다 불어 버리면 저도 저자들의 손아귀에서 벗어나 안전할 수 있을 거예요. 하지만 아가씨가 모르는 또 한 사람이 있는데, 그 사람이 큰 곤경에 처하게 됩니다. 아가씨, 그 사람부터 구해 내는 것이 맞지요. 그렇지요? 그러니 지금 당장 이자들을 일러바칠 수가 없는 겁니다.」

이렇게 말하고 나니, 좋은 생각 하나가 떠올랐다. 이 사기꾼들을 여기서 감옥에 집어 처넣은 후, 우리만 떠날 수 있을 것 같았다. 하지만 낮 시간에는 누가 물어 봐도 나밖에 대답할 사람이 없는데 뗏목을 타고 내려가는 위험을 감수하고 싶지가 않았다. 그래서 계획을 오늘 밤까지 미루기로 했다.

「메리 제인 아가씨, 우리가 해야 할 일을 말해 드릴게요. 로스롭 씨 댁에 오래 머물 필요는 없을 거예요. 그 집까지 여기에서 얼마나 멀어요?」

「4마일이 채 안 되지. 시골에 있어.」

「그럼 됐어요. 그곳으로 가서 오늘 밤 아홉 시나 아홉 시 반까지 가만히 숨어 계시다가 다시 집으로 데려다 달라고 하세요. 뭔가 생각하는 게 있다고 하세요. 열한 시 전에 오시면 창문에 촛불을 켜두세요. 만일 제가 나타나지 않으면 열한 시까지 기다리시고, 그래도 안 나타나면 전 안전하게 여길 떠난 겁니다. 그러면 나가서 소식을 퍼뜨려 이 사기꾼들을 잡아들이세요.」

「좋아, 내가 그렇게 하마.」

「만일 모든 일이 터지고도 내가 떠나지 못하고 그놈들과 같이 붙잡히게 되면, 내가 미리 다 얘기했노라고 아가씨께서 말씀하시면서 제 편이 돼주셔야 합니다.」

「당연히 네 편에 서줄게. 네 몸에 머리털 하나 손대지 못하게 할 테니까.」 이 말을 하는 그녀의 콧구멍이 벌름거렸고 두 눈이 반짝거렸다.

「만일 여길 떠나 버리게 되면, 여기 남아 두 악당이 아가씨 삼촌이 아니라는 사실을 증명해 주지 못하게 되는 셈이죠. 여기 있다고 해도 쉽게 되지는 않을 겁니다. 이자들이 정말 쓰레기들이라고 맹세해 줄 수는 있어요. 하지만 그게 다예요. 물본 그 자체도 의미는 있겠지요. 하지만 저보다 이 일을 훨씬 더 잘 할 수 있는 사람들이 있어요. 그 사람들은 자칫 저처럼 의심받을 수 있는 처지도 아니에요. 그 사람들 찾는 법을 알려 드릴게요. 종이랑 연필 좀 줘보세요. 자, 〈전대미문의 걸작, 브릭스빌〉이 메모지를 갖고 계세요. 법정에서 이 사기꾼들에 대해 무언가 알고 싶다면 브릭스빌로 사람을 보내서 〈전대미문의 걸작〉을 공연했던 사람들을 잡았다고 하면서, 증인을 찾는다고 말하라 하세요. 눈 깜짝할 사이에 마을 사람들 전체가 달려올 겁니다. 그것도 치를 떨면서 말이지요.」

이제 모든 일이 정리되었다 판단하고서 나는 이렇게 말했다.

「경매는 열리게 놔두시고, 전혀 걱정하지 마세요. 공시한 기간이 짧아서 경매 다음 날까지는 매입한 것에 대한 돈을 지불하지는 않으니까요. 그자들은 돈을 받을 때까지 여기에 있을 겁니다. 그리고 매매가 안 되게 해놓았으니까 아무 돈도 받지 못할 겁니다. 검둥이 하인들도 마찬가지예요. 매매는 없어요. 머지않아 다들 집으로 돌아올 거예요. 하인들 팔아 치운 돈도 못 받는 거지요. 메리 아가씨, 저놈들 이번에는 된통 걸린 겁니다.」 이제, 메리 제인이 이렇게 말했다.

「나는 가서 아침식사를 한 후, 즉시 로스롭 씨 댁으로 떠날 테다.」

「메리 제인 아가씨, 그게 아니고요. 지금 당장 떠나셔야 해요.」

「왜?」

「메리 아가씨, 왜 제가 그 집으로 떠나라고 한 줄 아세요?」

「글쎄다, 생각 안 해봤는데. 잘 모르겠는데. 왜 그런 거지?」

「아가씨는 얼굴이 두꺼운 그런 사람이 아니기 때문에 얼굴만 보면 거기 다 적혀 있어요. 얼굴만 쳐다보면 그 누구라도 인쇄 글씨처럼 다 읽어 낼 수 있어요. 그런데 가서 저 삼촌들을 만나시겠다고요. 아침 키스를 한다고 내려올 텐데, 그래도 절대……」

「알았다, 알았어. 그만 해라! 아침 전에 떠날게. 기꺼이 떠날 테다. 근데 동생들은 그자들과 있게 놔두고 가는 거니?」

「네, 걱정 마세요. 당분간 참으면 됩니다. 모두 다 나가 버리면 그자들이 의심할 테니까요. 어쨌든 그자들도 그렇고, 동생들, 그리고 마을 사람들 누구도 만나지 마세요. 이웃 사람이 아침에 삼촌들 안부를 물으면 보나마나 얼굴 표정으로 뭐라고 말할 테니까요. 아가씨, 즉시 떠나세요. 나머지는 제가 알아서 할게요. 수전 아가씨에게 대신 삼촌들한테 안부를 전해 달라고 할게요. 그리고 아가씨가 잠시 쉬려고, 아니면 기분전환하려고, 아니면 친구 만나려고 나갔다가 오늘 밤이나 내일 아침에 돌아온다고 전해 주겠어요.」

「친구 보러 갔다고 하는 건 괜찮지만 그자들에게 내 안부를 전한다고는 하지 않았으면 한다.」

「좋아요. 그렇게 할게요.」 그렇게 답하는 것으로 충분했다. 그래도 아무런 해도 보지 않을 테니까 말이다. 별일도 아니고 문제도 없을 뿐더러 이런 사소한 것들이 사람들 가는 길을 편안하게 해주기 때문이었다. 이로 인해 메리 제인 아가씨는 마음이 편할 테고 더구나 이건 돈 드는 일도 아니었다. 그리고 나는 이렇게 말했다. 「참, 돈가방 문제가 하나 더 있어요.」

「그놈들이 갖고 있잖니. 그놈들이 돈을 갖게 된 생각을 하면 지금도 내가 얼마나 바보였는지 떠올라 약이 오른다.」

「아니요, 아가씨가 틀렸어요. 그자들이 안 갖고 있어요.」

「그럼 누가 가졌는데?」

「저도 알고 싶지만, 모르고 있어요. 내가 훔쳐서 갖고 있다가 아가씨에게 주려고 했어요. 숨긴 곳도 알고 있어요. 하지만 아마 이젠 그곳에 없을 거예요. 아가씨, 정말 죄송하고 미안해요. 최선을 다하긴 했어요. 진심이에요. 하마터면 잡힐 뻔하는 바람에 처음 맞닥뜨린 곳에 찔러 놓고 도망쳐 나오고 말았어요. 그런데 그다지 좋은 곳이 아니에요.」

「제발 자신을 탓하지는 마라. 보기 딱하니까. 너도 어쩔 수 없었잖아. 네 잘못도 아니고. 그런데 어디에 숨겼니?」

나는 다시 그녀로 하여금 힘든 일을 생각하게 하기 싫었다. 돈가방을 배에 올려놓은 채 관 속에 누워 있는 고인을 다시 떠올리게 하고 싶지 않았다. 그래서 얼마간 말을 안 하다가 이윽고 이렇게 말했다.

「아가씨가 괜찮으시다면 어디에 놓았는지는 말하지 않을게요. 하지만 이 종이 위에 써놓을 테니까 원하시면 로스롭 씨 댁으로 가다가 읽어 보시면 됩니다. 그래도 괜찮으시겠어요?」

「그럼, 그렇게 할게.」

나는 이렇게 썼다. 「돈은 관 안에 넣어 두었습니다. 한밤중에 아가씨가 관 앞에서 울고 있었을 때 돈은 그 안에 있었습니다. 저는 문 뒤에 숨어 있었고, 메리 제인 아가씨 때문에 마음이 아팠답니다.」

악당들이 그녀의 지붕 밑에서 그녀를 갖고 놀면서 돈을 갈취하고 있는데, 그녀 혼자 남아 야밤에 울고 있던 모습을 떠올리자니 다시금 눈물이 흘러내렸다. 메모지를 접어서 건네 줄 때, 그녀의 눈가에도 눈물이 맺혀 있는 것을 알았다. 그녀는 내 손을 잡더니 이렇게 말했다.

「잘 있어라. 나는 모든 것을 네가 시킨 대로 하고 있을 테다. 그리고 만일 다시 못 보게 되더라도 너를 결코 잊지 못할 거야. 두고두고 생각이 날 거다. 그리고 너를 위해서 기도할게.」 그 말과 함께 그녀는 떠났다.

날 위해 기도한다고! 만약 그녀가 내가 진짜 누군지 알았더라면 그녀의 인품에 맞게 기도를 해주었을 텐데 하는 생각이 들었다. 하지만 지금의 나라고 해도 분명 그녀는 나를 위해 기도해 주었을 것이다. 그녀는 그런 사람이었다. 그녀는 한번 생각을 품으면 가롯 유다를 위해서도 기도해 줄 수 있는 그런 용기가 있는 여자였다. 절대 물러설 여자가 아니었다. 남들이 무어라 할지 몰라도, 내 생각엔 메리 제인이 어느 여자보다 더 용기가 있었다! 결단력이 대단해 보였다. 아첨같이 들릴지 모르겠지만 결코 아첨이 아니다. 또 아름답다는 면에서 보자면, 착한 면도 마찬가지지만, 그녀를 능가할 사람이 없었다. 그날 문을 열고 떠난 이후로 나는 그녀를 본 적이 없었다. 한 번도 보지 못했지만 두고두고 그녀가 생각났고, 그녀가 날 위해 기도해 주겠다는 것이 생각났다. 만약 그녀를 위해 기도해 주는 것이 조금이라도 좋은 일이라고 생각되었다면 나도 꼭 그렇게 했을 것이다.

아무도 그녀가 나가는 것을 보지 못했다는 점으로 보아 메리 제인은 뒷문을 통해 집을 빠져나간 것 같았다. 수전과 언청이와 마주쳤을 때, 나는 이렇게 물었다.

「강 건너에 이따금 다 같이 방문하러 가시는 분들 이름이 뭐라 하셨죠?」

「여러 명이지만, 주로 프록터 씨네 가는데.」

「네, 바로 그 이름이네요.」 내가 말했다. 「금세 잊어먹었네요. 메리 제인 아가씨가 황급히 그곳으로 가야 한다고 제게 말했어요. 누군가 아프다네요.」

「누구 말이냐?」

「저도 몰라요. 생각이 안 나는데, 뭐라 그랬더라……」

「사람 놀라게 하지 마! 설마 해너는 아니겠지?」

「안됐지만,」 내가 말했다. 「바로 해니였어요.」

「세상에, 지난주까지 멀쩡했는데! 많이 아프다니?」

「그 정도가 아니래요. 메리 제인 아가씨 말로는 지난밤 꼬박 새웠다고 하네요. 이제 몇 시간 못 살 거라고 했다는데요.」

「원, 세상에! 대체 무슨 일이래?」

그 순간 당장 대답할 게 떠오르지 않았다. 그래서 이렇게 말했다.

「볼거리라지요.」

「뭐 볼거리라고! 볼거리 가지고 밤새워 간호하는 사람이 어디 있니?」

「보통 안 하지요, 그렇지요? 한데 이 볼거리는 그렇다네요. 완전히 다른 신종이래요. 메리 제인 아가씨가 그랬어요.」

「어떻게 신종이라는 건데?」

「복합적인 증세를 보인다고 해요.」

「복합적이라니?」

「글쎄, 홍역, 백일해, 단독증에다가, 결핵 증세에 황달, 뇌

막염, 게다가 병명도 모르는 증세까지 보인다지요.」

「세상에! 그걸 가지고 볼거리라고 한다니?」

「아가씨가 그랬어요.」

「대체 그걸 왜 볼거리라고 부른다는 거야?」

「왜라니요. 볼거리니까 그렇지요. 처음엔 볼거리로 시작했대요.」

「어쨌든, 말도 안 된다. 자, 어떤 사람이 돌에 발가락이 채여서 독이 퍼졌고, 우물에 자빠져 목이 부러지고 머리통이 깨졌다고 하자. 누가 와서 왜 죽었냐고 하는데 어떤 얼간이 같은 작자가 나서서, 〈돌에 발가락이 채여서 죽었어요〉라고 했다고 치자. 이게 사리에 맞는 말이니? 아니지, 말도 안 되지. 그런데 남들도 잡는 병이라니?」

「남들도 잡느냐고요? 말씀 잘 하셨어요. 어둠 속에서 써레질에 다 걸려드는 이치와 마찬가지죠. 어떤 날 안 걸리면, 다른 날에 걸리게 돼 있잖아요? 써레를 치우지 않고서는 날에 안 걸릴 도리가 없지요. 이 볼거리가 곡 써레질 같아요. 아가씨 말씀대로, 그것도 그냥 써레질이 아니라 한번 걸리면 영원히 못 빠져나오는 그런 거랍니다.」

「끔찍해라.」 언청이가 끼어들며 말했다. 「난 하비 삼촌에게나 갈 테야, 그러고는……」

「그래요.」 내가 말했다. 「나래도 그렇게 하겠어요. 지체할 시간이 없어요.」

「그런데, 넌 왜 그렇게 안 하니?」

「잠깐 생각해 보면 아실 거예요. 삼촌들이 가능한 빨리 영국으로 돌아가야 하는 것 아시잖아요? 그런데 아가씨들끼리 영국으로 오게 놔두고 자기들만 떠날 정도로 야비하다고 생각하세요? 기다려 주실 거예요. 여기까지 그렇다고 쳐요. 하비 삼촌은 목사님이시잖아요? 목사님이 증기선 선원을 속이

기야 하시겠어요? 메리 제인 아가씨를 기꺼이 배에 태우려고 말이에요. 안 그러실 거 아시잖아요. 그러면 어떻게 하시겠어요? 보나마나 〈안된 일이지만, 교회 문제는 그냥 잘 가도록 두는 수밖에 없다. 내 조카가 끔찍한 복합 증세 볼거리에 감염되었다는데, 내가 여기 남아 그 애가 정말 감염되었는지 확인하기 위해 석 달을 기다리는 수밖에 없다〉라고 말씀하시겠지요. 하지만, 그래도 하비 삼촌에게 말씀 드려야 한다고 생각하셔도 상관없어요.」

「말도 안 돼, 그리고 영국에서 재미있게 지낼 수 있는데, 메리 제인이 감염이 됐는지 확인하는 동안 여기에 남아 어슬렁대고 있으란 말이냐? 넌 꼭 멍청이 같이 말하는구나.」

「그럼, 어쨌든, 이웃 사람에게 말씀하시든가요.」

「자, 살 들어 봐라. 넌 밍칭힌 긴 디고났구나. 그러면 이웃들이 돌아다니며 얘기 안 할 거 같니? 그저 아무에게도 말하지 않는 방법밖에 없어.」

「그게 좋겠네요. 네, 저도 그게 맞다고 봐요.」

「그래도 하비 삼촌에게는 메리 제인이 잠깐 외출했다고 말은 해야겠지. 그래야 불안해하지 않으실 거 아니니?」

「맞아요, 메리 제인 아가씨도 아가씨들이 그렇게 하길 바란다고 말씀하셨어요. 〈가서 하비 삼촌과 윌리엄 삼촌에게 안부 전하고 키스해 드린 다음에, 강 건너……〉 누구더라, 잠깐만, 피터 삼촌이 좋게 생각하시던 부잣집 이름이 뭐지요? 그 사람 있잖아요.」

「너 앱소프 씨네 말하는구나?」

「맞네요. 그런 이름은 짜증 나요. 어쩜, 반도 외우기 힘들어요. 어쨌든, 경매에 꼭 오셔서 집을 매입하시라고 앱소프 씨 댁에 말씀하러 가신다고 전해 달라고 하셨어요. 아가씨는 피터 삼촌이 누구보다도 그분들이 이 집을 가졌으면 하셨다네요. 그래서 그분들이 꼭 온다고 하실 때까지 붙어 있을 작정이고, 너무 힘들지만 않으면 집에 돌아오시겠다고 했어요. 피곤해도 내일 아침에는 꼭 오신다고 했어요. 그리고 프록터 씨에 대해선 아무 말 말고, 앱소프 씨에 대해서만 말하라고 하셨어요. 집을 구매하시라고 말씀 드리러 간 게 사실이니까요. 아가씨가 직접 내게 그렇다고 말씀하셨어요.」

〈알겠어〉 하고 대답하면서, 두 자매는 삼촌들을 기다리다가 안부를 전하고 키스를 한 후에, 그 소식을 전하겠다고 하면서 자리를 떴다.

이제 모든 일이 잘 되었다. 자매들은 영국에 가고 싶은 마음에 아무 말도 안 할 것이고, 왕과 공작은 메리 제인이 로빈슨 의사를 접촉하는 게 아니라 경매를 잘 하기 위해서 떠났다고 생각할 것이기 때문이다. 나는 기분이 좋았다. 아주 깔끔하게 일을 처리했다고 판단했고, 아마 톰 소여도 이 정도 깔끔하게 하지는 못할 것이라고 생각했다. 물론 톰이 일을 더 멋지게 처리했을 수는 있지만, 나는 그렇게 타고나질 않았기 때문에 그 정도로 멋지게 할 수는 없었다.

오후가 끝날 무렵 마을 광장에서 경매가 이루어졌다. 살 사람들이 끊임없이 줄을 섰고 노인네는 경매인 옆에 버티고 서서는 경건해 보이는 표정으로 이따금 성경 몇 구절이나 착한 척하는 말들을 내뱉고 있었고, 공작은 사람들의 동정을 사기 위해 자기가 아는 모든 방법을 동원해 어버버대면서 돌아다녔다.

마침내 경매도 끝이 나고 무덤가의 조그만 땅뙈기 말고는 모두 다 팔려 나갔다. 이들은 그것마저 해치우기로 했다. 나는 왕처럼 이렇게 목을 쭉 뻗어 모든 걸 집어 삼키는 악당은 평생 처음 보았다. 이러는 와중에 증기선이 도착했고, 이 분 정도 지나자 〈와!〉 하는 함성 소리, 웃음소리와 함께 사람들이 떠들어 대며 몰려들었다.

「여기 당신네들 경매 적수가 나타났소! 피터 윌크스 노인의 두 번째 상속인 등장이오. 자, 한번 가서 돈 내고 맘껏 골라 보시오!」

29

사람들이 점잖은 노신사 한 분과 오른팔에 삼각 붕대를 한 훌륭한 젊은 신사 한 분을 모셔 왔고, 큰 소리로 고함을 지르면서 연이어 웃음을 터뜨리곤 했다. 그런데 나에게 이건 장난이 아니었다. 무엇보다도 먼저 왕과 공작이 긴장할 것으로 보았다. 아마 안색이 하얗게 질릴 것 같았다. 하지만 놀랍게도 이들은 전혀 동요하지 않았다. 공작은 무슨 일이 났는지 조금도 개의치 않는 척하면서 마치 버터밀크가 끓어 넘치는 주전자마냥 만족스럽고 행복한 모습으로 계속 어버버거리며 돌아다녔다. 왕은 한술 더 떠서 세상에 저런 사기꾼 같은 놈들도 있네 하며 가슴에 복통이라도 생긴 듯이 새로 온 사람들을 걱정스럽게 내려다보았다. 기막힌 연기였다. 이 지역의 대표적인 유지들 다수가 왕 주위에 모여서 자기들이 왕의 편이라는 것을 보여 주고 있었다. 이제 막 도착한 노신사는 모든 게 낯설고 어리둥절한 모습이었다. 그는 이내 말을 꺼냈는데, 내가 봐도 영국 사람처럼 발음한다는 것을 단번에 알 수 있을 정도였다. 물론 왕도 흉내 치고는 그런대로 잘 했지만 노신사의 발음은 왕의 발음과는 완전 딴판이었다. 노신사의 말을 그대로 옮길 수도, 그대로 흉내 낼 수도 없지만, 그는 사람들을 향해 대충 이렇게 이야기했다.

「전혀 기대 밖의 일이라 저는 놀랐습니다. 솔직히 말씀드리건대 이런 상황을 대하니 저로선 무어라 말씀 드릴 게 없습니다. 제 동생과 저는 불행한 일을 겪었습니다. 동생은 팔이 부러졌고 저희 짐은 지난밤 위쪽 마을에 잘못 내려졌습니다. 저는 피터 윌크스의 형인 하비이고 저쪽은 동생 윌리엄입니다. 동생은 듣지도 못하고 말도 못 합니다. 그나마 한쪽 팔마저 다치는 바람에 수화도 제대로 못 하게 됐습니다. 말씀드린 대로 우리는 피터의 형제들이고, 하루나 이틀 후 짐이 도착하면 그걸 증명해 보여 드리겠습니다. 그때까지는 아무 말도 하지 않고 호텔에 가서 기다릴 것입니다.」

그러고는 노신사와 벙어리 동생은 자리를 떴다. 그러자 왕은 웃으며 이렇게 떠벌렸다.

「팔이 부러졌다고, 그거 참 그럴싸한데, 안 그런가? 게다가 배운 적도 없는 수화를 해야 하는 사기꾼에게는 더없이 편리하기도 하고. 그리고 짐도 잃어버리셨다고요! 정말 멋져요. 기막힙니다. 이 상황에서는 더할 나위 없이 그럴싸합니다.」

다시 한 번 왕이 비웃자, 서너 명, 아니 한 여섯 명 정도 말고는 모두 같이 이들을 비웃었다. 웃지 않은 사람 가운데 한 명은 의사였다. 또 다른 한 사람은 날카로운 모습을 한 신사였는데, 융단 천으로 만든 옛날식 가방을 들고 있었다. 방금 증기선에서 내린 그는 의사와 낮은 소리로 얘기를 주고받으며 이따금 왕을 쳐다보면서 고개를 끄덕이고 있었다. 이 사람이 바로 루이빌에 갔다던 변호사 레비 벨이었다. 또 다른 한 사람은 몸집이 단단하고 험하게 생겼는데, 노신사가 하는 이야기를 다 듣고 나서 이제 왕이 하는 이야기를 듣고 있었다. 왕의 말이 끝나자, 그는 일어나 이렇게 말했다.

「여기 봅시다, 당신이 하비 윌크스라면 이 마을에는 언제 도착했소?」

「장례식 전날이요, 형씨.」왕이 대답했다.
「몇 시에 왔소?」
「저녁, 해 지기 한두 시간 전이오.」
「어떤 배편으로 왔소?」
「신시내티에서 오는 수전 파월 호를 타고 왔소이다.」
「그렇다면 아침에 카누를 타고 핀트 지역으로 올라온 건 뭐요?」
「저는 그날 아침에 핀트 지역에 가지 않았소.」
「거짓말하지 마.」

그러자 몇 사람들이 그에게 달려가서는 목사인 노인분에게 그렇게 말하지 말아 달라고 간청했다.

「목사는 무슨 죽을 놈의! 사기꾼이지. 게다가 거짓말쟁이요. 그날 아침 내가 핀트 지역에 있었소. 내가 거기 사는 것 알지 않소? 나도 거기 있었고 저놈들도 거기 있었소. 내가 거기서 저자를 봤다니까. 팀 콜린스와 애 한 명과 같이 카누에 타고 있었단 말이요.」

이제 의사가 일어나더니 이렇게 외쳤다.
「하인즈, 그 애를 다시 본다면 알아볼 수 있겠소?」
「할 수 있겠지만, 잘은 모르겠어요. 아니, 저기 있네요. 저 애가 확실해요.」

그자는 손으로 나를 지목했다. 그러자 의사가 다시 말했다.
「여러분, 새로 온 두 분이 사기꾼인지 아닌지는 저도 알지 못합니다. 하지만 만약 이 두 놈이 사기꾼이 아니라고 한다면 차라리 저를 바보 천치라고 부르세요. 이번 사태에 대한 조사가 끝날 때까지 이자들을 여기에 묶어 두는 게 우리가 해야 할 일입니다. 자, 하인즈, 그리고 여러분들 이리로 오십시오. 이 두 사람을 여관으로 데리고 가서 다른 두 명과 대질시킵시다. 그러면 다 끝내기도 전에 무언가 찾아낼 수 있을 겁니다.」

왕을 편든 사람들에게는 그렇지 않았겠지만, 대부분 사람들에게는 신나는 일이었다. 해가 질 무렵이었는데도 사람들은 모두 여관으로 향했다. 의사는 내 손을 잡더니 나를 이끌고 갔다. 꽤 친절하게 대해 주었지만, 손은 절대 놓지 않았다.

우리는 호텔의 한 큰 방에 들어가 촛불 몇 개를 밝힌 후, 새로 온 두 사람도 불러냈다.

먼저 의사가 입을 열었다.

「이 두 사람한테 심하게 대하고 싶은 마음은 없지만, 하나 확실한 것은 이 둘이 사기꾼이라는 사실입니다. 이자들은 우리가 알지 못하는 공범과 내통하고 있을지도 모릅니다. 만약 그렇다면 공범들이 피터 윌크스가 남긴 돈을 가지고 내뺄 수도 있다고 봅니다. 충분히 가능한 일입니다. 만약 이자들이 사기꾼이 아니라면, 그 돈을 가져오게 해서 자기들이 사기꾼이 아니라는 것을 보여 줄 때까지 우리가 보관하는 데에 반대하지 않으리라고 봅니다. 안 그렇습니까?」

모두들 이에 찬성했다. 나는 여기 있는 사람들이 처음부터 우리 일당을 꼼짝 못 하게 만들고 있다고 보았다. 그런데도 왕은 애석하다는 표정을 지으며, 이렇게 말했다.

「신사 여러분, 나는 그 돈이 그대로 거기에 있었으면 하는 사람입니다. 저는 소위 공정하고 공개된 조사라는 이 측은한 일을 추호도 방해하고 싶은 마음이 없는 사람입니다. 하지만 애석하게도 돈은 거기에 없습니다. 원한다면 사람을 보내 확인해 보시기 바랍니다.」

「그럼, 어디 있단 말이오?」

「제 조카가 돈을 보관해 달라고 저에게 넘겨주었을 때, 저는 제 침대 짚요 밑에 그 돈을 숨겨 놓으면서 이 정도면 우리가 여기에 머무는 동안 안전할 것으로 생각했습니다. 우리는 검둥이들을 잘 알지 못하기에 다만 영국의 하인들처럼 정직하리라고 여겼지만, 다음 날 아침 우리가 아래층에 내려간 사이 이자들이 돈을 훔쳐 낸 겁니다. 검둥이 하인들을 팔아 치웠을 때 저는 돈이 없어진 사실을 모르고 있었고 이자들은 그 돈을 갖고 사라진 셈이 된 거죠. 여러분, 여기 제 하인이 그 사실을 증명해 줄 수 있을 겁니다.」

의사와 여러 사람들이, 〈집어쳐!〉 하고 소리 질렀고, 모두들 왕의 말을 믿으려 하지 않았다. 어떤 사람이 오더니 검둥이들이 돈을 훔치는 것을 직접 보았냐고 나에게 묻기에, 나는 그건 아니지만 이자들이 방에서 몰래 빠져나와 도망치는 모습을 보았다고 대답해 주었다. 나는 당시 별다른 생각을 하지 않았고, 다만 검둥이 하인들이 혹 주인님을 깨웠을까 봐 두려워 문제가 커지기 선에 도망가려는 줄 알았다고 말했다. 사람들이 내게 물은 내용은 그뿐이었다. 그러자 의사가 내게 급히 다가오더니 이렇게 물었다.

「애야, 너도 영국인이니?」

내가 그렇다고 답하자, 의사와 몇몇 다른 사람들이 껄껄 웃으며, 〈허튼 소리 한다!〉고 말했다.

그때부터 사람들이 전반적인 조사를 하기 시작했다. 몇 시간 동안 이것저것 따져 묻기 시작했고 아무도 저녁식사를 어떻게 할 것인지에 대해 일언반구가 없었다, 아예 식사 생각조차 없는 것 같았다. 계속 조사가 진행되었지만 혼란스럽기가 이루 말할 수 없었다. 사람들은 왕에게 이야기를 하라고 시키더니, 다시 노신사에게도 이야기를 하라고 시켰다. 바보 천치가 아닌 이상 누가 들어 봐도 노신사가 사실을 이야기하고 있고 왕이 거짓말을 하고 있다는 것을 알 정도였다. 이윽고 사람들이 나보고 알고 있는 것을 다 말하라고 했다. 왕이 내게 곁눈질로 눈치를 보내기에, 나는 제대로 어떤 말을 해야 할지' 알았다. 셰필드에 대해 먼저 이야기하면서, 우리가 어떻게 지냈는지, 그리고 영국에 사는 윌크스 사람들이 어떠한지 등등에 대해 말하기 시작했다. 하지만 이야기한 지 얼마 되지 않아 의사가 웃기 시작했다. 레비 벨 변호사는 이렇게 말했다.

「애야, 앉아라. 내가 너라면 그렇게 힘들이진 않을 거다. 너는 거짓말하는 데 익숙하지가 않구나. 편하게 보이지가 않아. 좀 더 연습을 해야겠다. 아주 어색하단다.」

나는 칭찬을 들을 생각은 전혀 없었다. 하지만 어쨌든 이야기를 그만두게 되어 좋았다.

의사가 무슨 말을 하려다가, 몸을 돌리며 이렇게 말했다.
「레비 벨, 자네가 처음부터 마을에 있었다면……」
왕이 끼어들더니, 손을 뻗으며 이렇게 말했다.
「아, 이 사람이 바로 내 동생이 편지에서 그렇게 자주 말하던 그 사람이구먼?」

변호사와 왕은 악수를 나누었다. 변호사는 웃음을 보이며 즐거운 표정을 지었다. 이어 두 사람이 잠시 함께 이야기를 나누더니, 한쪽으로 가서 낮은 소리로 속삭였다. 드디어 변호사가 소리를 높여 이렇게 말했다.

「그러면 되겠군요. 내가 법원의 명령서를 받아, 당신 동생 것과 같이 보내겠소. 그러면 사람들이 과연 문제가 정말 없는지 알게 될 것이오.」

이제 사람들이 종이와 펜을 가져왔고, 왕은 앉아서 한쪽으로 머리를 틀더니 혀를 깨물며 몇 자 끼적댔다. 그러곤 펜을 공작에게 주었다. 공작이 처음으로 힘든 표정을 짓더니, 몇 자 적었다. 변호사가 이번에는 노신사를 향해 이렇게 말했다.

「동생분과 함께 한두 줄 쓰시고 서명해 주시기 바랍니다.」
노신사가 몇 자 적었지만, 아무도 이를 읽을 수가 없었다.

변호사는 상당히 놀란 표정을 짓더니 이렇게 말했다.

「이건 나도 못 읽겠는데요.」 그런 다음 주머니에서 오래된 편지 몇 통을 꺼냈다. 편지를 살펴보더니 다시 노신사의 글을 살펴보고 다시 모두를 살피더니, 이렇게 말했다. 「여기에 하비 윌크스가 보내 온 오래된 편지가 있습니다. 그리고 여기 두 사람의 필적이 있습니다. 그런데 누가 봐도 이 사람들이 쓰지 않았다는 것을 알 수 있습니다.」 왕과 공작은 변호사가 자기들을 끌어들였다는 사실을 이제야 깨닫고는 멍청하게 당한 표정을 지었다. 「그리고 여기 이 노신사의 필적이 있습니다. 그런데 누가 봐도 이분의 필체도 아니라는 것을 금세 알 수 있습니다. 이분이 쓰신 것은 글씨라고 보기도 어렵습니다. 자, 여기 편지가 있습니다……」

새로 온 노신사가 말했다.

「괜찮으시다면 제가 설명 좀 드리겠습니다. 제 글씨는 제 동생 말고는 아무도 읽을 수가 없는 악필입니다. 그래서 항상 동생이 제 글을 다시 옮겨 씁니다. 거기 글은 내 글씨가 아니고 동생 글씨입니다.」

「글쎄, 일이 복잡하게 되었군요.」 변호사가 말했다. 「윌리엄의 편지도 여기 있습니다만, 그러면 동생분에게 몇 줄 써보라고 한 후에 비교해 보면……」

「동생은 왼손으로는 글을 쓰지 못합니다. 오른손을 사용할 수만 있다면 동생이 자기 편지와 내 편지 모두를 직접 썼다는 것을 보여 드릴 수 있을 텐데. 여기 두 편지를 잘 봐주십시오. 모두 같은 글씨체가 맞지 않습니까.」

변호사는 두 편지를 비교해 본 후, 이렇게 말했다.

「확실히 그렇군요. 똑같다고는 할 수 없다고 해도, 어쨌든 처음 볼 때보다 훨씬 비슷해 보이는 점이 많아 보입니다. 자, 자, 자! 이제 우리는 거의 해결 단계에 왔다고 봅니다. 부분적으로는 좀 어긋나기도 했습니다만, 하지만 한 가지는 밝혀졌습니다. 여기 이 두 사람은 둘 다 윌크스가 아니라는 겁니다.」 그러면서 변호사는 왕과 공작 쪽으로 머리를 흔들어 보였다.

자, 이런데도 이 고집불통 늙은이가 항복하지 않는다면 이를 어떻게 받아들여야 할까? 그런데 실제로 그는 이건 공정하지 않은 테스트라고 반박하면서 버텼다. 동생 윌리엄이 세상에 둘째가라면 서러울 정도로 장난질을 좋아한다고 하면서 동생이 종이에 펜을 대려고 하는 순간 자기는 이미 장난치는 줄 알았다고 떠벌렸다. 신이 난 사람처럼 계속해서 마구 지껄여 대더니, 이제는 마치 자기가 떠드는 말을 스스로 진짜라고 믿을 정도가 된 것 같았다. 하지만 그때 새로 온 노신사가 끼어들어 이렇게 말했다.

「생각이 난 게 하나 있습니다. 혹시 내 동생……, 고인이 된 내 동생을 땅에 묻을 때 같이 도와주셨던 분이 여기 있습니까?」

「예.」 누군가 대답했다. 「저와 애브 터너가 도왔습니다. 우리 모두 여기 있습니다.」

그러자 그 노신사는 왕을 향해 이렇게 말했다.

「저는 여기 이분께 고인이 가슴에 어떤 문신을 하고 있었는지 한번 묻고 싶습니다.」

왕이 재빨리 자신을 추스르지 않았다면, 마치 강물에 기반이 깎여 나간 가파른 강둑처럼 한순간 무너져 내렸을 것이다. 너무 급작스러운 질문이었다. 아무런 경고도 없이 이런 경우를 맞게 되면 대부분 무너지게 되는 그런 식의 질문이었다. 왕도 어쩔 수 없이 얼굴색이 창백해지는 것을 감출 수 없었고, 모든 사람들은 가만히 서서 왕의 얼굴 쪽으로 몸을 돌려 그를 쳐다보고 있었다. 나는 이제 다 끝났구나 싶었다. 이제는 항복하겠지 했다. 자, 과연 왕이 포기했을까? 하지만 믿기 어렵게도 그는 버티고 있었다. 마치 사람들이 지쳐 나가떨어질 때까지 한번 해볼 작정인 듯 보였다. 사람들이 지칠 대로 지쳐 더 이상 할 말이 없을 때, 기회를 잡아 탈출을 시도할 듯이 보였다. 어쨌든 그는 버텼고, 이내 웃음을 보이면서 이렇게 대꾸했다.

「음, 아주 어려운 질문이지요, 안 그렇습니까? 그래요, 내가 동생의 가슴에 어떤 문신이 있었는지 말씀해 드리리다. 그건 작고, 여린 모양의 푸른색 화살입니다. 자세히 보지 않으면 볼 수 없는 겁니다. 자, 어이, 이제 당신 생각이 뭔지 말씀해 보시오.」

나는 정말 이런 뻔뻔한 낯짝을 한 늙은이는 평생 처음 보았다.

노신사는 이제 밝아진 표정으로 애브 터너와 그의 친구 쪽을 보았고, 이번엔 확실하게 왕을 잡았다고 판단한 것처럼 두 눈을 반짝이며 이렇게 말했다.

「자, 저분 말씀 들으셨지요! 피터 윌크스의 가슴에 그런 문신이 있던가요?」

두 사람 모두 입을 열어 이렇게 답했다.

「그런 문신은 보지 못했습니다.」

「맞아요!」 노신사가 말했다. 「동생의 가슴에서 당신들이 본 것은 흐리게 그려진 작은 크기의 〈P〉와 〈B〉, 이 글자는 지금은 안 쓰지만 동생이 어릴 때 쓰던 이름의 앞 글자입니다. 그리고 〈W〉가 있고 글자 사이에 막대선이 그어져 있습니다. P-B-W인 셈이지요.」 노신사는 종이 위에 이 글자를 써 보여 주었다. 「자, 당신들이 본 게 바로 이것입니까?」

두 사람 모두 이렇게 답했다.

「아니요, 못 봤습니다. 그런 글씨는 전혀 보지 못했어요.」

사람들이 모두 흥분해서 소리치기 시작했다.

「저것들 모두 사기꾼들이네! 강물에 처넣읍시다! 익사시켜요! 막대에 매답시다!」 사람들이 우우 하고 소리를 질러 댔다. 그때 변호사가 탁자 위로 뛰어올라 가더니 이렇게 외쳐 댔다.

「여러분, 신사 여러분! 제 말 한마디만 들어 보세요. 제발, 한마디면 됩니다. 한 가지 방법밖에 없습니다. 가서 시신을 꺼내 조사해 봅시다.」

모두들 이 제안을 받아들였다.

「좋아!」 사람들이 모두 함께 소리를 지르면서 즉시 그곳으로 출발했다. 하지만 변호사와 의사가 한마디 더 했다.

「잠깐, 잠깐이요! 우리 이 네 명과 애까지 모두 잡아, 같이 데리고 갑시다.」

「그럽시다!」 사람들이 모두 맞장구를 쳐댔다. 「만일 문신이 없으면 이놈들 모두 폭행을 가합시다!」

나는 이제 겁이 덜컥 났다. 하지만 어디 내뺄 수도 없었다. 사람들이 우리를 꼭 잡고는 묘지 쪽으로 곧장 끌고 갔다. 강 하류를 따라 1마일 반쯤 되는 거리였다. 시간은 저녁 아홉 시경이었고, 큰 소란이 나는 통에 마을 사람 모두가 나와 우리를 따라왔다.

집 앞을 지나가면서 나는 메리 제인을 마을 밖으로 보내지 말걸 하며 후회했다. 지금 상황에서 내가 그녀에게 눈짓을 보내면 금세 달려와 나를 구해 주고 이 쓰레기 같은 사기꾼들의 정체를 폭로했었을 것이기 때문이었다.

사람들은 마치 살쾡이처럼 거칠게 행동하면서 떼를 지어 강변길을 따라 걸어갔다. 때마침 겁이 날 정도로 하늘이 어두워졌다. 번개가 번쩍번쩍하면서 휘휘 하며 나무들이 바람에 흔들리는 소리가 들렸다. 살면서 이처럼 어려운 곤경에 빠진 것도 처음이고 이렇게 공포감에 떨었던 적도 없었다. 내가 생각했던 것과는 딴판으로 사태가 진행되자, 나는 정신이 멍해졌다. 나는 앉아서 여유를 갖고, 진행되는 상황을 즐길 계획이었고, 상황이 위급해지면 메리 제인에게 나를 구해 달라고 말해 위험한 상황을 벗어나려고 생각했었다. 그런데 지금은 문신 하나 때문에 삶과 죽음이 갈라져야 하는 상황이 된 것이다. 만약 문신을 못 찾을 경우……

이러한 상황을 생각하면 할수록 견디기가 힘들었다. 게다가 지금은 아무런 생각도 나지 않았다. 날씨가 점점 더 어두워지고 있어서 사람들로부터 몰래 빠져나가기에는 절호의 기회였지만, 덩치가 큰 하인즈인가 하는 사람이 내 손목을 꽉 잡고 있기에 빠져나갈 수가 없었다. 골리앗의 손아귀에 잡혀서 빠져나올 수 없는 느낌이있다. 그는 나를 끌고 다녔고, 흥분된 상태인지라 그를 따라잡으려면 나는 뛰어다녀야만 했다.

도착하자마자 사람들은 묘지로 모여들었고 마치 밀물처럼 밀려갔다. 피터의 무덤에 도착해서 보니 가져온 삽만 해도 무덤을 파는 데 필요한 삽보다 백배가량이나 많았다. 하지만 랜턴을 가져와야 한다고 생각한 사람은 아무도 없었다. 어쨌든 사람들은 번갯불이 사방을 밝게 비쳐 준 때를 이용해 무덤을 파기 시작했다. 또한 사람을 시켜 한 반마일 떨어진 인가에서 랜턴을 빌려 오게 했다.

계속 무덤을 파내려 가는 동안, 사방은 더 어두워지면서 비까지 퍼붓기 시작했다. 바람은 사방으로 마구 불어 댔으며 번갯불이 더 환하게 번쩍이면서 이내 천둥도 치기 시작했다. 하지만 사람들은 무덤 파는 작업에 몰두하느라 이런 것들에 전혀 신경 쓰지 않았다. 잠시 모든 것이 보이고, 사람들 얼굴 하나하나가 보이고, 무덤에서 한 삽 가득 흙을 파내는 모습이 보이다가도, 다음 순간 어둠이 모든 것을 덮어 버리면 이내 아무것도 보이지 않았다.

마침내 사람들이 관을 들어냈다. 관 뚜껑의 나사를 풀자 그 모습을 보려고 사람들이 몰려들면서, 어깨로 밀고 비집고 들어오면서 난리가 났다. 어둠 속에서 벌어지는 이런 모습은 내게 정말 끔찍할 정도로 공포감을 주었다. 하인즈가 손목을 꽉 잡고는 끌고 당기고 하는 통에 손목이 매우 아팠다. 그는 너무 숨이 차고 흥분된 상태라 내가 옆에 있다는 사실조차 까맣게 잊어먹은 듯했다.

그때 별안간 하얀 섬광과 함께 번갯불이 번쩍였고, 누군가 소리쳤다.

「세상에, 여기 가슴 위에 금화 주머니가 있어요!」

다른 모든 사람들처럼 하인즈도 와! 하는 소리를 질렀고, 순간 잡았던 내 손목을 놓고는 그 모습을 보기 위해 앞으로 확 밀치면서 들어갔다. 이 와중에 내가 어둠 속에서 길 쪽으로 뛰쳐나가는 모습을 본 사람은 아무도 없었다.

길 위에는 나 혼자뿐이었고 암흑과 더불어 이따금 번쩍대는 번갯불, 내려치는 세찬 비, 그리고 휘몰아치는 바람과 벼락 떨어지는 소리 말고는 길 위에 나 말고 아무것도 없었다. 나는 젖 먹던 힘을 다해 냅다 길을 따라 달렸다.

마을에 도착하자, 폭풍우 속이라 그런지 아무도 보이지 않았다. 덕분에 뒷길로 숨지 않고 대로를 따라 달렸다. 집 가까이 가서는 유심히 살펴보았지만, 어둡기만 할 뿐 아무런 불빛도 보이지 않았다. 나는 왠지 모르게 가슴이 아팠고 실망감이 들었다. 막 집을 지나쳐 가려는데, 메리 제인의 창문에 불이 들어왔다. 순간 내 가슴이 터질 듯이 벅차올랐다. 다음 순간 집과 모든 것을 뒤로 한 채 달렸고 모든 것이 다시 어둠 속으로 사라졌다. 이제 이 모든 것이 다시는 내 눈앞에 나타날 것 같지 않았다. 메리 제인은 내가 만났던 최고의 여자였고 가장 용기 있는 여자였다.

모래톱이 보일 정도로 마을에서 완전히 벗어나자 나는 빌릴 만한 배를 찾기 위해 주위를 살폈다. 첫 번 번갯불이 번쩍하는 순간 나는 매여 있지 않은 보트 한 척을 발견했다. 끌어다 물가로 젓고 보니, 다름 아닌 밧줄로만 매여 있던 한 척의 카누였다. 모래톱은 강 가운데 제법 멀리 떨어진 곳에 있었지만 지체할 시간이 없었다. 너무 기진맥진해서 뗏목에 닿으면 바닥에 누워 잠시라도 숨을 돌리고 싶었지만, 꾹 참고 대신 뗏목에 기어오르자마자 크게 소리를 질렀다.

「짐, 나와 봐! 우선 뗏목부터 띄워! 이제 끝났어, 이제 그놈들을 완전히 떼어 버렸다고!」

짐이 뛰어나오더니, 양손을 크게 벌리고는 내게 달려왔다. 짐은 너무 기뻐했다. 그런데 번갯불이 번쩍할 때 드러난 짐의 모습에 너무 놀란 나머지 나는 뒷걸음쳐 물로 뛰어내리고 말았다. 짐이 늙은 리어 왕이자 익사한 아랍인으로 분장했다는 사실을 순간 잊어먹고는 혼비백산해서 정신이 혼미해진 것이다. 짐은 나를 강에서 건져 내고는 축하해 주기 위해 나를 껴안았다. 내가 다시 돌아왔다는 사실과 왕과 공작을 떨치고 왔다는 사실 때문에 날듯이 기뻤기 때문이다. 하지만 나는 이렇게 말했다.

「아직 일러. 기쁨은 나중으로 미루고, 우선 뗏목부터 풀어 여기를 빠져나가야 해!」

우리는 순식간에 강물을 따라 미끄러져 나갔다. 이 큰 강 위에 다시 우리만 남아 자유롭게 있을 수 있고 누구도 우리를 괴롭히지 못한다는 점 때문에 여간 기쁘지 않았다. 기쁜 나머지 펄쩍 뛰며 돌아다녔고 발뒤꿈치로 바닥을 몇 번씩 때리며 좋아했다. 그런데 세 번째 바닥을 때릴 무렵 귀에 익숙한 소리가 들렸다. 순간 숨을 죽이고 귀를 기울이며 기다려 보았다. 번갯불이 물 위로 다시 번쩍할 때 그자들의 모습이 눈에 들어왔다. 조그만 배를 타고 죽자고 노를 저으며 그들이 돌아오고 있었다! 왕과 공작이었다.

우리는 그만 뗏목 위에 풀썩 주저앉고 말았다. 그러고는 모든 것을 포기했다. 눈물을 보이지 않으려면 이 수밖에 없었다.

30

왕은 뗏목에 오르자마자 나에게 달려와 내 멱살을 잡더니 이렇게 말했다.

「요놈, 네가 감히 우리에게서 내빼려고 해! 우리가 지겹다 이거지, 어?」

나는 얼른 답했다.

「폐하, 그럴 리가 있나요. 제발 그런 말씀 하지 마세요, 폐하!」

「그럼, 빨리 대답해. 대체 네놈 생각이 뭔지. 아니면 네놈을 작살을 내줄 테다.」

「폐하, 무슨 일이 있었나, 솔직히, 다 말씀 드릴게요. 저를 끌고 갔던 사람이 작년에 사고로 죽은 저만한 아들이 있다고 하면서 저에게 잘 대해 줬어요. 그래서 어려운 일을 겪는 애들만 보면 가슴이 아프다고 하더니, 사람들이 금화 주머니를 찾고 관 쪽으로 막 몰려갈 때, 저를 놔주면서, 〈지금 빨리 내빼라. 분명히 너를 목매달아 죽일 거다!〉라고 말했어요. 저는 냅다 도망쳤어요. 거기 있어 봤자 좋을 게 없을 것 같았어요. 아무것도 할 수 없었고, 거기 있다가 죽기보다 차라리 도망치는 게 낫다고 생각했거든요. 그래서 카누가 보일 때까지 계속 달렸어요. 뗏목에 도착해서는 짐에게 빨리 가자고 했어요. 아니면 마을 사람들이 나를 잡아 목매달아 죽일 테니까요. 그러고는 짐에게 두 분이 죽었을지도 모른다고 했어요. 저나 짐이나 정말 가슴이 아팠어요. 그런데 두 분이 달려오는 모습을 보니 얼마나 기뻤겠어요. 짐에게 한번 물어보세요.」

짐이 내 말이 맞다고 하자, 왕이 입 닥치라고 하면서, 〈그래, 정말 그럴싸한데!〉 하고 소리쳤다. 그러고는 다시 내 멱살을 잡고 흔들더니 날 물에 빠뜨려 죽이겠다고 난리였다. 그러자 공작이 이렇게 말했다.

「이 어리석은 영감탱이야, 애는 그만 건드려! 당신이라면 어떻게 했겠어? 당신이 풀려났을 때 애를 찾기나 했냐고? 난 선혀 그런 기억이 없어.」

그러자 왕은 나를 풀어 주더니, 이내 마을 전체와 사람들을 욕하기 시작했다. 그러자 다시 공작이 이렇게 대꾸했다.

「차라리 영감 자신을 욕하는 게 낫겠소. 당신이야말로 욕먹어도 싸. 처음부터 제대로 한 게 뭐가 있소. 그나마 침착하게 파란색 화살 문신이 있다고 속인 것 말고, 아무것도 없지 않소. 솔직히 그건 근사했지. 덕분에 우리가 살았으니까. 아니면 영국 사람들 짐이 도착할 때까지 감옥이나 보호소에 갇혀 있을 뻔했어! 어쨌든 그것 때문에 묘지까지 가게 된 거고, 그놈의 금화가 우리에게 다시 한 번 친절을 베풀어 준 셈이 됐지. 흥분한 놈들이 돈을 보려고 서둘다가 우리를 놔주지 않았다면 아마 우리는 오늘 밤 교수형 당했을 거야. 끊어지지도 않으면서 필요 이상으로 긴 그놈의 밧줄을 목에 걸고 영원히 잠이나 처잤을 거란 말이야.」

잠시 무슨 생각을 하는지 둘은 약 일 분간 말이 없었다. 그러더니 왕이 마치 넋 나간 사람처럼 이렇게 말했다.

「음, 그런데 우리는 검둥이들이 돈을 훔쳤다고 생각하고 있었잖아!」

그 말에 나는 움찔했다!

「그렇지.」 공작은 느리고 신중해 보이면서도 비꼬는 투로 말했다. 「그렇게 생각했었지.」

삼십 초 정도 지나자, 왕도 느린 말투로 이렇게 말했다.

「적어도 난 그렇게 생각했는데.」

공작도 같은 말투로 다시 말했다.

「아니 그 반대지, 그렇게 생각한 건 나지.」

그러자 왕은 언성을 높이면서, 이렇게 말했다.

「이보게, 빌즈워터, 자네 지금 무슨 뜻으로 그렇게 얘기하는 거야?」

공작 역시 쌀쌀맞게 이렇게 대꾸했다.

「그 문제라면, 아마 당신이 먼저 대답해야 할 거요. 대체 뭘 말하는 거요?」

「젠장!」 왕도 비꼬는 투로 말했다. 「하지만 난 몰랐어……. 당신은 아마 자고 있었을 테니까, 알 수가 없었겠지.」

이제 공작은 날을 세워 가며 말했다.

「에이, 이제 이런 말도 안 되는 소리 집어치웁시다. 당신 지금 나에게 책임을 묻는 거요? 누가 관 속에다 돈을 숨긴 줄 내가 모를 줄 알아?」

「오, 그래! 네가 알 줄 알았지. 바로 네놈 짓이니까!」

〈거짓말하지 마!〉 하면서 공작이 왕에게 달려들자, 왕이 이렇게 말했다.

「이 손 치워! 내 목 놓지 못해! 좋아, 내 말 다 취소할게!」

이에 공작이 말했다.

「좋아. 먼저 네놈이 돈을 감추었다고 고백부터 해. 그러고는 하루 날 잡아서 슬쩍 빠져나와, 이곳으로 다시 와서는 무덤을 파고 돈을 몽땅 챙기려고 한 거지.」

「공작, 잠깐만 기다리게. 이 질문에 솔직하게 대답해 주게. 만약 당신이 거기에 돈을 안 감추었다면 그렇다고 말해 달란 말일세. 그럼 자네를 믿고 내가 한 말 전부 취소하겠네.」

「이 못된 늙은이 같으니라고, 난 안 했어. 내가 안 한 줄 알잖아! 자!」

「됐네, 자넬 믿어. 하지만 이것 하나만 더 대답해 주게. 화내지 말고. 자네 돈을 꺼내 숨길 생각을 한 적이 있었나?」

공작은 잠시 아무 말도 하지 않다가, 이내 이렇게 말했다.

「내가 그런 생각을 한 게 무슨 상관이 있어. 어쨌든 그런 적 없어. 하지만 당신은 그런 생각도 품었고 실제 그 짓도 했잖아.」

「공작, 내가 그 짓을 했으면 죽일 놈이시. 정말이야. 내가 할 마음이 없었다고는 말하지 않겠어. 마음은 있었지. 하지만 당신, 아니 누군가가, 선수를 친 거야.」

「거짓말하지 마. 당신이 그랬잖아, 당신이 했다고 당장 고백해, 아니면…….」

왕은 숨이 막히는지 캑캑대면서 숨을 헐떡였다.

「그만! 다 말할게!」

왕이 이렇게 말하는 것을 듣고 나니 나는 기분이 한층 좋아졌다. 방금 전에 느꼈던 불안했던 마음이 훨씬 풀어졌다. 공작은 왕의 멱살을 놓아 주면서 이렇게 말했다.

「다시 한 번 아니라고 떠들어 대면 내가 영감을 물에 빠뜨려 죽일 거야. 당신이 한 짓을 생각해 봐. 차라리 저 구석에 처박혀서 애새끼처럼 훌쩍대는 게 마땅하다고. 당신에겐 그게 어울려. 당신 같이 꼭 타조새끼마냥 닥치는 대로 처먹으려는 인간은 생전 처음 봤어. 내가 미쳤지, 당신 같은 사람을 아버지처럼 믿고 따르다니! 불쌍한 검둥이들에게 모든 걸 뒤집어씌우고 자기는 한마디 없이 옆에 가만히 서 있기만 한 걸 창피해 할 줄 알아야지. 그런 쓰레기 같은 말을 믿을 정도로 내가 순진했다니 나도 참 어리석은 놈이야. 빌어먹을, 영감이 왜 그렇게 부족한 돈을 메워야 한다고 했는지 이제야 알겠어! 내가 〈전대미문의 걸작〉인가를 공연해서 번 돈을 다 가져가려고, 아니 다 퍼먹으려고 그런 거지.」

왕은 겁먹은 모습으로, 아직도 훌쩍이면서 이렇게 말했다.

「부족분을 메우자고 한 건 공작 당신이지, 난 아니라고.」

「집어치워! 더 이상 그런 얘기 듣고 싶지 않아.」 공작이 소리 질렀다.「이제 결국 얻은 게 뭐요. 그자들이 자기 돈 다 찾아가고, 한두 푼만 남겨 놓고 우리 것까지 다 가져갔잖소. 가서 잠이나 처자시오. 앞으로 내 앞에서 다시 부족한 돈이니 뭐니 하기만 해보시오.」

왕은 움막 속으로 기어들어 가더니 마음을 달래기 위해 술을 퍼마시기 시작했다. 얼마 후 공작도 자기 술을 찾아 마셨다. 그러더니 삼십 분도 안 돼 다시 친한 사이가 되었다. 술이 오르자 더욱 절친한 관계로 바뀌더니, 이내 서로 팔을 베고는 코를 골며 잠들었다. 두 사람 다 마음이 풀어졌지만, 다행히 왕은 돈주머니를 숨기려 했던 것을 부인하지 않겠다는 약속마저 기억 못 할 정도로 취하진 않았다. 덕분에 나는 안심이 되었고 마음이 한결 편했다. 이들이 코를 골기 시작하자, 짐과 나는 오랫동안 같이 이야기를 나누었고, 나는 그동안 벌어졌던 모든 일을 짐에게 말해 주었다.

31

 강을 따라 내려가면서 우리는 며칠 밤낮을 아무 마을에도 정박하지 않았다. 이제는 날씨가 따뜻한 남쪽으로 내려가고 있었고, 집에서 꽤나 멀리 떨어져 있었다. 나뭇가지 위로 스페인 이끼가 마치 잿빛 턱수염처럼 길게 늘어져 있는 나무들과 마주치곤 했는데, 이렇게 스페인 이끼가 자라는 나무는 평생 처음 보는 모습이었다. 숲 전체 모습이 더욱 장엄하면서도 음산해 보였다. 두 악당들은 이제야 위험에서 벗어났다고 생각했고, 다시금 마을에서 사기 행각을 벌일 궁리를 하기 시작했다.

 두 사람은 우선 금주에 대한 강연을 했지만 술 마실 돈조차 벌지 못했다. 다른 마을에서는 댄스 학교를 열었다. 하지만 둘 다 캥거루만큼도 춤을 출 줄 몰랐기 때문에 첫 공연을 하자마자 마을 사람들이 뛰어들어 이들을 쫓아내고 말았다. 또 한 번은 웅변을 시도했다가 얼마 지나지 않아 청중들이 일어나 마구 욕을 퍼붓는 바람에 결국 쫓겨나고 말았다. 선교사업, 최면술, 의술, 점술 등 이것저것 손을 대봤지만 대체로 운이 없었다. 결국 돈이 다 떨어지자, 강을 따라 내려가면서 뗏목에서 어슬렁대며 이런저런 생각을 해보다가, 어떤 때는 반나절 동안 아무 말 없이 지내기도 했다. 아주 우울해 보였고 절망감에 빠져 있는 모습이었다.

 이윽고 기분이 좀 나아졌는지, 두 사람이 머리를 맞대고는 두세 시간씩 비밀스럽게 소곤대며 이야기했다. 짐과 나는 오히려 마음이 불안했다. 우리는 이런 모습을 반기지 않았는데, 보나마나 더한 몹쓸 짓을 계획하고 있을 게 뻔하기 때문이었다. 우리도 곰곰이 생각하다가 필경 이들이 누군가의 집이나 가게에 몰래 훔치러 들어가거나 아니면 위조지폐를 만

들려 하나 보다 생각했다. 짐과 나는 몹시 겁이 났다. 우리는 무슨 일이 있어도 그런 일에 관여하지 않겠다고 마음먹었고, 만약 그런 눈치가 보이기만 하면 즉시 도망쳐 나와 우리끼리 떠나 버리자고 했다. 어느 이른 아침 우리는 파이크스빌이라는 초라해 보이는 시골 마을에서 2마일쯤 하류의 안전한 곳에 뗏목을 감추었고, 왕은 마을로 올라가 혹시 〈전대미문의 걸작〉에 대해 아는 낌새라도 있는지 냄새를 맡아 보겠다고 했다. 그동안 우리더러 뗏목에 숨어 기다리고 있으라고 하면서 왕은 먼저 육지에 내렸다. 〈훔칠 집을 말하는구나〉 하고 나는 혼자 속으로 생각하면서, 〈도둑질 끝나고 오면 나와 짐, 뗏목이 어떻게 됐는지 궁금할 테지. 그리고 궁금해 하다가 지치게 될걸〉 하고 속으로 말했다. 왕은 자기가 정오까지 돌아오지 않으면 아무 일 없는 것으로 알고 그때 공작과 내가 마을로 들어오면 된다고 했다.

우리는 남아서 자리를 지켰다. 공작은 안절부절못하고 땀을 흘리면서 꽤나 시무룩한 표정으로 왔다갔다했다. 그는 우리가 일을 제대로 못 한다고 생각하는지, 사사건건 우리를 혼냈다. 뭔가 벌어지고 있는 것이 분명했다. 정오가 지나도 왕이 돌아오지 않자, 나는 오히려 홀가분한 기분이었다. 어쨌든 상황 변화가 생길 수 있었고, 게다가 그런 변화를 가져올 수 있는 기회를 잡을 수 있기 때문이다. 결국 공작과 나는 마을로 올라가 왕을 찾아 돌아다녔다. 그러다가 마침내 어느 자그맣고 허름한 대폿집에서 술에 절어 있는 왕을 발견했다. 마을 건달들이 왕을 집적대고 있었지만 그는 소리를 고래고래 지르고 위협만 할 뿐, 술에 취해 어쩌지도 못 하고 있었고, 걷지도 못할 지경이었다. 공작은 어리석은 늙은이라고 왕에게 욕을 해댔고 왕도 이에 맞서 욕을 해댔다. 이 둘이 서로 으르렁대고 있을 때 나는 그곳을 빠져나와 냅다 줄행랑을

쳤다. 마치 사슴이 뛰듯이 강변길을 따라 내달렸다. 나는 이번을 기회라고 보았고, 이들이 다시 우리를 보기는 쉽지 않을 것이라고 생각했다. 숨을 헐떡였지만 기쁨에 겨워, 뗏목에 닿자마자 짐에게 소리쳤다.

「밧줄 풀고 떠나자, 짐. 이제 다 잘 됐어!」

하지만 아무 대답도 없었고, 움막에서도 아무도 나오지 않았다. 짐이 사라진 것이다! 나는 소리를 질러 댔다. 숲 속으로 가 여기저기 소리를 지르고 악을 써봤지만, 아무 소용이 없었다. 가엾은 짐이 사라진 것이다. 나는 주저앉아 울기 시작했다. 도저히 참을 수가 없었다. 하지만 계속 이렇게 있을 수만은 없었다. 나는 곧장 큰길로 나와, 무슨 일을 해야 할까 생각해 보았다. 우연히 길을 건너던 한 아이를 만나서 혹시 이러이러한 옷차림을 한 이상한 검둥이를 못 보았냐고 물었더니, 소년이 이렇게 대답했다.

「응, 봤어.」

「어디에서?」하고 내가 물었다.

「사일러스 펠프스 씨 집이야. 여기서 약 2마일 내려가야 해. 도망친 노예인데, 잡혀 왔다고 했어. 그 노예를 찾는 거니?」

「찾기는 무슨! 한두 시간 전에 숲 속에서 그놈을 만났었는데, 소리 지르면 내 간을 파내겠다고 으름장을 놓는 거야. 그래서 가만히 꼼짝 말고 있으라고 하기에 그렇게 있었어. 나오기가 무서워서 계속 그러고 있었단 말이야.」

「그럼,」 소년이 말했다. 「이제 그놈을 잡았으니까, 더 이상 겁내지 마. 남쪽 어디론가 도망치고 있었다고 하던데.」

「사람들이 잡길 잘 했네.」

「암, 그렇고말고! 2백 달러 보상이 걸려 있었대. 꼭 길거리에서 돈을 그냥 줍는 거나 마찬가지지 뭐야.」

「그렇다니까. 나도 어른이었으면 잡을 수 있는 건데. 내가 제일 먼저 봤잖아. 근데 누가 잡았대?」

「낯선 사람인데, 노인이었대. 그런데 보상 기회를 그냥 40달러에 팔고 말았대. 강 상류로 올라가기 때문에 기다릴 시간이 없었다던데. 생각해 봐. 나 같으면 칠 년이 걸리는 한이 있어도 보상을 기다릴 텐데.」

「나도 그래.」 내가 대꾸했다. 「그런데 그렇게 싸게 팔았다면 혹 그 정도 보상도 없는 것 아니니. 뭔가 수상하잖아.」

「아냐, 확실하대. 나도 전단을 봤는데, 조금도 안 틀리고 마치 그놈 사진처럼 그려져 있었어. 도망친 뉴올리언스 농장 이름까지 있던데. 이번 투자는 걱정할 거 없다고. 어이, 그나저나 담배 있으면 하나 줘봐.」

가진 게 없다고 하자, 그는 이내 자리를 떴다. 뗏목으로 돌아온 나는 움막에 앉아 곰곰이 생각해 봤다. 하지만 아무런 생각도 떠오르지 않았다. 머리가 아플 정도로 생각에 몰두했지만 이 상황에서 벗어날 방법이 전혀 떠오르지 않았다. 긴 여행의 결과가, 그리고 우리가 그 악당들을 위해 일한 결과가 결국 아무런 소득도 없이 끝나고 만 것이다. 모든 게 수포로 돌아간 것이다. 이 악당들은 뻔뻔하게도 짐을 속여 낯선 사람들 사이에서 평생 노예 생활을 하도록 만들어 버린 것이다. 그것도 40달러 때문에.

노예 생활을 할 바에야 차라리 가족이 있는 곳에서 하는 편이 천배나 나을 것이라는 생각이 들어 톰 소여에게 편지를 써서 왓슨 아주머니에게 전해 달라고 해볼까 하고 생각도 해보았다. 하지만 두 가지 이유 때문에 포기하고 말았다. 우선, 짐이 저지른 못되고 배은망덕한 행동에 화가 치민 왓슨 아줌마가 짐을 다시 강 아래 마을에 즉시 팔아 버릴 수 있기 때문이다. 둘째, 만약 아줌마가 그렇게 하지 않는다고 해도 다른 사람들이 배은망덕한 검둥이를 멸시할 테고, 짐도 평생 그렇게 느끼면서 비참하고 수치스럽게 살 것 같았다. 그런데 나는 어쩌지! 보나마나 헉 핀이 검둥이를 도와 도망치게 했다고 소문이 날 것이고, 혹시라도 마을 사람을 다시 만나게 되면 창피해서라도 무릎 꿇고 신발이라도 핥게 될지 모른다는 생각이 들었다. 비열한 짓을 했더라도 그 결과에 대해 책임지고 싶지 않은 게 인지상정이다. 숨길 수 있는 한 그건 수치가 아니라고 생각하는 것이다. 내가 바로 이런 상황에 처한 것이다. 이 문제를 생각하면 할수록 내 양심이 나를 찔렀고 점점 내가 더 사악하고 비열하다고 느끼게 되었다. 그러다가 불현듯 어떤 생각이 떠올랐다. 나에게 아무런 해도 끼치지 않은 불쌍한 늙은 여자의 노예를 훔쳐 내고 있는 동안 내 모든 사악한 행동이 저 하늘 위에서 다 감시되고 있었다는 사실과 이제 신의 섭리의 손실이 내 얼굴을 후려친나는 사실을 알게 된 것이다. 항상 우리를 감시하시는 분이 계셔서 이제까지는 이런 나쁜 짓을 하게 놔두셨지만 더 이상은 좌시하지 않으신다는 사실도 불현듯 생각이 났다. 너무 겁이 난 나머지 나는 그 자리에 풀썩 주저앉을 뻔했다. 마음을 달래 보려고, 내가 워낙 그런 식으로 자랐기 때문에 내 책임이 아니라고 강변해 보기도 했다. 하지만 내 속의 무언가가 계속 이렇게 말하고 있었다. 〈주일학교가 있는데, 거기라도 갈 수 있었잖아. 그리고 거기라도 다녔다면 검둥이에게 그런 일을 하게 되면 결국 지옥의 유황불로 떨어진다는 것을 배웠을 텐데.〉

 이런 생각이 들자 온몸이 와들와들 떨렸다. 나는 기도해 보자고 마음을 굳게 먹었다. 이제 더 이상 이전의 나 같은 사람이 되지 말고 착한 아이로 변할 수 있을지 한번 하느님께 기도해 보자고 마음먹고는 무릎을 꿇었다. 하지만 아무 말도 나오지 않았다. 왜 안 나오는 것일까? 나는 하느님에게 무언가 감추려고 해도 소용이 없다는 것을 알았다. 이것은 나에게도 마찬가지였다. 나는 왜 아무런 말이 나오지 않는지 잘 알고 있었다. 내 마음이 올바르지 않기 때문이고, 내가 공평 정대하지 못하고 이중적인 행동을 하기 때문이었다. 나는 죄에서 떠나는 척하면서도 마음속 깊은 곳에서는 가장 큰 죄에 매달리고 있었다. 입으로는 올바르고 흠 없는 일만 하겠다고 하고, 검둥이의 주인에게도 검둥이 노예가 있는 곳을 편지로 알려야겠다고 하지만, 마음속 깊은 곳에서는 이게 다 거짓말이라는 것을 알고 있었다. 그리고 하느님도 이걸 알고 계신 것이다. 거짓 기도는 안 된다는 사실을 나는 깨달았다.

내 마음은 말 그대로 온갖 걱정으로 가득 차 어찌할 바를 몰랐다. 그러다가 생각이 하나 떠올랐다. 가서 편지를 먼저 써본 후에, 과연 기도가 가능한지 확인해 보는 거다. 그러자 놀라운 일이 일어났다. 마음이 깃털처럼 가벼워졌고 걱정도 즉시 사라졌다. 별안간 흥분이 되고 마음이 편해진 상태에서 나는 종이 한 장과 연필을 가져와 편지를 써내려 갔다.

왓슨 아주머니,
도망친 노예 짐은 파이크스빌에서 2마일 강 아래에 있습니다. 펠프스 씨가 잡아 놓고 있는데 보상금을 보내면 되돌려줄 것입니다.

헉 핀으로부터.

이제 마음이 편해졌고 평생 처음으로 죄가 다 씻겨 나간 느낌이 들었다. 기도도 할 수 있게 되었다. 하지만 곧장 기도하는 대신에 종이와 펜을 놓고는, 잠시 생각에 잠겼다. 일이 이렇게 되니 천만다행이고, 자칫 방황하다가 지옥에 갈 뻔했다는 생각이 들었다. 그러다가 다시 생각에 잠겨 이번에는 강을 따라 같이 여행했던 때가 떠올랐다. 낮이나 밤이나, 이따금 달이 떠오를 때나, 폭풍우가 몰아칠 때, 그리고 뗏목을 타고 내려가면서 같이 얘기하고, 노래 부르고, 같이 웃던 짐의 모습이 눈앞에 떠올랐다. 하지만 어쩐지 짐에게 억한 감정을 느꼈던 적은 안 떠오르고 온갖 다른 모습만 떠올랐다. 내가 잠을 더 잘 수 있게 하려고, 나를 안 깨우고 대신 계속 보초를 서주던 모습이 떠올랐고, 안개 속에서 내가 다시 돌아왔을 때, 그리고 집안끼리 원수지간이던 그 수렁 같은 곳에서 내가 돌아왔을 때, 뛸듯이 기뻐하던 짐의 모습이 떠올랐다. 항상 나를 사랑스럽게 부르면서 안아 주고, 나를 위해 할 수 있는 모든 것을 해주던 모습과 언제나 내게 따듯하게 대해 주던 모습도 떠올랐다. 이윽고 뗏목에 천연두 걸린 사람이 있다고 핑계를 대서 짐을 구해 주었던 때가 떠올랐고, 짐이 내게 고마워하면서 내가 세상에서 둘노 없는 최고로 좋은 친구고, 이제는 너밖에 없다고 말했던 것이 생각났다. 문득 주위를 돌아보다가, 편지가 눈에 띄었다.

긴박한 순간이었다. 나는 종이를 집어 들고는 손으로 꼭 잡았다. 이제 둘 중 하나를 선택해야 한다는 생각에 온몸이 마구 떨리기 시작했다. 잠시 생각하며 숨을 고른 뒤, 내 스스로에게 이렇게 말했다.

「좋아, 난 지옥으로 가겠어.」 그러고는 편지를 북 찢어 버렸다.

무서운 생각이었고, 무서운 말이었지만 이미 내뱉은 뒤였다. 나는 그냥 내버려 두기로 했다. 그리고 더 이상 개과천선 같은 생각을 하지 않기로 했다. 이제 머릿속에서 모든 것을 잊기로 하고, 다시 내가 자라 온 방식으로 돌아가 나쁜 짓을 하기로 했다. 착한 짓 하는 건 내 방식이 아니었다. 우선 다시 노예가 된 짐부터 몰래 빼내기로 했고, 이보다 더 나쁜 짓이 있다면 그것도 마다않기로 했다. 이왕 계속 하기로 한 바에야 철저히 하는 게 낫다고 보았다.

이제 어떻게 할 것인가에 대해 곰곰이 생각해 보면서 이런 저런 많은 방법을 강구해 보다가, 내게 적합한 계획을 세웠다. 우선 강 아래에 있는 울창한 섬을 둘러본 후, 날이 어두워지자 뗏목을 몰고 그곳으로 갔다. 뗏목을 숨긴 다음 섬 안으로 들어가서는 밤 시간 내내 잠을 잤다. 해가 뜨기 전에 일어나 우선 아침식사부터 했다. 가게에서 산 옷으로 갈아입은 다음 다른 옷가지와 물건들은 함께 묶어서 카누에 실었다. 그러고는 강기슭으로 카누를 몰아, 펠프스 씨 집이라고 생각되는 지점에서 내려 가져온 보따리부터 숲 속에 숨겨 놓았다. 그러고는 강기슭 가까이에 있는 자그만 증기 목재소 아래 약 4분의 1마일 되는 지점에다가 원하면 언제든지 찾을 수 있게끔, 카누에 물을 채우고 돌을 실어 물속에 가라앉혀 놓았다.

그러고는 길을 나섰다. 목재소 앞을 지나다가 〈펠프스네 목재소〉라는 표지판을 보았다. 2~3백 야드 정도 길을 따라 걷다가 농장에 도착했다. 두 눈을 크게 뜨고 안을 살펴보았지만 대낮인데도 불구하고 안에는 아무도 없었다. 하지만 아직은 그 누구도 만나고 싶은 마음이 없었기에 별로 상관할 바가 아니었다. 나는 우선 이 지역의 모양새부터 알고 싶었다. 내 계획은 내가 하류 쪽에서 온 게 아니라 마을 쪽에서 온 것처럼 보이도록 하는 것이었다. 그래서 잠시 주위를 둘러본 후, 마을을 향해 곧장 걸음을 재촉했다. 도착해서 처음 만난 사람은 다름 아닌 공작이었다. 그는 지난번처럼 사흘간 공연하는 〈전대미문의 걸작〉 전단을 붙이고 있었다. 정말로 뻔뻔하기 그지없는 사기꾼들이었다! 그러다가 그만 피할 여유도 없이 그와 정면으로 맞닥뜨리게 되었다. 공작도 놀란 눈치였다. 그는 이렇게 말했다.

「반갑네! 너 지금 어디서 오는 길이냐?」 그러고는 반가운 듯이 그리고 뭔가 알고 싶어 하는 듯이 내게 물었다. 「뗏목은 어디 있어? 잘 숨겨 놓은 거냐?」

「공작님, 그건 제가 여쭙고 싶었던 겁니다.」 하고 내가 대꾸했다.

그러자 반갑지 않은 듯 다시 내게 물었다.

「내게 묻고 싶다니, 대체 그게 무슨 말이야?」

「어제 대폿집에서 왕을 보았을 때 전 속으로 술이 깬 후 집으로 가려면 몇 시간은 걸릴 것으로 봤어요. 그래서 마을로 가 시간을 보내면서 기다리고 있었어요. 그런데 어떤 사람이 와서는 10센트 줄 테니 강 너머로 쪽배를 타고 양 한 마리를 싣고 가게 도와달라고 하데요. 그래서 그 사람을 따라갔어요. 나에게 밧줄을 잡으라고 하고선 양을 배에나 밀어 실으려고 하는데, 이놈의 양이 워낙 힘이 세 그만 밧줄을 확 채고는 도망을 갔어요. 같이 쫓긴 했는데 개도 없어서 하는 수 없이 양이 녹초가 될 때까지 오만 곳을 따라다녔어요. 어둑어둑해진 다음에야 겨우 잡아 갖고 강을 건너갔어요. 저는 급히 돌아와 뗏목으로 가봤는데, 가보니 뗏목이 온데간데없이 사라진 거예요. 〈무슨 문제가 생겨 먼저 떠난 모양이구나. 그나저나 내 유일한 노예인 짐은 데려가고 나만 여기 낯선 곳에 남게 되었으니, 돈도 없고 아무것도 없이 어떻게 살아야 하나.〉 생각하다 주저앉아 울었어요. 그러다가 숲 속에서 잠을 잤어요. 그런데 우리 뗏목은 어떻게 된 거예요? 그리고 짐은요, 불쌍한 우리 짐은요!」

「내가 어떻게 알아! 뗏목은 어떻게 됐니? 늙은 영감탱이가 장사를 해서 40달러를 벌었다는데, 대폿집에서 우리가 봤을 때는 이미 건달들이 50센트짜리 내기를 해서 술값 빼놓고 몽땅 턴 다음이야. 지난밤 늦게야 영감을 데려왔는데 뗏목이 사라진 거야. 그래서 우리는 〈요 쪼그만 놈이 우리 뗏목을 훔쳐 갖고 우리를 떼버리고 강 하류로 도망갔다〉고 생각했다고.」

「내가 왜 제 검둥이를 버리겠어요, 안 그래요? 내 유일한 노예인 데다가 내 재산인데요.」

「우리는 그 생각은 못 했지. 실은 우리는 그놈을 우리 검둥이로 생각했었어. 정말 우리 거라고 생각했었지. 그놈 때문에 우리가 얼마나 고생했는지 알잖아. 한데 뗏목도 사라지고 돈도 다 떨어졌기에, 별 수 없이 〈전대미문의 걸작〉을 올릴 수밖에 없었지. 그때부터 지금까지 술 한번 못 축이고 마치 화약봉처럼 바짝 마른 상태로 돌아다니고 있었다. 그 10센트는 어디 있니? 이리 좀 다오.」

나는 돈은 충분히 갖고 있었기에, 그에게 10센트를 주었다. 하지만 내 전 재산인 데다가 어제부터 아무것도 못 먹었으니 이 돈으로 먹을 것을 사서 나도 좀 달라고 부탁했다. 그는 아무런 대꾸도 하지 않았다. 그러더니 내 쪽으로 몸을 돌려 이렇게 말했다.

「그놈의 검둥이가 혹 우리를 일러바치는 건 아니겠지? 그렇다면 내가 놈을 껍질째 벗겨 버릴 테다.」

「설마 불기야 하겠어요. 도망친 것 아니에요?」

「아냐. 그 영감탱이가 팔아 버리곤, 나랑 나눠 갖지도 않았어. 돈은 이미 다 날아가 버렸고.」

「팔다니요?」 나는 이렇게 말하고선 이내 울음을 터뜨렸다. 「내 노예잖아요. 내 돈이고요. 지금 어디 있어요. 내 검둥이 돌려주세요.」

「이제는 네 검둥이를 돌려받을 수가 없게 됐어. 그만 울어. 여기 봐라. 너 감히 우리를 찔러 버릴 생각을 하는 건 아니겠지? 너를 믿으면 내가 미친놈이지. 만약 우리를 신고해 버리는 날엔······.」

여기서 말을 멈추긴 했지만, 여태껏 공작이 그렇게 험악하게 보이기는 처음이었다. 나는 훌쩍이면서 이렇게 말했다.

「누구를 찔러바치는 건 원치 않아요. 그럴 시간도 없어요. 우선 내 검둥이를 찾으러 나가 봐야 해요.」

공작은 약간 당황한 듯, 팔뚝에 바람에 펄럭대는 전단지를 걸치고는 뭔가 생각하는지 이마를 찌푸리고 서 있었다. 그러다가 이윽고 말을 꺼냈다.

「내가 하나 알려 주마. 우리는 여기 사흘간 머물 계획이다. 네가 일러바치지 않고, 검둥이도 우리를 일러바치지 않는다고 한다면, 검둥이 있는 곳을 네게 가르쳐 주마.」

나는 그러겠다고 약속했다. 공작이 이어 말했다.

「농부야. 이름이 사이러스 페…….」 그러곤 말을 멈췄다. 처음에는 내게 사실을 알려 주려고 했지만, 이런 식으로 말을 끊고 다시 생각한다는 것은 마음이 바뀌었음을 뜻했다. 그게 사실이었다. 그는 나를 믿으려 하지 않았고, 여기 머무는 사흘 동안 내가 멀리 떨어져 있기만을 바랐다. 결국 그는 이렇게 말했다.

「검둥이를 산 사람은 애브럼 포스터란다. 애브럼 G. 포스터야. 여기서 시골 쪽으로 한 40마일 들어간 라파엣 가에 살고 있어.」

〈알겠어요〉 하고 내가 말했다. 「사흘이면 도착할 수 있을 거예요. 오늘 오후에 당장 출발하겠어요.」

「아니, 당장 떠나면 되지. 시간을 낭비하지도 말고 가다가 도박하는 데 가지도 말고. 그저 입 꾹 다물고 길 따라 가야 한다. 그래야만 우리와도 아무 문제도 생기지 않는 거야, 알아듣겠니?」

내가 원하던 주문이었고, 내가 계획한 안이었다. 나는 이들과 얽매이지 않고 혼자서 내 계획대로 일하려고 했었다.

「자, 이제 가봐라.」 그가 내게 주문했다. 「포스터 씨에게 말하고 싶은 거 다 말씀 드려도 된다. 잘하면 짐이 네 검둥이라고 믿게 할 수도 있을 거다. 멍청한 자들은 서류 같은 것 요구하지 않거든. 남부 지방에는 그런 자들이 있다고 들었어. 그리고 전단과 보상금이 다 거짓말이라고 말해 주고 왜 그랬는지 설명해 주면 너를 믿을지 몰라. 자, 떠나거라. 가서 다 얘기해라. 다만 거기에 도착할 때까지는 입방아 찧으면 안 된다.」

나는 출발해서 멀리 시골 쪽으로 향했다. 공작이 나를 주시할 것 같아 뒤를 돌아보지도 않았다. 하지만 그렇게 쳐다보다가 어느 순간 지치리라는 것을 알고 있었다. 나는 1마일 정도 계속 걷다가 멈춰 섰다. 그러고는 숲 속 길을 통해 펠프스 씨 집을 향해 달리기 시작했다. 괜히 어슬렁대지 말고 계획을 즉시 착수하는 편이 낫다고 생각했다. 그래야만 이 악당들이 떠날 때까지 짐의 입을 막을 수 있기 때문이다. 나도 이자들과는 더 이상 문제를 일으키고 싶지 않았다. 이자들이 하는 짓거리를 실컷 볼 만큼 다 보았기 때문에 더 이상 이자들과 연루되고 싶은 마음도 없었다.

32

펠프스 씨 댁에 도착해 보니 마치 일요일처럼 조용했고, 뜨거운 날씨에 햇볕만 내리쬐고 있었다. 사람들은 모두 일터로 나가고, 벌레와 파리들 날아다니는 소리만 희미하게 들릴 뿐이었다. 모두 죽고 없는 것처럼 사방이 적적했고 바람 소리에 나뭇잎이 흔들리기라도 하면 마치 오래전에 죽은 영혼들이 속삭이는 것처럼 아주 구슬픈 소리만 들렸다. 이럴 때면 꼭 옛날에 죽은 영혼들이 우리를 두고 서로 수군대고 있는 것 같았다. 대개 이런 소리를 들으면 우리도 모든 것 다 정리하고 함께 죽고 싶다는 마음이 들게 된다.

펠프스 씨 댁은 초라한 목화 농장 가운데 하나였는데, 집들이 모두 비슷한 모습이었다. 두 에이커 되는 땅에 울타리가 둘러져 있었고, 톱으로 자른 통나무를 위를 향해 세워 놓아 울타리를 넘는 계단을 만들어 놓았는데, 마치 길이가 다른 원통들을 세워 놓은 모습이었다. 이 원통들은 여자들이 말에 뛰어오를 때 받침대로 쓰게 해놓았다. 넓은 마당에는 군데군데 잔디가 흉하게 나 있었고 마치 보풀이 다 사라진 모자마냥 맨땅 그대로였다. 통나무집 두 채를 이어 만든 큰 집에는 백인들이 거주했는데, 도끼로 자른 통나무로 지은 집이었고, 틈새는 진흙과 회반죽으로 틀어막아 놓았다. 이 줄무늬처럼 보이는 진흙 위에다 한때 하얀색 칠을 해놓은 듯했다. 둥근 통나무로 만든 부엌은 지붕만 있고 벽 없이 트인 넓은 통로를 통해 집과 연결되어 있었다. 부엌 뒤쪽에는 통나무로 지은 훈제실이 있었고, 훈제실 옆으로 통나무로 지은 조그마한 검둥이 오두막집 세 채가 한 줄로 죽 늘어서 있었고, 뒤 울타리 아래쪽으로 조그만 통나무집 한 채가 있었다. 그 반대편으로 좀 아래쪽에 별채가 몇 개 더 있었다. 그 조그마한 통나무집 옆에는 재를 받는 통과 비누를 끓이는 큰 솥이 놓여 있었고, 부엌 문 옆에는 물이 든 양동이와 바가지를 올려놓은 벤치가 있었다. 사냥개 한 마리가 햇볕을 쪼이며 낮잠을 자고 있었다. 주위에는 사냥개 몇 마리가 같이 잠을 자고 있었다. 한구석에는 햇빛을 가려 주는 나무가 세 그루쯤 서 있고, 더 구석진 쪽으로 울타리 옆 한곳에는 까치밥나무 숲과 구스베리 숲이 자라고 있었다. 울타리 밖에는 채소

밭과 수박밭이 있었고, 그다음부터 목화밭이 시작되었다. 그리고 목화밭이 끝나자 숲이 시작되었다.

나는 뒤로 돌아가 재를 받는 통 옆에 위치한 울타리 계단을 넘어 들어간 후, 부엌으로 향했다. 조금 더 앞으로 가자, 올라갔다 내려갔다 하는 물레 소리가 어설프게 들렸다. 그 소리를 듣고 있자니 선뜻 꼭 죽고 싶다는 마음이 들었는데, 그 이유는 이 소리처럼 세상에서 가장 처량하게 들리는 소리가 없기 때문이다.

별 계획 없이 그저 앞으로 걸어 나갔다. 때가 되면 하느님께서 제때에 제 말을 하게끔 도와주겠거니 믿고 있었다. 혼자 있을 때, 하느님께서 항상 내가 맞는 말을 하게 도와주신다는 사실을 봐왔기 때문이다.

반쯤 왔을 때, 사냥개 한 마리가 다가오더니 이내 다시 한 마리씩 다가오기 시작했다. 나는 걸음을 멈출 수밖에 없었고 개들을 마주하곤 가만히 서 있었다. 그런데 이놈들이 무서운 기세로 짖어 대는 꼴이라니! 십오 초도 지나기 전에 나는 마치 바퀴살 가운데 허브마냥 나를 둘러싼 열다섯 마리의 개에게 포위당한 꼴이 되었다. 이놈들은 내 쪽을 향해 목과 코를 내밀고 짖고 으르렁댔다. 마치 울타리를 넘고 모서리를 돌아서 모든 개들이 떼로 몰려드는 것 같았다.

한 검둥이 여자가 손에 밀방망이를 든 채 부엌에서 뛰쳐나왔다. 그녀는 〈티지! 저리 가지 못해! 스폿! 그만해!〉 하고 소리를 질렀다. 그녀는 우선 티지를, 다음엔 다른 녀석을 후려갈겼다. 둘은 으르렁대면서 가버렸고 나머지도 따라갔다. 그러더니 이내 절반 정도가 다시 돌아와서는 꼬리를 흔들며 내게 다정하게 굴었다. 어쨌든 개란 놈들은 악의는 없는 동물이다.

검둥이 여자 뒤로 거친 아마포 셔츠만 걸친 조그만 검둥이 계집애 하나와 사내애 둘이 따라왔는데, 보통 애들이 그러듯이 엄마 옷자락에 매달려 수줍은 듯 흘끔흘끔 나를 쳐다보고 있었다. 이때 마흔다섯이나 쉰 살쯤 되어 보이는 백인 여자가 모자도 안 쓴 채 손에는 물레 막대를 들고는 집에서 뛰어나왔다. 그녀 뒤로 그녀의 아이들이 따라왔는데 검둥이 애들과 같은 행동을 하고 있었다. 그녀는 나를 보고는 제대로 서 있지도 못 할 정도로 마구 웃어 댔다.

「드디어 네가 왔구나! 그렇지?」

나는 미처 생각할 틈도 없이 불쑥 〈네, 마님〉이라고 말하고 말았다.

그녀는 나를 잡고 꽉 껴안더니, 다시 내 두 손을 잡고 마구 흔들어 댔다. 눈에서는 눈물이 계속 흘러내렸다. 그러고는 그 정도로 충분치 않은시, 계속 「생각만큼 네 엄마를 닮지는 않았구나. 하지만 아무려면 어떠니. 널 보니 너무 반갑구나! 너무 귀여워서 통째로 깨물어 주고 싶구나! 애들아, 너희들 사촌형인 톰이다. 인사들 해라.」

하지만 이 녀석들은 머리를 숙이고는 손가락을 입에 문 채, 엄마 등 뒤로 숨어 버렸다. 그녀는 다시 이렇게 말했다.

「리즈, 서둘러라. 톰을 위해 빨리 따뜻한 아침식사를 준비해야지. 그런데 넌 배에서 아침은 했니?」

나는 배에서 식사를 했다고 했다. 그녀는 내 손을 잡고는 집 안으로 향했고, 아이들은 엄마를 졸졸 따라 들어왔다. 집에 들어가자 그녀는 나를 쪼갠 버들가지로 만든 의자에 앉혔다. 그리고 내 두 손을 잡은 채 바로 내 앞에 조그만 낮은 의자를 놓고 앉더니 이렇게 물었다.

「이제 너를 잘 볼 수 있구나. 지난 몇 해 동안 네 얼굴을 얼마나 보고 싶어 했는 줄 아니, 이제 마침내 너를 보게 되었구나! 이틀이나 너를 기다리고 있었단다. 왜 늦었니, 배가 암초

에라도 걸렸었니?」

「네, 마님, 배가······.」

「네, 마님이 뭐야. 샐리 이모라고 해라. 그런데 배가 어디서 걸렸어?」

나는 당장 뭐라고 대답해야 할지 몰랐다, 왜냐하면 배가 상류로 올라가는 건지, 아니면 하류로 내려가는 건지도 몰랐기 때문이다. 나는 많은 것을 본능에 의지하곤 하는데, 이번에는 본능적으로 아래쪽 뉴올리언스에서 상류로 올라가는 배라고 답했다. 하지만 별로 도움이 되지 않았다. 왜냐하면 그쪽 모래톱 이름을 내가 전혀 모르고 있었기 때문이다. 하나를 만들어 내든가 아니면 우리가 좌초했던 모래톱 이름을 까먹었다고 하든가, 아니면······, 그런데 문득 생각이 하나 떠올랐다.

「암초가 아니에요. 암초 때문이라면 별로 지체되지 않았을 거예요. 기관의 실린더 대가리가 폭발했어요.」

「세상에, 다친 사람은 없었니?」

「없었어요, 마님. 검둥이 하나만 죽었어요.」

「그나마 다행이구나. 어떤 때는 사람이 심하게 다칠 때도 있거든. 이 년 전 크리스마스 때 사일러스 이모부가 그 오래된 〈랠래 룩〉호를 타고 뉴올리언스에서 올라오는데 실린더 대가리가 터지는 바람에 한 사람이 다리병신이 되었단다. 내 생각인데 나중에 죽었을 거다. 침례교 신자라지. 바통 루즈에 그쪽 사람들에 대해 죄다 알고 있는 이모부 친구분이 계셨거든. 아, 이제 기억난다. 죽었다고 했어. 괴사가 일어나서 다리를 잘랐는데, 결국 죽었다지 뭐니. 맞아, 괴사였어. 온몸이 퍼렇게 변했는데, 다시 영광스럽게 태어날 것이라고 기대하면서 죽었다고 하더라. 정말 보기가 불쌍할 정도였다지 뭐니. 이모부가 널 데려오려고 매일 마을에 갔었단다. 오늘도 한 시간 전에 마을로 떠났어. 이제 곧 돌아오실 거다. 혹 오다가 만난 사람 없니? 나이 좀 드시고…….」

「샐리 이모, 아무도 못 봤어요. 동틀 때 배가 도착했거든요. 그래서 너무 일찍 도착하지 않으려고 부둣가에 있는 배에다 짐을 놔두고 마을을 돌아다니면서 시간을 보내고 시골도 조금 돌아다녔어요. 그러고는 뒷길로 해서 왔어요.」

「짐은 누구에게 맡겼는데?」

「아무에게도 안 맡겼어요.」

「얘야, 그러면 누가 훔쳐 가요!」

「잘 숨겨 놓았거든요. 괜찮을 거예요.」라고 내가 답했다.

「그런데 어떻게 배에서 그렇게 일찍 아침을 먹었다니?」

마치 살얼음판을 밟는 기분이었다. 하지만 나는 이렇게 대꾸했다.

「선장이 내가 서성대는 걸 보더니, 뭍에 닿기 전에 뭐라도 먹어 두라며 저를 위층 갑판실로 데려가 식사를 주면서 뭐든지 먹고 싶은 거 다 먹게 해주었어요.」

점점 더 불안해지면서, 이제 남의 말이 제대로 들리지도 않았다. 내 마음은 아까부터 아이들에게 쏠려 있었다. 나는 애들을 한쪽으로 데려가 유도심문을 해 내가 누구인지 알고 싶었다. 하지만 그런 기회를 잡을 수 없었고, 펠프스 부인은 나에게 무언가 계속 물어 댔다. 조금 후 부인은 등골이 식을 정도로 나를 오싹하게 만들었다.

「우리 이런 얘기로 수다만 떨다가, 아직 언니랑 다른 사람들 얘기는 전혀 듣지도 못 했구나. 이제 내가 좀 쉴 테니 네 이야기를 좀 하렴. 뭐든지 말해 줘. 한 사람 한 사람 모두에 대해 어떤지 얘기해 봐. 뭘 하고 있는지 그리고 나에게 뭘 전하라고 하던지, 생각나는 거 하나 빼놓지 말고.」

이번에는 정말 제대로 걸렸고, 꼼짝달싹 못 하게 된 것 같았다. 하느님이 여기까지만 도와주시는 것 같았고, 이제는 꼼짝달싹 못 하게 제대로 암초에 걸린 것이다. 더 이상 앞으로 나가도 소용이 없음을 알고 이제 두 손을 들어야 할 때가 된 것 같았다. 나는 이제 진실을 두고 다시 모험을 할 때가 되었구나 하고 혼자 속삭였다. 그런데 막 입을 열고 말하려는 순간, 그녀가 나를 잡고는 침대 뒤로 밀면서 이렇게 말했다.

「이모부가 오셨구나! 머리를 낮게 숙이고 있어라. 자, 됐다. 이제 안 보인다. 내가 이모부를 골려 줄 테니, 여기 없는 척해야 한다. 얘들아, 너희도 한마디도 하면 안 돼.」

내가 곤경에 처한 건 알지만, 걱정해 봐야 아무런 소용도 없다는 것도 알고 있었다. 더 이상 할 것도 없었고 그저 가만히 서 있다가 번개가 내려칠 때 옆으로 피하는 방법밖에 없었다.

펠프스 씨가 안으로 들어올 때, 한번 흘끔 보았을 뿐 침대 때문에 노신사의 얼굴을 제대로 볼 수 없었다. 펠프스 부인이 그에게 가더니 이렇게 물었다.

「그 애가 왔수?」

「아니.」 남편이 대답했다.

「세상에나! 도대체 무슨 일이 일어난 거야?」

「알 도리가 있소. 솔직히 나도 마음이 굉장히 불안해요.」

「불안하다고요!」 그녀가 짜증을 내며 이렇게 대꾸했다. 「난 미칠 지경이에요. 도착했을 거예요. 당신하고 길에서 어긋난 게 분명해요. 내 예감이 그렇다고요.」

「샐리, 길에서 어긋날 리가 없다는 거 당신도 잘 알잖소.」

「하지만, 여보, 언니가 뭐라 하겠수! 분명히 왔을 거예요. 당신이 그 애를 놓친 거예요. 그 애가……」

「여보 제발, 지금 내 마음도 힘든데 날 더 힘들게 하지 말아요. 대체 무슨 일이 난 건지 나도 모르겠소. 나도 지금 속

수무책이오. 나도 엄청 겁이 난다는 거 알고 있어요. 하지만 더 이상 그 애가 올 희망이 없어요. 그 애가 왔는데 내가 어긋날 리도 없고. 샐리, 끔찍해요. 틀림없이 배에 뭔 일이 일어난 거예요!」

「사일러스! 저기 좀 봐요. 저기 길 너머 말이에요. 누군가 오고 있지 않아요?」

그는 침대 머리에 있는 창문가로 달려갔다. 펠프스 부인은 그 기회를 잡고는 고개를 침대 다리 쪽으로 급히 숙이며 나를 끌어내는 통에 내가 침대 밖으로 나오게 되었다. 펠프스 씨가 창가에서 돌아오자, 그녀는 마치 집에 불이나 난 것처럼 소리를 지르면서 크게 웃어 댔다. 나는 그 옆에 땀을 흘리면서 얌전하게 서 있었다. 노신사는 나를 쳐다보면서 이렇게 말했다.

「어, 대체 누구야?」

「누구라고 생각하세요?」

「모르겠는데. 대체, 누구야?」

「바로 톰 소여예요.」

세상에, 하마터면 나는 마룻바닥에 자빠질 뻔했다. 하지만 이러고저러고 할 시간도 없었다. 노신사는 내 손을 덥석 잡더니 마구 흔들고 또 흔들어 댔다. 그동안 펠프스 부인은 춤을 추며 뱅뱅 돌았고 웃으며 소리를 질렀다. 그러고는 시드와 메리, 그리고 나머지 사람들에 대해 마구 물어 대기 시작했다.

하지만 이들이 기뻐한 것은 내가 기뻐한 것에 비하면 아무 것도 아니었다. 나는 마치 새로 태어난 느낌이었다. 내가 누군지 알게 되니 더없이 기뻤다. 두 사람은 한두 시간 동안을 내게 매달렸고, 나는 턱이 아파 떠들지 못하게 될 때까지 계속 가족 소식에 대해 수다를 떨어 댔다. 아니, 내 가족이 아니라 톰 소여 가족에 대해, 실제 톰의 가족 여섯 사람에게 실제 있었던 일보다도 더 많은 이야기를 해주었다. 그러고는 화이트 강 입구에서 있었던 실린더 대가리 폭발 사건에 대해서도 어떻게 폭발했고 수리하는 데 사흘이 걸린 이야기까지 모두 다 들려주었다. 이야기가 모두 최고로 잘 풀렸다. 두 사람 모두 실린더를 고치는 데 사흘이 걸리는지 알 턱이 없었다. 내가 볼트 대가리라고 말했어도 다 통했을 것이다.

이제 한편으로는 정말 마음이 아주 편했지만, 다른 한편으로는 아주 불안한 기분이 들었다. 톰 소여가 된 것은 쉽고 편했지만, 증기선이 강을 따라오고 있다는 소식을 듣고는 서서히 불안해지기 시작했다. 나는 혼잣말로 혹 톰 소여가 증기선에 타고 있으면 어떻게 하나 하고 걱정했다. 그리고 불쑥 집으로 들어와서는 내가 조용히 하라고 사인도 주기 전에 큰 소리로 내 이름을 불러 버리면 어떻게 하나 걱정이 됐다. 그런 일이 생겨서는 안 된다, 절대 안 된다고 나는 생각했다. 내가 길로 나가 기다리는 수밖에 없었다. 그래서 나는 마을로 가서 내 짐을 챙겨 오겠다고 사람들에게 말했다. 노신사가 나를 따라오겠다고 했지만, 아니라고 하면서 혼자 마차를 타고 가겠다고 했다. 이제 더 이상 나 때문에 폐를 끼치고 싶지 않다고 얘기했다.

33

나는 마차를 타고 마을로 향했다. 반쯤 가는데 앞에 마차가 오는 게 보였다. 톰 소여가 확실했다. 나는 마차를 세우고는 톰이 다가오기를 기다렸다. 〈잠깐만!〉 하고 내가 마차를 세우자, 톰을 태운 마차가 내 마차 옆에 나란히 섰고, 이어 내 모습을 본 톰은 입을 가방만하게 벌린 채 기절초풍이 되어 꼼짝 못 하고 있었다. 그러더니 마치 목이 마른 사람처럼 침을 두세 번 삼키면서 이렇게 말했다.

「내가 너에게 잘못해 준 것 아무것도 없는 거 너도 잘 알지. 그런데 왜 다시 이 세상에 돌아와서 나를 괴롭히는 거니?」

「난 돌아온 것도 아니고, 어디에 간 적도 없어.」 내가 말했다.

그는 내 목소리를 듣자, 어느 정도 정신을 차렸지만 아직 미더워하지 않았다.

「나를 갖고 장난치지 마. 나도 너에게 그러지 않을게. 그런데 솔직히 말해 봐, 너 귀신 아니지?」

「솔직히, 아니야.」 내가 대답했다.

「난, 난 말이야……. 그럼 맞기는 한 긴데. 하지만 도무지 이해가 안 된다. 말이 안 돼. 너 정말 살해된 거 아니었니?」

「아니, 절대로 아니지. 내가 사람들을 속인 거야. 정말 못 믿겠으면 이리 와서 한번 나를 만져 봐.」

톰은 나를 만져 보더니 안심이 된 모습이었다. 그러더니 날 다시 보게 되어서 너무 기쁜지 어쩔 줄 몰라 했다. 그는 대체 이게 어찌 된 영문인지 당장 알고 싶다고 하면서, 놀랍고 신기한 모험인 데다가, 자기가 제일 좋아하는 거라고 했다. 하지만 나는 이 일은 잠시 제쳐 두자고 톰에게 말했고, 마부에게는 잠시만 기다려 달라고 했다. 우리는 잠시 옆으로 비켜섰고, 지금 내가 처한 상황을 톰에게 말해 주고는 잘할 수 있는 방법이 없을까 하고 톰의 의견을 물었다. 톰은 잠시만 혼자 있게 내버려 두라고 하면서 이 생각 저 생각 하는 듯하더니 이렇게 말했다.

「좋아, 생각이 떠올랐어. 내 가방을 네 마차에 싣고 천천히 시간 보내면서 집으로 돌아가라고. 그래서 시간에 맞춰 집으로 가 있어. 나는 다시 마을로 돌아갔다가 새로 출발해서 너보다 한 십오 분이나 삼십 분 정도 늦게 도착할게. 처음에는 날 모른 척해야 해.」

「알았어. 근데 잠깐 기다려 봐. 한 가지 더 있어. 아무도 모르고 나만 아는 사실이야. 있잖아, 내가 노예로 있는 검둥이 한 명을 훔쳐 내려 하거든. 누구냐 하면 짐이야. 왓슨 아줌마의 검둥이 짐 말이야.」

「뭐! 어떻게 짐이……」

톰은 말을 멈추고는 잠시 생각에 빠졌다. 내가 다시 말을 이었다.

「네가 그렇게 생각할 줄 알았어. 이건 지저분하고 비열한 짓이라고 하겠지. 하지만 그러면 어때? 나는 비열한 놈이야. 그리고 짐을 훔쳐 낼 거야. 그러니까 너는 가만히 모른 척해 주어야 해. 그래 줄 거지?」

톰은 눈을 빤짝이더니, 이렇게 말했다.

「훔치는 거 내가 도와줄게!」

그 말에 나는 마치 총에 맞은 듯 순간 정신이 혼미했다. 지금까지 들은 말 중에서 가장 나를 놀라게 한 말이었기 때문이다. 톰 소여에 대한 나의 평가가 상당히 떨어졌다고나 할까. 나는 정말 믿을 수가 없었다. 톰 소여가 검둥이 도둑이라니!

「원, 세상에. 농담하지 마.」 내가 말했다.

「농담하는 거 아냐.」

「자, 그러면 농담이든 아니든, 도망친 검둥이에 대한 말이 나오면 너는 아무것도 모른다는 사실을 기억해야 해. 그리고 나도 전혀 모르고 있는 거고.」

우리는 가방을 꺼내 내 마차에 실었다. 그리고 나는 내 길로 톰은 톰의 길로 마차를 몰았다. 너무 기쁘고 생각할 게 많은 터라 천천히 가라는 톰의 말을 까먹었음은 물론이다. 결국 여행 거리에 비해 너무 빨리 집으로 돌아온 셈이 되었다. 펠프스 씨가 문 앞에 있다가 내게 이렇게 말했다.

「놀랄 일인데. 그 노새 가지고 이렇게 빨리 갔다 올 수 있다고 누가 생각이나 했겠어? 시간을 재둘걸 그랬나. 그리고 땀도 한 방울 안 흘렸네. 대단해. 이제 백 달러 준다고 해도 안 넘기겠어. 정말이야. 예전엔 15달러에 넘기려 했거든. 그 정도 가치밖에 안 봤거든.」

펠프스 씨는 그 말만 했다. 내가 본 가장 순진하고 착한 분이었다. 그런데 그럴 만한 이유가 있는데, 펠프스 씨는 단지 농부가 아니라 목사님이기 때문이다. 농장 저 아래쪽에 통나무로 세운 낡은 교회를 갖고 있는데, 그것도 자기 돈으로 직접 교회와 학교 건물을 지었던 데다가, 충분한 가치가 있는 설교를 함에도 불구하고 돈 한 푼 받지 않았다. 남부에는 이처럼 농부이자 목사인 분들이 많이 있었다. 이들은 대개 이렇게 생활했다.

삼십 분 정도 지나자 톰의 마차가 집 현관 층계 앞에 도착했고, 불과 50야드밖에 안 떨어진 곳에서 창문을 통해 보고 있던 샐리 아줌마가 이렇게 말했다.

「어, 누가 왔나 봐! 대체 누구지? 웬 낯선 사람이지. 지미, 가서 리즈에게 식사 접시 하나 더 놓으라고 해라.」 지미는 아이들 가운데 한 명이었다.

사람들이 모두 정문 쪽으로 달려갔다. 일 년 내내 낯선 사람이 오는 것이 아니기 때문에, 오기만 해도 마치 황열병이라도 퍼진 것처럼 관심을 끌었다. 톰은 문 앞 층계를 넘어 집 쪽으로 들어오고 있었다. 마차는 벌써 마을을 향해 달려가고 있었다. 집안사람 모두 문 앞으로 모여들었다. 톰은 가게에서 산 옷을 차려 입었는데, 톰은 이렇게 차린 모습을 남들이 부럽게 쳐다보는 것을 무엇보다도 제일 좋아했다. 이런 상황에 걸맞게 포즈를 취하는 것은 톰에게는 식은 죽 먹기나 마찬가지였다. 마치 새끼 양들처럼 얌전하게 걸어 들어올 그가 아니었다. 톰은 숫양처럼 침착하면서도 권위 있는 모습으로 걸어 들어왔다. 톰은 우리 앞에 서더니 우아하고 앙증맞은 자세로 모자를 벗어 인사했는데, 마치 상자 안에 있는 나비들을 깨우지 않으면서 상자의 뚜껑을 열기라도 하듯 사뿐하게 행동했다. 그러고는 이렇게 말했다.

「아치볼드 니콜스 씨 댁이 맞습니까?」

「아니란다, 애야.」 노신사가 말했다. 「미안하지만 마부가 너를 잘못 데려왔구나. 니콜스 댁은 여기서 3마일 아래에 있단다. 우선, 들어오너라.」

톰은 어깨 너머로 뒤를 쳐다보면서, 이렇게 말했다. 「너무 늦었네요. 마부가 이미 사라졌어요.」

「맞구나, 애야. 이미 떠났어. 우선 들어와서 우리와 함께 식사부터 하자꾸나. 그런 후에 마차를 불러서 너를 니콜스 씨 댁으로 보내 줄 테니까.」

「아니에요. 그런 폐를 끼칠 수가 있나요. 그럴 순 없어요. 멀면 어때요. 걸어가면 되지요.」

「어떻게 너를 걸어가게 하겠니. 그건 남부식의 호의가 아니지. 자, 들어오너라.」

「그래, 우선 들어와라.」 샐리 아줌마가 말했다. 「우리에겐 조금도 폐가 되지 않아. 암 그렇고말고. 우선 여기 머물러라. 3마일은 먼 길인 데다 먼지투성이 길이라 너를 걸어가게 할 순 없어. 게다가 네가 걸어오는 것을 보고, 이미 식사를 한 그릇 더 준비하라고 했단다. 그러니 우리를 실망시키지 말고, 들어와서 편히 쉬어라.」

이 말에 톰은 멋진 말로 진정으로 감사하다고 하면서 마치 호의를 거절하지 못하겠다는 식으로 안으로 들어왔다. 톰은 안으로 들어온 후, 자기는 오하이오 주 힉스빌에서 온 윌리엄 톰슨이라고 소개하며 다시 한 번 멋지게 고개 숙여 인사했다.

그러더니 계속해서 힉스빌과 그 마을 사람들 하나하나에 대해 자기가 지어낼 수 있는 이야기를 다 떠들어 댔다. 하지만 나는 점점 더 불안해졌다. 과연 이러한 거짓말이 지금 내가 처해 있는 곤란한 상황에서 벗어나는 데 도움이 될지 의문이었다. 한참을 얘기하던 중, 톰은 별안간 샐리 아줌마에게 다가가더니 입맞춤을 하고는 편안한 모습으로 다시 돌아와 이야기를 계속했다. 하지만 아줌마는 펄쩍 뛰었고, 손등으로 입술을 닦아 내면서 이렇게 말했다.

「요 건방진 녀석 보게!」

톰은 마치 상처를 받은 듯이 이렇게 말했다.

「마님, 무척 놀랐습니다.」

「네가 놀랐다고……? 대체 나를 뭐로 보고 그러는 거냐? 이놈 한번 손을 봐야겠구나, 대체 내게 입 맞춘 이유가 뭐냐?」

톰은 이내 겸손해진 듯이 이렇게 말했다.

「아무 이유도 없습니다, 마님. 나쁜 의도는 전혀 없습니다. 저는 그저 좋아하실 줄 알았어요.」

「뭐라고, 이 바보 같은 녀석이!」 그녀는 물레 막대를 집어 들었는데, 마치 한 대 때리고 싶은데 참고 있는 것처럼 보였다. 「도대체 내가 좋아할 거라는 생각은 어디서 난 거야?」

「아니, 잘은 모르겠어요. 다만, 사람들이 마님이 좋아하실 거라 그랬어요.」

「내가 좋아할 거라고 사람들이 그랬다니. 대체 누구야, 그 미친 자가 누구냐? 이런 말 생전 처음 들어 보는구나. 대체 그 사람들이 누구야?」

「아니, 다들 그랬어요. 모두 제게 그렇게 말했어요, 마님.」

그녀는 이제 참을 만큼 참은 듯이 보였다. 그러고는 눈을 번뜩이면서, 마치 손톱으로 톰을 할퀴기라도 하려는 듯이 보였다.

「모두가 대체 누구란 말이냐? 당장 이름을 대라, 아니면 너 같은 멍청이 한 명이 사라지게 될지도 몰라.」

톰은 실망한 표정으로 일어서더니 모자를 만지작대면서 이렇게 말했다.

「죄송합니다. 이렇게 될 줄 몰랐어요. 사람들이 그렇게 시켰거든요. 다들 그랬어요. 가서 입맞춤해 드리면 좋아할 거라고 했어요. 한 사람도 빠짐없이 다들 그랬거든요. 하지만 마님, 정말 죄송합니다. 다신 절대 그러지 않을게요. 절대요. 정말입니다.」

「안 그러겠다고, 정말 안 그러겠다는 거냐? 좋아, 다신 안 그러는 거다!」

「절대로요, 마님. 정말입니다. 다신 안 그러겠어요. 마님이 원하시기 전까지는요.」

「내가 원할 때까지라고? 살면서 별꼴 다 보는구나! 네가 성서에 나오는 므두셀라처럼 천 년을 산다고 해도 네게 원하는 일은 없을 거다. 너 같은 놈들에게는 절대 아니다.」

「저런, 정말 놀랐어요.」 톰이 말했다. 「어쩐지 잘 이해가 안 돼요. 다들 좋아하실 거라 했거든요. 그리고 저도 그러실 줄 알았어요. 그런데……」 톰은 말을 멈추고는, 마치 자기편을 찾기라도 하듯이 천천히 주위를 둘러보았다. 그러다가 펠프스 아저씨와 눈길이 마주치자, 〈아저씨는 마님이 좋아하실 거라고 생각하지 않으셨어요?〉 하고 물었다.

「어, 글쎄다. 아니다, 나도 그렇지 않다고 보는데.」

톰은 다시 한 번 주위를 돌아보더니, 나에게 이렇게 말했다.

「형, 형은 샐리 아줌마가 양팔을 벌리고는, 〈시드 소여가 왔구나……〉라고 말할 거라고 생각하지 않았어?」

「세상에!」 그녀가 톰에게 달려들면서 이렇게 말했다. 「이런 짓궂은 녀석 같으니라고! 어떻게 사람을 그렇게 속일 수 있어…….」 그러면서 아줌마는 톰을 껴안으려 했다. 그러자 톰이 아줌마를 막으면서, 이렇게 말했다.

「안 돼요. 이모가 먼저 원한다고 말하기 전까진 안 돼요.」

아줌마는 즉시 원한다고 말하더니, 이내 톰을 껴안고 입을 맞추고 다시 맞추곤 했다. 그러고는 톰을 아저씨에게 넘겨, 다시 입을 맞추게 했다. 이제 조금 진정되자, 그녀는 이렇게 말했다.

「세상에나, 이렇게 놀라 보기도 처음이구나. 톰만 기대했지, 너까지 온다고는 기대도 하지 않았다. 언니 편지에는 톰 얘기만 있었어.」

「원래 톰만 오기로 되어 있었거든요.」 톰이 대답했다. 「근데 제가 보내 달라고 계속 졸라 대서 결국 허락해 주었어요. 강을 따라 내려오다가 형이 먼저 이곳에 오고 내가 뒤따라와서 낯선 사람인 척하고 놀래 주면 정말 재미있을 거라고 생각했어요. 하지만 샐리 이모, 그건 실수였네요. 여기는 낯선 사람이 올 곳이 못 돼요.」

「그럼 아니지, 짓궂은 장난꾸러기는 안 돼지. 시드, 너 이모에게 턱 한방 맞을 뻔했다. 이렇게 화가 나 보기도 처음이었어. 하지만 얼마든 상관없다. 너희들이 오기만 한다면야 그런 것쯤 천 번 이상 당해도 문제없다. 녀석 연기도 잘하지! 정말이지 네가 입 맞추었을 때 나는 놀라서 무척 속이 상했다.」

우리는 집과 부엌 사이에 있는 넓게 개방된 통로에서 식사를 했다. 식탁 위에는 일곱 가족이 먹어도 될 만한 음식이 놓여 있었고, 모두 식지 않은 음식이었다. 밤새도록 축축한 지하실 찬장에 있다가 아침이 되면 다 식어 빠지는 오래된 식인종 고기처럼 맛대가리 없는 그런 질긴 고기가 아니었다. 사일러스 이모부가 식사 기도를 오래 했지만 나름대로 괜찮았고, 덕분에 음식이 하나도 식지 않았다. 오랫동안 식사 기도로 방해하는 바람에 음식이 식어 버리는 경우를 나는 여러 번 당해 봤다.

오후 내내 많은 대화를 가졌고, 톰과 나는 신경을 쓰며 짐에 대한 얘기를 들으려고 했지만 아무런 소용이 없었다. 도망간 노예에 대해서는 두 분 다 아무 말씀이 없었다. 우리가 얘기를 꺼내기는 겁이 났다. 하지만 그날 밤 저녁식사 때 사내아이 가운데 한 명이 이렇게 말했다.

「아빠, 톰과 시드랑 같이 연극 보러 가면 안 돼요?」

「안 돼.」이모부가 말했다.「연극 공연이 없을 거야. 그리고 있다고 해도 갈 수 없어. 왜냐하면 도망친 검둥이가 버튼과 내게 그 말도 안 돼는 연극에 대해 다 말해 주었기 때문이다. 아마 사람들이 벌써 그 뻔뻔스러운 놈들을 쫓아 버렸을 게다.」

일이 터지고 말았다! 하지만 나도 어쩔 수 없었다. 톰과 나는 한방에서 같은 침대를 쓰기로 했다. 저녁식사 후 우리는 피곤한 나머지 잠자리에 들겠다고 하고 올라와서는, 이내 창문을 통해 빠져나가 피뢰침을 타고 내려와 마을로 향했다. 보나마나 이런 일이 벌어지리라는 것을 왕과 공작에게 전할 사람이 없다고 나는 생각했고, 만약 서둘러 이들을 만나 이야기를 전해 주지 않으면 틀림없이 곤경에 처하리라고 보았다.

가는 길에 톰이 내가 살해되었다고 알려진 이야기와 이내 아빠가 자취를 감춘 이야기, 그리고 짐이 도망간 후 난리가 났던 이야기를 해주었고, 나는 톰에게 〈전대미문의 연극〉인가 하는 사기 짓거리에 대해 말해 주었고, 가는 시간 동안 뗏목 여행에 대한 이야기를 하나하나 다 말해 주었다. 마을에 도착해 한복판으로 들어가 봤더니, 한 여덟 시 반경이 되었는데 한 무리의 성난 군중들이 횃불을 든 채 소리와 고함을 지르면서 오는 모습이 보였다. 이들은 냄비를 두드리고 호각을 불고 있었다. 이들이 지나는 것을 비켜 주기 위해 한쪽으로 물러섰다가, 우리는 장대에 태운 채 끌려가는 왕과 공작의 모습을 보았다. 타르칠을 하고 깃털로 덮여 있었지만 분명 그들이었다. 도저히 사람 모습으로는 보이지 않았고 마치 군인들의 모자에 장식하는 한 쌍의 거대한 깃털 같아 보였다. 쳐다보기에도 역겨울 정도였다. 나는 이 불쌍한 악당들이 애처로워 보였다. 이제 더 이상 이들에 대한 섭섭한 감정도 느낄 수 없었다. 보기도 끔찍했고, 인간이 인간에게 이렇게 할 수 있다는 것 자체가 무서웠다.

우리는 이제 너무 늦어서 아무 소용도 없다는 것을 알았다. 뒤늦게 따라오는 사람들에게 지초지종을 묻자, 이들은 마을 사람 모두가 모른 척하고 연극을 보러 가서, 왕과 공작이 무대 위에서 이리저리 뛰어다닐 때까지 조용히 기다리다가 누군가 신호를 보내자 전체가 일어나 이들을 덮쳤다고 설명해 주었다.

결국 우리는 어슬렁대며 집으로 돌아왔다. 나는 이전의 자신감 넘치던 생각은 다 없어지고, 내가 아무 짓도 하진 않았지만 나 자신이 비열하고 초라하다는 생각이 들었다. 인간은 늘상 이런 식이다. 내가 잘했든 못했든 그건 상관도 없다. 양심은 분별력이 없어서 무엇을 따지기 전에 그저 사람의 마음을 짓누르기만 할 뿐이다. 인간의 양심이라는 놈보다 더 분별력이 없는 그런 잡종견이 있다고 한다면 잡아다 그냥 독살시킬 것 같은 기분이었다. 양심이란 건 인간의 오장육부보다 더 큰 공간을 갖고 있으면서도 아무런 쓸데가 없다. 톰 소여도 나처럼 생각한다고 말했다.

34

 우리는 이야기를 멈추고, 잠시 생각에 잠겼다. 이윽고, 톰이 말했다.
 「이것 봐 헉, 이 생각을 못 했다니 우리가 정말 바보였어. 이제 짐이 어디 있는지 알만 해.」
 「정말! 어디야?」
 「재 받는 통 옆에 통나무집 있지. 그 안이야. 봐봐, 우리가 저녁식사할 때, 어떤 검둥이가 음식을 들고 그 안으로 들어가는 것 못 봤어?」
 「봤지.」
 「그 음식 어디 쓴다고 생각하니?」
 「개 먹이용 아닐까.」
 「나도 그랬는데. 근데, 개 사료가 아니었어.」
 「왜?」
 「그중에 수박도 있었거든.」
 「맞아. 나도 봤어. 그럼 분명하네. 나도 개가 수박을 안 먹는다는 사실을 깜빡했네. 어쩜 두 눈 뜨고 보면서도 제대로 못 보네.」
 「그 검둥이가 들어갈 때 문을 따고는 나올 때 다시 문을 잠갔어. 그러고는 우리가 식사를 마치고 일어날 즈음 이모부께 열쇠를 갖다 주었어. 분명히 같은 열쇠일 거야. 수박을 봐서 사람이 있다는 거고, 열쇠를 봐서 죄인이 있다는 거지. 그리고 이렇게 조그만 농장에, 게다가 사람들이 이렇게 친절하고 착한데, 죄인이 두 명 있을 리도 없어. 분명 짐이야. 맞아. 탐정 수사 식으로 찾아내니까 기분이 정말 좋은데. 다른 방식으로 찾는 건 내 식이 아니야. 자 이제 짐을 어떻게 훔쳐 낼 것인지 네가 머리를 써봐. 나도 생각해 볼게. 그리고 제일 좋은 방법을 선택하자고.」

사내아이 머리에서 어쩌면 저런 생각이 다 나올 수 있을까! 내가 톰의 머리를 갖게 된다고 하면, 공작 작위나, 증기선 선원 자리나, 서커스의 광대역이나, 아니면 뭘 준다고 해도 절대 바꾸지 않을 거야. 나도 방안을 생각하긴 했지만 그저 무언가 해야겠지 하는 정도였다. 올바른 방안이 누구 머리에서 나올지 알고 있었기 때문이다. 마침내, 톰이 말했다.

「준비됐지?」

「그럼.」 내가 대답했다.

「자. 한번 말해 봐.」

「내 계획은 이거야.」 나는 이렇게 설명했다. 「안에 있는 게 짐인지는 쉽게 알아낼 수 있어. 그런 후에 내일 밤 카누를 꺼내서 섬에 있는 뗏목을 가져오는 기야. 그리고 그믐밤이 되면 이모부가 잠이 든 사이에 주머니에서 열쇠를 훔쳐 내 짐을 데리고 뗏목으로 가는 거야. 그러고는 짐과 내가 이전에 하던 식으로 낮에는 숨고 밤에는 뗏목을 젓는 거지. 그러면 되지 않을까?」

「되지 않겠냐고? 물론이지. 쥐새끼들 싸움마냥 잘 되겠지. 하지만 너무 단순하잖아. 뭔가가 없어. 뭔가 복잡한 게 없는 방안은 쓸모가 없지 않니? 꼭 거위 젖처럼 너무 심심해. 헉, 그건 마치 비누공장에 침투하는 것 정도의 화제밖에 안 될 거야.」

나는 아무 말도 하지 않았다. 그럴 줄 알고 있었기 때문이다. 하지만 톰은 자기 방안이 준비되면 그 어떤 반대 의견도 받아들이지 않았다.

이번에도 역시 그랬다. 톰은 자기 계획을 내게 말했고, 나는 품위 있는 계획이라는 면에서 볼 때 내 방법 열다섯 개 모은 만큼의 값어치가 있다는 것을 이내 알게 되었다. 그리고 내 방법만큼이나 짐을 자유의 몸으로 만들 수 있지만 자칫 우리 다 죽게 할 수도 있다는 스릴을 느꼈다. 나는 만족을 표했고 즉시 일에 착수하자고 했다. 계획이 뭔지까지 말할 필요는 없다고 보았는데, 그건 항상 계획대로 지켜지지 않았기 때문이었다. 일을 하면서 톰이 매번 계획을 바꿀 것이 뻔하고 기회가 있을 때마다 뭔가 새로운 시도를 집어넣을 것을 나는 알고 있었다. 그게 바로 톰의 방식이었다.

하지만 분명한 것 하나가 있는데, 그것은 짐을 노예 상태에서 구해 내는 데 있어 톰 소여가 본격적으로 그리고 확실하게 도움을 주리라는 사실이다. 그것만 해도 내가 받아들이기에 충분한 것이었다. 훌륭한 집안에서 잘 자란 아이가 자칫 체면을 잃을 수도 있었다. 머리가 좋고 바보도 아닌데, 이치를 잘 알고 무지한 것도 아닌데, 그리고 비열하지도 않고 친절한데, 자만심도, 정의감도 어떤 감정도 없이 굳이 이런 일을 하다 보면 자신뿐 아니라 가족에게도 불명예가 될 게 뻔한데 말이다. 나는 톰의 이런 행동을 도무지 이해할 수가 없었다. 이건 앞뒤가 안 맞는다고 하면서 벌떡 일어나 톰에게 얘기를 해주어야 한다고도 생각했다. 즉시 이 일에서 손 떼게 하여 톰을 구해 주는 것이 진정한 친구로서 해야 할 일이라는 것도 알고 있었다. 드디어 내가 말을 꺼내려고 하자, 말문을 막으면서 톰이 이렇게 말했다.

「내가 지금 무슨 일을 하고 있는지 모르고 있다고 생각하는 거니? 내가 어떤 일을 하는지 나 스스로 항상 잘 알고 있다는 걸 알잖아?」

「그건 그래.」

「내가 검둥이 훔치는 일을 도와준다고 분명히 말했지?」

「맞아.」

「그럼 됐네.」

이것이 톰이 말한 전부였고, 또 내가 말한 전부였다. 더 이상의 대화는 필요치 않았다. 톰이 무언가 하겠다고 말하면 늘 지켰기 때문이다. 하지만 나는 톰이 왜 이 일에 기꺼이 참여하려 하는지 도무지 알 길이 없었다. 그래서 더 이상 이 문제로 귀찮게 하지 않고 그냥 내버려 두기로 했다. 톰이 그렇게 하자면 나로서는 더 이상 어쩔 수 없었다.

　집에 돌아오니, 이미 깜깜하고 사방이 고요했다. 우리는 한번 살펴보기 위해 재를 담는 그릇 옆에 있는 통나무 오두막집으로 향했다. 혹시 개들이 짖지나 않을까 확인하려고 마당을 가로질러 갔다. 개들은 우리를 알아봐서인지 야밤에 무언가 지나가면 시골 개들이 내는 소리 이상으로 크게 짖어 대지 않았다. 오두막에 도착해서는 우선 앞쪽과 두 옆면을 살펴보았다. 북쪽 면으로는 나도 골몰했던 사각형 창문 구멍이 높게 나 있었고, 단단한 합판이 창문을 가로질러 단단하게 못질 쳐져 있었다.

　「됐어. 이 구멍 정도면 짐이 빠져나올 만한 크기야. 합판만 뜯어내면 되겠어.」

　이어서 톰이 말하기를, 「그건 틱택토 놀이처럼 간단하고 땡땡이치는 것처럼 쉬워. 헉 핀, 우리가 이보다 좀 더 복잡한 방법을 찾아야 하지 않겠니.」

　「그래. 그러면 내가 지난번 살해당했다고 했을 때 그랬던 것처럼 톱으로 썰어 탈출시키면 어떨까?」

　「그게 더 그럴싸했어.」 톰이 말했다. 「정말 수수께끼처럼 난해하고, 힘들면서도 확실했었어. 하지만 이보다 두 배 정도 더 오래 걸리는 방법을 찾을 수 있을 거야. 서둘지 말고 우선 한번 돌아보자고.」

　뒤쪽에는 오두막과 집 울타리 사이에 오두막 처마와 연결해 달개 지붕으로 덮은 헛간이 있었는데, 합판으로 세워져 있었다. 오두막집만한 크기지만 폭은 6피트 정도로 좁았다. 문짝은 남쪽으로 나 있었고 자물쇠가 채워져 있었다. 톰은 비누 끓이는 솥 쪽으로 가 둘러보더니 솥뚜껑을 여는 데 쓰는 쇠 도구를 가져와서는 못 하나를 잡아 뺐다. 쇠사슬이 바닥으로 떨어지자 우리는 문을 열고 안으로 들어갔다. 다시 문을 닫고는 성냥불을 켜자 오두막에 연결된 헛간 내부가 보였다. 하지만 이 헛간은 오두막과 연결되어 있지 않았다. 바닥 마루도 없었고, 낡고 녹이 슬어 못 쓰게 된 괭이, 삽, 곡괭이, 망가진 쟁기 등만 놓여 있었다. 성냥불이 나가자 우리도 그곳에서 나와 다시 못을 박아 놓고는 문을 단단히 잠갔다. 톰은 즐거운 표정을 지으며, 내게 이렇게 말했다.

「자, 이제 문제없어. 이제 땅굴을 파서 짐을 꺼낼 거야. 일주일 정도 걸릴 거야.」

우리는 다시 집으로 향했고, 나는 뒷문을 통해 들어갔다. 문을 잠그지 않기 때문에 사슴 가죽으로 된 빗장 끈을 당기기만 하면 문이 열렸다. 하지만 톰에게는 이렇게 집 안으로 들어가는 것이 재미없는 일이었다. 톰은 피뢰침을 타고 올라가야만 직성이 풀렸다. 그는 세 번이나 타고 올라가다가 중간에서 미끄러져 실패하고 말았다. 마지막 시도 때는 하마터면 머리가 깨질 뻔하고는 그만두어야겠다고 생각하는 듯했다. 하지만 조금 쉬고 난 다음 마지막으로 다시 한 번 행운을 바란다면서 올라타더니 결국은 성공했다.

아침 동이 틀 무렵 자리에서 일어난 우리는 우선 검둥이들이 사는 오두막의 개들과 친해지고 짐에게 식사를 전해 주는 검둥이와 친해지려고 그곳으로 갔다. 음식이 짐에게 전달되는 것이 맞다고 보았다. 검둥이들은 어느새 식사를 마치고 일하러 가는 중이었다. 짐을 맡은 검둥이는 양철 냄비에다 빵, 고기 등을 채우고 있었다. 다른 검둥이들이 집을 나설 즈음, 집에서 보내온 열쇠가 도착했다.

이 검둥이는 착해 뵈는 바보 같은 얼굴에 머리는 실로 작은 다발을 만들어 묶었는데, 이는 마녀를 물리치기 위해서라고 했다. 최근 밤마다 마녀들이 자기를 괴롭혀, 온갖 괴상한 것들을 보게 하고 이상한 소리와 시끄러운 소음을 듣게 한다는 것이다. 그리고 평생 이렇게 오랫동안 마녀에게 홀려 본 적이 없다고 했다. 그는 너무 흥분되어 자기가 겪은 어려움을 털어놓는 통에 자기가 무엇을 해야 하는지도 잊어먹었다. 결국 톰이 이렇게 물었다.

「그 음식은 어디 쓰려고? 개 밥 주려고?」

검둥이의 얼굴에 미소가 보였는데, 마치 진흙탕에 벽돌조각을 던졌을 때 파문이 퍼져 가듯이 서서히 번져 나갔다. 검둥이는 이렇게 답했다.

「네, 시드 도련님, 개 맞아유. 호기심 많은 개여유. 도련님도 들어가서 보시겠이유?」

「나도 한번 볼까.」

나는 톰을 쿡 찌르며 그의 귀에 속삭였다.

「네가 들어간다고, 이 이른 아침에? 그건 계획이 아니잖아.」

「맞아, 아니었어. 하지만 지금은 계획으로 바뀌었어.」

젠장, 결국 우리는 검둥이를 따라 들어갔다. 하지만 나는 이런 계획을 별로 좋아하지 않았다. 안으로 들어가자 너무 어두워 아무것도 보이지 않았다. 하지만 짐은 틀림없이 그 안에 있었다. 이윽고 짐이 우리를 보고는 큰 소리로 외쳤다.

「세상에나! 헉 아냐! 그리고 거긴 톰 도련님 아닌가비여?」

나는 일이 어떻게 진행될지 알고 있었고, 결국 이렇게 될 줄도 예상하고 있었다. 나는 어찌해야 할 바를 몰랐고, 설령 알았다고 하더라도 어떻게 하지도 못했을 것이다. 검둥이가 끼어들어 이렇게 떠들었기 때문이다.

「어! 세상에! 이놈이 도련님들을 아는가벼?」

이제 서서히 주위가 눈에 들어왔고, 톰은 검둥이를 뚫어지게 쳐다보면서 뭔가 곰곰이 생각하고 있었다. 그러다가 이렇게 말했다.

「누가 우리를 안다고?」

「아, 이 도망친 검둥이 놈 말이유.」

「알긴 누가 안다고 그래. 대체 넌 왜 그런 생각을 하는 거냐?」

「왜냐구유? 방금 저놈이 도련님을 아는 것처럼 떠들어 댔잖아유?」

톰은 알 수 없다는 표정을 지으며 이렇게 말했다.

「그것 참, 신기하네. 누가 떠들었다는 거야? 언제 그랬어? 뭐라고 그랬냐고?」 그러고는 아주 침착한 표정으로 나를 향해 이렇게 말했다. 「형도 누군가 떠드는 소리 들었어?」

이제 대답할 것은 단 한 가지밖에 없었기에 나도 이렇게 답했다.

「아니, 아무 소리도 못 들었는데.」

이제 톰은 짐을 향해 마치 처음 보는 사람에게 하듯이 물었다.

「떠든 놈이 너냐?」

「아닙니다요. 아무 소리도 안 했는디요.」 짐이 대답했다.

「정말 한마디도 안 했냐?」

「아니요. 한마디도 안 했시유.」

「네놈이 우리를 본 적이 있다는 거냐?」

「제가 아는 한 결코 본 적이 없다니께유.」

톰은 이제 정신이 나간 듯 보이는 검둥이를 향해 엄한 말투로 물었다.

「대체 네놈에게 무슨 문제가 있는 거냐? 대체 왜 누가 소리쳤다고 생각하는 거냐고?」

「세상에, 이놈의 마녀들이 또 날 홀리는가 보네. 꽉 죽어 버려야 할까 봐유. 마녀들이 나를 꼬챙이로 찔러 죽이려고 해유. 제발 비밀로 해주셔유. 아시면 사일러스 주인님이 절 혼내실 테니께유. 귀신이 없다고 하셨거든유. 주인님이 여기 계셨으면, 아마 주인님도 할 말이 없으셨을 거예유! 이번에는 정말 제대로 보실 수 있었을 터인디. 세상일이 이렇다니께유. 바보 같은 놈은 항상 바보처럼 지낼 수밖에 없시유. 자기들 스스로는 뭐도 찾을 수 없으니께유. 그러다가 찾아서 남들에게 말하면 도대체 믿으려 들지 안응께유.」

톰이 검둥이에게 10센트짜리 동전을 주면서 아무에게도 말하지 않겠다고 약속해 주었고, 이 돈으로 머리 다발을 더 묶을 실이나 사라고 했다. 그런 다음 짐을 바라보면서 이렇게 말했다.

「사일러스 이모부가 이놈을 목매달아 죽일 테지. 배은망덕하게 도망가는 검둥이가 있으면 나 같으면 그냥 놔두지 않고 붙잡아서 목매달아 죽일 거야.」 검둥이가 10센트짜리 동전을 꺼내 들고 진짜인가 확인하기 위해 이로 깨물면서 문 쪽으로 걸어 나가는 동안, 톰은 짐에게 이렇게 속삭이며 말했다.

「절대 아는 척하면 안 돼. 그리고 혹 밤에 땅 파는 소리가 들리면 우리인 줄 알면 돼. 곧 구해 줄 테니까.」

짐은 겨우 우리 손을 붙잡고는 꼭 쥘 시간밖에 없었다. 그때 검둥이가 돌아왔기 때문이다. 우리는 검둥이에게 원하면 언제든지 다시 오겠다고 했고, 검둥이는 이렇게 깜깜한 날에 우리를 부르겠다고 했다. 마녀들이 특히 깜깜한 시간에 찾아오므로, 그럴 때 사람들이 같이 있어 주면 훨씬 낫기 때문이라고 했다.

35

 아침식사 시간이 되려면 아직 한 시간 정도 남았기에 우리는 집을 떠나 숲 속으로 향했다. 땅을 파려면 어느 정도 환해야 하는데, 랜턴은 빛이 너무 밝아 문제가 생길 것이라고 톰이 말했다. 우리에게 필요한 것이 소위 도깨비불이라고 불리는 썩은 나무 등걸인데 어두운 곳에 놔두면 은은한 빛이 난다고 했다. 우리는 그것을 한 아름 가져다가 잡풀 속에 숨겨 놓은 후에 앉아서 잠시 쉬었다. 톰은 뭐가 못마땅한지 이렇게 말했다.

「제길, 일들이 죄다 너무 쉽고 서투르기만 하네. 좀 어려운 계획을 짜기가 정말 어려워. 감시인도 있고 해서 수면제로 곯아떨어지게 하고, 개도 한 마리 있어서 수면제를 섞어 먹여야 하는데 말이야. 짐은 겨우 10피트짜리 쇠사슬로 침대 다리에 묶여 있을 뿐이고. 침대 다리만 들고 쇠사슬만 빼면 되는 거 아냐. 사일러스 이모부는 사람들을 너무 쉽게 믿어서 얼뜬 검둥이에게 열쇠를 맡겨 놓고, 그놈을 감시할 사람도 없고 말이지. 짐도 이미 창문 구멍으로 탈출할 수 있었단 말이야. 한데 10피트짜리 쇠사슬을 다리에 달고 다녀 봤자 무슨 소용이 있겠어. 빌어먹을, 헉, 세상에 이건 너무 멍청한 짓이야. 그러니까 우리가 모든 난관을 만들어 내야 한다고. 할 수 없지, 뭐. 갖고 있는 거 가지고 최선을 다할밖에. 분명한 것은 여러 난관과 어려움을 겪고 짐이 탈출해야 더 명예스럽다는 사실이야. 이런 어려움을 제공해 줄 사람들이 아무것도 제공하지 않을 때는 우리 머리로 짜낼 수밖에 없어. 랜턴 문제만 해도 그래. 엄밀하게 말하면 랜턴을 쓰면 위험하다고 생각해야 해. 원한다면 횃불 행렬로 해낼 수도 있거든. 자, 이제 생각해 보니, 할 수 있을 때 우선 톱을 만들어 낼 수 있는 물건부터 찾아야 할 것 같아.」

「톱은 어디 쓰게?」

「어디 쓰느냐고? 톱이 있어야 쇠사슬을 풀게 침대 다리를 자를 수 있잖아.」

「뭐, 침대 머리를 들고 쇠사슬을 빼내면 되잖니?」

「헉 핀, 결코 너답지 않네. 마치 유치원 애들 일 처리하는 식으로 할 수는 있겠지. 그런데 너 책이란 건 통 안 읽어 봤니? 트렌트 남작이나, 카사노바, 아니면 벤베누토 첼레니나 앙리 4세 등등, 소위 영웅들 이야기 말이야. 대체 그렇게 싱거운 방법으로 죄수를 빼내는 게 어디 있어? 아니지. 최고의 권위자들이 하는 식은 침대 다리를 둘로 자른 후, 톱밥은 삼켜 버려서 흔적을 안 남기는 거야. 톱으로 자른 자리에는 흙이나 기름을 칠해서 아무리 똑똑한 하인이라도 톱실 흔적을 못 찾게 하는 거지. 침대 다리는 멀쩡하게 보이도록 만드는 거야. 계획을 실행하는 밤에 침대 다리를 발로 차면 뚝 부러지고 쇠사슬이 빠지게 되는 거지. 그러곤 밧줄 사다리를 벽에다 걸고 내려가다가 주위에 있는 해자에서 떨어져 다리가 부러지는 거야. 왜냐하면 밧줄 사다리가 19피트 정도 짧거든. 아래에는 말과 너를 따르는 부하들이 기다리고 있다가 너를 들어 말안장에 던지고, 넌 고향인 랑그독이나 나바르, 어디로든 도주하는 거야. 멋있지 않니, 헉. 이 오두막에도 해자가 있으면 좋을 텐데. 도망치는 날 밤 시간이 되면 하나 정도 파도 괜찮을 거야.」

한참 듣다가 내가 끼어들어 말했다. 「대체 해자는 뭐하게. 오두막집 밑으로 땅을 파서 빠져나오게 하기로 했잖아.」

하지만 톰은 내 말을 들으려고 하지도 않았다. 모두 잊고 자기에게 몰두해 있었다. 턱을 괴고 앉아 한참 생각하더니, 마침내 한숨을 쉬면서 머리를 흔들어 댔다. 그러곤 다시 한

숨을 쉬면서 이렇게 말했다.

「그러면 안 되겠다. 그럴 필요가 없네.」

「뭔 말이야?」 내가 물었다.

「아니, 짐의 다리를 자르는 것 말이야.」

「세상에!」 내가 말했다. 「다리를 자를 필요가 없다고. 도대체 다리는 왜 자르려고 하는 건데?」

「최고로 권위 있는 사람들 가운데 그렇게 하는 자들이 있거든. 쇠사슬을 못 자를 경우, 대신 손을 자르고 도망치는 거야. 다리가 훨씬 멋있지. 그런데 그건 넘어가자고. 이번 경우엔 꼭 필요한 것은 아니니까. 게다가 짐은 검둥이인 데다 그 이유를 이해할 리도 없고, 유럽에서는 왜 이게 관습인지 모를 거야. 그러니 그냥 넘어가자. 한데 한 가지는 있다. 밧줄 사다리는 있어야 해. 우리 침대보를 찢으면 쉽게 사다리를 만들 수 있어. 파이 속에 넣어 짐에게 보내면 돼. 대개 그렇게 하거든. 난 그보다 더한 파이도 먹어 봤는데 뭐.」

〈헤이, 톰. 대체 무슨 말이야〉 하고 내가 말했다. 「짐에게 밧줄 사다리가 왜 필요해.」

「필요하다니까. 대체 무슨 말 하는 거야. 넌 아무것도 모르는구나. 사다리가 필요하다니까. 다들 그렇게 한다고.」

「그럼 사다리 갖고 뭐하는데?」

「뭐하냐고? 침대 밑에 감추는 거야. 다들 그렇게 하거든. 짐도 마찬가지야. 헉, 넌 일을 제대로 할 마음이 하나도 없나 보구나. 넌 늘 새로운 것만 원하는 것 같아. 짐이 사다리 갖고 아무 일도 안 한다고 치자. 그래도 침대에 단서가 남는 게 되잖아. 사람들이 단서를 바란다는 걸 넌 모르겠니? 넌 아무것도 남겨 놓지 말자는 거지? 그러면 상당히 어려워져. 그리고 그런 건 들어 본 적도 없고.」

「알겠어. 좋아, 그게 제대로 하는 거라면 짐도 가져야겠지.

나도 정식에서 벗어나고 싶은 마음은 없으니까, 짐이 밧줄 사다리를 갖도록 하자고. 하지만 분명히 알아 두어야 할 게 있어. 우리가 밧줄을 만들려고 침대보를 찢었다가는 샐리 아줌마에게 혼날 게 뻔하다는 거야. 내가 보기에 히커리 나무 껍질 사다리는 돈도 안 들고, 뭐 버리는 것도 없고, 밧줄 사다리처럼 파이에 넣을 수도 있고, 짚요 밑에 들어가기도 한다고. 짐은 해본 적이 없으니까, 아무 사다리라도…….」

「제발, 헉 핀, 내가 너처럼 무식하다면, 난 차라리 입 다물고 있겠다. 정말이야. 누가 중범죄인이 히커리 껍질 밧줄로 탈옥한다고 그러디? 정말 말도 안 되는 소리 하지 마.」

「좋아, 알았으니까, 톰, 너 좋을 대로 해. 하지만 내 충고를 받아들인다면 나더러 차라리 빨랫줄에서 침대보 하나를 빌려 오라고 하는 게 나을 거야.」

톰은 그게 좋겠다고 했다. 그리고 새로운 생각이 났던지, 한마디 더 했다.

「그러면 셔츠도 빌려 와.」

「톰, 셔츠는 왜 필요한데?」

「짐이 그 위에 일기를 쓰는 데 필요해.」

「일기라니, 세상에, 짐은 글도 못 쓰는데.」

「글을 못 쓴다고 쳐도, 낡은 백랍 스푼이나 쇠통의 둥근 테 조각으로 펜을 만들어 주면 셔츠에다 무슨 표시는 할 수 있잖아.」

「그러면, 거위 털을 뽑아서 괜찮은 펜을 만들어 주면 되겠어. 더 빨리 만들 수도 있어.」

「이 바보야, 감옥 안에 무슨 거위가 돌아다닌다고 죄수한테 털을 뽑아 펜을 만들라는 거야. 그 사람들은 주위에서 손에 쥘 수 있는 오래된 놋 촛대 같은 단단하고 부러지지도 않는 다루기 힘든 걸 가지고 몇 주나 몇 달 동안 갈아서 펜을 만드는 거야. 벽에 대고 갈기 때문에 그 정도 시간이 걸린단 말이야. 그자들은 깃펜이 있어도 쓰지 않을 거야. 그건 제대로 하는 게 아니거든.」

「그러면 잉크는 어떻게 만드는데?」

「대개 쇳녹이나 눈물로 만드는데, 그건 평범한 사람들이나 여자들이 그런 거고, 최고로 권위 있는 사람들은 자기 피로 만들지. 짐도 그렇게 할 수 있어. 그리고 사람들에게 자기가 어느 곳에 갇혔는지 알리려고 일상적인 그런저런 짧은 소식을 양철 그릇 바닥에 포크로 긁어 쓴 다음 창문 밖으로 던지면 돼. 〈철가면〉은 늘 그런 식으로 했어. 그것도 멋진 방법이지.」

「짐은 양철 그릇이 없어. 먹을 걸 냄비에다 주잖아.」

「그건 일도 아냐. 우리가 좀 구해 주면 돼.」

「그걸 읽을 수 있는 사람도 없을 거야.」

「헉 핀, 그것도 문제없다고. 짐이 할 일은 그저 그릇 바닥에 써서 던지는 것뿐이야. 그걸 읽을 필요는 없어. 죄수가 그릇 바닥이든지 어디든지 써놓은 걸 사람들이 읽는 경우는 반도 안 돼.」

「그런데 그릇을 낭비할 일이 뭐가 있어?」

「제길, 그건 죄수의 그릇이 아니야.」

「그래도 누군가의 그릇은 맞잖아?」

「그래 맞는다고 치자. 그래서 누구 거든 죄수와 무슨 상관인데……」

톰은 여기서 말을 멈췄다. 밖에서 아침식사 신호 소리가 들렸기 때문이다. 우리는 오두막에서 나와 집으로 향했다.

그날 아침 나는 빨랫줄에 걸린 침대보와 흰 셔츠 한 벌을 빌려 와 낡은 가방에 넣었다. 그리고 숲으로 가 도깨비불을 집어 그것도 가방에 넣었다. 아빠가 늘 부르던 방식대로 난 빌리는 거라고 불렀지만 톰은 그게 빌리는 게 아니라 훔치는 거라고 했다. 그러면서 톰은 우리가 지금은 감옥의 죄수를 대신해 일하는 거고, 죄수들은 자신들이 원하는 걸 어떻게 구할지 등의 문제에 관심을 두지 않기 때문에, 훔치는 것에 대해 욕할 사람은 없다고 했다. 죄수가 탈옥하기 위해 무언가 훔친다면 그건 죄가 아니라 오히려 그의 권리라는 것이다. 그래서 우리가 죄수를 대신한다면, 도망치는 데 조금이라도 도움이 되는 물건일 경우, 훔칠 권리가 있다고 했다. 하지만 만약 죄수를 대신하는 것이 아닐 경우, 문제는 달라진다고 했다. 죄수가 아닐 경우 저급하고 비열한 사람만 도적질을 한다는 것이다. 결국 우리는 손에 닿을 수 있는 것은 모두 훔칠 수 있다고 인정했다. 그런 후 어느 날 내가 검둥이들 밭에서 수박을 훔쳐 와 먹었다고 하자 톰은 난리를 피웠다. 나보고 다시 가서 아무 말 하지 말고 10센트를 놓고 오라는 것이었다. 톰은 우리가 필요로 하는 것만 훔칠 수 있다는 뜻이라고 내게 말했다. 내가 수박이 필요했기에 그랬다고 하자, 톰은 감옥에서 도망치는 데 수박이 무슨 필요가 있느냐고 나를 몰아세우면서, 그게 바로 다른 점이라고 했다. 만약 수박에 칼을 숨겨, 몰래 짐에게 전달해 집사를 살해할 목적이라고 한다면 괜찮다는 것이다. 나는 더 이상 톰에게 대꾸하지 않았다. 하지만 매번 수박을 서리할 때마다, 쭈그리고 앉아, 그런 건지 안 그런 건지를 구별해야 한다면 대체 죄수를 대신하는 것이 뭔 이익이 있는 건지 도통 알 수 없었다.

방금 말했듯이 그날 아침에 모든 사람이 일하러 갈 때까지 기다렸다가 마당에 아무도 보이지 않게 되자, 톰은 가방을 달개 지붕 헛간으로 가져갔다. 그동안 나는 좀 떨어진 곳에서 망을 봤다. 톰이 다시 나온 후, 우리는 장작더미 위에 앉아 이야기했다. 톰이 이렇게 말했다.

「이제 연장만 빼고는 준비가 끝났어. 그건 쉽게 처리할 수 있지.」

「연장이라고?」 내가 물었다.

「그래.」

「어디에 쓰는 연장 말이야?」

「땅 팔 연장이지. 우리가 이빨로 파고 꺼내 올 건 아니잖아?」

「저기 안에 있는 낡아 못 쓰게 된 괭이 같은 것 정도면 짐을 꺼내기에 충분하지 않아?」

「헉 핀, 대체 너는 죄수가 땅 파고 도망치기 위해 자기 서랍 속에다 괭이니 삽이니 하는 모든 현대적 장비를 갖고 있다는 얘기를 들어 본 적이 있니? 내가 한번 묻겠는데, 정신이 제대로 박혀 있다면 대답해 봐. 넌, 그런 식으로 하면 과연 짐이 영웅이 될 수 있을 거라고 보니? 차라리 열쇠를 빌려 주고 끝내라는 게 낫지 않겠니. 대체, 괭이랑 삽이라니. 그런 건 왕이라고 해도 주지 않을 거다.」

「좋아, 그럼.」 내가 대꾸했다. 「괭이랑 삽이 아니면, 뭘 원하는데?」

「식탁용 칼 한두 자루면 되지.」

「그걸로 그 오두막 밑의 바닥을 판단 말이야?」

「그럼.」

「세상에, 톰, 너도 어리석구나.」

「어리석으냐 그렇지 않으냐는 별 차이가 없어. 문제는 바른 방식으로 하느냐에 있어. 제대로 하는가에 있다고. 내가 아는 한 다른 방법은 없어. 이런 경우를 찾으려고 책을 다 뒤져 봤는데, 늘 식탁용 칼로 파더라고. 그것도 흙을 파는 게 아니라 대개 단단한 바위를 뚫는 거야. 수주 이상 걸리고 끝없이 시간이 걸리게 된다고. 디프 성의 지하 감옥에 갇혀 있거나, 마르세유 항구에 갇혀 있던 죄수를 보라고, 다들 그런 식으로 파고 나왔지. 넌 얼마 정도 걸렸을 것 같다고 보니?」

「내가 어떻게 알아.」

「한번 알아맞혀 봐.」

「몰라. 한 달 반 정도.」

「어허, 삼십칠 년이야. 그것도 중국으로 뚫고 나왔다는 거야. 그런 식이라니까. 이 요새 바닥도 단단한 바위였으면 좋겠다.」

「짐은 중국에는 아는 사람이 하나도 없는데.」

「그게 무슨 상관이야? 그자들도 마찬가지였어. 넌 항상 샛길로 빠진다니까. 좀 본론에 집중할 수 없겠니?」

「좋아. 난 어디로 나오든 상관 안 해. 나오기만 한다면 말이야. 그건 짐도 마찬가지일 거라고 생각해. 하지만 어쨌든 분명히 할 게 있어. 짐은 이제 식탁용 칼로 땅을 파서 탈출하기에는 너무 나이가 먹었어. 오래 하지도 못 할 거야.」

「아냐, 오래 할 수 있어. 설마 그걸로 흙바닥을 파는 데 삼십칠 년이 걸릴 거라고 생각하는 건 아니겠지?」

「톰, 그럼 얼마나 걸릴까?」

「우리가 할 수 있는 한, 오래 버티는 건 위험해. 사일러스 이모부가 뉴올리언스에서 사태를 알게 되는 날이 그리 오래 걸리지 않을 거야. 이모부는 짐이 그곳에서 오지 않았다는 사실을 알게 되실 거야. 그러면 다음엔 짐을 광고로 알리거나 그런 일을 하시겠지. 그러니까 땅을 파서 짐을 꺼내는 데 너무 시간이 걸리게 할 수는 없어. 제대로 하려면 이 년은 걸려야 하지만, 그럴 수는 없어. 모든 게 확실하지 않으니까, 내 생각은 이거야. 즉시 신속하게 땅을 파기로 하고 그리고 우리끼리는 삼십칠 년간 했다고 생각하는 거야. 그런 후에 경보 사인이 들리면 그 즉시 짐을 빼내는 거야. 그게 최선의 방법이라고 생각해.」

「그게 맞는 말이네.」 나는 그에 동의했다. 「그런 척하는 데

돈 드는 건 아니니까. 그렇게 하는 데 아무 문제도 없을 거야. 필요하다면 난 백오십 년도 괜찮아. 마음을 그렇게 먹으면 힘들지도 않을 거야. 그럼 난 우선 나가서 식탁용 칼 두 자루부터 물어 오겠어.」

「세 자루 물어 와.」 톰이 이어 말했다. 「한 자루는 톱으로 써야 하니까.」

「톰, 정식에서 벗어나는 게 아니라면, 그리고 신앙에 어긋나는 게 아니라면, 꼭 네게 할 말이 있는데. 있잖아, 훈제실 뒤쪽 물막이판 아래에 있는 발판대에 낡고 녹이 슨 톱날이 하나 있는 걸 봤다고.」

톰은 걱정스럽고 실망한 듯한 표정을 지으며, 이렇게 말했다. 「헉, 너에게 뭘 가르치려 해봤자 소용없구나. 빨리 가서 칼이나 물어 와. 세 자루다.」 나는 톰이 시키는 대로 했다.

36

그날 밤 모두들 잠자리에 들자마자 우리는 피뢰침을 타고 아래로 내려와 달개 지붕 헛간으로 갔다. 가방에서 도깨비불을 꺼내 작업을 하기 시작했고, 바닥의 통나무판 가운데를 따라 4~5피트 정도 위에 있는 물건을 다 치워 버렸다. 톰은 여기가 짐의 침대 바로 뒤라고 했고 여기를 파내려 가 통로가 뚫리면 그 누구도 못 알아볼 것이라고 했다. 짐의 침대 커버가 바닥까지 끌려서 이 통로를 보려면 침대 커버를 올리고 아래를 살펴봐야 하기 때문이라는 것이다. 우리는 식탁용 칼로 자정이 될 때까지 파고 또 파고 했다. 너무 힘이 드는 작업인 데다 손에 물집까지 잡히는 바람에 작업성과도 눈에 들어

오지 않을 정도로 미미했다. 마침내 내가 이렇게 말했다.
「톰 소여, 이건 삼십칠 년이 아니라, 삼십팔 년은 해야 할 일 같구나.」

톰은 아무 대꾸도 하지 않았다. 하지만 한숨만 쉬더니 결국 작업을 중단하고 말았다. 그러고는 얼마 동안 다시 생각을 하는 듯 보이더니 이렇게 말했다.

「헉, 이건 소용이 없네. 안 되겠어. 우리가 죄수라면, 원하는 시간만큼 서둘지 않고 할 수 있고, 보초가 바뀌는 틈을 타 매일 몇 분씩 파고 손도 부르트지 않을 수 있을 거야. 그러면 몇 해 동안 계속 하면서 제대로 할 수 있었을 거야. 하지만 우린 어슬렁대면서 그렇게 시간을 낭비할 수 없고 서둘러 일을 마쳐야 하거든. 이런 식으로 하루 더 했다간, 손이 다 나을 때까지 일주일은 쉬어야만 할 것 같나. 그리고 이내 칼을 집을 수도 없을 거야.」

「그럼 어떻게 할 거니, 톰?」

「이렇게 하자. 이건 제대로 하는 것도 올바른 것도 아니니까 원하는 바는 아니지만, 이제는 한 가지 방법밖에 없어. 괭이 가지고 땅을 파는 거다. 하지만 칼로 팠다고 치는 거야.」

「너 이제 제대로 말하는구나!」 내가 말했다. 「생각이 점점 더 나아지고 있나 본데, 톰. 내게는 말이야 괭이란 건 그저 물건이니까 도덕적이고 아니고 할 것도 없었어. 나는 어쨌든 그런 건 신경 안 써. 한번 검둥이나, 수박, 아니면 주일학교 책을 훔쳐야겠다고 생각하면, 어떻게 할 것인가는 별 상관 안 해. 그냥 하는 거야. 내가 원하는 건 검둥이거나, 수박이거나, 아니면 주일학교 책이거나 할 뿐이야. 괭이는 편리한 도구일 뿐이고 그걸로 검둥이든 수박이든 주일학교 책이든 꺼내면 되는 거지. 잘난 사람들이 뭐라고 하든지 난 상관 안 해.」

「어쨌든, 이런 경우에는 괭이를 쓰는 척해도 충분한 이유가 된다고 생각해. 그렇지 않으면 절대로 인정할 수 없지. 규칙이 깨지는 것을 그냥 보고 있으면 안 되지. 옳은 건 옳은 거고 잘못된 건 잘못된 거니까. 무식해서 일을 잘 모르니까 그렇게 잘못된 방법으로 한다면 어쩔 수 없지만 말이야. 네가 잘 몰라서 그런 척하는 것도 모르고 짐을 꺼낸다면 그건 어쩔 수 없지. 너는 모르고 하는 짓이니까. 하지만 나에겐 안 되지. 난 일을 잘 알잖아. 그러니 칼이나 줘.」

톰이 손에 자기 칼을 들고 있었기에, 나는 그저 다시 내 식탁용 칼을 넘겨주었다. 톰은 내 칼을 바닥에 던지더니 다시 말했다.

「식탁용 칼을 달란 말이야.」

순간 나는 어쩔 줄 몰라 했지만, 번뜩 생각이 났다. 나는 낡은 도구들을 헤치다가 괭이를 집어 톰에게 넘겨주었다. 톰은 그것을 받더니 아무 말도 않고 땅을 파기 시작했다.

톰은 늘 저런 식으로 따지고 들었다. 온통 원칙투성이였다.

나는 삽을 들고선 땅을 이리저리 파냈고, 톰과 함께 괭이질 하고 삽질 하느라고 북적거렸다. 톰과 함께 한 삼십 분 정도 우리가 견딜 수 있을 만큼 땅파기에 몰두했다. 이제는 제법 구멍이 파였다. 이층으로 올라와 창문을 통해 내려다보니, 톰이 피뢰침을 타고 올라오려고 안간힘을 쓰고 있었다. 하지만 손바닥이 아팠던지 결국 올라오지 못하고 내게 이렇게 물었다.

「소용없네. 안 되겠어. 헉, 좋은 방법 뭐 없을까? 생각 좀 해볼래?」

「좋아.」내가 대답했다.「정식은 아니지만, 계단으로 올라와, 그리고 제대로 한 것으로 하면 되잖아.」

결국 톰은 그렇게 했다.

다음 날 톰은 짐에게 펜을 만들어 주기 위해 백랍 스푼 한 개와 놋쇠 촛대 한 개를 훔쳤고, 수지 양초 여섯 개도 훔쳤다. 나는 검둥이 오두막을 서성대다가 기회를 봐서 양철 그릇 세 개를 훔쳤다. 톰이 그것으로 부족하다고 했지만 나는 짐이 밖으로 내던지는 그릇을 볼 사람도 없을 테고, 창문 구멍 아래 있는 개꽃이나 흰독말풀 같은 잡초 속으로 떨어지면 우리가 다시 들고 와서 쓸 수 있다고 대답했다. 톰은 만족스러웠던지, 이제 이렇게 말했다.

「이제 우리가 고민해야 할 일은 어떻게 이것들을 짐에게 전달해 주는가의 문제야.」

「구멍 다 판 후에, 구멍을 통해 주면 되지.」 하고 내가 말했다.

톰은 가소롭다는 표정을 짓더니, 세상에 그런 멍청한 방법이 어디 있느냐는 식으로 무어라고 중얼댔다. 그리곤 다시 생각하는 듯하더니, 마침내 두세 가지 방법을 생각해 냈다고 말했다. 하지만 아직 방법을 결정할 필요는 없다고 하면서, 우선 짐에게 알리는 게 급선무라고 말했다.

그날 밤 열 시 이후 우리는 피뢰침을 타고 다시 내려갔다. 우리는 양초 하나를 들고는 창문구멍 밑에서 무슨 소리가 나나 엿들어 보았다. 짐이 코고는 소리가 들리기에 우리는 양초를 그 안으로 집어던졌다. 그러고는 다시 괭이와 삽을 가지고 두 시간 반 정도 작업한 후, 마침내 일을 끝냈다. 우리는 짐의 침대 밑으로 해서 오두막 안으로 기어들어 가 손으로 더듬어 양초를 찾아 불을 켠 후 한참 동안 짐을 내려다보았다. 짐은 밝고 건강해 보였다. 그러고는 천천히 그리고 부드럽게 짐을 깨웠다. 우리를 보자 짐은 너무 기쁜 나머지 눈물을 글썽거리면서, 우리를 두고 사랑하는 애들이라는 둥 생각나는 온갖 애칭으로 불러 대기 시작했다. 그러고는 발에서 쇠사슬을 끊어 내고 서둘러 이곳에서 도망칠 수 있게 우선 말 그대로 끝부터 찾아 달라고 부탁했다. 하지만 톰은 그 방법이 왜 제대로 하는 게 아닌지 설명하면서, 짐에게 본래의 계획을 알려 주었다. 그러고는 만약 경보음이 울리면 그 즉시 계획을 바꿀 테니 절대 두려워하지 말라고 짐에게 말해 주었다. 어쨌든 우리가 꼭 짐을 구해 낼 것이라고 하자 짐도 이제 괜찮다고 했다. 우리는 한동안 지난날에 대해 얘기를 나누었고 톰은 이것저것 많이 물어보았다. 짐은 사일러스 아저씨가 매일 또는 이틀에 한 번 꼴로 같이 기도를 해주시고 샐리 아줌마도 자기가 괜찮은지 살피러 들르시고 먹을 것도 많이 주신다고 하면서 두 분 다 너무 친절하시다고 말했다. 그러자 톰이 이렇게 말했다.

「좋아, 이제 어떻게 해야 하는지 알겠어. 사람들을 시켜 필요한 걸 보내 주면 되겠어.」

내가 말했다. 「제발 그런 일은 하지 마. 그건 내가 들어 본 것 중 가장 바보 같은 짓이야.」

하지만 톰은 내 말에는 전혀 관심을 보이지 않고 계속 지껄여 댔다. 한번 계획이 서면 톰은 항상 이런 식이었다.

톰은 식사 배달 검둥이인 넷을 통해 밧줄 사다리가 든 파이를 전달해 줄 것이라고 짐에게 설명하면서 조심하고 절대 놀란 모습을 보이지 말라고 했다. 그리고 파이 뚜껑 여는 걸 넷이 봐서는 안 된다고 했다. 또 작은 것들은 이모부의 코트 주머니에 넣어 보낼 테니 잘 훔쳐 내야 한다고 했고, 기회가 되면 어떤 것들은 아줌마 행주치마 끈에 묶거나 치마 주머니에 넣어 둘 것이라고 했다. 그러고는 그 물건들이 무엇인지 어디에 쓸 것인지 설명했다. 그리고 혈서로 셔츠 위에 일기를 써야 한다는 등등의 이야기도 전했다. 모든 이야기를 들은 짐은 도무지 무슨 얘기인지 모르겠다고 하면서도 우리가 백인이고 자기보다 잘 알고 있을 테니, 톰이 말한 그대로 따르겠다고 하면서 만족스러운 표정을 지었다.

짐은 옥수수 파이프와 담배를 많이 갖고 있어서 우리는 같이 담배를 피우며 즐거운 시간을 가졌다. 그런 다음 구멍을 통해 빠져나와 잠을 자러 집으로 향했다. 구멍을 판 양손은 마치 개한테 물린 것처럼 엉망이 되었다. 톰은 기분이 좋은지 이렇게 즐겁고 지적인 일은 처음이라고 떠들어 댔다. 우리가 평생 이 일을 할 수 있는 방법을 알아내기만 하면 짐을 구출하는 일을 우리 애들에게도 맡기자고 했고, 짐도 조금 익숙해지면 이 일을 점점 더 좋아할 것이라고 했다. 팔십 년 동안 이 일을 계속 하기만 하면 기록상 최고가 될 것이라고 하면서 그렇게 되면 이 일에 손댄 모든 사람이 이름을 날릴 것이라고 했다.

아침에는 장작더미 쌓은 곳으로 가 놋 촛대를 손에 잡을 만한 크기로 잘랐다. 톰은 그것과 백랍 스푼을 함께 주머니에 넣고는 검둥이들 숙소로 향했다. 그리고 내가 넷의 관심을 끌고 있는 동안 촛대 조각을 짐의 식사 그릇에 놓인 옥수수 빵 속에다 찔러 넣었다. 그런 후 어떻게 되나 보려고 넷을 따라 들어갔는데, 모든 일이 계획대로 멋지게 잘 진행되었다. 짐이 그만 이빨로 씹는 바람에 이가 부러질 뻔한 적은 있지만 대체적으로 최고로 잘 진척되었다. 톰은 혼잣말로 짐이 늘 씹히곤 하는 돌멩이 같은 것인 척했다고 말했다. 하지만 다음부터 짐은 포크로 미리 서너 번 먹을 것을 찔러본 후에 맛을 보았다.

이렇게 어두워져 가는데, 서 있으려니 짐의 침대 밑에서 개 두 마리가 머리를 비집고 들어왔다. 그러더니 이내 열한 마리가 돼, 더 이상 숨 쉴 공간도 없는 듯했다. 우리가 달개 지붕 아래 숙소의 입구를 깜박하고 잠그지 않았던 것이다. 넷은 또다시 「마녀가 나타났어요!」 하고 소리를 질러 댔고 개들 사이로 바닥에 엎어지더니 마치 죽는 신음 소리를 냈다. 톰이 문을 열고는 짐의 고기 식사 일부를 밖으로 던졌더니 개들이 모두 밖으로 뛰쳐나갔다. 즉시 밖으로 나갔다가 다시 들어와 문을 닫았다. 그 사이에 다른 문도 잠가 버린 모양이었다. 그런 후 톰은 넷을 꼬드기고 어루만지기도 하면서 혹시 또 뭔가 봤냐고 물어보았다. 넷은 일어나더니 눈을 껌벅이면서 이렇게 말했다.

「시드 도련님, 절 보고 바보라 하시겠지요. 개인지, 마귄지는 모르겠지만 내가 백만 마리 이상을 본 게 진짜가 아니라면 그냥 이 자리에서 확 하고 죽어 버려도 좋겠시유. 정말 봤다니께유. 제길 그중 마녀 한 명이라도 꼭 한번 붙잡았어야 하는 건데. 정말 그러길 바라지만 그래도 우쨌든 날 그냥 내버려 뒀으면 좋겠시유.」

톰이 이렇게 답했다.

「자, 내 생각을 말해 줄게. 마녀들이 도망친 검둥이에게 오는 때가 꼭 식사시간이지? 그건 마녀들이 배가 고프기 때문인 거야. 마녀 파이를 한번 만들어 줘봐. 그게 네가 할 일이야.」

「하지만 시드 도련님, 제가 어떻게 파이를 만든단 말이에유? 만드는 법도 모른다니께유. 그런 건 듣도 보도 못했시유.」

「좋아, 그럼 내가 만들면 되지.」

「그래 주실래요, 도련님? 그러시면 제가 도련님 발꺼정 닦아 드릴게유. 진짜랑께유!」

「그럼 좋아. 네가 우리에게 도망친 검둥이도 보여 주고 그랬으니까, 해줄게. 하지만 너도 정말 조심해야 해. 우리가 돌아오면 등을 돌리고 있다가, 우리가 그 속에 무엇을 넣든지 간에 절대 본 척도 하면 안 돼. 짐이 그릇에서 무얼 꺼내더라도 보면 안 돼. 그럼 나도 모르지만 뭔 일이 벌어진다고. 그리고 마녀 물건에는 절대 손대지 말고.」

「도련님, 손을 대다니유. 뭔 소리 한데유? 천만금을 준다 해도 절대 그런 물건엔 손도 안 댈 거라니께유.」

37

 이제 그 일은 다 끝났다. 우리는 그곳에서 나와 뒤뜰로 향했다. 거기에는 낡은 부츠나 낡은 천, 병 조각들이나 낡아 빠진 양철 물건 등이 쌓여 있었다. 우리는 그곳을 뒤져서 헌 양철 빨래대야를 찾은 다음, 파이 굽는 그릇으로 쓰기 위해 우선 되는대로 구멍부터 막았다. 그러고는 지하 창고로 내려가 밀가루 한 대야를 훔친 후에 아침식사를 하러 갔다. 톰이 말했듯이 죄수들이 감옥 벽에다 이름이나 애달픈 사연 등을 휘갈겨 놓는 데 편하게 쓰인다는 못 조각 두 개를 찾아 한 개를 의자에 걸려 있던 샐리 아줌마의 앞치마 주머니에 집어넣었고, 다른 하나는 책상 위에 있던 사일러스 아저씨의 모자테에 끼워 놓았다. 아이들 말로는 이모와 이모부가 오늘 아침 도망친 검둥이에게 갔다 온다고 했기 때문이었다. 아침식사를 한 후, 톰은 백랍 스푼을 아저씨의 코트 주머니에 집어넣었다. 아줌마가 아직 안 와서 우리는 잠시 아줌마를 기다려야만 했다.
 아줌마는 흥분된 상태로, 얼굴이 벌겋게 상기된 채 화가 잔뜩 난 모습으로 나타났다. 식사 기도도 듣는 둥 마는 둥 하더니, 한 손으로는 커피를 따르고 골무를 낀 다른 한 손으로는 가까이 있는 애의 머리를 쥐어박으면서 이렇게 소리 질렀다.
「위아래로 다 찾아봐도 없어요. 대체 당신 셔츠가 어디로 간 거야?」

나는 가슴이 철렁 내려앉았다. 심장이 폐와 간 같은 기관 사이로 떨어진 느낌이었다. 게다가 단단한 옥수수 빵 조각을 목구멍으로 넘기려다가 그만 재채기가 나는 바람에 식탁 반대쪽으로 날아가고 말았는데, 하필 건너편 아이의 눈에 정통으로 맞았다. 그 애는 낚싯밥 지렁이처럼 몸을 오그리더니 인디언들의 전쟁 신호 같은 엄청난 소리를 질러 댔다. 톰도 파랗게 질린 표정이었다. 이후 약 십오 초 동안 상황이 더욱 악화되었고, 나는 쥐구멍이라도 있으면 숨고 싶은 심정이었다. 하지만 그 후 다시 평정을 되찾았다. 다들 놀라는 바람에 오히려 차분해진 것 같았다. 사일러스 아저씨가 이렇게 말했다.

「정말 신기하네. 나도 이해가 안 돼. 내가 분명히 벗어 놨거든, 왜냐하면……」

「왜긴요. 당신은 셔츠를 한 장만 입으니까 당연히 알겠지요. 말하는 것 들어 보라니까! 당신이 벗어 놓은 건 나도 알아요. 당신의 그 흐리멍덩한 기억력 때문이 아니라, 어제 빨랫줄에 확실하게 걸려 있었다는 사실 때문에 나도 알고 있어요. 내가 직접 봤으니까요. 그런데 사라졌어요. 그게 문제라니까요. 내가 다시 만들 수 있는 시간이 있기 전까지 당신은 빨간 플란넬 셔츠를 입고 있어야 한다고요. 지난 이 년 동안 벌써 세 벌째 만든 거라니까. 당신에게 셔츠를 입히려면 전늘 바빠야 해요. 암만 생각해도 대체 당신이 셔츠를 어떻게 하는 건지 알 수가 없네요. 당신 나이가 되면 셔츠를 어떻게 관리해야 할 정도는 알아야 하지 않겠어요.」

「샐리, 나도 알고 있어요. 노력하고 있잖아. 하지만 이번은 다 내 잘못은 아니지 않소. 내가 입고 있을 때를 빼놓고 본 적도 없거니와 나랑 상관도 없다는 것도 알고 있잖소. 셔츠를 입고는 한 벌이라도 잃어버린 적이 없다고 나는 생각하오.」

「그래요, 사일러스, 잃어버린 적이 없다면 당신 책임은 아니겠지요. 당신도 할 만큼은 했었을 테니까요. 그런데 없어진 게 셔츠가 다가 아니에요. 스푼도 한 개 없어졌는데 열 개이던 것이 아홉 개밖에 없어요. 송아지가 옷을 물어갔다고 한다고 쳐도, 설마 스푼이야 가져갔을라고요.」

「샐리, 그 밖에 없어진 게 또 있소?」

「양초 여섯 대도 사라졌어요. 쥐새끼들이 가져갔을 거예요. 틀림없어요. 당신이 쥐구멍을 막는다고 해놓고선 안 막았기 때문이에요. 우리 집을 통째로 물고 가지 않는 게 오히려 이상하지요. 똑똑한 쥐새끼들이 당신 머리 위에서 잠을 잔다고 해도, 사일러스, 당신은 그것도 모를 거예요. 하지만 분명 스푼을 쥐새끼 탓으로 돌릴 수도 없어요.」

「자, 샐리, 다 내 잘못이오. 인정해요. 내가 게을렀어요. 필히 그놈의 쥐구멍을 내일이 가기 전에 다 막아 놓으리다.」

「서두를 게 뭐 있겠어요. 내년이면 어때요. 마틸다 안젤리나 아라민타 펠프스야?」

아이는 골무가 휙 하고 날아가는 바람에 놀라 설탕 통에 집어넣었던 손을 얼른 잡아 뺐다. 그때 검둥이 하녀가 복도로 들어와서 이렇게 말했다.

「마님, 침대요 한 장이 사라졌어요.」

「한 장이 없다고! 대체 뭔 일이람!」

「내가 당장 오늘 쥐구멍을 막으리다.」 아저씨가 애석해하면서 이렇게 말했다.

「세상에, 가만있어 봐요! 쥐들이 침대요를 가져가다니요? 리즈, 대체 어디로 간 거야?」

「전 정말 모르겠어요, 샐리 마님. 어제까지만 해도 빨랫줄에 널려 있었거든요. 그런데 지금은 사라지고 없어요.」

「이제 말세가 오는가 보구나. 평생 이런 일은 처음이다. 셔츠에 침대요에 스푼에 양초에⋯⋯.」

「마님,」 어떤 어린 혼혈 계집애가 들어오며 말했다.「놋쇠 촛대가 사라졌어요.」

「이 계집애가! 냉큼 가지 못해. 안 가면 냄비를 던져 버릴 테다.」

아줌마는 화가 머리끝까지 난 상태였다. 나는 기회를 봐서 몰래 빠져나가 분위기가 풀릴 때까지 숲 속에 있어야겠다고 생각했다. 아줌마는 계속 화를 내며 혼자 소리를 질러 댔고 모두들 한마디 말없이 얌전하게 있었다. 그런데 아직까지 어쩔 줄 몰라 하던 아저씨가 주머니에서 막 스푼을 끄집어냈다. 아줌마는 모든 것을 멈춘 채, 손을 번쩍 쳐들고는 쫙 벌린 입을 오므릴 줄 몰랐다. 나도 순간 이곳을 벗어나 어디론가 사라지고 싶었다. 하지만 곧이어 아줌마가 이렇게 말하는 바람에, 그나마 그런 기분이 오래가지는 않았다.

「내 그럴 줄 알았어요. 그러니까 줄곧 당신 주머니에 있었던 거야. 아마 다른 것들도 당신 주머니 안에 있겠네요. 대체 어떻게 그 안에 있는 거예요?」

「샐리, 난 정말 몰라.」아저씨는 사과하는 투로 이렇게 말했다.「알면 벌써 말했겠지. 아침식사 전에 〈사도행전〉 17장의 구절을 묵상하고 있었는데 성경책을 집어넣는다는 게 그만 나도 모르게 스푼을 넣었나 보네. 성경책이 없는 걸 보니 아마도 그런가 봐. 한번 가서 확인해 보리다. 만약 성경책이 원래 자리에 있다면 내가 잊고 안 집어넣은 거요. 그러면 성경책 대신 스푼을 집어넣은 셈이 되는 거지. 그리고……」

「원 세상에! 여보, 저 좀 쉬게 해주세요! 너희들 애들은 모두 나가거라. 내 마음이 가라앉을 때까지 절대 이곳에 얼씬대면 안 된다.」

아줌마가 큰 소리로 이렇게 떠드는 건 차치하고라도, 속으로 혼자 이 말을 중얼거렸다고 해도 아마 난 알아들었을 것이다. 나는 어쨌든 간에 벌떡 일어서서 아줌마가 하는 말에 복종하고 싶었다. 거실을 막 빠져나오는데 아저씨가 모자를 집는 모습이 눈에 띄었다. 순간 못 조각이 바닥에 떨어졌지만 아저씨는 그것을 집더니 벽난로 위에 올려놓았다. 그러곤 아무 말 없이 밖으로 나갔다. 톰은 아저씨가 하는 모습을 보고는, 스푼 건도 생각이 났는지 이렇게 말했다.

「보니까, 이제 이모부를 통해 뭘 보내는 것은 소용이 없어. 이모부는 믿을 수가 없어.」톰은 이어서 이렇게 말했다. 「하지만 어쨌든 스푼 건 때문에 자신도 모르는 사이에 이모부가 분위기를 바꾸어 주었어. 그래서 우리도 이모부 모르게 좋은 일을 해주는 거야. 가서 쥐구멍을 막아 드리자고.」

지하실에 내려가 보니 쥐구멍이 엄청나게 많았다. 한 시간 정도 걸렸지만 우리는 나름내로 세내로 밀끔하게 작업을 끝냈다. 위에서 계단 내려오는 소리가 들려오자 우리는 촛불을 끄고는 몸을 숨겼다. 그러자 사일러스 아저씨가 한 손에는 촛불을 다른 손에는 몇 가지 물건을 들고는 마치 정신 나간 사람처럼 걸어내려 왔다. 아저씨는 정신 나간 사람처럼 이 구멍 저 구멍 다니며 모두 돌아보더니, 한 오 분간 떨어지는 촛농을 떼어 내면서 뭔가 생각하는 듯했다. 그러더니 이내 방향을 틀어 층계로 다시 올라가면서 이렇게 말했다.

「세상에, 암만 생각해 봐도 언제 내가 이 구멍들을 다 막았는지 기억이 안 나네. 하지만 샐리에게 가서 쥐 문제로 인해 내가 책임질 일은 없다고 해야겠어. 에이, 관두지 뭐. 해봤자 별 도움도 안 될 거야.」

아저씨는 그렇게 중얼거리며 계단을 올라갔고, 우리도 지하실에서 나왔다. 아저씨는 정말 괜찮은 노신사였고, 또 항상 그런 모습이었다.

톰은 스푼 문제를 어찌해야 할지 몰라 골머리를 앓았다.

그러면서도 꼭 스푼이 있어야 한다면서 곰곰이 방안을 생각했다. 드디어 생각이 났는지 우리가 어떻게 해야 할지 내게 설명했다. 우리는 스푼 통이 있는 곳으로 가 샐리 아줌마가 오기를 기다렸다. 아줌마가 오자, 톰은 스푼이 몇 개인가 세면서, 스푼 통을 한쪽으로 슬쩍 밀어 놓았다. 나는 그 틈에 스푼 한 개를 옷소매 속에 집어넣었다. 이윽고 톰이 이렇게 말했다.

「샐리 이모, 스푼이 아직 아홉 개밖에 없어요.」

그녀는 이렇게 대꾸했다. 「나가서 놀아. 괜히 귀찮게 하지 말고. 내가 잘 알아. 내가 직접 세어 보았어.」

「내가 두 번씩이나 세어 보았어요, 이모. 근데도 아홉 개밖에 안 되는데요.」

그녀는 인내심을 잃은 듯 보였지만, 다시 스푼을 세어 보았다. 아마 누구라도 그랬을 것이다.

「아니, 확실히 아홉 개밖에 없잖아.」 그녀가 말했다. 「세상에, 이런 염병할 일이 있나. 어디 다시 한 번 세어 보자꾸나.」

나는 갖고 있던 스푼 한 개를 얼른 통에 다시 집어넣었다. 다시 스푼을 세어 본 아줌마는, 이렇게 말했다.

「이런 짜증나는 일이 있나. 이번엔 다시 열 개네.」 그녀는 귀찮고 화가 치민 듯이 보였다. 하지만 이때 톰이 다시 말했다.

「이모, 열 개가 아닌데.」

「요 멍청한 녀석아, 내가 세는 것도 못 봤어?」

「알아요, 하지만……」

「좋아, 내가 다시 세어 보마.」

내가 다시 하나를 뺐고, 결국 스푼은 아까처럼 다시 아홉 개가 되었다. 아줌마는 이제 벌벌 떨면서 미칠 듯이 화를 냈다. 하지만 계속 다시 세어 보더니만, 결국 정신이 혼미해졌는지, 이따금 스푼 통까지 스푼으로 셀 정도가 되고 말았다.

세 번은 맞았다가 다시 세 번은 틀리곤 했다. 결국 스푼 통을 집어다가 집 건너편으로 내다 던졌는데 그 바람에 고양이가 정통으로 맞고 말았다. 아줌마는 〈당장 꺼지지 못해. 날 좀 내버려 둬〉 하시면서 저녁 먹을 때까지 또 한 번 자기를 귀찮게 했다가는 혼을 내주겠다고 소리치며 길길이 뛰었다. 아줌마가 우리에게 나가라고 호통 치는 동안 우리는 스푼 한 개를 가져다가 아줌마의 행주치마 주머니에 집어넣었고, 짐은 정오가 되기 전에 못 조각과 함께 스푼도 갖게 되었다. 우리는 이 일에 대해 만족스러워 했고, 톰은 우리가 고생한 것보다 배 이상 가치가 있다고 말했다. 왜냐하면 이제 아줌마는 절대로 스푼을 다시 세지 않을 게 뻔하고, 세었다고 해도 제대로 했다고 믿지 않을 것이기 때문이라는 것이다. 톰은 이렇게 골머리를 썩은 다음에는 앞으로 적어도 사흘 정도는 세기를 포기할 것이고 누구든 한 번 더 세어 보라고 하는 사람이 있으면 살의를 느낄 정도가 될 것이라고 했다.

그날 밤 우리는 침대요를 다시 빨랫줄에 걸어 놓았고, 대신 아줌마의 벽장에서 다시 하나를 빼냈다. 그리고 며칠간 집어넣고 빼내기를 계속 했다. 아줌마는 마침내 몇 개가 있는지 알지 못하게 되었고 더 이상 관심도 없다고 말할 정도가 되었다. 아줌마는 다시는 이런 거로 머리 썩이지 않겠다고 다짐하면서 다시 세어 보다가는 제 수명대로 다 살지도 못할 것 같다고 한탄했다.

송아지, 쥐새끼, 그리고 잘못된 계산 덕에 이제 셔츠나 침대요, 스푼과 양초 다 문제될 것이 없었다. 촛대 문제는 별로 중요치 않은 거라 아마 머지않아 다 사라지고 말 것이다.

하지만 파이가 아직 문제였다. 그놈의 파이는 문제가 끊이지 않았다. 우리는 숲 속 깊숙이 들어가 파이 만들 준비를 마치고 한번 만들어 보았다. 마침내 작업을 끝냈을 때는 아주 만족스러웠다. 그러나 단 하루 만에 된 것은 아니다. 다 만들기까지 빨래대야 세 개 분량의 밀가루가 들어갔고, 우리도 몸 여기저기 화상을 입었다. 게다가 연기 때문에 눈도 뜰 수 없었다. 왜냐하면 우리가 필요로 하는 건 파이 껍데기였기 때문이었다. 제대로 세울 수 없어서 가운데가 계속 움푹 들어가곤 했다. 하지만 마침내 방법을 찾아냈는데 그건 다름 아닌 파이 안에다가 밧줄 사다리를 함께 넣고 굽는 방법이었다. 이튿날 밤에는 짐과 같이 움막에 머물면서 침대요를 조그만 길이로 찢고 다시 그것들을 함께 꽈서 결국 통이 트기 전에 사람을 매달 수 있는 멋진 밧줄을 완성했다. 우리는 아홉 달 걸려 이 밧줄을 완성한 것으로 했다.

우리는 이 밧줄을 오전 동안에 숲 속으로 옮겨 놓았다. 하지만 밧줄이 파이 안에 들어가지지 않았다. 침대요 하나 전체로 만든 것이라 원하기만 하면 파이 마흔 개는 있어야 들어갈 정도였다. 그러고도 많이 남아 수프나 소시지 등 아무거나에 집어넣어야 할 정도였다. 저녁 만찬 전체를 다 써야만 될 것 같았다.

하지만 이 모든 게 필요한 것은 아니었고 우리에게는 파이에 넣을 정도만 필요했다. 그래서 나머지는 다 버렸다. 우리는 혹 땜납이 녹을까 걱정이 돼 파이를 빨래대야에 굽지 않았다. 아저씨에게는 잠자리를 따뜻하게 만드는 놋쇠로 된 그릇이 있었는데 아저씨가 꽤나 소중하게 여기는 것이었다. 아저씨의 윗대 어른 가운데 한 분이 정복자 윌리엄 공과 함께 메이플라워 호인지 아니면 초창기 배 가운데 하나인가를 타고 가져왔다고 하는데 나무로 된 긴 손잡이가 달려 있었다. 이 그릇은 다른 낡은 그릇이나 기타 소중한 것들과 같이 다락방에 숨겨져 있었는데, 소중해서라기보다는 그저 유물이라는 사실 때문에 소중하게 여겨지고 있었다. 우리는 다락방에 몰래 숨어들어 가서 이 그릇을 꺼내 숲 속으로 가져왔다. 만드는 법을 잘 알지 못한 덕에 처음 만든 파이들은 실패했지만 마침내 우리는 방긋이 부풀어오른 파이를 만드는 데 성공했다. 우리는 밀가루 반죽을 가져다가 그릇 안쪽에 붙인 다음 숯불에 구웠다. 그러고는 밧줄을 넣고 반죽으로 위를 채운 다음 뚜껑을 덮은 후, 그 위에 타다 남은 뜨거운 잿불을 올려놓았다. 긴 손잡이 덕에 한 5피트쯤 떨어져 더워하지 않고 편하게 잘 구울 수 있었다. 십오 분 정도 지나자 보기에도 먹음직한 멋진 파이가 탄생했다. 하지만 이 파이를 먹으려는 사람은 아마도 이쑤시개 몇 통 정도가 필요할 듯 보였다. 밧줄 사다리를 먹은 사람이 복통이 안 난다고 한다면 그건 말도 안 될 일일 것이고, 다음 복통이 올 때까지 배가 아파 계속 누워 있게 될 것 같았다.

넷은 우리가 짐의 그릇에 마녀 파이를 올려놓을 동안 쳐다보지도 않았다. 우리는 냄비 바닥의 음식 밑으로 양철 그릇 세 개도 끼워 놓았다. 이제 짐은 모든 것이 준비되었고, 혼자 남게 되자마자 파이 속에서 밧줄 사다리를 꺼내 짚요 안에다 감췄다. 그러고는 양철 그릇에다가 못으로 긁어 무슨 표시를 남긴 다음, 창문 밖으로 집어던졌다.

38

펜 만드는 일은 생각보다 힘이 들었고, 톱질하는 것도 마찬가지였다. 짐은 뭐라고 글을 쓰는 일이 가장 힘들다고 했는데, 그건 다름 아닌 죄수들이 감옥 담벼락에다 뭔가를 쓰는 것을 말했다. 하지만 톰은 그렇게 해야만 한다고 하면서,

중범죄인이 담벼락에다 글이나 자기 문장을 남기지 않는 경우는 없다는 것이다.

「제인 그레이 여사를 봐.」 짐이 말했다. 「길포드 더들리도 보라고. 그리고 노섬브랜드 공작도 보란 말이야! 헉, 힘들다고 생각하나 본데? 어떻게 할 건데? 하지 않겠다는 거야? 짐은 분명 글도 쓰고 문장도 남겨야 한다고. 다들 그랬다니까.」

짐이 대답했다. 「톰 도련님, 전 문장이 없는디유. 가진 거라곤 이 낡은 셔츠뿐인데 여기에는 일기를 쓰라면서유.」

「짐, 넌 내 말을 못 알아듣는구나. 문장은 다른 거야.」

「자, 문장이 없다는 말도 맞아. 짐에겐 문장이 없잖아.」 내가 끼어들었다.

「그건 나도 알아.」 톰이 말했다. 「하지만 탈출하기 전에 하나 갖게 될 거야. 짐도 제대로 탈출해야 하거든. 모든 기록에 오점이 있어선 안 되잖아.」

결국 짐은 놋쇠 촛대를, 나는 스푼을 각각 벽돌에다 갈아 펜을 만드는 동안 톰은 문장을 어떻게 만들 것인가 구상하기 시작했다. 마침내 톰이 멋진 문장들을 많이 생각했다고 하면서, 어느 것을 고를지 고민했지만 그중 하나를 결정했다고 우리에게 말했다.

「방패에는 오른쪽 밑으로 내려오는 황금색 띠를 그리는데, 이 중간띠에는 오디 색깔의 성 앤드류 십자가를 그려 넣는 거야. 일반 문양으로는 웅크리고 앉아 있는 개로 하고, 발은 노예제를 의미하도록 쇠사슬에 묶이게 하는 거지. 톱니 모양을 한 문장 윗부분에는 녹색의 역 V자 모양을 넣고, 하늘빛 바탕에는 반원 모양으로 연결된 세 줄을 그려 넣는 거야. 역 V자 모양 한가운데에는 점들을 찍고, 문장 맨 위에는 검은색으로 도망친 검둥이를 그리고 왼쪽 아래로 기운 막대에 보따리를 얹어 어깨에 메고 있는 모습으로 그리면 돼. 그리고 지주대로 한 쌍의 붉은 선을 넣는데, 그건 너와 나를 의미해. 모토는 〈마기오레 프레타, 미노레 아토〉야. 어떤 책에서 따온 건데 급할수록 돌아가라는 뜻이지.」

「제길, 그 나머지는 무슨 말이야?」

「지금 그런 거 신경 쓸 겨를이 없어. 열심히 일이나 해.」 하고 톰이 대답했다.

「그런데 조금만 가르쳐 줘. 대체 중간띠가 뭐야?」

「중간띠, 글쎄 넌 그걸 몰라도 된다니까. 짐이 그걸 만들 때 내가 만드는 방법을 가르쳐 줄게.」

「제길,」 내가 중얼거렸다. 「내 생각엔 톰, 난 가르쳐 줘도 된다고 생각하는데. 그리고 왼쪽 아래로 기운 막대는 또 뭐야?」

「야, 나도 몰라. 하지만 짐은 이런 걸 갖고 있어야만 해. 지체 높은 사람들은 나들 문장이 있던 말이야.」

톰은 늘 이런 식이었다. 남에게 설명하고 싶지 않을 때는 아예 하려고 들지 않았다. 한 일주일간 쫓아다녀도 매한가지였다.

문장과 관련된 일이 정해지자, 톰은 이제 나머지 일을 마무리 지으려 하였다. 그건 다름 아닌 담벼락에 새길 애처로운 문구를 만드는 일이었다. 톰은 다른 사람들처럼 짐도 그런 것 하나 정도는 있어야 한다고 주장했다. 톰은 여러 문구를 만들어 종이 위에 쓰더니 우리에게 읽어 주었다.

1. 이곳에 갇혀 가슴이 무너져 내린 자가 있노라.
2. 세상과 친구들에게 버림받은 가련한 죄인이 자기의 처량한 삶에 마음 졸이노라.
3. 여기 삼십칠 년간 고독하게 갇혀 있던 끝에 외로운 심령이 무너져 내리고 지친 영혼이 안식을 찾았도다.
4. 여기 집도 없고 친구도 없는 고매한 방랑객이 된 이

루이 14세의 사생아는 삼십칠 년간 쓸쓸히 갇혀 있다가 세상을 뜨노라.

목소리를 떨며 이 문구를 읽어내려 가면서 감정이 복받쳤던지 톰은 거의 주저앉을 뻔했다. 다 읽더니, 이제는 어떤 것을 벽에다 새겨야 할지 고민했다. 모두 훌륭한 내용이라면서 쉽게 고르지 못하다가, 결국은 이 문구 모두를 벽에 새기도록 하겠다고 말했다. 이렇게 많은 문구를 통나무 벽에다가 못으로 새겨 나가려면 일 년은 족히 걸릴 뿐 아니라, 자기는 글도 쓸 줄 모른다고 짐이 구시렁대자, 톰은 자기가 틀을 잡아 줄 테니 그저 선 따라 쓰면 된다고 했다. 그리고 이내 이렇게 덧붙였다.

「자 봐, 통나무 담벼락 가지고는 안 돼. 통나무 감옥은 없거든. 이 문구는 바위에다 새겨야 한다고. 가서 바위를 가져오자고.」

짐은 통나무도 힘든데 어떻게 바위에 새기느냐고 하면서, 그러면 시간이 너무 오래 걸려 여기서 나가지도 못 할 거라고 말했다. 그러자 톰은 내가 도와주면 될 거라고 했다. 그리고는 짐과 내가 펜을 가는 작업이 어느 정도 진척되었는지 확인했다. 펜 만드는 작업은 지겹고 느릴 뿐 아니라 힘도 들어 손에 난 상처가 아물지도 않고, 도무지 일에 진척이 없었다. 이것을 보더니 톰은 다시 이렇게 말했다.

「자 이렇게 하자. 문장과 슬픈 문구를 새길 바위가 있어야 하는데, 두 마리 토끼를 한 번에 잡는 거야. 저기 제분소 아래 큼직한 맷돌이 있는데 그걸 훔쳐 내서 그 위에 문구를 새기고, 그걸 사용해 펜과 톱을 가는 거야.」

생각 자체도 별것 아니었지만 맷돌은 더욱 아니었다. 하지만 우린 어쨌든 한번 해보겠다고 답했다. 아직 한밤중이 안

됐지만 우리는 우선 제분소로 향했고 짐은 남아서 작업을 계속했다. 맷돌을 훔쳐 내 굴려서 집으로 가져오려 했지만 여간 어렵지 않았다. 죽어라고 밀어도 이따금씩 아래로 굴러 내려갈 뿐이고 그럴 때마다 하마터면 그 밑에 깔릴 뻔했다. 톰 역시 맷돌을 옮기기도 전에 둘 중 하나가 깔릴 것 같다고 말했다. 반쯤 끌고 왔지만, 이미 우리는 탈진한 상태였고, 온몸이 땀으로 뒤범벅이 되었다. 더 이상은 안 되리라는 걸 알고 우리는 짐을 불러오기로 했다. 짐은 침대를 들어 다리 밑으로 쇠사슬을 빼더니 그것을 목에다 싸감았다. 그러고는 구멍으로 빠져나와 맷돌이 있는 곳으로 왔다. 짐과 나 둘이서 어렵지 않게 맷돌을 끌어 놓았고, 그동안 톰은 우리를 감독했다. 내가 보기에 남을 감독하는 일에는 톰을 당해 낼 자가 없는 듯했다. 톰은 어떻게 해야 할지 죄다 알고 있었다.

파놓은 구멍이 제법 크긴 했지만 맷돌이 들어갈 정도는 아니었다. 하지만 짐은 괭이를 집어 와 어느새 구멍을 크게 만들더니 안으로 집어넣었다. 톰은 맷돌 위에다 못으로 표시를 하고서는, 짐에게 글을 새기도록 했다. 끌 대신 못을 쓰고, 망치 대신 달개 지붕 밑 움막의 쓰레기 더미에서 찾아낸 쇠빗장을 써서 촛불이 다 탈 때까지 글을 새기라고 했고, 그런 다음 잠자리에 들 때 맷돌을 짚요 밑에 감추고 그 위에서 잠을 자라고 했다. 우리는 짐이 다시 쇠사슬을 침대 다리 밑에 갖다 놓는 것을 도와준 다음, 잠자리로 향했다. 그때 뭔가 생각이 났는지, 톰이 이렇게 말했다.

「짐, 혹시 여기서 거미들 봤어?」

「아니요. 다행히 한 마리도 없시유, 도련님.」

「좋아, 그러면 몇 마리 갖다 줄게.」

「아니, 세상에. 필요 없시유. 전 그놈들 싫어해유. 차라리 방울뱀이 낫지유.」

일이 분 생각하더니 톰이 다시 이렇게 말했다.

「좋은 생각이네. 이제 됐어. 그렇게 했어야 하는 건데. 누가 봐도 그랬을 거야. 야, 정말 멋진 생각인데. 그런데 어디다 놓을 작정이야?」

「톰 도련님, 뭘유?」

「뭐긴, 방울뱀이지.」

「도련님도, 원 세상에! 여기에 방울뱀이 들어오면 전 이 통나무 담벼락을 부수고 도망칠 거예유. 내 머리통으로 받아서라도 나갈 거라니께유.」

「짐, 조금 지나면 별로 무서워할 것도 없게 된다고. 길들일 수 있잖아.」

「길을 들인다구유!」

「그래, 쉬워. 짐승들은 잘해 주고 만져 주면 다 고마워한다고. 자기를 예뻐하는 사람을 누가 문다고 그래. 책 보면 다 나와. 한번 해봐. 이삼일만 하면 곧 길들일 수 있게 되고, 그러면 너를 따르고 잠도 같이 자고, 일 분도 곁에서 떨어지지 않게 된다니까. 그러면 목에다 칭칭 감고 머리를 입에 넣을 수도 있어.」

「도련님, 제발. 그런 말씀 그만 하셔유! 더 이상 못 참겠시유! 방울뱀이 고마워서 머리를 제 입에 넣어도 가만있는다고 했시유? 세상에, 암만 시간이 지나가도 제가 뱀한테 그런 부탁을 할 리가 있나유? 게다가 전 뱀이랑 같이 자는 건 질색이라니께유.」

「짐, 어리석게 굴지 마. 죄수들은 뭔가 일종의 말 못하는 애완동물 하나는 있어야 하는 거라고. 그리고 아직 아무도 방울뱀 가지고 시도해 보지 않았다면, 살기 위해 생각해 낼 수 있는 그 어떤 방법들보다 맨 처음 시도한다는 점에서 더 한 명예를 얻게 되는 거잖아.」

「주인님, 전 그런 명예는 원하지도 않아유. 그놈의 뱀이 제 턱을 물어 버릴 틴디 무슨 놈의 명예가 되겠슈? 아녀유, 절대 그런 짓은 안 할 거예유.」

「빌어먹을, 시도도 안 해보겠다고? 그저 한 번만 해보라는데도. 해서 안 되면 그만두면 되잖아.」

「하지만 시험하다가 이놈이 절 물어 버리면 다 끝장이라니께유. 도련님, 괜찮은 거라면 뭐든 다 해볼 티지만, 증말 도련님과 헉 도련님이 방울뱀을 구해 오면 전 진짜 여길 떠나 버릴 거여유.」

「좋아, 관두자. 그렇게 고집 피울 거면 관두자고. 대신 그냥 줄무늬 뱀을 구해 줄 테니 꼬리에 단추를 달면 어때. 그리고 방울뱀이라고 하면 되겠다, 그렇게 하면 되겠지.」

「그건 참을 만하네유. 도련님, 헌디 뱀 없으믄 안 되나유? 죄수가 되는 게 이렇게 귀찮고 힘든 일인지 정말 몰랐시유.」

「제대로 하려면 항상 그런 거야. 그런데 여기 쥐새끼들도 있어?」

「아니요, 한 마리도 못 봤는디유.」

「그럼, 쥐새끼도 좀 구해야겠는데.」

「아니, 도련님. 전 쥐는 원치 않아유. 그 빌어먹을 놈들은 잠 좀 자려고 하면 사람을 다 깨워 놓는다니께유, 몸 위로 뛰어다니질 않나, 발가락을 깨물지 않나, 아주 귀찮은 놈들이에유. 증말 있어야 한다면 차라리 줄무늬 뱀이 나아유. 쥐새끼는 싫어유. 아무 쓸모도 없구유.」

「짐, 하지만 쥐도 있어야 해. 다들 그렇게 하거든. 그러니까 더 이상 난리 피우지 마. 죄수에겐 쥐새끼가 꼭 따라다니거든. 안 그런 적이 없어. 쥐들 훈련시켜서 애완용으로 만들고, 재주도 가르치는 거야. 그러면 꼭 파리들처럼 사람들에게 달라붙는다고. 음악을 들려줘야 해. 그런데 연주할 게 뭐 있나?」

「가진 거라곤 달랑 굵은 빗 하나랑 종이 한 장, 그리고 구금 밖에 없는디유. 쥐란 놈이 구금에는 아무 관심 없을 거예유.」

「아니, 관심을 갖지. 그놈들은 어떤 음악이건 상관없어. 구금 정도면 충분하다고. 동물들은 음악을 좋아하지, 특히 감옥에서 말이야. 음악에 푹 빠진다니까. 특히, 애달픈 소리 말이지. 구금으로 낼 수 있는 건 애달픈 소리뿐이잖아. 쥐들이 정말 좋아하거든. 그래서 뭔 일인가 보려고 고개를 내민다니까. 됐네. 이제 준비가 다 됐어. 자기 전에 그리고 아침 일찍 침대에서 구금을 연주하는 거야. 〈마지막 고리마저 끊어졌네〉를 켜면 다른 어떤 곡보다 쥐들을 잡을 수 있어. 한 이 분만 연주하면 쥐에다가, 뱀, 거미들이 죄다 나와 가지곤 네 걱정을 해주며 다가올 거야. 모두 네 주위에 모여서 멋진 시간을 갖게 될 거야.」

「그러겠지유, 톰 도련님. 허지만 전 어떻게 되는 거지유? 그건 모르시겠지유. 하지만 하라면 하겠시유. 짐승들이나 즐겁게 해주는 게 좋겠네유. 그러면 집안에 귀찮은 일도 생기지 않을 테니께유.」

톰은 한참 생각을 곱씹으면서 뭐 더 없나 하고 보더니, 이윽고 이렇게 말했다.

「아차, 하나 까먹은 게 있어. 이 안에서 꽃을 키울 수 있지?」

「잘 모르겠지만 하면 되겠지유, 도련님. 허지만 이 안이 워낙 어두워서 꽃이 아무런 소용도 엄시유. 그저 귀찮을 뿐이여유.」

「아니, 그래도 한번 해봐. 다른 죄수들도 그렇게 했어.」

「고양이 꼬리처럼 생긴 현삼화라면 여기서 자랄지도 모르겠네유. 허지만, 도련님, 키운 노력의 절반도 보람이 없을 거구만유.」

「그렇게 믿으면 안 돼지. 하난 구해 볼 테니까 저 구석에 심어 키워 봐. 현삼화라고 하지 말고 피치올라라고 불러. 감옥에서는 그게 맞는 이름이야. 그리고 짐이 흘린 눈물로 물을 주어야 해.」

「도련님, 여긴 샘물이 얼마든지 있슈.」

「샘물이 아니고 자기가 흘린 눈물로 물을 주는 거야. 그게 보통 하는 방식이야.」

「헌디, 도련님, 전 남들이 눈물로 키우는 동안 샘물로 두 배나 빨리 키울 수 있는디유.」

「그게 아니라니까. 눈물로 키워야 하는 거라니까.」

「도련님, 그러다가 제가 죽이고 말 거예유. 전 눈물이 워낙 없다니께유.」

그 말에 톰이 움찔했다. 하지만 다시 생각해 보니 양파를 갖고 최대로 눈물을 흘릴 수 있을 것이라고 했다. 톰은 자기가 아침에 검둥이 숙소로 가서 짐의 커피 주전자에 양파 한 개를 집어넣겠다고 약속했다. 짐은 차라리 커피 안에 담배나 있었으면 좋겠다고 하면서, 양파 건에 대해 불평을 늘어놓았다. 펜을 갈아 만들고, 글귀를 새기고, 일기 쓰는 것뿐 아니라, 현삼화 키워야지, 쥐새끼에게 구금 불어 줘야지, 뱀이나 거미 등을 길들여야지, 등등 자기가 아직 했던 어떤 일보다도 죄수가 되는 일이 더 무겁고 힘들고 걱정할 게 많다고 짐이 투덜댔다. 마침내 톰이 더 이상 참을 수 없었던지, 짐이 지금 그 어떤 다른 죄수보다 자기 이름을 날릴 수 있는 그런 멋진 기회가 주어졌는데도, 그걸 감사할 줄도 모르고 놓치고 있다고 몰아세웠다. 결국 짐은 미안하다고 톰에게 사과했고 다시는 이렇게 투덜대지 않겠다고 약속했다. 톰과 나는 그제야 잠자리로 향했다.

39

아침에 우리는 마을로 가 철사로 만든 쥐덫을 사가지고 와서 지하실로 내려가 설치하고는 가장 큼직한 쥐구멍을 다시 열어 놓았다. 약 한 시간 만에 가장 힘센 놈들 열다섯 마리가 잡혔고, 우리는 이놈들을 샐리 아줌마의 침대 밑 안전한 장소에 숨겨 놓았다. 하지만 우리가 거미를 잡으러 간 사이에, 어린 토머스 프랭클린 벤자민 제퍼슨 일렉산더 펠프스가 쥐를 발견하고는 이놈들이 나오나 보려고 문을 열어 놓는 바람에 모두 뛰쳐나왔고, 바로 그 순간 샐리 아줌마가 방에 들어온 일이 발생했다. 돌아와 보니 아줌마는 침대 머리 위로 올라가 고함을 지르고 있었고 쥐들도 아줌마를 심심치 않게 하려고 하는지 마구 날뛰고 있었다. 결국 우리 둘 모두는 아줌마에게 잡혀 히코리 나무로 매를 맞았다. 참견하기 좋아하는 그 꼬마 때문에 우리는 다시 쥐새끼 열대여섯 마리를 잡느라 두 시간을 소비했다. 다시 잡은 놈들은 이전 놈들처럼 크지 않았다. 처음 잡았던 놈들은 정말 선발된 놈들 같았다. 난 이제껏 처음 잡은 놈들처럼 큼지막한 놈들은 본 적이 없었다.

우리는 이제 거미랑, 작은 벌레들, 개구리와 송충이들, 등등을 많이 모았다. 말벌 벌집도 모으려 했지만, 안에 말벌 식구들이 모여 있는 바람에 건드릴 수가 없었다. 우리는 그냥 포기하지 않고 할 수 있는 만큼 한번 기다려 보자고 마음먹고, 우리가 이기나 벌이 이기나 하고 버텨 보았다. 하지만, 결국 우리가 지고 말았다. 우리는 목향을 따다가 벌에 쏘인 데 발라 그 덕에 많이 나아지긴 했지만 편하게 앉을 수조차 없었다. 다음엔 뱀을 잡으러 가 줄무늬뱀과 구렁이 스물네댓 마리를 잡아서 배낭에 담아 우리 방에 두었다. 그러고 나니 벌써 저녁식사 시간이 되었고, 하루 작업치고는 이 정도면 상당히 훌륭한 편이었다. 그런데 혹 우리가 배고파할 시간이 아닌가 하고 생각할 수도 있겠지만, 그렇지가 못했다! 방에 돌아와 보니 빌어먹을 뱀들이 한 마리도 보이지 않았다. 배낭을 반도 안 묶고 나가는 바람에 뱀들이 어떻게든 그 틈으로 비집고 나와 모두 도망쳐 버린 것이다. 다만 아직 방 안 어디엔가 있을 것이기 때문에 그리 큰 문제가 아닐 것 같았고, 그중 몇 마리는 다시 잡을 수 있겠거니 생각했다. 하지만 그 정도가 아니라, 다음 얼마 동안 집 안 전체가 뱀들로 득실댔다. 종종 서까래나 집 안 이곳저곳에서 뱀들이 뚝뚝 떨어져, 밥그릇이나 목 뒤 등 대개 우리가 제일 싫어하는 곳에 떨어졌다. 이놈들은 실은 멋지고 줄무늬도 예쁜 데다가 수만 마리가 있어도 아무런 해를 끼치지 않는 놈들인데 샐리 아줌마에게는 아무 소용도 없었다. 아줌마는 어떤 뱀이든 간에 관계없이 뱀을 혐오스러워했다. 암만 뭐라고 말씀 드려도 뱀만은 참을 수 없다는 것이다. 매번 뱀이 아줌마에게 떨어질 때마다 무슨 일을 하고 있든 간에 일을 팽개치고 쏜살같이 도망쳤고 이내 엄청난 비명 소리가 들려오곤 했다. 나는 아줌마 같은 사람은 평생 처음 보았다. 아줌마한테 집게로 쥐새끼 한 마리를 잡고 있으라고 할 수도 없었고, 혹 침대에서 뒤척이다가 쥐새끼를 보기라도 하면 기겁하고 뛰쳐나가서는 불이라도 난 듯이 고래고래 고함을 질러 댔다. 뱀 문제로 아저씨를 하도 귀찮게 하는 바람에 아저씨는 하느님이 뱀만은 창조하지 말았어야 했다고 생각한 적이 있다고 했을 정도이다. 한 일주일 정도가 지나 뱀이 모두 사라진 후에도 아줌마는 아직도 뱀에 대한 공포에서 벗어나지 못했다. 아니, 전혀 그렇지 못했다. 아줌마가 뭔가 곰곰이 생각하고 있을 때, 장난 삼아 아줌마의 목 뒤를 깃털로 살짝 스치기만 해도 기겁하고 펄쩍 뛰었다. 신기하기도 했지만, 톰은 여자들은 원래 그렇다고 하면서 이런저런 이유로 하느님이 그렇게 창조했다고 내게 설명했다.

뱀이 한 마리라도 아줌마 앞에 나타날 때마다 우리는 매번 회초리를 맞았다. 아줌마는 다시 한 번 집 안에 뱀을 들여오는 날에는 지금보다 더 맞을 줄 알라고 우리에게 경고했다. 매 맞는 일 정도는 정말 아무것도 아니었지만, 내가 정말 걱정했던 것은 또다시 많은 뱀을 잡아야 한다는 사실이었다. 우리는 결국 뱀뿐 아니라 다른 것들도 잡아들였다. 이제 짐이 갇힌 오두막처럼 이렇게 활기 넘치는 곳을 보기 힘들 정도였다. 음악을 연주하면 이 모든 것들이 짐에게 꾸물꾸물 다가오는 모습이 정말 가관이었다. 짐은 거미를 싫어했는데, 거미들도 짐을 싫어했는지 마치 매복하고 있듯이 기다리다가 짐을 힘들게 하곤 했다. 짐은 쥐새끼들에다가 뱀, 그리고 맷돌까지 꽉 들어차서 잠 잘 공간도 거의 없다고 했다. 설령 있다고 해도 늘 활기가 넘쳐 잘 수가 없을 정도였다. 모두 같은 시간에 잠을 자는 게 아니라 마치 돌아가면서 잠을 자는지, 뱀이 자고 있으면 쥐새끼들이 돌아다녔고, 쥐새끼들이 잠자리에 들면 뱀들이 일어나 망을 보곤 했다. 결국 침대 밑에서 짐을 방해하는 무리가 있는가 하면 짐 위에서 서커스를 부리는 무리도 있는 셈이 되었고, 잠자리를 새로 옮기려고 일어나기만 하면 이내 거미들이 달려들었다. 짐은 이번에 이곳을 탈출하게 되면 억만금을 준다고 해도 다시는 죄수는 되지 않겠다고 다짐할 정도였다.

석 주가 끝나갈 무렵, 이제 모든 준비가 완료되었다. 셔츠는 일찍이 파이 속에 숨겨서 들여갔고, 짐은 쥐새끼들이 자기를 물 때마다 벌떡 일어나 피가 굳기 전에 그걸로 일기를 써 내려 갔다. 펜도 완성되어서 이런저런 글귀를 맷돌 위에다 새겨 놓았다. 침대 다리는 둘로 썰어 놓았고, 떨어진 톱밥은 우리가 나눠 먹었다. 이것 때문에 배가 아파 죽는 줄 알았다. 이러다가 죽는 게 아닌가 싶을 정도였다. 세상에 이렇게 소화가 안 되는 톱밥은 처음이었는데, 톰 역시 이런 톱밥은 처음이라고 했다. 하여튼 이제 모든 준비가 끝났고, 우리는 모두 지칠 대로 지친 상태가 되었다. 특히 짐은 아주 녹초가 되었다. 아저씨는 뉴올리언스 아래에 있는 농장에 여러 번 편지를 써서, 와서 도망친 노예를 데려가라고 했지만 아무런 응답도 받지 못했다. 아저씨는 결국 세인트루이스와 뉴올리언스 신문에 광고를 내겠다고 했다. 아저씨가 세인트루이스라고 말했을 때 나는 식은땀까지 흘렸다. 이제 더 이상 지체할 시간이 없다고 내가 말하자, 이제 익명의 편지를 쓸 때가 되었다고 톰이 말했다.

〈그게 뭔데?〉 하고 내가 물었다.

「뭔가 일이 벌어질 거라고 사람들에게 경고를 주는 편지야. 이런 식, 또는 저런 식으로 하긴 하지만, 염탐하다가 성주에게 귀띔을 주는 사람이 항상 있는 법이야. 루이 16세가 튈르리 궁에서 탈옥할 때도 하녀가 그 일을 했거든. 좋은 방법이긴 한데 익명의 편지도 좋은 방법이야. 두 방법을 다 쓰도록 하자. 일상적으로 죄수의 엄마가 아들과 옷을 바꿔 입고 대신 감옥 안에 있는 동안 죄수는 엄마 옷을 입고 탈옥하는 거야. 우리도 이 방법을 써보자.」

「톰, 가만있어 봐. 대체 사람들에게 뭔 일이 있을 거라고 경고는 왜 하는 건데? 자기들이 알아서 하면 되잖아. 자기들이 직접 찾아내야지.」

「나도 알아. 하지만 그자들을 그냥 믿고 있으면 안 되지. 어차피 처음부터 그래 왔잖아. 우리가 다 맡아 해왔지. 사람들이 남을 너무 잘 믿고 둔해서 아무것도 눈치 못 채기 때문에 만약 우리가 알려 주지 않으면 아무도 우리를 방해하지 못할 거야. 그렇게 되면 우리가 이렇게 어렵고 힘들게 준비한 탈출 작전이 완전히 싱거워지는 거야. 죽도 밥도 안 되고, 아무것도 안 남고 말아.」

「톰, 난 사실 그걸 좋아한다고.」

「말도 안 돼.」 톰이 실망한 듯한 표정으로 말하기에, 결국 이렇게 대답하고 말았다.

「한데 불평하는 건 아냐. 네가 마음에 들면 나도 좋으니까. 그런데 하녀 역할은 어떻게 할 건데?」

「네가 하는 거야. 네가 한밤중에 몰래 숨어들어 가서 하녀 옷을 훔쳐 오는 거야.」

「그러면 다음 날 아침에 난리가 날 텐데. 보나마나 입을 거라곤 그거 한 벌일 테니까 말이야.」

「나도 알아. 하지만 십오 분만 필요하거든. 익명의 편지를 가지고 가서 현관 문 밑으로 집어넣고 오면 그만이야.」

「좋아, 그럼 내가 할게. 하지만 그냥 편하게 내 옷을 입고 갔다 오는 거야.」

「아니, 그러면 하녀처럼 보이지 않을 거 아냐?」

「그래. 하지만 어쨌든 내가 어떻게 생겼는지 볼 사람도 없는데 뭘.」

「그건 상관없어. 우리는 그저 우리 할 일만 하면 되는 거야. 남들이 보든 말든 말이야. 넌 아직도 원칙이 없니?」

「알았어. 더 이상 말하지 않을게. 자, 내가 하녀면 누가 짐의 엄마 역을 하지?」

「내가 할게. 샐리 이모의 가운을 훔쳐 오면 되지.」

「그러면 나랑 짐이 탈출할 동안 너는 오두막에 있어야 할 텐데.」

「그게 아니고, 짐의 옷에다 짚을 넣어서 마치 엄마처럼 보이게 침대에 눕혀 놓는 거야. 그리고 짐이 내가 입은 샐리 이

모의 가운을 벗겨 자기가 입고는 우리 모두 같이 도피하는 거야. 고상한 죄수가 탈옥할 때는 도피라고 부르지. 예를 들어, 왕은 항상 도피한다고 하는 거야. 왕의 아들일 경우도 마찬가지고. 그건 적자든 서자든 관계없어.」

그러고 나서 톰은 익명의 편지를 썼다. 나는 그날 밤 혼혈하녀 계집애의 옷을 훔쳐 입고는 편지를 들고 가, 톰이 시킨 대로 현관 밑으로 밀어 넣었다. 편지는 이런 내용이었다.

조심하시오. 이제 곧 사건이 터질 것이오. 사주경계를 잘 하시오.

다음 날 밤, 우리는 톰이 피로 그린 해골과 엇갈린 뼈 그림을 정문 앞에 붙였다. 다음 날 밤에는 관이 그려진 그림을 뒷문에 붙였다. 이렇게 겁먹은 가족을 본 적이 없을 정도였다. 이들은 마치 귀신들이 침대 아래건 공기 속이건 어디든지 숨어 있고 집안 전체가 귀신에 홀리기라도 한 듯이 겁에 질려 있었다. 샐리 아줌마는 꽝 하고 문 닫히는 소리만 나도 소스라치게 놀라 고함을 질렀고, 뭐가 떨어지기만 해도 「오메!」 하고 소리 지르곤 했다. 누군가 뒤에서 몰래 툭 치기만 해도 마찬가지였다. 자기 뒤에 뭔가 있다고 생각하기 때문에, 어느 쪽을 봐도 불안하게 느끼기는 매한가지였다. 아줌마는 매번 몸을 홱 돌리고는 〈오메!〉 하고 고함 쳤고, 다시 3분의 2 정도 몸을 돌리기도 전에 벌써 〈오메!〉 하고 소리 질렀다. 침대로 가는 것조차 무서워했지만, 그렇다고 해서 일어나 앉아 있을 수도 없는 노릇이었다. 톰은 하여튼 일은 잘 진행되고 있다고 자평했고, 이처럼 일이 만족스럽게 이루어진 적도 없다고 했다. 이걸 보니 모든 일이 순조롭게 잘 진행되고 있음을 알 수 있다고 했다.

톰은 이제 마지막 돌진이다! 라고 말했다. 이튿날 아침 동이 틀 무렵 우리는 또 다른 편지를 들고는 과연 어떻게 할지 고민했다. 왜냐하면 어제 저녁식사 때 검둥이가 도망 못 가게 이제부터 밤새 양쪽 입구를 지키겠다고 했기 때문이다. 톰은 사태를 살펴본다고 하면서 피뢰침을 타고 내려갔다. 뒷문을 지키던 검둥이가 잠에 빠져 있는 걸 보고 톰은 그 편지를 검둥이의 목덜미에 꽂아 놓고 돌아왔다. 편지에는 이렇게 적혀 있었다.

나를 배반하지 마시오. 당신의 친구가 되고픈 사람입니다. 오늘 밤 여기 있는 도망친 검둥이를 훔쳐 내기 위해 인디언 구역에서 일단의 무자비한 무법자들이 건너왔소. 이자들은 당신을 겁주어 집 안에 있게 한 다음 아무런 방해 없이 검둥이를 훔쳐 내려 할 것이오. 나도 이들 가운데 한 사람이었지만 종교를 가진 후, 이들을 떠나 정직한 삶을 살려고 하는 사람입니다. 그래서 이들의 끔찍한 음모를 밝히는 것이오. 이들은 정각 밤 열두 시에 울타리를 따라 북쪽에서 들어올 것이며, 위조한 열쇠로 문을 열고는 검둥이를 끌고 갈 것이오. 나는 좀 떨어져 있다가 위험한 기미가 보이면 호각을 불게 되어 있지만, 대신 이자들이 안으로 들어가면 〈음메!〉 하고 양 울음소리를 내겠소. 그러면 이자들이 검둥이의 쇠사슬을 풀 동안 당신이 들어가 문을 잠가 버리면 되오. 그리고 원하면 하나씩 죽이면 됩니다. 내가 시키는 대로만 하면 됩니다. 그렇지 않을 경우 이들은 의심을 품고, 결국 대소동이 벌어질 겁니다. 올바른 일을 했다는 것을 알고 싶을 뿐 나는 이 일에 대해 아무런 대가도 바라지 않습니다.

40

 아침식사 후 우리는 점심을 싸들고는, 상쾌한 기분으로 카누를 타고 강으로 나가 즐겁게 낚시를 하며 지냈다. 뗏목을 살펴보니 아무런 이상이 없었다. 집으로 돌아와 늦게 저녁식사를 하면서 우리는 식구들이 머리로 서 있는 건지 아니면 발로 서 있는 건지조차 모를 정도로 안절부절못하고 있는 것을 보았다. 우리들에게는 식사 후 즉시 방으로 가 누우라고 하면서 무슨 문제인지는 말해 주지 않았다. 새로운 편지에 대해서도 일언반구 말이 없었다. 하지만 우리가 그 누구보다도 잘 알고 있었기에 그 내용을 들을 필요도 없었다. 우리는 계단을 반쯤 올라가다가 아줌마가 돌아서자마자 지하 찬장으로 몰래 내려가 훌륭한 점심도시락을 싼 다음, 방으로 가지고 올라갔다. 그러곤 잠이 들었다. 11시 반경 일어나자마자 톰은 훔친 샐리 아줌마의 옷을 입고는 점심도시락을 챙기다 말고 이렇게 물었다.

「버터가 어디 있지?」

「옥수수 빵 조각 위에다 큰 덩어리를 놔두었는데.」라고 내가 답했다.

「그러면 거기다 놓고 온 모양이구나. 여기는 없는데.」

「없어도 지낼 수 있잖아.」 하고 내가 다시 말했다.

「있어도 지낼 수 있지.」라고 톰이 대꾸했다. 「빨리 지하실에 가서 집어 와. 그러곤 피뢰침을 타고 즉시 내려오라고. 나는 가서 짐의 옷에다 짚을 넣어서 짐의 엄마로 위장해 놓을 테니까. 그리고 네가 오는 대로 양처럼 〈음메!〉 하고 튈 준비를 할 테니까.」

 톰은 아래로 내려갔고 나는 지하실로 내려갔다. 내가 놓아둔 그 자리에 사람 주먹만 한 크기의 버터가 그대로 있었다.

나는 버터가 놓여 있는 옥수수 빵을 잡고는 촛불을 끈 다음 아주 조심스럽게 계단을 따라 거실로 올라갔다. 그때 샐리 아줌마가 촛불을 들고 나타났다. 나는 갖고 있던 것을 모자에 쑤셔 넣고는 얼른 머리 위에 뒤집어썼다. 다음 순간 아줌마가 나를 발견하곤, 이렇게 물었다.

「너 지하실에 갔었니?」

「네, 이모.」

「거기에서 무얼 하고 있었어?」

「아무것도요.」

「아무 짓도 안 했다고.」

「네, 아무 짓도 안 했어요.」

「좋아, 근데 뭐에 홀려서 이 야심한 시각에 거기까지 내려간 거냐?」

「모르겠어요.」

「모르겠다고? 톰, 그렇게 대답하면 못쓴다. 아래서 무슨 짓을 했는지 내게 당장 말해.」

「샐리 이모, 전 정말 아무 짓도 안 했어요. 했다면 당연히 말씀 드리지요.」

나는 이제 그만 나를 놔주겠지 하고 생각했다. 아줌마는 보통 그런 식이었기 때문이다. 하지만 하도 이상한 일이 많이 벌어지니까 그랬는지 아줌마는 조금이라도 분명하지 않은 것은 사소한 일조차도 불안해했다. 아줌마는 단호한 어투로 이렇게 말했다.

「저 거실로 가서 내가 올 때까지 꼼짝 말고 있어라. 넌 아무 관련도 없는 일에 참견하고 있어. 그러니, 내가 끝까지 그게 뭔지 밝히고 말겠다.」

아줌마는 그 말과 함께 어디론가 가버리고, 나는 문을 열고는 거실로 들어갔다. 세상에, 그렇게나 많은 사람들이 모여 있었다! 농부만 열다섯여 명인데 모두 총을 들고 있었다. 나는 너무 겁이 난 나머지 살며시 의자로 다가가 앉았다. 여기저기 모여서, 몇몇 사람은 작은 소리로 얘기하고 있었지만 모두들 초조하고 불안해 보였다. 다만 다들 안 그런 척하고 있을 뿐이었다. 하지만 이들이 불안해하고 있다는 것은 금세 알 수 있었다. 이들은 계속 모자를 벗었다 썼다 하면서 머리를 긁적거리기도 하고, 자리를 바꿔 앉기도 하고, 단추를 만지작대기도 했다. 불안하긴 나도 마찬가지였지만 계속 모자를 벗거나 하지는 않았다.

나는 아줌마가 어서 와서 나와의 문제를 끝내 주거나, 원하면 나를 패주기라도 하기를 바랐다. 그리고 얼른 톰에게 달려가 우리가 일을 너무 크게 벌였고 그러다가 그만 우글대는 벌벌 벌집 속에 들어간 셈이 되었다고 말하고 싶었다. 이제 장난을 즉시 중단하고 여기 모인 이 사람들이 더 이상 참지 못하고 우리에게 달려들기 전에 짐을 데리고 사라지자고 말하고 싶었다.

이윽고 아줌마가 들어와서는 내게 이런저런 질문을 해댔지만 나는 내가 머리로 서 있는 건지 아니면 다리로 서 있는 건지도 모를 정도로 당황해서 즉시 대답을 할 수 없었다. 왜냐하면 이제 모인 사람들이 더욱더 초조해진 모습을 보이면서, 이 가운데 몇 명은 앞으로 자정까지 몇 분 안 남았으니 즉시 가서 매복했다가 악당들을 해치우자고 떠들어 댔고, 나머지 사람들은 좀 참으라고 하면서 양 울음 신호를 기다리자고 떠들어 댔기 때문이었다. 이 와중에 아줌마는 집요하게 나를 쪼아 댔고 나는 겁이 난 나머지 와들와들 떨면서 거의 쓰러질 지경이었다. 거실 안이 더욱 열기가 더해 가면서 머리 위의 버터가 녹아 내 목을 타고 내려와 귀 뒤로 흘러내려 오고 있었고, 이 와중에 한 명이 〈우선 지금 즉시 나는 오두막으로 가서 놈들이 오면 포획하겠소〉하고 떠들자 난 그 자리에 주저앉을 뻔했다. 아줌마는 녹은 버터가 내 이마를 타고 흘러내리고 있는 모습을 보더니, 안색이 백지장처럼 하얗게 질리면서 이렇게 말했다.

「대체 이 애가 어떻게 된 거야! 뇌막염에 걸린 것이 분명한가 본데. 머리에서 뭐가 새어 나오잖아!」

사람들이 무슨 일인가 싶어 내게 달려왔고, 아줌마는 우선 내 모자부터 낚아챘다. 안에서 빵과 녹다 남은 버터가 떨어졌고, 이 모습을 본 아줌마는 나를 붙잡고 껴안으며 이렇게 말했다.

「세상에! 내가 얼마나 놀랐는 줄 아니! 버터기에 망정이지. 내가 얼마나 고맙고 감사한 줄 아니. 일이 안 될 땐 한꺼번에 몰려온다고 하잖아. 네 꼴을 보고 난 너를 잃는 줄 알았단다. 빛깔과 모양이 꼭 네 뇌가 터져 버린 것 같은……. 세상에나, 세상에나, 그런 것 때문에 지하실에 내려왔다고 왜 말 안 했어. 그랬으면, 내가 놀라지나 않았지. 자, 이제 침대로 돌아가거라. 그리고 아침까지 절대 나오면 안 된다!」

나는 단숨에 이층으로 올라갔다가 피뢰침을 타고 즉시 아래로 다시 내려와 어두움을 타고 쏜살같이 오두막으로 향했다. 너무 걱정이 된 나머지 말도 나오지 않을 정도였지만, 그나마 톰에게 지체 없이 이곳을 뜨자고 말했고, 집 안이 온통 총 든 사람들로 가득하다고 말했다.

톰은 눈을 번뜩이면서 내게 이렇게 말했다.

「정말! 그렇단 말이지? 멋지지 않니! 헉, 나보고 다시 하라면 이번에는 한 이백 명은 모을 수 있겠는데! 조금만 더 미룰 수만 있다면 말이야…….」

「서둘러, 빨리 서둘러.」 내가 말했다. 「짐은 어디 있어?」

「네 바로 옆에. 손 뻗으면 닿을 거리지. 이미 옷을 입고 준비하고 있어. 자 이제 몰래 빠져나가서 양 울음 신호를 주자고.」

그때 한 무리의 사람들이 문 앞으로 몰려오는 소리가 들렸고, 자물쇠를 만지작대는 소리가 들리기 시작했다. 그러곤 이들 가운데 한 사람이 떠드는 소리가 들렸다.

「우리가 너무 빨리 왔다고 했잖아. 그놈들이 아직 안 왔어. 문도 잠겨 있네. 우리 중 몇은 오두막 안에 숨어서 매복해 기다리다가 그놈들이 오면 사살해 버리자고. 자, 나머지는 조금씩 흩어져 있다가 놈들이 오나 기다려 봅시다.」

사람들이 오두막 안으로 들어왔지만 어두워서 우리를 보지 못했다. 우리는 황급히 침대 밑으로 이동하다가 하마터면 이들 발에 채일 뻔했다. 무사히 침대 밑으로 이동한 후, 구멍을 통해, 톰의 지시대로 짐, 나, 그리고 마지막으로 톰의 순서로 신속하고 재빠르게 밖으로 빠져나왔다. 그러고는 달개 지붕 아래 멈춰 서서는 바로 밖에서 들리는 발자국 소리에 귀를 기울였다. 문 앞까지 기어 나간 후, 톰은 틈새에 귀를 대고서 바깥 동정을 살폈다. 온통 발을 끌며 돌아다니는 소리가 들려왔다. 마침내 톰이 팔꿈치로 우리를 찌르자, 우리는 허리를 숙이고 조용히 숨도 죽인 채 울타리 쪽으로 인디언 대열로 몰래 다가갔다. 도착해서는 짐과 내가 먼저 울타리를 넘었다. 톰이 울타리를 넘는 순간 그만 바지가 울타리 맨 위 횡목의 나뭇조각에 꼼짝없이 걸리고 말았다. 그때 누군가 다가오는 소리가 들렸다. 결국 바지를 획 하고 잡아당기는 통에 나뭇조각이 부러지면서 툭 소리가 나고 말았다. 톰은 우리 쪽을 향해 냅다 달리기 시작했고 이와 동시에 누군가 외치는 소리가 들렸다.

「누구냐? 대답하지 않으면 쏜다!」

대답할 겨를도 없이 우리는 걸음아 나 살려라 하고 튀기 시작했다. 그러자 사람들이 몰리면서 이내 탕, 탕, 탕 하는 소리가 들렸다. 총알이 휭 하며 우리 주위를 날아간 것이다! 사람들이 떠드는 소리도 들렸다.
「저기 있다! 강 쪽으로 내뺐다. 추격해! 그리고 개를 풀라고!」
사람들이 전력 질주해 우리를 추격했다. 우리는 그들이 따라오는 소리를 들을 수 있었다. 왜냐하면 그들은 장화를 신고 달리면서 고함을 친 반면, 우리는 장화도 신지 않았고 아무 소리도 내지 않았기 때문이다. 제분소로 가는 길목에 이르러 사람들이 가까이 다가오는 소리가 들리자 우리는 숲 속으로 들어갔다. 우리는 사람들이 우리를 지나치게 한 다음, 다시 우리가 이들을 따라갔다. 개를 가둬 놓고 키우는 통에 도둑놈들을 쫓아내지 못하는 게 보통이었는데, 이날은 누군가 개를 풀어 놓았고, 마치 백만 마리나 되는 것처럼 엄청난 소리로 짖어 대면서 개들이 달려왔다. 다행히 우리 집 개들이었기에 개들이 다가오자 우리도 멈춰 섰다. 개들은 낯선 사람이 아니라는 것을 알자 별다른 것을 못 느꼈는지 그저 꼬리를 치고는 소리 나는 곳을 향해 쏜살같이 달려갔다. 우리도 힘을 내 쉬쉬거리며 이들을 빠르게 쫓아가다가 제분소 거의 다 가서는 숲 속으로 방향을 틀어 카누가 묶여 있는 곳으로 달렸다. 카누에 뛰어든 다음, 우리는 어쩔 수 없는 대화를 제외하고는 말을 삼간 채 죽을힘을 다해 강 복판으로 노를 저었다. 그리고는 조금 편안해진 마음으로 뗏목이 숨겨져 있는 곳으로 향했다. 강둑 위와 아래쪽에서 사람들이 소리 지르고 개들이 짖는 소리가 들려왔다. 시간이 지나면서 소리가 점점 멀어지고 희미하게 들리더니 이내 사그라지고 말았다. 뗏목에 오르면서 나는 이렇게 말했다.
「자, 짐 양반, 이제 다시 자유인이 되었지. 다시는 노예가 되는 일이 없을 거라고 장담해.」
「헉, 정말 멋지게 해낸 거여. 멋지게 작전을 짜고 멋지게 해치운 거여. 우리가 했던 것보다 더 복잡하고 멋지게 작전을 짤 수 있는 사람은 아마 이 세상에 없을 거여.」

우리는 정말 기뻐했다. 하지만 그중에서도 톰이 가장 기뻐했는데, 왜냐하면 장딴지 쪽에 총을 한 방 맞았기 때문이었다.

짐과 나는 그 말을 듣고는 아까처럼 신이 나지는 않았다. 상처에서 피가 나고 꽤나 통증이 심했기 때문이었다. 우리는 톰을 움막 안으로 옮기고 공작의 셔츠를 찢어서 상처에 붕대를 감았다. 하지만 톰은 이렇게 말했다.

「그 천을 내게 줘. 내가 할 수 있어. 너희는 계속해. 여기서 서성대지 마. 탈출은 정말 멋지게 성공했어. 자, 노를 저어 달리자고! 정말, 멋들어졌어! 우리가 해냈다고. 루이 16세 탈출은 우리가 맡았어야 했어. 그랬으면 그의 전기에 〈세인트루이스의 후예들이여, 하늘로 올라가시오!〉라는 글이 적히지 않았을 텐데. 아니지, 분명 우리가 국경 너머로 구출할 수 있었을 거야. 정말 그럴 수 있었을 텐데. 그것도 귀신같은 솜씨로 말이야. 자, 노를 저어, 노를 저으라고!」

하지만 짐과 나는 사태를 논의하면서, 다시 생각해 봤다. 잠시 생각한 후, 내가 이렇게 말했다.

「네가 말해 봐, 짐.」

짐이 말했다.

「헉, 내가 보기엔 이런 것 같어. 만약 톰 도련님이 자유의 몸이 되고 우리 가운데 한 명이 총에 맞았다면 설마 톰 도련님이 〈나부터 살자고. 이 애를 살릴 의사는 상관하지 말고 가자고〉 하고 말했겠어? 톰 도련님이 그런 사람이겠냐구? 또 그렇게 말했겠냐구? 절대 아니여! 그러면 짐이 그렇게 말했겠어? 그것도 절대, 아녀. 의사를 불러오지 않으면 사십 년이 지난다고 혀도 짐은 절대로 이 자리에서 한 발자국도 움직이지 않을 거여!」

짐은 마음 안쪽이 하얗다는 것을 나는 알고 있었다. 그리고 짐이 그렇게 말하리란 걸 이미 알고 있었다. 이제 모든 게 정리되었다. 나는 톰에게 가서 의사를 불러오겠다고 말했다. 톰은 한참 난리를 피웠지만, 짐과 내가 꿈쩍도 하지 않자 움막에서 혼자 기어 나와 뗏목 밧줄을 풀려 했다. 하지만 우리가 그냥 놔두지 않았다. 톰은 우리에게 벌컥 화를 내기도 했지만, 아무 소용도 없었다.

내가 카누를 준비하는 모습을 보더니, 결국 이렇게 말했다.

「좋아, 네가 정말 간다면 마을에 도착해 어떻게 해야 하는지 내가 알려 줄게. 우선 문을 닫고는 의사의 눈을 단단히 가리개로 묶은 다음, 죽어도 비밀을 지킨다는 맹세부터 하게 해야 돼. 그리고 손 가득히 금을 쥐어 주고는 뒷골목으로 이리저리 끌고 와 어두울 때 카누에 태워 데려와야 해. 섬 사이로 이리저리 돌아서 와야 해. 그러고는 몸을 수색해서 백묵을 빼앗아 버려. 다시 마을로 데려다 줄 때까지 그걸 주면 안 돼. 아니면 분명 다시 찾아오려고 백묵으로 표시를 할 테니까. 대개 그렇게들 하거든.」

나는 그대로 하겠다고 말하고는, 그곳을 떠났다. 짐은 의사가 오는 모습이 보일 때부터 다시 돌아갈 때까지 숲 속에 숨어 있기로 했다.

41

의사는 나이가 꽤나 많은 분이었다. 내가 그를 깨웠을 때 그는 매우 상냥하고 친절한 모습으로 대했다. 나는 어제 오후에 동생과 함께 스페인 섬에 사냥을 하러 갔다가 우연히 발견한 뗏목에서 야영을 하게 되었는데, 한밤중에 동생이 꿈을 꾸다가 그만 발로 총을 걷어찼고 그 와중에 총이 발사되어 동생 다리에 맞았다고 말씀드렸다. 의사 선생님께서 직접 그곳으로 오셔서 치료해 주셨으면 한다고 내가 말씀 드렸고, 하지만 아무것도 묻지 마시고 남에게도 말하지 말아 달라고 부탁했다. 왜냐하면 우리가 오늘 밤 집에 돌아가 사람들을 놀래 줄 계획이기 때문이라고 설명했다.

「그런데 네 집안사람들은 누구시냐?」 의사가 물었다.

「저 아래 사는 펠프스 가문이에요.」

「그래.」 그러고는 조금 후, 다시 이렇게 말했다. 「그래 네 동생이 어떻게 총에 맞게 되었다고?」

「꿈을 꾸다가요.」 내가 다시 설명했다. 「그만 총에 맞았어요.」

「특이한 꿈도 다 있구나.」

결국 의사는 랜턴에 불을 켜고는, 말에 안장을 올리고서 나와 함께 출발했다. 하지만 카누를 보더니, 별로 마음에 들어 하지 않는 표정을 지었다. 한 사람에게 적당하지만 두 명이 타기엔 불안하게 보인다는 것이었다. 그래서 내가 이렇게 말했다.

「선생님, 염려하지 마세요. 세 명도 거뜬히 탈 수 있는 배예요.」

「뭐, 세 명까지나?」

「저랑, 시드, 그리고…… 음, 총까지요. 그렇게 셋 말씀이에요.」

〈그래〉 하고 의사가 말했다.

그는 뱃전에 발을 올리고 전후좌우로 한번 흔들어 보더니 좀 더 큰 배를 찾는 편이 나을 것 같다고 말했다. 하지만 나머지 카누와 배들은 모두 자물쇠가 채워져 쇠사슬로 묶여 있었다. 결국 의사는 내 카누를 타더니, 나보고는 자기가 돌아 올 때까지 기다리든지, 아니면 사냥을 더 하든지 하고, 혹 원하면 집으로 가 집안사람들을 놀래 줄 준비나 하는 게 어떠냐고 말했다. 나는 그러고 싶지는 않다고 말했다. 뗏목이 어디 있는지 알려 주자, 의사는 카누를 타고 곧바로 출발했다.

조금 후, 생각이 하나 떠올라, 혼잣말로 이렇게 중얼댔다. 혹 의사가 속담에 있는 대로 양이 세 번 꼬리를 흔들기 전에 신속하게 치료하지 못하면 어떡하나, 혹 사나흘 걸리면 어떡하나. 어떻게 하지? 의사가 비밀을 폭로할 때까지 그냥 여기에서 기다려야 하나? 그건 아니지. 나는 그럴 경우 어떻게 해야 할지 잘 알고 있지. 우선 기다리고 있다가 의사가 돌아와서는 가서 좀 더 치료해야 한다고 말하면, 수영을 해서라도 뗏목으로 따라가는 거다. 그러고는 의사를 잡아 줄로 묶은 다음, 강을 따라 내려가는 거지. 톰의 치료가 다 끝나게 되면 그때는 치료비를 주거나, 우리가 가진 것을 죄다 주는 거야. 그러고는 강가에 내려놓으면 되는 거야.

나는 우선 눈을 좀 붙이기 위해 쌓여 있는 장작더미 안으로 들어갔다. 깨어서 보니 해가 이미 내 머리 위에 떠 있었다! 나는 총알같이 의사 댁으로 향했다. 그곳 사람들에게 의사의 행방을 물어봤지만 어젯밤 언젠가 나가서 아직도 안 들어왔다고 했다. 나는 톰의 상태가 꽤나 좋지 않을지 모른다는 생각이 들어, 곧장 섬으로 가야겠다고 생각하고는 급히 길을 나섰다. 하지만 모퉁이를 돌아 뛰쳐나가다가 누군가의 배에다 머리를 정면으로 처박고 말았는데, 보니 사일러스 아저씨였다.

「아니, 톰! 너 이놈, 지금까지 줄곧 어디에 있었던 거야?」
「아무 데도 안 갔는데요. 시드랑 같이 도망친 검둥이를 찾으러 돌아다녔어요.」

〈그래, 어딜 돌아다녔는데? 아줌마가 너희들 때문에 얼마나 마음 졸이시는 줄 아니〉하고 아저씨가 말했다.

「걱정 안 하셔도 돼요. 우린 멀쩡한데요. 사람들과 개를 쫓아갔는데 워낙 빠른 터라 그만 길을 잃고 말았어요. 하지만 강가에서 사람 소리가 들리기에 카누를 타고 뒤를 쫓아갔어요. 강 건너까지 갔지만 아무도 찾지 못했고 결국 강가를 따라 올라가다가 지쳐 녹초가 되고 말았어요. 그래서 카누를 매어 두고 한잠 잤는데 그만 바로 한 시간 전까지 잠들어 버린 거예요. 다시 노를 저어서 일이 어떻게 됐나 알려고 왔어요. 시드는 우체국에 알아보려고 갔고요, 저는 뭔가 먹을 걸 좀 얻으려고 시드와 헤어졌어요. 이제 집에 가는 길이에요.」

우리는 결국 〈시드〉를 찾기 위해 우체국으로 향했다. 하지만 그곳에 있을 리가 만무했다. 아저씨는 우체국에서 편지 한 장을 받아 들고는 한참을 기다렸지만 시드는 오지 않았다. 아저씨는 마침내 우리 먼저 가자고 하시면서, 시드는 여기서 한참 어슬렁대다가 걸어서 오거나 카누를 타고 올 것 같으니 마차를 타고 출발하자고 했다. 내가 남아 시드를 기다리겠다고 했지만 아저씨는 그럴 필요 없으니 가자고 했고, 우선 같이 집으로 가서 아줌마에게 아무 일 없다는 것부터 보여 주어야 한다고 했다.

집에 도착하니, 샐리 아줌마는 나를 보자마자 울고 웃고 하시면서 나를 껴안았다. 그러고는 맞아도 아프지 않은 아줌마 식의 매를 한차례 때리고서 시드가 돌아오기만 하면 똑같이 해줄 거라고 말씀하셨다.

집 안에는 식사를 하러 온 농부들과 그 부인들로 완전히 만원이었고, 이들이 왁자지껄하면서 떠드는 소리는 정말 대단히 시끄러웠다. 그 가운데서도 늙은 호치키스 부인이 최악이었다. 그녀는 쉴 새 없이 혀를 움직이고 있었다.

「이봐요, 펠프스 댁, 내가 그 오두막 안을 샅샅이 뒤져 봤는데, 그 검둥이가 미친 게 틀림없어요. 담렐 댁에게도 말했다우. 그렇지요, 담렐 댁? 정말 미친놈이지요. 그 말이 맞는다니까요. 제 말씀 좀 들어 보세요, 글쎄 그 미친놈이 갖다 놓은 맷돌 좀 보라니까. 맷돌 위에다 그런 말도 안 되는 걸 써놓은 걸 보면 분명 정신이 나간 놈이 맞아요. 여기 가슴이 무너져 내린 자가 있다는 둥, 삼십칠 년간을 갇혀 보냈다는 둥, 루이 14세의 사생아가 어쨌다는 둥 온통 허접한 말뿐이에요. 완전 돈 놈이라니까요. 내가 처음부터 미친놈이라고 했잖아요. 중간에도 그랬고, 마지막까지 그랬어요. 검둥이 놈은 정신 나간 놈이라고요. 꼭 정신병에 걸린 바빌론의 느브갓네살 왕마냥 정신이 돈 놈이라니까요.」

「호치키스 부인, 그리고 천으로 만든 사다리 보셨수? 대체 왜 그런 걸 만들었는지, 세상에…….」 이번엔 담렐 부인이 끼어들었다.

「그 얘기를 방금 전에 우터백 댁에게 했어요. 그 부인도 그렇게 말할 거예요. 우터백 댁도 저 천 사다리 좀 보라고 그랬어요. 나도 그랬으니까. 나보고 문데요. 대체 저걸 왜 필요로 한 거죠? 호치키스 부인, 대체 누가…….」

「그런데 대체 그놈의 맷돌은 어떻게 그 안으로 집어넣었을까? 그놈의 구멍은 누가 파고? 그리고…….」

「펜로드 씨, 제 말이 그 말이에요! 그 당밀 좀 내게 넘겨주시구려? 내가 방금 던랩 부인에게 말한 것처럼, 대체 맷돌을 어떻게 안으로 옮긴 거래요? 도움 없이 그것도 혼자서! 그게 문제라니까요. 분명 누가 도와줬어요. 한 명이 아니에요. 한 열두 명은 도왔을 거예요. 나라면 여기 있는 검둥이 놈들 껍질을 벗겨서라도 누가 도와줬는지 찾아내고 말 거예요. 게다가…….」

「열두 명은 무슨……. 마흔 명이 해도 안 되는 일인데. 그 식탁용 칼로 만든 톱을 보라니까. 꽤나 오래 걸렸을 텐데. 침대 다리 잘라 놓은 것 보면 여섯 명이 한 일주일 할 일은 돼요. 그리고 침대 위에 누워 있던 짚으로 만든 검둥이 봤지요…….」

「하이워터 씨, 말씀 잘 하셨어요. 그건 제가 펠프스 씨에게 직접 말하려고 했던 거예요. 호치키스 부인, 어떻게 생각하세요? 펠프스 씨 맞지요? 저런 식으로 침대 다리가 썰린 건 그냥 그렇게 된 게 아니라 누군가 했다는 거지요. 믿건 말건 그게 내 생각이에요. 중요하지 않을지 몰라도 제 생각이라니까요. 저보다 나은 생각 있으면 말해 보세요. 제가 던랩 부인에게도 말했거든요. 그리고…….」

「펠프스 부인, 그런 일을 하자면 분명 넉 주 동안 매일 밤 검둥이들이 오두막 가득 있었을 거예요. 셔츠 좀 보세요. 피로 쓴 이상한 아프리카 말이 가득 채워져 있잖아요. 그 짓을 하느라고 검둥이 놈들이 떼로 계속 작업했었을 거예요. 누구 읽을 줄 아는 사람 있으면 제가 2달러 내놓겠어요. 그걸 쓴 놈들은 잡아다가 패줄 거예요…….」

「도와준 놈들 말하는군요, 마플스 씨! 우리 집에서 잠시라도 머문 적이 있었다면 그걸 아실 거예요. 우리가 감시해도 이놈들은 줄곧 닥치는 대로 다 훔쳐 냈어요. 빨랫줄에서 셔츠를 훔치질 않나, 헝겊 사다리를 만든 침대요는 몇 번 훔쳤는지도 몰라요. 밀가루에다 촛불 그리고 촛대, 스푼에다가 침대를 덥히는 그릇하며, 제가 기억하지 못하는 것도 무수해요. 내 캘리코 옷까지. 저랑 남편 그리고 시드와 톰이 밤낮으로 계속 감시했지만 눈에 띄거나 소리를 내기는커녕 머리털 하나도 볼 수 없었어요. 그리고 막판에는 우리 코밑까지 와서 우리뿐 아니라 인디언 마을에서 온 도둑놈들까지 모두 농락하고는, 감쪽같이 검둥이를 데리고 사라졌어요. 사람이 열

여섯에 개 스물두 마리가 바짝 뒤쫓으면 뭐해요! 듣다듣다 처음 있는 일이에요. 귀신이 곡할 노릇이죠. 어쩜 귀신이 그랬을지도 몰라요. 보세요, 우리 개들 있잖아요. 얼마나 좋은 개들이에요. 그 개들도 흔적조차 못 찾았다니까요! 누구든지 어디 뭐라고 말씀 좀 해보세요!」

「정말, 대단한데요……」

「글쎄, 모르겠어요……」

「맙소사, 어떻게 감히……」

「집 도둑뿐 아니라……」

「여기서 사는 게 무서워요!」

「리즈웨이 부인, 여기 사는 게 무섭다고요! 전 무서워 잠도 제대로 못 잤어요. 일어날 때도, 누울 때도, 앉아 있을 때도 마찬가지고요. 어젯밤 자정쯤엔 내가 얼마나 겁에 질렸었는지 모르실 거예요. 혹 우리 식구라도 납치해 가면 어떡하나 하고 걱정했어요! 제정신이 아니었어요. 낮에 생각하면 바보 같기도 하지만, 난 혼자 이렇게 중얼거렸어요. 위층 구석방에 우리 애들 둘이 자고 있구나. 그러다 하도 불안해서 올라가 방을 잠가 버렸어요! 정말 그랬다니까요. 누구라도 그랬을 거예요. 사람이 그런 식으로 너무 겁을 먹으면 점점 더 심해져서 결국 미쳐 버린다니까요. 그리고 이상한 짓을 하게 되는 거예요. 점점 더 내가 아이들 갖고 구석방에 혼자 있는데 문은 안 잠겨 있고, 그러면 결국……」 아줌마는 거기서 말을 멈추고는 뭔가 이상하다는 듯 서서히 고개를 돌렸다. 그러다가 나와 시선이 마주쳤을 때, 나는 얼른 자리에서 일어나 밖으로 걸어 나왔다.

바깥으로 나가 구석에서 혼자 곰곰이 생각하다 보면 우리가 오늘 아침 왜 침실에 없었는지 잘 꾸며 댈 수 있을 것 같았다. 밖으로 나가긴 했지만, 그리 멀리 가진 않았다. 아줌마가 나를 부를 게 뻔하다고 생각했기 때문이었다. 저녁 시간이 되고 사람들이 모두 가자 나는 안으로 들어가 아줌마에게 이렇게 변명을 늘어놓았다. 총소리가 나고 시끄러워서 우리 모두 잠을 깼는데, 문은 잠겨 있었고, 우리는 뭐 재미있는 일이라도 있나 궁금해서 피뢰침을 타고 내려왔고, 그러다가 그만 조금 다쳤다고 했다. 대신 다시는 피뢰침을 타지 않을 거라고 약속해 주었다. 그리고 나서 사일러스 아저씨에게 한 말을 모두 다시 아줌마에게 해주었다. 아줌마는 다 용서해 주시겠다면서 애들한테 뭘 더 바라겠냐고 하시며 괜찮다고 했다. 아줌마는 애들은 다 그렇게 멋대로이기 때문에 지나간 일 갖고 너무 마음 졸이고 짜증내기보다, 어디 다치지나 않고 잘만 있으면 고마워해야 한다고 너그럽게 말씀해 주셨다. 그리고는 내게 입맞춰 주시고 머리를 쓰다듬어 주시다가, 별안간 뭔가 떠오른 듯, 벌떡 일어나시며 이렇게 말했다.

「어쩌면 좋지, 벌써 밤이 되었는데, 시드가 아직도 안 왔잖아! 대체 그 녀석에게 무슨 일이 생긴 거야?」

나는 기회를 잡았다고 생각하고는 벌떡 일어나면서 이렇게 말했다.

「제가 마을로 뛰어가서 데려올게요.」

「안 된다, 애야. 넌 여기서 꼼짝 말고 있어야 한다. 한 번에 한 명이면 족해. 저녁식사 때까지 안 돌아오면, 아저씨가 가보실 거다.」

저녁 시간에도 돌아오지 않자, 결국 식사가 끝나자마자 아저씨가 나갔다.

열 시경 돌아오신 아저씨는 불안한 모습으로, 시드의 흔적조차 찾을 수 없었다고 말했다. 샐리 아줌마도 매우 불안해 했다. 하지만 아저씨는 염려하지 말라고 하면서 사내애들은 다들 그렇다고 하며 내일 아침에 밝고 건강한 모습으로 나타날 테니 안심하고 있으라고 아줌마를 달랬다. 하지만 아줌마는 얼마 동안이라도 애를 기다리고 있겠다고 하시면서 불이라도 켜놓아서 시드가 볼 수 있게 하겠다고 말씀하셨다.

내가 침실로 올라가자 아줌마는 촛불을 들고 따라 올라와서는 침대 이불을 덮어 주셨다. 마치 엄마처럼 잘해 주시는 바람에 나는 너무 못됐구나 하는 생각이 들어 아줌마의 눈도 제대로 바라볼 수 없었다. 아줌마는 침대 옆에 앉아 오랫동안 나와 얘기하면서, 시드가 얼마나 훌륭한 앤지 모르겠다며 줄곧 시드 얘기를 하셨다. 이따금 혹시 길을 잃거나 다친 건 아닌지, 만에 하나 물에 빠진 건 아닌지 내게 묻기도 하셨다. 그리고 혹 지금 어딘가에서 다치거나 죽었을지도 모르는데 자기가 돕지도 못 한다고 하시면서 하염없이 눈물까지 흘리셨다. 내가 시드는 괜찮을 거라고 하면서 내일 아침이면 분명히 돌아올 거라고 말씀 드렸더니 아줌마는 내 손을 꼭 잡기도 하고 입맞춤까지 해주셨다. 그러고는 그 말을 계속 다시 반복하라고 했다. 너무 걱정이 되는데 그 말을 듣고 나면 기분이 한결 좋아지신다는 것이다. 침실을 나가시면서 아줌마는 부드럽고 침착한 표정으로 내 눈을 내려다보시다가 이렇게 말씀하셨다.

「톰, 문도 잠그지 않았고, 창문도 있고 피뢰침도 있지만 넌 착한 아이지, 그렇지? 제발, 나가면 안 된다.」

톰의 소식이 궁금해서 난 정말 밖으로 나가고 싶었다. 그리고 나갈 작정이었다. 하지만 그 말을 듣고 나니 세상 모든 것을 다 준다고 해도 나갈 마음이 안 생겼다.

하지만 아줌마도 마음에 걸리고 톰도 마음에 걸려서인지 제대로 잠을 잘 수 없었다. 밤중에 두 번씩이나 피뢰침을 타고 아래로 내려가 어두운 가운데 집 앞을 돌아보았는데, 창가 촛불 옆에 앉아 눈물을 흘리시면서 길 쪽으로 시선을 보내고 계신 아줌마의 모습을 보게 되었다. 아줌마를 위해 뭔가 해야 한다는 생각은 들었지만 할 수 있는 게 없었다. 다만 더 이상 아줌마를 슬프게 하는 일은 하지 않겠다고 스스로 맹세했다. 동틀 무렵 세 번째 깨서 내가 다시 내려왔을 때 아줌마는 아직 그 자리에 계셨다. 거의 다 꺼진 촛불 옆에서 희끗희끗해진 머리를 두 손에 괸 채 아줌마는 잠들어 계셨다.

42

사일러스 아저씨는 아침식사 전에 다시 마을로 가보았지만 톰의 행방을 전혀 찾을 수 없었다. 아줌마와 아저씨는 생각에 잠겨 아무 말도 하지 않은 채 슬픈 듯 식탁에 앉아 있었고, 커피가 다 식는데도 음식에는 손도 대지 않았다. 이윽고 사일러스 아저씨가 말문을 열었다.

「내가 당신에게 편지를 주었던가?」

「무슨 편지요?」

「어제 우체국에서 받은 편지인데.」

「아니, 당신이 내게 언제 편지를 주었어요?」

「그래, 내가 잊고 있었나 보네.」

아저씨는 주머니를 뒤지다가 편지를 놔둔 곳으로 가더니, 이를 가져다 아줌마에게 주었다. 아줌마는 좋아하면서 이렇게 말했다.

「여보, 이거 세인트피터즈버그에서 온 거예요. 언니한테서 온 편지예요.」

나는 한 번 더 밖에 나갔다 오면 좋을 것 같다는 생각을 했지만, 도무지 나갈 수가 없었다. 그런데 아줌마는 별안간 무엇을 보았는지 편지를 바닥에 떨어뜨린 채 밖으로 달려 나갔다. 나도 곧 달려 나가게 되었다. 매트리스에 실린 톰이 집에 도착한 것이다. 그리고 의사와 함께 캘리코 옷을 걸친 채 두 손이 뒤로 묶인 짐도 도착했고, 뒤따라서 많은 사람들이 들어왔다. 나는 편지를 집어 우선 손에 닿는 것 뒤에다 놓아 둔 다음 총알같이 밖으로 달려 나갔다. 아줌마는 울면서 톰을 껴안고는 이렇게 말했다.

「세상에나! 얘가 죽었나 보네, 죽은 게 틀림없네!」

톰은 고개를 돌리더니 무어라고 중얼거렸는데, 상태가 많이 안 좋아 보였다. 그러자 아줌마는 손을 쳐들면서 이렇게 외쳤다.

「살아 있구나. 하느님, 감사합니다! 이 정도만 해도 다행입니다.」 그러고는 톰에게 입맞춤을 한 후, 침대 정리를 하기 위해 쏜살같이 집 안으로 뛰어들어 갔다. 아줌마는 좌우에 있는 검둥이들과 다른 모든 사람들에게 빠른 말투로 이거 해라 저거 해라 하면서 명령을 내렸다.

나는 사람들이 짐을 어떻게 하나 보려고 따라갔고, 나이 드신 의사 선생님과 아저씨는 톰을 따라 집 안으로 들어갔다. 사람들은 하나같이 매우 화가 나 있는 모습이었고, 몇 명은 짐을 교수형에 처하자고 했다. 여기 모든 검둥이들에게 본때를 보여 줘 앞으로도 도망갈 생각을 품지 못하게 하고, 짐이 그랬던 것처럼 온갖 난리법석을 피우고 며칠 밤낮 동안 가족들을 불안에 떨게 하는 일이 없도록 하자는 것이었다. 몇몇 다른 사람들은 그렇게 해서는 안 된다고 말렸다. 짐이 자기들 노예가 아니기 때문에, 그럴 경우 분명 주인이 나타나 보상을 요구할 수 있다는 것이다. 결국 사람들은 다소 흥분을 가라앉혔다. 실상 잘못이 없는 검둥이를 잡아 교수형을 시키려 하는 사람들은 자기들이 만족을 얻은 대가로 몸값을 지불할 사람들이 아니었기 때문이다.

하지만 이들은 짐에게 엄청나게 욕을 해댔고 이따금 한두 대씩 짐의 머리를 쥐어박았다. 짐은 아무 말도 하지 않았고 나를 보고 아는 체하지도 않았다. 사람들은 짐을 예전의 오두막에 가둬 처넣은 다음, 원래의 옷으로 갈아입게 한 후 다시금 쇠사슬로 묶어 버렸다. 이번에는 침대 다리에 쇠사슬을 매지 않고 대신 바닥 통나무에 박힌 고리못에다 맸다. 손과 발은 모두 쇠사슬로 결박해 버렸다. 그리고 주인이 나타날 때까지, 아니면 일정 기간 나타나지 않아 경매에 올려 팔 때까지 이제부터는 빵과 마실 물만 준다고 했다. 우리가 만든 구멍은 다시 흙으로 메워 버렸고, 매일 밤 무장한 농부 두 명이 돌아가면서 오두막 보초를 설 것이며, 낮에는 문에다 불독을 묶어 놓는다고 했다. 대충 일을 마무리 짓고 늘상 하듯이 욕이 섞인 작별인사를 하려고 할 때, 나이 드신 의사 선생님이 그곳에 나타났다. 그는 한번 둘러보더니 이렇게 말했다.

「너무 필요 이상으로 저 검둥이에게 거칠게 대하지 말게나. 나쁜 검둥이는 아닐세. 내가 사내애가 있는 곳에 가서 총알을 빼낼 때, 도움이 없이는 거의 불가능했었어. 사내애 혼자 두고 내가 나가서 도움을 구할 수 있는 상황도 아니었고, 애는 점점 상태가 나빠지고 있었고 정신이 혼미한지 나를 근처에도 못 오게 하면서 자기 뗏목에다 표시를 하면 날 죽이겠다고 하질 않나 한참 헛소리를 했었다네. 도저히 혼자서는 어찌 할 도리가 없기에, 누군가 도와줘야 할 텐데 하면서 중얼거리고 있는데, 글쎄 저 검둥이 녀석이 어디에선가 불쑥 나타나서 나를 돕겠다고 한 거야. 그리고 날 도와주었어. 한데 정말 날 잘 도와주었다네. 물론 한눈에 도망친 노예라는 걸 알았지만, 그 상황에서 내가 어찌하겠나! 난 밤낮을 계속 거기 붙어 있어야만 했으니까. 정말 힘든 상황이었다네! 감기 증상이 있는 환자가 둘 있었거든. 그래서 마을로 달려가 그들을 돌봐야 했지만, 그러면 검둥이가 도망칠 것 같았어. 그러면 내 탓일 것 같다는 생각이 들어서 말이야. 근처에는 소리쳐 부를 만한 배도 오지 않았고. 하는 수 없이 아침 해가 뜰 때까지 붙어 있어야만 했어. 그런데 난 이토록 충실하게 옆에서 간호할 줄 아는 검둥이를 본 적이 없다네. 다시 잡힐 위험을 감수하면서도 붙어 있었어. 게다가 최근에 너무 일을 많이 했는지 완전히 탈진한 모습이었어. 난 이 검둥이가 마음에 들었다네. 자네들, 이런 검둥이는 천 달러의 값어치는 있다고 보네, 친절하게 대접받을 만하단 말일세. 내가 필요로 하는 건 다 갖다 주었고, 그래서 사내애는 마치 집에서 치료받는 것처럼 잘 되었어. 아니 그 이상으로 치료가 잘 되었다고 해도 될 정도였어. 게다가 거기는 정말 고요했거든. 그런 곳에 내가 이 둘을 데리고 있었던 거라네. 결국 아침 동이 틀 때까지 그곳에 있다가 배를 타고 지나가는 사람들을 만나게 된 거야. 다행히 저 검둥이는 짚요 옆에 앉아 머리를 무릎에 박고는 자고 있었거든. 그래서 내가 조용히 다가오라고 사람들에게 손짓을 했고, 사람들이 몰래 다가와서는 저 검둥이를 잡았지. 잠결에 어리둥절해 있는 저놈을 묶어 데려온 거라네. 그 와중에 아무런 문제도 없었어. 사내애도 가볍게 잠이 든 상태라 소리 나지 않게 노를 저어서 조용히 뗏목을 끌고 왔어. 저 검둥이는 소란을 일으키지도 않았고 아예 처음부터 말 한마디 없었어. 자네들, 정말 괜찮은 검둥이라네. 그게 내 생각이야.」

그러자 누군가 이렇게 말했다.

「의사 선생님, 듣고 보니 훌륭한 얘기네요. 정말이에요.」

그러자 나머지 사람들 역시 조금씩 마음이 풀어졌다. 나는 짐에 대한 전체 분위기를 확 바꿔 놓은 의사 선생님이 정말로 고마웠다. 또한 내 판단이 맞았다는 것이 너무 기뻤다. 처음 의사 선생님을 봤을 때 나는 한눈에 마음씨 좋은 착한 분일 거라고 생각했기 때문이다. 사람들은 짐이 아주 훌륭하게 행동했다고 입을 모으면서 이는 인정받고 보상받을 만하다고 말했다. 사람들은 모두 진정으로 우러나오는 마음에서 더 이상 이 검둥이에게 욕설을 퍼붓지 말자고 약속까지 했다.

그러고는 짐을 안에 가둬 둔 채 모두들 밖으로 나왔다. 나는 사람들이 쇠사슬이 너무 무거우니 그중 한두 개 정도는 풀어 주자고 말할 줄 알았다. 아니면 빵과 물과 함께 고기와 채소를 주자고 할 것으로 기대했었다. 하지만 모두들 이 생각은 하지 못했고, 내가 끼어들까 했지만 그것도 최선의 방법은 아니라고 생각했다. 그래서 내 앞에 닥친 문제만 해결하면 어떤 방법을 써서라도 꼭 의사 선생님의 말을 샐리 아줌마에게 전달하겠다고 마음먹었다. 그 문제란 다름이 아니고 톰과 내가 그날 밤 도망친 검둥이를 잡으러 돌아다닌 이야기를 하면서 어떻게 하여 톰이 총에 맞았는지에 대해 왜 깜빡 잊고 말씀 안 드렸는지를 설명해 드리는 일이다.

하지만 아직 시간적인 여유가 있다고 생각했다. 샐리 아줌마는 밤낮 할 것 없이 종일 병실을 지켰다. 나는 밖에서 서성대는 사일러스 아저씨를 만날 때마다 아저씨를 슬쩍 피해 다녔다.

다음 날 톰이 많이 좋아졌다는 말을 들었고, 아줌마가 이제야 잠시 눈을 붙이러 갔다고 하는 이야기를 들을 수 있었다. 그래서 나는 몰래 병실로 들어가서는, 혹 톰이 깨어 있으면 우리의 혐의를 씻어 낼 수 있는 이야기를 같이 만들어 낼 수 있을 것으로 생각했다. 하지만 톰은 아직 자고 있었고, 그것도 아주 편안한 모습으로 잠에 빠져 있었다. 집에 데리고 들어올 때처럼 달아오른 얼굴빛이 아니라 이제는 핏기가 없는 모습이었다. 나는 옆에 앉아 톰이 깨기만 기다리고 있었다. 삼십 분 정도 지났을 무렵, 나도 모르는 사이에 아줌마가 병실에 들어오는 바람에, 다시 난처한 상황에 처하게 되었다! 아줌마는 내게 조용히 있으라고 손짓을 하면서 내 옆에 앉더니, 나에게 속삭이며, 이제 모든 증상이 좋아져 톰이 잠을 아주 푹 자고 나면 몸이 더 좋아지고 평온한 상태로 돌아올 테니 십중팔구 곧 정신이 제대로 돌아올 것이라고 말했다.

아줌마와 같이 앉아 쳐다보고 있는데, 이윽고 톰이 조금씩 움직이기 시작하더니 아주 자연스럽게 눈을 뜨면서 주위를 둘러보았다.

「어, 여기 집이잖아! 어떻게 된 거지? 뗏목은 어디 있고?」

〈다 괜찮아〉 하고 내가 말했다.

「짐은 어떻게 됐어?」

「별일 없어.」 이렇게 대답했지만, 힘을 주어 말할 수가 없었다. 하지만 톰은 아무런 눈치도 못 챈 채, 다시 이렇게 말했다.

「훌륭해! 잘 됐어! 이제 우리 모두 안전하게 잘 됐네! 그런데 아줌마에게 말씀 드렸니?」

그렇다고 말하려는 순간, 아줌마가 끼어들며 이렇게 말했다.

「뭘 말씀 드렸다는 거니, 시드야?」

「아니, 이 모든 일이 어떻게 벌어졌는지 말이에요.」

「이 모든 일이라니?」

「다 말이에요. 하나밖에 없어요. 우리가 어떻게 도망친 노예를 자유의 몸으로 풀어 주게 되었는지 말이에요. 저와 톰 둘이서요.」

「세상에! 도망치는 계획을 했다고. 얘가 지금 무슨 말 하는 거야! 애고, 얘가 정신이 다시 나갔나 보네!」

「정신이 나가긴요. 제가 지금 무슨 말 하는지 잘 알고 있어요. 우리가 짐을 풀어 주었다니까요, 나랑 톰 둘이서요. 계획을 짜서 실행에 옮겼다고요. 그것도 훌륭하게 해냈다니까요.」 톰은 떠들어 대기 시작했고, 아줌마는 앉아서 쳐다만 볼 뿐 전혀 끼어들지 않았다. 나는 내가 끼어들어 봤자 아무 소용이 없다는 것을 알았다. 「아줌마, 얼마나 힘이 들었는지 아세요. 몇 주 동안, 아줌마가 주무실 때 매시간, 매일 밤 일했어요. 양초도 훔쳐 내고, 침대요랑 셔츠, 아줌마 옷이랑 스푼, 양철 그릇, 식탁용 칼, 그리고 잠자리를 따뜻하게 만드는 그릇에다가 맷돌, 밀가루 등등 수도 없어요. 어떤 일인지 아세요. 톱도 만들고, 펜도 만들고, 글씨도 새기고 이것저것 다 했어요. 아줌마는 얼마나 재미있었는지 절반도 모르실 거예요. 게다가 관이랑 그런 것도 그렸고요, 노둑놈이 보내는 익명의 편지도 쓰고요, 피뢰침 타고 오르내리고, 오두막으로 구멍 뚫고, 밧줄 사다리 만들어 오두막으로 들여보내고, 그걸 파이 속에다 굽고요, 그리고 스푼과 기타 도구들을 아줌마 행주치마 앞주머니에 넣어 들여보냈지요……」

「맙소사!」

「그리고, 짐과 같이 지내라고 쥐와 뱀을 잡아 오두막에 채워 넣었어요. 톰이 모자 속에다 버터를 넣어 가져오다가 아줌마에게 잡히는 바람에 일을 다 그르칠 뻔했어요. 우리가 오두막에서 나오기도 전에 사람들이 몰려왔거든요. 성급히 나오다가 소리가 나는 바람에 우리에게 총을 쐈고 그 바람에 제가 총을 맞게 된 거예요. 그러고는 숲 속에 숨어서 사람들을 먼저 보냈고요, 개들이 몰려왔지만 우리에게 별 상관 안 하고 그저 소리가 크게 나는 곳으로 달려갔어요. 그래서 카누를 타고 안전하게 뗏목 있는 곳으로 간 거예요. 짐은 이제 노예에서 해방이에요. 그것도 우리 힘으로 말이에요. 아줌마, 멋있지 않아요!」

「원, 세상에, 내 평생 이런 얘기는 처음 들어 보는구나! 그럼 이 난리법석을 친 게 다 니들 두 꼬마 녀석 때문이라는 거니? 사람들의 혼을 빼버리고 죽도록 겁나게 만든 게 바로 너희들이란 말이야? 너희들 지금 당장 혼나야겠구나. 그런 것도 모르고 여기서 매일 밤 내가……. 요놈, 한번 낮기만 해봐, 너희 둘 다 나쁜 버릇을 고쳐 주고 말 테니!」

하지만 톰은 너무 자랑스럽고 즐거운 나머지 혀를 가만 놔두지 않았다. 계속 떠들어 대는 동안 아줌마도 끼어들어 계속 역정을 내면서 마치 고양이들 싸우듯이 서로 동시에 말을 쏘아 댔다. 아줌마는 이렇게 쏴댔다.

「그래 지금은 재미있겠지? 하지만 너희들 또다시 검둥이에게 손대다가 걸려만 봐라…….」

「누구에게 손을 댄다고요?」 톰이 웃음을 멈춘 채, 놀란 표정으로 되물었다.

「누구긴 누구야? 당연히 저 도망친 검둥이지. 그 밖에 누가 있다고 그래?」

톰은 무거운 표정으로 날 쳐다보면서, 이렇게 말했다.

「톰, 방금 짐이 괜찮다고 말했지? 짐이 도망치긴 한 거야?」

「흠,」 아줌마가 끼어들었다. 「그 도망친 검둥이 말이냐? 도망치긴 어딜. 꼼짝 못 하고 다시 잡혀왔지. 오두막 속에 다시 처넣었어. 이제 주인이 나타나거나 경매에 팔릴 때까지 빵과 물만 주고 온통 쇠사슬에 묶여 지내게 될 거야.」

톰은 침대에서 벌떡 일어나더니, 눈이 벌게지면서 마치 물고기 아가미 벌리듯 콧구멍을 벌름거리더니 내게 소리쳤다.

「짐을 그렇게 가둬 놓을 권리가 없어요! 빨리 가봐! 지체하지 말고. 빨리 풀어 주라니까. 짐은 더 이상 노예가 아니야. 세상 누구 못지않게 짐도 자유인이란 말이야!」

「애가 대체 무슨 소리 하는 거야!」

「샐리 아줌마, 제 얘기 다 진짜예요. 누가 안 가면 저라도 가겠어요. 전 짐을 오랫동안 알고 지냈어요. 톰도 마찬가지고요. 왓슨 아줌마가 두 달 전에 돌아가셨는데, 돌아가시면서 짐을 강 하류 쪽으로 팔려고 한 걸 평생 수치스럽게 생각한다고 말씀하시면서, 유언으로 짐을 노예 신분에서 풀어 주셨어요.」

「그럼 짐이 자유인이라는 걸 알면서 대체 뭐 땜에 풀어 주려고 한 거니?」

「글쎄, 그게 문제긴 해요. 하지만 여자 같은 질문이에요! 저는 모험을 하고 싶었어요. 전 목만 내민 채 피에 젖은 강을 건너는 모험을 원했어요……. 아니, 폴리 아줌마가 여긴 왠!」

돌아보니, 폴리 아줌마가 마치 환하게 웃는 천사처럼 상냥하고 만족스러운 모습으로 문 안에 서 있는 것이 아닌가!

샐리 아줌마는 펄쩍 뛰어가더니 폴리 아줌마의 머리라도 잡아 챌 것처럼 꼭 껴안고 울음을 터뜨렸다. 나는 일이 더 복잡하게 될 것 같다는 생각에 침대 아래 적당한 곳으로 몸을 숨겼다. 몰래 내다보니, 잠시 후 폴리 아줌마는 팔을 풀고서 안경 너머로 톰을 내려다보고 있었는데, 그 표정이 마치 톰을 가루로 만들어 버릴 것처럼 보였다. 이윽고 폴리 아줌마는 이렇게 말했다.

「자, 머리를 이쪽으로 돌려 보겠니. 내가 너라면 그렇게 하겠다, 톰.」

「세상에나,」 샐리 아줌마가 말했다. 「그렇게 달라 보여요? 걔는 톰이 아니라 시드예요. 톰 동생이요. 그런데 톰이…… 톰이 어디로 갔지? 방금 전까지 있었는데.」

「헉 핀이 어디 있느냐고 묻는 거지? 그놈 말하는 거지! 오랫동안 톰 못지않게 망나니인 놈을 내가 키워 왔는데 모를

리가 있나? 못 알아본다면 그런 낭패가 있을라고. 헉 핀, 당장 침대 밑에서 못 나와!」

나는 시키는 대로 기어 나오긴 했지만, 기분이 썩 내키지는 않았다.

가장 어리둥절하게 서 있는 사람은 당연히 샐리 아줌마였다. 또 한 사람이 있다면 그건 사일러스 아저씨였다. 아저씨가 들어오자마자 아줌마들이 이 모든 것을 일러바친 것이다. 아저씨는 술에 취하신 듯, 멍한 표정이었고 온종일 일손을 잡지 못했다. 그리고 그날 밤 설교는 정말 아저씨의 이름에 먹칠을 할 정도로 엉망이 되고 말았다. 교회에서 가장 나이가 드신 분조차 무슨 말인지 이해 못 할 정도였으니 말이다. 톰의 숙모인 폴리 아줌마는 내가 누군지 뭐하는 놈인지 낱낱이 다 얘기했다. 나는 결국 일어나서 펠프스 부인이 나를 톰 소여로 오해한 순간 내가 얼마나 당황했었는지 이야기했다. 아줌마가 끼어들면서, 〈좋아, 계속 샐리 이모라고 불러 줘. 이젠 익숙해졌으니까. 바꿀 필요가 뭐 있니?〉라고 말했다. 나는 샐리 아줌마가 나를 톰으로 알았을 때 그냥 있을 수밖에 없었다고 했다. 딱히 다른 방법을 택할 수도 없었고 톰도 신경 쓰지 않을 것을 알기 때문이라고 설명했다. 신기한 일을 워낙 좋아하는 톰인지라 보나마나 모험을 하자고 하면서 즐거워할 게 뻔하기 때문이라고 했다. 결국 일이 그렇게 진행되었고 톰은 동생인 시드인 척했고 내가 편하게 느낄 수 있도록 해주었다고 설명했다.

폴리 아줌마는 왓슨 아줌마가 유언을 통해 짐을 풀어 준 일은 톰의 말이 맞다고 해주었고, 결국 톰은 이미 자유의 몸이 된 검둥이를 다시 자유롭게 해주기 위해 그런 힘들고 귀찮은 일을 한 셈이 된 것이다. 그때까지도 나는 어떻게 그렇게 잘 자란 톰 같은 아이가 남을 도와 검둥이를 해방시키는 일에 동참할 수 있는 건지 전혀 이해하지 못하고 있었다.

폴리 아줌마는 샐리 아줌마가 편지를 보내 톰과 시드가 제대로 무사히 집에 도착했다고 알려 주자, 혼자 이렇게 말했다고 한다.

「이것 좀 보게! 감독할 사람 하나 없이 보내니까 내가 예상했던 그대로네. 어차피 동생한테 답장을 받지 못할 것 같은 생각이 드니, 내가 직접 강을 따라 천 백 마일을 내려가서 대체 이놈들이 무슨 작당을 꾸미는지 알아봐야겠네.」

「언니 편지는 받은 적이 없는데.」 샐리 아줌마가 말했다.

「이상하네. 내가 두 번이나 편지를 써서 대체 시드가 여기 있다는 말이 무슨 소린지 물어봤는데.」

「아니, 한 장도 못 받았어요.」

폴리 아줌마는 서서히 고개를 돌려 엄한 표정으로 톰을 쳐다보면서, 이렇게 말했다.

「너, 톰!」

「네, 왜요?」 마치 귀찮다는 듯한 어투로 톰이 답했다.

「너 이 건방진 녀석, 나에게 감히 왜냐고 묻지 마라. 편지나 내놔.」

「무슨 편지요?」

「그 편지 말이야. 너 잡기만 하면, 내가 요절을……」

「아, 그거 가방에 있어요. 내가 우체국에서 받은 그대로예요. 읽어 보지도 않았고, 건드리지도 않았어요. 그냥 이 편지가 문제를 일으킬 것 같아서. 그래서 급한 게 아니면, 그냥……」

「하여튼, 넌 손 좀 봐야 해. 이번엔 꼼짝없다. 그리고 내가 온다고 또 한 장을 써 보냈는데, 분명 그것도 저 녀석이……」

「아니, 언니, 어제 도착했어요. 아직 안 읽었을 뿐이에요. 아무 문제 없어요. 제가 갖고 있으니까요.」

나는 샐리 아줌마가 그 편지를 받지 못하리라는 데에 2달러를 걸겠다고 말하고 싶었지만, 그러지 않는 편이 더 안전하겠다 싶었다. 그래서 결국 아무 말도 하지 않았다.

마지막 장

처음으로 둘만 있을 기회가 오자, 나는 대체 도피할 때 무슨 생각을 했냐고 톰에게 물어보았다. 만약 도피가 성공적으로 끝나고 이미 자유의 몸이 된 검둥이를 다시 자유롭게 해준 다음에는 무얼 하려고 했는지 궁금했다. 그러자 톰은 짐을 안전하게 빼낸 후, 뗏목을 타고 내려가 강어귀까지 모험을 한 다음 짐에게 자유노예라는 사실을 알려 주려 했다는 것이다. 그런 다음 다시 증기선을 타고 멋지게 고향으로 금의환향한 뒤 그동안 고생한 대가를 지불할 계획이었다는 것이다. 고향 사람들에게는 편지로 미리 알려 주어 모두 나오게 한 다음 횃불 행렬을 만들어 밴드를 앞세워 마을로 들어가게 한다는 것이 자기가 세운 계획이라고 말했다. 그러면 짐은 영웅이 되는 거고 우리도 마찬가지라는 것이다. 하지만 나는 지금 정도만 해도 괜찮다고 생각했다.

우리는 즉시 짐의 쇠사슬을 벗겨 냈다. 폴리 아줌마와 사일러스 아저씨, 그리고 샐리 아줌마는 짐이 의사를 도와 톰을 치료해 주었다는 말을 듣고는 짐을 치켜세우더니 좋은 옷도 입혀 주고 먹을 것을 주었다. 그리고 아무 일도 안 하고 즐기게 해주었다. 우리는 짐을 병실로 데려와 한참 수다를 떨었고, 톰은 짐이 아무 말 없이 죄수 역할을 너무 잘 해주어 고맙다고 40달러를 주었다. 짐은 너무 좋아 어쩔 줄 몰라 했다.

「자, 거 보라니께. 헉, 내가 뭐라고 혔어? 잭슨 섬에서 내가 뭐라 그랬냐니께? 나처럼 가슴에 털이 많으면 뭔 징조라고 말혔지. 내가 일전에는 부자였는디 다시 부자가 될 징조라고 했잖여. 그게 맞었어. 자, 보라니께. 나한테 뭐라고 하지 말어. 징조는 징조니께. 여기 내가 이렇게 서 있는 게 진짜인 것처럼 내가 다시 부자가 된 것도 진짜란 말이여.」

톰은 한참을 이야기한 후, 이렇게 말했다. 우리 셋이 언제 한번 밤에 몰래 여기를 빠져나간 다음 장비를 챙겨 인디언들이 사는 보호구역으로 들어가자는 것이다. 그리고 거기서 이삼 주 보내는 게 어떠냐는 것이다. 나는 내게 딱 들어맞는 일이지만 장비 살 돈이 없다고 대답했다. 왜냐하면 보나마나 아빠가 다시 돌아와서는 대처 판사님한테서 돈을 다 빼앗아 술을 먹었을 것이 분명하기 때문이다.

「아니, 네 아빠는 돌아오지 않았어.」 톰이 말했다. 「·6천 달러 이상이 그대로 있고, 네 아빠도 안 돌아왔어. 어쨌든 내가 떠날 때까지 안 돌아왔어.」

그러자 짐이 약간 심각한 투로 이렇게 말했다.

「헉, 니 아빠는 이제 돌아오지 않을 거여.」

「이유가 뭔데, 짐?」

「그냥 그려, 헉. 하여튼 이젠 더 이상 못 돌아와.」

하지만 내가 계속 물어 대자 짐은 사실을 말했.

「너, 강에 흘러내려 오던 목조건물 기억나? 그 안에 사람이 한 명 있었는데 뭐로 덮여 있었잖여. 내가 들어가서 벗겨 보고는 너한테 들어오지 말라고 그렸지? 그래 이젠 필요할 때 돈을 가질 수 있을 거여. 그게 니 아빠였어.」

이제 톰도 거의 회복이 되었다. 톰은 마치 시곗줄처럼 총알을 줄에 달아 목에 걸고 다녔다. 그리고 시간을 볼 때마다 그걸 들여다보았다. 이제 더 이상 쓸 내용도 없다. 난 홀가분해서 정말 날듯이 기뻤다. 책 쓰는 일이 이렇게 힘든 일이라는 것을 알았다면 정말 쓰지 않았을 것이다. 앞으로도 절대 이런 일은 하지 않겠다고 마음먹었다. 그리고 나는 남들보다 먼저 인디언 보호구역으로 들어가야겠다고 생각했다. 왜냐하면 샐리 아줌마가 벌써부터 나를 양자로 삼아 교양인으로 만들어 보겠다고 말했기 때문이다. 그것만은 절대 참을 수 없었다. 나는 이미 한번 그걸 겪어 봤기 때문이다.

역자 해설
헉 핀, 미국 문학이 탄생시킨 가장 매력적인 인물

1

 허클베리 핀은 미국 문학에 대해 전혀 알지 못하거나 마크 트웨인이라는 이름을 전혀 모르는 사람조차도 기억힐 수 있을 정도로 전 세계 독자들에게 알려진 이름이 되었다. 소설이라는 허구 세계에서 창조된 허클베리 핀이라는 인물이 실세계에서 이름을 떨친 그 어떤 사람만큼이나 유명세를 타게 된 것이다. 그렇다면 독자들이 실세계보다 허구 세계나 그 속에서 창조된 허구적인 인물들에게 매료되는 이유는 무엇일까? 이는 분명 작가들이 창조해 낸 허구 세계에서 벌어지는 사건들의 경이로움, 아니면 그 세계 인물들에게서 느끼는 색다른 그 무엇에 흠뻑 빠져들었기 때문일 것이다.

 대부분의 독자들은 어린 시절, 홍길동이라는 인물이 여기저기 출몰하면서 악당을 물리치며 정의를 바로 세우는 세계에 흠뻑 빠졌던 경험이 있었을 것이고, 『소나기』의 주인공인 시골 소년의 애잔한 첫사랑 이야기를 읽으면서 가슴 시리도록 찡했던 경험을 해보았을 것이다. 혹자는 외국 문학을 접하면서 『반지의 제왕』의 허구 세계나 해리포터의 호그와트라는 경이로운 세계에 매료되어 며칠 동안 그 속에 빠져 있었던 경험도 했을 테고, 복수심에 불타면서도 어쩔 줄 몰라 고민하는 햄릿이나 의심의 함정에 빠져 헤어 나오지 못한 채 비운의 결말을 맞는 오셀로라는 인물에 매료되어 한동안 이들과 함께 고민하고 슬퍼했던 경험도 있었을 것이다.

헉 핀 역시 독자들을 사로잡은 미국 문학의 대표적인 인물이라고 하겠다. 마크 트웨인은 전 세계 독자들에게 〈미국 소설의 아버지〉라거나 미국의 대표적인 유머 작가 혹은 남부의 모습을 그린 작가로서보다는, 헉 핀이라는 매력적인 인물을 탄생시킨 작가로 더 잘 알려져 있다. 그렇다면 과연 이 작품이 지닌 무엇이 그리고 헉 핀이라는 인물의 어떤 면이 이토록 오랫동안 독자들의 마음을 사로잡을 수 있게 된 것일까?

『허클베리 핀의 모험』을 처음 접한 일반 독자들에게 가장 먼저 다가오는 것은 작품의 플롯이나 주제보다는 역시 허클베리 핀이라는 인물일 것이다. 이전 작품인 『톰 소여의 모험』을 통해 이미 장난꾸러기면서도 동시에 용기 있고, 재치 있고, 우정이 돈독한 톰 소여라는 때 묻지 않은 인물을 탄생시킨 마크 트웨인은 이제 보다 성숙하고 인간적인 헉 핀을 탄생시켰다. 『톰 소여의 모험』에서 기억에 남는 장면으로 많은 독자들은, 담장 페인트칠 사건을 다른 관점에서 승화시킨 톰의 재치 있는 모습을 떠올릴 수 있을 것이다.

『허클베리 핀의 모험』에서 이제 헉 핀은 톰 소여처럼 재치 있고 용기 있는 소년일 뿐 아니라 도망친 노예를 자유주로 도피시키는 일에 관여함으로써 사회적, 도덕적 딜레마를 극복해 나가는 과정을 보여 주는 성숙한 인물로 등장한다. 미시시피 강을 따라 내려가면서 도망친 노예 짐과 함께 겪는 많은 사건들, 백인 마을에서 벌어지는 무지막지한 살인 사건, 뗏목에 동승한 자들이 자신들을 왕과 공작이라고 부르며 벌이는 온갖 사기 행각, 이러한 상황들 속에서 헉 핀은 때로는 문제를 해결해 나가기도 하며 성장해 간다. 그 가운데 톰 소여의 경우처럼 기지나 재치를 보여 주는 장면보다는 어린 나이답지 않게 친구인 짐에 대한 우정과 도망친 노예를 신고해야 하는 사회적 책임 사이에서 고민하면서도 당당하게 결단을 내릴 줄 아는 어른스러운 헉 핀의 모습을 볼 수 있다.

뗏목을 타고 미시시피 강을 따라 내려오면서 온갖 일을 겪었던 헉 핀과 짐은 흑백이라는 인종 간의 관계라든가 주인과 노예의 관계를 떠나 오랜 우정을 나눈 친구 관계를 맺게 된다. 이로써 헉 핀은 이제 더 이상 재치 있는 장난꾸러기 같은 톰 소여의 모습이 아니라 자신만의 사리를 분별할 줄 아는 성숙한 소년의 모습을 보여 준다.

긴박한 순간이었다. 나는 종이를 집어 들고는 손으로 꼭 잡았다. 이제 둘 중 하나를 선택해야 한다는 생각에 온몸이 마구 떨리기 시작했다. 잠시 생각하며 숨을 고른 뒤, 내 스스로에게 이렇게 말했다.

「좋아, 난 지옥으로 가겠어.」 그러고는 편지를 북 찢어 버렸다.

무서운 생각이었고, 무서운 말이었지만 이미 내뱉은 뒤였다. 나는 그냥 내버려 두기로 했다. 그리고 더 이상 개과천선 같은 생각을 하지 않기로 했다. 이제 머릿속에서 모든 것을 잊기로 하고, 다시 내가 자라 온 방식으로 돌아가 나쁜 짓을 하기로 했다. 착한 짓 하는 건 내 방식이 아니었다. 우선 다시 노예가 된 짐부터 몰래 빼내기로 했고, 이보다 더 나쁜 짓이 있다면 그것도 마다않기로 했다. 이왕 계속 하기로 한 바에야 철저히 하는 게 낫다고 보았다.

말썽꾸러기 어린 헉 핀의 나쁜 짓은 이제 더 이상 톰 소여와 함께 저지르던 어린아이들의 장난거리가 아니다. 헉 핀은 소위 이 나쁜 짓을 해서라도 짐과의 우정을 소중히 여기고 그를 노예 신분에서 해방시켜 주기로 한 것이다.

2

우리에게 보다 성숙하고 매력적인 인물로 다가오는 헉 핀의 모습을 다만 짐과의 관계뿐 아니라, 화자인 헉 핀이 천 마일이 넘는 미시시피 강을 따라 내려가면서 겪는 많은 사건에서도 찾아볼 수 있다. 잠시 이야기의 줄거리를 따라가면서 헉의 다양한 인물 모습을 살펴보기로 하자.

『톰 소여의 모험』에서 톰을 잘 따르는 마을 부랑아로 등장했던 헉 핀은 이 작품에서도 열서너 살 정도에다가, 예전처럼 집 안보다는 집 밖의 숲 속 생활을 좋아하는 소년으로 등장한다. 『톰 소여의 모험』 말미에서 이런저런 곡절 끝에 과부 더글러스 아주머니의 양자로 들어가게 된 헉 핀은 이 작품에서도 더글러스 아주머니와 그녀의 노처녀 동생 왓슨 아주머니의 보호 아래 교양인이 되는 교육을 받게 된다. 하지만 그는 천성적으로 이러한 교양인 교육보다는 집 밖에서 장난꾸러기들과 함께 지내기를 좋아한다. 게다가 헉 핀은 아주머니들의 종교적인 가르침 또한 천진난만한 어린애다운 태도로 받아들인다.

왓슨 아주머니가 강요하다시피 이야기하는 천당과 지옥에 대해서도, 헉 핀은 만약 왓슨 아주머니가 간다고 하는 천당이라면 차라리 가지 않는 편이 낫고, 지옥이라는 데가 어떤 곳인지는 전혀 알지 못하지만 만약 톰 소여가 갈 곳이라고 한다면 자신도 그곳에 같이 있고 싶다고 생각한다. 이런 헉 핀을 통해서 우리는 종교에 대해 가차 없이 비판하는 모습보다는 어른 사회의 왜곡되고 허위적인 종교적 태도를 대하는 아이들의 순수한 시각을 보게 된다.

하지만 아주머니들의 보살핌 속에서 학교 다니는 데도 익숙해지고 교양인이 되는 과정도 익숙해질 무렵, 일 년간 행방불명이던 허클베리 핀의 아버지가 아들을 찾아 마을에 나타난다. 마을에서 소문난 주정뱅이였던 그는 허클베리 핀이 대처 판사에게 맡긴 돈을 빼앗기 위해 아들을 강가로 데리고 가 오두막에 가둬 놓은 뒤 대처 판사에게 돈을 요구한다. 마침내 기지를 발휘해 오두막을 탈출한 헉 핀은 미시시피 강에 위치한 잭슨 섬으로 피신하고, 그곳에서 도망친 노예 짐을 만나게 된다. 왓슨 아주머니의 노예였던 짐은 자신을 팔아넘기겠다는 이야기를 듣고 가족과 헤어지는 것이 두려워 집에서 도망을 쳤던 것이다. 이 둘은 뗏목을 잡아타고서 미시시피 강을 따라 내려가는 여정을 시작한다.

뗏목을 타고 내려가면서 두 사람이 겪는 사건들은 단지 모험 차원의 이야기에 머무는 것이 아니다. 도망친 흑인 노예 짐과의 관계라는 줄거리와 함께, 뗏목으로 피신한 공작과 왕이라는 사기꾼들과의 만남에서 벌어지는 온갖 사기 행각이 또 다른 줄거리가 되어 이야기를 엮어 나간다. 이러한 과정에서 헉 핀은 어른 사회가 저지르는 무시무시한 사건들에 연루되기도 하고 또 한편으로는 이러한 상황들을 지켜보기도 한다. 원인도 모르는 원한 관계 때문에 서로 죽이다가도 주일이면 같이 교회에 앉아 선행이나 은총에 대한 설교를 듣는 두 가문을 만나고, 술에 취해 횡설수설하며 남에게 시비를 걸던 영감이 결국 셔번 대령이라는 사람의 총에 맞아 죽는 모습을 목격하는 등 어른 세계에서 벌어지는 이해 못 할 여러

가지 사건들을 접하게 된다.

하지만 이러한 사건들을 하나하나 전달해 주는 헉 핀의 시각은 어른 사회에 대한 환멸감보다는 따듯한 이해심으로 가득 차 있고, 나아가 이런저런 사건 속에서 비참한 최후를 맞게 되는 여러 인물들에 대해서도 애정 어린 시선을 잃지 않는다. 특히 짐과의 관계 또한 흑백의 차원을 떠나 인간적으로 서로를 이해하는 단계로 발전해 나간다. 말도 못 하고 듣지도 못 하게 된 줄 모른 채 어린 딸 엘리자베스를 혼냈던 짐의 이야기를 가만히 듣고 있던 헉 핀은 이제 더 이상 열서너 살짜리 장난꾸러기가 아니라, 인간에 대한 측은지심이 가득한 성숙한 인물로 다가온다.

어느 날 밤 헉 핀은 자신의 불침번 차례를 대신 서주던 짐이 강물이 철썩대는 소리를 들으며 혼자 흐느끼고 있는 모습을 발견한다. 헉 핀은 한 번도 집을 떠나 본 적이 없는 짐이 단지 향수병에 걸려 울고 있겠거니 생각한다. 하지만 짐의 이야기를 다 듣고 난 후, 단지 독자들에게 이를 전달해 주기만 하는 헉 핀의 말없는 모습에서 우리는 헉 핀의 마음을 읽고 공감할 수 있다. 뗏목에 앉아 사방이 조용한 가운데 강물 철썩대는 소리만이 들려오자 짐은 문득, 문을 닫으라는 말에 아무런 대꾸도 하지 않던 엘리자베스를 혼낸 일을 떠올린다.

「이년아, 내 말을 못 알아듣겠냐!」
「그러곤 주먹으로 귓방맹이를 후려갈겼더니, 그냥 나가자빠지더라고. 옆방에 갔다가 다시 돌아왔더니만 아직도 문이 열려 있고 애가 여전히 문 앞에 서서 아래만 쳐다보며 눈물을 줄줄 흘리고 있는 거여. 머리끝까지 화가 나서 다시 패려고 가는데 바람이 휙 하고 불더니, 열려 있던 문이 바로 애 등 뒤에서 쾅 하고 닫히는 거였어. 근디 애가 꿈쩍도 않는 거여. 갑자기 숨이 턱 막히데. 벌벌 떨리는 기분으로 기어와 문을 살짝 열고는, 애 뒤통수에다가 얼굴을 대고 있는 힘을 다해 〈야!〉 하고 악을 질러 봤어. 그런데도 꿈쩍 않는 거여. 헉, 그 순간 눈물이 왈칵 쏟아지더라고. 애를 껴안고는, 〈하느님 아버지! 세상에 이럴 수가 있슈, 불쌍한 우리 새끼! 주님, 부디 늙고 불쌍한 짐을 용서해 주슈. 전 평생 저 자신을 용서 못 할 거여유!〉 하고 울부짖었어. 글쎄 그 애가 말을 하지도 듣지도 못 하게 돼버린 거여. 헉, 귀머거리에다 벙어리가 된 거라니께. 난 그런 딸내미를 패버린 몹쓸 아비였단 말여!」

3

미국 문학이 탄생시킨 가장 매력적인 인물이라 할 수 있는 헉 핀에 대한 보다 폭넓은 이해를 위해서 우리는 헉 핀을 그려 낸 마크 트웨인의 작품 세계와 그가 활동하던 당시의 문학적인 정서를 살펴볼 필요가 있다. 마크 트웨인이 작품 활동을 시작하던 19세기 후반 미국은, 우리에게 『주홍글씨』라는 작품으로 잘 알려진 너대니얼 호손과 『모비 딕』이라는 작품으로 알려진 허먼 멜빌 등 소위 미국 문학의 부흥기이자 낭만주의 시대가 막을 내리면서 새로운 움직임이 태동하는 시기였다.

1849년에 금을 찾아 캘리포니아로 이주한 일단의 사람들을 일컫는 포티나이너스를 시초로 서부로의 이주가 시작되면서 캘리포니아가 미국의 주로 편입되고, 이어 서부의 주들이 하나둘씩 미국 영토로 영입되면서 서부 각지에서 벌어지는 사실적인 이야기들이 소설의 줄거리로 등장하기 시작했다. 이와 함께 지역성이 강조되는 지방색 문학들이 등장하면서 소위 사실주의 흐름이 미국 문학의 주류로 형성되던 시기였다. 다른 지방색 작가들처럼, 마크 트웨인 역시 새로이 미국 영토로 영입된 네바다 영토 및 캘리포니아 영토에서 금광 캐는 일에 종사하거나 지역의 저널리스트로 일하면서 자신이 직접 겪거나 보고 들은 이야기들을 발표했다. 지금도 매년 캘리포니아 주에서 개최되는 개구리 점프 대회는 당시 일확천금을 꿈꾸던 포티나이너스들이 모여 살던 금광촌에서 벌어진 일을 기리는 행사이다. 포티나이너스들은 모든 것에 도박을 벌이곤 했으며 심지어 개구리를 가장 멀리 뛰게 하는 사람이 판돈을 전부 갖는 도박도 즐겼다. 이러한 지역적 사건들이 알려진 것도 다름 아닌 지방색 작가들이 이를 글로 발표한 덕분이었다. 마크 트웨인의 「캘리베러스 카운티의 명물 점프하는 개구리」 역시 포티나이너스들이 모여 사는 서부 지역의 리얼한 모습을 동부에 알린 대표적인 경우라 할 수 있겠다.

1850년대 후반부터 마크 트웨인은 미시시피 강을 따라 이어지는 수로 안내인 일을 했다. 남북 전쟁이 터지면서 1861년 그 일을 그만두게 될 때까지 그는 2천 마일이나 되는 미시시피 강을 따라 뉴올리언스 주까지 내려가는 증기선의 수로 안내인으로 일했다. 이 경험을 통해 그는 후에, 자신의 작품에 담아 낸 수많은 사건들을 체험했고, 수로 안내 중 만났던 여러 사람들로부터 각 지역의 재미있는 이야기들을 수집해 많은 글거리를 장만할 수 있었다. 필명으로 쓰는 마크 트웨인이라는 이름 역시 수로 안내인으로 일하던 경험에서 비롯되었는데, 이는 수로를 안내하면서 강의 깊이가 증기선이 지나가기에 안전한 〈두 길〉 정도 된다는 것을 알리던 구호였다.

수로 안내인을 하면서 보았던 마을의 모습과 그곳에 사는 사람들로부터 들은 이야기는 새로운 상상력으로 채색되어 『허클베리 핀의 모험』에 등장한다. 마크 트웨인은 미시시피 강에서의 자신의 경험을 책으로 묶어 〈미시시피 강의 생활〉이란 제목으로 출간하기 이전 이미 신문에 자신의 경험담을 연재하고 있었다. 『허클베리 핀의 모험』 16장에 나오는 뱃사람들이 떠벌리는 이야기의 경우, 『허클베리 핀의 모험』 미국판이 출판된 1885년보다 2년 전인 1883년 『미시시피 강의 생활 Life on the Mississippi』에 실려 미리 출간되기도 했다.

헉 핀이 자주 구사하는 비속어와 여기저기 보이는 지역 사투리, 헉 핀이 즐겨하는 거짓말과 훔치는 행위에 대한 자기변명적 태도, 그리고 무엇보다도 기독교적 관습에 대한 비판적인 태도 등으로 인해 『허클베리 핀의 모험』은 여러 번에 걸쳐 혹평과 함께 아동 금서로 분류되는 불운을 겪기도 했다. 하지만 오히려 이러한 솔직한 묘사 방법과 흑인들의 말투를 포함해 다양한 언어를 그대로 옮겨 놓음으로 해서 새로운 글쓰기의 전형으로 인정받았다. 또한 다양한 사건들을 서술하는 데 있어서 작가의 직접적인 목소리가 전혀 개입되지 않고 모든 것을 열서너 살 된 소년의 입장으로 서술할 뿐 아니라, 실제 쓰이는 언어로 서술했다는 점에서 현대적인 글쓰기의 시범을 보인 작품으로 평가받았다. 미국의 20세기 문학을 대표하는 작가 어니스트 헤밍웨이는 미국의 현대 문학이 바로 이 한 권에서 비롯되었다고 말한 바 있다. 하지만 무엇보다 중요한 것은 헉 핀이라는 인물이 오늘날까지 많은 독자들의 기억 속에 살아남아 있다는 점이며 책의 형태로든, 전자북의 형태로든, 오디오 파일의 형태로든, 비디오나 영화의 형태로든 계속 살아남아 독자들의 상상력을 사로잡는다는 점이다.

번역본은 캘리포니아 대학 출판부가 마크 트웨인의 자필

원고를 바탕으로 하여 2002년 출판한 『허클베리 핀의 모험: 유일한 정본 텍스트 *Adventures of Huckleberry Finn: The Only Authoritative Text*』를 텍스트로 삼았다. 없어졌다고 보았던 자필 원고의 앞부분이 1990년 10월 로스앤젤레스 할리우드의 한 저택 다락방에서 발견된 이후 이를 근거로 『뉴요커』는 1995년, 9장 중반 부분의 짐이 말한 귀신 이야기를 별도로 출간하였고, 출판사 랜덤하우스는 1996년에 귀신 이야기와 더불어 20장 야외 집회 장면의 첨가 부분을 포함시켜 〈유일한 종합판〉이란 이름으로 헉 핀을 출간하였다. 이번 캘리포니아 대학 출판부의 『유일한 정본 텍스트』는 귀신 이야기와 야외 집회 장면의 첨가 부분을 본문에 넣지 않고 부록으로 처리해 뒤에 실었다. 이에 대해 편집진들은 마크 트웨인이 원했던 원래의 의도대로 책을 출간하기 위해서라고 설명했다. 그리고 타자를 치거나 수정 과정에서 발생한 실수를 바로잡고 자필 원고를 상세히 검토해 1884년 마크 트웨인이 처음으로 원고를 출판사에 넘길 당시 작가의 의도를 중시했다고 밝히고 있다. 우리말 번역본에는 이 부록에 대한 번역은 싣지 않았다. 이 부분에 대한 원본을 보고자 하는 독자들은 영역본을 참고하기 바란다.

윤교찬

마크 트웨인 연보

1835년 출생 11월 30일 미국 미주리 주 플로리다 마을에서 일곱 형제 가운데 여섯 번째로 태어남. 본명은 새뮤얼 랭혼 클레멘스Samuel Langhorne Clemens.

1839년 4세 미시시피 강이 지나가는 미주리 주의 항구 도시 해니벌Hannibal로 이사, 거기서 어린 시절을 보냄. 마크 트웨인의 소설 세계에 자주 등장하는 세인트피터즈버그St. Petersburg 마을은 해니벌을 모델로 한 것임.

1847년 12세 아버지 사망. 마크 트웨인은 가족의 생계를 도와 지방 인쇄소의 수습공 등으로 일하다가, 형인 오라이언Orion이 『해니벌 저널』을 창간하자 이 신문사의 식자공으로 일함. 식자공으로 일하는 동안 이따금씩 신문에 익살스러운 글들을 기고하기도 하고, 보스턴의 한 유머지에 글을 싣기도 함.

1853년 18세 식자공 일을 그만둔 뒤 동부로 건너가 뉴욕과 필라델피아 등의 신문사에서 수습기자로 일함.

1856년 21세 다시 미주리 주로 돌아옴. 미시시피 강을 따라 뉴올리언스로 가던 중 호레이스 빅스비Horace Bixby라는 증기선 기관사를 만나 그로부터 수로 안내인에 대한 이야기를 들음. 이후 수로 안내인 훈련을 받고, 거대한 미시시피 강을 따라 배를 안내하는 수로 안내인 생활을 시작함.

1861년 26세　남북 전쟁이 발발해 수로 운행이 중단될 때까지 수로 안내인 생활이 계속됨. 네바다 주 서기관으로 임명된 형 오라이언을 따라 네바다로 건너가 광산 등에 투자하거나, 금 채굴 사업에 관여하지만 실패함.

1864년 29세　캘리포니아로 건너가 당시 지역색 작가로 이름을 떨치기 시작한 브렛 하트 등을 만남. 「캘리베러스 카운티의 명물 점프하는 개구리The Celebrated Jumping Frog of Calaveras County」를 씀.

1865년 30세　11월 「캘리베러스 카운티의 명물 점프하는 개구리」가 뉴욕의 「새터데이 프레스」에 발표됨. 이것이 마크 트웨인의 이름을 미 전역에 알리는 계기를 마련해 줌.

1866년 31세　이때부터 시작된 해외여행은 그에게 또 다른 글거리를 제공해 줌.

1867년 32세　6월 특파원 자격으로 유럽과 팔레스타인 성지 여행.

1869년 34세　1866년부터의 해외여행 체험담을 모아 『철부지의 해외여행기 The Innocents Abroad』 출간.

1870년 35세　뉴욕 출신의 올리비아 랭던을 만나 2월 결혼식을 올리고 뉴욕 주 버펄로에 정착.

1871년 36세　10월 코네티컷 주 하트퍼드의 저택으로 이사. 강연을 위해 영국을 몇 번 다녀옴.

1873년 38세　찰스 더들링 워너와 함께 『도금시대 The Gilded Age』 출간. 이 작품은 크게 성공을 거두지는 못하였으나 남북 전쟁 이후 속은 멍들었지만 겉으로는 번지르르한 시대상을 일컫는 대표적인 용어로 자리하게 됨.

1875년 40세　「애틀랜틱 먼슬리」에 수로 안내인 시절의 체험담이 실림.

1876년 41세　『톰 소여의 모험 The Adventures of Tom Sawyer』 출간.

1883년 48세　「애틀랜틱 먼슬리」에 실린 수로 안내인 체험담이 『미시시피 강의 생활Life on the Mississippi』로 출간됨.

1884년 49세　영국과 캐나다에서 『허클베리 핀의 모험』 출간.

1885년 50세　2월 『허클베리 핀』의 미국판 출간.

1889년 54세　역사적, 공상적 상상력을 발휘해 시간을 거슬러 중세 암흑기에 도착한 양키의 활동을 그린 『아서 왕궁의 코네티컷 양키A Connecticut Yankee in King Arthur's Court』 출간. 1880년대 후반 자동식자기에 투자하다가 실패하는 등 경제적 어려움을 겪음. 하트퍼드의 저택을 처분하고 유럽으로 건너감. 이후 출판사를 세웠으나 그것마저 도산하고, 큰딸 수지가 죽는 등 개인적인 고통을 겪게 됨. 말년의 작품인 『백치 윌슨Pudd'nhead Wilson』 등에서 다소 어두운 색채를 보이는 것도 이런 개인적 불행과 무관하지 않음.

1895년 60세　빚 청산을 위해 세계 일주 강연을 떠남.

1897년 62세　세계 일주 강연과 그 내용을 기록한 『적도를 따라서Following the Equator』 출간.

1900년 65세　단편집 『해들리버그를 타락시킨 사나이 외The Man That Corrupted Hadleyburg and Other Stories and Sketches』 출간. 그 와중에 막내딸 진이 불치병에 걸리는 불운을 맞음.

1904년 69세　평소 몸이 약했던 아내 올리비아마저 사망함.

1910년 75세　4월 21일 코네티컷 주 레딩에서 생을 마감함.

열린책들 세계문학 132 허클베리 핀의 모험

옮긴이 윤교찬 서강대학교 영어영문학과를 졸업하고 동 대학원과 미국 노스캐롤라이나 대학교에서 석사 학위를, 서강대학교에서 논문 「존 바스의 포스트모더니즘 소설과 카운터리얼리즘의 세계」로 박사 학위를 받았다. 현재 한남대학교 영어교육과 교수로 재직 중이며 19~20세기 미국 소설, 탈식민주의 문학 이론, 문화 연구, 영문학 교육 등에 관심을 가지고 연구 중이다. 대전 지역의 교수들과 들뢰즈, 지젝, 탈식민주의, 문화 연구 등을 함께 공부하고 있으며, 이 모임의 연구 성과물로 『탈식민주의 길잡이』(공역), 『문화코드 어떻게 읽을 것인가?』(공역) 등이 출간되었다. 이 밖에 옮긴 책으로는 『문학비평의 전제』, 『경계선 넘기: 새로운 문학연구의 모색』(공역), 『나의 도제시절』(공역), 『미국인종차별사』(공역) 등이 있다.

지은이 마크 트웨인 **옮긴이** 윤교찬 **발행인** 홍예빈·홍유진
발행처 주식회사 열린책들 **주소** 경기도 파주시 문발로 253 파주출판도시
전화 031-955-4000 **팩스** 031-955-4004 **홈페이지** www.openbooks.co.kr
Copyright (C) 주식회사 열린책들, 2010, *Printed in Korea.*
ISBN 978-89-329-1132-8 04840 **ISBN** 978-89-329-1499-2 (세트)
발행일 2010년 7월 30일 세계문학판 1쇄 2023년 2월 10일 세계문학판 8쇄

이 도서의 국립중앙도서관 출판예정도서목록(CIP)은 서지정보유통지원시스템 홈페이지(http://seoji.nl.go.kr)와 국가자료공동목록시스템(http://www.nl.go.kr/kolisnet)에서 이용하실 수 있습니다.(CIP제어번호:CIP2010002446)

열린책들 세계문학
Open Books World Literature

001 **죄와 벌** 표도르 도스또예프스끼 장편소설 | 홍대화 옮김 | 전2권 | 각 408, 512면

003 **최초의 인간** 알베르 카뮈 장편소설 | 김화영 옮김 | 392면

004 **소설** 제임스 미치너 장편소설 | 윤희기 옮김 | 전2권 | 각 280, 368면

006 **개를 데리고 다니는 부인** 안똔 체호프 소설선집 | 오종우 옮김 | 368면

007 **우주 만화** 이탈로 칼비노 단편집 | 김운찬 옮김 | 416면

008 **댈러웨이 부인** 버지니아 울프 장편소설 | 최애리 옮김 | 296면

009 **어머니** 막심 고리끼 장편소설 | 최윤락 옮김 | 544면

010 **변신** 프란츠 카프카 중단편집 | 홍성광 옮김 | 464면

011 **전도서에 바치는 장미** 로저 젤라즈니 중단편집 | 김상훈 옮김 | 432면

012 **대위의 딸** 알렉산드르 뿌쉬낀 장편소설 | 석영중 옮김 | 240면

013 **바다의 침묵** 베르코르 소설선집 | 이상해 옮김 | 256면

014 **원수들, 사랑 이야기** 아이작 싱어 장편소설 | 김진준 옮김 | 320면

015 **백치** 표도르 도스또예프스끼 장편소설 | 김근식 옮김 | 전2권 | 각 504, 528면

017 **1984년** 조지 오웰 장편소설 | 박경서 옮김 | 392면

019 **이상한 나라의 앨리스** 루이스 캐럴 환상동화 | 머빈 피크 그림 | 최용준 옮김 | 336면

020 **베네치아에서의 죽음** 토마스 만 중단편집 | 홍성광 옮김 | 432면

021 **그리스인 조르바** 니코스 카잔차키스 장편소설 | 이윤기 옮김 | 488면

022 **벚꽃 동산** 안똔 체호프 희곡선집 | 오종우 옮김 | 336면

023 **연애 소설 읽는 노인** 루이스 세풀베다 장편소설 | 정창 옮김 | 192면

024 **젊은 사자들** 어윈 쇼 장편소설 | 정영문 옮김 | 전2권 | 각 416, 408면

026 **젊은 베르테르의 슬픔** 요한 볼프강 폰 괴테 장편소설 | 김인순 옮김 | 240면

027 **시라노** 에드몽 로스탕 희곡 | 이상해 옮김 | 256면

028 **전망 좋은 방** E. M. 포스터 장편소설 | 고정아 옮김 | 352면

029 **까라마조프 씨네 형제들** 표도르 도스또예프스끼 장편소설 | 이대우 옮김 | 전3권 | 각 496, 496, 460면

032 **프랑스 중위의 여자** 존 파울즈 장편소설 | 김석희 옮김 | 전2권 | 각 344면

034 **소립자** 미셸 우엘벡 장편소설 | 이세욱 옮김 | 448면

035 **영혼의 자서전** 니코스 카잔차키스 자서전 | 안정효 옮김 | 전2권 | 각 352, 408면

037 **우리들** 예브게니 자먀찐 장편소설 | 석영중 옮김 | 320면

038 **뉴욕 3부작** 폴 오스터 장편소설 | 황보석 옮김 | 480면

039 **닥터 지바고** 보리스 파스테르나크 장편소설 | 홍대화 옮김 | 전2권 | 각 480, 592면

041 **고리오 영감** 오노레 드 발자크 장편소설 | 임희근 옮김 | 456면

042 **뿌리** 알렉스 헤일리 장편소설 | 안정효 옮김 | 전2권 | 각 400, 448면

044 **백년보다 긴 하루** 친기즈 아이뜨마또프 장편소설 | 황보석 옮김 | 560면

045 **최후의 세계** 크리스토프 란스마이어 장편소설 | 장희권 옮김 | 264면

046 **추운 나라에서 돌아온 스파이** 존 르카레 장편소설 | 김석희 옮김 | 368면

047 **산도칸 ― 몸프라쳄의 호랑이** 에밀리오 살가리 장편소설 | 유향란 옮김 | 428면

048 **기적의 시대** 보리슬라프 페키치 장편소설 | 이윤기 옮김 | 560면

049 **그리고 죽음** 짐 크레이스 장편소설 | 김석희 옮김 | 224면

050 **세설** 다니자키 준이치로 장편소설 | 송태욱 옮김 | 전2권 | 각 480면

052 **세상이 끝날 때까지 아직 10억 년** 스뜨루가츠끼 형제 장편소설 | 석영중 옮김 | 224면

053 **동물 농장** 조지 오웰 장편소설 | 박경서 옮김 | 208면

054 **캉디드 혹은 낙관주의** 볼테르 장편소설 | 이봉지 옮김 | 232면

055 **도적 떼** 프리드리히 폰 실러 희곡 | 김인순 옮김 | 264면

056 **플로베르의 앵무새** 줄리언 반스 장편소설 | 신재실 옮김 | 320면

057 **악령** 표도르 도스또예프스끼 장편소설 | 박혜경 옮김 | 전3권 | 각 328, 408, 528면

060 **의심스러운 싸움** 존 스타인벡 장편소설 | 윤희기 옮김 | 340면

061 **몽유병자들** 헤르만 브로흐 장편소설 | 김경연 옮김 | 전2권 | 각 568, 544면

063 **몰타의 매** 대실 해밋 장편소설 | 고정아 옮김 | 304면

064 **마야꼬프스끼 선집** 블라지미르 마야꼬프스끼 선집 | 석영중 옮김 | 384면

065 **드라큘라** 브램 스토커 장편소설 | 이세욱 옮김 | 전2권 | 각 340, 344면

067 **서부 전선 이상 없다** 에리히 마리아 레마르크 장편소설 | 홍성광 옮김 | 336면

068 **적과 흑** 스탕달 장편소설 | 임미경 옮김 | 전2권 | 각 432, 368면

070 **지상에서 영원으로** 제임스 존스 장편소설 | 이종인 옮김 | 전3권 | 각 396, 380, 496면

073 **파우스트** 요한 볼프강 폰 괴테 희곡 | 김인순 옮김 | 568면

074 **쾌걸 조로** 존스턴 매컬리 장편소설 | 김훈 옮김 | 316면

075 **거장과 마르가리따** 미하일 불가꼬프 장편소설 | 홍대화 옮김 | 전2권 | 각 364, 328면

077 **순수의 시대** 이디스 워튼 장편소설 | 고정아 옮김 | 448면

078 **검의 대가** 아르투로 페레스 레베르테 장편소설 | 김수진 옮김 | 384면

079 **예브게니 오네긴** 알렉산드르 뿌쉬낀 운문소설 | 석영중 옮김 | 328면

080 **장미의 이름** 움베르토 에코 장편소설 | 이윤기 옮김 | 전2권 | 각 440, 448면

082 **향수** 파트리크 쥐스킨트 장편소설 | 강명순 옮김 | 384면

083 **여자를 안다는 것** 아모스 오즈 장편소설 | 최창모 옮김 | 280면

084 **나는 고양이로소이다** 나쓰메 소세키 장편소설 | 김난주 옮김 | 544면

085 **웃는 남자** 빅토르 위고 장편소설 | 이형식 옮김 | 전2권 | 각 472, 496면

087 **아웃 오브 아프리카** 카렌 블릭센 장편소설 | 민승남 옮김 | 480면

088 **무엇을 할 것인가** 니꼴라이 체르니셰프스끼 장편소설 | 서정록 옮김 | 전2권 | 각 360, 404면

090 **도나 플로르와 그녀의 두 남편** 조지 아마두 장편소설 | 오숙은 옮김 | 전2권 | 각 408, 308면

092 **미사고의 숲** 로버트 홀드스톡 장편소설 | 김상훈 옮김 | 424면

093 **신곡** 단테 알리기에리 장편서사시 | 김운찬 옮김 | 전3권 | 각 292, 296, 328면

096 **교수** 샬럿 브론테 장편소설 | 배미영 옮김 | 368면

097 **노름꾼** 표도르 도스또예프스끼 장편소설 | 이재필 옮김 | 320면

098 **하워즈 엔드** E. M. 포스터 장편소설 | 고정아 옮김 | 512면

099 **최후의 유혹** 니코스 카잔차키스 장편소설 | 안정효 옮김 | 전2권 | 각 408면

101 **키리냐가** 마이크 레스닉 장편소설 | 최용준 옮김 | 464면

102 **바스커빌가의 개** 아서 코넌 도일 장편소설 | 조영학 옮김 | 264면

103 **버마 시절** 조지 오웰 장편소설 | 박경서 옮김 | 408면

104 **10 1/2장으로 쓴 세계 역사** 줄리언 반스 장편소설 | 신재실 옮김 | 464면

105 **죽음의 집의 기록** 표도르 도스또예프스끼 장편소설 | 이덕형 옮김 | 528면

106 **소유** 앤토니어 수전 바이어트 장편소설 | 윤희기 옮김 | 전2권 | 각 440, 488면

108 **미성년** 표도르 도스또예프스끼 장편소설 | 이상룡 옮김 | 전2권 | 각 512, 544면

110 **성 앙투안느의 유혹** 귀스타브 플로베르 희곡소설 | 김용은 옮김 | 584면

111 **밤으로의 긴 여로** 유진 오닐 희곡 | 강유나 옮김 | 240면

112 **마법사** 존 파울즈 장편소설 | 정영문 옮김 | 전2권 | 각 512, 552면

114 **스쩨빤치꼬보 마을 사람들** 표도르 도스또예프스끼 장편소설 | 변현태 옮김 | 416면

115 **플랑드르 거장의 그림** 아르투로 페레스 레베르테 장편소설 | 정창 옮김 | 512면

116 **분신** 표도르 도스또예프스끼 장편소설 | 석영중 옮김 | 288면

117 **가난한 사람들** 표도르 도스또예프스끼 장편소설 | 석영중 옮김 | 256면

118 **인형의 집** 헨리크 입센 희곡 | 김창화 옮김 | 272면

119 **영원한 남편** 표도르 도스또예프스끼 장편소설 | 정명자 외 옮김 | 448면

120 **알코올** 기욤 아폴리네르 시집 | 황현산 옮김 | 352면

121 **지하로부터의 수기** 표도르 도스또예프스끼 장편소설 | 계동준 옮김 | 256면

122 **어느 작가의 오후** 페터 한트케 중편소설 | 홍성광 옮김 | 160면

123 **아저씨의 꿈** 표도르 도스또예프스끼 장편소설 | 박종소 옮김 | 312면

124 **네또츠까 네즈바노바** 표도르 도스또예프스끼 장편소설 | 박재만 옮김 | 316면

125 **곤두박질** 마이클 프레인 장편소설 | 최용준 옮김 | 528면

126 **백야 외** 표도르 도스또예프스끼 소설선집 | 석영중 외 옮김 | 408면

127 **살라미나의 병사들** 하비에르 세르카스 장편소설 | 김창민 옮김 | 304면

128 **뻬쩨르부르그 연대기 외** 표도르 도스또예프스끼 소설선집 | 이항재 옮김 | 296면

129 **상처받은 사람들** 표도르 도스또예프스끼 장편소설 | 윤우섭 옮김 | 전2권 | 각 296, 392면

131 **악어 외** 표도르 도스또예프스끼 소설선집 | 박혜경 외 옮김 | 312면

132 **허클베리 핀의 모험** 마크 트웨인 장편소설 | 윤교찬 옮김 | 416면

133 **부활** 레프 똘스또이 장편소설 | 이대우 옮김 | 전2권 | 각 308, 416면

135 **보물섬** 로버트 루이스 스티븐슨 장편소설 | 머빈 피크 그림 | 최용준 옮김 | 360면

136 **천일야화** 앙투안 갈랑 엮음 | 임호경 옮김 | 전6권 | 각 336, 328, 372, 392, 344, 320면

142 **아버지와 아들** 이반 뚜르게네프 장편소설 | 이상원 옮김 | 328면

143 **오만과 편견** 제인 오스틴 장편소설 | 원유경 옮김 | 480면

144 **천로 역정** 존 버니언 우화소설 | 이동일 옮김 | 432면

145 **대주교에게 죽음이 오다** 윌라 캐더 장편소설 | 윤명옥 옮김 | 352면

146 **권력과 영광** 그레이엄 그린 장편소설 | 김연수 옮김 | 384면

147 **80일간의 세계 일주** 쥘 베른 장편소설 | 고정아 옮김 | 352면

148 **바람과 함께 사라지다** 마거릿 미첼 장편소설 | 안정효 옮김 | 전3권 | 각 616, 640, 640면

151 **기탄잘리** 라빈드라나트 타고르 시집 | 장경렬 옮김 | 224면

152 **도리언 그레이의 초상** 오스카 와일드 장편소설 | 윤희기 옮김 | 384면

153 **레우코와의 대화** 체사레 파베세 희곡소설 | 김운찬 옮김 | 280면

154 **햄릿** 윌리엄 셰익스피어 희곡 | 박우수 옮김 | 256면

155 **맥베스** 윌리엄 셰익스피어 희곡 | 권오숙 옮김 | 176면

156 **아들과 연인** 데이비드 허버트 로런스 장편소설 | 최희섭 옮김 | 전2권 | 각 464, 432면

158 **그리고 아무 말도 하지 않았다** 하인리히 뵐 장편소설 | 홍성광 옮김 | 272면

159 **미덕의 불운** 싸드 장편소설 | 이형식 옮김 | 248면

160 **프랑켄슈타인** 메리 W. 셸리 장편소설 | 오숙은 옮김 | 320면

161 **위대한 개츠비** 프랜시스 스콧 피츠제럴드 장편소설 | 한애경 옮김 | 280면

162 **아Q정전** 루쉰 중단편집 | 김태성 옮김 | 320면

163 **로빈슨 크루소** 대니얼 디포 장편소설 | 류경희 옮김 | 456면

164 **타임머신** 허버트 조지 웰스 소설선집 | 김석희 옮김 | 304면

165 **제인 에어** 샬럿 브론테 장편소설 | 이미선 옮김 | 전2권 | 각 392, 384면

167 **풀잎** 월트 휘트먼 시집 | 허현숙 옮김 | 280면

168 **표류자들의 집** 기예르모 로살레스 장편소설 | 최유정 옮김 | 216면

169 **배빗** 싱클레어 루이스 장편소설 | 이종인 옮김 | 520면

170 **이토록 긴 편지** 마리아마 바 장편소설 | 백선희 옮김 | 192면

171 **느릅나무 아래 욕망** 유진 오닐 희곡 | 손동호 옮김 | 168면

172 **이방인** 알베르 카뮈 장편소설 | 김예령 옮김 | 208면

173 **미라마르** 나기브 마푸즈 장편소설 | 허진 옮김 | 288면

174 **지킬 박사와 하이드 씨** 로버트 루이스 스티븐슨 소설선집 | 조영학 옮김 | 320면

175 **루진** 이반 뚜르게네프 장편소설 | 이항재 옮김 | 264면

176 **피그말리온** 조지 버나드 쇼 희곡 | 김소임 옮김 | 256면

177 **목로주점** 에밀 졸라 장편소설 | 유기환 옮김 | 전2권 | 각 336면

179 **엠마** 제인 오스틴 장편소설 | 이미애 옮김 | 전2권 | 각 336, 360면

181 **비숍 살인 사건** S. S. 밴 다인 장편소설 | 최인자 옮김 | 464면

182 **우신예찬** 에라스무스 풍자문 | 김남우 옮김 | 296면

183 **하자르 사전** 밀로라드 파비치 장편소설 | 신현철 옮김 | 488면

184 **테스** 토머스 하디 장편소설 | 김문숙 옮김 | 전2권 | 각 392, 336면

186 **투명 인간** 허버트 조지 웰스 장편소설 | 김석희 옮김 | 288면

187 **93년** 빅토르 위고 장편소설 | 이형식 옮김 | 전2권 | 각 288, 360면

189 **젊은 예술가의 초상** 제임스 조이스 장편소설 | 성은애 옮김 | 384면

190 **소네트집** 윌리엄 셰익스피어 연작시집 | 박우수 옮김 | 200면

191 **메뚜기의 날** 너새니얼 웨스트 장편소설 | 김진준 옮김 | 280면

192 **나사의 회전** 헨리 제임스 중편소설 | 이승은 옮김 | 256면

193 **오셀로** 윌리엄 셰익스피어 희곡 | 권오숙 옮김 | 216면

194 **소송** 프란츠 카프카 장편소설 | 김재혁 옮김 | 376면

195 **나의 안토니아** 윌라 캐더 장편소설 | 전경자 옮김 | 368면

196 **자성록** 마르쿠스 아우렐리우스 명상록 | 박민수 옮김 | 240면

197 **오레스테이아** 아이스킬로스 비극 | 두행숙 옮김 | 336면

198 **노인과 바다** 어니스트 헤밍웨이 소설선집 | 이종인 옮김 | 320면

199 **무기여 잘 있거라** 어니스트 헤밍웨이 장편소설 | 이종인 옮김 | 464면

200 **서푼짜리 오페라** 베르톨트 브레히트 희곡선집 | 이은희 옮김 | 320면

201 **리어 왕** 윌리엄 셰익스피어 희곡 | 박우수 옮김 | 224면

202 **주홍 글자** 너새니얼 호손 장편소설 | 곽영미 옮김 | 360면
203 **모히칸족의 최후** 제임스 페니모어 쿠퍼 장편소설 | 이나경 옮김 | 512면
204 **곤충 극장** 카렐 차페크 희곡선집 | 김선형 옮김 | 360면
205 **누구를 위하여 종은 울리나** 어니스트 헤밍웨이 장편소설 | 이종인 옮김 | 전2권 | 각 416, 400면
207 **타르튀프** 몰리에르 희곡선집 | 신은영 옮김 | 416면
208 **유토피아** 토머스 모어 소설 | 전경자 옮김 | 288면
209 **인간과 초인** 조지 버나드 쇼 희곡 | 이후지 옮김 | 320면
210 **페드르와 이폴리트** 장 라신 희곡 | 신정아 옮김 | 200면
211 **말테의 수기** 라이너 마리아 릴케 장편소설 | 안문영 옮김 | 320면
212 **등대로** 버지니아 울프 장편소설 | 최애리 옮김 | 328면
213 **개의 심장** 미하일 불가꼬프 중편소설집 | 정연호 옮김 | 352면
214 **모비 딕** 허먼 멜빌 장편소설 | 강수정 옮김 | 전2권 | 각 464, 488면
216 **더블린 사람들** 제임스 조이스 단편소설집 | 이강훈 옮김 | 336면
217 **마의 산** 토마스 만 장편소설 | 윤순식 옮김 | 전3권 | 각 496, 488, 512면
220 **비극의 탄생** 프리드리히 니체 | 김남우 옮김 | 320면
221 **위대한 유산** 찰스 디킨스 장편소설 | 류경희 옮김 | 전2권 | 각 432, 448면
223 **사람은 무엇으로 사는가** 레프 똘스또이 소설선집 | 윤새라 옮김 | 464면
224 **자살 클럽** 로버트 루이스 스티븐슨 소설선집 | 임종기 옮김 | 272면
225 **채털리 부인의 연인** 데이비드 허버트 로런스 장편소설 | 이미선 옮김 | 전2권 | 각 336, 328면
227 **데미안** 헤르만 헤세 장편소설 | 김인순 옮김 | 264면
228 **두이노의 비가** 라이너 마리아 릴케 시선집 | 손재준 옮김 | 504면
229 **페스트** 알베르 카뮈 장편소설 | 최윤주 옮김 | 432면
230 **여인의 초상** 헨리 제임스 장편소설 | 정상준 옮김 | 전2권 | 각 520, 544면
232 **성** 프란츠 카프카 장편소설 | 이재황 옮김 | 560면
233 **차라투스트라는 이렇게 말했다** 프리드리히 니체 산문시 | 김인순 옮김 | 464면
234 **노래의 책** 하인리히 하이네 시집 | 이재영 옮김 | 384면
235 **변신 이야기** 오비디우스 서사시 | 이종인 옮김 | 632면
236 **안나 까레니나** 레프 똘스또이 장편소설 | 이명현 옮김 | 전2권 | 각 800, 736면
238 **이반 일리치의 죽음·광인의 수기** 레프 똘스또이 중단편집 | 석영중·정지원 옮김 | 232면
239 **수레바퀴 아래서** 헤르만 헤세 장편소설 | 강명순 옮김 | 272면
240 **피터 팬** J. M. 배리 장편소설 | 최용준 옮김 | 272면
241 **정글 북** 러디어드 키플링 중단편집 | 오숙은 옮김 | 272면

242 **한여름 밤의 꿈** 윌리엄 셰익스피어 희곡 | 박우수 옮김 | 160면

243 **좁은 문** 앙드레 지드 장편소설 | 김화영 옮김 | 264면

244 **모리스** E. M. 포스터 장편소설 | 고정아 옮김 | 408면

245 **브라운 신부의 순진** 길버트 키스 체스터턴 단편집 | 이상원 옮김 | 336면

246 **각성** 케이트 쇼팽 장편소설 | 한애경 옮김 | 272면

247 **뷔히너 전집** 게오르크 뷔히너 지음 | 박종대 옮김 | 400면

248 **디미트리오스의 가면** 에릭 앰블러 장편소설 | 최용준 옮김 | 424면

249 **베르가모의 페스트 외** 옌스 페테르 야콥센 중단편 전집 | 박종대 옮김 | 208면

250 **폭풍우** 윌리엄 셰익스피어 희곡 | 박우수 옮김 | 176면

251 **어센든, 영국 정보부 요원** 서머싯 몸 연작 소설집 | 이민아 옮김 | 416면

252 **기나긴 이별** 레이먼드 챈들러 장편소설 | 김진준 옮김 | 600면

253 **인도로 가는 길** E. M. 포스터 장편소설 | 민승남 옮김 | 552면

254 **올랜도** 버지니아 울프 장편소설 | 이미애 옮김 | 376면

255 **시지프 신화** 알베르 카뮈 지음 | 박언주 옮김 | 264면

256 **조지 오웰 산문선** 조지 오웰 지음 | 허진 옮김 | 424면

257 **로미오와 줄리엣** 윌리엄 셰익스피어 희곡 | 도해자 옮김 | 200면

258 **수용소군도** 알렉산드르 솔제니찐 기록문학 | 김학수 옮김 | 전6권 | 각 460면 내외

264 **스웨덴 기사** 레오 페루츠 장편소설 | 강명순 옮김 | 336면

265 **유리 열쇠** 대실 해밋 장편소설 | 홍성영 옮김 | 328면

266 **로드 짐** 조지프 콘래드 장편소설 | 최용준 옮김 | 608면

267 **푸코의 진자** 움베르토 에코 장편소설 | 이윤기 옮김 | 전3권 | 각 392, 384, 416면

270 **공포로의 여행** 에릭 앰블러 장편소설 | 최용준 옮김 | 376면

271 **심판의 날의 거장** 레오 페루츠 장편소설 | 신동화 옮김 | 264면

272 **에드거 앨런 포 단편선** 에드거 앨런 포 지음 | 김석희 옮김 | 392면

273 **수전노 외** 몰리에르 희곡선집 | 신정아 옮김 | 424면

274 **모파상 단편선** 기 드 모파상 지음 | 임미경 옮김 | 400면

275 **평범한 인생** 카렐 차페크 장편소설 | 송순섭 옮김 | 280면

276 **마음** 나쓰메 소세키 장편소설 | 양윤옥 옮김 | 344면

277 **인간 실격·사양** 다자이 오사무 소설집 | 김난주 옮김 | 336면

278 **작은 아씨들** 루이자 메이 올컷 장편소설 | 허진 옮김 | 전2권 | 각 408, 464면

280 **고함과 분노** 윌리엄 포크너 장편소설 | 윤교찬 옮김 | 520면

281 **신화의 시대** 토머스 불핀치 신화집 | 박중서 옮김 | 664면

282 **셜록 홈스의 모험** 아서 코넌 도일 단편집 | 오숙은 옮김 | 456면
283 **자기만의 방** 버지니아 울프 지음 | 공경희 옮김 | 216면
284 **지상의 양식·새 양식** 앙드레 지드 지음 | 최애영 옮김 | 360면

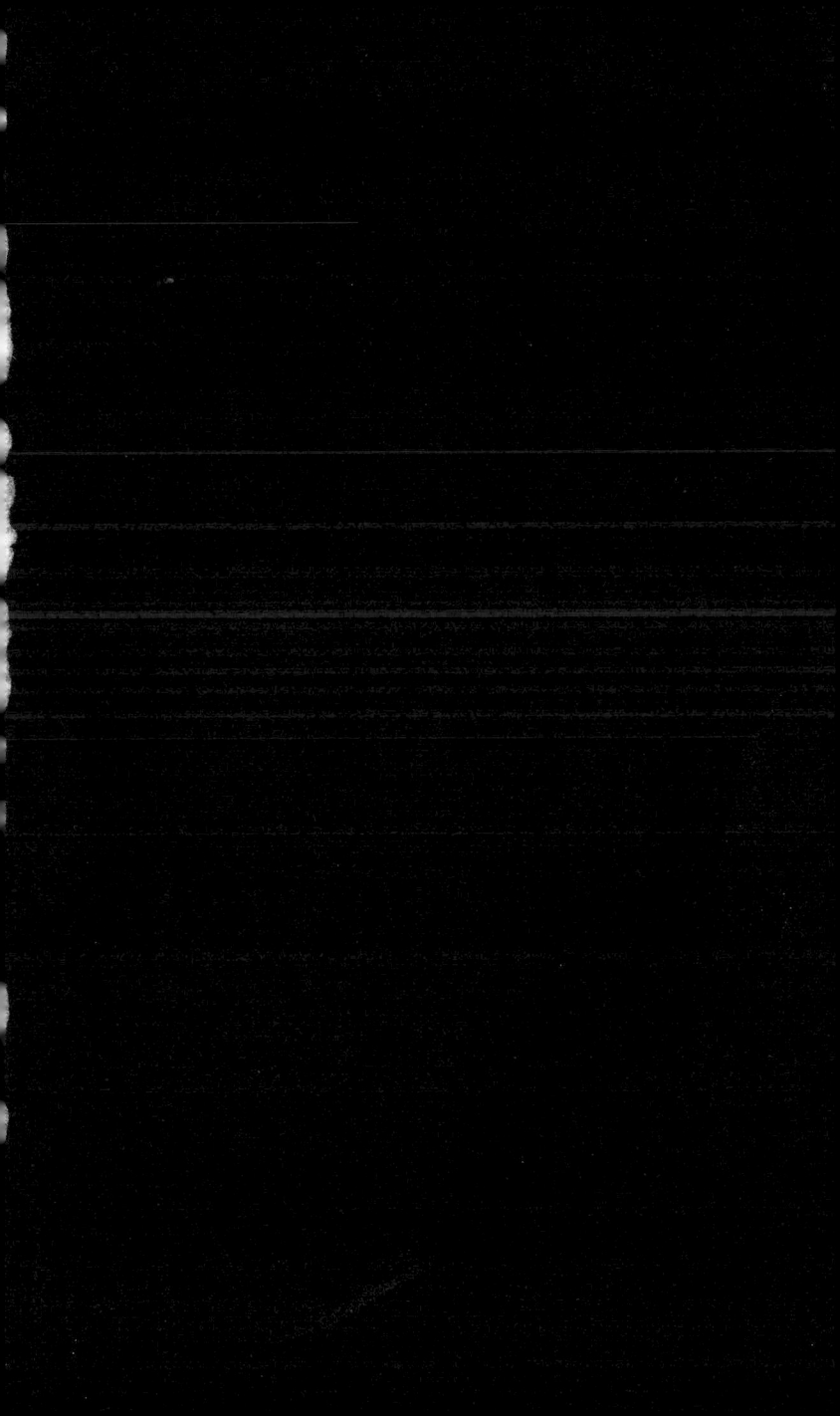